동심은
나의 힘

김영기의 아동문학 40년 회고집

어른 나무의 꿈

한그루

동심은 나의 힘

표지글씨: 한글 현병찬

작은 보람
큰 고마움

"모든 어린이는 예술가이다. 어린이처럼 그리는 데 80년 걸렸다."라고 술회한 피카소의 말이나 "나였던 그 어린이는 어디 갔을까/ 아직 내 속에 있을까/ 아니면 사라졌을까"라고 읊은 파블로 네루다의 시구에도 모두 어린이가 주인공으로 나오고 있습니다. 화가나 시인은 왜 어렸을 적 나를 찾고 있는 걸까요? 예술의 진수를 찾기 위하여 퇴색해 버렸거나 잃어버린 동심을 찾고자 함이 아닐까요.

회고컨대 저의 교직 43년은 어린이와 함께한 세월이었건만 부끄럽게도 화가나 시인처럼 동심을 진지하게 생각해본 적이 없습니다. 그러다 2003년 정년퇴임을 하면서 동심을 시심으로 삼는 글짓기 자원봉사활동을 모교인 광양초등학교에서 시작하면서 동심에 사는 의미를 새삼 깨닫게 되었습니다.

그러는 가운데 어언 80을 넘는 노령의 나이가 되었지만 몸과 마음은 어린이가 되어 가볍고 즐거운 것은 어린이가 주는 기氣 때문이란 것을 차차 알게 되었습니다. 그래서 내가 주는 사랑보다 받는 건강이 더 많음에 놀라면서 늘 고마워하고 있습니다.

어린이는 미래이며 희망이라는 말이 있습니다. 이 때문에 세상에서 가장 귀중한 존재가 어린이이며 가장 아름다운 말 역시 '어린이'라 아니 할 수 없습니다. 그래서 제가 쓰는 동시의 원천도 어린이에 있습니다. 그 순수함 때문에 어린이라는 말을 가장 사랑하고 소중히 여기는 것입니다. 위 거장들의 글에서 보시는 바와 같이 어린이는 이 세상의 모든 어른들이라 할 수 있습니다. 그 어른들이 마음 한쪽에 천진난만한 어린이를 몰래 넣고 다니다가 문득 생각날 때마다 꺼내 보는 것이 우리 모두의 마음이 아닌지 모르겠습니다.

이러한 뜻을 담아 표제를『동심은 나의 힘』이라 했고, 이제까지 펴낸 동시집 5권과 동시조집 6권에서 100편을 가려 뽑아『날개 달아주는 바람』으로 회고집 지면을 빌려 펴내게 되었습니다. 그 제목을『날개 달아주는 바람』으로 한 것도 어린이들에게 고마움의 보답으로 날개를 달아주고 싶은 마음의 발로이며, 동심에 연유한 까닭입니다.

저의 바람은 이 책이 모든 어린이들에게 사랑의 선물이 되고 아동문학을 꿈꾸는 문청들의 길라잡이가 되었으면 하는 것입니다. 그런 의미에서 어린이 사랑은 여기서 끝이 아니라 재출발을 위한 격려이며 응원이라 여기고 싶습니다. 여기까지 오는 데는 선배, 동료, 후배님의 성원과 격려가 있었기에 가능한 것처럼 앞으로도 그러하리라는 믿음과 의리가 큰 고마움으로 다가옵니다.

오늘 이 영광된 자리를 만들어주신 제주문화예술재단 이승택 이사장님을 비롯한 관계자 여러분과 제주문인협회 박재형 회장님, 회고의 글을 주신 전 제주아동문학협회 회장단 고운진, 장승련, 김정애 작가님과 강정애, 고명순 애제자님의 축하와 격려에 거듭 감사드리며, 축하의 메시지와 함께 우정 어린 글을 주신 한곬 현병찬 인형과 동보 김길웅 님의 수려하고 적확한 해설의 글을 오래오래 기억할 것입니다.

대단히 고맙습니다.

김영기

2021. 5. 5. 어린이날에

목차

동심은
나의 힘

제주아동문학 40년 발자취
나의 삶과 아동문학

제주아동문학 40년 발자취

제주아동문학협회 연간집
창간호『새벽』(1981. 1. 30.)에서 제39집『콩글리쉬 할머니』(2020. 6. 30.)까지

제주아동문학협회 연간집 제2집『새벽』(1982. 1. 20.) 출판기념
뒷줄 왼쪽부터 김동진, 신수범, 장승련, 강현심, 오수선, 김영기, 박재형
앞줄 왼쪽부터 김봉임, 김정배, 김세경, 홍우천

제주아동문학협회 연간집 제6집 『꿈꾸는 섬』(1986. 12. 30.) 출판기념
뒷줄 왼쪽부터 김동호, 한천민, 박재형, 오수선, 장승련, 안희숙, 장영주
앞줄 왼쪽부터 한순자, 김봉임, 정창희, 김영기

제1회 제주아동문학 세미나(1987. 8. 22.)
앞줄 왼쪽 네 번째부터 박종현, 박홍근, 협회장 김봉임, 정진채, 함종억 시인, 김영기

아동문예 가족과 함께 외돌개에서(1987. 8. 22.)

뒷줄 왼쪽 두 번째부터 안희숙. 네 번째 부터 함종억, 정진채, 김봉임, 박홍근, 김영기, 김종두. 앞줄 왼쪽 첫 번째부터 홍우천, 박종현, 박재형, 안종완, 장승련, 오수선

엄기원 선생의 서귀중앙초 특강을 마치고(1988. 7. 29.)

뒷줄 왼쪽부터 이양수, 김영기, 정창희, 김종두, 양기휴, 엄기원, 김봉임
앞줄 왼쪽부터 장영주, 이소영, 박재형, 한천민, 오수선, 홍우천, 장승련

제2회 어린이 여름글짓기 교실 및 청소년 해변 문학교실(1989. 7. 29.~8. 1.)
박홍근 고문과 아동문예 박종현 주간 참석

제주아동문학협회 〈제3회 여름글짓기교실〉(1990. 8. 9.~8. 10. 삼성초등학교)
왼쪽부터 송상홍, 김영기, 박재형, 김봉임, 장승련, 김종두, 안희숙, 이소영, 오수선,
한천민, 장영주

아동문학의 밤에 임석한 귀빈(1990.12. 19. 파라다이스 회관)
왼쪽부터 최현식 작가, 홍규표 교장, 고영기 시인, 좌경윤 교장, 고응삼 시조시인

전국 어린이와 어머니 시낭송 제주대회(1992. 7. 11.)

제4회 어린이 여름글짓기 교실(1992. 8. 2.~8. 3. 동남초)

〈한국아동문학회 제주 세미나〉(1992. 8. 3.)
앞줄 왼쪽 여섯 번째부터 협회장 김영기, 정진채 작가, 신현득 시인, 이재철 박사, 박경용,
박종현 주간, 맨 뒷줄 여섯 번째 최지훈 평론가

전국 어린이와 어머니 시낭송 대회 서귀포대회(1993. 6. 4.)
앞줄 왼쪽 두 번째 김수남 회장, 뒷줄 오른쪽 첫 번째 박두순 주간

제6회 찾아가는 아동문학 교실(여름글짓기교실 명칭이 이때부터 변경됨) 남광초에서(2003. 7. 28.~7. 31.)
송상홍 사무국장, 고연숙 교감, 김영기 교장, 김경식 교감, 이소영 부회장

제42회 탐라문화제 독서 감상문 시상식 및 아동문학의 밤(2003. 10. 10. 협회장 김영기)

제7회 찾아가는 아동문학 강좌 - 새서귀초에서(2004. 7. 28.)
앞줄 왼쪽에서 일곱 번째 학교장 진문백

제30회 한국동시문학상 수상(2008. 5. 1.)

제11회 찾아가는 아동문학교실 함덕초 수업 장면(2008. 7. 21.~7. 23.)

북 페스티벌(2008. 10. 24. 이중섭거리)
강문칠 교수, 강중훈 제주문인협회장, 김성수 서귀포시장

독후감 심사(2009. 9. 9. 한라서적타운)

아동문학의 밤(2009. 9. 26.) 제이협 회원 일동

왼쪽부터 한천민, 김정희, 장영주, 양길주, 김영기, 김출근, 이소영, 강순복, 고운진, 이명혜

제9회 제주문학상 시상식(2009. 12. 18.)

앞줄 오른쪽 두 번째 강용준 제주문인협회장

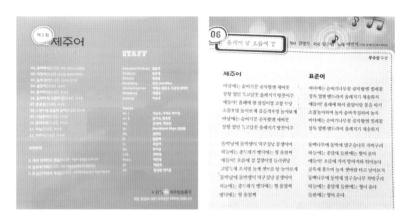

KBS 제주방송총국 주최 제1회 '제주어 창작동요' 「올레에 왕 오름에 강」노랫말 우수상(2011. 9. 1.)

무공수훈자회 주최 '제8회 나라사랑 문예' 김영환 지부장과 심사(2012. 9. 18.)

광양초등학교에서 학부모 아동문학 강좌 실시(2012. 7. 12.)
윗줄 왼쪽 세 번째 수강생 자모 중 김옥자 씨가 2013년 아동문학가로 등단

제53회 탐라문화제 제주어 시낭송대회 시상식(2014. 10. 10. 제주문학의 집)
왼쪽 일곱 번째 김순이 문협 회장

제19회 찾아가는 아동문학교실(2015. 7. 21~7. 25. 신산초)
왼쪽 김정숙, 장승련, 김영기, 박재형, 김란, 김옥자 회원

제2회 새싹시조문학상 수상 시 서관호 회장(2018. 9. 1.)

제57회 탐라문화제 우리고장 작가 작품집 독후감 시상식 및 아동문학의 밤(2018. 10. 14.)
협회장 고운진

〈2019 책 읽는 제주시- 올해의 책〉(2019. 4. 16. 우당도서관)
왼쪽부터 김정련, 김란, 협회장 김정애, 김영기, 김정배 회원

2019 책 축제(2020. 10. 19. 탐라교육원)
박재형, 강순복 회원과 이석문 교육감, 김영기, 이소영, 김정련 회원

제16회 제주예술인상(2019. 11. 9. 로베로호텔)

『짧은 만남 긴 이별』 북토크(2020, 8, 27, 제주문학의 집)

나의 삶과 아동문학

아버지(1906. 9. 25.~1974. 6. 25.)
어머니(1906. 10. 4.~2002. 11. 15.)

내가 먹고 자란 우여샘

동광양 우여천을 축조(1938. 5.)할 때 조부님(金道祐)이 주무인으로 일하셨고, 선친
(金炳一)은 청년을 대표하여 그 일을 도왔다.

우리 가족 8남매(1949. 1. 4. 뒤뜰에서)
큰누님은 1944년 출가하여 사할린으로 가서 부재중

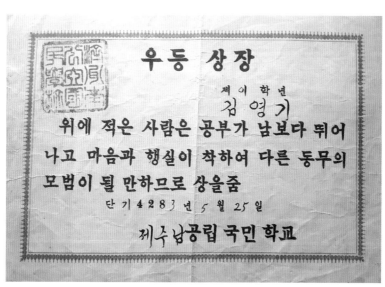

2학년 때 받은 우등상장(1950. 5. 25.)
5월이 학년말인 것이 특이하다.

제주제일중학교 6회 졸업(1957. 3. 9.)
뒷줄 왼쪽 고성균, 김영기, 김수현, 앞줄 왼쪽 양영종, 김문웅, 이수웅

사범 졸업 기념 친구들과(1960. 3. 22.)
윗줄 이재복, 백남규, 현병찬, 하재현, 이용태, 강경래
아랫줄 김혁수, 한봉준, 김영기, 임경화

사범 졸업 후 4H 활동 시(1960. 4. 5.)

제주제일중학교 3학년 D반(1956. 12. 1.)

동광양 동고산동산에서 본 마을 전경(1960. 5. 1.)
삼성혈과 광양초 건물이 보인다.

함덕초 초임 시 3학년 1반 어린이들과(1960. 11. 11.)

제27사단 포병사령부 의무대 전우들(1963. 7.)

1969년 추석날 3형제 가족이 부모님을 모시고
우측 맏형, 좌측 동생, 막냇동생은 부재중

물메초 3학년 학급문집 『옹달샘』 (1980. 8.)

筆寫 노트(1979년)

서울 염창교회 초청, 물메 6학년 어린이 서울관광(1980. 11. 6.~11. 10.)
양창구 담임교사와 함께

학예발표회를 마치고 삼달교 학부모회 임원 일동 (1986. 12. 18.)

제주도교육청에서 선발된 해외연수자 3명, 콩코르트
광장에서 (1983. 6. 24.~7. 10.)
정옥두 장학관, 김영기 연평초 교사,
고의남 서귀여고 교사

신제주 현대호텔에서 (1991. 12. 4.)
유석초 교장 김종상 선생

학예발표회를 마치고 선흘교 학부모회 임원 일동(1992. 12. 11.)

제주문화예술인『삶과 예술』35(1993. 11. 19.)

「어린이들의 꿈 담아내는 창작 작업」- 한라일보 강경희 기자

포항공대에서 내려오며 불국사에서(1994. 1. 12.)

제주도교육청 초등교장단 해외연수 시 호주 시드니 더들리 페이지 언덕에서(1996. 12. 23.)
멀리 명물 다리와 오페라하우스가 하얗게 보인다.
왼쪽 윗줄 이봉남, 부영찬, 강지택, 김종두, 윤세민, 신찬주, 허인지, 장윤승, 송형수
아랫줄 김남근 주사, 고창호, 박광은, 강계춘, 김순언, 강수찬, 한기옥, 오남두, 양대
경, 김영기, 강택수, 현병찬

동작구 민간어린이집 강신영 협회장 초청 연평초 6학년(1997. 5. 23.)
월드컵경기장에서

첫 6학년 담임 하귀초 25회 졸업생 문영식(아래 왼쪽 세 번째) 부장검사 취임(1997. 8. 23.)
은사 초청(6-1 담임 김영기, 6-2 담임 송형수)

광양초 3회 졸업생 사은회(2000. 5. 13. 풍어)
윗줄 홍영오, 현영호, 현통하, 현상락, 송일화, 김성식, 김영기, 전태문, 전시종
아랫줄 김규언, 은사 이기준, 은사 이인식, 오치규, 은사 이창훈, 김창호

대교 창작동시대회 단체상 광양초(2001. 5. 11.)
심사위원장 유경환 시인 김삼진, 신현득 아동문학가

남광초 교직원 선진지 학사시찰 차 들른 흑산도에서(2003. 7. 23.~7. 25.)

남광초에서 정년 퇴임(2003. 8. 31.)

고테 생가 앞에서(2008. 8. 2.)
"내 인생의 진리는 어머니 무릎에서 들은 동화에서 완성되었다."

오스트리아 뮐렌돌프 비너스 상 앞에서 (2008. 8. 2)
밀로의 비너스와 제주도 설문대할망과 더불어 미녀를 논하다.

추자도 문학기행(2008. 8. 16.)

일본 구마모토 문학기행 벳푸온천에서(2008. 11. 19.~11. 23.)

제9회 제주문학상 시상식장에서(2009. 12. 18.)

청산도 문학기행(2012. 5. 26.~28.)

2019년 창작꿈나무 인재육성학교 인증패

광양초를 비롯하여, 동시·동시조 지도학교인 세화초, 어도초가 100만 원 상당의 도서를 지원받았다.

제28회 눈높이 아동문학대전
어린이창작동시 부문 우수교 인증패

세화초를 비롯하여 2020학년도에는 광양초, 어도초 등 동시·동시조 지도 학교가 수혜의 영광을 안았다.

내가 펴낸 동시집 5권 표지

내가 펴낸 『광양초 50년사』와 『남광초 15년사』, 『제주교육사』, 『이도2동지』는 집필위원으로 활동했고,
『무공 20년사』는 편집을 도왔다

제주사범 7회 졸업생 전원 정년퇴임 기념 부부동반 중국 여행(2004. 10. 16.~10. 20.)
왼쪽 강길두, 김제경, 김혁수, 이태정, 김군식, 김영호, 진산옥, 장승일, 정시근,
　　문택구, 한봉준, 김영기, 강창하, 양영욱, 김경환

내가 펴낸 동시조집 표지

제주가 사랑하는 문화예술인

김영기
(사범 7회)

총동창회보 편집위원회에서는 우리말의 해돋음과 같은 남녘을 동심의 언어로 승화시켜 온 제주의 문화예술인 김영기 선생님을 만납니다.

"우리 말을 가꾸고 지켜 온 제주의 시인, 글을 사랑하는 시인, 글쓰기 지도에 평생을 바친 국어교육자, 제주아동문학의 산증인......" 선생님을 따라 다니는 수식어가 끝없이 이어진다.

선생님은 2008년 퇴임을 하신 후 글및 봉사의 활동으로 공부방 어린이들에게 독서와 논술 지도를 하는가 하면 모교인 광양교와 퇴임교인 남광교에서 글짓기 지도를 하고 있다. 어린이들의 가슴에 글 향기를 심어주려는 노력은 마지막 순간까지 계속하고 싶다는 말씀 속에서 문화를 사랑하는 예술인의 혼이 전율에 왔다.

"요즘은 우리 얼을 되살리는 동시조 지도 방법에 대하여 연구하고 있어요."

언어 속에는 그 민족의 정신과 영혼이 내포되어 있기 때문에 우리말을 가꾸고 지키는 일에 생명을 다하는 날까지 헌신하고 싶다는 선생님은 우리 문화 동시조와 하나되어

가고 있었다. 후배의 것으로 어떠한 동심을 그립습니다는 제 보탬이 되고 싶다는 선생님, 30년여의 교육 기록으로 동시조시집을 상재하려는 계획도 들어 있으신다.

선생님을 문화의 세계로 이끈 것은 '찧은 한 바디' 였다고 한다. 초등학교 시절 육군 소위로 임전한 형에게 고희 님의 편지를 받으며 용기 생애 편지마다 '거는 우리 집의 문화야.' 나의 편지를 받고 감동하여 울었다.'는 칭찬 이었다고, 그 한마디가 글쓰기에 흥미와 자신감을 갖게 해 주었다고 한다. 그 형이 선물해 준 세계명작시리즈을 읽으며 하여튼, 몽테크로 부모레토, 어롭리베트 등의 시인들을 만나 가슴 설레는 문학의 길을 걷게 되었다고 한다.

중학교 3학년 시절, 담임선생이신 장채설 선생님의 국어 수업은 흥을 자아냈는 예술 같은 수업이었다고 한다. 그 선생님께 글짓기를 배워 도회 첫 장친 한바디가 다시 한 번 문학의 불씨를 바치게 되는 서석의 계기가 되었다고 한다. 후배들에게도 어마 글을 칭찬할 읽고 평린에 들어 있는 문학적 자질을 캐내어주는 말 한 마디의 어겨지 말라고 당부하신다.

초창기에 제주의 자연을 노래하다가 차츰 어린이 생활 속 장면들을 그려낸 작품을 온신 오로지 어린이들에게 우리말을 사랑하도록 하고 싶어서였다고 하는 선생님, 퇴임을 하고 교육계를 떠나도 하나로 영원한 문화를 통하

여 서로로 바른 심성과 창의력있도록 노력하겠다는 선생님을 통하여 우리 교사들에게 진정한 힘이란 실가를 생각해 본다.

교사는 사람을 실천하는 사람이기 때문에 무엇도, 생활 지도도, 어린이들에게 대한 사랑의 전화일지라 하는 것을 일깨워 교사로써 사랑을 실천하는 실제가 없은 헛일 용어야도 하시는 선생님의 눈빛이 곱다는 생각을 하였다. 진정한 변화는 사람이 만들어진다고 하셨다. 우리 교육에 저항해야 할 방향에 대하여 선생님은 "기본을 중요하게 가르치는 학교 가 유일한다. 출생인격, 기초와 기본을 함께하게 가르치면서 개성과 창의성을 길러주어야 진정한 힘이 나온다고 하셨다.

2008년, 75편의 시가 수록된 동시조 「봇아빠」을 펴내는 등 활발한 창작 활동을 하고 계신 선생님께서는 후배들에게 "배우는 것을 멈추지 않았으면 한다." 고 거듭 당부하셨다. 매움의 과정이 인상을 통해 자신의 성장과 가르치는 보람을 동시에 엮게 할 곳이라며 웃는 선생님, 그 웃음을 닮은 후배들의 제주의 구석구석에서 서로 사랑을 실천하고 있을 것임에 넉넉한 웃음을 나누며 헤어질 수 있었다.

제주가 사랑하는 문화예술인
『제주교대총동창회보』(2009. 2. 2.)

제주아동음악연구회에서 발행한 『새싹들이다』 CD

「기도하는 나무」-(김기정 곡), 「더 하얗게 더 파랗게」-(유혜경 곡),
「조약돌」-(강효정 곡), 「휘파람새」-(차지연 곡)가 수록되어 있다.

『제주문학전집』 '시선집'과 '아동문학선집' 편찬위원으로 활동했다.

2014년부터 2017년까지 동시 「이상 없음」이 4학년 1학기 국어 교과서에 수록되었다.

제10회 제주문학상 시상식 - 이용상 시조시인 『남극성 별자리』(2010. 12. 10.)
아동문학-김미애 「김장하는 날」, 심사위원장 김영기

찾아가는 시조교실 신촌초 수업 장면(2016. 7. 14.)

제주문협 일본 문학기행(2017. 12. 12.~12. 16.)
에치고유자와관광, 가와바타 야스나리의『설국』의 발자취를 찾아서

일본 근대문학을 대표하는 '다자이 오사무' 문학 살롱에서(2017. 12. 15.)
"다자이 오사무란 인간은 싫지만 그의 소설은 인정할 수밖에 없다."

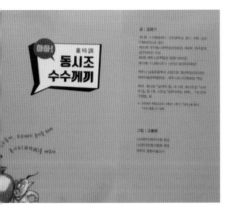 

『아하! 동시조 수수께끼』『탐라가 탐나요』

동시조 쓰기 도움 교재로 수수께끼 놀이를 하며 동시조를 쓸 수 있도록『아하! 동시조 수수께끼』와 제주 21코스의 올레길을 따라 걸으며 동시조를 쓸 수 있도록 예문을 실은『탐라가 탐나요』를 제주교육박물관의 도움으로 발간하였다.

제주시조백일장 장원 어도초 6 최세은(2019. 11. 23.)
지도교사 신은숙, 가작 정다원(4), 당선 최세은(6), 동시조 수업 김영기, 부회장 강상돈

신안 중도 엘도라도에서 온 가족 기념사진(2019. 2. 2.)

감천동 문화마을에서(2019. 8. 31.)

어도초 건강생태학교 생태동시조 수업 장면(2021. 4. 2.)

세화초 생생동시쓰기 2021학년도 첫 수업(2021. 5. 3.)

축하의 글

김영기의
삶과 문학

마음자리에 꽃으로 피어나는
영혼의 맑은 노래

김길웅 (시인·문학평론가)

김영기의
삶과 문학

김영기 시인(이하 '선생')은 동시·동시조를 쓰고 우리의 전통시 시조를 노래할 수밖에 없는 운명적인 자연인으로 태어났다. 자타가 공인할 것이라 대놓고 토설하거니와, 선생은 시적 재능과 사물을 보는 섬세한 혜안과 생명에 대한 따뜻한 성정을 지닌 천부적 아동문학가이자 시인이다. 부지런한 천성에 후천적 노력으로 동시·동시조와 시조를 쓰기 위해 시간을 쪼개며 살아왔다. 서라벌의 여인들이 밤낮없이 씨와 날을 자아 길쌈하듯, 그렇게 시간을 아껴 시를 쓰는 시인이다.

몇 년 전, 제주문인협회 회원들이 문학기행으로 청산도에 가 그곳 선창가 방죽에서 문학의 밤을 열었을 때, 선생이 애송시라며 목월의 「청노루」를 암송하는 게 아닌가. "머언 산 청운사/ 낡은 기와집// 산은 자하산/ 봄눈 녹으면// 느릅나무 속잎 피어나는/ 열두 굽이를// 청노루/ 맑은 눈에// 도는/ 구름" 일제강점기 암울한 시대에 탈속한 이상적 세계를 그려낸 한 폭의 동양화 같은 시다.

나는 적이 놀라지 않을 수 없었다. 길지 않은 시이나 암송은 쉽지 않잖은가. 마음속에 녹아있었나 보다. 순간 퍼뜩 머릿속을 스치는 생각의 실마리 하나. '그래. 목월은 애초 동요시로 시작했어. 「송아지」도 목월 시야(본명인 박영종으로 발표된). 워낙 시를 좋아하는 거겠지만 목월과 선생 사이를 이어주는 가교가 동시야.' 언뜻 그렇게 단안을 내리고 있었다.

바로 그때, 시의 4연, '청노루 맑은 눈'의 '맑은 눈'을 혼자서 훔쳐보았다. 선생의 눈은 유난히 맑다. 팔순의 연치에도 청노루처럼 맑다. 시에서 청노루의 맑은 두 눈에 구름이 돌고 있다면, 선생의 두 눈엔 '아이들이, 아이들의 티 없이 해맑은 마음이, 싱그러운 푸나무들이, 초록빛 산에서 내린 물줄기가, 고운 소리로 우는 새의 맑은 울음소리가 녹아있겠구나.' 했다. 선생에 대한 이 연상은 자그마치 적중이었다.

선생은 올해 81세, 지난해 여름 팔순 기념으로 시조집『짧은 만남 긴이별』을 상재해 그 연륜의 자락에 뚜렷한 자취 하나를 새겨 넣더니, 그러고서 다시 일 년이 지난다. 엊그제 제주일보사에서 공모한 '저출산 극복'을 주제로 한 표어 공모전에 심사위원으로 선생과 만났지 않은가. 오랜만의 만남이었다. 하얀 마스크를 깊숙이 써 안면을 덮었으나 전혀 상관없었다. 사람에게 쪼르르 달려오는 맑은 선생의 눈빛은 팔순 노인의 그것이 아니었다. 동심 속에 살아서일까. 눈이 맑아 빛나고 눈이 정겨워 따뜻했다. 그리고 그런 선생의 아우라는 세월의 흐름에서 비켜서 있는가 하면 팔딱거릴 듯 갓 건져 올린 날것 마냥 신선했다.

당초 남달랐다. 아동문학가로서 선생의 활동은 데뷔 이전부터 준동(蠢動)했다. 1984년《아동문예》로 동시 신인상을 받기 전, 이미 1980년 제주아동문학협회 탄생의 주역을 맡았다. 그렇게 출발한 선생의 아동문학을 위한 행보는 2020년까지 '찾아가는 아동문학교실'을 22회에 걸쳐 운영했는가 하면, 협회지 창간호『새벽』에서『콩글리쉬 할머니』39집까지 연간집을 내고 회보를 발간하는 등 심혈을 기울여 제주아동문학협회의 원로로서 협회 발전을 위해 헌신했다.

1980년대 11인 연작동시집『휘파람 나무』의 상재를 시작으로『날개의 꿈』외 동시집 4권,『소라의 꿈』외 5권의 동시조집을 출간했고, 시조 시인으로 데뷔하면서『갈무리하는 하루』,『내 안의 가정법』,『짧은 만남 긴 이별』등의 시조집을 출판했다.

선생이 지역 문단에서 아동문학과 시조에 남긴 깊이 파인 발자국이야말로 두 발로 현장을 뛰며 땀을 쏟은 기반 위에 켜켜이 쌓여 왔다. 획기적인 성과물이었다. 1994년 독서교육교재 집필 위원으로 위촉돼 '자녀와 함께하는 글짓기교실' 동시쓰기 영역을 맡아 집필했고, 2018년에는 동시조 학습교재『아하! 동시조 수수께끼』를 제주교육박물관 후원으로 발간해 도내 초등학교 도서관과 도내 박물관에 배포했다. 잇달아 2019년 올레길 21코스의 경관을 동시조에 담은 단시조집『탐라가 탐나요』를 펴냈다.

선생은 재능기부 또한 빼놓지 않았다. 퇴임 후 2004년부터 지난해까지 17년간 모교인 광양초등학교에서 봉사활동의 일환으로 글짓기 교실을 운영해 왔다. 이에 그치지 않고, 제주아동문학협회 사업으로 '동시조 배우기'를 1988년부터 22회 실시했고, 제주시조시인협회장에 재임하면서 2015년부터 '찾아가는 시조교실'로 2019년까지 27개 교를 방문해 민족의 얼이 흐르는 전통시 시조를 지도, 보급해 왔다.

이뿐 아니다. 동요와 가곡 보급 그리고 제주 시 낭송회를 주재함으로써 어린이와 학부모들의 문학에 대한 인식과 정서 고양에 큰 몫을 해 왔다. 그중에도 2017년 10월 제주문예회관 대강당에서 개최된 제1회〈응답하라! 가곡, 제주를 노닐다〉김영기 시〈용연의 밤〉(작곡 김일호)은 커다란 호응을 얻었다.

한 가지, 선생의 유현한 사고와 풀밭같이 질펀한 감성의 복판에 한 단어가 자리매김해 있다. '어린이'. 선생은 세상에서 가장 아름다운 말을 '어린이'라 단언한다. 어린이, 곧 동심이란 말이다. 동심은 동시·동시조의 고갱이로 아동문학의 원천이고 밑힘이다. "우리는 어린이를 가슴 깊숙이 넣고 다니다가 몰래 꺼내 보며 그것이 우리의 창작 곳간임을 확인한다."라고 한 선생의 육성이 귓전에 맴돈다. 선생의 목소리에서 우썩우썩 자라는 이 나라 어린이의 풋풋한 숨결을 느낀다.

이번 출간하는 '김영기 아동문학 40년의 발자취', 『동심은 나의 힘』은 자못 큰 의미가 있다. 40년을 일관해 한 걸음 헛디딘 적 없고, 잠시도 한눈판 적 없이 외곬으로 여상히 몸담아 온 선생의 아동문학 활동을 집대성한 필생의 사업이어서 하는 말이다.

이 사업을 실현하면서 만감에 휩싸였으리라. 한 문학단체를 창립하고 동시·동시조 쓰기 교재를 개발하고 글짓기 자원봉사에 몸을 던지고 찾아가는 문학교실을 운영하고 자신의 동시를 가곡으로 만들어 보급하는가 하면, 시 낭송으로 아동문학의 보급에 온 힘을 쏟는다는 게 어디 쉬운 일인가. 웬만해선 엄두도 못 낼 일, 행여 나섰다가는 몸이 나달나달 남루로 나부끼리라.

선생은 강직하고 올곧아 결곡한 성품을 지닌 분이다. 야위어 보여도 강한 체질을 타고났다. 어지간히 만지작거리다 내버리거나 흐지부지하는 일이 없이 제대로 해내고 마는 근기를 지녔다. 짓궂은 일에도 초연한가 하면 하고자 한 일에 주도면밀해 그예 뜻을 이뤄 놓는 직성의 소유자다. 어간, 선생의 밟아 온 아동문학가로서의 궤적은 그런 정신적·실천적 의지가 없었더라면 가능한 일이 아니었다. 하루를 25시로 늘려 살았을까. 간단없이 쓰고 읊고 노래하면서 계획하고 한 걸음 두 걸음 매진하지 않고는 될 일이 아니었다.

동시에서 동시조는 크게 한 범주라 그렇다 치더라도, 시조시인으로의 변신은 결코 쉽지 않다. 타 장르로서 독자성을 갖는 문학의 한 영역이지 않은가. 목전의 가파른 성벽을 뛰어넘어야 이르는 또 하나의 다른 영지(領地)인데, 발을 함부로 놓을 수 없는 일이다. 그렇다면 아마 선생은 자신의 문학적 변경을 확장하기 위해 말할 수 없이 뒤척이며 전전반측(輾轉反側) 잠 못 이루는 밤, 고독의 시간을 견뎌냈을 것이다.

선생은 그 선택이 간절했던 만큼 이제 문학이라는 언어의 집 속 깊이 그것도 동시, 동시조, 시조라는 질료(質料)가 같은 듯 다른 문학이라는 광활한 우주 속에 갇혀 행복할 것이다.

이 대목에서 에드문트 후설의 말을 곱씹는다. "절대적인 것이 없는 세상에서 능동적인 힘으로 자신을 더 높은 수준으로 끌어올리기 위한 '성숙한 변신'을 이룩하지 못하면 죽은 자와 다름없다." 예술가는 천부의 재능을 갖고 있으나, 상상력에 불을 붙이는 지적인 노력 없이는 훌륭한 예술적 성취를 거둘 수 없다는 말이다.

이번 출판에 즈음해 선생은 내면 깊숙이 안고 있던 결연한 뜻을 펴 보였다. "나의 아동문학은 어린이의 고운 심성과 자유로운 상상력을 중시하여 계몽기의 아동문학 사상인 동심주의를 뛰어넘는 우주 개척 시대의 주인공이 될 어린 영혼의 길라잡이가 되기를 소망한다." 그리고 동시조는 "세계로 우주로 상상력을 넓히는 작품을 고려했다."라고 토설했다. 그래서 아이들에게 날개를 달아주고자 해 『날개 달아주는 바람』이라는 제목을 붙였다는 것이다. 선생은 이미 그 '날개를 달아주는 바람'을 타고 구만리장공을 날고 있으리라.

오로지 문학의 길을 앞만 보고 달려왔듯, 선생은 앞으로도 여생을 그런 젊은 날의 너울 치는 파도로 일어서서 서릿발을 견뎌내며 이 험한 세파 속을 저벅저벅 걸어 나아갈 것이다. 그리하여 다시 한동안 파닥이며 날갯짓한 뒤 어느 도착점에서 두 날개를 접고 수평으로 내려앉으리라. 그리고 기다리던 열락(悅樂)의 그 순간을 어린이와 함께 목청껏 노래하리라.

글에서 나오며, 선생이 아동문학가로서 또 시조시인으로서 특히 지역 문단에 남겨 놓은 발자취는 전인미답(前人未踏)의 것이라 다시금 되돌아보게 한다. 힘든 일들을 외롭게 묵묵히 기획·추진한 원동력은 오로지 아동 문학을 이 땅에 정착시키겠다는 선생의 집념에서 발원한 것이었다.

1979년 제주아동문학회 창립을 발기해 이듬해 문학회 탄생의 산파역을 담당한 것, 동시·동시조 쓰기 학습 교재를 개발해 현장에 활용한 것, 모교인 광양초등학교에 글짓기 교실을 열어 17년간(2004~2020) 지도한 것, 찾아가는 아동문학·시조 교실을 운영해 27개 초등학교에 아동문학과 시조를 직접 지도·보급한 것, 자작시에 곡을 얹어 동요와 가곡으로 제작해 또한 시 낭송회를 개최해 아동문학의 보급에 힘 기울인 것 등.

선생이 발품으로 일궈 놓은 몇몇 굵직한 줄거리만 열거하거니와, 이 모두 그런 프로젝트를 기획하고 실행한 선생의 문학을 향한 열정에서 이뤄진 것들이다. 문단 후배들에게 귀감이 됐음은 물론, 글쓰는 사람이 문학도로서 걸어가야 할 반듯한 길, 정도(正道)를 제시한 것이었다.

평자 선생의 눈부신 문학적 성과 앞에 고개 숙여 경의를 표하고자 한다.

그동안 선생이 발표한 동시와 동시조를 합하면 무려 800여 편에 이른다고 한다. 그중 동시 50편과 동시조 50편을 정선해 100편을 본 회고집에 『날개 달아주는 바람』이라는 이름으로 싣고 있다.

평자는 뽑아 놓은 100편의 동시·동시조에서 눈이 오래 머무는 작품을 다시 엄선해 평설하고자 한다. 동시든 동시조든 시는 산문시로 풀어놓지 않은 이상 분량이 짧다. 짧은 만큼 압축해야 하는 숨 가쁜 창작과정에 부대껴야 한다. 모두 선생의 사랑과 체온이 담긴 시들이 아닌가.

그래서 많은 작품을 평설하지 못하는 아쉬움이 뒤따랐다는 말을 해 두고 싶다.

『날개 달아주는 바람』
작품 평설

> 봄 동산에/ 하늘 향하여/ 핀// 민들레꽃 보며/ 내가 말했죠.// "해님을 닮아서/ 고운가 봐요."// 산기슭에/ 땅을 향하여/ 핀// 할미꽃을 가리키며/ 이삐가 대답했죠.// "꽃은 고개를 숙여도/ 아름답단다."
>
> - 「들꽃을 보며」 전문

'하늘을 향해 핀 민들레'와 '땅을 향해 핀 할미꽃', 두 꽃이 들꽃이라는 존재로서 '하늘과 땅'만큼의 차이로 극명하게 대비돼 있다.

한데 그러한 현상을 뛰어넘는 시적 화자의 눈이 번득이고 있다. 사물의 본질에 대한 해석의 눈, 자득(自得)의 눈이다. 화자가 자신의 눈으로 풀이하고 깨우친 것이다. '하늘과 땅'으로 대비됐음에도 그것은 겉으로 본 것일 뿐, 마음의 눈으로 본 '꽃'의 속살은 곱고 아름답다고 말한다.

'꽃은 고개 숙여도'라 한 아빠의 말에 시의 무게가 담뿍 실렸다.

> 줄넘기를 한다./ 하나, 둘, 셋…// 높푸른 하늘을/ 휘감아 내린다.// 줄 끝에 걸리는 하늘 몇 조각// 곱게 접어서/ 가슴에 품는다.// 이 닦기 한다./ 하나, 둘, 셋…// 싱그러운 아침을/ 찍어 비빈다.// 입 안에 껄끄러운/ 가시 돋친 말의 씨앗// 이 닦기와 함께/ 부숴 뱉는다.
>
> - 「아침에」 전문

시적 화자가 줄넘기하며 '푸른 하늘을 휘감아 내리는가 하면, 하늘 몇 조각 접어 가슴에 품는다, 이를 닦으며 가시 돋친 말의 씨앗을 부숴 버린다.'라고 하고 있다. 하늘을 휘감고 접고 가시 돋친 말의 씨앗을 부수고. 매우 굵고 힘차고 거침없는 역동적인 행위가 '아침'이라는 생동하는 시·공간 속으로 잘 포장됐다. 아침의 발랄하고 건강한 이미지를 줄넘기라는 매개체를 내세워 발랄하게 담아냈다. '가시 돋친 말의 씨앗'은 화자가 극복하고 도달하려는 삶의 명제 같다. 아마 그럴 것이다. 그래서 그만큼 웅숭깊다.

놀이터에서/ 뛰놀다/ 넘어졌을 때// 사랑 받고파/ 엄살하고 싶었는데// '오뚝오뚝'/ 일어서는 오뚝이 생각나서// "다치면서 크는 거란다!"/ 아빠 말씀 생각나서// 오뚝이처럼/ '오뚝' 일어섰더니// 내 앞에 우뚝 선/ 아빠 얼굴엔 빙그레/ 미소가 피고 있었어요.

- 「오뚝이처럼」 전문

아이들은 철없어 엄살도 하면서 큰다. 한데 그새 많이 큰 건가. 어느 날 '오뚝' 일어섰다. '다치면서 크는 거란다', 어디서 찌렁찌렁한, 그러나 한없이 부드러운 소리가 분명 들렸다. 아빠의 목소리가 바로 귓전에 내린 것이다. 훈육은 '밖에 나가서 마음껏 놀아라' 아이를 방목해도 이렇게 목소리로 되살아난다.

목소리로 그치지 않은 데 이 시의 묘미가 있음을 바닷가 조가비처럼 주웠다. '내 앞에 우뚝 선' 아빠가 빙그레 웃고 있지 않은가. 평면적 서술에 극적 장면을 도입해 독자로 하여금 정색해 보도록 눈길을 붙들고 있다.

소금기 하얗게 전/ 허물을 벗고// 만선의 기 폭에서/ 춤추던 바람// 해질녘 노을길/ 건너오면// 갯마을은 잠 깨듯 두런댑니다.// 한 떼의 물여울에/ 노래 실을 때// 포구로 내달아온/ 아이들 소리// 주낙에 걸린 웃음/ 쟁여 넣으며// 지는 해를 한동안 잡아맵니다.

-「하늬」전문

해거름, 하늬에 떠밀려 만선의 깃발을 나부끼며 포구로 어선이 들어오면 갯마을 사람들이 온통 바닷가로 몰려들어 두런댄다. 그리고 아이들 웃음이 주낙처럼 수없이 걸려 그걸 내어 넣느라 일몰의 한때를 잡아매 놓는다고 했다. 하늬 부는 날 비릿한 어느 어촌의 저녁 풍경이 사뭇 평화롭기만 하다. 1연의 '갯마을이 두런거린다'도 정중동으로 은밀히 맛깔스럽지만, '주낙에 걸려 팔딱거리는 아이들 웃음소리를 한동안 쟁여 넣느라 지는 해가 멈칫한다.' 한 것은 절창이다. 주낙은 낚시를 여러 개 달아 얼레에 감아 물살에 따라 감았다 풀었다 하는 낚시 어구다. 주렁주렁 달린 낚시만큼이나 아이들 웃음으로 왁자한 어느 포구의 정경이 눈에 선하게 잡히지 않는가.

갈매기가/ 바다 위를 자맥질할 때면// 등대도/ 파도를 일으켜/ 하늘을 나는/ 하이얀 새가 된다.// 아버지가/ 밤바다에/ 그물을 던질 때면// 등대도/ 그물을 던져/바다에 뜬 별을/ 건져 올린다.

-「등대」전문

등대는 하늘을 하이얀 새로 날기도 하고, 바다에 뜬 별을 그물로 건져 올리기도 한다. 낮과 밤, 지상적인 것과 천상적인 것이 대조되면서 시적 상념이 점층적으로 심화한다. 자맥질이 이어지는가. 밤엔 등대가 바다에 뜬 별을 건져 올리고 있다.

이건, 단지 그물을 던지는 어로를 위한 투망이 아니다. 하늘의 별을 건져 올리는 피안(彼岸)이라는 경험한 적 없는 미지의 세계에 대한 동경, 그 접근적인 몸짓으로 형상화된 것이다. '새', '뜬 별을 건져 올리다'는 은유로, 시어의 품격을 보다 높은 층위에 올려놓는 데 성공하고 있다. 화자는 그 메타포 뒤켠 어디에 꼭꼭 숨었다.

내 친구와/ 한 우산을 받으면// 샘이 난 빗줄기가/ 아무리/ 몸부림쳐도// 우리들의 양쪽 옷자락을/ 몽땅/ 적시지는 못한다.// 그래도/ 짓궂게 따라오며/ 우리들의 옷자락을// 끝내/ 적신다 해도/ 한마음이 된 웃음만은// 조금도 적시지 못한다.

- 「한 우산을 받으면」 전문

한 우산을 받는다는 것은 뜻을 같이한다는 것, 마음을 열어 소통한다는 것, 어느 지점까지 '시간과 길'을 공유한다는 의지의 구체적인 행동화다. 적어도, 같이할 수 있는 시간과 같이 걸을 수 있는 공간을 함께하는 의미가 녹아있다. 옷깃만 스쳐도 인연인데, 이것은 그걸 뛰어넘어 필연이다. 제아무리 큰비도 '한마음이 된 웃음만은' 적시지 못할 게 아닌가. 이미 한 우산을 받아 손뼉 부딪치며 소리가 나고 있다.

'친구, 우산' 말고는 순우리말로 엮은 시다. 얼마나 보드레하고 상큼한지, 세종대왕께 큰절을 올리고 싶다.

우리 반 친구들이 쓴/ 나라 사랑 글짓기// 선생님이 읽으시고/ 평하는 말씀 "어쩜 하나같이 붕어빵이냐?/ 자기만의 생각이 모자라구나."// 그러면/ 나도 붕어빵이지/ 붕어빵 생각하니 부끄러웠다.// 학원 끝나 귀갓길에/ 아빠와 들른 빵집// 아저씨가 나를 보며/ 하시는 말씀// "어쩜 아빠를 그리 닮았니?/ 아빠와 아들이 붕어빵이네!"// 온종일/ 붕어빵에 흐렸던 마음// 그 덕담 한마디에 활짝 개었다.

-「붕어빵」전문

경우나 분위기에 따라 뜻과 느낌이 다르고, 빛깔과 감정의 오묘한 차이를 달리하는 것이 말이다.

앞의 붕어빵은 찍어낸 것처럼 똑같아 천편일률적이라 특색이 없다는 뜻인데, 뒤의 붕어빵은 시적 화자가 아버지를 잘도 닮았다 함이다. 글이 붕어빵이라 한 것은 개성적인 표현이 없어 마치 한 사람이 쓴 글 같아 단조롭다 한 것이요, 뒤의 그것은 아비지와 자식이 붕어빵처럼 닮았다는 것이다. 글이 붕어빵 같다 하자 부끄러웠지만, 아버지와 붕어빵 같다는 덕담 한마디에 어느새 활짝 개었으니 말귀를 제대로 알아들은 것 아닌가. 지적·정신적 성장은 언어개념의 이해로부터 시작하면서 사회화한다.

“벌레 먹어/ 숭숭 뚫렸어요./ 내다 버려요.”// 텃밭에서 캐어 온/ 배추를 보며/ 먹을 수 없다고 내가 말했죠.// “벌레가/ 먼저 먹어 보고/ ‘이상 없음’을/ 알려주는 것이란다.”// 농약을/ 치지 않아/ 무공해 식품이라며 아빠와 나는 쌈을 하지요.// ‘아삭아삭!’

-「이상 없음」전문

사물은 저마다 반드시 어떤 이치로 존재한다. 그 이치라는 게 참 오묘하다. 구멍 숭숭한 배춧잎을 보고 먹을 수 없다고 절레절레 고개 흔드는 아이에게 아빠는 벌레가 먼저 먹어 본 것이라 ‘이상 없음’이라 일러준다. 이때 중요한 것은 ‘왜 이상 없음’인가 일깨워 주는 데서 오는 학습효과다. ‘농약을 치지 않은 무공해 식품’은 아이의 의심을 풀어준 ‘모범답안’이다. 바로 이어지는 행동단계, ‘쌈!’. 기가 막힌 교육의 현장이다.

마지막 행의 '아삭아삭!'은 두 사람 사이 탄탄한 동감에서 나온 놀라운 음성상징이다. 침이 설설 끓는다.

연필을 깎는 어린이에게/ 한 꺼풀 두 꺼풀// 나이테에 감겨 둔/ 산의 노래를 풀어주겠습니다.// 때로는/ 사륵사륵 눈 내리는 소리에// 턱을 괴고 생각에 잠긴/ 어린이를 위하여// 눈밭처럼/ 너른 마음을 주겠습니다.// 손가락만한 연필로/ 사각사각 힘주어// 글을 쓰는 어린이에게. 제 몸 태우며/ 빛을 주는 촛불의 이야기를 쓰도록 하겠습니다.// 넘치는 욕심을 털고 털어서// 정직하게 사는 법도/ 쓰도록 하겠습니다.// 그것이/ 하얀 공책에 보석처럼 빛나는// 하루하루의/ 일기가 되도록 하겠습니다.

- 「몽당연필이 하는 말」 전문

상이 ①나이테에 감겨 둔 산의 노래→②눈밭처럼 너른 마음→③제 몸 태우며 빛을 주는 촛불→④정직하게 사는 법→⑤보석처럼 빛나는 일기로 이행하면서, 마치 계단을 밟아 오르듯 이미지가 거침없이 번지고 있다. 바지런한 어느 어린이 손에서 이미 그렇게 헌신해 온 것이라 제재가 '몽당연필'이다.

버겁고 힘들 것이지만 몽당연필은 한사코 '~주겠다, ~하겠다'로 일관하고 있으니 해내고야 말 것이다. 화자가 그냥 턱을 괴고 생각에 잠겼겠는가. 새로운 시대와 역사를 꿈꾸고 설계하는 자의 우렁우렁한 발걸음 소리와 심장의 박동에 귀 기울이게 한다. 가슴 뛰게 하는 시다.

'산의 노래, 사륵사륵 눈 내리는 소리, 제 몸 태우는, 보석처럼' 같은 서정성도 읽는 이의 감성을 친친 싸고돈다.

돌하르방 감귤원엔/탱자 울 없습니다./ 담장도 없습니다.// 담장 넘길 싫어

하는/ 해님이 좋아서/ 날마다 날마다 놀러 옵니다. // 해님의 뒤 따라/ 아기 바람도/ 온종일 온종일 놀다 갑니다. // 덫에 칠라 조심하던 들새 산새도/ 맘 놓고 맘 놓고 드나들더니// 동네에서 제일 먼저/ 꽃이 핍니다./ 나비 닮은 하얀 꽃이/ 곱게 핍니다. // 공짜로/ 꽃향기를 마신 애들이/ 담장 대신/ 올망졸망 모여 섭니다.

-「담장 없는 감귤원」 전문

울·담장은 폐쇄 혹은 차단의 구조물이거나 장치로서 소통과 통섭을 근본적으로 막아 나선다. 하지만 돌히르방 감귤원에는 그 담장이란 게 없다. 햇볕이 내리쬐고 바람이 오고 새들이 자유로이 내왕한다. 눈치 볼 것도, 시간의 제약도 없으니 언제든지 와선 종일 놀다 간다고 했다. 동네에서 제일 먼저 꽃이 피는, 그것도 나비 닮은 하얀 꽃이 피는 곳, 꽃향기를 마신 애들이 올망졸망 모여 선다. 올망졸망 모여 선 것은 탐스레 닥지닥지 열린 감귤이 아닌가.

인위나 문명 이전, 본디 천연덕스러운 자연의 정경이 펼쳐졌다. 원초의 제주를 눈앞에 대하는 것 같다.

비를 맞고 속잎 자라듯/ 몰래몰래 꾸는 꿈/ 날개를 갖고 싶대요. // 안개에 젖어 고사리 자라듯/ 쏘옥쏘옥 크는 꿈/ 하늘을 날고 싶대요. // 탐라의 아기 장수 겨드랑이에 감추어 둔/ 날개의 꿈. // 빗줄기 뒤에 숨어 키운대요./ 안개 속에 숨어 날아 본대요.

-「한라산 -날개의 꿈」 전문

화자는 한라산을 하나의 의미망에 가두어 '날개'라는 대상물, 곧 객체로 보면서 한편 '날개의 꿈'을 꾸는 주체로 보고 있다. 주객일체로 뭉뚱그려 서로 끌어당기며 거리낌 없이 말을 걸고 있다. 서로 말을 걸도록 매개하는 것은 꿈이다. '몰래몰래, 쏘옥쏘옥 크는 꿈, 날개의 꿈'. '빗줄기 뒤에 숨어 키운' 그 꿈은 마침내 '안개 속에 날아 본다'고 했다.

꿈의 성장을 '비를 맞고 속잎 자라듯, 안개에 젖어 고사리 자라듯'이라 직유했는데, 이는 단순한 빗댐을 넘어 '비·고사리' 등 제주의 토속 취향에 닿아 시선을 끌고 있다. 제주 냄새가 물씬 난다.

> 몇 발짝 올레길을/ 더듬더듬/ 발암발암// 지팡이/ 앞세우고/ 할아버지 가시는데// 앞섰다, 뒤섰다 하며/ 강아지만 설렌다.
>
> —「강아지와 흰 지팡이」 전문

올레길 소묘(素描)다. 흰 지팡이를 앞세워 시각장애인 할아버지 한 분이 걷고 있는 좀 특이한 풍경이 벌어지고 있다. 지팡이는 시각장애인이 길을 안전하게 걷는 데 쓰는 보조기구지만 몹시 걸음이 굼떠 더듬거리고 있다. 안내견 구실을 한다고 주인과 더불어 하느라 강아지가 애쓰는 모습이 안타깝기까지 하다. '설렌다' 했다. 이쯤 되고 보면 강아지는 할아버지와 생을 같이하는 막역한 반려. 강아지가 앞섰다 뒤섰다 할 수밖에 없다. 오래 쌓인 정이 스미면 감정이 이입되게 마련이다. 사람과 동물이 서로의 교감을 넘어 눈물겹도록 감동적인 시다.

> 별이 누운 똥은/ 별이 된다, 별똥별// 깜빡할 새 빌어야/ 소원 들어주는// 병상의/ 친구 가슴에/ 화살처럼 꽂히고파.
>
> —「별똥별」 전문

별똥별은 한밤중이나 새벽녘에 한순간 선을 그으며 떨어진다. 그것도 눈 깜빡할 사이에 하늘을 가르는 찰나 사라진다. 별똥별이 떨어지는 바로 그 순간에 소원을 빌면 이루어진다고 한다. 밤중에 잠 안 자고 기다리다 병상의 친구 가슴에 별똥별로 내리고 싶다고 화자는 말한다.

까딱 놓칠세라 화살처럼 빠르게. 오랫동안 병상에서 시난고난하고 있는 친구에 대한 애절한 마음을 담고 있다. 친구의 쾌유를 위해 별똥별로 내리겠다는 인정미 넘치는 작품이다. '화살처럼'은 단지 비유가 아니다. 소원성취의 골든아워를 표현한 것으로 언어가 상당히 긴장돼 있어 보인다.

> 엄마는 인도 나라/ 카레가 좋다 해요.// 아빠는 필리핀의/ 레촌이 최고래요.// 할머닌 비빔밥으로/ 다문화를 하래요.
>
> -「우리 집 다문화」 전문

인도의 카레, 필리핀의 레촌, 한국의 비빔밥이 식탁에 한 자리씩 차지했으니 음식의 다문화는 이뤄진 셈이다. 카레는 치매 예방에 좋다 해 일반화됐고, 레촌은 필리핀의 전통음식으로 새끼돼지와 코코넛을 이용해 만든다. 화반(花飯)이라 불리는 비빔밥이 음식의 꽃이지만 우리 음식만 고집하던 시대는 지난 지 오래다. 세계는 하나의 지구촌이다. 다문화시대의 공기를 들이마셔야 한다. 그래도 할머니는 구세대라 우리 음식인 비빔밥을 끝까지 들고 나섰다. 하지만 시대를 공유하고 있다. 완강히 일갈해 "다문화 하라."라고.

> 예쁜 것 어쩌다가/ 이 빠진 접시 됐지?// 아빠가 재수 없다고/ "내다버려!" 하네요.// 여태껏 한 가족처럼/ 아낌 받아 왔는데요.// 사랑하는 가족 중에/ 누가 불구 된다면// 이 빠진 그릇 취급/ 그러면 안 되잖아.// 내 한 말 아빠

가 듣고/ "허허, 고놈." 하네요.

- 「이 빠진 접시」 전문

'이 빠진 접시'를, 아빠가 재수 없다 내다버려라 했지만, 시키는 대로 하지 않은 것은 웃어른에 대한 불경이나 명령 불복종이 아니다. '가족 중에 누군가 불구가 된다면' 하고 연민했던 때문이다. 내가 타자의 입장에서 바꿔 생각해 본 것인데, 뜻밖에 어른의 입장이 달라졌지 않은가. 게다가 아이답지 않게 대견하다고 "허허, 고놈." 했다. 칭찬받은 것이다. 생각이 약간 다를 수 있는 게 사람이고 세상사다. '이 빠진 접시'라고 그릇 취급 않는 것을 안쓰러워한 화자의 생각도 기특하거니와 자식의 그런 생각을 흔쾌히 받아들인 아빠, 둘 다 긍정적이고 포용적이라 살며시 미소 띠게 한다.

꽃씨들은/ 바람에/ 날개를 달고 싶대.// 낙하산 띄워주듯/ 고마운 봄바람이 휠휠휠 높은 하늘로 민들레/ 씨 날려요.// 가랑잎은/갈바람에/ 날개를 달고 싶대.// 비행접시 띄워주듯/ 신나는 갈바람이// 후르르 참새 떼처럼 가랑잎을 날려요.// 푸드덕 푸드덕/ 날갯짓하는 나무.// 공작새 날개 닮은/ 우리 집 종려 잎새.// 언제면 하늘로 휠휠 날아가게 될까요?

- 「날개 달아주는 바람」 전문

날아오름을 통해서만 지상을 초월해 천상에 다가갈 수 있다. 날아오르려면 날개가 있어야 한다. 새는 날개가 있다는 것만으로 숭배의 대상이다. 날개는 힘을 상징하는 데다 인간에게는 없는 신체 부위다. 씨가, 가랑잎이 날개를 달고 싶다고 하고 있다. 꿈에 그리던 먼 세계로 날아가려는 충동의 발로일까. 민들레 씨, 날갯짓하는 나무에 머물던 화자의 눈이 어느새 '우리 집 종려'로 옮긴다. 공작새 날개 닮은 잎새에 시선이 꽃힌 것이다. 날아야 무한 무변의 광활한 하늘로 오를 수 있고 경계를 지나 산과 바다를 건널 수가 있다. 그러려면 날개를 달아주는 바람이 있어야 한다. 화자는 "언제면 하늘로 훨훨 날아가게 될까요?" 목마르게 갈구하고 있다.

> 장애우 용팔이는/ 언제 봐도 만만해서// 공깃돌 빼앗고는/ 휙, 휙, 휙 내던졌다.// 돌 맞은/ 나무둥치도/ 학교 벽도 '아야야!'// 그 친구 전학 가니/ 뒤늦게 후회하고// 사과하고 싶었지만/ 다시는 볼 수 없다.// 돌아온/ 공깃돌만이/ 내 가슴에 '딱, 딱, 딱!'
>
> - 「남은 상처」 전문

'공깃돌을 빼앗아 휙, 휙, 휙 내던졌다'. 장애인을 만만히 봐 함부로 대하는 장면묘사가 팍팍해 정신 번쩍 들게 한다. 나무둥치도, 학교 벽도 과연 '아야야!' 소리 질렀겠다. 그가 전학 가자 후회하지만 뒤늦었다. 볼 수 없으니 사과할 수조차 없게 됐다. 화자는 이 고비에서 심리적 반전에 직면하고 만다. '돌아온 공깃돌만이 내 가슴에 딱, 딱, 딱!' 상대를 향해 던진 공깃돌이 자신에게로 부메랑이 돼 돌아온 것이다. 남이 내 몸에 낸 상처는 쉬이 아물지 않는다. 짓시늉말인 '휙휙휙'과 소리시늉말인 '딱딱딱'이 상황의 절박함을 유효적절하게 담아냈다. 참 감각적이다.

> 털실 모자 썼어요./겨울이 따뜻해요.// 칼바람도 웃다 가요./ 그 모습이 우스워서// 설빔 옷/ 곱게 차리고/ 세배 가는 아이 같아.// 담쟁이 푸른 모자/ 여름이 시원해요.// 어쩌면 그렇게/ 머리를 빙 둘렀는지// 마라톤/ 1등 하고서/ 월계관을 쓴 것 같아.
>
> - 「모자 쓴 돌하르방」 전문

제주 돌하르방을 의인화했는데, '털실 모자를 썼다고, 설빔 입고 세배 가는 아이 같다고, 담쟁이 푸른 모자를 썼다고, 마라톤에 1등 해 월계관을 쓴 것 같다'고 했다. 하르방 형상을 했으면서도 입가의 미소 말고는 대체로 차가운 돌조각인 돌하르방을 살아 숨 쉬게 하였다. 박박 얽은 한낱 무정물을 사람으로 대하는 화자의 따스한 온기가 읽는 이의 가슴으로 스며든다.

돌하르방이 희화(戲畵)해 새로 탄생했다. 사물에 대한 관찰안이 마침내 극한의 경지에 이르렀다 해 조금도 손색이 없겠다. 아이들이 읽으며 눈을 반짝이겠다.

열정의 문인, 김영기 선생님의
40년 회고집을 축하드리며

박재형
제주문인협회 회장

초임 시절, 외솔회 주최 한글날 글짓기 대회 산문부에 입상한 두 어린이를 데리고 시상식이 열리던 학생회관에 갔다가 물메초 어린이들을 데리고 온 선생님을 멀리서 처음으로 보았다. 그날, 동시 짓기에 탁월한 지도력을 가진 선배님을 보며 나도 글짓기 지도를 잘 해야겠다는 꿈을 갖게 되었다.

그 후, 우연히 처음 쓴 동화가 실리고 나서 가끔씩 제주일보에 동화를 싣곤 했는데, 어느 날 선생님의 전화를 받았다. 북제주교육청 소속 교사들과 함께 아동문학연구회를 만들자는, 가입 권유 전화를 받게 되어 북제주교육청에서 뵐 수 있었다. 그게 벌써 40년 전의 일이다.

제주아동문학 40년의 역사는 김영기 선생님으로부터 시작되었다고 해도 지나치지 않는다. 왜냐하면 제주아동문학의 산파가 선생님이시기 때문이다. 평소 어린이들의 글짓기 지도에 힘쓰시던 선생님께서 북제주교육청 소속 교사들 중 아동문학에 관심을 가진 교사들을 모아 아동문학연구회를 조직하고 『새벽』이라는 창간호를 발간하면서 제주에 아동문학이 태동했기 때문이다. '새벽'이라는 제호는 제주아동문학 탄생을 상징하는 의미로 참여 회원들이 이구동성으로 찬동해서 붙였다.

1980년까지 제주의 문단사에 아동문학은 분과가 없었다. 포도알 동인이 있었지만 활동이 두드러지기 전에 문단에서 이탈되었다. 그러던 중 김영기 선생님과 필자가 회원이 되면서 제주문인협회에 아동문학 분과가 생겨났다. 그리고 현재는 40명에 가까운 아동문학 작가가 생겨났으니 격세지감이라는 생각이 든다.

그 후, 연평초등학교 근무 2년차에 선생님이 전근을 오셨다. 교사들이 보던 교육 잡지 『새교실』과 『교육자료』에서 3회 추천으로 교사문인들을 육성하고 있었는데, 거기에 실린 선생님의 동시를 읽으며 나도 추천을 받아야겠다는 의욕을 가지게 되어 『교육자료』에 작품을 보내기 시작했다. 마침 선생님에게 강정훈 동화작가가 『아동문예』를 보내주어 그 책을 통해 1983년도에 등단을 했으니 선생님이 아니었으면 나의 등단은 신춘문예 단일 통로였을 테니 많이 늦어졌을지도 모른다.

문학지가 별로 없었던 시절에 월간지 『현대문학』은 문학인들이나 습작 예비문학인들이 즐겨 보던 문학지였다. 그런데 선생님은 군인 신분으로 『현대문학』을 읽으며 문학인의 꿈을 키우셨다. 그런 노력이 80이 넘은 현재까지도 왕성한 필력으로 이어지고 있다. 선생님의 동시와 동시조, 시조뿐만 아니라 다양한 글에서 수려한 문장이 드러나는데, 오랜 습작기를 통해 갈고 닦은 실력 때문이라고 생각된다.

선생님은 전형적인 외유내강의 성격을 가지고 계신다. 늘 조용하고 부드러우시나 내면은 치밀하여 열정을 가지고 문학작품의 창작뿐만 아니라 일처리를 하신다.

선생님은 그 사이 주옥같은 동시집과 동시조집, 시조집을 내서서 제주문단을 빛내 주셨다. 젊은이와 노인의 차이는 나이나 육체적인 차이라고 할 수 있다. 그러나 비록 노인일지라도 젊은이 못지않게 열정을 가지고 자기만의 목표를 설정하고 노력한다면 젊은이나 다름없다. 김영기 선생님은 젊은이보다 더 젊은이 같은 분이시다. 드러나지 않게 조용히 문학의 세계 속을 유영하신다. 누가 김영기 선생님께 노인이라고 할 수 있을까? 문학에 대한 열정은 선생님을 젊은이의 영역에 머물게 한다.

선생님의 글짓기 지도에 영향을 받아 시작한 '찾아가는 글짓기 교실'은 1988년 서귀중앙초에서 시작하여 2020년도까지 운영되었고 앞으로도 계속될 것이다. 비록 한 학교에서만 열리는 글짓기 교실이지만 30년이 넘게 지속적으로 열렸다는 것은 열정과 실력이 없으면, 회원들의 참여가 없으면 불가능한 일이다. 글짓기 교실이 지속될 수 있었던 저력은 김영기 선생님의 지도력 때문이라고 생각한다.

선생님은 80세가 넘은 지금까지 모교인 광양초에서, 세화초 등에서 글짓기를 지도하고 계시니 아직도 글짓기 교육에 대한 열정의 샘이 마르지 않으신다. 그러니 누가 김영기 선생님 앞에서 나이를 들먹일 수 있겠는가? '백세인생'이라는 노래 가사를 빌린다면 '80세에 저 세상에서 날 데리러 오거든 동시, 시조 쓰기, 글짓기 지도 때문에 아직은 못 간다고 전해라'는 노래를 불러야 할 듯하다. 뒤늦게 시조를 쓰시더니 제주일보 시조 문학상을 받으시고 시조집 『갈무리하는 하루』를 내어 노익장을 보여주셨다.

이제 아동문학 40년을 정리하는 『동심은 나의 힘』이라는 책을 출간하시려고 한다. 그동안 제주아동문학뿐만 아니라 한국아동문단에 끼친 선생님의 업적을 몇 줄의 글로 다 표현할 수 없다. 거듭 축하를 드리면서 선생님의 발자취를 따라 후진들이 부지런히 아동문학에 매진해야겠다.

선생님의 두 아들의 이름이 나와 동생의 이름과 동일하다. 재형, 재철.

선생님을 아버지처럼 생각하면서 다시 한번 아동문학 40년의 발자취를 엮은 『동심은 나의 힘』 발간을 축하드린다.

"오래오래 살앙 좋은 작품 하영 써줍서. 우리 후배들에게 귀감이 되는 멋진 선배님, 책 발간 축하헴수다."

제주문인협회 여름문학창작교실(2019. 8. 16.~17. 제주청소년수련원)

죽마고우

팔순 시인의
시집 속에 머물며

현병찬
서예가·시인

　사람들은 이 세상에 태어나면서 만남이라는 매우 중요한 영역이 있기에 여기에서 행복과 보람을 맛볼 수 있는 것 같다. 부모님과 천륜으로서의 행복한 만남이 있는가 하면, 마음을 주고받는, 그러면서도 때로는 경쟁자로 만나는 김영기 친구 같은 또래 친구와의 만남에서 보람의 바탕을 쌓아 올리는 만남도 있는 것 같다.

　어느 날 코로나19의 무력에 밀려 꼼짝 못 하고 외출을 삼가하고자 먹을 갈고 있을 즈음 시집 한 권이 배달됐다. 『짧은 만남 긴 이별』이라고 표지글이 적혀있는 시집이다. 친구 김영기 시인이 정성을 다하여 보내준 시집인 것이다. 고마운 마음에 얼른 펼쳐보았다. 시집에 실려 있는 내용물은 주옥같은 시조가 반이고, 나머지 반은 친구 자신이 시인이 되면서 걸어온 길을 자서전 식으로 서술한 내용이다.

　책을 펴들고 읽기 시작한 순간 나의 머릿속을 스치는 것은 "그렇지, 팔순이 됐지." 하는 공감 어린 한탄스러움으로 내 자신을 되돌아보는 시간이기도

하였다.

학창시절을 되돌아보면 제주제일중학교에서, 제주사범학교에서 같이 공부할 때는 이 친구가 시인이 되리라고는 꿈에도 그려보지 못했던 그때의 모습이 떠오른다. 노래를 아주 잘 불렀으니 성악가로의 진로가 뚜렷이 보이는 듯했다. 붓글씨도 잘 써서 나와는 앞서거니 뒤서거니 하는 라이벌이어서 글씨예술로의 꿈도 많았지 않나 하는 친구였다. 교직으로 출범하고 나서는 아동문학가로, 시조 시인으로 크게 발전하면서 왕성한 문학 활동을 하고 있는 모습을 보면서 한편 놀랍기도 했지만 이 친구에겐 다방면으로 예능 소질이 뛰어난 재능을 갖고 있구나 하는 부러움을 느끼기도 했다.

그런데 세월은 흐르는 것, 재능이 뛰어난 사람이라고 나이라는 자연의 섭리를 거스르지는 못하지 않겠는가. 팔순이 되고 보니 저 멀리 지나온 길이며 숲이며 동산이며 계곡들 모두가 추억덩어리요 보람덩어리요 아쉬움덩어리인 것을. 그래서 친구가 책의 제목에도 유성우를 빗대어 그려냈지 않은가. 더구나 책의 반 이상을 자서전 식으로 채웠다는 것은 이 친구가 정말 나이를 먹었구나 하는 인상을 주고도 남는 부분이다.

하기는 우리 인간들이 보통 할 수 있는 예술활동에 있어서 그 최고의 왕성한 창작품이 기대되는 연령대가 70세 전후라고들 하는 말을 들을 때는 저절로 머리가 끄덕여지는 대목이기도 하다. 그러기에 지금까지 많은 보람을 쌓으며 삶의 알맹이가 벼이삭이 익듯이 익어온 세월들을 하나하나 되돌아보는 재미도 있겠다고 생각된다.

친구가 그랬듯이 우리가 어렸을 적에는 모진 세파가 너무나도 세찼는데도 이 친구는 단란한 가정에서 할아버지, 어머니, 형, 누나의 사랑을 받으며 남모르게 문학가의 꿈을 키워나갈 수 있었다는 것이 커다란 행복이었을 것이다. 할아버지 무릎에서 옛날이야기를 들으며 자랄 수 있었던 일은 얼마나 따스하고 달콤한 추억이지 않은가. 맏형에게서 '우리 집 문장'이라는 자성예언을 들을 수 있었던 일 또한 얼마나 행복한 용기의 샘물이지 않겠는가.

이 친구가 처음 펴낸 시조집 『갈무리하는 하루』에 대하여 평한 양영길 문학평론가의 글을 조금만 빌린다면 이 친구의 매력은 "도공이 진흙으로 그릇을 빚어내듯 정갈한 마음으로 빚어낸 시인의 세상은 사람의 표정과 사람 사는 세상의 일을 그려낸 것 같다." 또 한희정 시조 시인은 "선생님의 시편에선 정이 담뿍 들어 있다. 우선 마음(情)이 들어 있고, 고요(靜)가 내려앉고, 깨끗함(淨)의 결징제이며 올바름(正)의 길이란 생각이 든다."라고 했다. 과연 문학하는 이의 시선은 바르고 정확하다.

친구의 시 중에는 각광을 받고 있는 시가 많지만 그중에서도 몇 년 전부터 전국을 휩쓸고 있는 시 「쇠'자가 붙은 말」은 동시인 듯하면서도 시조인 듯하여 참으로 정겨운 맛이 물씬 풍긴다.

'쇠' 자가 붙는 말 중/ 건강을 주는 것은?// 할아버지 고로쇠/ 나에게는 굴렁쇠// 무쇠는/ 우리 모두가/ 바라는 건강한 몸.// '쇠' 자가 붙는 말 중/ 그렇게 되면 안 좋은 건?// 욕심 많은 구두쇠/ 잡아떼는 모르쇠// 그래도/ 마음 열어주는/ 열쇠 하나 있었으면.

- 「쇠'자가 붙은 말」 전문

이 시조에서 가장 핵심 되는 부분은 '마음 열어주는/ 열쇠 하나 있었으면.' 하고 반전을 보여준 대목이라고 평한 전병호 시인의 말에 공감이 간다.

김영기 친구가 44년 동안 교직생활 현장마다에 투여한 아동문학의 밑거름은 애써 창립한 제주아동문학협회나 지금 몸담고 있는 제주시조시

제주사범 7회 졸업 친구들(1959. 12. 25.)
위 왼쪽부터 전영시, 정시근, 문택구, 박상언, 김영기, 김남규, 강길두
아래 왼쪽부터 이재복, 현병찬, 윤성준, 김창민, 고송진

인협회에서 모두 활발한 활동의 무대가 되고 있어서 이 친구의 안식처가
바로 거기구나 하는 것이 보인다.

　더하여 김영기 시인은 동시집 『붕어빵』, 『소라의 집』, 『참새와 코알라』
와 『날개의 꿈』 그리고 첫 시조집 『갈무리하는 하루』를 비롯하여 작년에
출간한 『짧은 만남 긴 이별』에 이르기까지 많은 족적을 남김과 아울러 한
국동시문학상·제주문학상·새싹시조문학상 그리고 제16회 제주특별자치
도예술인상을 수상하는 등 많은 업적으로 훌륭한 시인의 자리를 굳혔다
는 점에 큰 박수를 보내고 싶다.

　"인생은 짧고 예술은 길다" 한 것처럼 이 인연이 더욱 돈독해진 우정으
로 맺어져서 지금은 이 문장을 들추며 옛 추억을 그려보는 즐거움 속에서
행복을 느껴 본다.

한국아동문학계의
큰 어른

고운진
제주문인협회
제24대 회장
동화작가

　먼저 김영기 선생님 문단 회고록『동심은 나의 힘』출간을 진심으로 축하합니다. 매해 동시집은 물론 시조집까지 상재하면서 후배 문인들의 부러움을 샀던 선생님이기에 원로예술인 회고사업에 선정되었다는 소식은 큰 기쁨이 아닐 수 없기 때문입니다. 팔순이 넘은 나이에도 식지 않는 그 창작열은 어디서 나오는 것일까요? 인간은 육체의 쇠락에 반비례해서 정신은 더 총명하고 지혜로워질 수 있다는 명제가 김영기 선생님에게 어울리는 말이 아닐까 생각해 봅니다.

　철쭉이 흐드러진 봄날, 김영기 선생님 전화를 받았습니다. 최근 제주아동문학협회 40년사 편찬위원장을 맡아 노익장을 과시하고 계시기에 40년사 보충자료 부탁인 줄만 알았는데 선생님은 의외의 부탁을 해오셨습니다. 단체장도 아니고 이젠 후배 문인으로만 기억해줘도 좋은 저에게 회고록 축하의 말이라니 정말 의외였지요. 이름 있는 기관장님들에게 부탁하는 게 좋겠다고 사양하면서도 선생님의 정중한 부탁에 어느새 승낙하고 말았으니 이 밤 어쭙잖은 제 축사가 문단 회고록에 흠결이 될까 두려움에 떨고 있음을 밝혀둡니다.

아동문학으로 김영기 선생님과 인연을 맺은 지도 어느덧 30년 가까이 돼가고 있습니다. 격세지감의 인연이지요. 학교 선배님, 선배 교원으로서 인연보다 선배 문인으로서 인연이 더 각별하게 기억되는 것은 어인 일일까요? 행사 때마다 수없이 만났지만 흐트러진 모습은 보지 못했기 때문은 아닐까 생각해봅니다. 퇴직 이후엔 좀 가벼운 복장을 하실 만한데도 불구하고 항상 정장 차림이었으며 타인과의 대화에는 늘 조크joke도 곁들일 줄 아는 신사분이셨지요. 그런가 하면 김영기 선생님은 지금도 현역으로 활동하고 계십니다. 퇴직 후 팔순이 넘도록 모교에서 재능기부를 하는 것도 모자라 이젠 그 영역을 전도로 넓혀 아이들에게 동시와 동시조를 가르치고 계시니 김영기 선생님은 천생 교원이요 아동문학가이신 게 분명해 보입니다. 선생님의 회고록 표제 '동심은 나의 힘'에 딱 맞는 지행일치 생활을 하고 계시기에 회고집 발간이 더욱 의미가 있는 건 아닐까요?

선생님은 또한 모교 교장으로 봉사를 하고 퇴임을 하셨으니 모교 후배로서 부러움도 이루 말할 수가 없습니다. 재직기간 동안 『광양교육 50년사』를 발간하며 모교 발전의 큰 이정표를 세우셨기에 드리는 말씀입니다. 무려 900쪽이 넘는 방대한 학교 역사를 집대성해낸 학교를 여태껏 본 적이 없으니 선생님이 광양초등학교 교장으로 발령받은 것은 어쩌면 필연이었는지도 모를 일입니다.

선생님의 진면목을 다시 알게 된 건 2019년으로 기억됩니다. 당시 저는 제주문인협회 회장으로 제주 예총 일에도 깊숙이 관여하고 있었지요. 예총 사업 중에서도 제주예술인상 수상은 제주 예총 10개 회원단체의 큰 관심사였기에 제16회 제주예술인상 후보를 우리 협회에서도 추천해야만 했던 기억이 새롭습니다. 고민이 많았던 게 사실이었습니다. 연세도 있으시고 경합에서 밀릴 게 분명해 보였지만 과감히 추천을 했고 추천서류를 작성해 오신 걸 보고는 제 예감이 틀리지 않았음을 실감했습니다. 그렇게 제16회 제주예술인상 수상자는 아동문학가 김영기 선생으로 결정되었지요. 심사위원 만장일치였습니다. 타 단체 추천 후보와는 비교가 되지 않을 공적이어서 지금까지 이런 분에게 제주예술인상을 드리지 못한 것을 심사위원들이 아쉬워했다는 후문도 있던 터라 추천인으로서 뿌듯함은 지금도 금치 못한다는 말씀을 드립니다. 문인협회 회장은 당연히 심사위원 제척除斥 대상이어서 심사에 참여할 수 없었음에도 불구하고 굳이 당신의 수상을 제주문인협회 회장의 공으로 돌리려는 겸손함을 다시 생각하며 이 지면을 빌려 그건 회장의 공이 아니라 선생님의 거대한 예술혼魂이 빛을 발한 흔적이라는 걸 말씀드리고 싶습니다. 다시 한번 김영기

박상재 작가 초청특강 『그 개구리들은 어디로 갔을까?』 (2019. 11. 20. 제주문학의집)
앞줄 왼쪽부터 박재형, 김영기, 박상재, 고운진, 김정애

선생님의 제16회 제주예술인상 수상도 회고록 출간과 함께 축하하고자 합니다.

올해는 제주아동문학협회 40년사를 편찬하는 원년입니다. 선생님이 만장일치로 편찬위원장에 추대되었기에 동분서주하는 모습을 보면서 후배 문인으로서 부끄러움이 앞섭니다. 편찬위원들에게 자료수집과 편집을 맡겨도 좋으련만 당신이 하나하나 수정하면서 40년사를 엮어가고 있음을 볼 때 선생님 자체가 제주아동문학협회 40년 역사이고 한국아동문학사의 큰 어른이시라고 감히 말씀드려 봅니다.

코로나19로 2년여 세월을 살아가면서 모두가 지쳐 있고 일상에 적응하기가 힘든 요즘입니다. 예전 일상을 되찾는 날이 하루속히 오길 바라는 마음이 간절한 것은 무엇 때문일까요? 올해로 창립 41주년을 맞는 제주아동문학협회는 늘 회의 뒤풀이로 노래연습장을 찾곤 했었는데 아쉽기만 합니다. 김영기 선생님의 애창곡 '비의 탱고'를 듣고 싶기에 하는 말입니다. '비가 오도다 비가 오도다 슬픈 가슴 안고서 가만히 불러보는 사랑의 탱고~' 지긋이 눈을 감고 속삭이듯 노래하다가도 어느새 큰 파도와 마주하는 듯한 그 열정의 노래를 다시 듣는 날이 하루속히 오길 기대합니다. 그때까지 늘 큰 나무로 계셔주길 확신하면서 제주아동문학협회의 최대 주주(?)로 한국아동문학의 큰 별로 빛나주시기를 거듭 부탁드리며 선생님의 회고문집 출간 축하 인사에 갈음하고자 합니다.

끝으로 원로예술인 회고사업을 추진하여 주고 계시는 제주문화예술재단 이승택 이사장님과 제주문화예술재단 임직원에게도 감사한 마음을 보냅니다. 김영기 문단회고집 『동심은 나의 힘』 발간發刊을 진심으로 축하드리며 오랫동안 동심의 꽃밭에서 활짝 피어나시길 기원합니다. 축하祝賀합니다!

제주아동문학의
산파이자 기둥

장승련
제주아동문학협회
제17대 회장
아동문학가

거의 40년 동안 작가로서 문단의 선배로서 후학들을 양성해 오신 김영기 선생님을 생각해봅니다. 옷소매를 스치는 솔바람처럼 부드러운 어조와 잔잔한 미소로 선후배 문인들을 대하는 김영기 선생님!

지금 내가 생각하는 김영기 선생님은 제주아동문학의 산파이자 기둥 그 자체입니다.

내가 김영기 선생님을 만나게 된 것은 1981년경 구엄초등학교에서 함께 근무하면서부터였습니다.

1981년 납읍초등학교에서 구엄초등학교로 발령받아 갔을 당시 선생님은 중견교사였고 나는 초임교사의 티를 채 벗어나지 못해 교직 생활에 잘 적응하지 못하던 시절이었을 것입니다. 문교부 지정 예체능 전담학교로 학교교육이 예체능 교육의 활성화에 교육적 역량을 쏟아야 할 때였습니다. 자연스레 교사들 간의 관심도 예체능 쪽이었고 대화를 나누다 보니 선생님은 내가 시에 관심이 있다는 걸 아신 것 같았습니다.

"장 선생, 난 장 선생이 시보다 동시를 쓰는 게 좋

겠어. 아무래도 어린이들과 생활하는 시간이 대부분일 것이므로 글의 소재도 잡기 쉬울 것 같아서 그래. 한번 써 보세요."

시도 제대로 못 쓰는 내게 시심詩心을 동심으로 걸러내어 쓴다는 건 결코 쉽지 않은 일이었습니다. 그러나 자꾸 쓰고 있느냐, 쓴 걸 보여주면 좋겠다 하시며 자꾸 채근하고 독려해주시면서 나의 동시는 태동하기 시작했습니다. 그래서 나중에는《새교실》紙에 추천이 되는 데 큰 격려와 바람을 불어넣어 주셨습니다.

아마 김영기 선생님이 나를 아동문학 쪽으로 권유하지 않았으면 어떻게 되었을까 상상하기가 두렵습니다. '내가 동시집 내면서 아동문에 작가상, 한정동 아동문학상, 한국불교아동문학상, 한국아동문학상을 과연 받을 수 있었을까? 내 시가 초등 국어교과서에 실리는 영광을 누릴 수 있을까?' 하는….

김영기 선생님은 동시를 쓰며 노력하는 이 후배의 기특함을, 외국에 공무로 출장을 가셨어도 당신이 본 이국 풍경의 엽서로 표현해 주셨습니다.

나중에 안 사실이지만 김영기 선생님은 1980년 물메교 교사 시절, 아동문학에 뜻을 둔 교사들을 고무하여 북제주군 교육청 산하 국어과 연구서클인 '제주 아동문학연구회'라는 조직을 구성하였습니다. 그리고는 작품 창작을 독려하며 급기야는 첫 창간호인『새벽』을 김동호 선생님과 함께 편집해 심혈을 기울여 출간함으로써 제주아동문학의 탄생을 알리게 되었습니다. 그 창간호에 작품을 발표한 회원 15명 중 4명(김영기, 박재형, 장승련, 오수선)을 비롯, 2021년 현재까지 32명으로 조직된 제주아동문학협회를 이끌며 활발한 문학활동과 사업을 전개하는 데 힘을 기울이고 있습니다.

김영기 선생님은 교원으로서의 그 본분을 다하면서도 어린이들의 자기 생각 표현에 남다른 관심을 가져 글쓰기 지도에 심혈을 기울이셨다는

세미나 행사를 마치고(1987. 8. 22.)
왼쪽 박재형, 김영기, 박종현,
김종두, 장승련, 박홍근 시인

데 존경의 대상이 되고 있
습니다. 다른 작가들이
자기 글, 자기 성취에만
관심을 가지는 것에 빈해
김영기 선생님은 교사 생
활에서도 늘 어린이들의
심성을 곱게 다듬는 일과
소질 계발 등 글쓰기를 통
한 창의성 향상에 노력해
왔기 때문입니다. 그리하여 전국적인 조직인 한국글짓기지도회의 이사
직도 수행할 정도로 명망이 높았습니다.

문학활동을 하면서 김영기 선생님을 옆에서 뵈면 매사 신중하고 겸손
하며 절제된 삶을 살고 있다고 느껴집니다. 조용하면서도 문학회원들과
도 잘 어울리시고 선배로서 질타하거나 싫은 소리를 한 번도 낸 적이 없
으셨습니다. 별로 말씀이 없으신 그의 성품은 문학에도 투영되어 깔끔하
고 절제된 언어표현으로 늘 신선한 감흥의 바람을 불러일으켜 왔습니다.

김영기 선생님은 1984년 3월《아동문예》3월호 동시 부문 신인상에
「등대」외 2편이 당선되어 문단에 데뷔했습니다. 제주아동문단에서는 박
재형 선생님의 동화에 이어 김영기 선생님의 동시 당선은 당시 아동문학
의 불모지나 다름없었던 제주 문단에 활력을 불어넣었으며 제주지역의

아동문학 발전에 새로운 전기를 마련하는 계기가 되었습니다. 또한 선생님은 동시에 우리 민족의 시조인 율격에 따라 동심을 표출한 동시조를 우리 제주아동문단에서도 최초로 쓰기 시작하셨고 제주시조시인협회 회장직을 맡아 시조 부흥에도 큰 역할을 하셨습니다.

김영기 선생님은 현재까지 모두 14권의 동시집과 동시조집, 시조집을 상재하셨습니다. 이들 시집 가운데 『소라의 집』은 다른 시집과는 달리 동시조집인데, 부록으로 「단계별 시조 쓰기」를 실어 스스로 공부할 수 있도록 한 것이 특이한 점입니다.

이처럼 김영기 선생님의 작품 특징을 들어보면 모두가 치열한 시 정신과 작가정신으로 우리 고향 제주도의 것을, 자칫 잃기 쉬운 제주 고유의 것을 끈끈한 애정으로 그리고 있다는 사실에서 연유되고 있음을 알게 됩니다.

동심은 마음의 고향이라 했지요.

성인의 눈으로 본 정서를 동심의 체로 걸러 동심적 정서로 변용시킨다는 것은 결코 안이한 시 의식으로는 수용이 허락되지 않았습니다. 그러나 김영기 선생님이 제주를 사랑하고 그 사랑의 폭만큼 시적인 형상화에 시 의식이 치열했을 때 작품이 창출되고 있다는 사실은 문단 후배들에게 귀한 가르침이 되고도 남으리라고 봅니다.

제주아동문학의 산파이자 기둥이신 김영기 선생님!

선생님의 아동문학 40년 회고집. 출간을 축하드리며 오래오래 건승·건필하시기를 기원합니다.

회고집 발간을
축하드리며

김정애
제주아동문학협회
제20대 회장
동화작가

누구나 인생길을 가다 보면 뜻하지 않게 자주 마주치는 사람들이 있습니다. 걸어갈 방향이 같다 보니 만나게 되고 동행을 하게 되는 것이겠지요.

선생님과는 거의 30년 가까운 세월 동안 교직 선배로, 직장 상사로, 문인으로 긴 시간 같은 길을 함께 걸어왔습니다. 이 모양 저 모양으로 같이해 온 걸 보면 옷깃만 스쳐도 인연이라니까 참으로 인연은 인연인가 봅니다.

첫 번째 만남은 남광초등학교에 근무할 때 선생님께서 교장으로 부임해 오시면서였습니다. 당시 나는 소설을 습작하고 있었는데 공모전에 응모하여 상을 받기도 하면서 소설가를 꿈꾸고 있었습니다. 그런데 결재를 받으러 교장실에 들를 때마다 나에게 동화를 쓰라고 권하셨습니다. 솔직히 말하자면 처음에는 별로 내키지 않았습니다. 소설에 미련을 둔 탓이기도 했지만 초등학교 시절 외에는 동화라는 걸 읽어본 적이 없어서였습니다. 그렇지만 교장 선생님이 자꾸 말씀하시는데 건성으로 대답만

하는 것 같아서 처음으로 동화라는 걸 썼고 그해 등단하여 지금까지 동화를 쓰고 있습니다. 선생님이 지금도 젊은 후배들에게 동화나 동시를 쓰라고 권면하시는 걸 보면 옛날 생각이 나기도 합니다.

그 후 선생님이 퇴임하셔서 교육현장에서는 뵙지 못했지만 두 번째 만남은 제주아동문학협회 회원으로 활동하며 자연스레 이어졌습니다. 함께 활동하던 회원 중에는 이미 고인이 된 분들도 있지만 창립 멤버이신 선생님은 지금까지 왕성하게 활동을 하고 계십니다. 문학에 대한 사랑과 열정이 대단해서 매일같이 글을 쓰시고 해마다 작품집을 출간하시니 후배들에게 귀감이 되지 않을 수가 없습니다.

세 번째 만남은 나 역시 퇴직한 후에 이루어졌습니다. 세화초등학교에서 교육복지 사업의 일환으로 동시 쓰기 수업을 개설하게 되었는데 선생님은 4~6학년 동시조를, 나는 1~3학년 동시를 가르치게 되었습니다. 나중에는 어도초등학교에서도 같은 수업을 하게 되었는데 동시 수업은 학부모나 학생들에게 만족도가 가장 높은 강좌가 되어서 세화초에는 5년째, 어도초에는 3년째 이어지고 있습니다.

학교에서 바라는 대로 어린이들에게 동심이 우러나도록 동시·동시조 쓰기를 성심껏 지도하고 있지만 얼마큼의 인성교육이 됐는지 수량적 평가를 할 수는 없어도 표현능력이 현저히 향상됐다는 것과 그로써 자신감을 고양시킬 수 있었다는 점은 분명해 보입니다. 그 까닭은 해마다 대교재단 눈높이 창작 동시쓰기 대회에서 많은 어린이들이 좋은 성적으로 입상하여 어도초등학교는 연 2회, 세화초등학교는 연 4회 '꿈나무 인재육성 후원학교'로 선정되어 100만 원 상당의 도서 혜택을 받아왔기에 말입니다. 이와 같은 결과물로 그 사실을 증명하게 되어 영광스러우며 자그만 보람이라고 생각합니다.

이러한 행사에 앞장서 추진하시어 어린이들에게 날개를 달아주려는

『짧은 만남 긴 이별』 북토크를 마치고, 제아협 회원과 함께(2020. 8. 27. 제주문학의집)
왼쪽부터 고운진, 김정숙, 김 란, 고명순, 김정애, 김정배, 김정련 작가

선생님의 열정은 '항상 어린아이들 속에서 사시고 동심을 노래해서 나오
지 않는가' 하는 생각이 들기도 하여 나이는 숫자에 불과하다는 말은 곧
선생님을 두고 한 말이 아닐까 하는 느낌을 받곤 했습니다. 아마도 짐작
건대 선생님의 물리적인 나이는 팔순이 넘었지만 열정의 나이는 그 절반
도 안 되었을 것 같기도 합니다. 퇴임하시던 해부터 꾸준히 모교인 광양
초에서 아이들에게 글쓰기를 가르쳐왔고 지금까지도 계속하고 있으니까
선생님이 뿌린 글의 씨앗은 아마도 곳곳에서 풍성한 결실을 맺을 것이 아
닌가 여겨집니다. 그 연세에 아이들을 가르치는 것이 쉬운 일은 아니지만
앞으로도 꿈과 열정의 시간은 이어질 것이고 선생님의 창작 곳간은 동심
으로 가득 채워질 것 같습니다.

　자동차의 바퀴도 축이 있어야 돌 듯 우리 인생의 바퀴도 굴러가려면

축이 있어야 하는데 저마다 환경이 다르고 가치관과 인생관이 다르니 그 축이라는 것도 제각각 다를 것입니다. 하지만 평생을 일관성 있게 지탱해 나가는 것이 그리 쉬운 일은 아닐 듯합니다.

선생님은 평생을 교육자로 살아왔고 은퇴 이후에도 꾸준히 동시를 매개로 아이들을 가르치고 계시니 교육과 문학이라는 두 개의 축에다 열정이라는 바퀴를 달고 살아오신 분이 아닐까 생각해 봅니다.

해마다 주옥같은 작품을 모아 작품집을 출간하시거나 아이들을 가르치는 일 외에도 문학 관련 행사나 모임도 빠지는 일이 없는 걸 보면 선생님은 열정 말고도 여러 가지 이름의 바퀴를 함께 가지신 게 틀림이 없습니다.

내가 저 나이가 되었을 때 과연 아이들을 가르칠 수 있을까? 아니, 가르치는 건 고사하고 글을 쓸 수 있을까? 혼자 자문자답해 보지만 왠지 그럴 것 같지는 않습니다.

호리호리한 체격에 깔끔하신 모습은 젊은 시절이나 지금이나 별반 다름이 없는데 에너지가 어디에 숨어있는지 궁금하기도 합니다. 흐트러진 모습을 본 적도 거의 없습니다. 아직도 왕성하게 활동을 하시며 건강을 유지하고 사시는 비결이 아이들 속에서 동심을 유지하며 철저하게 자기 관리를 하는 덕분이 아닐까 혼자 짐작해 봅니다. 교육계와 문단의 후배로서 존경을 표하지 않을 수 없습니다.

제주아동문학의 선구자로서 40여 년 세월을 불모지인 제주 땅에 아동문학의 씨를 뿌리고 열심히 가꾸어온 문단의 원로로서 그동안의 발자취를 정리하여 회고집을 발간하게 된 것을 진심으로 축하드립니다. 부디 건강하셔서 언제나 한결같은 모습으로 건필하시며 오랫동안 후배들에게 가르침을 주시길 바랍니다.

응원합니다

강정애
시인
경영철학 박사

　강정애 시화집『응원합니다』출판기념회가 2014년 12월 제주 칼호텔 대연회장에서 있었습니다. 애월읍 물메초 출신 여류시인으로 진주강씨 문중 어른과 신부님을 한자리에 정중히 모셨지요. 그리고 이 자리에 꼭 초대하고 싶은 분은 초등 시절 동시 짓기 스승이자 담임이셨던 아동문학계 대부이신 김영기 선생님이셨습니다. 그러나 퇴원 후 요양 중으로 함께하지 못했습니다.

　방송국에서 시화집『응원합니다』의 탄생과 과정들을 TV 프로그램으로 엮어 방송하고 각 신문사도『응원합니다』시화집을 보도해 주었지만 그보다도 선생님 축하의 한마디가 못내 아쉬웠습니다. 미국 백만 불 원탁회의 파워센터에 '한국인 최초 선정 도서로 미국과 한국에서 현재 판매되고 있는 도서다.' 이렇게 되고 보니 어떻게 해서 시를 사랑하게 되었고『응원합니다』의 저자가 될 수 있었는지 그 밑바탕이 된 초등학교 새싹 시절을 회고하지 않을 수 없습니다.

노래를 얼마나 좋아했던지 물메초 3학년 때 합창단 단장이 되었습니다. 4학년 선배들이 제주 KBS 방송국 〈누가 누가 잘하나〉 견학 가던 날 김영기 선생님 추천으로 프로그램에 당당히 출연해 금상을 수상, 곡목은 「과수원 길」이지요. 전국 방송으로 최고 인기였던 프로! 그때부터 여고 졸업까지 내 꿈은 가수였어요. 꿈은 그 꿈을 꾸는 자의 것이라 했던가요? 그러나 그 꿈도 환경에 따라 변하나 봅니다. 가수의 꿈에서 시인의 꿈으로 변했으니 말입니다.

1980년대 수산에도 통신 문화가 들어오며 TV와 신문이 집집에 버젓했어요. 그런데도 화장실인 통시 문화는 '동티 설' 때문인지 재래종 돼지가 주는 삶의 영향 때문인지 변화가 없었습니다. 제주에는 '동티' 나면 사람 죽어 나간다는 속설이 있었지요. 이야기를 다시 1981년 물메교로 이어, 물메교엔 변화가 일고 있었습니다. 이 시점에 꼭 필요한 교육을 그 당시 고심하고 실천하고 노력하던 교육자가 물메초등학교에 계셨으니 바로 3학년 시절 김영기 담임 선생님이었습니다.

선생님의 동시 수업은 특별했습니다. 자율은 자유보다 쉽지 않았죠. 자율은 대학에서 배우는 자아 수련과 통찰이 필요한 것이므로 자신을 만들어 가는 일환이었어요. 동시 시간에 시를 쓴다는 것은 타인과 자아에 대한 자율적이면서도 자유적인 자세가 절대적이었습니다. 전영재 교장 선생님과 김영기 선생님은 물메초교 전교생을 시의 고장, 시인의 터에서 자라게 했으니 그들의 앞날을 미리 알고 있었을까요. 동시는 수업 시간 써내는 1편 외 1주일 두 편씩 제출해야 했습니다. 시에 대한 생각과 관심은 학교를 떠나 집에서도 이어졌어요. 진정한 숙제에 빠져든 것. 혼자만의 독백은 시를 보면 보인대요. 쓴 이의 마음과 정신이 그것이지요. 숙제는 어린이의 순수한 독백 속에서 마음과 정신을 소통해 냈습니다.

'이 나라의 어린이를 사랑하라'라는 명언을 몸소 실천한 선생님은 시를 통하여 어린이의 마음을 치유했고, 순수한 어린이 자신이 스스로 소통하는 방법을 찾아내게 하는 시의 태동을 득하게 하셨습니다. 나의 시 쓰기에서 처음 썼던 시는 떠오름이 없어 하얀 공책을 더 하얗게 만들어 버렸지요.

답답함에(선생님 교실 밖에 나가도 되나요? 네.) 아이들은 하나둘 교실 밖인 넓은 곳으로 마음을 밀어냈어요. 하얀 공책이 너무 넓어 마음 하나 들어가도 자리가 비더라고요. 수업 종이 울려야 부랴부랴 마음에 든 무게를 동백낭에게 주며 말 걸어 봤지요. 바나나처럼 생긴 동백낭만 하염없이 나를 바라봐요. 마음 훈련이 안 된 3학년 어린이가 가슴이란 대문을 열고 어떤 표현을 꺼냈을까요. 오장육부가 내 안의 골짜기를 지나며 그때 심정들은 어떤 언어들을 사용해냈을까요.

동백을 보며 말을 잃은 난 억지 춘향 격의 한 줄을 써냈지요.(동백아 넌! 바나나를 담았구나.) 왜 그렇게 썼을까. 시간을 까먹은 4학년짜리 첫 작품. 기억을 파 보니 그렇습니다. 나의 시는 독학입니다. 시 쓰기 수업은 자율이지만 시를 대하는 시간에 대자연과 자신, 우주와 대화하며 글을 작업했지요. 시 짓는 일은 처음이나 지금이나 재미와 진정한 사랑에 빠지는 겁니다.

6학년까지는 학교로부터 수업으로 계획된 시를 쓰며 어린이 문인으로 졸업했습니다. 초등시절(1980) 작품 「참새」는 제주신문사 주관 제주 학생 문예 공모에 시 분야 '장원'으로 내가 박사학위 받던 2013년까지 '글짓기 보기'난에 수록되었습니다. 그러니 잊을 수 없습니다.

대밭은/ 참새들의 교실이지요/ 노래자랑 해봐요/ "제가요" "제가요"// 대밭은/ 참새들의 운동장이죠/ 씨름 한번 해봐요. / "제가요" "제가요"// 교실에서나/ 운동장에서나/ 요란스러운 참새 소리.

이런 동시를 쓰게 해 주신 김영기 선생님이 계셔 물메초등학교 졸업생 모두는 남들도 시 쓰기 교육을 우리처럼 받은 줄 알았습니다. 이 글을 쓰기 전까지는….

　물메 자연의 매력은 나에게 시의 재료로 사용되었습니다. 그것을 알아가며 시를 쓸 때 쾌감은 이루 말할 수 없었습니다. 글 사랑은 자연 사랑이요, 그것이 인간 사랑이니 시 사랑이 우주를 섭렵하는 세상과 상통함을 알았습니다. 살며 깨달아가는 시상은 다시 또 다른 시상을 초대하고 상처와 외로움, 고독과 희망, 용기와 도전 등 삶의 재료들을 벗으로 시라는 벗을 재창출했습니다.

　현재 팔순을 넘긴 나이에도 일선 현장에서 '글짓기' 봉사활동을 벌이는 김영기 선생님은 물메초등학교가 아동문학의 발생지라고 전하십니다.

물메초 1979학년도 계몽사 독후감 쓰기 입상 어린이
문춘순(5학년), 변승연(5학년), 이순희(5학년)
변문호 학부모, 고중호 학부모회장, 지도교사 김영기, 교감 좌경윤 그 교육 현장 시초에 전영재 교장 선생님이 계신다고 합니다. 물메초에서 처음 시 쓰기 교육사업을 펼칠 때 믿어주고 큰 응원과 힘을 실어준 훌륭한 교육자로 존경을 표현해 주셨습니다. 그 영향으로 120명 전교생이 어린이 시인으로 시를 실어『꿈뜨락』발간을 지속적인 사업으로 해 오고 있다는 말씀을 드립니다.

시를 통한 아름다운 교육문화의 역사를 이행하고 있는 겁니다. 내 나이 오십 줄을 넘어서니 나의 안쪽 대문도 풀렸는지 자주 열립니다. "울컥!" 한 올 한 올을 짜며 올린 53개 올도 선생님 앞에서 고개 숙이니 지금 자리가 내가 나고 자란 자리와 매한가지 같습니다. 그러니 얼마나 좋은지요! 선생님 말씀처럼 간만에 꺼내 보는 어린 시절이! 초등시절 썼던 배움이 살아오면서 상처 난 곳을 처매주고 아픈 곳을 쓸어주며 격려해 주니까요. 살면서 외롭지 않게 벗 되어 주던 나의 시는 은퇴 후 노년에도 벗으로 외롭지 않은 좋은 친구가 될 것입니다.

이 길을 닦아주신 김영기 선생님께서 제주문화예술재단의 원로 문인 지원사업으로 회고 문집을 내신다니 과연 선생님이시구나 하는 존경과 함께 축하드려 마지않습니다.

시는 시만이 아닌 아름다운 시간으로 가는 동행이라 하신 말씀처럼 오래 아름다움을 영위하시어 여린 제자들의 버팀목이 되어 주소서.

응원합니다!

술술 약주 한잔
드시겠어요?

고명순
아이세상 어린이집 원장
동화작가

어떤 것에도 목숨을 주어 꿈틀거리게 만들 것 같은 봄비가 유난히 잦다는 생각이 듭니다. 자동차 바퀴가 썰매를 타듯 미끄러지는 봄비 그친 밤. 무엇을 추억하기에 딱 좋은 시간이기도 합니다.

산이 좋고 물이 맑다는 의미로 설촌된 물메, 애월읍 수산리입니다.

봉긋하게 솟아오른 수산 오름과 꽤나 넓은 인공저수지가 제주를 찾는 올레꾼들의 발길을 머물게 하는 크지 않은 마을입니다. 태어나 자라고 반백 년을 함께 익어가고 있는 제 고향입니다. 이곳에 가난한 제 유년의 추억이 고스란히 담긴 아담한 물메초등학교가 자리 잡고 있습니다.

"고명순 선생! 축하글 하나 써주게, 의미 있을 것 같은데……."

"네?"

"집안을 그때 학교생활처럼 부지런히 했으면 난 아마 다른 삶을 살았을걸! 하하하."

"네!"

한 번은 꼬리를 길게, 또 한 번은 낮고 짧게 "네" 대답만 했습니다.

"선생님! 술 한잔 사 주세요!"

어색하지 않게 이런 대답을 했으면 더 좋았을 테지만 스승의 그림자도 밟지 않는다는 아름다운 말을 귀에 딱지가 앉도록 들으면서 자란 아름다운 세대인걸요.

기억나는 선생님을 꼽으라면 단연 으뜸인 분이 김영기 선생님이라고 한다면 너무 부끄러운 고백일까요?

선생님과 선술집에라도 앉아있다는 기분으로 추억의 필름을 돌려보겠습니다.

때는 바야흐로 1980년.

청동인지 무쇠인지 무엇으로 만들어진 것인지 정확한 재료는 모르겠습니다만 종을 치는 것으로 수업 시작과 끝을 알렸습니다. '수업 끝'은 세 번 땡땡땡, '들어와라'는 네 번을 치는 거라고 친구들의 연구 결과 밝혀진 모양입니다. 한데 우리 김영기 선생님은 유난히 시작 종을 '시작! 시작!' 소리가 요란하게 여러 번 두들기셨던 것으로 기억됩니다. 그도 그럴 것이 마흔 명이나 되는 아이들이 단 한 명도 교실에 남아있지 않으니 적어도 마흔 번은 흔들어대지 않았을까 싶습니다.

종소리 여운이 가시기도 전, 교실 안 웅성거림을 잠재우는 선생님만의 루틴이 있었습니다. 첫 과목이 산수이건, 자연이건 상관없이 수업 시작 전 16절 이면 갱지를(우리는 똥종이라고 불렀습니다.) 한 장씩 건네시곤 뭔가를 생각하고 써내라 하셨습니다. 어떤 날은 생각할 주제를 정해 주시기도 하고, 스스로 운동장에서 봤던 것, 어제 있었던 일 등등 자유로운 생각을 적어내게 했습니다. 일부러 연필을 굴려 떨어뜨리기도 했고 간간이 섞여 나오는 한숨 소리는 우리 반 친구들의 창작의 고통을 함께하는 소리가 분명했습니다.

학교의 연간 수업 일수가 보통 이백 일은 넘었으니 우리 반 친구들 모두는 200번 넘는 글감에 대한 고민과 200개가 넘는 습작품을 보유하고 있는 참 괜찮은 3학년을 보냈다고 자랑할 수 있겠습니다.

마침내 친구들의 작품을 모아 『옹달샘』이라는 등사판 문예집이 발간되었습니다. 처음 만들어진 학교 신문에 실렸던 처녀작의 등사잉크 냄새가 폴폴 묻어나는 것 같습니다. 《조선소년일보》 5월 문예상에 「돋보기」를 써서 우수상을 받은 고명순을 선생님께서는 아직도 생생하게 기억하고 계실 겁니다.

선생님의 열정은 참 대단하셨습니다. 아직도 잊을 수 없는 건, 교실 출입문을 열면 귀퉁이를 차지했던 고동색 풍금입니다. 저만 그랬을까요? 오른발을 발판 위에 올려 밟고 검정, 흰색의 건반을 꾹 누르면 각각 다른 소리가 되어서 나오는 희귀한 요물이었습니다.

음표와 건반의 소리를 연관시켜 설명해주셨고 호흡과 발성을 알려주신 우리 선생님. '솔솔미파솔 라라라솔 솔도미레도레' 잊을 수 없는, 잊혀지지 않는 「고향의 봄」 계이름 부르기가 지금도 술술술 흘러나옵니다.

'학교만 잘 댕기민 된다!' 하셨던 제 부모님과는 달리 풍금 배우기 사교육에 눈을 뜨셨던 친구 부모님도 한 두어 분 계셨던 것으로 기억합니다.

그 요물을 한 번 더 눌러 보려고 선생님보다 이르게 등교하는 학생이 되었습니다.

콩나물 음표를 알아가는 사이, 우리 학교엔 학년별 '독창대회'가 열렸습니다. 물론 열정의 사나이 김영기 선생님께서 벌인 일이셨습니다. 덕분에 우리는 꽤나 바빴고 나름 유명해졌던 것 같습니다.

혀가 보랏빛이 되도록 삼동을 따 먹고 인동꽃 꿀을 쪽쪽 빨아 먹으며 주전부리를 때우던 가난했던 3학년은 곱씹을 기억이 가장 많았던 학교생활 한 부분이 되었습니다.

섬나라 제주, 서쪽 끝녘에 자리한 작은 마을 물메에서 물메초등학교를 전국에 알리신 분이 김영기 선생님이셨다고 감히 자랑하고 싶습니다. 아이들과 함께 만들어가는 학교 문화를 정착시키고자 노력하셨음을 3학년을 다섯 번을 보낸 나이가 되고서야 알 것 같습니다. 시골 아이들의 순수한 감성과 숨은 창의성을 찾아내고 펼쳐내려고 애써주신 진정한 교육자이셨음을 늙어버린 제자가 감히 단언하고 싶습니다.

"선생님! 약주 한잔 대접하겠습니다."

선생님께서 펼쳐내는 문학에 대한 열정과 사랑이, 보는 이들에게도 한 자 한 자 고스란히 전해지길 바라는 마음 간절합니다. 저 또한 멀고도 먼 동화작가로의 길을 천천히 조심조심 부지런히 좇아가겠습니다.

『동심은 나의 힘』 발간을 진심으로 축하드립니다.

"김영기 선생님! 존경하고 사랑합니다."

제1부

나의 삶과
아동문학 40년

제1장

제주아동문학협회
40년의 회고

우리 협회는 1979년 12월 당시 북제주 교육청 강지택 장학사와 아동문학에 뜻을 둔 김영기 교사의 건의에 의하여 문예교육 서클을 조직함으로써 태동하기 시작했다. 이에 김봉임, 박재형, 신수범, 김동진, 장지순, 김동호 등 초등학교 선생님들이 문예교육 서클을 조직하자고 호응하였다. 이들에 의해 발기인 대회를 거친 후 1980년 2월 26일 문학단체로서의 기틀을 마련하고 〈제주아동문학 연구회〉라는 명칭을 달고 고고지성(呱呱之聲)을 울린 것이다.

제주아동문학협회
40년의 회고

축하 대신 맞은
코로나 언택트

2020년은 〈제주아동문학협회〉가 탄생한 지 40년이 되는해다. 불혹의 나이, 창립 40돌을 맞으니 아름답고 미더운 연륜이다. 이제 우리 협회도 불혹의 나이가 되었으니 뚜렷한 문학관으로 제 작품에 책임을 지며 외부의 유혹에 이끌림 없는 정체성 확립에 우리들의 단합된 결의를 보여야 할 때이다. 이에 김정애 협회장(제20대)은 이를 축하하고 기념하려는 다양한 행사 계획을 세웠으나 연초부터 뜻하지 않은 코로나19로 인해 좌절되고 만 것이다. 모든 행사가 사람과 사람 간의 대면과 대화로 이뤄지는 게 통례인데 비대면에 거리두기 등으로 집회마저 제한하는 미증유의 사태에 직면했기 때문이다. 그러나 대망의 신축년 새해를 맞아 우리 협회는 여기

---

* 이 글은 『아동문학평론』 2001. 봄. 통권 178호에 실은 것을 옮긴 것임.

에 굴하지 않고 희망찬 도약을 다짐하면서도 쉬 꺾이지 않는 코로나19 팬데믹이 어떤 방향으로 흘러갈지 불확실성에 난감하던 차, 아동문학평론사에서 우리 협회의 연혁이 필요하다는 원고 청탁을 받았다. 이로써 못다한 40년 축하 행사의 하나를 치른 게 아닌가 하는 자축을 하게 한다. 이에 『아동문학평론』에 감사드리며 미력이나마 이글이 제주 아동문학사의 한 페이지를 장식하고 회원 간의 단합과 자긍심에 자그만 보탬이라도 되었으면 하는 바람으로 40년의 발자취를 되돌아보고자 한다.

제주아동문학협회의 태동

우리 협회는 1979년 12월 당시 북제주 교육청 강지택 장학사와 아동문학에 뜻을 둔 김영기 교사의 건의에 의하여 문예교육 서클을 조직함으로써 태동하기 시작했다. 이에 김봉임, 박재형, 신수범, 김동진, 장지순, 김동호 등 초등학교 선생님들이 문예교육 서클을 조직하자고 호응하였다. 이들에 의해 발기인 대회를 거친 후 1980년 2월 26일 문학단체로서의 기틀을 마련하고 〈제주아동문학 연구회〉라는 명칭을 달고 고고지성呱呱之聲을 울린 것이다.

그러나 박재형, 김영기 회원이 등단의례를 거치고 1984년 〈한국문인협회 제주특별자치도지회〉에 입회하기 전에는 제주문협에조차 아동문학의 존재는 없었다. 아동문학 분과의 유치가 필요한 시점이었으나 등단작가가 없다니 실로 안타까운 일이 아닐 수 없었다. 그러던 중 두 사람이 입회함으로써 제주문협의 한 분과로 그 모습을 드러내게 되었다. 이는 제주문협이 불완전한 조직에서 완전한 조직으로 재탄생했음을 말해주는 것이며 이로써 〈제주아동문학협회〉의 전성기를 맞는 토대를 마련한 계기가 된 것이다.

하여 40여 년 전 등단 회원이 전무한 상태에서 현재 33명의 등단 회원으로 조직된 명실상부한 단체로 성장하게 된 것이다. 그중 특기사항을 들어보면 제주문협 8개 분과에서 16대 지회장에 당당히 김종두 회원이 선임되는가 하면 24대에 고운진 회원에 이어서 2021년 25대 지회장에 박재형 회원이 당선되었으니 어찌 괄목상대가 아니겠는가. 그뿐만 아니라 2001년부터 시행되는 제주문학상에도 박재형, 송상홍, 김영기, 이소영 회원이 수상하여 아동문학의 건재를 드러내고 위상을 높이는 데 기여하였다.

이미 1970년대에 제주 출신 아동문학가로는 동시인 김종두, 동화 작가 강정훈, 송재찬 제씨가 건재했지만 타도로 진출하였기 때문에 교통과 통신이 여의치 않던 시대인지라 정보소통이 원활치 못하였다. 그런 중에서나마 몇몇 회원들이 친분을 맺어 중앙문단의 새 소식을 접하게 되었다. 이로써 그들은 등단의 다리가 되어주었고 그 길의 안내자 역할을 하였다. 제주아동문학의 태동과 더불어 1980년 당시를 거듭 들추는 것은 이러한 숨은 공로를 간과해서는 안 되겠다는 점도 특기사항으로 부기하고 싶다.

작가 역량을 기르기 위한 자구책

초창기 〈제주아동문학 연구회〉는 1984년에 제주문협의 한 분과가 되면서 1987년에 〈제주아동문학협회〉로 명칭을 바꾼 이래 명실상부한 아동문학단체로서 자리매김하였다. 이로써 회원들의 아동문학에 대한 전문성을 높여 작가로서의 역량을 기르기 위하여 합평회 등으로 자체 연수를 강화함은 물론 지역적 낙후성을 탈피하기 위한 수단으로 박홍근, 이재철, 엄기원, 김종상, 박종현 등 중앙에 권위 있는 아동문학가를 초청하여 세미나를 여는 등 친분을 쌓으며 아동문학에 관한 새로운 정보와 창작활동에 도움을 받고자 하였다. 그 세부적인 활동 상황을 보면 1987년 회장 김봉임은 아동문학계의 원로 박홍근 시인을 비롯하여『아동문예』박종현 주간을 초청하여 제1회 〈제주아동문학 세미나〉를 개최하였는데 문화적으로 낙후하고 척박한 시대에 자생적인 문학단체로서 자리매김하며 동시에 동심의 텃밭을 가꾸고자 애썼던 열정과 노력은 참으로 대단했다고 볼 수 있다.

1991년 김영기 회장은 제주시 초등 국어교과 연구회와 공동 주관하여 세미나를 열어 이러한 활동 상황을 MBC 문화방송국에서 취재 방영하여 협회 홍보에 도움을 주었고, 1992년에는 〈한국아동문학회〉 주최「한국아동문학의 현 주소」라는 주제 아래 이재철 박사를 위시한 신헌득, 정진채, 박종현 등의 연사를 초빙하여 제주 세미나를 개최하였다. 1996년 박재형 회장은 김영기, 김종두 회원과『제주문학전집』발간에 참여,『제주문학전집』6권 '아동문학선집' 편 700여 쪽에 동시 10명, 동화 13명의 회원 작품을 수록하였다. 2007년 고운진 회장은 문학평론가 최지훈, 문학박사 심후섭을 초빙하여「읽는 기쁨 쓰는 즐거움, 독서논술의 세계로」라는 주제로 초등교원과 학부모를 위한 독서 논술 세미나를 개최하기도 하였다.

이러한 결과의 근저에는 1988년 어린이 잡지『새벗』6월호에 특집으로 소개되는가 하면 계간『한국동시문학』박두순 주간의 기획탐방 등이 있어 큰 힘이 되었다.

그뿐만이 아니라 박두순 주간이 소년한국일보 기자였을 당시 제아협과의 인연으로 1991년부터 1997년까지 〈재능문화〉와《소년한국일보》가 주최하고 〈제주아동문학협회〉가 주관하는 전국 어린이와 어머니 시낭송 제주대회를 개최하며 우리 협회와 끈끈한 유대를 가져왔다. 이를 계기로 〈제주시낭송회〉가 탄생하게 된 것은 이와 무관치 않은 하나의 문학사적 사료가 되리라고 본다.

제주아동문학 연간집 및 회보 발간

우리 협회가 창립이 된 이듬해인 1981년 창간호『새벽』을 발행한 것을 시작으로 해서 회원들의 작품을 해마다 연간집을 통하여 발표하고 있다. 창간호인『새벽』은 북제주군 교육청 지원금으로 김영기, 김동호 회원이 편집을 맡아 출간했다. '창간호'에 작품을 발표한 회원이 15명인데 그중 김영기, 박재형, 장승련, 오수선 4명만이 창립회원으로서 끝까지 남아 있다는 점을 부기하고 싶다. 40여 년 동안에 회원들 입회·탈퇴에 우여곡절이 많았음을 보여주는 증표이기 때문이다. 현재 33명으로 조직된 우리 협화에서 이들은 길라잡이 역할을 하며 문학 사업을 전개하는 데 주춧돌이 되고 있다.

그 하나가 작은 것부터 개선하자는 취지 아래 협회지 표제를 정하는 데도 신세대의 의견을 반영하여 번갈아 표제를 선정하고 있다는 점이다. 보기를 들면 2019년 제38집에는 김정련 회원의 동시『나뭇잎 나라 운동회』를, 2020년에는 안희숙 회원의 동화『콩글리쉬 할머니』를 표제로 총 39집을 발간하고 있음이다. 이 연간집을 합평회 자료로 활용함으로써 이를 통하여 작품의 질을 높이고 창작의욕을 고취하여 왔다. 앞으로도 회원들의 발표 지면을 확대하고 기회를 제공함은 물론 정보를 공유함으로써 창작활동의 활력소로 작용하기를 기대하고 있다.

협회지 발간에 이어 두 번째의 업적은 1985년에 회보『제주아동문학』을 창간한 것이다. 여기에 회원 동정이나 문학에 관련된 각종 행사나 응모 내용 등의 정보를 교환하거나 소식을 회원에게 전했다. 이후 여러 매체의 발달로 비록 9호에 그치긴 했지만 그 시절 회보는 소통 수단이 발달하지 못한 시대에 오늘날의 문학 커뮤니티로서의 역할을 대신했다고 볼 수 있어 소중하다.

2000년 밀레니엄시대를 맞아 회보보다 신속한 〈제아협 카페〉를 2007년 개설하여 운영하여 오고 있으며 요즈음에는 그보다 신속한 카카오톡 그룹 채팅이나 밴드를 이용하여 정보공유와 의사소통의 수단으로 활용하고 있으니 격세지감이다. 밴드 개설 6주년을 축하하는 회원들의 밝은 표정에서 앞날이 보이는 듯하다.

찾아가는 아동문학교실

우리 협회는 어린이들이 문학 창작의 실제를 체험해볼 수 있게 하기 위하여 글짓기 교실을 열고 어려서부터 문학을 접할 수 있는 기회를 제공하였는데 이는 아동문학의 저변을 확대하고 아동문학의 씨앗이 싹틀 수 있는 환경을 마련하자는 노력의 일환이었다.

1988년 서귀포시 관내 초등학교 어린이를 대상으로 서귀중앙초등학교에서 제1회 「어린이 여름 글짓기교실」을 열었고 이를 시작으로 해마다 제주시, 서귀포시 등 지역별로 돌아가며 현장에서 글짓기 교육을 추진하였다. 특히 문화 혜택이 열악한 소규모 마을 단위의 학교 어린이들이 중심학교에 모여서 시 감상 및 낭송, 글짓기 등 아동문학과 관련된 다양한 활동을 체험토록 하였다.

감수성이 예민한 시기의 어린이들에게 문학의 향기를 전해주고, 문학을 향유하며 긍정적이고 바람직한 가치관을 길러주는 일이야말로 보다 바른 인성을 함양하고 풍부한 정서를 기를 수 있다는 점에서 가치 있는 일이 아닐 수 없었다.

2003년부터는 「찾아가는 아동문학교실」 또는 「아동문학강좌」란 명칭으로 변경하고 여름 방학을 이용하여 희망하는 학교에 찾아가 독서와 아동문학에 관한 다양한 교육을 실시하고 있는데 2019년 현재 22회에 이르고 있다.

탐라문화제 우리 고장 작가 창작집 독후감 대회 및 아동문학의 밤

1990년에는 제주도島가 타 지역과 결이 다른 독특한 섬 문화를 아동문학에 접목시키고 향토문화의 전승과 발전에 기여하고자 제주의 전설을 수집하여『알동네 윗동네』등 3권의 제주 전설동화집을 발간하였다. 또한 1998년에는「제주 전래 동화의 전승 방안」이라는 주제로 세미나를 개최하고 탐라문화제 기간에 우리 고장 작가 창작집 독후감 공모대회를 하는 등 제주 사랑의 마음과 제주인의 긍지를 함양하기 위한 노력도 병행하였다.

뿐만 아니라 아동문학의 밤을 개최하여 많은 어린이들과 학부모 그리고 타 장르 문학가들이 한데 모여 아동문학을 향유하는 활동으로도 영역을 넓혔다. 탐라문화제 기간에 독후감 공모행사를 실시하고 입상자 시상식을 겸한 아동문학의 밤을 개최하고 있다. 이는 연례행사로 시낭송, 독후감 발표, 동화 구연 등 다양한 프로그램을 마련하여 문학을 사랑하는 어린이들과 어른들의 아동문학잔치로 자리매김하고 있다.

우리 협회는 이런 활동 외에도 작가로서 독자들과 소통하기 위하여 책 축제 등 여러 가지 행사에 참여하여 작가 사인회를 하는 등 점차 활동영역을 넓혀가는 중이다. 그리 큰 단체도 요란한 행사도 아니지만 결코 작지 않은 활동으로 지역사회 문화·예술의 발전에 잔잔히 기여하고 있다. 비로소 2019년(김정애 회장)에는 우리 협회의 이러한 노력이 어린이들의 문학교육에 기여한 공적을 인정받아 제주특별자치도 교육감으로부터 감사패를 받기도 하였다. 40년 세월을 지나는 동안 우리 협회는 질적으로나 양적으로 많은 발전이 있었다. 초창기에는 초등 교사들이 중심이 되었으나 현재는 일반 동화작가와 동시작가들이 많이 입회하여 색깔을 달리하는 작품집을 상재하며 도내 외에서 왕성한 활동을 벌이고 있다.

끝으로 역대 회장을 소개하면 초대회장 김정배를 비롯하여 김봉임, 김종두, 김영기, 홍우천, 박재형, 장영주, 이동수, 송상홍, 고운진, 김출근, 한천민, 장승련, 오수선, 김정애, 김익수에 이르며 이들 중 김봉임, 김종두, 김출근, 송상홍 회장은 이미 작고하였다.

우리는

우리는 이 세상에서 가장 아름다운 말은 '어린이'라고 보며 동심에 사는 사람들이다. 동심과 어린이를 동의어로 보며 가장 귀중한 존재로서 어린이기 때문에 가장 아름다운 말도 '어린이'라 아니 할 수 없다. 아동문학의 원천이 어린이에 있음이다.

그러기에 우리는 어린이를 가슴 깊숙이 넣고 다니다가 간만에 몰래 꺼내보며 그곳이 우리의 창작 곳간임을 확인한다. 이러한 신념 아래 소재의 폭을 넓히며 지역적인 특성을 살린 창의적인 좋은 작품으로 독자들에게 다가가고자 한다. 그리하여 지방의 한계를 벗어나서 넓은 세상으로 비상하는 아동문학의 날개를 펴고 있다.

제2장

날개 달아주는
바람

지금까지 발표한 시 작품 837편 중 동시 50편과 동시조 50편을 정선하여 100편의 동시·동시조를 저·중·고학년에 맞게 재편집하고 어린이께 받은 동심에 보답하는 의미에서 표제를 『날개 달아주는 바람』으로 정하였다.

가려 뽑은
동시·동시조 100선

2020년까지 발표한 시 작품 현황을 보면 동시집 『휘파람 나무』(공저)에 실은 연작시 10편을 비롯하여 제1 동시집 『날개의 꿈』에 70편, 제2 동시집 『작은 섬 하나』에 75편, 제3 동시집 『새들이 주고받은 말』에 57편, 제4 동시집 『붕어빵』에 75편, 계 287편을 들 수 있다.

한편 동시조는 제1 동시조집 『소라의 집』에 65편, 제2 동시조집 『친구야, 올레로 올래?』에 60편, 제3 동시조집 『아하! 동시조 수수께끼』에 100편, 제4 동시조집 『탐라가 탐나요』에 90편의 단시조를, 제5 동시조집 『참새와 코알라』에 60편, 제6 동시조집 『꽃잎 밥상』에 65편, 제7 동시조집 『달팽이 우주통신』에 60편을 상재하여 500편, 여기에 『청소년을 위한 시조』집에서 50편을 추가하면 550편이 된다. 이로써 동시와 동시조를 합하여 837편을 발표하였다.

그중 동시 50편과 동시조 50편을 정선하여 100편의 동시·동시조를 저·중·고학년에 맞게 재편집하고 어린이께 받은 동심에 보답하는 의미에서 표제를 『날개 달아주는 바람』으로 정하였다.

날개 달아주는
바람

동시 저학년 편

꽃들의 웃음

어린이는 아름답다

어린이는
꽃을 보면
꽃처럼 고와져요.
꽃길 거닐면
꽃향기가 배이요.
꽃에게
마음을 주는
어린이는 아름답다.

어린이는
별을 보면
눈동자 반짝여요.
별을 헤인 밤엔
고운 꿈을 꿔요.
별에게
소원을 비는
어린이는 아름답다.

꽃 아이

꽃 아이는 웃어요.
어디서나 방긋방긋
꽃과 함께 웃더니
꽃의 웃음
똑 닮았다.

꽃 아이는 꽃내음
스쳐도 향긋향긋
향수를 안 발라도
꽃의 향기
쏙 배었다.

꽃 아이는 착해요.
꽃처럼 고운 마음
꽃에 묻혀 산다더니
꽃의 마음
다 되었다.

꽃들의 웃음

꽃들이 웃어요.
까르르
개나리꽃이
까르르
꽃 따라 배우는
아가의 웃음도
까르르

꽃들이 웃어요.
방그레
목련꽃 송이가
방그레
꽃보다 더 예쁜
엄마의 웃음이
방그레.

꽃방울

빗방울이
나뭇가지 타고
조르르
세상 구경하면서
조르르
빨간 꽃 보면 빨간 꽃
노란 꽃 보면 노란 꽃
꽃 방울이 되고파
더 큰 꽃 방울이 되고파

부풀리다가
부풀리다가
똑
똑
똑.

어쩌나

꽃샘바람에
날려 가면 어쩌나!
찢겨지면 어쩌나!

꽃잎 크게 열고
나비를 부르는
꽃

잘못 앉았다가
긁혀지면 어쩌나!
얼룩지면 어쩌나!

앉지 못하고
맴도는
나비.

개나리

봄볕 쬔 가지마다
줄줄이 자리 잡은
노랑나비 떼

앞 다투어
나오느라
젖은 날개 접고 있다.

꽃샘바람이
시샘하듯
휘휘 흔들라치면

떨어지면 어쩌나
날려 가면 어쩌나

참새네만
울며불며
들레고 있다.

휘파람새

봄비에 헹궈야
소리가 나나?

비 멎자 들려오는
호루라기 소리

아이들 불러 모아
뽐내면서

진달래 동산에나
나와서 불지

개구쟁이 빼앗을까
숨어서 부나?

-호 호르르
-호 호르르.

들길

아이들이 딛고 간
발자국마다
이름 모를
풀꽃이
피어납니다.

어깨 겯고 오가며
부른 노래는
길섶마다
꽃향기로
흩날립니다.

봄맞이

꽃 따라
봄 나비 날아가는데
우리 아기
나비 되어
가버리면 어떡해.

나비 따라
산제비도 재를 넘는데
우리 엄마
제비 되어
가버리면 어떡해.

아기는 엄마 생각
엄마는 아기 걱정

맞잡은 손
놓질 않고
봄맞이합니다.

들꽃을 보며

봄 동산에
하늘 향하여
핀
민들레꽃 보며
내가 말했죠.

"해님을 닮아서
고운가 봐요."

산기슭에
땅을 향하여
핀
할미꽃을 가리키며
아빠가 대답했죠.

"꽃은 고개를 숙여도
아름답단다."

봄날 풀꽃 친구

3월 아침나절
마을 놀이터
나 혼자 놀러 가니
독차지예요.

또래 친구
좋은 형아 아무도 없는
혼자 노는
빈 놀이터 심심하지요.

"내가 벗해줄게, 같이 놀자!"
"어라, 아기별이 거기 있었네!"

지나칠 뻔한 친구 하나 만났죠.
조그만 봄까치꽃
참 좋은 친구.

아침에

줄넘기한다.
하나, 둘, 셋…
높푸른 하늘을
휘감아 내린다.

줄 끝에 걸리는
하늘 몇 조각
곱게 접어서
가슴에 품는다.

이 닦기 한다.
하나, 둘, 셋…
싱그러운 아침을
찍어 비빈다.

입안에 껄끄러운
가시 돋친 말의 씨앗
이 닦기와 함께
부셔 뱉는다.

참새의 아침

콕콕콕
조그만 부리로
커다란 햇덩이
쪼아 물고

포르르
작은 날개 놀리며
너른 하늘
날아와

기와 초가
가리지 않고
뿌리는
고운 아침

짹짹짹
아가 창문엔
제 목소리를
달아놓는다.

동그라미 둘

아빠 얼굴 그렸나?
엄마 얼굴 그렸나?
담 벽에 커다란
동그라미 둘

악아*! 악아!
어르면
말할 것 같아.

자전거를 그렸나?
해님 달님 그렸나?
아무도 풀 수 없는
아가의 그림

바람 불면
도올돌
구를 것 같아.

_____

* 아기야! 부르는 말

누가 먹나요?

정이도 철이도 모르게 숨은
귤 밭의 감귤 한 알
누가 먹나요?

한겨울 눈빝에
배고픈 들새
고걸 고걸 쪼아먹고
하늘을 날지.

엄마도 아빠도 몰래 떨어진
길섶의 낟알 한 톨
누가 먹나요?

긴 여름 쉬지 않은
착한 개미들
고걸 고걸 주워 모아
겨울을 나지.

**날개 달아주는
바람**

동시 중학년 편
한 우산을 받으면

오뚝이처럼

놀이터에서
뛰놀다
넘어졌을 때
사랑받고파
엄살하고 싶었는데
'오뚝 오뚝'
일어서는 오뚝이 생각나서
"다치면서 크는 거란다!"
아빠 말씀 생각나서
오뚝이처럼
'오뚝' 일어섰더니
내 앞에 우뚝 선
아빠 얼굴엔
빙그레
미소가 피고 있었어요.

하늬

소금기 하얗게 전
허물을 벗고
만선의 깃 폭에서
춤추던 바람
해질녘 노을 길
건너서오면
갯마을은 잠 깨듯 두런댑니다.

한 떼의 물여울에
노래 실을 때
포구로 내달아온
아이들 소리
주낙에 걸린 웃음
쟁여 넣으며
지는 해를 한동안 잡아맵니다.

조약돌

별똥별이 떨어져
조약돌인가
밤마다 조약밭에
떨어지는 별
누가 누가 주워 가련
어떻게 하나!
물새 식구 갈마들며 지켜줍니다.

조약돌은 밤하늘의
물새알인가
알록달록 동글동글
곱기도 하지
밤새느라 시리면
어떻게 하나!
잔물결이 다독이며 품어 줍니다.

등대

갈매기가
바다 위를
자맥질할 때면

등대도
파도를 일으켜
하늘을 나는
하이얀 새가 된다.

아버지가
밤바다에
그물을 던질 때면

등대도
그물을 던져
바다에 뜬 별을
건져 올린다.

작은 섬

아기 소라 눈뜨는
하얀 모래 빛
갈매기 꿈 그리운
파란 바다 빛
하얀 꿈 파란 꿈에
파도가 울어
하늘만 우러러
말이 없는 섬.

제 모습 보고프면
먼 산을 보고
제 노래 듣고프면
물새 날리고
뱃고동 소리에도
귀를 모으며
바람도 손님이라
손 흔드는 섬.

유채꽃

햇살 타고
산으로
산으로
번지는
유채꽃
물결

한라산
꼭대기에
한 점 남은
눈

겨울을 몰아낸
들판은
온통
펄렁대는
깃발

-만세!
-만세!
터지는 함성.

푸른 교실에서

푸른 교실에서
출석을 부르니
네
네
요기서 조기서
생긋뱅긋 웃으며
대답하는
제비꽃
민들레꽃

고사리
고사리는
대답 않고
어딨나?
옳아
지각하여
고개 숙여 있구나.

실안개
뽀오얀 구석에
혼자서….

봄길

봄이 오는
들녘에
가랑비
살짝 내리더니

민들레꽃
띄엄띄엄
징검다리 놓았다.

봄 아기
서툰 걸음
강종강종
개울 건너다 빠질라

노랑나비 앞장서
건너고 있다.

민
들
레
징검다리.

첫여름

여름을 물고 오는
소쩍새 막바지 울음에
돌담 가엔
찔레꽃이 피었습니다.

보리밭 이랑을
넘나들던
개구쟁이 바람도
햇살에 취하여
뒹구는 나절

청잠자리
날개 무늬에
걸러진 하늘이
옥구슬마냥 곱습니다.

산등성엔
솜처럼 부푼
한 타래 뭉게구름
제철을 만난 푸성귀가
텃밭을 덮고 있습니다.

한 우산을 받으면

내 친구와
한 우산을 받으면
샘이 난 빗줄기가
아무리
몸부림쳐도
우리들의 양쪽 옷자락을
몽땅
적시지는 못한다.
그래도
짓궂게 따라오며
우리들의 옷자락을
끝내
적신다 해도
한마음이 된 웃음만은
조금도
적시지 못한다.

교실은 밤에

아이들
목소리만큼이나
덩달아 떠들썩대다가

아이들이
하나둘
빠져 달아나면
대신 들어온 어둠에
고요가 깃들입니다.

누구라도
배슥이 문 열고
들어와
말벗이라도 했음 하지만

꼭꼭 잠긴
창문으론
아기바람도 못 들어오고

드리워진
커튼에 가려
별님의 손짓도 못 보고

밤새
아이들 얼굴만
그리며 그리며
어둠을 삭입니다.

맑은 날

햇살은
이파리에 앉아 있었다.
연둣빛
환한 속살
그길 보니
막혔던 답이 슬슬 풀린다.

바람은
꽃잎을 닦고 있었다.
때때옷 차림
고운 얼굴
그걸 보니
만나는 친구마다
말을 걸어보고 싶다.

밝은 햇살
맑은 바람
자그만 기쁨.

신나는 날

새 자전거 타고
코스모스 피어 고운
아스콘 길을 달린다.
동그랗게
동그랗게
은빛 바퀴 굴리며

어디서 왔는지
고추잠자리 떼
자전거가 부러운 듯 뒤따라온다.
동그랗게
동그랗게
푸른 하늘 휘감으며

오늘은
신나는 날
잠자리가
자전거를 타고 달리는지
내가
잠자리를 타고 나는지….

붕어빵

우리 반 친구들이 쓴
나라 사랑 글짓기
선생님이 읽으시고
평하는 말씀
"어찜 하나 같이 붕어빵이니?
자기만의 생각이 모자라구나."

그러면
나도 붕어빵이지
붕어빵 생각하니 부끄러웠다.

학원 끝나 귀가 길에
아빠와 들른 빵집
아저씨가 나를 보며
하시는 말씀
"어쩜 아빠를 그리 닮았니?
아빠와 아들이 붕어빵이네!"

온종일
붕어빵에 흐렸던 마음
그 덕담 한마디에 활짝 개었다.

이상 없음

"벌레 먹어
숭숭 뚫렸어요.
내다 버려요."

텃밭에서 캐어 온
배추를 보며
먹을 수 없다고 내가 말했죠.

"벌레가
먼저 먹어보고
'이상 없음'을
알려주는 것이란다."

농약을
치지 않아
무공해 식품이라며
아빠와 나는 쌈을 하지요.

'아삭아삭!'

안개 이야기

장난기 붙은 안개가
외딴 섬을 슬쩍 감춰 보았지.

이윽고 산봉우리를 냉큼 감추고
당할 자 없다는 듯
온 마을도 휘휘 감아들고
우쭐우쭐 했어.

그러는데
누가 잠자코 있지 ?

드디어
갑갑한 산봉우리가
뾰조록이 머리를 들더니
마을도 외딴섬도
도로 제자리에 올라앉았어.

슬몃슬몃 물러서는
거동을 보며
해님은 빙그레 웃고 있었지.

숨 쉬는 소리

압력밥솥이
뜨거운 숨을 '쉿쉿' 내뿜고 있다
쌀알을 익히느라
참았던 숨을 내뿜는 소리
'쉿쉿'

엄마가 바다에서
숨비소리 '휘휘' 내쉬고 있다
해물을 캐느라
참았던 숨을 내쉬는 소리
'휘휘'

아! 그렇구나
숨이 끊길 것 같던 고통 끝에
'쉿쉿' 밥이 되어 나오는구나.
'휘휘' 찬거리가 나오는구나.

보리밭 종달새

하늘의 높이 재러 가자.
몇 길이나 될까?
솟구쳐 오르며 한 길
곤두박질치며 두 길

하늘은 높고 깊구나
처음부터 다시 하자.

하늘의 넓이 재러 가자.
몇 발이나 될까?
샛바람 타고 한 발
저녁놀 보며 두 발

재어도 끝이 없구나
갈라 맡아 다시 하자.

섬·7

숯, 숯, 숯
푸른 바다 저 멀리
물수제비뜬다.

징검다리 건너뛰게
떠오르는
섬

씽, 씽, 씽
파란 하늘 드높이
돌팔매질한다.

수박씨가 여물 듯
박혀서는 섬.

섬·19

파도도
섬이 좋아서
가다가 되돌아오고
되돌아오고

철새도
섬이 그리워
갔던 길 되돌아오고
되돌아오고

파도야, 고맙구나
철새들아, 반갑구나.

기다리던 편지를
받아 든 섬 아이들처럼
작은 섬은
늘 기쁘다.

날개 달아주는
바람

동시 고학년 편
별을 달아놓은 새

별을 달아놓은 새

새벽녘
희붐한 기운을 타고
살짝 날아든 새
직박구리 두 마리가 먹이를 찾는가 했더니
하늘의 빨간 별을
달아 놓고 간 것이다.
며칠 전
하나도 안 띄던 주목 열매가
성탄 트리별처럼 잎새에 달려있다.
늘 보던
나무와 새인데
오늘은 그게 아니었다.

울지 마세요, 아기 하느님

손꼽아 기다리던
첫 운동회 날인데요.
아기 하느님은
뭣 때문에
글썽글썽 울음을
꾹 참고 있나요?

으앙, 울음보 터뜨린
울 아기는 귀엽기나 하지만
아기 하느님이 울면
너무 속상해
미워져요.

나와 짝이 되어
신나게 춤춰 봐요.
풍선이랑 꽃다발도
모두 드릴 테니
오늘만은
제발 울지 마세요, 우리 아기 하느님.

몽당연필이 하는 말

연필을 깎는 어린이에게
한 꺼풀 두 꺼풀
나이테에 감겨 둔
산의 노래를 풀어 주겠습니다.
속살 깊이 새겨 둔
숲의 향기를 주겠습니다.

때로는
사륵사륵 눈 내리는 소리에
턱을 괴고 생각에 잠긴
어린이를 위하여
눈발처럼
너른 마음을 주겠습니다.
때 묻지 않은 눈 위
발자국을 주겠습니다.

손가락만 한 연필로
사각사각 힘주어
글을 쓰는 어린이에게
제 몸 태우며
빛을 주는

촛불의 이야기를 쓰도록 하겠습니다.
넘치는 욕심을 덜고 덜어서
정직하게 사는 법도
쓰도록 하겠습니다.

그것이
하얀 공책에 보석처럼 빛나는
하루하루의
일기가 되도록 하겠습니다.

귀뚜리 이야기

옛날 아이들은
귀뚜리 소리가
별빛을 따라온다고 믿고 있었어요.

가을꽃들은
귀뚜리 소리에 피어나고
과일은 여물고
단맛이 들었대요.

어느 날 한밤에
귀뚜리가 수틀에 올라서는
비단 폭에 달빛을 물들이고
다듬이 음표를 새겼다나요.

아이들은 나이가 들면서
귀뚜리 소리가 자꾸만
그리움으로 가슴에 고이고

먼 별에서는
외계 소년이 찾아올 것만 같아
뜰 안을 서성이며
가을밤을 지새웠대요.

담장 없는 감귤원

돌하르방 감귤원엔
탱자 울 없습니다.
담장도 없습니다.

담장 넘길 싫어하는
해님이 좋아서
날마다 날마다 놀러옵니다.

해님의 뒤따라
아기바람도
온종일 온종일 놀다갑니다.

덫에 칠라 조심하던
들새 산새도
맘 놓고 맘 놓고 드나들더니

동네에서 제일 먼저
꽃이 핍니다.
나비 닮은 하얀 꽃이
곱게 핍니다.

공짜로
꽃향기를 마신 애들이
담장 대신
올망졸망 모여 섭니다.

제주 밭담·2

먼 옛날
할아버지 적부터
울 아버지까지
돌밭 일구며 쌓아 놓은 돌담은
그대로 우리 밭의 역사.

어머니가 나를 다독이듯
때맞춰 단비를 받고
손들어 거센 바람 막아주면
돌처럼 여무는
곡식과 과일.

며서리 같은 덩치는
밑에서 받쳐주고
주먹 같은 작은놈은
위에서 알맞게 눌러
오랜 날을 어울림으로 버티어 온
돌담.

우애로운 형제처럼
거머잡은 손 놓질 않는다.
분수 아는 내 이웃처럼
무너질 줄 모른다.

내 맘을 빼앗은 바다

해수욕하고
바다에서 돌아올 때면
무엇인가 잃어버린 듯
허전한 맘이다.

그래도 끝내 남은 건
뒤따라온 바다 빛으로
내 맘이 온통
파랑으로 물들어있는 것이다.
샤워를 하며

씻어도 씻어내려도
씻기지 않는
바다의 파란 물비늘이다.

소금기 밴 조가비 손으로
방문을 열면
파란 파도가 들이치며
나를 감싸고
형광등 갈매기가 맴도는
파란 천장에서는 끼룩끼룩

갈매기 노래 소리도 뒤따라왔다.

내 맘을 뺏은 바다는
그래도 내게 뺏을 게 있는지
꿈길까지 따라와
밤마다
바다의 푸른 꿈을 꾸게 한다.

가을 편지

편지를 쓴다.
가을날
문득
눈매 서늘한
친구가 생각나

가을이
억새 붓으로 써 내리는
푸른 메아리의
사연을
받아 적는다.

-일렁이는 햇살은 기쁨이어요
-출렁이는 들꽃은 행복이어요

가슴에 고인
가을의 노래를
퍼내고 또 퍼내어
텅 비어질 때까지
편지를 쓴다.

새들이 주고받은 말·3
- 목마름을 참고

"목말라요. 물 먹고 가요."
"이젠 못 먹는다. 그냥 가자."
"전엔 먹었는데……."
"샘물이 화나서 부글부글 끓지 않니!"
"폐수를 흘려서 썩었잖아!"

-여름 어느 날,
동박새 엄마와 아기가
목마름을 참고 그냥 지나간다.

새들이 주고받은 말·4
- 기러기 가족

"시베리아까지 먼 데를
어떻게 간대요?"
"혼자서는 못 가지만 여럿이면 갈 수 있단다.
우리에겐 튼튼한 날개가 있잖니."

"그렇게 추운데
어떻게 살라고요?"
"혼자서는 못 살지만 여럿이면 살 수 있단다.
우리에겐 따뜻한 몸이 있잖니."

"그래서 혼자인 '기러기 아빠'는
겨울이 춥고 외로운가요?"
"……"

"걱정 마라, 아가야!
우리는 늘 함께 사는 기러기 가족이란다!"

꽃·8
- 세상에서 제일 큰 꽃

분 냄새
향냄새
온갖 향기를
하나로 뽑았습니다.

하양 노랑
빨강 파랑
고운 빛깔 어울리게
제 옷깃을 여밉니다.

앞줄에는 아우 꽃
뒷줄에는 언니 꽃
서로 자리를
바꾸기도 하였습니다.

작고 크고
노랗고 빨간 꽃들이
손에 손을 잡더니
또 한 송이 커다란 꽃이 되었습니다.

산

산새 잠들어도
산울림 잠 못 들고
물소리
바람 소리를
생각으로만
삭이는 산

어느 날
비바람에
숲 뒤집히고
말발굽 소리에
노루 뛰었지만
제자리 지켜 앉아
꿈쩍 않는 산

지금도
산은
먼바다를 보며
무겁게 앉아 있다.

아!
발밑으로
곰실곰실
밀려오는 파도
산을 닮아
순하구나.

조랑말·10

먹어도 먹어도
배부르지 않은
바람에 마른
띠 풀만 먹고도

아기 주먹만큼씩
아람 닮은
야문 똥 싸고 가더니

그 자리마다
여기저기
마구간 지붕 모양
말똥버섯* 돋아났다.

아, 말똥씨앗이 움텄구나야
띠 풀 내음을 터뜨렸구나야.

---

*말똥버섯: 갓버섯의 일종으로 맛이 좋아 식용함.

포니가 하는 말·12

주인님!
행복은 어디 있나요?
안전띠를 매고서 생각해 봐요.

아가를
두 팔로 꼬옥 안은
따스한 엄마 품속에
행복의 씨앗 움이 튼대요.
살짜기
뒤에서 아가를 안으며
"누구게?" 하시던 아빠 목소리
행복의 미소가 피어난대요.

주인님!
차를 타면 안전띠
꼬옥 매고서
엄마가 안아준다 생각하세요.
포니가
행복을 나를 거예요.

한라산
- 날개의 꿈

비를 맞고 속잎 자라듯
몰래몰래 꾸는 꿈
날개를 갖고 싶대요.

안개에 젖어 고사리 자라듯
쏘옥쏘옥 크는 꿈
하늘을 날고 싶대요.

탐라의 아기장수
겨드랑이에 감추어둔
날개의 꿈.

빗줄기 뒤에 숨어 키운대요.
안개 속에 숨어 날아 본대요.

날개 달아주는
바람

동시조 중학년 편
참새와 코알라

안개꽃

'호호호'

입김으로
곱은 손
녹여주는 엄마

'호호호'

하얗게
안개꽃
피어나요.

'호호호'

향긋한 향기가
사방으로
번져가요.

팝콘

씨
한 알의
덴 상처가
꽃이 됨을
너는 아니?

뜨거움을
참다가
터뜨린
하얀 꽃

상처가
꽃으로 피는 걸
보여주고
있는 거야.

사랑 은행

용돈을 저금했다
필요할 때 꺼내 쓰듯

아빠 사랑
엄마 사랑
꼭꼭 저축
해 뒀다가

사랑이 필요할 때마다
꺼내 쓰면 좋겠네.

강아지와 흰 지팡이*

몇 발짝 올레길을
더듬더듬
발암발암

지팡이
앞세우고
할아버지 가시는데

앞섰다, 뒤섰다 하며
강아지만 설렌다.

---

* 흰 지팡이(White cane)는 시각장애인이 길을 안전하게 걷기 위해 사용
한다.

엄마처럼·2

'예쁘다!'
쓸어주니
살결이
매끈매끈

'착하다!'
칭찬하니
얼굴도
동글동글

바다는
몽돌의 엄마
울 엄마도 그래요.

꽃잎 밥상

엄마 아빠
그리고 나
형아 누나
다섯 꽃잎

밥상에
둘러앉으면
피어나는 웃음꽃

활짝 핀
무궁화처럼
꽃이 되는 우리들.

열쇠

둘이서 주고받는
암호가 뭐기에

그렇게 '쏙' 들어가
문을 쉽게 열 수 있니?

그 비밀
내게도 알려 줘,
네 맘도 '찰칵' 열게.

잠자리병원

뿔테안경 잠자리
꽃송이를 회진하고

긴 빨대 흰나비들
채혈 수혈하는 사이

비비추 시든 꽃대가
파란 물을 올린다.

별똥별

별이 누운 똥은
별이 된다, 별똥별

깜빡할 새 빌어야
그 소원 들어주는

병상의
친구 가슴에
화살처럼 꽂히고파.

봄까치꽃

무언가 놓친 듯

아쉬움 남아 있어

뒤돌아 본
길섶에
아, 그것
별떨기야!

얼마나 날 기다렸니?

반짝 웃음 짓는다.

연잎

여름철 햇볕 가려
올챙이들 양산되고

흐르는 개구리밥
보듬으니 엄마 같다.

잠자리
쉬어서 간다,
물 위 방석 참 좋다.

꽃이 된 폐타이어

버려진 폐타이어
동그란 화분에

내가 심은 채송화
곱게곱게 피었네.

꽃이 된 폐타이어가
너를 향해
돌
돌
돌

나이테

동그란 CD를
내 몸속에 숨겼어요.

비

바람

벌레소리

다 들어있어요.

오늘은
새들과 함께
화음 연습하지요.

개나리 봄

꽃잎을
사뿐사뿐,
나비처럼 타고서

개나리
초대받고
선물,
풀어놓는 봄.

봄 잔치
주스 잔에도
살짝, 풀어
놓아요.

참새와 코알라

참새는 잠이 없는
우리 아기 별명이죠.

새벽에 '으앙' 울면
짜증내는 울 아빠

내게는
아침을 여는
귀여운 아기 참새.

잠만 자는 코알라는
우리 오빠 별명이죠.
공부에 지쳤는지
이불 속에 꾸물꾸물

단잠을
더 자고 싶은
코알라 똑 닮았네.

날개 달아주는
바람

동시조 고학년 편
날개 달아주는 바람

바람의 손

제주 돌로 단장한
시청 청사 높은 벽에
쇠고비* 군락 이뤄
제비집처럼 붙어있네.
그 누가
씨를 뿌렸나?
아슬아슬 신기해.

아무도 모르는 새
홑씨를 뿌려 놓고
고운 세상 꾸며놓는
꽃삽 같은 바람의 손.
꽃모종
옮겨 심으려
살랑살랑 간다네.

---

* 쇠고비: 고사리의 한 종류로 '도깨비 쇠고비'가 바른 이름이다.

내가 있잖아!

그 누가 너를 보고
외로운 섬이랬니?
갈매기가 노래하고
메꽃조차 벗하는데
남해의
따듯한 숨결
너를 찾아가는데,

내 가슴 속 가득한 너
멀리 있다 잊어지나?
언제나 내 벗인걸
외롭다고 하지 마.
물길로 이백 리라지만
내 눈 속에 맺힌걸.

우리 집 다문화

엄마는
인도나라
카레가 좋다 해요.

아빠는
필리핀의
레촌이 최고래요.

할머닌
비빔밥으로
다문화를 하래요.

내가 사랑하는 말

엄마! 몇백 번 불러도
싫증나지 않는 말
'엄마' 생각만 해도
나 기쁘고 힘이 나요.
세상에
가장 좋은 말
그리고 아름다운 말.

먼 옛날부터
먼 훗날까지
변치 않을 엄마라는 말
이렇게 좋은 말을
만드신 이 누굴까?
아마도
사랑스러운
'엄마가' 만들었을 거야.

건강 달리기

후박나무 늘어선
새벽 숲길 달려요.
하나 둘! 구령 맞춰
아빠와 함께 달리면

새들도
날개를 털며
새 아침을 열어요.

나무들의 싱그러운
아침 차림 보세요.
돈 한 푼 내지 않고
그냥 받는 고마움을

아빠의
생신 선물로
대신하면 어떨까요.

돌하르방 목말 타기

돌하르방 어깨에
참새 둘이 앉아 노네.
부라린 퉁방울 눈
'요놈' 하고 야단쳐도
빙그레
웃는 모습이
장난인 걸 눈치챘나?

할아버지 목말 타기
어릴 적 나도 그랬지.
어쩌면 참새까지
손자라 생각하나 봐.
내 응석
다 받아주던
할아버지 똑 닮았어.

이 빠진 접시

예쁜 것 어쩌다가
이 빠진 접시 됐지?

아빠가 재수 없다고
"내다버려!" 하네요.

여태껏 한 가족처럼
아낌받아 왔는데요.

사랑하는 가족 중에
누가 불구 된다면

이 빠진 그릇 취급
그러면 안 되잖아.

내 한 말 아빠가 듣고
"허허, 고놈." 하네요.

날개 달아주는 바람

꽃씨들은
봄바람에
날개를 달고 싶대.
낙하산 띄워주듯
고마운 봄바람이
휠휠휠 높은 하늘로 민들레 씨 날려요.

가랑잎은
갈바람에
날개를 달고 싶대.
비행접시 띄워주듯
신나는 갈바람이
후르르 참새 떼처럼 가랑잎을 날려요.

푸드덕 푸드덕
날갯짓하는 나무.
공작새 날개 닮은
우리 집 종려 잎새.
언제면 하늘로 휠휠 날아가게 될까요?

내 안의 타임캡슐

타임캡슐에 잠자던 것
깨워서 만나보네.

팽이치기 연날리기
그리고 제기차기

백 년 전 나랑 닮은 아이
종일 갖고 놀았겠지?

타임캡슐 속에 고이
내가 넣고 싶은 것

게임기와 스마트폰
그리고 일기장

백 년 후 나랑 닮은 아이
몰라보면 어쩌지?

주차장

우리 학교 주차장에
빼곡한 자가용 차

교실에서 내려다보니
애국조회 하는지
나란히
줄 맞춰 서서
'차렷' 하고 있네요.

점심시간 지난 오후
땡볕 쨍쨍 더운데
어쩌면 저럴까
그 자리 꼼짝 않네.

훈화가
계속 중인가
보는 내가 안달 나.

사자탈을 쓴 덕대

자그만 동물들이
사자를 보면 달아난다.
그래서 언제나
외톨이가 된 사자
동물의
왕이라는데
주위에는 아무도 없다.

우리 반 덕대도
사자탈을 쓴 것 같다.
덕대가 나타나면
슬금슬금 피해간다.
뭣 땜에
그리하는지
혼자만 깜깜 모른다.

즐거운 셈 공부

물방울
또옥~똑

떨어지며
쌓고 쌓기

동굴 속 석순은 덧셈공부 하나 봐.

어느새 기둥이 되어
"우와!" 감탄받거든.

파도에
사르르르
부서지며
깎고 깎기

바다의 돌멩이는 뺄셈공부 하나 봐.

어느새 모래가 되어
놀이터가 되거든.

남은 상처

장애우 용팔이는
언제 봐도 만만해서
공깃돌 빼앗고는
휙, 휙, 휙 내던졌다.

돌 맞은
나무등치도
학교벽도 '아야야!'

그 친구 전학 가니
뒤늦게 후회하고
사과하고 싶었지만
다시는 볼 수 없다.

돌아온
공깃돌만이
내 가슴에 '딱, 딱, 딱!'

초대장

8월 8일 내 생일에
귀빈으로 초대해요.

선물은 그냥 두고
맨손으로 오세요.

벌처럼 범나비처럼
사뿐사뿐 그렇게.

공짜 향기 주는 대신
꽃은 따지 마세요.

친구들과 즐기면
기쁨 배가 될걸요.

웃음꽃 서로 나누며
'무궁무궁' 놀아요.

섬 하나가

맑은 날
날을 받아
가슴 열고 보이고픈
그리움의 무게를
안개로 밀어내며
아득한
물마루 위에
섬 하나 걸려 있다.

소라의
숨소리도
귓가에 두고 싶어
너와 나의 거리를
파도로 뼘을 재며
한 폭의
수채화인 양
작은 섬 떠오른다.

친구야, 올레로 올래?

길섶에 아기 풀꽃
방긋 인사하는 길
구붓한 올레길
빙 돌아와 볼래?

바람도
'친구야, 안녕!'
솔솔 반겨 준단다.

굴뚝새 돌담 쏙쏙
숨바꼭질하는 길
술래잡기하며 놀게
친구야, 올레로 올래?

재밌게
놀다가 보면
해지는 줄 모른단다.

빈 가지에 빈 둥지

산딸나무 우듬지에
덩그런 둥지 하나
깃털이 날리듯
잎새마저 떨어지니
빈 하늘
마침표인가,
갈바람만 오소소.

진초록 나뭇잎에
숨어 깃든 박새 둥지
서로가 제 할 일을
다했을 뿐인데
이산*이
자꾸 떠올라
빈 가슴이 시려요.

---

*이산: 헤어져 떠남, 남북 이산가족.

왕벚나무 꽃등

우듬지를 우러르며
꽃구름에 넋 놓다가
메떨어진* 밑둥치에
꽃망울이 오롱조롱
그 누가
꽃 브로치를
살짝 꽂아 뒀나 했어.

아니면 벚나무가
마술 쇼를 하나 했지.
뒤돌아 굽어보니
환하게 눈에 뵈는
봄맞이
꽃등이었어
앞서가는 개미행렬.

─────

*메떨어진: 어울리지 않고 촌스러운 모양.

씨앗을 뿌리는 새

빨간 열매 먼나무
까만 열매 담팔수
그 누가 우리 정원
담장 가에 심어놨나?
성탄절
카드에 그린
호랑가시 잎도 텄네!

숲속의 고운 열매
배불리 따먹고 선
우리 집 동백나무
찾아와 노는 새들
그 자리
씨 뿌리고 간 걸
친구야, 고걸 몰랐지?

비 온 뒤

가을비 맞고서
떨어진 나뭇잎
비질을 해대어도
쓸려가지 않으려고

바닥에
찰싹 붙었다,
딱풀이 된 빗물에.

그렇게 끈질기던
꽃밭의 잡초들
빗물을 실컷 먹고
이제 쉬는 시간인지

뿌리째
뽑혀 나온다,
힘을 뺏긴 빗물에.

날개 달아주는
바람

동시조 청소년 편
물은 흐르면서

시시한 것이

촘촘히 얽어 놓은
잎새를 갉아먹고

몸 풀며 오체투지,
속죄하는 자벌레

시시한
시를 쓰면서
시답잖게 길을 간다.

우도의 소

우도의 소들은
할 일이 없다고 운다.
안개가 낀 날이면
무적 소리로 울고
가뭄엔
견뎌야 한다며
목 타는 소리로 운다.

우도의 소들은
갈 곳이 없다고 운다.
어둠에 잠기는
등대가 외로워 울고
하루가
되새김질이냐고
파도소리로 운다.

생각이 달라요

즐거운 추석 명절
코앞에 다가오는데

'쌀쌀쌀' 쌀이 없대요.
'술술술' 술도 없내요.

할머니 할아버지의
어렸을 적 이야기.

즐거운 귀뚜리 합창
가을밤 가득한데

'쓸쓸쓸' 쓸쓸하대요.
'시시시' 시를 쓴대요.

베트남 엄마를 위해
날밤 새운 울 아빠.

꽃씨와 염소 똥

저것 봐!
구슬인 듯
분꽃의 까만 씨앗
초등학교 울타리에
동글동글 맺혀있네.

우정도 그런 것이야,
동글동글 구슬처럼.

그런 모양
또 있네.
흑염소의 야문 똥
우두봉 비탈길에
잡풀 삭인 염소 똥.

사랑도 그런 것이야,
동글동글 환약처럼.

오늘

이슬이 더 맑은 건
꽃잎에 앉기 때문
새 소리 더 고웁다, 그 향기 맡으니
흔드네, 빛나는 아침
방울 소리
땡
땡
땡

해님이 더 밝은 건
풀잎을 타기 때문
하늘은 더 드높다, 그 풀빛 배이니
펼치네, 활기찬 나절
풀잎 손들
짝
짝
짝.

피터 팬에게

피터 팬!
너희들을 일출봉으로 초대해.
네버랜드에서 볼 수 없는
황홀경 하나
수평선 튀어 오르는
해님을 선물할게.

칼바위 건너뛰며
해적 놀이도 신나겠지?
갈매기는 손짓에도 뒤따라온단다.
벼랑의
억새를 보면
억센 힘이 솟구칠 거야.

피터 팬!
여기서 야구 경기를 한판 하자구.
하느님이 만드신
원형 경기장이야.
공을 쳐
별을 띄우면
미더스 왕도 부러워할걸!

별·13
- 밤하늘에 핀 꽃

그대여, 오늘은 무엇을 노래해야 하나요.

하루를 산다는 건 별을 찾아 헤매는 일

천상에 핀 꽃부더기 그것이 별인가요?

지상의 늪에도 연꽃이 핀답니다.

잊으려 애를 써도 이미 꽃은 피어나

아픔의 나날 어귀에 별을 띄워 놓습니다.

눈 온 날

꽃잎에 눕고 싶다,
꽃 솜 다발 내릴 때
폭신한 감촉에
발끝부터 도는 온기
누더기 벗어 던지고
눈사람이 되고 싶다.

얼룩진 대지라도
엄마처럼 품어 주면
천지가 하나 되어
고요 속에 고운 세상
눈 나라 오두막집에서
동화를 읽고 싶다.

눈 온 날 모두가
동심에 젖은 기쁨
서먹했던 우리 사이
용서받고 용서하여
손잡고 춤춰도 좋을
그런 눈발 맞고 싶다.

꽃들의 모바니아

오솔길 가풀막에 살살이* 꽃무더기

좋은 꽃길 버리고 제철을 당겨놓고

잡초와 어우르며 초여름을 맞고 있다.

꽃은 꽃으로 피어 웃는 이유 있을 터

그런데도 시인은 꽃들의 모반이라

술잔을 들어 올리며 풍유의 시를 쓴다.

---

* 살살이꽃: 코스모스를 이르는 순 우리말.

산촌의 겨울 풍경

먹감나무 비켜선 곳
청솔을 배경으로
품에 안긴 암자는
먹빛으로 조신한데
풍경을 덧칠하면서 엽서 같은 눈 내린다.

눈사람 된 허수아비
넉넉한 표정에다
덩그런 까치둥지
애틋한 그 여백을
밥 짓는 저녁연기가 발싸심하며 스민다.

눈은 쌓임으로
산길을 묶어 놓고
창문 낮은 너와집을
눈빛으로 불 밝히면
먼 산이 낮은 자세로 와 엎드려 지샌다.

낮은 목소리

우리 선생님 목소리는
언제나 낮은 소리
시냇물 속삭이듯
그 목소리 잘 들려요.
어쩌나
큰 목소리는
클수록 안 들리는데….

하시는 말씀 한마디도
놓치지 않으려고
풀꽃 향기 나오는
입을 보며 귀 세워요.
낮아서
큰 울림으로 오는
마술 같은 그 목소리.

이슬의 속삭임

별빛 굴려 오색무늬
아롱져 내리기까지
속살 비쳐 친구 오해
풀려서 올 때까지
그런 아픔 있었던 거야.
귀 닳고 닳는 조약돌

가시 박혀 모난 말이
둥글어 구르기까지
험담이 앉던 자리
텅 비어질 때까지
그런 꿈 꿨던 거야,
좋은 세상 미쁜 곳.

한 방울 눈물에도
별빛이 '반짝'일 때까지
너의 마음 무지개로
'활짝' 피어날 때까지
한밤을 뒤척였던 거야,
몸부림 끝 해맞이.

가을맞이

극성스런 매미울음
뚝! 그친 틈새로
구구구 비둘기들
가을을 부르는 소리
얼대야 긴 여름 끝이
거미줄에 간당여

억새꽃 춤사위에
은빛으로 환한 세상
귀뚜리는 쏠쏠쏠
쌀 걱정만 하나요.
초가을 건초 내음에
문득 고향 그리워

역병처럼 괴롭히던
기상 이변 치송하고
재해를 '제 탓이오.'
참회기도 하는 저녁
감귤 맛 탱탱 굴리며
가을이 달려와.

단풍 숲으로 가요

잘 익은 단풍 잎새
꽃보다 더 곱구나.
원색 차림 울긋불긋
산줄기를 그려서
산마을 울타리까지 꽃물이 번진다.

정상에 가까울수록
발걸음은 천근만근
10분 휴식 달콤함이
삶의 여유로 느낄 때
가녀린 풀꽃이 홀로 터를 잡고 버틴다.

신록에서 낙엽으로
반복되는 한살이를
내 마음에 새겨서
산수화를 그리면
산에다 지핀 불길이 활활 가슴 덮친다.

물은 흐르면서

낮은 데로 자리하는
겸손을 일찍 배워
센 물살도 다독이며
조약돌 굴리면서
물굽이 굽이진 사연 엮어가며 흐른다.

빈 곳을 채워내고
가득 차면 덜어내어
폭포에 부서지는
너의 상처 나의 아픔
새벽 강 물안개 풀어 씻겨내며 흐른다.

흐르다 막히면
멈췄다 비켜가도
끝내 간직하고픈
꽃 향만은 몇 점 실어
강 같은 평화의 노래 합창하며 흐른다.

제3장

동시조 쓰기
21단계

동시는 다른 문학작품과는 달리 암송할 수 있도록 하는 것이 제일 좋습니다. 동시 공부는 되풀이하여 읽어서 자기 나름대로 분위기를 느끼고, 외워서 읊조리는 동안 저절로 재미를 맛보고 감동에 젖어들면 되는 것입니다.

시조란 어떤 글인가요?

시조는 우리 민족이 만들어 낸 고유하고 독특한 정형시입니다.

시조는 원래 신라 향가나 고려 속요 등의 영향을 받으며 이어지다가 고려 말에 이르러 시조라는 새로운 형태의 틀을 갖추게 된 것입니다. 시조라는 이름은 '시절 단가 음조(時節短歌音調)'의 준말로 오늘날의 대중가요라는 말과 비슷한 뜻입니다. 그런 점으로 미루어 볼 때 시조는 시보다는 노래에 더 가깝다 할 수 있지요.

민족 문학으로서의 시조는 조선 시대에 크게 발전하였습니다. 그 까닭은 시조의 형식이 민족의 생활 감정과 정서를 담아내는 데 적합했다는 점입니다. 당시 양반들은 한시를 많이 지었는데, 한시와 비슷한 시조를 지으면서 노래와 춤을 즐기는 가운데 시조를 발전시켰습니다. 특히 조선 영·정조 시대부터는 실학사상의 영향으로 서민 문학이 일어났는데, 시조가 서민층으로 널리 퍼지게 되어서 서민 문학으로도 자리 잡게 되었지요.

시조를 민족 문학이라고 말할 수 있는 것은 조선시대의 엄격한 신분 계층을 가리지 않고 임금으로부터 이름 없는 백성에 이르기까지 시조를 사랑했다는 점입니다.

우리가 시조를 공부하는 까닭도 민족 문학으로서 시조에 녹아 있는 우리 민족의 정신을 이해하고 계승·발전시키며, 우리의 문화를 새롭게 가꿔 나가는 데 그 목적이 있습니다.

2단계

동시조 형식

동시조 형식을 알려면 먼저 시조의 형식을 알아야 합니다. 시조는 정형시이기 때문에 글자 수가 일정하게 정해져 있습니다. 즉, 3장 6구 12음보(마디) 45음절(낱말 수) 안팎을 기본 틀로 하고 있지요.

평시조 한 수의 짜임을 도표로 나타내면 다음과 같습니다.

그러면 동시조 한 수를 보기로 들어 형식을 알아보도록 합시다.

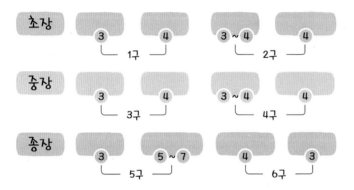

귀뚜라미

‑ 김영기

초장 쌀쌀쌀   저 집에선   쌀 걱정에   밤 새운다.
　　　　 ③　　　　④　　　　　④　　　　　④
　　　　　　　1구　　　　　　2구

중장 쓸쓸쓸   이 집에선   쓸쓸하다   지새운다.
　　　　 ③　　　　④　　　　　④　　　　　④
　　　　　　　3구　　　　　　4구

종장 달 밝은   가을밤이면   고향 생각   솔솔솔.
　　　　 ③　　　　⑤　　　　　④　　　　　③
　　　　　　　5구　　　　　　6구

시조가 3장인 까닭을 알아둡시다.

시조의 3장에 천·지·인(天·地·人)의 의미가 들어 있고, 4음보(마디)에는 4계절이, 12음보(마디)에는 열두 달이 들어 있습니다. 그러므로 시조에는 우리 민족의 사계절 풍속과 나아가 우주의 이치가 들어 있다 하겠으므로 시조는 우리 민족의 넋이자 정신문화의 총체라 할 수 있습니다.

천부인이나 삼족오에서 보듯 3이란 숫자의 의미가 크기 때문에 자연스레 민족의 시절 노래인 시조도 3장으로 된 듯합니다. 그래서 명칭도 글 시(詩)가 아니라 때 시(時)자를 쓰는 것이지요.

3단계

시조와 동시조

시에서 동시(童詩)가 나왔듯이 시조(時調)에서 나온 것이 동시조(童時調)입니다.

시조는 어른들의 사상과 정서를 형상화하여 쓴 것이기 때문에 어린이들이 이해하기가 어려운 게 대부분입니다. 그러나 동시조는 어른이 썼다 하더라도 동심을 바탕으로 하여 썼기 때문에 어른이나 어린이들 모두에게 공감을 줍니다. 아래의 두 시조는 시제가 '바다'인데도 내용과 표현 방법이 다릅니다. 동시조 「밤바다」는 집어등을 환하게 켜고 갈치나 오징어를 잡는 밤바다의 작업 풍경을 술래잡기 놀이에 비유한 시라는 걸 알 수 있지만, 시조 「한 잔의 바다」는 만 19세 성년이 된 아들에게 향음주례를 열어주었고, 그 후 아버지 나이가 된 아들은 그때 배웠던 주도(酒道)의 감동을 노래하고 있는 시여서 해설이 없이는 이해가 어려운 시입니다. 이처럼 동시조와 시조는 표현 방법과 내용이 다르다는 것을 알 수 있습니다.

*동시조 **밤바다**

노올자/ 같이 놀자/ 집어등 환한 바다// 붙어라/ 여기 붙어라/ 모여드는 갈치·한치// 졸지 마/ 잠들면 안 돼/ 별도 함께 놀잔다.

*시조 **한 잔의 바다**

"받아라."/ 한 잔 술을/ 내려주신 아버지// 근엄한 한 말씀은/ 무겁고 두려워라// "바다라!"/ 에메랄드 빛/ 수평선의/ 긴 떨림.

4단계
동시조와 동요

동시조와 동요의 공통점은 정형시라는 것입니다. 동시조는 4음보로 짜여 있지만 동요는 대부분 3음보로 짜여 있습니다. 동시조도 종장의 첫 음보(첫 마디) 음절을 3음절(세 글자), 둘째 음보(둘째 마디) 음절을 5~7음절로 규정하고 있어 이 규정을 어기면 동시가 되거나 동요가 되는 것입니다. 예문으로 든 귀뚜라미 종장 부분을 (   ) 안처럼 4, 3, 4, 4음절로 썼다면 동시조라 할 수 없고 동시나 농요로 보게 됩니다.

*동요 **태극기**(3음보)

태극기가/ 바람에/ 펄럭입니다. // 하늘 높이/ 아름답게/ 펄럭입니다.

*동요 **개나리**(4음보)

나리 나리/ 개나리/ 입에 따다/ 물고요. // 병아리 떼/ 종종종/ 봄나들이/ 갑니다.

*동시조 **귀뚜라미**(4음보)

쌀쌀쌀/ 저 집에선/ 쌀 걱정에/ 밤새운다. // 쓸쓸쓸/ 이 집에선 / 쓸쓸하다/ 지새운다. // 달 밝은/ 가을밤이면/ 고향 생각/ 솔솔솔.

종장의 첫 음보(마디)를 아래와 같이 4음절로 쓰고 둘째 음보(마디)를 3음절로 쓰면 동시조 형식에 벗어나 동요나 동시가 됩니다.

(달이 밝은/ 밤이면/ 고향 생각/ 솔솔 난다.)

동시조가 동시와 다른 점

동시나 동시조는 생활 속에서 얻은 감동이나 상상에 의한 생각을 노래하듯 짧은 말로 표현한다는 점에서는 똑같습니다. 그러나 동시조는 정형시이기 때문에 글자 수(음수율)를 맞추어 쓴다는 것이 다른 점입니다.

대체로 동시를 쓸 때 생각하여야 할 점이 먼저 '무엇을 쓸까'이고, 다음이 '어떻게 쓸까'입니다. 동시조를 쓸 때도 동시를 쓸 때와 똑같은 과정을 거칩니다. 그러면 동시와 동시조를 비교해 보도록 합시다.

① 동시는 형식의 제약이 없는 자유시인데, 동시조는 3장 6구 12음보(마디) 45자(음절) 내외로 짜이어진 정형시입니다.

② 동시는 연과 행으로 부르고, 동시조는 수와 장으로 부릅니다.

③ 동시는 3·4조(調) 또는 4·4조의 리듬을 3음보 또는 4음보(네 마디)로 자유롭게 쓰지만 동시조는 반드시 4음보(네 마디)로 나누고 3·4조(調) 또는 4·4조의 리듬을 씁니다.

④ 동시는 음절의 제약을 받지 않지만 동시조는 종장 첫 마디를 반드시 3음절(3자)로 써야 하며, 둘째 마디가 5음절(5자) 이상이 되어야 하는 제약이 따릅니다. 그러나 그 외의 마디에는 3~4음절에서 1음절을 더하거나 덜어내며 자유롭게 쓸 수 있습니다.

⑤ 동시조를 동시라고 할 수는 있지만, 동시를 동시조라고는 할 수 없습니다.

이상을 요약하면 동시조는 4음보 정형시이지만 동시는 음보와 음절의 제약을 받지 않아 자유롭다는 것입니다. 그러므로 동시조 쓰기 단계에서 유의할 점은 음보 음절이 자유로운 동시 쓰기를 익힌 후에 형식의 틀을 갖춘 동시조 쓰기로 발전시켜 나가는 것이 좋다는 것입니다. 왜냐하면 저학년 때부터 형식에 구애받는 동시조를 쓰다 보면 사고의 유연성이 저해되지 않을까 하는 우려가 있기 때문입니다.

* 동시 **겨울 바다**

1연: 겨울 바다가/ 감기를 앓는다.

2연: 흰 띠를 동여매고/ 밤새 뒤척이며/ 크렁크렁/ 목 가래를 앓는다.

3연: 아스피린 한 알로는/ 낫지 않을 감기.

*동시조 **겨울 바다**

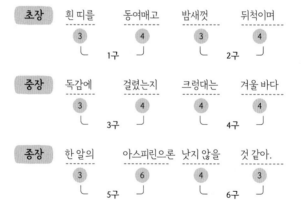

6단계
시와 시조

동시와 동시조를 구분하듯 시와 시조도 다 같은 시에 속하나 표현 형식이 다름을 알 수 있습니다.

* 시 진달래꽃(3음보)

 - 김소월

나 보기가/ 역겨워/ 가실 때에는// 말없이/ 고이 보내/ 드리우리다// 영변(寧邊)에/ 약산(藥山)/ 진달래꽃,// 아름 따다/ 가실 길에/ 뿌리우리다// 가시는/ 걸음걸음/ 놓인 그 꽃을// 사뿐히/ 즈려밟고 가시옵소서// 나 보기가/ 역겨워/ 가실 때에는// 죽어도/ 아니 눈물/ 흘리우리다.

*시조 복사꽃(4음보)

- 정완영

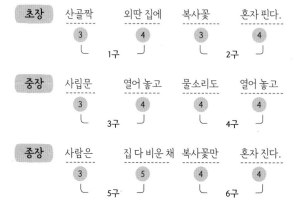

시조의 종류

1. 단시조(평시조)

시조의 길이에 따라 분류한 명칭입니다. 시조의 기본형으로 보통의 시조를 말합니다. 2수 이상의 평시조를 1편으로 쓴 것을 '연시조'라고 합니다.

① 시조 한 수는 3장으로 이루어집니다.

② 한 장은 전·후구로 나눌 수 있습니다.

③ 한 구는 각각 3·4조 또는 4·4조가 기본 율입니다.

* 단시조(평시조)

– 포은 정몽주

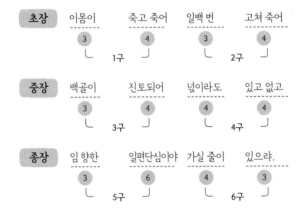

2. 중시조(엇시조)

대개 평시조와 같으나 특히 중장이 15자 이상으로 길어진 형태의 시조입니다. 반 사설시조 또는 농시조라고도 합니다.

① 시조의 형식에 어긋나 있다고 해서 엇시조라 합니다.

② 평시조의 정형률을 지니고 새로운 시각으로 어느 한 구를 특별히 길게 쓴 것입니다.

③ 보통 초장, 종장에는 큰 변화가 없습니다.

*엇시조

창 내고자 창을 내고자 이내 가슴에 창 내고자.

고모장지, 세 살장지, 들장지, 열장지, 암톨쩌귀, 수톨쩌귀, 배목걸쇠, 크나큰 장도리로

뚝딱 박아 이 내 가슴에 창 내고자.

3. 장시조(사설시조)

평시조의 초장과 중장이 길어지고 종장도 어느 정도 길어진 시조로서, 시조 중에서 가장 길게 쓴 형식의 시조입니다.

① 설명하는 것처럼 길다는 뜻으로 사설시조라 합니다.

② 사설시조의 지은이들은 서민들이 대부분이었습니다.

③ 당시 양반 지배계급에 의해 억압당하며 살아가는 서민들의 생활 모습이 잘 나타나 있습니다.

*사설시조

바둑판같이 얽은 사람아, 제발 빈다 네게.

물가에 오지 마라. 눈 큰 준치, 허리 긴 갈치, 친친 감아 가물치, 문어의 아들 낙지, 넙치의 딸 가자미, 곱사등이 새우, 배부른 올챙이, 친척 많은 곤쟁이, 고독한 뱀장어, 집채같은 고래와 바늘 같은 송사리, 눈 긴 농게, 입 작은 병어가 네 얼굴 보고서 그물인 줄 알고 펄펄 뛰어 다 달아나는데, 열없이 생긴

오징어는 쩔쩔 매고, 그놈의 손자 꼴뚜기는 겁만 잔뜩 먹었는데, 바소 같은 말거머리와 귀영자 같은 장구애비는 아무것도 모르고 저희들끼리 시시덕거리며 좋아하더라.

아마도 네가 물가에 오면 고기 못 잡아 큰일이다.

일곱 번째 동시조집 『나 누구게?』
여덟 번째 동시조집 『달팽이 우주통신』
「달팽이 우주통신」이 2021년 8월 한국동시문학회의 우수 동시로 선정됨

8단계
고시조와 현대시조

◆옛시조의 특징

① 옛시조는 시절을 노래 가락으로 읊은 것이라는 이름과 같이 시보다는 노래에 더 가깝습니다.

② 단수(평시조)가 대부분이며 충효·근면 등 교훈적인 것이 많습니다.

③ 평시조는 가장 짧고 정돈된 형태이므로 한시에 익숙한 양반들이 많이 지었고, 중시조나 장시조는 주로 서민층에서 많이 지었으며 지은이가 밝혀지지 않는 경우가 대부분입니다.

④ 제목을 표시하지 않았습니다.

⑤ 시조의 기사법(표기법)은 초, 중, 종장으로 3행 표기법을 쓰고 있습니다.

*고시조(3장시=3행 기사법)

태산이 높다 하되 하늘 아래 뫼이로다.

오르고 또 오르면 못 오를 리 없건마는

사람이 제 아니 오르고 뫼를 높다 하더라.

〈지은이: 봉래 양사언〉

◆현대시조의 특징

① 연시조를 많이 쓰고 있습니다.

② 현대시조는 시어가 감각적이고 구체적입니다.

③ 종장의 첫 3음과 뒤에 오는 5·7음을 제외하고는 한두 음을 가감하고 있으며 음수율보다는 음보율을 따르고 있습니다. 음보율은 1-3음을 소음보라 하고, 4음을 평음보라 하며 5음 이상을 과음보라 합

니다.

④ 반드시 제목이 있으며 지은이가 분명히 밝혀져 있습니다.

⑤ 기사법은 3행 표기법을 탈피하여 다양하게 나타냅니다.

＊현대 시조(3연 7행시)

나도 같이 시를 쓴다

- 이은상

아득한 바다 위에

갈매기 두엇 날아든다.

너훌 너훌 시를 쓴다.

모르는 나라 글자다.

널따란

하늘 복판에

나도 같이 시를 쓴다.

9단계

시조와 하이쿠

어느 나라든지 그 민족만이 갖고 있는 독특한 민족 문학이 있습니다. 일본의 '와카, 하이쿠', 중국의 '절구', 우리나라의 경우는 700년 동안 발전해 온 '시조'를 들 수 있습니다.

시조는 정형시로서 일정한 형식이 있는 시입니다. 같은 정형시로서 하이쿠나 절구는 형식이 엄격하여 글자 수를 마음대로 바꿀 수 없습니다. 그러나 우리 시조는 종장 첫 마디는 석 자, 둘째 마디는 5~7자로 정해져 있을 뿐, 글자 수의 가감을 할 수 있습니다. 융통성이 많습니다. 마음대로 자신의 생각을 표현할 수 있는 폭이 그만큼 넓다는 이야기입니다. 이런 점에 미루어 정형시로써의 시조는 다른 나라의 어느 민족시보다 월등히 우수한 형식을 갖고 있다 할 수 있습니다.

하이쿠(俳句: はいく)는 5-7-5, 불과 17자의 음절로 이루어진 세계에서 가장 짧은 단형시, 일본 고유의 음운문학입니다. 메이지시대 이후 하이쿠가 해외에 소개되면서 서구의 이미지즘(낭만파에 대항하여 1912년경 일어난 시운동)과 릴케(1875~1926)의 시작활동에 영향을 준 것으로 알려져 있습니다.

> 군중 속에서 유령처럼 나타나는 이 얼굴들/ 까맣게 젖은 나뭇가지 위의 꽃잎들

위 시는 「지하철 정거장에서」라는 에즈라 파운드의 하이쿠 풍 작품으로 유명합니다. 하이쿠는 유럽 등 서구에는 이미 1910년대 에즈라 파운드를 중심으로 한 이미지즘이 일어났을 때 소개돼, 근 한 세기가 지난 지금은 가장 세계화된 일본의 정신유산으로 자리 잡았습니다. 우리가 하이

쿠에서 배워야 할 점은 일본인들이 하이쿠를 오늘날까지 사랑함으로써 일본어를 갈고닦아 그로써 세계로 진출했다는 점입니다. 우리에게는 우리 고유의 리듬과 아름다움의 구조를 가진 시조가 있습니다. 섬나라 문학인 하이쿠에서는 우리 시조에서 만나는 인생의 달관과 너그러움에서 오는 흥겨움 '興'의 문화는 찾아볼 수가 없습니다. 그래서 우리 시조의 형식 안에 신세대의 감수성을 담은 훌륭한 작품이 나오기를 기대하는 이유입니다.

하이쿠는 와카에서 렌가를 거쳐 하이카이에서 하이쿠로 정착되었다는 게 정설로 되어 있지만, 시조는 무가, 향가, 민요, 속요 등이 밑바탕이 되었다고만 보고 정설을 갖추지 못한 게 흠입니다. 그러나 시조나 하이쿠에는 그만한 배경을 갖고 있음에는 이론의 여지가 없습니다. 고려가 멸망하고 조선이 건국한 해가 1392년입니다. 이 무렵 우리가 익히 알고 있는 〈단심가〉와 〈하여가〉가 나왔습니다. 하이쿠라는 통칭이 사용된 것은 메이지 이후 마쓰오 바쇼(1644~1694)에 의해서였다고 합니다. 이 연보대로라면 하이쿠라는 이름은 시조에 비하여 족히 300년이나 뒤의 일입니다. 이는 무엇을 말함일까요?

이처럼 우리 시조가 700여 년 동안 내려온 우리 고유의 전통시로서 중국의 절구나 일본의 하이쿠를 능가하는 자랑스러운 정형시임에도 불구하고 이를 경시하는 오늘의 세태에 우리가 비판의 목소리를 높여야 합니다.

참고로 마쓰오 바쇼의 대표작이라 할 수 있는 하이쿠 한 편을 들어보겠습니다. 우리 시조와 어떻게 다른지 비교해 보세요.

개구리 퐁당

오래된 연못	개구리 뛰어드는	물소리 퐁당
5	7	5

10단계
삼행시와 삼장시조

3행시 놀이를 해보겠습니다. 먼저 시제를 '삼행시'로 하고 '운'을 제시합니다.

> 삼, 삼일절에/ 온 국민이
>
> 행, 행동을/ 통일하면
>
> 시, 시간이/ 해결해 줘요,/ 소원은 통일.

삼행시는 위 예문처럼 음보에 제약 없이 자유롭습니다.

그럼 3장시 음보에 맞춰 운을 '삼·장·시'로 했을 때 삼행시와 어떻게 다른지 비교하여 봅시다.

> 삼, 삼장시는/ 시조의/ 기본적인/ 형식이죠
>
> 장, 장은 3장/ 구는 6구/ 12음보/ 45자
>
> 시, 시 중에/ 바른 정형시/ 우리 시조/ 입니다.

이처럼 3장시는 4음보로 시조의 율격을 갖추게 됩니다.

3행시에 익숙하다 보니 시조의 4음보를 무시하게 됩니다. 그러므로 국민 '시가'라 하는 시조를 사랑하고 익히는 뜻에서라도 '3행시'를 버리고 '3장시' 놀이에 힘썼으면 좋겠습니다.

예습 '동시조'에 운을 줍니다. 보기 예문을 참고하고 다른 내용으로 삼장시 짓기를 해봅시다.

◈〈보기〉동시조

동, 동시조/ 잘 쓰려면/ 형식을/ 익혀야지

시, 시에는/ 갖춰야 할/ 음보는/ 4음보야

조, 조금도/ 어렵지 않은/ 우리 시조/ 동시조

광양초 5학년 동시조 수업(2021. 7. 13.)

11단계

장, 구, 음보

복사꽃

– 정완영

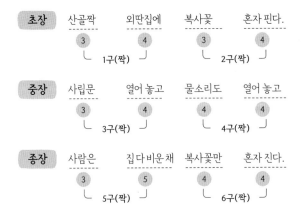

여러분이 쓰는 말로 하면 세 줄(삼장) 여섯 짝 친구(육구) 열두 마디(십이 음보) 마흔다섯 자(45음절)로 쓰는 우리나라의 정형시라고 빗대어 생각하면 이해가 쉬울 것입니다.

특히 두 마디(2음보)를 묶어서 '구'라고 하는 것을 꼭 익혀둬야 합니다. 모둠활동을 할 때 짝 지을 '친구'가 필요하듯 동시조를 쓸 때도 '구' 짜임이 중요합니다. 이것이 동시를 쓸 때와 다른 점입니다. 음보에는 3·4조 또는 4·4조의 음절(음수율)을 기본으로 합니다.

한 음절(1자)에서 세 음절(3글자)까지를 소음보라 하고, 4음절을 평음보, 5음절 이상을 과음보라 합니다. 예를 들면 돌, 물, 꽃 등은 1음절, 나무, 사람, 바다 등은 2음절, 무궁화, 코끼리, 금강산 등은 3음절, 우리나라, 대한민국, 나팔 소리 등은 4음절입니다. 초장과 중장의 음보는 비슷하나 종

광양초 동시조 수업현장 기사 소년한라일보(2001. 2. 1.)

장의 첫 구(첫 마디)는 반드시 3음절을 지켜야 하며, 둘째 마디도 5~7음절
까지 쓸 수 있으나 5음절(과음보)을 지키는 것이 좋습니다. 아래 예시한 어
린왕자는 초장 중장에 과음보를 쓴 것이 매끄럽지 않습니다.

어린왕자에게

어린왕자	일충봉을	볼 때마다	생각난단다.
4(평음보)	4(평음보)	4(평음보)	5(과음보)

커다란	코끼리 삼킨	보아구렁이	그림처럼
3(소음보)	5(과음보)	5(과음보)	4(평음보)

거죽을	들어 젖히고	뚜벅뚜벅	걸어가
3(소음보)	5(과음보)	4(평음보)	3(소음보)

12단계

현대시조의 기사법

옛시조는 거의 초장·중장·종장, 3장으로 나타내었습니다. 그래서 '3장시'라 합니다. 오늘날에는 초장·중장·종장의 3장으로 된 평시조라 할지라도 행과 연으로 자유롭게 변형시켜 시각적인 효과를 거두며 감동을 실감 있게 전달하고 있습니다. 글쓴이의 정감을 고르고 바르게 전달하기 위하여 한 행이 길어지기도 하고 짧아지기도 한다는 말이지요. 3장시조를 현대시조에는 여러 가지 기사법을 활용하고 있습니다. 특히 종장의 첫 음보를 행갈이 하는 것은 종장 3음절의 중요성을 강조하는 의미를 줄 때 활용하면 좋습니다.

*무궁화

*단시조를 정통 3장시 형식으로 쓰기

광복절 아침에 한 송이 피었네.

여느 때 열 송이가 이보다 반가울까?

대문 앞 태극기 달고 만세를 부르고파.

*3연 6행으로 쓰기

광복절 아침에

한 송이 피었네.

여느 때 열 송이가

이보다 반가울까?

대문 앞 태극기 달고
만세를 부르고파.

＊3연 7행으로 쓰기

광복절 아침에
한 송이 피었네.

여느 때 열 송이가
이보다 빈가울까?

대문 앞
태극기 달고
만세를 부르고파.

＊3연 8행으로 쓰기

광복절 아침에
한 송이 피었네.

여느 때
열 송이가
이보다 반가울까?

대문 앞
태극기 달고
만세를 부르고파.

＊3연 9행으로 쓰기

광복절
아침에
한 송이 피었네.

여느 때
열 송이가
이보다 반가울까?

대문 앞
태극기 달고
만세를 부르고파.

13단계

행과 연 가르기

___

동시는 마음의 움직임을 말의 가락에 실어서 독자에게 전달하려는 것입니다. 그러기 위해서 행과 연으로 나누는데 보통 글과 다른 점이 바로 이것입니다. 시인의 정감을 고르고 바르게 전달하기 위하여 한 행이 길어지기도 하고 짧아지기도 하는데 무턱대고 그렇게 하는 것이 아닙니다. 박화목의 '동시교실'에서는 행과 연의 가름을 다음과 같이 설명하고 있습니다.

- 한 행이 각각 독립된 정경이며 생각을 나타낸다.
- 행의 매듭은 곧 시의 한 부분의 매듭이 되도록 한다.
- 시의 내용과 형태가 일치되도록 한다.
- 시인의 정감이 고르게 전달되도록 한다.
- 한 행이 그다음 따라오는 행과 연결되는 데 있어, 말 울림의 부드러움을 생각한다.

김종상의 '글짓기 징검다리'에는 행과 연을 나누는 목적을 다음과 같이 간추려 놓고 있습니다.

- 겉모습을 꾸미려고
- 생각할 시간을 가지려고
- 생각과 상징을 위해
- 내용 의미가 바뀔 때
- 여운을 남기기 위해
- 호흡을 맞추려고

• 뜻을 강조하기 위해

대체로 행과 연을 짧게 나눌수록 그 느낌이 가볍고 빠릅니다. 한눈에 읽을 수 있는 길이가 짧으므로 호흡이 빠르기 때문입니다. 느낌이 경쾌하여 즐거운 감정 표현에 적합합니다. 이와 반대로 길게 나눈 행과 연은 느낌이 무겁습니다. 호흡이 느리기 때문에 깊은 감정 표현에 적합합니다. 이처럼 행과 연을 짧게 할 것인지 길게 할 것인지는 동시의 내용에 따라 다르게 됩니다. 아래의 동시조는 3연 12행으로 쓴 것을 3장 동시조로 고쳐 쓴 것입니다. 이것을 3연 6행으로 써 보세요.(참고: 시조의 수는 동시의 연과 같고, 장은 행과 같습니다.)

강아지와 지팡이 (김영기)

초장 몇 발짝/ 올레 길을/ 더듬더듬/ 발암발암   (3, 4, 4, 4)

중장 흰 지팡이/ 앞세우고/ 할아버지/ 오시는데   (4, 4, 4, 4)

종장 앞섰다,/ 뒤섰다하며/ 강아지만/ 설렌다.   (3, 5, 4, 4)

아래 시는 3장시조를 현대시 형식에 맞게 3연 6행으로 쓴 것입니다.

강아지와 지팡이 (김영기)

1연   1행 몇 발짝 올레 길을/

          2행 더듬더듬 발암발암   (3, 4,/ 4, 4)

2연   3행 흰 지팡이 앞세우고/

          4행 할아버지 오시는데   (4, 4,/ 4, 4)

3연   5행 앞섰다, 뒤섰다하며/

          6행 강아지만 설렌다.   (3, 5,/ 4, 3)

종장의 중요성

동시조 쓰기에서 제일 힘든 부분이 종장 처리입니다. 종장을 잘 쓰고 못 씀에 따라 성패가 좌우됩니다. 그래서 종장을 시조의 생명이라 하지요. 종장의 첫 마디는 석 자로 써야 하고, 둘째 마디는 다섯 자에서 일곱 자까지 써야 형식에 맞는 동시조가 됩니다. 첫 마디를 석 자로 쓰지 않거나 둘째 마디를 석 자나 넉 자로 쓰면 동시나 동요가 되기 때문에 명심해야 합니다. 그러면 종장 짓기를 익혀 볼까요?

제목: 숙제

초장	게임 먼저 4	하고 난 후 4	천천히 3	숙제할까 4
중장	숙제 먼저 4	하고 난 후 4	게임을 3	실컷할까 4
종장	숙제는 3	꼼짝 못하게 5	나를 묶어 4	놓는다. 3

〈보기〉 종장 바꿔 쓰기

- 숙제에 대한 종장을 6가지로 바꿔 써 보았어요.

종장 1	어려운 3	영문법처럼 5	얼른 답이 4	안 나온다. 4
종장 2	선생님 3	말씀에 따라 5	숙제부터 4	해야지. 3
종장 3	오늘도 3	망설이면서 5	우두커니 4	앉아있다. 4
종장 4	너라면 3	어떡하겠니? 5	해답을 3	들려다오. 4
종장 5	엄마는 3	속도 모르고 5	심부름을 4	하란다. 3
종장 6	언제나 3	날 유혹하는 5	게임기가 4	문제야. 3

위 예문처럼 아래 동시조의 종장을 써보세요.

제목: 가을 하늘

초장	하늘의	티인가	구름도	먼지인 듯
중장	털고 쓸고,	쓸고 닦아	속살까지	얼비치네.
종장	행여나	쨍 금이 갈라	맘 죄는	쪽빛하늘.

종장 바꿔쓰기

종장 1	새들이	날아가다가	빠졌는지	안 보인다.
종장 2	엄마가	청소를 하듯	누가 청소	했나요?
종장 3				

이재철 교수 초청강의 『아동문학의 이해』 제주시 초등 국어교과 연구회(1991. 4. 3.)
위 왼쪽 박재형, 김출근, 이맹수, 안희숙, 장승련, 오용관, 김봉임, 홍재보, 송상홍, 이창화,
이소영, 오수선
아래 왼쪽 홍우천, 고재환, 이재철, 전상검, 김종두

15단계
동시를 동시조로 개작하기

시조 짓기를 할 때 동시를 동시조로 고쳐 보는 것은 시조 공부에 많은 도움을 줍니다. 먼저 시조 형식인 3장 6구체로 짜임을 생각해야 합니다.

다음은 한 장의 음보를 2구로 나눠 7자를 중심으로 한두 글자 더하거나 빼면서 써 갑니다. 마지막으로 종장의 첫 구 석 자와 둘째 구 다섯 자를 맞추어 쓰면 완성된 것이지요. 이때 유의해야 할 일은, 남이 쓴 동시를 동시조로 고친 글은 나의 창작품이 아니라는 점입니다. 다음은 여러분이 쓴 동시를 동시조로 고쳐 본 것입니다. 어디가 어떻게 달라졌는지 동시와 동시조의 다른 점을 작품을 통하여 알아봅시다.

☞보기 작품 〈1〉 어도초 3학년 고영현

*동시 **나는 물**

나는 달려/ 나는 달려/ 처음엔 작았는데// 계속 달리면서 커져// 자꾸 자꾸 커지니까/ 내 몸에 생물이 살고/ 내 몸에서 사람들이 놀아// 이제 나는 어른이야.

*동시조 **나는 물**

처음엔/ 작았는데/ 계속 달리면서/ 커져 // 내 몸에/ 생물이 살고/ 사람들이/ 자라나// 이제 난/ 어른이라고!/ 물방울을/ 깔보지 마.

☞보기 작품 〈2〉 세화초 3학년 고대완

*동시 **신나는 운동회**

오늘은 운동회/ 질서점수 응원 점수가 있지/ 한라 팀 잘해라/ 백두 팀 잘해

라/ 줄다리기 할 때 한라가 이겼다./ 이어달리기도 우리 팀이 졌다./ 고학년
도 졌다./ 그런데 점수를 합해보니/ 한라가 이겼다./ 날고 싶은 내 기분.

*동시조 신나는 운동회

한라 팀/ 잘해라/ 백두 팀도/ 잘해라/// 줄다리기와/ 이어달리기/ 우리 편이
/ 졌지만// 응원과/ 질서 점수로/ 한라팀이/ 이겼다.

☞보기 작품 〈3〉 세화초 3학년 박주현

*동시 정말 신기해

우와!/ 벌써 봄이로구나./ 길가를 가다보니 나비 한 마리/ 네잎 클로버 옆에/
죽어있네.// 네잎 클로버를 따서 뒤집으니/ 나비가 되네./ 나비를 뒤집어보
니/ 네잎 클로버가 되었네./ 색깔은 안 변했지만/ 정말 신기해.

*동시조 정말 신기해

길가에/ 나비 한 마리/ 클로버 옆에/ 죽어있네.// 죽은 나비/ 뒤집으니/ 네
잎 클로버/ 되었네.// 색깔은/ 서로 다르지만/ 모양이 닮아/ 신기해.

☞보기 작품 〈4〉 세화초 4학년 김호혁

동시 개미는 청소부

개미는 청소부/ 왜냐고?// 사람들이 먹다 흘린/ 과자 조각과/ 부스러기를/
깨끗이 청소하니까.

*동시조 개미는 미화원

우리들의/ 소풍날은/ 개미들은/ 청소 날// 먹다 버린/ 김밥과/ 과자/ 부스러
기를// 깨끗이/ 먹어 치우며/ 뒷정리를/ 합니다.

☞보기 작품 〈5〉 세화초 5학년 김태희

*동시 불쌍한 밤나무

사람들이 밤을 따려고/ 나무를 때린다. // 나무를 때리면/ 나무가 아프겠지?/ 불쌍한/ 밤나무.

*동시조 매 맞는 밤나무

탁탁탁!/ 긴 장대로/ 나무를/ 때립니다. // 아무 잘못/ 없는데/ 매를 맞는/ 밤나무/ 아야야!/ 때리지 말라고/ 밤을 내려/ 줍니다.

☞보기 작품 〈6〉 광양초 5학년 이연지

동시 진공청소기

엄마가

청소하는 곁에서

밀린 일기를 쓴다.

집 안을 삼키듯이

우왕우왕

시끄러운 청소기

내 생각도

다 빨아들이나?

머리가 텅 비어버린 듯

생각이 안 나 못 쓰겠다.

*동시조 진공청소기

청소하는 곁에서

일기를 쓰는데요.

집 안을 삼키듯이

시끄러운 청소기

생각도 다 빨아들이나?

생각이 통 안 나요.

☞ 보기 작품 〈7〉 세화초 6학년 오태민

*동시 모서리

"아야!"/ "왜 모서리가 있는 거야?"// 책상마다 있는 모서리/ 종이마다 있는

날카로운 모서리// 모서리가 없으면 찍히지도 않을 텐데/ 모서리가 없으면 베

이지도 않을 텐데// 내 마음의 모서리도/ 다듬어 가야지.

*동시조 모서리

모서리에/ 부딪쳐서/ 무릎이/ 멍들었다.// 모서리 난/ 친구 말에/ 내가 상처

/ 받았다.// 내 맘의/ 모서리부터/ 동그랗게/ 해야지.

16단계
일기와 동시조

어린이들이 일기를 쓸 때 대부분 생활문 형식으로 쓰는 일이 많습니다. 똑같은 형식으로 계속해서 쓰는 것보다 글의 종류를 다양하게 섞어 쓰면 여러 종류의 글을 자주 써서 보게 되므로 생각이 깊어져서 글 쓰기에 도움이 됩니다.

일기는 있었던 일을 자세히 기록하는 것이지요. 그러기 위해서는 짧은 단시조보다는 연시조로 쓰는 것이 바람직합니다. 그러면 아래의 일기 예문을 글감으로 하여 동시조를 써 봅시다.

2018년 월 일 요일

체육시간

4교시 체육시간이었다.

선생님이 농구공을 가지고 오셔서 나는 기뻤다. 왜냐하면 농구를 좋아하기 때문이었다.

아이들도 좋아서 '와' 하고 소리쳤다.

"너희들, 내가 그렇게 좋으냐?"

선생님은 우리가 농구공 때문에 소리를 지른 것을 알면서도 웃으며 말씀하셨다.

우리들은 두 편으로 나뉘어 농구를 했다. 우리들은 소리를 지르면서 농구공을 쫓아다녔다. 나도 힘껏 공을 따라 달렸다. 아이들이 링으로 공을 던졌는데 공이 잘 들어가지 않았다. 정확히 던지지 않기 때문일 것이다. 연습을 하면 될 텐데. 그래도 우리는 좋아서 자꾸 공을 던졌다. 공이 들어가면 던진 아이는 좋아서 껑충껑충 뛰었다. 아마도 하늘까지 날고 싶을 것이다.

종이 울려서 농구를 그만두고 교실로 들어가려니까 아쉬운 생각이 들었다. 조그만 더 했더라면 좋겠는데, 종이 울러서 하는 수 없었다. 다음에도 또 농구를 했으면 좋겠다.

☆ 연시조로 써보기

〈동시조〉 **체육시간**

4교시 체육시간 공 갖고 오신 선생님,/ 아이들은 좋아서 '와' 하고 소리치네./ 농구공 때문인데도 좋아 웃는 선생님.//

두 편으로 나눠서 즐거운 농구경기,/ 넌진 공이 빗나가서 모두모두 안타깝네./ 숫 골인! 너무 좋아서 하늘 훨훨 나는 듯.//

재밌는 체육시간 시간도 빨리 가네./ 농구경기 그치려니 아쉬운 생각뿐,/ 조금만 잘 했더라면 대표 선수 뽑힐 걸.

〈일기〉 **2018년 월 일 요일 흐림**

감기

감기가 들어 하루 종일 앓아누워 있었다.

해질 무렵에야 겨우 정신을 차려 보니 어머니가 옆에 계셨다.

"이제 정신이 좀 드는 모양이구나, 열이 40도나 오르더니."

나는 어머니께 미안한 생각이 들었다.

☆ 단시조로 써 보기

〈동시조〉 **감기**

초장: 감기 들어/ 하루 종일/ 앓아 누워/ 있었네.

중장: 정신을/ 차려 보니/ 옆에 계신/ 어머니

종장: 이제야/ 정신이 드니?/ 미안한/ 내 마음뿐.

17단계

단시조와 연시조 쓰기

3장시로 쓴 시조를 단시조 또는 평시조라 하고, 2수 3수 4수로 쓴 시조를 연시조라고 합니다. 각종 시조백일장에서 장원(당선작)으로 뽑힌 작품을 제주시 광양초등학교 '광양 시조 4반세기'에서 골라 예로 들어보겠습니다.

☞ **단시조(단수 또는 평시조)**

선인장 꽃

제주시 광양초등학교 5학년 1반 김요한

유나네/ 꽃집에 핀/ 선인장 예쁜 꽃.//

노란 꽃/ 예쁘지만/ 가시가 무서운 꽃.//

톡 톡 톡/ 잘 쏘아대는/ 고 가시내 닮았다.

*2015 제1회 백수 정완영 전국학생 시조 공모전 장원

연과 얼레

제주시 광양초등학교 5학년 1반 강혜인

슬슬 풀면/ 나는 나는/ 저 멀리 날아가고//

싹싹 급히/ 감으면/ 거꾸로 박치네.//

나는 연/ 엄마는 얼레/ 날 감았다 풀었다 해.

*2016 제25회 제주시조 지상 백일장 당선작

돌하르방

제주시 광양초등학교 4학년 1반 김나나

눈은 퉁방울 눈/ 큰 코는 딸기코//

얼굴은 곰보예요, 무섭게 보여요//

새들이/ 똥을 갈겨도/ 바보처럼 빙그레.

*2017 제2회 백수 정완영 전국학생 문예공모전 장원

☞ 2수로 쓴 연시조

음악 공부하는 제비

제주시 광양초등학교 6학년 1반 이하림

피란 하늘 공책에/ 오선지 그려 있네./ 저녁때면 제비들이/

전선줄에 모여 앉아/ 까아만/ 4분 음표 그리며/ 음악 공부 시작해요. //

전선 줄 오선지를/ 오르락 내리락 하면서/ 짹재굴 지지배배/

노래 소리 즐거워요./ 신나는/ 음악공부에/ 해지는 줄 몰라요. //

*2002 제12회 제주시조 지상 백일장 당선작

작은 거인

제주시 광양초등학교 6학년 1반 윤은지

전쟁 때 할아버진 전쟁 영웅이셨죠/

할머니 말씀으론 키도 작고 마르셨다는데/

전장 터 그곳에서는 언제나 앞장섰대요. //

지금은 사진 속에서 빙그레 웃고 계시지만/

총포가 터지는 곳에 두려움도 많았겠죠?/

용맹한 그 정신 이어 우리는 너무 행복합니다. //

*2015 제11회 나라사랑 문예공모 대상

☞ **3수로 쓴 동시조**

한라산 등반

제주시 광양초등학교 5학년 수선화반 김현아

단풍 고운 영실 계곡/ 물들이며 올라가네./ 앞서가는 발자국 따라/

산바람 불어오네./ 사방이/ 붉게 보이네./ 산불인 듯 타는 저 계곡//

"아이구, 단풍이 참 곱게 물들었수다!"/ "게메 마씀, 손짓ᄒ멍 흔저 오랜 ᄒ

염수다."/ 등반길/ 주고받는 인사/ 사투리도 정다워요.//

윗세오름 산마루에 올라/ 야호! 야호! 소리 지르면/ 숨어있던 메아리도/ 대

답하는 정다운 산/ 힘들고/ 숨차던 등반이/ 짐 부린 듯 가벼워요.

*1999 제9회 제주시조 지상 백일장 당선작

꽃 심는 우리 엄마

제주시 광양초등학교 6학년 1반 이지미

봄바람이 살랑살랑/ 우리 집에 불어오면/ 우리 엄마 호미 들고/ 꽃 심는다

야단법석/ "오늘랑/ 봉숭아 심고/ 내일랑 과꽃도 심게 마씀.//

"우리 집 뒤 공터도/ 꽃밭 되면 꽃 대궐이주."/ 꽃 심는 우리 엄마/ 재치 있는

농담도/ 화사한/ 동화의 나라를/ 꾸미는 것 같아요.//

지친줄 모르고/ 꽃밭 단장 해가 지면/ "여름에랑 손톱에/ 봉숭아 물들이게

마씀."/ 꽃포기/ 손에 들고서/ 환히 웃는 울 엄마.

*2001 제11회 제주시조 지상 백일장 당선작

동시조 감상문 쓰기

동시조를 많이 읽는다는 그 자체가 동시조 쓰기 공부입니다.

남의 글을 잘 이해하고 느낄 수 있으면 그에 따라 좋은 동시조를 쓸 수 있지요. 지은이의 입장이 되어 그의 생각과 느낌을 받아들이고 자기의 것으로 하여 감동의 세계로 젖어드는 것이 감상하기의 목적인 것입니다.

시조를 감상하는 데는 어떤 법칙이 있는 것이 아니라 옛시조와 현대시조를 구분하여 다음과 같은 순서내로 생각해 보는 것이 좋습니다.

☞ 옛시조를 감상하는 요령

① 장과 구 등 글자 수를 잘 관찰하여 어떤 종류의 시조인지 알아본다.

② 지은이와 시조의 시대적 배경을 알아본다.

③ 시조에 나타난 장소나 계절 등을 살펴본다.

④ 장이나 구절 속에 숨어 있는 지은이의 마음을 찾아낸다.

⑤ 무엇을 노래한 것인지 중심 생각을 찾아본다.

☞ 현대시조를 감상하는 요령

① 제목이 지니고 있는 뜻을 생각해 본다.

② 행이 바뀜에 따른 장면이나 느낌의 변화를 알아본다.

③ 연이 바뀜에 따른 지은이의 숨겨진 생각을 찾아본다.

④ 빗대어 쓴 말, 재미있게 표현된 말 등의 표현 기법을 찾아보고 어떤 효과가 있는지 알아본다.

⑤ 무엇을 노래한 것인지 중심 생각을 찾아보고, 그 장면이나 기분을 머릿속에 그려본다.

신기한 바람의 손

- '바람의 손'을 읽고

제주시 광양초등학교 2학년 2반 김 송

바람아, 너는 참 좋은 친구야. 우리가 더워서 땀을 뻘뻘 흘릴 때 시원하게 해 주니까. 그리고 엄마가 힘든 빨래를 하면 살랑살랑 흔들어서 말려주니 참 좋은 친구야. 그런데 너희 가족 중 태풍이라는 바람은 참 나빠. 비를 몰고 와서 물난리를 나게 하고 집을 다 무너뜨려서 우리에게 피해를 줘서 사람들을 불행하게 해서 너무 속상해. 그러니 너는 이담에 커도 나쁜 어른 태풍은 되지 마라.

내가 왜 바람의 손을 제목으로 감상문을 썼는지 궁금하지? 그 이유를 말해 줄게. 오늘 '바람의 손'이라는 동시를 읽었는데 제주 시청 높은 돌담 벽에 '쇠 고비'를 심었다는 게 신기하고 재미있어서야. 그럼 네게 이 동시를 들려 줄 게.

바람의 손

김영기 지음

제주 돌로 단장한/ 시청 청사 높은 벽에/

쇠고비* 군락 이뤄/ 제비집처럼 붙어있네.//

그 누가/ 씨를 뿌렸나?/ 아슬아슬 신기해.//

아무도 모르는 새/ 홀씨를 뿌려 놓고/

고운 세상 꾸며놓는/ 꽃 삽 같은 바람의 손.//

꽃모종/ 옮겨 심으려/ 살랑살랑 간다네.

---

*쇠고비: 고사리의 한 종류로 '도깨비쇠고비'가 바른 이름임.

어때? 재밌지? 나는 지금까지 바람이 불면 나무들이 산들산들 움직여서 느낌이 좋고, 여름이면 해수욕장이나 바닷가에 가서 시원한 바람을 맞았던 그런 추억뿐이야. 꽃씨를 옮겨 심는 바람이 있다는 걸 나는 생각하지 못했어. 오늘 동시를 읽으면서 바람은 매우 소중한 친구라는 것을 깨달았어.

그래서 바람의 손이 꽃삽처럼 옮겨 심었다는 제주시청 돌담 벽의 쇠고비를 보러 갈 거야. 쇠고비는 '도깨비고사리'라는 거야. 그땐 꽃씨를 옮겨 심는 친구 바람도 살살 내 뒤를 따라 오겠지? 도깨비처럼 말이야.

친구 바람아! 우리 거기서 만나 악수 한번 해보자.

내가 사랑하는 엄마
- '내가 사랑하는 말'을 읽고

제주시 광양초등학교 4학년 1반 김요한

준아, 안녕? 나는 올 여름방학에 제주아동문학협회에서 펴낸 연간집을 읽었어. 그 책자는 제주 아동문학가 선생님들이 쓴 동시와 동화를 모은 작품집이었어. 나는 그중에서 김영기 선생님이 쓴 '내가 사랑하는 말'이라는 동시조가 재미있었어. 그 까닭은 김영기 선생님께서 그 시에 우리가 제일 사랑하는 말로 '엄마'라는 말을 소개를 해주신 거야. 그래서 나는 '엄마'라는 말은 하느님께서 만드신 말인 줄 알았는데 사실은 아닌 것 같아. 왜냐고?

그 이유를 알려면 이 동시조를 잘 읽어보면 금방 알 수 있을 거야. 그럼 '내가 사랑하는 말'이란 동시조를 잘 한번 읽어 봐.

내가 사랑하는 말

김영기 시

엄마! 몇백 번 불러도/ 싫증나지 않는 말/
'엄마' 생각만 해도/ 나 기쁘고 힘이 나요. /

세상에/ 가장 좋은 말/ 그리고 아름다운 말//

먼 옛날부터/ 먼 훗날까지/ 변치 않을 엄마라는 말/

이렇게 좋은 말을/ 만드신 이 누굴까?/

아마도/ 사랑스러운/ '엄마'가 만들었을 거야.

준아! 엄마가 얼마나 소중한 말 인줄 알겠지?

1연에 나와 있는 것처럼 나도 '엄마'라는 말은 세상에서 가장 좋은 말 그리고 아름다운 말인 것 같아. 우리 엄마는 서울에서 일을 해. 그래서 엄마가 2주에 한 번씩 주말에 집으로 오게 되었어. 나는 그런 엄마가 너무 자랑스럽다고 생각해. 그러나 엄마가 안 올 땐 너무 엄마가 보고 싶어. 그런 내 마음을 아시는지 엄마는 매일매일 전화로 나를 응원해 줘.

세상의 모든 엄마들은 참 대단하다고 생각해. 너의 엄마는 미용실을 운영하고 있잖아. 저번 '효 생활 글짓기' 시상식 할 때 너의 시가 금상을 받았잖니? 모음집에 실려 있는 너의 동시를 읽고 너무 감동받았어. 파마 냄새 때문에 머리가 아파도 가족을 위하여 일을 하신다는 내용이지? 우리 엄마도 나 하나를 위하여 몸이 아파도 참고 일을 하신단다.

그런 엄마를 보면 내가 얼른 커서 일을 해서 엄마를 쉬게 하고 싶어. 엄마와 떨어지지 않고 매일 같이 사는 것이 내 소원이야. 그래도 나를 공부시키려면 어쩔 수 없다는구나. 그러니 준아, 우리 모두 엄마를 공경하고 효도하며 지내자. 너의 동시처럼 '효 생활'이 엄마에게 힘을 드리는 거야. 이런 생각을 하며 '내가 사랑하는 말'을 큰 소리로 낭송해 보자. 그럼 안녕!

2015년 7월 11일 너의 친구 요한이가

19단계
퇴고와 정서

☞ 왜 퇴고를 해야 하나요?

"휴지통이 좋은 글을 만들어 냅니다." 이 말은 퇴고를 많이 할수록 좋은 글이 나온다는 비유입니다. 퇴고는 작품을 발표하기 직전에 마지막으로 원고를 살피는 과정이므로 글쓰기의 마무리 단계라고 할 수 있습니다. 아무리 잘 썼다고 생각되는 작품이라 해도, 오자, 탈자가 나오고 맞춤법에 맞지 않으면 독자들에게 좋지 않은 인상을 주게 됩니다. 그러므로 탈고 후에도, 적어도 서너 번 정도의 퇴고 과정을 거쳐야 합니다. 발표 후에 잘못을 발견하여 후회하기보다 사전에 꼼꼼하게 퇴고 과정을 거쳐 착오나 실수를 없애는 편이 현명합니다.

자기가 쓴 글은 자신에 친숙하기 때문에 여러 번 보아도 잘못된 곳을 넘기기가 쉽습니다. 그러므로 친구나 선생님께 도움을 받는 것도 한 방법이 될 수 있습니다.

☞퇴고의 '첨삭' 원칙

정확하고 올바른 글을 쓰기 위해서는 퇴고를 하는데 대체로 다음과 같이 첨삭을 잘 해야 합니다. 다시 말해 쓴 글에서 빠진 부분과 부족하다고 느껴지는 부분을 찾아 첨가하고, 불필요한 내용이 들어가 있거나 지나치게 많이 들어간 것들을 찾아 삭제해야 합니다. 그러기 위해서 다음 사항에 유의해서 □ 안에 체크해 봅시다.

☞첨삭할 곳 체크하기

□ 맞춤법, 띄어쓰기, 문장부호 사용 등이 틀리지 않은가 살핍니다.

□ 중복어가 있는지 살핍니다.

□ 추상어 사용을 자제합니다.

□ 한자어 사용을 줄입니다.

□ 접속사를 사용하지 않아도 문장이 될 때는 삼갑니다.

□ 외래어 사용을 자제합니다.

□ 조사의 쓰임에 유의합니다.

□ 시제의 사용이 바른지 살핍니다.

□ 주어를 생략해도 좋을 곳엔 빼냅니다.

□ 주어와 서술어가 제대로 연결되고 있는지 살핍니다.

□ 지나친 수식어 사용을 삼갑니다.

□ 문장의 어순이 바른지 살핍니다.

□ 외래어는 표기법에 맞게 썼는가를 봅니다.

□ 문장의 길이가 적당한지 살핍니다.

* [출처] 『어학사전』에서 발췌

☞ **퇴고(推敲) 유래**

퇴고(推敲)는 초고를 바탕으로 수정·보완하고 정리하는 작업을 뜻합니다. 주로 시, 소설 등의 문학에서 편집을 하는 과정 속에 퇴고가 포함됩니다. 집필자를 기준으로 보면 마지막 단계에 해당하지만 편집자를 기준으로 보면 기초 단계로 볼 수 있고, 퇴고가 이루어지는 과정에서 집필자와 편집자 간에 꾸준한 의견 교환이 이루어지는 것이 보통입니다. 퇴고를 꼼꼼하게 하는 것은 좋은 글을 만드는 기본 요건에 해당되므로 초고 작성 못지않게 중요한 과정입니다.

당나라 때의 시인 가도[賈島: 자는 낭선(浪仙), 777~841]가 어느 날, 말을 타고 가면서 「이응의 유거에 제함[題李凝幽居]」이라는 시를 짓기 시작했습니다.

이웃이 드물어 한거하고[閑居隣竝少(한거린병소)] 풀숲 오솔길은 황원에 통하네[草徑入荒園(추경입황원)] 새는 연못가 나무에 잠자고[鳥宿池邊樹(조숙지변수)] 중은 달 아래 문을 두드린다[僧敲月下門(승고월하문)]

그런데 마지막 구절인 '중은 달 아래 문을……'에서 '민다[推]'라고 하는 것이 좋을지 '두드린다[敲]'라고 하는 것이 좋을지 여기서 그만 딱 막혀 버렸습니다.

그래서 가도는 '민다', '두드린다'라는 이 두 낱말만 정신없이 되뇌며 기던 중 타고 있는 말이 마주 오던 고관의 행차와 부딪치고 말았습니다. 가도를 말에서 끌어내려 행차의 주인공인 고관 앞으로 끌고 갔습니다.

그 고관은 당대(唐代)의 대문장가인 한유(韓愈)로, 당시 그의 벼슬은 경조윤(京兆尹: 도읍을 다스리는 으뜸 벼슬)이었습니다. 한유 앞에 끌려온 가도는 먼저 길을 비키지 못한 까닭을 솔직히 말하고 사죄했습니다. 그러자 한유는 노여워하는 기색도 없이 잠시 생각하더니 이렇게 말했습니다.

"내 생각엔 역시 '민다'는 '퇴(推)'보다 '두드린다'는 '고(敲)'가 좋겠네."

이를 계기로 그 후 이들은 둘도 없는 글벗이 되었다고 합니다.

* [출처] 『어학사전』에서 발췌

20단계
머리로 쓰기와 발로 쓰기

동시는 행과 연으로 이루어지고 운율을 갖추며 특별한 표현을 써서 짧은 형식 속에 깊은 생각과 느낌을 담아 독자에게 감동을 주는 문학 형식입니다. 동시조도 이와 다르지 않습니다. 다만 동시의 형식인 행과 연을 시조는 장과 수로 나누는 것이 다를 뿐입니다.

그러면 '무엇을', '어떻게' 쓸까 하는 것이 문제입니다. 여기서 '무엇을'은 글감, 즉 소재에 관한 것인데 생활 속의 모든 것이 대상이 됩니다. '어떻게'는 표현의 문제이지요. 어린이들이 쓴 동시나 동시조를 보면 크게 나누어 머리로 쓴 글(서정시)과 발로 쓴 글(생활시)로 나눠 볼 수 있습니다. 편의상 그렇게 구분해 본 것입니다.

머리로 쓰기는 책상 앞에 앉아서 익히 알고 있는 지식이나 상식으로 어른스럽게 꾸며 쓰거나 멋있게 풀어 쓴 글이고, 발로 쓰기는 자기가 직접 보고 행하여 느낀 것을 솔직하게 쓴 글이라 볼 수 있습니다. 그렇게 보면 저학년은 발로 쓴 글, 즉 생활시를 쓰는 것이 좋고 고학년으로 올라갈수록 서정시에 가깝게 쓰는 것이 좋습니다. 그러면 동시조 작품을 통하여 어느 것이 서정시에 가깝고 어느 것이 생활시에 가까운지 비교해 봅시다.

보기 글 〈가〉

바다의 꿈 광양초 4년 현동일

갈매기는 바다 위서 파란 꿈꾸지요.

조개도 모래 속에서 하얀 꿈꾸지요.

별님도 고운 꿈꾸려고 바다로 뛰어들지요.

보기 글 〈나〉

금붕어 대홀초 4년 황문현

금붕어 관찰하자, 뻐끔뻐끔 재미있네.

입은 비쭉 순희 같고 눈은 불툭 기호 같네.

하하하 재미있구나, 부끄러워하는 금붕어들

보기 글 〈바다의 꿈〉	비교하기	보기 글 〈금붕어〉
머리로 쓰기(서정시)		발로 쓰기(생활시)
지식과 상식으로	1. 명칭(뜻)	직접 체험으로
서정과 상상	2. 소재(글감)	생활 현장
추상적	3. 제목 붙이기	구체적
문학성에 치중	4. 핵심	동심에 치중
지식·상상을 꾸며 씀	5. 표현 기법	체험 속의 감동을 씀
내용 파악이 어렵다	6. 난이성	재미있고 쉽다
시 밖에 있다	7. 화자(주인공)	시 안에 있다
어른스럽다	8. 수준	어린이답다
멋있다 능숙하다	9. 느낌	서툴지만 재밌다
고학년	10. 학년 수준	중학년

시 낭송과 시화 꾸미기

☞ **시 낭송은 왜 필요한가요?**

오늘날의 현실은 각박하다 못해 때론 공포감마저 느끼게 합니다. 생활 양상은 어지러울 정도로 빠르게 바뀌고, 거의 모든 것이 경제 논리로 포장되어 가고 있는 데다, 사람들 정서까지 메마를 대로 메말라 시 낭송이 들어설 자리가 없습니다. 욕설과 악담, 언쟁, 사기, 도둑질, 이기주의, 다툼이 사회를 뒤덮어, 시가 없는 사회가 되었습니다. 여유롭게 시를 낭송하며 생활하도록 내버려두지 않습니다.

그러나 위기는 기회가 될 수도 있습니다. 암울하기만 했던 저 일제강점기에 소파 방정환 선생 등이 어린이들을 잘 키워 빼앗긴 나라를 되찾고자, 일찍이 어린이 문화 운동을 일으켰던 역사적 사실은 우리에게 많은 걸 시사해 줍니다. 기성세대보다는 어린이에게 희망을 걸었던 것이지요.

오늘날에도 이는 유효합니다. 어린이 시 낭송 운동을 벌이면, 시가 살아 있는 사회를 만들 수 있습니다. 시는 사회 정화제입니다. 시는 마음의 방부제 역할을, 소금의 역할을 하기 때문입니다. 소금 섭취가 불충분하면 뼈가 약해집니다. 시 섭취가 안 되는 사회는 허물어지기 쉽습니다. 어린이들에겐 희망이 있습니다. 물들지 않은 어린이들 마음 물결에 시 낭송의 물결을 얹으면, 메마른 사회가 맑은 물결로 출렁일 것입니다. 문화실조의 사회에서 벗어날 수도 있습니다.

문화의 핵심은 예술이고, 예술의 핵심은 문학이며, 문학의 핵심은 시입니다. 그러므로 시는 문화의 핵심이라 할 수 있습니다. 다른 장르로 변형·발전시키면 소설과 미술·음악으로 태어납니다. 따라서 시는 모든 예술의 바탕이 됩니다. 이래서 시를 낭송해야 합니다. 학교와 사회에서의 시 낭송이 절실히 요청되는 이유가 여기에 있습니다. 그래서 유럽 선진국에서는 일찍부터 송시(誦詩) 교육을 중시, 오늘날에도 이어지고 있습니다. 프랑스의 초등학교에서는 1학년부터 1주일에 시 1편씩을 외우게 합니다. 그러지 못하면 국어 점수를 아예 주지 않습니다. 그 때문에 프랑스 어린이들은 초등학교 4, 5학년만 되어도 난해한 보들레르 시까지 거침없이 낭송한다고 합니다. 독일의 어머니는 저녁마다 어린이에게 시를 들려주며, 영국에서는 중학교 1학년이면 셰익스피어 시를 줄줄이 낭송하는 실력이랍니다.

☞ 시 낭송은 어떤 효과가 있을까요?

송시 교육으로 우리는 놀라운 효과를 거둘 수 있습니다. 시 낭송의 실제 효과는 어떤가요?

첫째, 언어가 순화됩니다. 오늘날 학생들의 언어가 거칠 대로 거칠어져, 욕설이나 잔인한 말들이 난무하고 있습니다. 좋은 말은 덧셈하고, 나쁜 말은 뺄셈하자고 가르쳐도 바로잡히지 않습니다. 시를 외고 낭송하지 않았기 때문입니다. 입시(시험)를 위해 시를 뜻으로만 공부했지, 느낌으로(시낭송) 맛보지 못한 까닭입니다. 시를 지식으로만 배웠을 뿐 감동으로 배우지 않아서입니다. 시는 고운 말, 아름다운 말, 바른 말을 지니게 합니다. 시를 30편 정도만 외면, 나쁜 언어 쓰기를 저절로 싫어하게 되고, 대화 속에 은비늘처럼 빛나는 말이, 가슴속에는 사랑스런 말이 가득 꽃 피게 됩니다. 유럽의 국회에서는 언쟁으로 소란해지면 누군가가 나와서 시를 낭송한다고 합니다. 그러면 장내가 조용해진다는 것이지요. 시는 다툼을 가라앉히는 힘도 지니고 있습니다.

둘째, 글짓기 능력이 길러집니다. 우리나라 어른들은 편지 한 장 쓰는데도 쩔쩔매는 사람이 많습니다. 사지선다형 교육을 받았기 때문입니다.

시를 20편 정도만 외면, 편지는 물론 일기, 독후감, 기행문 등을 정감 있고 깊이 있게 쓸 수 있습니다. 시의 빛나는 표현을 가슴에 담고 있기 때문입니다.

셋째, 마음이 아름다워집니다. 교육은 좋은 성적보다 좋은 성품을 길러 주어야 하는 것임에도 불구하고 오늘의 교육은 그렇지 못합니다. 삶의 본질을 알게 하는 교(敎)보다 삶의 방법만을 가르치는 육(育)에 치우쳐 오늘날 많은 문제를 야기하고 있는 것입니다. 시가 그것을 바로잡는 거름이 되어야 합니다. 시는 삶을 진실되게 합니다. 거친 행동, 비뚤어진 마음을 잠재우는 힘을 발휘합니다. 미움과 갈등, 실망과 좌절, 불만과 분노가 쌓일 때 노래하듯 소리 내어 시를 낭송해 보세요. 어느새 그런 것들이 사그라지고, 그 자리에는 마음의 안정과 평화가 깃들 것입니다. 학생들에게 억지로라도 시를 외어 낭송하게 하면 훗날 그 시를 외게 하던 선생님을 기억하며 존경할 것입니다. 시 낭송은 음악으로 치면 노래입니다. 좋은 노래를 부르면 좋은 품성을 지니게 되듯, 좋은 시를 낭송하면 또한 아름다운 품성을 갖게 됩니다. 시의 가게(시집, 서점)에 가보세요. 수만 편의 시가 읽고 낭송해 주길 기다리고 있습니다. 초·중·고등학교 교과서에만도 120여 편의 시가 실려 있습니다.

시는 반드시 외어 낭송해야 합니다. 외워서 낭송할 때만이 그 시의 언어와 생각이 자기 것이 되기 때문입니다. 그러지 않으면 시가 가슴에서 빨리 떠나 버립니다. 인간의 기억력이 가장 왕성한 시기는 대체로 초등학교 4학년에서 중학교 2학년까지라고 한 것에도 유념해야겠습니다.

그리하여 시 낭송하는 선생님이 많은 나라, 시 낭송하는 학생들이 많은 나라, 시 낭송하는 아버지와 어머니가 많은 나라, 시 낭송하는 정치인과 경제인이 많은 나라가 되면 몸이 잘 사는 나라 차원을 넘어 마음이 잘 사는, 마음이 부자인 나라가 될 것입니다.

☞ 어떤 시를 낭송하면 좋을까요?

첫째, 명시를 고릅니다. 명시는 빛나는 비유와 상징의 언어로 빚어져, 많은 사람을 감동시키는 힘을 지니고 있습니다. 그리고 훌륭한 메시지를 던지기 때문에 깊은 사고력을 기를 수 있습니다.

둘째, 자신이 좋아하는 시여야 합니다. 자기 마음에 드는 시를 외우고 낭송해야 그 시에 젖을 수가 있어서입니다. 자신의 취미, 성격, 음성에 맞는 시를 고르도록 합니다. 자신이 이해도 하지 못하는 시는 몸에 맞지 않는 옷을 걸치는 것과 같습니다.

셋째, 서정시가 좋습니다. 서정시는 대체로 많은 사람이 공감할 수 있는 장점을 지니고 있습니다. 혼자만 좋아하는 시를 낭송하는 것은 섬에서 혼자 사는 것과 다를 바 없지요. 특히 시 낭송 대회에 나갈 경우 이 점에 유의해야 합니다.

넷째, 길이가 너무 짧거나 긴 것은 좋지 않습니다. 시의 길이가 너무 짧으면 시를 낭송하다가 마는 듯한 느낌을 들게 합니다. 시의 길이가 길 경우는 지루한 감을 주고, 외우기도 힘듭니다. 20행 안팎이 적당합니다.

* [출처] 『책 나라로 가는 길』(김수남 지음)에서 발췌

☞ 시 낭송 공부의 5단계

동시는 다른 문학작품과는 달리 암송할 수 있도록 하는 것이 제일 좋습니다. 동시 공부는 되풀이하여 읽어서 자기 나름대로 분위기를 느끼고, 외워서 읊조리는 동안 저절로 재미를 맛보고 감동에 젖어들면 되는 것입니다. 지은이의 본뜻과 다르게 느끼고 생각하게 되면 어쩌나 하고 걱정할 필요는 없습니다. 시대상황이나 개인적인 생활환경에 따라서는 같은 시를 읽고도 얼마든지 다른 생각을 할 수 있고, 감동도 달라질 수 있는 것입니다.

첫 번째 단계: 동시를 즐겨 암송한다.

두 번째 단계: 시의 소재와 주제를 알아보고, 그 분위기에 맞게 암송한다.

세 번째 단계: 시에서 반복적으로 나타난 언어적 요소를 찾아보고, 시의 운율을 살려 낭송한다.

네 번째 단계: 좋아하는 시를 암송하고, 그 시를 좋아하는 이유와 시에서 받는 감동을 말한다.

마지막 단계: 여러 가지 감각적 표현이 주는 느낌을 음미해 보고, 시의 분위기를 살펴 낭독한다.

*[출처]『한국 대표 창작 동시집』1권 중에서 | 작성자 길바닥

제2부

아동문학을
향한 길

제1장

아동문학에
목마르던 시절

나의 지난 나날은 아이들이 갖고 노는 공깃돌이 보석인 줄도 몰랐다던 아프리카 토착민의 이야기처럼 무엇이 귀한 것이며 값어치 있는 것인지를 모르고 지낸 세월이었다. 이제야 빛나는 동심에 눈뜨고 그것이 보배이며, 동심을 바로 이해하는 것이 교육을 살찌우는 길이라는 확신이 나를 기쁘게 한다. 하기에 서툰 내 솜씨가 손가락을 찌르는 아픔이 있더라도 서 말의 구슬이 보배가 되도록 동심에서 보석을 줍고 꿰매는 일을 게을리 않을 것이다.

아동문학에
목마르던 시절

문예교육 서클을
발기하다

1970년대 내 교사 시절은 '목마른 자 우물을 판다'는 말처럼 글쓰기 지도가 지상 과제였다. 그 열망을 1979년도 말 당시 북제주 교육청 강지택 장학사에게 건의하여 문예교육 서클을 조직하겠다는 뜻을 밝히니 쾌히 받아들였다. 그래서 1980년 초 문예교육 서클로 발기하고 김영기, 김동호, 신수범, 김세경 등의 교사가 모여 정관을 제정하는데 여기서 서클의 명칭을 '아동문학 연구회'로 하였다.

당시 교과연구회는 도구교과를 위시하여 음악, 미술, 체육 등 서클이 운영되고 있었는데 서예와 아동문학만이 교과 명칭을 쓰지 않고 회칙도 비슷하게 하여 운영되었던 것이 특징이다. 당시 회원들의 분위기는 국어 교과 연구회 또는 문예 서클 등을 희망하는 것 같았고 생소한 '아동문학'에 대하여서는 소극적인 반응을 보였다. (초창기 가입 회원 거의가 탈퇴한 것으로 미루어 보아 이를 짐작할 수 있음.)

그러나 절호의 기회를 놓치면 제주에 아동문학의 창립이 어려우리란 절박감으로 추진에 박차를 가했다. 이렇게 미숙하고 어려운 여건 속에서나마 '아동문학'이란 명칭을 달고 1980년 2월 26일 고고지성을 지르며 오늘의 제주아동문학협회가 탄생하게 된 것이다.

당시 나는 교육부 지정 연구학교인 구엄초등학교 연구부장으로 근무할 때인데 연구주제가 '예체능 전담제 운영'이었다. 연구학교 담당 장학사가 그분이어서 '아동문학' 창립 추진이 임의로웠다. 여기서 장승련 선생을 만나고 등단의 꿈을 키우며 아동문학에 열정을 쏟았다. 당시 나는 총무 일을 맡아 봤는데 소소한 일거리는 장승련 선생이 처리해 줘 짐을 덜어 줌은 물론 의욕을 북돋아줘 큰 힘이 됐다. 그 후 우도초등학교에서 박재형 선생을 만나서 제주아동문학협회의 발전에 힘쓰기로 의기투합하였다. 제주아동문학협회 초석을 놓는 데 이들 두 후배는 중추적 역할을 해주었다. 참으로 귀한 만남이며 축복이 아닐 수 없었다.

다른 지역의 경우 이미 60-70년대에 아동문학회나 협회가 창립되어 있었으나 제주 지역은 80년대에 이르러서야 그 뿌리를 내리기 시작한 것이다. 그리하여 서둘러 창간호인 『새벽』을 북제주군 교육청 지원금으로 김동호(초등 교장 퇴임)와 함께 편집했는데 편집후기를 보면 얼마나 아동문학에 대한 꿈이 절실했는지를 느낄 수 있다.

"자, 이제부터 본격적이며 생명적이다. 글 쓰는 일을 흔히 무상의 행위라고 하지 않는가. 쓰고 싶을 때 쓰고 써내는 기쁨을 뭣에 비하랴!"라는. 그 조촐한 『새벽』 창간호에 작품을 발표한 회원의 15명인데 그중 현재 4명(김영기, 박재형, 장승련, 오수선)이 창립회원으로 끝까지 남아 제주아동문학협회를 이끌며 활발한 문학 사업을 펴는 데 힘쓰고 있다. 이처럼 나는 제주아동문학의 산파 역할을 했다. 이것은 내 생애의 그 어떤 것에도 비할 수 없는 소중하고 보람찬 일이었다고 본다.

등단의 첫걸음을
내딛다

1979년 물메초등학교에 근무하면서 어린이들의 글솜씨를 평가받고 싶은 욕심이 슬슬 일기 시작했다. 그래서 시작한 것이 《소년 조선일보》, 《소년 동아일보》, 《소년 한국일보》 3개 신문사 '문예상'에 도전하여 다달이 응모하는 거였다.

그 결과는 의외로 성적이 좋아 글짓기 분위기를 고조시켰음은 물론 이를 계기로 물메교가 전국에 알려지게 되었다. 그뿐만 아니라 도내에서도 《제주신문사》에서 시행하는 '제주학생문예', 〈제주외솔회〉에서 주최하는 '나라사랑 글짓기 공모'에서도 물메교 어린이들 재능이 두각을 나타내었다.

가르치면서 배운다는 '교학상장'이란 말이 있듯이 내 자신도 내가 보는 교육잡지 《새교실》과 《교육자료》를 통하여 문학 수업을 하고 싶었다. 그 결과 1980년 9월호 《새교실》 '지우문예'에 「유채꽃」이 '매우 선명한 이미지를 안겨주는 밝고 또 톤이 경쾌한 시'라는 평과 함께 박홍근 선생님의 초회 추천을 받았다. 내 작품이 최초로 활자화된 기쁨을 지금도 잊을 수 없다.

이어 1982년 《교육자료》 '교자문원' 4월호에 윤석중 선생님의 '시와 동시의 울타리를 뜯어버린 동시다운 동시였다.'라는 평과 함께 「마중 길」, 「동박새」, 「바람」 등 3편으로 초회 추천을 받았다. 여기에 추천완료 작품보다 초회 추천받은 작품 「유채꽃」에 애정이 간다. 그 까닭은 처음이라는 말의 어감이 상징하듯이 처음이기 때문에 더 애정이 가며 당시의 순수했던 정서가 그리워지기 때문이다.

동시 1회 추천 - 「유채꽃」

물메교 교사 시절, 《새교실》 지우문예(1980. 9월호)

햇살 타고/ 산으로/ 산으로/ 번지는/ 유채꽃/ 물결// 한라산/ 꼭대기에/ 한 점 남은/ 눈// 겨울을 몰아낸/ 들판은/ 온통/ 술렁이는/ 깃발// -만세!/ -만세!// 터지는 함성.

- 「유채꽃」 전문

심사평: 격을 갖춘 시

심사: 박홍근(아동문학가)

많은 시와 동시를 읽었다. 그중에서 이현암의 시 '산을 보는 법'과 김영기의 동시 '유채꽃'을 추천하기로 했다. 유채꽃은 매우 선명한 이미지를 안겨주는 밝고 또 톤이 경쾌한 시이다.

동시 2회 추천-「산」

물메교 교사 시절, 《새교실》 지우문예(1981. 3월호)

산새 잠들어도/ 산울림 잠 못 들고/ 물 소리/ 바람 소리를// 생각으로만/ 삭이는 산// 어느 날/ 비바람에/ 숲 뒤집히고// 말발굽 소리에/ 노루 뛰었지만/ 제자리 지켜 앉아/ 꿈쩍 않는 산// 지금도/ 산은/ 먼 바다를 보며/ 무겁게 앉아 있다.// 아!/ 발 밑으로// 곰실곰실/ 밀려오는 파도/ 산을 닮아/ 순하구나.

- 「산」 전문

심사평: 내 순수한 생각을 왜 때묻은 말로 표현하나!

심사: 유경환(시인)

선을 새로이 맡고 나서 기대를 걸고 가려보았다. 시의 경지에 이른 수준, 이것이 높다는 사실은 선자를 놀라게 하였다. 그러나 시 작업이 창작이라는 아주 중대한 명제를 간과하고 있다는 사실을 또한 지적하고 싶다. 시는 창작 결과이고, 창작은 없는 것을 새로이 만들어 내는 창조 작업이다.

그런데 이미 남들이 '한 말'을 시어로 안이하게 선택하는 경우가 너무 많다. 특히 관념어를 동원해서 쉽게 처리하는 태도를 불만스럽게 여기지 않을 수 없다. 말은 사람이 비슷하게 다 느낄 수 있는 감정을 자기만의 특이한 표현으로 구성해 내는 것이 창작이고, 여기에 시를 하는 즐거움이 있는 것을 체험해야 할 것이다.

임순옥 교사의 5편 가운데 '첫 눈 오는 날에' 와 박미라 교사의 '깨꽃' 그리고 김영기 교사의 9편 가운데 '산'을 뽑는다. 모두 42편 가운데서 3편이니 야박한 셈이지만 올해 안에 다른 분도 모두 영광을 안기 바란다.

동시 추천 완료- 「산 아이」

구엄교 교사 시절, 《새교실》 지우문예(1981.10월호)

산 아이들은/ 밤에도 산이 보고 싶어/ 하이얀 도화지에// 산을 그려 놓으면// 하나의 얼굴인 산은/ 수십의 모습으로/ 꿈꾸는 아이들 가슴마다/ 파아랗게 살아났다.// 제가 그린/ 자기 닮은 산에서/ 좋을 대로 뒹굴다/ 팔을 베고 누운 아이들은// 산봉우리 기웃대며 ./ 키를 키우고 산 이야기 듣고선/ 힘을 얻었다.// 언제 보아도/ 다정한 눈빛/ 언제 들어도/ 싫증 없는 얘기에// 아이들은/ 밤마다 산을 만난다./ 산줄기에 매달려/ 날아오른다.

- 「산 아이」 전문

심사평: 마음을 앓아 이기도록

심사: 유경환(시인)

스무 편 가운데서 7편을 골라내었다. 그동안 몇 달째 살펴보니 3회 응모가 가장 많고 첫 회 응모도 의욕적인데 그 중간인 2회 응모에선 좀 주지하는 편이다.

이번 달 응모 가운데선 유동희의 「어머니」, 김영기의 「산 아이」, 심후섭의 「금붕어」, 「쇠똥구리」 4편을 뽑아 세 사람을 3회 추천 완료시킨다.

김영기 교사는 추천을 마치나 생각을 정리하는 데 더 노력하길 바라며, 토속적인 작품을 쓰면 그 체질에 맞을 것 같다.

천료 소감: 잃어버린 고무신 한 짝

나는 내 유년 시절을 울린 검정 고무신을 정녕 잊지 못한다. 얼마나 애지중지했으면 꿈길마다 바뀌거나 잃어버리는 흉몽에 시달렸겠는가. 그게 무엇이 대단하다고 불혹의 나이에까지 따라와 연연케 하는 것일까. 때로는 글을 쓰고 노래를 불러보는 일이 어쩌면 고무신을 아껴두고 맨발로 쏘다니며 들판마다 떨구어 놓은 동심을 다시 찾는 일인지도 모른다.

세월은 흘러 인정도 변하고 강산도 변했다지만, 변함이 없는 것은 동심일 테니까…. 그러나 동심을 그려내는 일은 생각처럼 그리 쉽지 않다.

옛날 김황원이란 선비가 대동강의 좋은 경관을 보고 명문을 써 놓으려 했지만 생각이 막혀 끝내 글을 쓰지 못하고 엉엉 울며 어둠 속으로 사라졌다는 이야기처럼…. 어젯밤도 비가 오는데 신을 잃어버리고 맨발로 헤매는 유별난 꿈을 꾸고, 오늘 천료 소식을 실은 엽서를 받았다. 작년 이맘때 연구상 입상 통지서를 받을 때도 그랬다. 그러고 보면 고무신 꿈은 분명 길몽인 것을….

그러나 오늘은 기쁨보다 불안감이 앞서는 것은 어인 일인가? 상연 목록이 없는 어릿광대처럼 갑자기 외로워지는 것은 왜일까.

글을 쓰도록 자신감을 주신 박홍근 선생님과 천료의 문까지 이끌어 주신 유경환 선생님께 감사 드리며, 북제주 아동문학 연구회 회원 여러분과 천료의 기쁨을 나누고 싶다.

교육자료 '교자문원'

동시 1회 추천 - 「마중길」

구엄교 교사 시절, 《교육자료》 교자문원(1982. 4월호)

고개 넘어 마중 길/ 호젓한 길은/ 억새꽃이 어서 오라/ 손짓하는 길/ 콩 거둔 비탈 밭에/ 장끼 날리며/ 걷다 뛰다 숨이 차// 부는 휘파람.// 마을에서 반이라는/ 너럭바위는/ 산새들이 놀다가라// 꼬드기는 길/ 소 몰고 오실 아빠/ 기다리면서/ 고개 하나 넘어서니// 타는 저녁 놀.

- 「마중길」 전문

선후 소감: 동시다운 동시

심사: 윤석중(아동문학가)

시에서 두 분(김영기, 최남호) 것 두 묶음(6편과 9편)을 손에 들고 오래 망설였음은 버리기 아까운 알찬 작품들이었기 때문이다. 신춘문예 때도 그렇지만 한 편의 작품을 으뜸 자리에 올려놓기 위하여 같은 수준의 작품들이 햇볕에 가리게 된다는 것이 얼마나 억울하고 무례스러운 일인가 알 수 있었다. 그래서 김영기 님의 것 「마중 길」, 「동박새」, 「바람」 3편을 뽑았고, 최남호 님의 것은 다음번에 새로 뽑을 것들과 아울러 발표하려고 한다.

특히 김영기 님의 「마중 길」은 시와 동시의 울타리를 뜯어버린 시다운 동시였다. 두 분의 내일에 큰 기대를 걸어본다.

동시 2회 추천 - 「작은 섬」

연평교 교사 시절, 《교육자료》 교자문원(1982. 9월호)

아기 소라 눈뜨는/ 하얀 모래 빛/ 갈매기 꿈 그리운// 파란 바닷빛/ 하얀 꿈 파란 꿈에/ 파도가 울어/ 하늘만 우러러// 말이 없는 섬.// 제 모습 보고프면/ 먼 산을 보고/ 제 노래 듣고프면// 물새 날리고/ 뱃고동 소리에도/ 귀를 모으며/ 바람도 손님이라// 손 흔드는 섬.

- 「작은 섬」 전문

선후 소감: 조촐한 수확

심사: 윤석중(아동문학가)

김영기의 「작은 섬」, 고정선의 「저녁 놀」, 최남호의 「운동장」 등 조촐한 시 세 편을 거둔 것도 이달의 수확이었다. 굳이 동시임을 밝히지 않더라도 「작은 섬」이나 「저녁 놀」, 「운동장」 등은 어린이하고 통할 수 있는 그냥 시로 보아도 좋을 것이다. 이처럼 동시의 영역을 차차 넓혀가야 한다.

동시 추천 완료

연평교 교사 시절, 《교육자료》 교자문원(1982.10월호)

소금기 하얗게 전 허물을 벗고/ 만선의 깃 폭에서 춤추던 바람/ 해질녘 노을 길 건너서 오면/ 갯마을은 잠깨듯 두런댑니다.// 한 떼의 물여울에 노래 실을 때/ 포구로 내달아온 아이들 소리/ 주낙에 걸린 웃음 쟁여 넣으며/ 지는 해를 한동안 잡아맵니다.

- 「하늬」 전문

선후 소감: 한 폭의 그림을 보는 듯한 시정

심사: 엄기원(아동문학가)

글을 가까이하는 여러 선생님과 한 달에 한 번씩이라도 지상의 대화를 가지게 되어 반갑고 흐뭇한 마음 금할 수 없다. 바쁜 교단생활에 쫓기면서도 마음의 정성을 원고지에 담는다는 것은 실로 아름다운 생활의 창조이며 수양이기에 응모해 준 여러분께 감사와 격려의 박수를 드리고 싶다.

이달에는 시 「하늬」(김영기), 「빈 교실」(김영자)과 수필 「젊음의 뒤안길」에서(설순옥)를 뽑았다. 동시란 흔히 성인시보다 한 단계 낮게 보려는 경향이 많은데 그것은 동시에 쓰이는 낱말(詩語) 자체가 쉽다는 선입견적 관념에 불과한 것이다. 실로 참된 동시는 어린이를 위한, 어린이가 감상할 수 있는 시면서 우리 성인들에게 큰 감동(共感)을 줄 수 있는 글이어야 한다.

3회로 추천 완료에 응모한 「하늬」는 함께 보내온 「유채꽃」, 「오월」, 「꽃과 바람」 등 일련의 동시들과 더불어 굉장한 수준을 지닌 작품이다. 여기서 「하늬」를 뽑은 것은 간결한 문장과 리듬의 조화, 한 폭의 그림을 보는 듯한 시정이 좋아서이다.

천료 소감: 공깃돌이 보석일 줄이야…

연평교 교사 시절, 《교육자료》(1982. 11월호) 게재

우도의 해변은 아름답다. 성산포를 끼고 흐르는 바다는 차라리 향수에 젖는 강물이다. 노을 진 바다를 등 뒤에 두고 하얀 모래밭에 뒹구는 아이들! 한 폭의 그림이 아니랴.

나는 오늘도 작은 섬 아이들과 벗하며 갯마을에 맺은 3월의 인연에 감사한다.

- 공해에 물들지 않은 자연의 숨결!

- 동심 그대로 때묻지 않은 섬 아이들! 이런 것들을 소재로 하여 동심을 키우는 글을 썼으면 하는 욕심을 가져보지만 생각에 머무를 뿐 실행이 어렵다.

나의 지난 나날은 아이들이 갖고 노는 공깃돌이 보석인 줄도 몰랐던 아프리카 토착민의 이야기처럼 무엇이 귀한 것이며 값어치 있는 것인지를 모르고 지낸 세월이었다. 이제야 빛나는 동심에 눈뜨고 그것이 보배이며, 동심을 바로 이해하는 것이 교육을 살찌우는 길이라는 확신이 나를 기쁘게 한다. 하기에 서툰 내 솜씨가 손가락을 찌르는 아픔이 있더라도 서 말의 구슬이 보배가 되도록 동심에서 보석을 줍고 꿰매는 일을 게을리 않을 것이다.

끝으로 졸작을 천하여 주신 엄기원 선생님, 윤석중 선생님, 동심이 보배임을 일깨워 주신 김종상 선생님, 아동문학가 협회 소식을 잊지 않고 전해주시는 강정훈 선생님께 고마움을 전하며 제주 아동문학연구회 김정배 회장님을 비롯한 회원 여러분과 기쁨을 같이하고 싶다.

제2장

등단의 길라잡이
『아동문예』

당선을 알리는 당신의 목소리가 수화기에서 떨리고 있군요.

이곳은 봄 가뭄으로 물통이 모두 바닥이 났어요.

비를 기다리는 간절한 마음이 어쩌면 어린이를 대하는 내 마음의 단적인 표현인지도 모르오. 빗물이
이곳 주민들의 생계를 위협하듯 메마른 동심은 이 나라의 장래를 어렵게 하리라는 신념 말이에요.

등단의 길라잡이
『아동문예』

소감문(천료소감, 당선소감, 수상소감)을
세 번은 써라

　'지우문예'와 '교자문원'의 천료에 힘입어 신춘문예에 도전해 보려는 욕
심이 생겼다. 그래서 한동안 '신춘 병'이 든 것처럼 전기도 없는 우도교 관
사에서 촛불을 켜고 동시 쓰기에 몰두했다. 처음으로 《동아일보》 신춘문
예에 응모하였다. 이재철 선생님이 최종심을 하였다 하며 「교실은 밤에」
가 올랐으나 아쉽게 되었다면서 정진하라는 격려를 받았다. 그러자 등단
의 길은 오로지 신춘문예 외에는 없는 것으로 알고 신춘에만 관심을 가졌
다. 그러던 중 동화를 쓰는 제주 출신 강정훈 목사님이 소감문(천료소감, 당
선소감, 수상소감)을 세 번 정도는 써야 제 역량을 가늠할 수 있게 된다는 말
과 함께 '신인상 모집' 안내가 게재된 월간 《아동문예》 두 권을 보내주었
다. 등단의 길을 안내하여 준 것이다. 그래서 같이 근무하는 박재형 선생
과 돌려 읽으며, 아동문학에 많은 이야기를 나누웠는데 등단은 꼭 신춘만
이 아니라는 사실을 알게 되었다.

박 선생은《아동문예》에 나보다 한발 빠르게 응모하여, 1983년 12월
호에 동화로 등단의 영예를 안게 된다. 그제야 나도 부랴부랴 신춘용으로
써 두었던 동시 작품을 응모하였다. 그랬더니 1984년 3월 제1회 아동문
예 신인문학상에 박경용 선생님의 심사로 「등대」 외 2편이 당선되었다.
이로써 '천료 소감'과 '당선 소감'을 3번 쓰기는 썼는데 역량을 가늠하기는
역부족이었고 수상 소감문을 쓴 일이 없어 안개 속을 헤매는 것 같았다.

동시조 잡지

제1회 아동문예
신인문학상

동시부 당선작-「등대」

갈매기가/ 바다 위를/ 자맥질할 때면// 등대도/ 파도를 일으켜// 하늘을 나는/ 하이얀 새가 된다. // 아버지가/ 밤 바다에/ 그물을 던질 때면// 등대도/ 그물을 던져/ 바다에 뜬 별을/ 건져 올린다.

-「등대」 전문

여름을 물고 오는/ 소쩍새 막바지 울음에/ 돌담가엔// 찔레꽃이 피었습니다.// 보리밭 이랑을/ 넘나들던// 개구쟁이 바람도/ 햇살에 취하여/ 뒹구는 나절// 햇잠자리/ 날개 무늬에/ 걸러진 하늘이/ 옥구슬 마냥 곱습니다.// 산등성엔/ 솜처럼 부푼/ 한 타래 뭉개구름/ 제철을 만난 푸성귀가 텃밭을 덮고 있습니다.

-「첫여름」 전문

조그만 갯마을,/ 너른 바다까지/ 푸근히도 덮인 어둠을// 통통배들이/ 통통/ 어둠을 밀어내면/ 해님이 힘찬/ 기지개로// 아침의 문을 열 듯/ 이불을 박차고/ 갯가로 달음치는// 갯마을 아이들.// 어릿어릿/ 안개가 밀려가듯/ 어둠이 걸려있는/ 갯벌에는/ 떨어져 뒹구는/ 어둠의 알갱이가// 고둥의 뿔마다 감기었는데// 아이들이/ 주섬주섬// 바구니 가득 주어 담으면/ 조그만 갯마을,/ 너른 바다 위엔// 티 없는 아침이 활짝 열린다.

-「갯마을 아침」 전문

심사평: 두드러진 양극 현상-당선작은 이 점에의 극복 의지 보여

심사위원: 박경용(시인)

예심을 거쳐 선자의 손에 넘겨진 작품은 전부 여섯 분의 50여 편. 이 작품들을 읽고 나서 얻은 총체적인 느낌은, 오늘날의 동시단이 안고 있는 문제점 몇 가지를 직반영하고 있다는 것이었다. 하기는 입문을 앞둔 신인들의 입장에서는 작금에 발표되는 동시들의 경향 따위에 가장 민감한 반응을 보이지 않을 수 없고, 그러다 보면 은연중에 그 반응의 결과가 작품에 배어나지 않을 수 없는 노릇이기는 하다.

그렇듯 이해의 여지가 있다고는 해도, 역시 신인은 신인다워야 한다. 한 말로 도전적 의지라 할까, 긍정적인 면의 수용을 전제로 하고, 일단은 깨뜨리고 시작한다는 의지, 그러한 패기를 가져야 할 것이다. 앞서 내세운 문제점을 두 가지만 추려내면 다음과 같다.

첫째, 서정시와 아동시의 양극 현상이다.

동시도 물론 서정시의 일종이다. 그런데 동시의 한계를 넘어 어른이 읽기에 적합한 서정시를 빚어 내놓는가 하면 독자(일차적 독자인 어린이)의 수준(또는 구미)에 영합하려는 저자세를 취한 나머지 아동시를 빚어 내놓기 일쑤인 이 양극 현상, 이 점은 동시의 본질에 대한 투철한 이해가 모자람으로써 빚어지는 현상이다.

가령 이번의 응모작 가운데 「담쟁이 덩굴」 외의 전이곤, 「하늬」 외의 김영기, 「아이」 외의 김준영 등은 앞의 경우에 보다 가깝다. 그런가 하면 「시골 장 버스」 외의 김종석, 「등교 길」 외의 임경제, 「봄이 오면」 외의 신형건 등은 뒤의 경우에 치우쳐 있다.

다음은 신선도에 있어서 내용과 표현의 상충이다. 좀 낫다 싶은 걸 골라내 놓으면 표현은 참신한 편이지만 내용이 진부하거나, 내용이 좀 새롭다 싶은데 표현은 구태의연한 것이다. '새 술은 새 부대에'란 말도 있듯이 엄밀한 의미에서 참신성은 내용과 표현(형식)의 일체(조화)로써 거두어지게 마련이다. 조화를 이루지 못한 이런 경우의 상충 현상도 외적 경향에 속하는 것이라 일종의 양극 현상으로 규정할 수 있겠는데 이런 점은 문학에의 기초 부족에 말미암은 것이다.

이번의 응모작들을 그 점에 입각, 낱낱이 들추어 말하기란 지면 사정이 허락하지 않는다. 이쯤 지적해 두어도 응모자들은 '들을 귀'가 있어 다 새겨들을 줄로 믿거니와 새로움을 위한 몸부림에 다들 성실하기 바란다. 적당한 타협을 앞세운 안이한 자세는 금물이다.

위에서 밝힌 두 가지 양극 현상의 함정에 그래도 제일 얕게 빠져있는 사람이 김영기이다. 그 점들을 완전히 극복한 작품이 단 한 편도 없는 반면 전체적으로 그 점을 익히 깨달은 끝에 극복하려는 안간힘을 보이고 있음을 똑똑히 읽는다. 그러한 치열한 안간힘의 고삐를 늦추지만 않는다면, 이 시인은 머지않아 스스로를 버젓한 위치에 이끌어 세울 것임을 의심치 않는다.

당선 소감: 동심을 적시는 단비이고자…

연평교 교사 시절, 《아동문예》(1984. 3월호) 게재

당선을 알리는 당신의 목소리가 수화기에서 떨리고 있군요.

이곳은 봄 가뭄으로 물통이 모두 바닥이 났어요. 빗물을 받아서 쓰는 우도의 가뭄은 곧 식수난으로 연결되며 그것이 생계를 위협함을 당신도 잘 알고 있겠지요. 비를 기다리는 간절한 마음이 어쩌면 어린이를 대하는 내 마음의 단적인 표현인지도 모르오. 빗물이 이곳 주민들의 생계를 위협하듯 메마른 동심은 이 나라의 장래를 어렵게 하리라는 신념 말이어요. 그러

나 나의 생활이 그 신념을 따르지 못함을 어떡할까요. 날이 갈수록 무거움에 허덕이고 부끄러움에 움츠리는 나를 용서하세요. 아동문예사의 무궁한 발전을 빌면서 아울러 심사위원님께도 고마움을 전해야겠지요.

아동문학 잡지

제3장

서평

우리는 시를 말하여 언어의 예술이라고들 한다. 그러나 예술의 그 언어는 시인의 가슴 깊숙이 묻혀 있어 쉽게 꺼내 쓸 수 없다. 오직 자신의 언어에 끝없는 애정을 붓고, 신열 나는 고민과 산고와 같은 아픔을 감내하며 시어를 캐내는 싸움을 해야 한다.

서평

연작 동시
『휘파람 나무』

연작시 개념을 뚜렷이 제시한 열한 사람의 자연을 소재로 한 동시

오순택(아동문학가)

가. 우리들의 심성을 본래대로 곱고 맑게 가꿔주는 동시

그런 동시를 곁에 두고 읽는다는 것은 자기의 마음에 꼭 드는 벗을 가까이 두고 있는 것과 무엇이 다르겠는가. 현대를 살아가면서 동시의 역할이 얼마나 크고 중요하다는 것은 새삼 재론할 필요조차 없다. 우리는 어른이 된 후에도 어릴 때의 기억을 되살리며 동심으로 돌아가 어른이 된 그 가슴속에 순수하고 착하고 예쁜 마음의 씨앗이 그대로 움돋고 있다는 것을 확인하고 있다. 그러기에 인생은 멋있고 살 만한 가치가 있는 것이 아닌가.

윤일광, 심인섭, 옥미조, 정두리, 김경중, 이창건, 신형건, 서지월, 김영

기, 전병호, 권수환 씨 등 열한 사람의 80년대 신예 시인의 자연을 소재로 한 연작시는 우리나라 아동 문단에 하나의 획을 그을 것이라고 믿는다.

연작시는 그 한 편 한 편이 완전한 작품이어야 한다는 것은 두말할 나위도 없다. 그런데 더러는 연작시의 개념을 잘못 인식하고 마치 생선을 토막 내 놓고 하나하나 번호를 붙이는 식의 형식인 것으로 착각하고 있는 사람도 없지 않다. 더러 그런 토막 난 글이 지상에 발표되고 있기도 했으니까.

연작시를 성공시키려면 하나의 사물을 보는 눈이 다채로워야 한다. 만약 10편의 연작시를 쓴다고 하면 10개의 눈을 가져야 할 것이다. 여기의 열한 사람의 자연을 소재로 한 연작시는 그런 의미에서 일단은 성공을 거둔 작품들로 이미 평가되고 있다. 이들은 이제 찬란하게 빛나는 별로 우리 앞에 나타나 내일의 우리나라 동시단을 이끌고 나갈 80년대의 기수들로 주목받을 것을 확신한다.

이들 열한 사람의 동시를 읽고 있으니 문득 '말을 타고 꽃밭에 드니 말 발굽에서 향내가 난다.'라는 어느 비평가의 말이 생각난다.

나. 우리의 마음속에 잠재하고 있는 동심

그 동심을 일깨워 주는 이들 열한 사람의 독특한 목소리에 이제 심취해야겠다. 연작시의 묘미를 만끽하면서. 한 사람의 독자로서 시를 읽고 느낀 점을 솔직히 적어보고 싶다. 이것은 나의 크나큰 기쁨이기에….

시인은 누구나 그렇지만 김영기 씨는 진실한 체험에 의한 시를 쓰고 있다. 그래서 얻어진 것들은 그만큼 빛나고 값진 것이 된다.

체험하지 않고 상상력으로 썼다면 이렇게 가슴에 와 닿지 않을 것이다.

숯 숯 숯/ 푸른 바다 저 멀리/ 물수제비뜬다.// 징검다리 건너뛰게/ 떠오르는/ 섬// 씽 씽 씽/ 파란 하늘 드높이/ 돌팔매질한다.// 수박씨가 여물 듯/ 박혀서는/ 섬.

-「섬·7」 전문

'징검다리 건너뛰게 떠오르는 섬'이나 '수박씨가 여물 듯이 박혀서는 섬' 같은 표현은 얼마나 신선한 발견인가? 김영기 씨의 시안詩眼은 언제나 촉촉이 젖어 있다는 것을 연작시「섬·7」을 읽으면 금방 알 수 있다.

80년대 신예 시인 열한 사람의 자연을 소재로 한 연작시 110편을 읽으면서 신예란 말을 새삼 절감했다. 그리고 한편으로는 두려운 생각이 엄습해 옴을 느꼈다. 동도同道의 길을 가는 선배로서 쫓기고 있는 듯한 생각이 듦을 떨쳐버릴 수 없었다는 것이 솔직한 나의 심정이었다. 《아동문예》가 아니고서는 감히 기획할 수 없는 열한 사람의 연작시 시리즈는 우리나라 아동문단에 하나의 큰 수확을 거두었다고 한다면 나의 지나친 표현일까. 매미 소리가 더없이 아름다운 것은 그가 아름다운 노래를 부르기 위해 6~7년이라는 기간 동안을 인고했기 때문이리라. 이처럼 각고의 노력으로 연작시를 생산한 열한 분의 신예 시인들에게 아낌없는 박수를 보낸다.

동심을 예술로 만드는
연금사

장재성(제주신문사 논설위원)

> 내가 만일 풍선처럼/ 뜰 수 있다면/ 하늘 높이 둥둥둥/ 솟아올라서/ 누구도 본 일 없는 신기한 나라/ 온 누리 곳곳을/ 구경할래요.// 내가 만일 솔개처럼/ 날 수 있다면/ 하늘 멀리 씽씽씽/ 날아가면서/ 아무도 갈 수 없는/ 별들의 세계/ 내가 먼저 별 나라/ 보고 올래요.
>
> － 「내가 만일」 전문

김영기의 동시집 『날개의 꿈』이 나왔다. 70여 편의 작품이 하나같이 부드럽고 순수하고 어질고 따뜻하기만 하다.

이런 시도 있다.

> 갯마을 아이들은/ 점심 대신/ 바다 냄새를 싸고 다닌다.// 가방을 풀면/ 확 풍기는/ 갓 끓여낸 미역국 냄새// 겹겹이 앙금져 내린/ 파란 빛깔의/ 짭쪼름한 냄새이다.//(중략) 늘 파란빛으로/ 살아있는/ 비릿한 냄새에….
>
> － 「갯마을 아이」 일부

수평선을 바라보며 못 견디게 무료했던 시절을 회생케 하는 시이다. 심심해서 못 견디었던 바닷가의 어린 시절! 그 동심을 성인이 되어서도 고스란히 지녔다는 게 한없이 부럽기만 하다. 시삼백詩三百을 일언지폐지 一言之蔽之면 사무사야思無邪也라 했다. 사특함이 없는 티 없는 동심! 그게 없다면 도시 시가 나오지 않을 것이다. 시는 차치하고 그 '마음'을 갖는다는 게 여간 어렵지 않을 것이다. 그래서 시를 예술 속의 여왕이라고 하지 않는가. 고운 영혼에서만 빚어지는 물레의 실, 그게 시일까.

문득 문예교실 같은 걸 생각해 본다. 그림 연극 같은 거 말이다. 자기 시를 그림을 곁들여 큰 화선지에 그린다든지, 동시에서 동화를 도출하여 간단한 그림연극 같은 걸 만들도록 하여 자기 작품을 발표토록 하고, 창조와 표현을 자극한다면 그들이 자라 어른이 되어도 그 여운이 남아 보람찬 일이 될 게다. 정서의 함양은 절로 되고 창조의 불꽃이 일 터인데 말이다.

아이들이 딛고 간
　발자국마다
이름 모를
풀꽃이
피어납니다.

어깨 겯고 오가며
부른 노래는
길섶마다
꽃향기로
흩날립니다.

- 「들길」 전문

순수한 어린이 말로 엮어진, 완전 그들의 세계에서 빚어진 옥돌. 그래야 더욱 꽃은 영글고 향기로우리니. 동심을 예술로 만드는 연금사, 그게 아동문학일 듯하다.

무게진 간색의 따뜻함과
절제된 그의 언어

– 김영기 작품 세계(그의 시집 속의 시편을 중심으로)

김종두(아동문학가)

김영기 시인은 제주시 광양에서 태어나 섬우리를 떠나지 않고 살아온 토박이 시인이며 한평생 초등 교단을 지켜온 교육자이기도 하다.

그래서인지 김 시인은 매사 신중하고 겸손하며 절제된 삶을 살고 있다. 이러한 그의 삶은 문학에도 투영되어 언제나 그의 시는 깔끔하고 절제된 언어표현으로 늘 신선한 감흥의 바람을 불러일으킨다.

김 시인은 1984년 3월《아동문예》3월호 동시부문 신인상에「등대」외 2편이 당선되어 문단에 데뷔했다. 그의 당선은 당시 아동문학의 불모지나 다름없었던 제주 문단에 활력을 불어넣었으며 제주지역의 아동문학 발전에 새로운 전기를 마련하는 계기가 되었다.

이 같은 김 시인의 등단은 우연이 아니다. 그의 성실하고 꾸준한 문학 수업으로 얻어진 결과이다. 그는 이미 당선되기 전에 교육 전문지인《새교실》과《교육자료》에 동시부문 천료 과정을 거침으로써 문사로서 소양과 필력을 검증받은 바 있다.

이후 김 시인은 3차례에 걸쳐 시집을 상재했다. 첫 번째 동시집으로『날개의 꿈』(1990)을, 두 번째 동시집으로『작은 섬 하나』(1991) 그리고 세 번째 시집으로『소라의 집』(2000)을 펴냈다. 이들 세 권의 시집 가운데『소라의 집』은 다른 시집과는 틀을 달리하여 우리의 민족시인 시조의 정형율에 따라 동심을 표출한 동시조집이다.

시조를 빚어냄에는 자유시와는 또 다른 정형의 틀을 제대로 익혀야 하는 부담을 갖기 마련이다. 그래서 시를 쓴다고 해서 쉬이 자유시와 정형시를 넘나들 수 없다. 그런데도 김 시인은 이런 부담을 거뜬히 소화해 내고 있음을 그의 작품집 『소라의 집』을 통해서 보여주고 있다.

이것은 그의 탄탄한 문학적 기반과 소양, 그리고 타고난 시적 표현의 유연성에 있다 할 것이다. 이러한 김 시인의 내면세계를 앞서 소개한 시집에 실린 작품을 통해서 개략적이나마 살펴보고자 한다.

나는 그의 첫 시집 『날개의 꿈』을 접하면서 김 시인은 향토성이 강한 동시인이라는 걸 새삼 느꼈다. 제주적인 소재를 다양하게 발굴하여 제주적인 정서를 동심이라는 프리즘에 담아 형상화하는 데 성공을 거두고 있음에 주목할 필요가 있다고 생각한다.

대부분 사람들은 자주 접하는 것에 대해서는 생각이 무디고 또 무관심하기 마련이다. 그래서 우리는 제주에 살면서도 정녕 제주를 모르거나 아니면 어느 일부를 아는 것을 전부를 아는 것인 양 착각 속에 사는 경우가 허다하다. 우리가 문학을 함에도 문학의 정체를 제대로 모르면서도 아는 것처럼 하는 경향이 없지 않다. 이러한 점에서 김 시인은 진솔한 삶을 통하여 문학을 이해하고자 하는 진지함이 역력하다.

그의 첫 시집 『날개의 꿈』 시집의 표제는 제주설화 「아기장수」에서 그 모티브가 주어졌음을 쉽게 이해할 수 있다. 이는 김 시인의 향토에 대한 끈끈함과 여기 수록된 시편들이 제주적인 소재에 바탕을 두고 있음을 사사하는 면이라 볼 수 있다. 이는 그 자신이 제주라는 섬의 영역을 버리지 못하고 살아온 일종의 좌절에 대한 아쉬움과 반항일 수도 있다.

아기장수 설화는 섬이라는 폐쇄된 공간에서 벗어날 수 없는 제주인으로서 섬이라는 지역적 여건을 극복하지 못하는 한계성과 이로 인한 좌절감을 담고 있는 이야기다.

김 시인도 제주도라는 지역성을 극복하지 못하고 살아온 제주인이다. 그러기에 그가 유년 시절 들었던 아기장수 이야기는 마음 속 어느 한 컨에 남아 아직도 날개에 대한 미련과 아쉬움을 접지 못한 채 날개의 꿈을 꾸고 있다.

> 비를 맞고 속잎 자라듯/ 몰래몰래 꾸는 꿈/ 날개를 갖고 싶대요.// 안개에 젖어 고사리 자라듯/ 쏘옥쏘옥 크는 꿈/ 하늘을 날고 싶대요// 탐라의 아기 장수/ 겨드랑이에 감추어둔/ 날개의 꿈.// 빗줄기 뒤에 숨어 키운대요./ 안개 속에 숨어 날아 본대요.

「한라산·2」의 시편이다. 깆고 싶은 날개, 날고 싶은 하늘, 한라산의 소망은 바로 김 시인 자신인 것이다. 한라산을 바라보는 그의 심상(心象)을 보라. 얼마나 깨끗하고 순수한가. 김 시인은 어린 시절 한라산을 바라보며 꿈을 키우며 자랐다. 바로 그가 꾸웠던 이런 꿈을 우리 어린이들에게 심어주고자 하는 게 김 시인이다.

『날개의 꿈』 시집 속에는 유채꽃, 감귤꽃, 들꽃 등 제주의 꽃들을 빚어 모은 시편들로 제1부 「꽃의 노래」의 다발을 만들고 제2부는 「섬의 노래」로 해서 봄, 여름, 가을, 겨울 4계절로 묶어 모두 여섯 묶음으로 되어 있다. 그리고 이들 시편 대부분이 품격 있는 언어로 아름다운 우리말을 찾아 쓰고 일상의 용어도 리듬감 있는 시어로 적절하게 구사함으로써 동심의 시적 표현과 품위를 한층 높여주고 있다.

> 갯마을/ 고샅길 돌아돌아/ 한 무더기// 호수가 되었다./ (중략)/ 산마을/ 고갯길 돌아돌아/ 또 한 무더기/ 꽃구름 되었다.// 저녁마// 다 산새들/ 산울림 숨겨놓기/ 바쁘고…

「유채꽃·3」의 시편이다. 유채꽃은 갯마을이나 산마을 그 어디에서고 볼 수 있는 꽃이다. 늘 보고 접하는 꽃에서 시적 감흥을 자아내기란 쉬운 일이 아니다. 보통 우리는 이런 흔함에 그냥 지나치는 일상에 묻혀 산다. 그러나 김 시인이 이런 일상에서 풋풋한 소재를 찾아내는 것은 그의 시적 영감(靈感)이 남다름을 보여주는 것이다.

그뿐만이 아니다. 그가 빚어낸 시의 언어들은 옥구슬처럼 영롱하다. '고샅길, 무더기, 산울림' 같은 말들을 자리 찾아 놓은 시는 듣거나 읽는 것만으로도 시정에 젖어든다. 갯마을에서는 마치 호수 같고, 산마을에서는 꽃구름처럼 피어있는 유채꽃. 나도 김 시인의 시를 접하고서야 비로소 유채꽃의 향기를 맡을 수 있었다.

이와 같은 진솔한 표현의 근원은 무엇일까.

김 시인은 교직생활로 해서 다행하게도 갯마을, 산마을을 두루 거칠 수 있었다. 그곳에서 무리 지어 피어 있는 유채꽃은 그곳의 풍경으로 김 시인의 눈에 들어온 것이다. 결국 이러한 소재를 보듬을 수 있었던 것은 진솔한 삶이라는 경험과 동심의 시안(詩眼)이 있었기에 가능하다.

우리는 시를 말하여 언어의 예술이라고들 한다. 그러나 예술의 그 언어는 시인의 가슴 깊숙이 묻혀 있어 쉽게 꺼내 쓸 수 없다. 오직 자신의 언어에 끝없는 애정을 붓고, 신열 나는 고민과 산고와 같은 아픔을 감내하며 시어를 캐내는 싸움을 해야 한다.

김 시인의 두 번째 시집 『작은 섬 하나』도 그의 향토성이 짙게 깔려 있다. 수록 작품 77편의 시를 일곱 다발로 묶어 놓은 데서 「꽃」, 「섬」, 「조랑말」, 「할아버지와 지게」, 「돌담」 다섯 묶음의 59편은 연작시(連作詩)다.

연작시란 순간적 시상(詩想)을 형상화하는 것이 아니라 시점(視點)을 이동하면서 시인의 어떤 관점이나 인생관 내지 가치관을 다각적으로 제시하면서 이어 쓰는 형식이다. 그러므로 여기에는 필연적으로 연작이란 틀을 이어갈 수 있는 횡적인 관계가 내면으로 흐르고 있어야 한다.

연작의 묶음(숲)에는 수많은 나무들이 자라고 있다. 그 숲이 울창하기 위해서는 건강한 나무들이 자라야 하듯이 연작시 한 편, 한 편이 시(詩)로서 홀로서기가 되어 있어야 한다. 이런 변형의 작업은 결코 쉬운 일이 아니다. 그러기 위해서는 어느 시간 자신의 내면을 잠수(潛水) 할 수 있는 긴 호흡을 필요로 한다.

김 시인은 「꽃」의 묶음 열두 편의 시를 편마다 부제(副題)를 달았다. 「꽃·1」아가로 태어나고 싶은 꽃, 「꽃·2」우리 식구 닮은 꽃, 「꽃·3」들에 피어도 고운 꽃 등과 같이…. 이는 「꽃」이 갖는 외연(外延)적 이미지의 폭을 줄이고자 하는 시도일 수도 있고 아니면 연작시의 횡적 관계 묶음보나는 시 한 편에 독립된 가치를 부여하고자 하는 다분히 실험적인 면도 있다. 이러한 의도적 행위는 시인으로서 갖는 주체의식이다.

『작은 섬 하나』 시집 표제를 보듯이 김 시인에게 있어 섬은 시작(詩作) 소재의 무궁한 보고(寶庫)이다. 제주 본섬에 살아서는 쉽게 섬을 알지 못한다. 그래서 김 시인은 섬 제주를 알고 싶어서 더 작은 제주도 우도를 찾았다. 한 번도 아니고 두 번이나 그 곳에 살았다.

> 달랑게 들락이던/ 바위 틈마다/ 아기 귓불같은/ 가사리싹 돋아나면// 물빛 더 맑아지고/ 어렝이 몸놀림 잽싸진다.// 꽃 그림자진 바다에/ 물길을 내며 / 손에 잡힐 듯이/ 다가오는 섬.// 나래 쉬는 갈매기가/ 꽃으로 피었다.

「섬·3」의 전문이다. 이 시에서 쓰인 시어들을 살펴보자. 잔뜩 호기심과 더불어 즐거움을 느낄 수 있는 시어들이 보석처럼 빛나고 있지 않은가.

달랑게 들락이던, 아기 귓불 같은, 몸놀림 잽싸진다, 나래 쉬는…. 너무나 자연스럽고 아름다운 시어들이다. 이처럼 김 시인의 시어는 늘 새롭고 품격을 갖추고 있을 뿐 아니라 사라져 가는 우리말을 찾아내어 되살려 쓰고자 하는 그의 구사력은 높이 평가해야 할 것이다.

김 시인의 세 번째 시집 『소라의 집』은 농촌 어린이들의 생활을 노래한 65편의 동시조를 모아 엮어낸 시집이다. 이것은 그가 평소 우리 민족시인 시조에 깊은 관심과 애정을 갖고 있음에서 얻어진 값진 작품집이기도 하다. 시조는 가장 한국적인 것이기 때문에 세계적인 것이 될 수 있다고 한 김 시인의 말이 인상적이다. 이 작품집에서도 김 시인의 간결한 시어 활용의 재간을 만날 수 있었다. 「우도의 소」를 보자.

> 우도의/ 소들은/ 할 일이 없다고 운다./ 안개가 낀 날이면// 무적 소리로 울고/ 가뭄엔/ 견뎌야 한다며/ 목 타는 소리로 운다.// 우도의/ 소들은/ 갈 곳이 없다고 운다./ 어둠에 잠기는/ 등대가 외로워 울고/ 하루가/ 되새김질이냐고/ 파도 소리로 운다.

우도는 제주도 동북쪽에 위치한 조그마한 섬이다. 그동안 주민들은 반농반어로 생계를 유지하면서 소를 기르며 살던 조용하던 섬이다.

그러나 근래에 관광개발 바람을 타고 모래밭은 해수욕장으로 변했고 민박집이며 여관이며 단란주점까지 방방대는 관광지로 변했다.

이러한 세태를 한탄이라도 하듯 우도의 소들은 할 일이 없다고 울고 있다고 표현하고 있다. 개발로 인하여 그동안 소중히 간직해온 제주적인 것이 하나둘 사라져감에 김 시인의 가슴 아픔의 노래다. 우도의 소는 누굴까?

> 우리들/ 놀이터에/ 주유소 짓더니만/ 아이들은 쫓겨나고/ 만국// 기 춤을 춰요. 운동회 날도 아닌데./ 펄럭펄럭 신날까요.// 새// 로 선 주유소/ 울긋불긋 단장하고/ 어서 오라 손짓하듯/ 바람// 개비 돌려요./ 갖고 놀/ 아이도 없이/ 뱅글뱅글 재밌을까.

「우리 동네 주유소」 전문이다. 이 시 역시 개발의 아픔을 노래하고 있다. 요즈음 개발붐을 타고 늘어나는 게 주유소다. 아이들 놀이터였던 마을 공터에 주유소를 지었으니 아이들은 쫓겨날 수밖에 없다. 만국기가 펄럭이고 바람개비가 돌고 있는 주유소의 모습을 아이들과 잘 대비시킨 풍자와 역설의 곱씹어 볼 일이다.

위 두 편의 시에서 보듯 시란 시인의 눈에 따라 우리의 보편적 일상이나 대상을 두고서도 그 이미지는 다르게 나타난다. 그냥 흘러보낼 소 울음을 들으면서, 바람개비가 돌아가는 주유소를 보면서 개발의 상처를 찾을 수 있는 게 바로 시인의 눈이 아닌가.

이처럼 시에서 소재가 분명히 나타나는 것은 시인의 주체의식이나 개성이 뚜렷하기 때문이다. 다시 말하여 시인이 무엇을 어떻게 느끼고 있는지가 분명하다는 것이다.

오늘의 우리 시조는 복잡하고 확산되는 현대인의 정서를 담기 위해 격식의 담을 허물고 있다. 동시조 역시 이러한 변화에 따라 다듬어지고 있다. 예를 들어 종장의 경우 3,5,4,3의 틀 15자를 고집하는 것이 아니라 3,8,4,3,18자로도 신축성을 인정하는 것 등을 말한다. 김 시인은 이런 현대시조의 흐름을 알고 앞장서 받아들임으로써 동시조 발전에 큰 공헌을 하고 있으며 이런 측면에서 김 시인의 『소라의 집』 동시조집은 앞으로 우리 아동 문학사에 훌륭한 자료로서 평가받을 날이 올 것으로 믿는다.

오월이 오면 찔레꽃 피고/ 산울림은 맑아지고// 꽃 내움에 새 소리/ 친구야, 널 부르면// 꽃잎은 마중길마다/ 그리운의 나비였네.// 보고픈 얼굴들을/ 사진첩에 끼워두고// 나직한 속삭임/ 친구야, 널 부르면// 찔레꽃 그보다 하얀/ 꽃 편지가 오겠네.

「찔레꽃」은 그리움의 서정을 밀려오는 밀물처럼 잔잔한 감동으로 써 낸 시다. 구슬 같은 시어들을 골라 정연하게 매듭을 지며 빚어낸 한 편의 시. 읽는 이 누구나 찔레꽃을 대하면 오랜 시간 별리(別離)의 친구를 떠올 릴 그리움에 젖어든다. 운율이나 리듬감 그리고 과감한 글의 단락들 하나 하나가 모두 시적 감흥을 일으킬 요소다. 이러한 요소를 고루 갖춘 시가 그의 찔레꽃이 아닐까.

이렇게 김 시인은 오월의 찔레꽃을 그리움의 꽃 편지로, 영랑은 모란 꽃에서 지순한 미의 세계와 현실적 삶의 차이를, 소월은 진달래꽃을 통하 여 사랑과 이별의 아픔을 노래했다.

김영기는 가슴으로 시를 쓴다. 원색의 화려함보다도 혼색에 의한 은근 함이 그가 추구하는 시의 시계이다. 제주의 갈옷에 배어있는 색깔처럼 그 의 변함없는 향토성은 무게진 간색의 따뜻함으로, 그의 문학적 상상력은 동심의 판타지로서 언제나 새순으로 피어나고 있다.

허일 시인의 서화 「친구야, 올레로 올레?」(2012년 초가을)

동심으로 빚은
향토애의 서정

장승련(아동문학가·시인)

선흘교 교감 재직 시 제주문학 제21집(1992. 7. 10.)

가. 들어가며

이번 우리 제주아동문학 문단에 괄목할 만한 일이 있다면 김영기의 동시집 『작은 섬 하나』와 박재형의 동화집 『바람개비 할아버지』를 출간한 일이다. 출간 그 자체를 두고 이르는 게 아니라 두 창작집 모두가 치열한 시 정신과 작가정신으로 우리 고향 제주도의 것을, 자칫 잃기 쉬운 제주 고유의 것을 끈끈한 애정으로 그리고 있다는 사실에서 연유된다.

더욱이 아동문학의 독자 대상이 우선 아동이라는 점을 고려할 때, 감수성이 유달리 강해 작품에서 받은 인상이 오래 지속된다는 특성을 염두에 둔다면 그들이 불어넣는 따스한 고향의 의식과 향토애는 실로 귀중한 문학적 소산이라 하겠다.

나. 김영기의 동시집 『작은 섬 하나』

① 김영기의 위상

1940년 제주시 광양에서 태어난 김영기는 새교실 지, 교육자료 지를 통하여 동시 천료를 받으며 문학 수업을 닦았다. 1984년 3월 아동문예 신인문학상에 「등대」로 등단, 한국아동문학인협회, 한국아동문학연구소 회원, 아동문학시대 동인 등으로 본격적인 동시를 쓰고 있으며 지난번 첫 동시집 『날개의 꿈』을 펴낸 바 있다.

교단(현재 선흘교 교감)에서 아동들에게게도 글짓기 교육(한국글짓기지도회 이사)을 통해 심성을 곱게 다듬는 일과 소질 계발에도 힘쓰고 있다. 그러나 무엇보다도 그의 위상은 제주아동문학협회의 우뚝한 산파라는 데 초점을 두어야 할 것이다.

1980년 물메교 교사 시절, 아동문학에 뜻을 둔 교사들을 고무하여 북제주군 교육청 산하 국어과 연구 서클인 '제주 아동문학연구회'라는 조직을 구성하고 급기야는 첫 창간호인『새벽』을 김동호와 함께 편집에 심혈을 기울여 출간하게 된다. 그와 함께 창간호에 작품을 발표한 회원 15명 중 4명(김봉임, 박재형, 장승련, 오수선)이 주축이 되어 현재 20명으로 조직된 제주아동문학협회를 이끌며 활발한 문학 사업을 전개하는 데 힘을 기울이고 있다.

② 시의 세계와 형태적 특징

동시집『작은 섬 하나』에는 꽃, 섬, 조랑말, 할아버지와 지게, 엄마의 바다, 새들이 주고받은 말 등 6부로 나누어 75편의 동시가 수록되어 있다. 특히「꽃」과「섬」과「조랑말」, 그리고「할아버지와 지게」,「돌담」등은 제주도적인 소재를 연작시 형태로 노래하고 있다.

일회성의 노래로도 간과할 수 있는 소재를 거의 10회가 넘도록 천착하여 시적인 형상을 획득하는 데서 그의 향토애적인 정서 표출에 얼마나 철저한 시 의식이 깔리고 있는지 짐작할 수 있게 한다.

박목월은 동시를 쓴 이유를 다음과 같이 말한 적이 있다.

빗방울 하나로 세계를 돌아다니며 시시덕거리는 장난꾸러기의 마음을 느낄 수 있고, 밤에 살며시 딸기밭을 뒤지는 바람의 손을 느낄 수 있고 또한 얼굴이 갸름한 딸기의 표정을 읽을 수 있는 이것이야말로 이 세상의 모든 것과 친구로 사귀는 일이기 때문이다.

김영기 또한 작고 은밀한 세계를 들추면서, 더러는 눈에도 잘 띄지 않는 것에까지 섬세함과 애틋한 의식으로 표현하고 있다.

꽃·3
- 들에 피어도 고운 꽃

들에 핀 꽃이라서/ 하나같이/ 들꽃이라 부른다.// 이름이 있어도/ 더러는/ 천한 이름뿐// 그러나 시인은/ 들꽃을 보며/ 노래하고// 아이들은// 꽃을 엮어/ 목걸이를 만든다.

그러나 내부에 자리잡은 향토적 서정은 자연의 신비와 비밀을 노래하는 심미적인 방향으로 나타난다.

섬·1

크면 클수록/ 제 몸집을 몰래 숨기는/ 빙산처럼// 작아도/ 바다 밑 깊숙이/ 뿌리를 내리고 있다.// 지도에/ 표시조차 없는/ 점보다 작은 섬들이// 드센 바람에 견디고/ 거센 파도에 이기는/ 까닭을 안다.

위 시에서 3연과 4연의 영상은 우리 역사의 소용돌이를 헤쳐나가는 강인한 제주인과 그 정신에 대한 상관물이라는 것을 알 수 있다. 개인의 정서가 이러한 예술적 객관화의 과정을 거치지 못하고 그대로 생경하게 노출시키는 경우 그것은 문학의 재료를 재료 상태에 그대로 머물게 할 것이다.

김영기의 시어는 선명한 이미지와 명쾌하고 간결한 리듬을 구사하는 데 특징이 있다. 또 주 독자인 아동에 맞는 평범하면서도 산뜻한 청량감을 자아내는 시어를 선택해 그의 시를 빚는 정신과 의식을 엿볼 수 있다.

그것은 곧 성인들에게도 동심을 일깨우는 각성제라 한다면 지나친 비약일까?

다음 작품을 보자.

섬·20

해질녘/ 갯바위에 앉아/ 낚싯대 드리우고 만나는/ 작은 섬 하나.// 철새들이 딛고 간/ 발자국마다/ 해초로 돋아나는/ 옛 생각들// 섬 아이들 떨구고 간/ 노래 음표인 양/ 되살아나는/ 바다의 노래.// 문득/ 그리운 얼굴로 떠올랐다가/ 노을 속으로 묻혀가는/ 또 하나의 섬.

2연의 '해초로 돋아나는 옛 생각들', 3연의 '섬 아이들 떨구고 간 노래 음표인 양 되살아나는 바다의 노래', 4연의 '문득 그리운 얼굴로 떠올랐다가 노을 속으로 묻혀가는 또 하나의 섬'은 동시와 시를 넘나드는 정서와 사상을 표현하면서도 반짝이면서 유연한 시어를 동반한 선명한 이미지로 여운을 준다. 시의 구조는 '할 때-다', '-까,-지?' 등을 사용하여 단순한 존재론적인 대립구조와 표현, 그리고 나열형식 '-요' 등으로 서경에 피트를 맞추어 자신의 목소리를 담아내고 있다. 거칠고 투박한 소재도 그는 부드럽고 다소 여성적인 유려한 톤으로 그의 가치관이나 인생관을 명확하게 드러내고 있다.

그가 빚는 시의 특징은 엄격한 내재율이면서도 요(謠)적인 동시의 맥을 짚는 외형률도 드러낸다. 동일한 통상적 구조로 대구 되는 연을 사용한 시는 이러한 요적인 율조를 띰으로써(전체 75편 중 20여 편) 도내에서만도 20곡이 넘는 동요곡 창작에 수용되는 양상을 낳기도 했다.

동심은 마음의 고향이다. 성인의 눈으로 본 정서를 동심의 체로 걸러 동심적 정서로 변용시킨다는 것은 결코 안이한 시 의식으로는 수용이 허락되지 않는다. 「꽃」과 「섬」, 「조랑말」, 그리고 「할아버지와 지게」 등과 같은 제주도적인 소재를 연작으로 노래하고 있다는 점은 얼마나 그가 제주를 사랑하고 그 사랑의 폭만큼 시적인 형상화에 시 의식이 치열하게 작용되고 있는지를 가늠하게 한다.

다. 맺는말

비평적 지식이나 안목도 갖추지 않은 채 조심스레 김영기의 동시집 『작은 섬 하나』와 박재형의 농화집 『바람개비 할아버지』를 살펴보았다.

결론은 두 작가의 공통적 분모를 추리는 것으로 대신하려 한다. 이번에 낸 두 작품집은 모두 두 작가의 지극한 향토애의 발로로 동심으로 빚은 서정의 결정체들이다.

향토애를 발휘하는 방법은 여러 가지가 있다. 그러나 두 작품에 가치를 부여하고 매력을 갖는 것은 문학이라는 용기(容器)에 담아 재창조 과정을 통해 걸러지는 문학적 향기가 남는다는 이유에서다.

동시의 이해와
감상의 길라잡이

장영주(동화 작가)

제주교육 리뷰 제68호(2003. 4. 16.) 게재

　화려한 것만이 최고의 가치라 여기는 현대인들에게 '동심은 천심, 가
장 소박한 것에 있다.'라는 것을 이야기한다. 해맑게 웃는 아기의 얼굴에
나타난 평화로움, 천진난만함에 묻어나는 동심, 가족이 오순도순 모여
사는 소박한 행복…. 이 모든 동심을 꿰뚫는 코 묻은 딱지의 아련한 추억
을 되새김질하는 어른들에게 따뜻한 감동을 주는 책이 있다. 잊고 있었
던 동심 한 자락, 무심히 지나쳤던 우리네의 영원한 정서를 찬찬히 엮은
책이 있다.

　동시인이며 아동문학가인 김영기(제주아동문학협회 회장, 남광초등학교장)가 펴
낸 『새들이 주고받은 말』에서 조용히 흐르는 감성이 바로 동심 그 자체이
다. 동시의 본질이 밑바탕을 소란하지 않게 파고드는 이 책을 만든 그는
현대 제주아동문학계의 모나지 않은 흐름의 대명사라 본다. 거창하지 않
지만 소박한 동시라는 장르에서 평생 동심의 감성을 엮어낸 그의 작품을
보면 위대한 가치를 우리에게 준다.

　이 시집의 책머리에 "한 편의 시가 한 송이 꽃으로 피어나기 위해서는
영혼의 갈증을 달래주는 물이 필요하다."라며 시를 읽는 것이 마음의 갈
증을 축여주는 물을 마시는 것이라 밝혔다.

　　하늘의 높이 재러 가자/ 몇 길이나 될까/ 솟구쳐 오르며 한 길/ 곤두박질치
　　며 두 길

「새들의 주고받은 말·2」에서 하늘의 높이를 재러 가겠다 했다. 하늘의 높이를 자로 잴 수 있을까? 없다. 이건 동심이라는 마음을 가지지 않고서는 자로 잴 수 없는 무한한 감성이요, 동심이라는 샘으로 축축이 적셔 주는 물줄기가 있어야만 가능하다.

하늘은 높고 깊구나/ 처음부터 다시 하자

그랬다. 손에 잡힐 듯 가까이 있던 하늘이 막상 마음의 자로 높이를 재러 하니 그만큼 멀어져 갔다. 재어도 재어도 끝이 없는 하늘의 높이마냥 푸름의 솟구친 그런 심정의 표현이랄까?

하늘의 넓이 재러 가자/ 몇 발이나 될까/ 샛바람 타고 한 발/ 저녁놀 보며 두 발/ 재어도 끝이 없구나/ 갈라 맡아 다시 하자

두 번째 단락에서는 하늘의 넓이를 말하고 있다. 한 발 두 발 몇 발을 새도 끝이 없는 하늘의 넓이를 표현하는 것. 이게 바로 동심의 바로미터이다.

아동문학은 어린이를 대상으로 성인이 만든 문학작품으로 본다. 아동문학의 종류에는 동화·소년소설·동요·동시·희곡·전기·수필 등이 있다. 이 중 동시라는 장르는 동심이라는 골 깊은, 결 고운 아름다움을 짧게 표현한다. 그러기에 동시는 절제된 언어로 축적된 심정을 작품 구성의 확실성, 언어의 표현력과 문체의 뒷받침으로 다듬어야 한다. 가능한 훌륭한 예술성에 의해 뒷받침되어야 한다. 이것을 독자인 어린이의 측면에서 말한다면 재미와 감동을 불러일으키는 것이어야 한다는 말이다. 아동문학은 성인문학과 다른 특수한 성격을 가지는데, 소재·주제·등장인물 등에 있어서 어린이의 독자적인 가치관이 반영되었을 때 비로소 동시라는 한

편의 장르가 태어나는 것이다. 그러기에 동시를 알면 진실을 발견하고 어린이의 내면세계를 알게 된다.

동시의 특색은 '어린이답다'는 데 있다. 동시는 어린이들이 이해할 수 있는 언어와 단순한 사상 및 소박한 감정을 담아야 한다. 동시의 모태는 동요이나 이 동요의 정형율을 깨뜨린 내재율을 포함한다. 내재율은 좁은 의미로 내용율을 가리키는데 내적 정감의 율동으로 보통 일정한 언어에도 깃들여 있다. 즉 정형율이 3·4조, 4·4조, 7·5조, 8·5조 등에 반하는 것인데 이를 응용한 것이 동시조라는 말로 통용되기도 한다. 따라서 동시란 동시조를 포함하는 개념으로 서정적 감화와 감동과 정서를 주관적으로 노래한 시형이 짧고 그 자체가 음악적 리듬을 지닌 것이다.

동시의 이해와 감상의 길라잡이인 『새들이 주고받은 말』은 「몽당연필이 하는 말」, 「나나니 엄마」, 「돌하르방의 웃음」, 「한 우산을 받으면」 등 네 묶음으로 엮었다. 특히 묶음 넷인 「한 우산을 받으면」은 작품의 세계를 해설로 붙여 놓아 독자들 스스로가 동시의 맛을 느끼게 한다. 부록으로 「엄마와 함께 하는 동시 쓰기 교실」을 제시하여 쉽고 체계적으로 동시에 접근하는 자료를 제공하여 동시의 이해와 감상의 길라잡이 역할을 하고 있다.

시인의 기도는
무엇일까?

문삼석(시인·한국아동문학인협회 고문)

좋은 친구

연꽃이 피었다고/ 연못이 불렀는지/ 햇살 밝아 못에 뜬/ 흰 구름이 불렀는지/ 어디서/ 나비가 날아 와/ 꽃 위를 맴도네요.// 백팔 배 드리는/ 불자들을 보면서/ 날개를 접었다 폈다/ 저도 불공드리는지/ 합장한/ 나비를 따라/ 나도 두 손 모아요.

- 「기도하는 나비」 전문

나비를 따라 기도하는 시인의 모습이 보이나요? 꽃 위에서 두 날개를 접었다 폈다 하는 모습을 나비가 기도를 하고 있다고 생각하는 시인. 그래요. 흔히 세상의 사물은 그것을 바라보는 사람들의 생각이나 소망대로 보인다고들 해요. 그러니까 슬픈 눈으로 보면 세상도 슬퍼 보이고 기쁜 마음으로 보면 세상이 즐거운 모습으로 보인다는 것이죠. 꽃 위의 나비를 기도하는 모습으로 보고 있는 시인의 생각은 과연 무엇일까요?

시인의 기도라고 할 수 있는 작품들을 읽어나가면서 그 내용이 무엇인지 찾아보기로 해요.

시인이 하고 싶은 말

3월 아침나절/ 마을 놀이터/ 나 혼자 놀러 가니/ 독차지예요.// 또래 친구/ 좋은 형아 아무도 없는/ 혼자 노는/ 빈 놀이터 심심하지요.// "내가 벗해 줄

게, 같이 놀자!"/ "어라, 아기별이 거기 있었네!"// 지나칠 뻔한 친구 하나 만 났죠./ 조그만 별꽃아재비/ 참 좋은 친구

-「봄날 풀꽃 친구」 전문

사람들에게는 누구에게나 친구가 있기 마련이지요. 그렇지만 친구들 중에는 좋은 친구가 있는가 하면 그렇지 못한 친구도 있어요. 나를 잘 이해해 주고 도움을 주는 친구는 좋은 친구지만 걸핏하면 일을 방해하고 괴롭게 하는 친구는 좋은 친구가 아닐 거예요.

자, 그렇다면 이 작품에서는 어떤 친구를 좋은 친구라고 했나요?

'지나칠 뻔한 친구 하나 만났죠./ 조그만 별꽃아재비/ 참 좋은 친구.'라는 대목을 보면 시인의 좋은 친구란 바로 별꽃아재비라는 걸 알 수 있어요. 별꽃아재비는 놀이터 한쪽 귀퉁이에 피어 있는 그냥 하찮은 풀꽃이에요. 그런데도 시인은 이 별꽃아재비를 좋은 친구라고 추켜세웠네요.

왜 그랬을까요? 심심해서 놀러나간 놀이터에는 아무도 없어요. 넓은 놀이터가 온통 내 독차지가 되었으니 좋을 것 같지만 정말은 그렇지가 않죠. 함께 놀 친구가 없으니까 재미는커녕 쓸쓸할 뿐이에요. 그런데 그때 내게 말을 걸어오는 소리가 들려오는 거예요. 어찌 반갑지 않겠어요? 고개를 숙여보니 거기에 별꽃아재비가 마치 아기별처럼 반짝이며 웃고 있는 거예요. 귀엽고 앙증맞은 별꽃아재비, 가만히 보고 있으려니 방금 전까지만 해도 쓸쓸하고 답답하던 마음이 어느새 맑은 하늘처럼 활짝 개는 거예요. 저절로 입가에 웃음이 매달려요. 내 마음을 이렇게 기쁨으로 채워주는 별꽃아재비. 이 얼마나 좋은 친구인가요?

이처럼 세상에 있는 꽃들을 모두 내 친구로 삼고 싶은 마음, 꽃처럼 맑고 깨끗한 기쁨을 주는 존재를 친구로 삼고 싶은 소망이 바로 시인의 첫 번째 기도라고 할 수 있겠네요.

주인님! 어렸을 적/ 골목에서/ 놀던 일 생각나세요?// 공놀이/ 공기놀이/ 고무줄놀이/ 해님도 같이 놀고파/ 넌지시 굽어보던 골목.// 아이들의/ 놀이터였던 골목이/ 이제는 자가용/ 주차장이 돼버렸네요.// 그래서/ 아이들 노는 소리/ 뚝 끊긴 골목/ 숨바꼭질 같이하던 달님도/ 오지 않는/ 쓸쓸한 골목이랍니다.

-「포니가 하는 말·8」전문

포니가 자동차 이름이라는 건 다 알고 있겠죠? 그러니까 이 시는 자동차 포니가 하는 말을 그대로 옮겨 놓은 것이라고 보면 되겠어요.

누구에게나 남에게 하고 싶은 말이 있기 마련이죠. 포니도 할 말이 많은가 봐요. 위 「포니가 하는 말·8」은 골목길에 대한 이야기네요. 찬찬히 읽어보면 즐겁게 뛰놀고 있어야 할 어린이들은 보이지 않고 온통 자동차들의 주차장이 되어 있는 골목길을 바라보면서 매우 슬퍼하고 있는 모습이 느껴져요.

골목길은 예로부터 공놀이, 공기놀이, 고무줄놀이로 북적대는 아이들의 놀이터였죠. 아이들은 이 골목길에서 우정을 다졌고 튼튼한 몸과 마음을 키웠으며, 또한 서로가 소중한 이웃이라는 점을 깨우쳐 나갔었지요. 그런데 지금은 어떤가요? 아이들의 해맑은 웃음소리도, 그리고 해님도 달님도 오지 않는 쓸쓸한 주차장으로 변해버렸어요.

시인은 이런 모습을 보면서 무슨 생각을 한 걸까요?

'사람들이 너무 편리함만을 찾다가 우리네 좋은 모습을 잃고 있는 것은 아닐까? 사람이 주인이 아니라 기계나 도구가 주인이 되는 세상이 되어서는 안 되지 않을까? 그리고 옛날처럼 골목길에 아이들의 웃음소리가 넘쳐나는 때가 다시 올 수는 없는 것일까?'라는 생각이 아니었을까요?

"목말라요. 물먹고 가요."/ "이젠 못 먹는다. 그냥 가자."/ "전엔 먹었는데……."/ "샘물이 화나서 부글부글 끓지 않니!"/ "폐수를 흘려서 썩었잖아!"// - 여름 어느 날,/ 동박새 엄마와 아기가/ 목마름을 참고 그냥 지나간다.

- 「목마름을 참고」 전문

목이 말라도 물을 마시지 못하고 그냥 지나가야 하는 동박새 엄마와 아기. 참 안타까운 모습이네요. 도대체 샘물이 왜 화가 나서 부글부글 끓고 있고, 폐수는 또 왜 흘러드는 걸까요? 따지고 보면 이런 일들은 모두 사람들이 잘못했기 때문에 생긴 일들이라는 걸 알 수 있어요. 물은 모든 생명의 원천이지요. 물이 없으면 모든 생물은 살아갈 수가 없어요. 그렇게 중요한 물인데도 사람들은 물의 소중함을 잘 알지 못하고 함부로 대하는 경우가 많아요.

물은 자연의 일부이지요. 자연이 더럽혀지면 우리는 제대로 살아갈 수가 없게 돼요. 그래서 모든 자연은 철저히 보호되어야 하는 거예요. 자연은 우리가 후손에게 빌려 쓰는 것이라는 말이 있지요. 그러므로 우리는 잘 쓰고 관리해서 더욱 깨끗하고 아름다운 자연을 원주인인 후손에게 돌려줄 책임이 있는 것이에요. 이쯤 되면 '새'들의 말을 통해 시인이 하고 싶은 말이 무엇인지 잘 알 수 있겠죠?

압력 밥솥이/ 뜨거운 숨을 '쉿쉿' 내뿜고 있다./ 쌀알을 익히느라/ 참았던 숨을 내뿜는 소리/ '쉿쉿'// 엄마가 바다에서/ 숨비소리 '휘휘' 내쉬고 있다./ 해물을 캐느라/ 참았던 숨을 내쉬는 소리/ '휘휘'// 아! 그렇구나/ 숨이 끊길 것 같던 고통 끝에/ '쉿쉿' 밥이 되어 나오는구나./ '휘휘' 찬거리가 나오는구나.

- 「숨쉬는 소리」 전문

압력밥솥이 내뿜는 숨소리를 들어본 적이 있나요? 그래요. 그건 숨이 넘어갈 때와 같이 아주 가쁘게 몰아쉬는 숨소리예요. 그런데 바로 그런 가쁜 숨소리가 쌀을 익히는 것이래요. 그러니까 그런 가쁜 숨소리가 없었다면 우리가 맛있는 밥을 먹을 수가 없다는 것이죠. 엄마가 바다에서 내뿜는 숨비소리는 또 어떤가요? 숨이 막힐 만큼 길게 내쉬는 숨비소리도 듣는 이들의 마음까지 가쁘게 하죠. 그렇지만 그런 엄마의 숨비소리 덕분에 우리는 우리를 살찌우는 맛있는 찬거리를 얻을 수가 있는 것이에요. 시인의 말을 들어봐요.

'아! 그렇구나/ 숨이 끊길 것 같던 고통 끝에/ '쉿쉿' 밥이 되어 나오는구나/ '휘휘' 찬거리가 나오는구나'

사실 우리가 얻는 모든 것들은 거저 주어지는 게 하나도 없어요. 아무리 하찮은 것일지라도 누군가의 고통을 통해서 이루어져 나오는 것이기 마련이죠. 우리가 사물을 대할 때 언제나 조심스럽고 겸손하게 대하는 까닭이 바로 여기에 있는 거예요. 그러니까 우리도 앞으로는 귀에 들리는 것뿐만이 아니고 눈에 보이는 것이나 우리 마음속에 일어나는 생각까지도 깊이 사랑하고 존중하는 태도를 가져야 하겠어요. 그게 바로 시인의 기도니까요.

시인의 기도는 동그란 세상

풀잎에 맺힌 이슬/ 구슬처럼 둥근 모양/ 놀이할 때 갖고 노는/ 축구공도 동그래요./ 동그란 세상 꾸미려고 무지개도 걸렸어요.// 거칠게 선 큰 바위도/ 모래 되면 둥근 모양./ 팔 벌려선 나무도/ 나이테는 동그래요/ 동그란 지구

별에서 둥글둥글 살아요.

- 「동그란 세상」 부분

시인의 생각이 잘 나타나 있는 작품이 바로 위의 「동그란 세상」이라고 할 수 있네요. 풀잎에 맺힌 이슬이나 구슬, 또는 축구공처럼 동그란 세상을 만들어가자는 것이죠.

우리들의 가슴을 뛰게 하는 무지개도 동그란 모습이에요. 무지개가 만드는 동그라미는 꿈을 나타내는 모습이기도 하지만 그 속에 모든 것을 넣고 하나가 되게 하는 커다란 그릇이기도 하지요. 그런 동그라미는 그냥 생기는 게 아니죠. 처음엔 바위처럼 거칠고 모가 나 있던 것이 오랜 세월을 거치면서 깎이고 다듬어져 조약돌이나 모래처럼 둥근 모습이 되는 거지요. 또한 나무가 오랜 시간 동안 온갖 추위와 더위를 이겨나가면서 만든 것이 바로 동그란 모습의 나이테예요. 우리가 발을 딛고 있는 지구라는 별도 둥글둥글한 공 모양이지 않아요?

동그란 세상에서는 다툼이 없어요. 위·아래도 없고, 앞·뒤도 없지요. 오로지 어린이처럼 밝고 맑고 아름다운 평화만이 살아 숨쉬는 곳이에요.

좋은 기도를 가르쳐주신 김영기 시인은 참 고마운 분이에요. 우리는 시인의 간절한 기도를 깊이 새기고 음미하면서 다 같이 동그란 세상을 만들어 나가는 데 힘을 모아야 하겠어요.

어린이들에게 날개를
달아주는 시인

박재형(동화작가)

꽃씨들은/ 봄바람에/ 날개를 달고 싶대.// 낙하산 띄워주듯/ 고마운 봄바람
이// 훨훨훨/ 높은 하늘로/ 민들레 씨 날려요.// 가랑잎은/ 갈바람에/ 날개
를 달고 싶대.// 비행접시 띄워주듯/ 신나는 갈바람이// 후르르/ 참새 떼처
럼/ 가랑잎을 날려요.// 푸드덕/ 푸드덕/ 날갯짓하는 나무.// 공작새 날개
닮은/ 우리 집 종려 잎새.// 언제면/ 하늘로 훨훨/ 날아가게 될까요?

- 「날개 달아 주는 바람」 전문

선생님의 네 번째 동시조집 『참새와 코알라』에 실린 「날개 달아 주는 바
람」을 보니 문득 1990년도에 상재한 첫 동시집 『날개의 꿈』이 떠오른다.

날개의 꿈을 내실 때 선생님은 제주의 날개 달린 아기장수의 이야기를
들으며 자랐다고 했다. 잘린 날개를 아쉬워하며 아기장수의 날개를 찾는
일이 잃어버린 동심을 찾으려는 몸짓이라고 하였다. 선생님의 시를 읽어
보면 정말 어린이들의 순수한 동심의 세계가 그대로 녹아들어 있다.

동심을 찾으려는 선생님의 소명의식이 시로 빚어져서 세상에 모습을
드러낸 것이라고 보아진다. 이러한 시정신과 어린이 사랑은 「날개 달아
주는 바람」 속에 어린이는 '꽃씨'로 '가랑잎'으로 '종려 잎새'로 다양하게
변주되며 날개의 이미지를 오롯이 살려내고 있음을 본다. 그에 앞서 동시
조집 『참새와 코알라』에 선생님이 쓰신 '머리 시'를 보면 '꿈꾸면 그 꿈대
로 이루어진다 했으니/ 해처럼 밝은 희망을 품고/ 달처럼 맑은 꿈꾸며 살
자/ 꽃으로 곱게 필 그 날, 미래를 위하여.'라고 어린이들 마음에 희망의
날개를 달아주고 있다. 이처럼 선생님은 동심의 섬을 만들어 놓고 그 섬

에 시 하나 하나에 동심의 꽃을 피우며 동심의 날개를 달아주고 있는 것이다.

이 동시조집의 엮음을 보면 제1부 「사자탈을 쓴 덕대」(학교 생활), 제2부 「내가 사랑하는 말」(가정생활), 제3부 「참새 아파트」(자연사랑), 제4부 「우스운 말놀이」(국어사랑), 제5부 「무궁화 새로 핀다」(나라사랑)로 짜여 있다. 그 속에는 제주를 사랑하는 선생님의 따뜻한 시선이 담겨 있는 것이다. 이 시집 속에서 선생님이 사랑하는 것은 평범한 할머니, 할아버지, 어머니, 아버지, 즉 우리의 이웃일 수도 있고, 나일 수도 있는 그런 제주 사람들의 따스한 마음을 시 속에 담는 작업을 하고 있음을 알 수 있다. 나아가 국어사랑, 나라사랑으로 시 세계를 확대하고 있으니, 선생님은 섬에 갇혀 시를

제4회 여름글짓기 교실을 마치고 성산포구에서(1992. 8. 4.)
위 왼쪽 송상홍, 오수선, 이맹수, 이소영,
아래 왼쪽 홍우천, 김영기, 장승련, 박재형 회원

쓰는 시인이 아니라 국어사랑, 나라사랑에 대한 짙은 애정을 가지고 폭넓은 시 세계를 개척하고 있다는 것을 알 수 있다.

이처럼 『참새와 코알라』를 읽어보면 선생님이 가진 역량을 눈치채고도 남는다. 시조 속에 담긴 시어 하나, 주제 하나 하나가 선생님의 문학관을 드러낸다. 주옥같은 글이라는 말은 이런 경우를 두고 하는 말일 게다.

일찍이 선생님은 재직 시 근무하는 학교마다 글짓기 선풍을 일으키셨다. 이 글에서 선풍이라는 말이 좀 과장된 말이지만 선생님이 일으키는 글짓기 바람은 어린이들에게 무한한 잠재력을 계발해 줬을 뿐만 아니라 싱으로 성취감을 높여주었다. 선생님이 지도하여 글짓기 상을 받은 어린이를 한 줄로 세운다면 족히 몇 백m는 될 것이다. 그 덕에 한인현 글짓기 지도교사 상을 받기도 하셨고, 각종 대회에서 입상의 영광을 안겨주시곤 하니 선생님으로부터 지도를 받는 어린이들은 행운을 잡은 셈이다. 2003년 퇴임 후에도 모교에서 자원봉사 재능 기부활동을 계속하여 어린이창작동시공모전(대교문화재단)에 8회 연속 단체상을 받는다는 기사를 접하곤 게으른 후배로서 부끄러울 뿐이었다.

제주도에 애정을 가진 시인, 동심을 어린이들 가슴속에 담아주려는 애정을 가지고 시를 쓰고, 글짓기를 가르치는 김영기 선생님의 있음으로 해서 제주 어린이는 행복하다.

동심에, 동심으로,
동심을 위해 사는 시인

오영호(시조시인)

> 참새는 잠이 없는/ 우리 아기 별명이죠./ 새벽에 으앙 울면/ 짜증내는 울 아
> 빠/ 내게는/ 아침을 여는/ 귀여운 아기 참새// 잠만 자는 코알라는/ 우리 오
> 빠 별명이죠. // 공부에 지쳤는지/ 이불 속에 꾸물꾸물// 단잠을/ 더 자고 싶
> 은/ 코알라 꼭 닮았어요.
>
> - 「참새와 코알라」 전문

위 동시조『참새와 코알라』라는 표제 아래 제1부 「사자탈을 쓴 덕대」(학
교생활), 제2부 「내가 사랑하는 말」(가정생활), 제3부 「참새 아파트」(자연사랑),
제4부 「우스운 말놀이」(국어사랑), 제5부 「무궁화 새로 핀다」(나라사랑) 등 60
편 중 가족 사랑이 돋보이는 동시조집이다.

그중 「참새와 코알라」는 동시조의 율격 안에서 가정에서 쉽게 볼 수
있는 풍경을 재미있고 감칠맛 나게 노래하고 있다. 즉 젖먹이 동생과 학
교에 다니는 오빠를 둔 화자는 첫 연에서는 짹짹, 아침을 여는 참새처럼
일찍 나를 깨워주는 아기가 고맙지만 잠이 더 필요한 아빠는 싫어한다. 2
연에서는 먹으면 잠만 자는 코알라처럼 더 자고 싶어 꾸물거리는 오빠의
모습을 그리고 있다. 상대성이랄까. 내가 좋으면 다른 사람도 다 좋아야
할 이유는 없다. 입장에 따라 달라질 수 있기 때문이다. 독자로 하여금 무
슨 일이든 긍정과 부정의 이미지를 생각해 보게 하는 메시지를 감지할 수
있는 작품이다.

이 동시조를 쓴 김 시조시인은 초등학교에서 평생 아이들을 가르쳤다.
1984년 제1회《아동문예》에 동시가 신인문학상에 당선되어 등단하였다.

5인 5색-장영춘, 김윤숙, 이창선, 강상돈, 김영기의 북토크(2018. 12. 9.)
『참새와 코알라』진행-조한일 시인

또한 우리나라 고유의 정형시인 시조 창작에도 진력했다. 그 결과 1993
년 제주시조 지상백일장에서 일반부 장원을 하더니 제10회 나래시조 신
인상까지 받으며 화려하게 시조시인으로 거듭난다.

　그 후 김 시인은 아이들에게 "가장 한국적인 것이 가장 세계적이라는
말이 있듯이 시조는 가장 한국적인 우리 것이기 때문에 세계적인 것이 될
수 있어요. 그러므로 우리는 시조를 민족의 문학에서 세계의 문학으로 발
전시켜나가야 해요. 이제 우리 모두 시조 쓰기에 관심을 갖고 동참할 때
가 온 것이지요."라고 말하며 동시조 쓰기에 진력하여, 그런 뜻을 바로 실
행에 옮기어 퇴임 후에도 광양초등학교를 중심으로 어린이들에게 동시
조 쓰기 지도를 꾸준히 해오고 있다. 때문에 지도를 받은 많은 학생들이
각종 백일장에서 수상의 영예를 안겨주고 있기도 하다.

　지금까지 『날개의 꿈』동시집 출간을 시작으로 동시집 4권, 『소라의

집』등 동시조집 4권, 『갈무리하는 하루』, 『내 안의 가정법』시조집 등 10권을 발간하였다. 또한 한국동시문학상, 제주문학상을 수상했으며, 2009년 초등학교 개정교과서 4학년 1학기 국어에 「이상 없음」 동시가 실릴 정도로 좋은 동시와 동시조를 쓰고 있다.

동시조의 1차적인 독자는 어린이이지만, 성인 독자도 아우를 수 있어야 한다. 여기에 동시조도 시가 되어야 한다는 전제가 설득력을 가진다. 그러기 때문에 동시조 쓰기가 어렵다고 하는 것이다. 혹자는 이러한 사실을 도외시하고 성인시를 쓰지 못해서 쉬운 동시조를 쓴다고 폄하하거나 오해를 한다.

좋은 동시조는 품격과 향기가 있다. 읽으면 인생의 위로와 위안을 준다. 그러기 위해선 감동을 전할 수 있는 시적 메시지가 중요하다. 즉, 시어의 선택이나 전개 기법에까지 성인문학보다도 더 섬세한 배려가 필요하다. 이 동시조집엔 이런 조건들이 잘 녹아 있다. 생떽쥐베리가 쓴 동화 『어린 왕자』처럼 어른과 아이들이 함께 읽어도 감동을 받을 수 있는 작품들이 대부분이다. 김 시조시인은 이렇게 좋은 동시조를 쓰고 있을 뿐만 아니라 교육자로서 올곧은 삶을 살아오고 있다.

앞으로 바람이 있다면 이미 김 시인의 동시(동시조) 20여 편이 동요곡으로 작곡되어 어린이의 사랑을 받고 있듯이 계속하여 좋은 동시조 작품을 창출하여 노래로 불러지기를 바라는 것이다. 어린이로부터 노인들까지 즐겨 읽고, 노래 부르는 좋은 동시조 작품들이 많이 창작되었으면 좋겠다.

재미의 포착이
동시 창작의 시작이다

신현득(문학박사·아동문학가)

동시는 재미에서 싹튼다. 재미에서 시작된다는 건 모든 예술의 일반적인 성격이다. 그중에서도 문학, 문학 중에서도 시, 시 중에서도 동시의 '재미 쫓기'가 제일 두드러지다. 즉 '동시는 어느 예술보다 재미에서, 재미를, 재미로 빚어낸, 재미에서 싹터서 이루어진 재미의 예술이다.'라는 말이다. 재미는 ㄱ 한 낱말이 혼자 있는 게 아니다. 감동·감탄·유쾌함·즐거움·기쁨·안락함·이상함·희한함·우스움·폭소·포복 등등 가까운 표현들을 수두룩이 거느리고 재미있는 시를 만들어 간다.

《월간문학》7월호와 계절치 《계절문학》2013/여름호에 발표된 작품들이 고만고만한 수준작이나 그중 김영기의 「민들레」를 살피기로 한다.

> 아파트 들기 전엔/ 도란도란 살았다던/ 제비꽃/ 씀바귀꽃/ 냉이꽃/ 봄까치꽃/ 돌이네/ 따라 갔는지/ 이제는 아니 뵌다.// 끝까지 망설이다/ 버텨 앉은 민들레/ 보도블록 틈새에/ 용하게 터를 잡고/ 빌딩숲/ 구석 밝히는/ 꽃등을 달고 있다.
>
> -《월간문학》(2013/7월호) 「민들레」 전문

김영기의 「민들레」는 감동이 색다르다. 대개의 민들레가 길가에 피어서 밟히고, 밟히는 과정을 겪는 데에 견주어, 이시의 캐릭터 민들레는 야생초가 모두 떠난 아파트의 뜨락을 지키고 있다. 빌딩 숲 구석을 밝히는 꽃등을 달았으니 인간에게 할 말이 적지 않을 듯하다.

이처럼 시를 찾겠다는 생각으로 세상을 살피다 보면 엉뚱한 데서 재미

『갈무리하는 하루』(2010), 『내 안의 가정법』(2016), 『짧은 만남 긴 이별』(2020)

있는 시의 소재가 잡히는데 이를 포착(捕捉, capture)이라 한다. 포착(캡처)은 동시문학이 발전한 한국에서 생겨난 문학용어다. '붙잡기'라 해도 될 것이다. 숨어 있는 재미를 붙잡는 것이 동시 창작의 첫 단계이다. 이를 '재미의 포착'이라 한다. 시의 부류인 일반시에도 포착이 작품의 첫출발이 될 수가 있다. 그러나 일반시는 긴 사유에서 테마를 찾는 경우가 많기 때문에 동시에서처럼 순간적 소재의 포착으로 작품을 이루는 경우가 드물다. 캡처(capture) 곧 포착이 완전히 동시 전용의 문학용어가 된 것이다.

상상의 소산물인 시는 참신성과
독자성을 생명으로 한다

전영관(문학박사·문학평론가)

《아동문학 세상》 제69호(2010/여름호)

일찍이 영국의 비평가 헤즐릿이 '시는 상상의 언어'라고 말하였듯이 상상의 소산물인 시는 참신성과 독자성을 생명으로 한다. 과학은 어떤 사물이나 현상 등을 지적이고 이성적인 의미로 파악하지만, 시나 동시는 상상력으로 파악한다. 따라서 훌륭한 시나 동시를 쓰기 위해서는 훌륭한 상상력이 필요하다.

우리가 한 편의 동시를 읽으면서 재미를 느끼고 즐거움을 얻으며 긴장을 하게 하는 것 중의 하나가 바로 이 상상력 때문이다. 상상력은 독자들에게 논리적으로 하나하나 설명하는 것이 아니라, 생략하고 건너뛰게 하는 힘을 가지고 있다. 그렇기 때문에 동시를 동시답게 만들어 즐거움과 감동을 독자에게 준다.

> 부러운 큰 키가/ 저절로 된 게 아니지/ 해님을 닮고 싶어/ 그처럼 뜨거운 가슴/ 그 마음/ 가을을 꾸미고/ 고개 숙인 해바라기// 땅꼬마들/ 한데 모여/ 제 목소리 제 빛깔 낸다./ 비굴하게 바라거나/ 감출 것도 없다는 듯/ 오로지/ 낮은 자리 화음/ 어울려 고운 채송화.
>
> - 「채송화와 해바라기」 전문

위 동시조는 해바라기와 채송화의 모습을 보고 재미있는 상상을 하고 있다. 뜨거운 가슴으로 해님을 닮고 싶어 하는 간절한 꿈을 가지고 있었기에 해바라기는 부러운 큰 키를 갖게 되었고, 한데 모여 제 빛깔을 냄으

邢德 金英機 교장 정년퇴임 기념문집

斅學半의 길

邢德文集 편찬위원회

정년퇴임 기념 문집 『효학반의 길』(2003. 8. 16.)

로 낮은 자리 화음으로 어울려 고운 채송화가 되었다는 상상은 독창적이고 참신하다. '부러운 키가 저절로 된 게 아니었구나.' 하고 동시조 첫 연에 상상력을 동원하여 주제를 파악하도록 과제를 던져 주고 이어 독자들이 긴장의 끈을 놓지 않고 끝까지 읽어나가게 하는 기술이 돋보이는 작품이다.

M.H.에이브럼스는 "내가 모르는 것을 상상하는 것은 불가능하다. 그리고 우리의 상상력이라는 것은 우리가 이전에 경험한 것을 기억하여 그것을 어느 다른 환경에 적용하는 능력이다."라고 상상력을 설명하고 있는 것처럼 위 동시조도 시인의 경험을 통해서 상상력이 발휘되고 있음을 알 수 있다.

이처럼 동시는 상상의 산물이며 상상력은 훌륭한 동시를 창작할 수 있게 한다. 특히 경험을 통한 상상력은 독자들의 공감을 불러일으킨다.

제4장

이달의 동시·동시인

가슴으로 쓰여진 시는 그 색깔이 불투명하게 느껴지나, 깊고 넓으며 넉넉한 느낌을 주는 혼색의 바탕을 이룬다. 시의 무게가 무거우면서도 따뜻함과 정이 배어 있어서 가슴에 와 닿는 느낌이 뭉클하므로 감동적인 시라 할 수 있다.

이달의
동시·동시인

신선한 소재와
기법

이달의 동시인 「조랑말·10」

이준관(동시인)

일도교 교감 재직 시, 《아동문예》(1990. 9월호) 게재

근래 우리 동시단의 가장 큰 아쉬움은 재기발랄한 신인의 부재이다. 필자는 참신한 새바람을 일으킬 신인을 기대하며 그들의 작품을 관심 있게 읽고 있지만 번번이 실망이 앞선다.

우리가 신인에게 기대하는 것은 시의 형태든, 내용이든, 운율이든, 그 어느 것이든 간에 기존의 틀을 부수고 새로운 시의 집을 짓는 일이다. 설령, 그런 새로운 시도에 대해 일부에서 의혹과 오해의 눈길을 보내더라도 과감히 새로움에 도전하는 것이 참다운 신인의 자세이다.

우리는 동시가 마치 운동경기의 비인기 종목처럼 젊고 유능한 문학 지

망생들로부터 외면당하고 있는 현실을 모르는 바 아니다. 그럴수록 동시에 뜻을 두고 입문한 신인들은 더욱 큰 소명감을 갖고 동시 창작에 진력해야 할 것이다. 주지하시다시피, 중견 이상의 기성 시인들은 이미 그들의 시 세계와 스타일이 확연히 드러난 상황이어서 실험과 모험을 두려워하는 보수적인 성격을 띤다. 그러기에 자연히 패기만만한 실험의식은 신인의 몫이 되다. 이 점 깊이 자각하여 신인들의 부단한 새로운 시적 방법론의 모색과 과감한 실험을 기대한다.

아동문예 8월호에 「조랑말·10」 연작을 발표한 김영기는 필자에겐 약간 생소한 신인이다. 더리 지면에서 이름은 본 것 같지만, 그의 작품 중 득별히 기억에 남는 것은 없다. 그런데 이번 아동문예 8월호에 실린 「조랑말·10」은 단연 돋보인다. 그의 「조랑말·10」이 돋보이는 가장 큰 이유는 소재의 특이함 때문이다. 하지만 소재가 특이하다고 해서 성공작이라고는 볼 수 없다. 소재가 바로 작품이 되는 것은 아니기 때문이다. 소재를 여하히 시로 빚어내는가 하는 시의 기법 또한 성공의 관건이다.

이 점에서도 김 시인은 신뢰감을 준다. 그는 사물을 보는 시각이 참신하고 수사 능력도 훌륭하다. 「조랑말·10」을 통하여 제주도의 역사와 향토성을 멋들어지고 생생하게 재현해 낸 그의 역량은 보통이 아니다.

> 먹어도 먹어도/ 배부르지 않은/ 바람에 마른/ 띠 풀만 먹고도// 아기 주먹만큼씩/ 아람 닮은/ 야문 똥 싸고 가더니// 그 자리마다/ 마굿간 지붕모양/ 말똥버섯 돋아났다.// 아! 말똥 씨앗이 움텄구나야./ 띠 풀 내움을 터뜨렸구나야.
>
> - 「조랑말·10」 전문

조랑말은 몸집이 작다는 점과 희귀하다는 점, 그리고 우리 고유의 특질을 잘 보존하고 있다는 점에서 제주도의 인상과 썩 잘 어울린다. 시인은 조랑말을 매개로 하여 제주도의 역사와 풍물을 인상적으로 그려내고 있다.

「조랑말·10」은 소품이지만, 기승전결의 구성이 완벽하다. 시인은 이 시의 제1연에서 제주도 사람의 삶이 오랜 시련과 역경의 세월이었음을 말해주고 있다.(이것은 비단 제주도 사람의 삶일 뿐 아니라 띠 풀처럼 강인한 생명력을 지니고 살아온 우리 민족 전체의 삶이기도 한 것이다.) 그런 고통과 시련이 오히려 '야문 똥'처럼 단단하고 야무진 바탕의 거름이 되어 '말똥버섯'이라는 결실을 맺게 했음을 시인은 제2,3연에서 말해주고 있다. 그리하여 마지막 연에서 시련과 역경이 새로운 생명의 모체였음을 깨달은 시인의 마음이 감탄의 어조로 한껏 고조되면서 끝맺고 있다.

김 시인의 「조랑말」 연작은 좋은 작품이다. 그러나 「조랑말·3」처럼 전반부와 후반부가 서로 모순되는 어설픈 작품도 있어 그의 역량이 약간 불안하기도 하다. 꾸준한 정진을 빌어마지 않는다.

동시의 영토 확장을 위한
새 바람

김재용(아동문학가)

함덕교 교감 재직 시, 《아동문예》 이달의 동시·동시인(1995.11월호) 게재

　우리의 현대시가 소월, 영랑, 미당과 쟁쟁한 현역 시인들의 자기 갱신의 산물로 현대시의 영토가 확장되어 왔듯이 이제 우리 동시단도 동시의 영토 확장이 시급한 과제가 아닐 수 없다. 소월은 우리 민족 속에 흐르는 전통적인 진솔한 정서에 기반을 두었기에 국민 시인의 자리를 굳혔고, 영랑은 우리 언어의 탁마를 통한 모국어를 시적으로 다듬어 남도의 영랑으로 자리를 굳혔으며, 현대의 미당 또한 민족적 정서와 은유적 선율로 현대시의 거장으로 우뚝 서 쟁쟁한 현역 시인으로 현대시의 영토를 확장시켰다.

　결실의 계절 10월은 우리 동시단에도 예외 없이 결실의 계절을 맞아 우리 동시의 영토 확장이 두드러진 달이었다. 연작 동시조의 김영기, 기행동시의 오순택, 역사동시의 김종목, 심리동시의 신형건이 동시단의 새 바람으로 우리 동시단의 영토 확장에 앞장서고 있어 박수를 보낸다.

◀연작 동시조

'무궁화 꽃이 피었습니다.'/ 숨바꼭질 놀이할 때/ 우리와 함께/ 놀아 주는 꽃/ 무궁화/ 숨어라, 꼭꼭 숨어라./ 꽃 속의 나비 되어.// '무궁화 삼천리 화려 강산'/ 애국가를 부를 때도/ 우리들 마음에/ 피어나는 꽃/ 무궁화/ 피어라, 활짝 피어라./ 이슬 맺는 꽃으로.

- 「무궁화·1」 전문

　김영기 시인의 연작동시 「무궁화·1」은 어린이들의 경험 영역 범주 내

에서 나라꽃 무궁화와 관련이 있는 숨바꼭질 놀이 할 때의 '무궁화 꽃이 피었습니다.'와 애국가의 후렴인 '무궁화 삼천리 화려 강산'과 관련을 맺어 자연스럽게 우리 고유 문학 장르인 동시조의 율격으로 민족혼을 예찬하고 있다. 무궁화에 대한 소개가 민족혼으로 승화되기에 용이할 뿐만 아니라 어린이와 호흡을 같이하는 숨바꼭질과 애국가의 후렴이 우리의 율격으로 친근감을 더하여 동시조로의 문학성과 생활 동시조로의 대중화에 좋은 시사점을 제시하고 있다. 또한 각 연 1행을 노랫말로 인용하여 동시조의 고정관념과 상투어 사용을 지양하였고, 각 연 6,7행을 8,7조의 새 율격으로 '-숨어라, 꼭꼭 숨어라. 꽃 속의 나비 되어.'와 '-피어라, 활짝 피어라. 이슬 맺는 꽃으로.' 등의 노랫말 속에 민족의 소망을 의미망으로 구성한 동시조의 탄탄한 구성력이 돋보인다.

가슴으로
쓰는 시

허호석(아동문학가)

함덕교 교감 재직 시, 《아동문예》 이달의 동시인(1995. 11월호) 게재

머리로 쓰는 시가 있고, 가슴으로 쓰는 시가 있다. 머리로 쓰여진 시는 그 색깔이 투명하고 밝으며 원색의 바탕을 이룬다. 시의 무게가 가벼우면서도 날카로우며 긴장되어 있어 시의 호흡이나 맥박이 동적이어서 새로운 감각을 반짝이게 하는 감각적인 시라 할 수 있다.

가슴으로 쓰여진 시는 그 색깔이 불투명하게 느껴지나, 깊고 넓으며 넉넉한 느낌을 주는 혼색의 바탕을 이룬다. 시의 무게가 무거우면서도 따뜻함과 정이 배어 있어서 가슴에 와 닿는 느낌이 뭉클하므로 감동적인 시라 할 수 있다. 감각시의 음성이 명랑 쾌활한 장조의 음색이라면, 감동적인 시의 음정은 단조 음색에 가깝다. 떠남과 그리움의 시, 가슴으로 쓰여진 시 두 편을 소개해 보고자 한다.

오월 오면 찔레 피고/ 산울림은 맑아지고/ 꽃 내움에 새 소리/ 친구야, 널 부르면/ 꽃잎은 마중길마다/ 그리움의 나비였네.// 보고픈 얼굴들을/ 사진첩에 끼워두고/ 나직한 속삭임/ 친구야, 널 부르면/ 찔레꽃 그보다 하얀/ 꽃 편지가 오겠네.

- 「찔레꽃」 전문

꽃은 미적 감정을 잘 나타낼 수 있는 매체이기도 하다. 김영랑은 모란 꽃에서 지순한 미의 세계와 현실적인 삶의 차이를, 김소월은 진달래꽃을 통하여 사랑과 이별의 아픔을 노래하기도 했다. 이렇듯 꽃을 감정을 전달하는 대상으로 삼은 시인이 많았다. 찔레꽃을 읽으면 시의 형식에서 운율

이나 리듬감을 느끼게 되어 얼핏 동요를 읽는 듯한 생각이 든다. 그러나 과감한 글의 단락을 통하여 시적 요소를 더욱 짙게 보여주고 있다.

산 아래쪽이나 언덕, 보리밭 머리에 얼핏 서 있는 환한 얼굴, 찔레꽃은 친구로 추억으로 그리움으로 나타난다. 함께 걷던 옛길에 흩날리는 하얀 꽃잎은 팔랑거리는 나비 떼로, 그리움의 잎새로 나타난다. 오월의 찔레꽃은 그리움의 꽃 편지로, 희망과 쓸쓸함도 함께 날리고 있음을 본다.

이 시에서도 떠남과 그리움의 감동적인 시, 가슴으로 쓰여진 시임을 무겁게 느낀다.

30회 한국동시문학상 상패(2008. 5. 1.)

제2회 새싹시조문학상 상패(2018. 9. 1.)

제16회 제주예술인상 상패(2019. 11. 9.)

아동문학의 소재(素材)와
주제(主題) 문제

서재균(아동문학가)

연평교 교장 재직 시, 《펜과 문학》(1997년 여름호, 통권 43호) 작품 게재

《월간문학》(1997년 8월호, 이달의 아동문학평) 게재

요즘 동화나 동시를 읽어보면 우리 아동문학이 얼마나 소재의 결핍증에 걸려 있나를 실감하게 된다. 기껏 설화나 우화적인 것 외에는 평범한 일상적인 것에서 조금도 벗어나지 못하고 있는 것은 그만큼 글을 쓰는 사람들이 문학적 갈등이나 심리적 체험도 없이 작품을 쓰는 데 그 원인이 있다고 보아야 할 것이다.

물론 세상의 모든 것은 아동문학의 소재가 될 수 있다. 그러나 그런 보편적인 소재를 가지고 어떻게 현실 감각에 맞게 표현하느냐 하는 문제에 대해 너무 안일하게 생각하고 있다는 얘기다. 이러한 생각 때문에 그 이야기가 그 이야기 같고, 그 내용이 그 내용 같다는 말을 듣기 마련이다.

아동문학의 표현 기법상 한계가 있는 것은 사실이다. 그러나 적어도 문학적 상상력이나 추리력도 없이 동화나 동시를 쓰려고 한다는 것은 아동문학을 너무나 가소롭게 생각하고 있는 것이 아닌가 지극히 우려되는 일이다. 다시 말하면 작가의 정신이나 문학적 태도에 문제가 있다는 뜻이다. 예컨대 작가 자신의 독특한 개성이나 사고도 없이 어떤 문제를 이야기한다는 것은 말이 안 된다는 얘기다.

이미 남들이 거론하고 지나간 사건을 다시 들추어내어 거론한다든가 문제의식도 없이 남의 흉내나 내는 따위의 발상은 처음부터 모순을 안고 있는 셈이나 다를 바 없다. 동시에 있어서도 소재의 개발은 절대적이다. 소재에 따라 작품이 갖는 이미지가 사뭇 달라지기 때문이다.

'펜과 문학' 여름호의 윤삼현의 「벚꽃 그늘 지날 때」와 김영기의 「안개 이야기」는 소재부터 색다른 감정을 느끼기에 충분하다. 두 시의 제목에서 보듯이 처음부터 작가의 관찰력과 상상력을 직감하게 된다.

> 벚꽃 그늘을 지날 때/ 우리들의 말소리는/ 꽃 빛을 닮는다./ 깔깔깔깔-/ 꽃잎으로 떠가는/ 하얀 웃음/ 솜사탕을 입에 물 듯/ 달콤한 미소가 터져 나온다.// 아빠의 벚꽃은/ 까만 벚꽃이다./ 어린 날 아빠의 눈에 들어와/ 매달리는 새까맣게 물들고서야/ 빈 뱃속이/ 야호 차올랐단다.

위의 동시는 시인의 상상력이 어디에까지 이르고 있는가를 구체적으로 암시하고 있다. 단순히 보고 보이는 것만을 표현하고 있는 것이 아니라 그 뒤에 숨어 있는 추억까지도 표현할 수 있는 것은 바로 시인의 감성적 언어이어서 더욱 아름답다. 아빠의 눈에 매달리는 버찌 알맹이들에서와 같은 소재의 치밀성을 보여주고 있는 것은 이 시인의 넓은 혜안에서 비롯된다. 이 점은 김영기의 「안개 이야기」도 마찬가지다.

> 장난기 붙은 안개가/ 외딴 섬을/ 슬쩍 감춰 보았지.// 이윽고 / 산봉우리를/ 냉큼 감추고/ 당할 자 없다는 듯// 온 마을도/ 휘휘 감아들고/ 우쭐우쭐했어.

시란 이렇게 보편적 일상에서도 시인의 눈에 따라 그 시적 이미지는 다르게 나타난다. 그냥 안개가 낀 외딴 섬으로 보지 않고 장난기 붙은 안개가 슬쩍 감춰 놓은 외딴 섬으로 표현함으로써 아름다움의 깊이와 맛을 다르게 한다는 뜻이다.

드디어/ 갑갑한 산봉우리가/ 뾰조록이 머리를 들더니// 마을도/ 외딴 섬도/ 도로 제자리에 올라앉았어.

앞에서 말한 두 시인의 시에서 소재가 분명하게 나타나는 것은 시인의 주제 의식이나 개성이 뚜렷하다는 데 있다. 한마디로 이 시는 한 군데의 막힘도 없는 시원한 시로 인정받을 만하다. 이를테면 시인이 무엇을 어떻게 느끼고 있는지 분명하기 때문이다. 이렇게 시가 독자들로부터 외면당하지 않으려면 이러한 몇 가지 조건이 따라야 한다.

첫째, 시 속에는 언제나 잔잔한 리듬이 있어야 한다.

둘째, 시 속에는 오랜 친구들과 만나는 그리움이 있어야 한다.

셋째, 시는 그림처럼 아름다움이 느껴져야 한다.

넷째, 시에는 판타지와 리얼리티가 있어야 한다.

동시에 나타난
가정과 부성父性

이정석(아동문학가)

연평교 교장 재직 시, 《아동문예》(특선 동시조 1997. 10월호) 게재

《아동문학 평론》(계간 아동문학 총평 1997. 겨울호) 게재

가. 들어가며

문학은 인간의 삶에 대한 주관적인 기록이다. 시든지, 희곡이든지, 수필이든지, 아동문학이든지 간에 결국 우리들 자신의 삶 속에서 새로운 의미를 찾고 또 현실의 다양한 모습을 표현하고 있는 것이다. 아무리 동물세계를 그린다 해도 그것은 인간의 모습을 단지 동물로 바꾸어 놓았을 뿐 인간의 또 다른 모습을 표현하고 있다고 볼 수 있다.

인간의 삶은 실로 다양한 모습으로 나타난다. 개인의 가장 비밀스런 형태로부터 한데 어울려 사는 사회적 공간에 이르기까지 동서고금을 통해 천태만상의 삶의 모습이 창조되어 오고 있다. 가정은 이런 인간의 삶의 모습이 나타나는 가장 기본적인 공간이다. 특히 아동문학에서의 가정은 어떤 문학적 공간보다도 소중하고 특수한 의미를 가지고 있다. 왜냐하면 어린이들의 삶의 태반이 가정에서 이루어지고 있으며 어린이들이 가정의 존재를 어떻게 인식하고 있느냐에 따라 그들의 삶의 방향이 달라질 수 있기 때문이다.

동시에 나타난 가정의 모습은 완전하고 긍정적이다. 또한 포근하고 생기가 도는 따뜻한 공간이다. 아버지와 어머니 그리고 어린이(자녀)로 이루어진 완벽한 사랑과 조화의 공간이 가정인 것이다. 아버지, 어머니, 어린이- 이 세 존재는 서로 밝게 만들어주는 빛이라고 할 수 있다. 그래서 가

정은 이 세 빛깔로 만들어지는 입체적이고 영원한 공간이다. 즉 빨강, 노랑, 파랑의 삼원색을 섞어 만든 어두운 평면이 아니라 파랑, 초록, 빨강의 세 가지 빛으로 지어낸 찬란하고 아름다운 입체의 공간이 바로 가정인 것이다. 이번(1997. 9.~1997. 11. 3개월)에는 유난히 가정과 부성에 관한 동시들이 많았다. 가정의 부재 시대이니, 부권 상실의 시대이니, 조기 명퇴니 하는 말이 떠돌아다니는 원인은 아니겠지만 특히 부성에 대한 탐구는 바람직한 하나의 방향이라 여겨진다. 아직까지 동시에 나타난 부성에 대한 깊은 분석이 없기에 이 글이 그 단초가 되었으면 한다.

나. 가정의 의미와 부성

현대의 아버지는 사회 변화로 인하여 그 모습이 초라해지고 있다. 사회에서의 실질적인 남성 역할 감소, 맞벌이 부부 증가, 여성의 경제적 자립, 자녀들의 독립 요구 등으로 인하여 전통적인 가정의 붕괴 현상이 빚어지고 있다. 가부장적인 아버지의 권위 상실뿐만 아니라 급기야 가정에서의 아버지 역할 상실 등이 이어지고 있다. 그런 이유 때문인지 모르지만 문학계에서도 아버지에 대해 많은 관심을 보이고 있다. 동시에서도 모성에 대한 일방적 또는 집중적 관심에서 벗어나 부성 탐구나 부성의 역할에 대한 진지한 관심을 기울인 작품들도 많이 보이고 있다.

이 작품 속에 나타난 아버지는 너그럽고 인자한 모습이다. 어린 자녀들 앞에서 권위만을 고집하는 전통 가정의 아버지가 아니다. 어찌 보면 어머니에 역할에 대한 경계선이 무너지고 있는지도 모른다. 어린이들의 재미를 위한 도구가 될 수 있는 것이다. 안방뿐만 아니라 부엌 그리고 할아버지 방에까지 움직이는 어린이의 말이 된 것이다. 과거에는 꿈도 꿀 수 없는 파격적인 모습을 보여주고 있는 것이다. 어디까지나 어린이가 주체자이고 중심체인 것이다. 이런 것은 현대 가정의 아버지의 일반적인 모습이다. 이 작품에 드러난 부성의 참 모습은 개방성이라고 할 수 있다.

> 앞 바다 모두가 우리 집 어장이라며/ 언제나 당당하고 건강하신 아버지/ 뭣 땜에 한숨인가요?/ 제 탓이면 어떡해요.// 양식장 흉작에 가사리 값 떨어지고/ 포구엔 기름 띠 아버지 애 태운대요./ 힘으로 할 수 있다면/ 제가 나서 보겠어요.// 그래서 두 어깨가 더 좁아 보이고/ 귓갓길 발걸음이 휘청이고 있어요./ 드려서 위로가 된다면/ 하겠어요, 제 탓이라고.
>
> -「제 탓이어요」 전문

이 작품은 시상 전개가 매끄럽지 못한 듯 보이지만, 찬찬히 새겨 읽으면 '좁아진 어깨'와 '휘청이는 두 다리'로 표현되는 현대 아버지의 적나라한 모습을 잘 보여주고 있다. 가정 경제를 책임지고 있는 가장의 모습이라고 하기에는 너무 초라하다. 자신감과 적극성을 상실한 모습이다. 그래도 가족의 일원인 시적 화자가 아버지에 대한 안쓰러운 생각 때문에 무조건 '제 탓으로' 위로드리고 있다.

어찌 '제 탓이라고만 할 수 있겠는가. '흉작'과 '기름 띠'의 상대적 위치에 시적 화자인 '내'가 아버지만큼이나 그것을 감지하고 있다. 분명 아버지가 의기소침하고 있는 것은 근면과 성실성이 부족해서가 아니라 흉작과 기름 띠라는 외부의 원인으로 실의에 빠져 무기력해진 것이다.

이런 상황에서 별 도리 없이 심정적으로나마 아버지를 위로하고 싶어서 '제 탓'으로 돌린 것이다. 이것이 바로 가족애가 아니고 무엇이랴. 이 작품에서는 이제 부성도 권위나 근엄으로 나타낼 수 있는 독립적인 요소보다는 가족간에 서로 감싸주어야 하는 상호 평등성을 내포하고 있어야 함을 보여주고 있다고 할 수 있다.

흥미진진한
숨은 그림 찾기

김재용(아동문학가)

연평교 교장 재직 시, 《아동문예》(이달의 동시·동시인 1997. 12월호) 게재

시조는 우리말을 바탕으로 한 우리 민족이 전통적으로 사랑한 정형시이다. 단음절어인 우리말의 속성에 따라 사물의 실제를 가리키는 명사, 대명사, 수사의 세 품사(체언)는 문장에서 조사가 붙으면 대개 3음절이나 4음절이 된다. 문장의 주제를 시술하는 동사, 형용사(용언)도 어미를 활용하면 대개가 3음절이나 4음절이 된다.

시조는 우리말의 속성에서 창출된 가락이기에 3·4조나 4·4조의 정형의 틀을 지닌 우리 가락이다. 모처럼 김영기 시인은 우리 동시조의 율격에 현대를 사는 우리의 서정을 풍자와 역설로 담아내고 있다.

우도의/ 소들은/ 할 일이 없다고 운다/ 안개가 낀 날이면/ 무적 소리로 울고/ 가뭄엔/ 견뎌야 한다며/ 목 타는 소리로 운다.// 우도의/ 소들은/ 갈 곳이 없다고 운다./ 어둠에 잠기는/ 등대가 외로워 울고/ 하루가/ 되새김질이냐고/ 파도 소리로 운다.

- 「우도의 소」 전문

제주도 북제주군에 속한 우도는 총 면적의 72%가 밭이고, 바닷물의 침식 작용과 풍화작용에 의한 동머리 해안은 절벽 낭떠러지로 이루어졌으며 해안이 화산 현무암으로 이루어진 섬이다. 주민들은 반농반어로 생계를 영위하고 있으나 특히 소를 많이 길러왔다. 외부의 개발 바람이 없고 자연 그대로의 소박하던 우도도 근래 바닷가 모래밭은 해수욕장으로 변

했고, 민박집에 여관이며 단란주점까지 방방대면서 관광지로 변해간다.

이러한 세태를 한탄이라도 하듯 우도의 소들은 할 일이 없다고 울며, 안개가 낀 날이면 무적 소리로 울고, 가뭄에 비를 기다리며 목 타는 소리로 우는가 하면 갈 곳이 없다고 어둠에 잠기는 등대를 보며 외롭다고 울고 지난날 좋았던 시절을 회상하며 파도 소리로 울고 있는 것이다.

> 우리들/ 놀이터에/ 주유소 짓더니만/ 아이들은 쫓겨나고/ 만국기 춤을 춰요./운동회 날도 아닌데/ 펄럭펄럭 신날까요.// 새로 선 주유소/ 울긋불긋 단장하고/ 어서 오라 손짓하듯/ 바람개비 돌려요./ 갖고 놀/ 아이도 없이/ 뱅글뱅글 재밌을까.
>
> - 「우리 동네 주유소」 전문

요즈음 길가에 늘어나는 게 주유소다. 아이들 놀이터에 주유소가 생기고 아이들은 쫓겨나고, 운동회 날처럼 만국기는 펄럭이고 바람개비는 뱅글뱅글 잘도 돈다.

> 운동회 날도 아닌데 펄럭펄럭 신날까요.

갖고 놀 아이도 없이 뱅글뱅글 재밌을까. 동시적 풍자와 역설을 곱씹어 본다.

제5장

내 가슴에 남은
시 한 수

주제가 노출되어 쉽게 읽히는 시이지만 곰곰이 생각해 보면 왠지 모를 절실함을 준다. 그 까닭은 둘이 하나가 되는 '통일'을 화두로 주기 때문이다. 둘이 하나가 되는 건 어렵다. 서로 자신이 중요하다고 생각하기 때문이다. 그런데 이 시에서 아주 쉽게 하나가 되는 지혜를 일러주고 있다. 한강과 압록강이 서로 자기가 강이었음을 버려 서해로 흘러 들어가면 바다가 되어 하나가 될 수 있다고 한다. 강이나 바다의 공통점은 물로 이루어졌다는 것인데 서로의 본성은 버리지 않고도 하나가 될 수 있음을 알려주고 있다. 오히려 더 큰 물이 된 자신을 바라볼 수 있다.

내 가슴에 남은
시 한 수

날개 달아주는
바람

장한라(시조시인)

꽃씨들은/ 봄바람에/ 날개를 달고 싶대.
낙하산 띄워주듯/ 고마운 봄바람이
훨훨훨 높은 하늘로 민들레 씨 날려요.

가랑잎은/ 갈바람에/ 날개를 달고 싶대.
비행접시 띄워주듯/ 신나는 갈바람이
후르르 참새 떼처럼 가랑잎을 날려요.

푸드덕 푸드덕/ 날갯짓하는 나무.
공작새 날개 닮은/ 우리 집 종려 잎새.
언제면 하늘로 훨훨 날아가게 될까요?

- 「날개 달아주는 바람」 전문

'날개 달아주는 바람', 제목부터 눈길을 끌어당깁니다.

별똥별 떨어질 때 소원을 빌면 소원이 이루어진다고 해서 밤하늘 눈여겨보며 별똥별이 떨어지기를 기다렸던 날들이 생각납니다. 소원을 빌면 '날개 달아주는 바람'은 어느 곳, 누구에게나 날개를 달아줄 것 같습니다.

꽃씨는 살랑살랑 봄바람의 혜택을 받으며 그 베풀어 준 마음을 알았을까요? 민들레 씨는 바람의 손을 놓지 않고 멀리까지 날아가서 자손을 퍼뜨릴 수 있었네요. 봄바람을 타고 아주 멀리 날아오른 새하얀 꽃씨는 사람들에게 환한 미소를 심어줍니다.

바람은 때마다 이름을 바꾸어 우리 곁을 스치며 지나갑니다. 갈바람에 '참새 떼처럼' 날아오른 가랑잎은 낭떠러지도 두렵지 않고 바다 위에 내려앉아도 전혀 무섭지 않았을 거예요. 젖은 잎이 가라앉기 전에 다시 날아오르면 되니까요. 종려나무에 놀러 오는 새를 맞이하는 잎새도 바람이 불 때마다 생각했어요.

"우리도 푸드덕 날갯짓할 수 있을 거야."

우리 친구들도 바람을 만날 때마다 이렇게 부탁해보지 않을래요? "나에게 날개를 달아줘. 친구들에게도 꿈의 날개를 부탁해."

바람을 가슴에 품고 있으면 어느 날 꿈을 향해 희망의 날개로 날고 있는 자신을 바라볼 수 있을 것입니다.

멍멍이와 반려견

장영춘(시조시인)

마음 놓고 외출한다/ 멍멍이 네가 있어/ 불침번 서주니/ 안심이다 한밤중도 "아서라"/ 목청을 높여/ 달을 보며 멍멍멍// 귀한 대접 받는다/ 외국에서 온 것이라/ 누나의 재롱받이다/ 조끼 입은 반려견 "아뿔사"/ 목청을 잃고/ 두 눈만 말똥말똥

- 「멍멍이와 반려견」 전문

「멍멍이와 반려견」 동시조를 읽고 세상 참 많이도 바뀐 걸 새삼 알게 됐다. 옛날의 멍멍이는 집을 지키는 지킴이였다. 으레 집집이 개 짖는 소리는 정겨움 그 자체였다.

초등학교 저학년 시절 우리 집에도 누렁이가 한 마리 있었다. 어쩌면 나보다 덩치가 큰 그 녀석은 언니 오빠도 없는 내겐 유일한 친구였다. 어른들이 밭에 나가 저녁 늦게 돌아올 때, 큰길 어귀에서 누렁이 옆에 앉아있으면 어두운 골목길도 무섭지 않았다. 성큼성큼 앞서 걸어가는 누렁이가 늘 든든했다. 동물은 말은 못 하지만 서로 마음을 주면 충성심이 많은 동물이다. 어쩌면 웬만한 사람보다 더 위안이 될 때도 있다. 그래서 그런지 요즘 길거리에 애완견 산책시키는 사람들이 부쩍 늘었다. 목에 딸랑딸랑 방울을 달고 예쁜 조끼까지 입히고 가는 걸 보면 뒤돌아보게 된다.

아파트에서 목 수술을 하고 짖지 못하는 반려견들은 주인의 애정만 받으면 과연 행복할까? 키우다 귀찮으면 길거리에 헌신짝처럼 내버려 떠돌이 유기견이 되고, 어떤 개는 농장에 묶여 평생 외롭게 살아가는 걸 보면 요즘은 강아지들의 수난 시대다. 풍요 속의 빈곤이라는 말은 개들의 세상에도 적용되는 말인가 보다.

바람의 손

한희정(시조시인)

제주 돌로 단장한

제주 시청 높은 벽에

쇠고비 군락 이뤄

제비집처럼 붙어있지

어떻게

틈새를 비집고

뿌리를 내린 줄 아니?

누구도 모르는 새

홀씨를 뿌려놓은

그것은 바람의 손,

고운 세상 꾸며가지

꽃모종

떠서 옮기는

꽃삽 같은 바람의 손.

- 「바람의 손」 전문

영국 시인 크리스티나 로제티의 「누가 바람을 보았는가?」라는 시가 생각났다.

누가 바람을 보았는가?

너도나도 아무도 못 봤지.

그러나 나뭇잎이 매달려 떨고 있을 때

바람은 질러가고 있다.

오래전 내게 바람 보는 법을 가르쳐준 시다. 이처럼 바람은 대상을 만나야 존재를 안다. 시인의 바람은 시청 높은 담벼락에도 들렀다. 도심 한가운데 아무도 쳐다보지 않았을 벽, 넘지 못할 불통의 벽에 바람의 손은 소통하고 있다. 그것도 '도깨비 쇠고비'를 말이다. 시를 감상하기만 해도 곶자왈의 산 향기를 품은 풀냄새가 코끝을 스치는 듯하다. 바람의 손은 아무도 눈이 가지 않은 곳까지 마음을 쓰고 있다. 길을 걷다가 문득 하늘을 쳐다봤을 때 시청 담벼락에서 하늘거리는 이파리를 볼 게다. 수직의 벽을 조금씩 넘는 소소한 풀들의 행로에 얼마나 큰 감동이며 울림일까.

바쁘고 힘든 시대를 살아가는 현대인들에게 바람의 손으로 위안을 받을 수 있다면 세상은 참 살 만하겠다. 혼자면 어떻고 길이 없으면 어떠랴. 바람의 손이 있지 않는가. 배려로, 희망으로, 사랑으로, 생명으로… 삶의 방향을 알려 주는 바람, 이런 바람의 손이면 참 좋겠다. 바람의 손, 발견은 한 세상을 바꿔 놓는다. 동시조 한 수에 짧은 탄성이 절로 나오는 순간이다.

돌하르방 목말 타기

이소영(시인·아동문학가)

> 돌하르방 어깨에/ 참새 둘이 앉아 노네./ 부라린 퉁방울 눈/ '요놈' 하고 야단
> 쳐도// 빙그레/ 웃는 모습이/ 장난인 걸 눈치 챘나?// 할아버지 목말 타기/
> 어릴 적 나도 그랬지/ 어쩌면 참새까지/ 손자라 생각하나 봐// 내 응석/ 다
> 받아주던/ 할아버지 똑 닮았어.

- 「돌하르방 목말 타기」 전문

구멍이 숭숭한 현무암으로 만들어진 생김새가 독특한 돌하르방은 제
주의 상징이며 간판이다. 돌로 만든 '할아버지'란 뜻으로 오래전부터 입
에서 입으로 전해지면서 정식 명칭이 되었다. 읍성의 수호신이나 집을 지
키는 수문장 역할을 했을 것이다.

그런 돌하르방이 오늘날에는 국제적으로 외교 역할도 담당한다. 한 예
로 독일에 있는 로렐라이 언덕에는 돌하르방을, 제주 어영공원에는 로렐
라이 요정을 세워놓아 '국제우호도시' 우정을 상징하고 있으니 말이다.

이러한 돌하르방을 가족관계로 파악하면 조손간의 사랑과 해학이 묻
어난다. 위 동시조를 보면 그러한 정경이 잘 형상화되어 있다. 커다란 돌
하르방 어깨에 작은 참새가 앉아 있는 모습을 조손관계로 표현한 것이다.
할아버지가 겉으로는 야단치는 것 같아도 웃는 모습으로 생각하는 역발
상이 재미를 준다. 손자인 참새는 할아버지의 마음을 환히 꿰뚫고 있는
것이다. 돌하르방은 무섭게 생겼지만 참새에게는 무서운 존재가 아닌 것
처럼.

어릴 적 할아버지 목말을 탔던 친구들은 알 것이다. 할아버지는 귀여
운 손자의 응석을 다 받아 주신다는 것을. 그래서 돌하르방도 참새를 손

돌하르방 공원(졸저 『탐라가 탐나요』에 수록된 사진 인용)

자 같이 생각하고 참새도 돌하르방을 할아버지 닮았다고 느낀 것이리라. 그래서 포근하고 정감이 간다. 또 하나 돌하르방을 할아버지와 동격화시킴으로써 자연 친화의 한 단면을 볼 수 있었던 것도 이 동시조를 읽고 난 후의 큰 수확이다.

둘이 하나

이명혜(아동문학가)

한강이 강을 버려/ 서해에 다다르고/ 압록강도 강을 버려/ 바다를 그리워할 때// 두 강은 하나가 되어/ 바다가 됩니다.// 두 강이 한 이름으로/서해가 되듯이/ 남과 북도 서로를 버려/ 하나가 되는 날// 우리가 꿈에 그리던/ 통일된 나라입니다.

- 「둘이 하나」 전문

주제가 노출되어 쉽게 읽히는 시이지만 곰곰이 생각해 보면 왠지 모를 절실함을 준다. 그 까닭은 둘이 하나 되는 '통일'을 화두로 주기 때문이다. 둘이 하나가 되는 건 어렵다. 서로 자신이 중요하다고 생각하기 때문이다. 그런데 이 시에서 아주 쉽게 하나가 되는 지혜를 일러주고 있다. 한강과 압록강이 서로 자기가 강이었음을 버려 서해로 흘러 들어가면 바다가 되어 하나가 될 수 있다고 한다. 강이나 바다의 공통점은 물로 이루어졌다는 것인데 서로의 본성은 버리지 않고도 하나가 될 수 있음을 알려주고 있다. 오히려 더 큰 물이 된 자신을 바라볼 수 있다.

통일이 되는 것도 참으로 어려운 우리 민족의 과업이다. 그러나 '어린이 나라'의 동심으로 생각하면 통일은 별것 아니다. 강물이 잠시 자기를 버리고 바다가 되어 만나는 단순한 발상이 둘이 하나 되는 것이다. 이처럼 서로의 욕심을 버려 오천년 역사를 가지고 살아온 민족임을 생각하며 커다란 역사의 물줄기를 바로 세운다면 통일은 그리 멀지 않을 것이다.

통일된 나라가 되면 어느 나라도 부럽지 않은 강대국이 되어 있을 것이다. 그런 날이 하루 빨리 오기를 기대하는 마음으로 이 시를 다시 읽어본다.

아름다운 협재바다

양순진(아동문학가·시인)

> 하늘을/ 그대로 받아/ 하늘이 되는 바다// 속살까지/ 다 보이니/ 참으로 아
> 름답다.// 싫은 것 다 받아주는/ 마음마저 곱구나.
>
> - 「아름다운 협재바다」 전문

오늘 저녁 7시, 문학의 집에서 김영기 시인 초청 북토크『짧은 만남 긴
이별』이 있다. 위의 「아름다운 협재바다」는 동시조다. 제주교육박물관에
서 발간한 '올레길 따라 동시조 짓기'『탐라가 탐나요』에 수록되어 있다.

그렇다, 김영기 시인은 우리 민족 전통 정형시인 시조시인이면서 동시
조를 쓰는 아동문학가다. 한국동시문학상, 제주문학상, 새싹시조문학상
을 수상한 제주 시조, 동시조의 대가다. 교장 선생님으로 퇴직 후에도 광
양초등학교에서 글쓰기 지도를 하고 있는 시조에 대한 열정, 아이들을 향
한 사랑의 크기가 대단하신 분이다.

이 동시조는 아름다운 협재바다를 마음으로 노래한 시다. 그 어떤 비
유적 언어를 고르고 골라도 '아름다운'이라는 단어 이상의 것을 발견하지
못한 듯하다. 그만큼 아름답다는 의미라 여겨진다. 협재바다에는 해수욕
장이 있는데 한림읍 한림공원에 인접해 있다. 조개껍데기 가루가 많이 섞
인 백사장과 옥빛 바닷물이 어울려 아름답기 그지없다. 또한 앞바다에 떠
있는 비양도, 마치 환상 속에 있는 듯하다. 그래서 여행객들에게 월정, 함
덕, 김녕 해수욕장과 더불어 인기가 대단하다. 이 동시조는 협재바다 풍
광 극찬은 물론 그 깊은 마음까지 읽어 감사하는 마음을 담았다.

1장에서 '하늘을/ 그대로 받아/ 하늘이 되는 바다'라고 했다. 협재바다
에 가면 하늘과 바다 사이에 경계선이 없다. 푸른 하늘이 그대로 내려와

푸른 바다가 된다. 협재바다에 몸을 담그면 하늘에 떠 있는 듯 바닷속 용궁에 있는 듯 그 환상감에 빠지게 된다. 어른들은 아이가 되고 아이들은 돌고래가 된다. 하늘과 바다 밖 세상은 끼지 못한다. 자연과 동화되는 순간이 있을 뿐이다.

2장에서는 '속살까지/ 다 보이니/참으로 아름답다'라는 표현을 했다. 그만큼 맑다는 것이다. 바닷속 해초, 물고기, 흰 모래가 환히 비춘다는 것이다. 뾰족한 돌, 쓰레기는 눈 씻고 봐도 보이지 않는 천혜의 바다, 이 지구상에 어디 있을까. 그렇게 마음속까지 환히 보이는 맑은 사람들이 살아가는 제주, 협재 사람들!

3장에는 주제가 집약되어 있다. '싫은 것 다 받아주는/ 마음마저 곱구나.'라며 인간의 성선설, 성악설을 인정하고 맹자의 인의예지(仁義禮智)를 일컫는 측은지심, 수오지심, 사양지심, 시비지심을 떠올린다. 좋은 것, 화려한 것은 누구나 수용하기 쉽다. 그러나 싫은 것, 부정적인 것, 소외된 것 등은 다 허용되지 않는 게 이 세상이다. 그러기에 우리는 자연으로 떠나고 자연에게 배운다. 협재바다에 사람들이 몰리는 이유는, 삶의 무거운 옷을 벗기 위해서다. 지친 일상에 대한 위안을 받기 위함이다. 언제나 그 답을 주었다, 협재바다는.

제6장

설문과
대담

아동문학의 주 독자는 어린이임에 틀림없다고 봅니다. 그러므로 한 편의 훌륭한 동시는 어린이들에게 정서를 함양함과 아울러 새로운 삶의 발견으로 기쁨을 주며, 인간성 상실의 시대를 살아가는 어른들에게도 잠재된 동심을 불러일으켜 자신과 이웃을 돌아보게 하는 마음의 청량제를 제공하여 준다고 봅니다. 그런 의미에서의 동시는 형식과 내용의 다양화를 추구하는 가운데 개성이 담긴 작품을 생산함으로써 문학적 향기가 자연스레 배어들도록 하여야 할 것입니다.

설문과
대담

더불어 사는
지혜의 모색

아동문예 2월호(1990. 2. 1.) 게재 글을 인용

1990년 새해를 맞아 선생님의 만복과 문운을 비오며 아동문예가 월간으로 계속 나올 수 있도록 도와주셔서 진심 어린 감사를 드립니다. 드릴 말씀은 2월호 특집으로 다음과 같은 설문 원고를 청탁하오니 1월 16일까지 사진을 동봉하여 우송해 주시기 바랍니다.

1990. 1. 6. 아동문예사 주간 박종현 올림

박종현 1980년대 주목했던 작가는 누구며 그 작품은 어떤 것입니까? 또 1990년대 주목할 만한 작가는 누구이며 그 이유는 무엇입니까?

김영기 김종두 시인입니다. 그는 타관에서 향수를 앓으며 시를 빚고 방황했습니다. 이제 고향 제주로 회귀하여 본격적으로 동심에 호소하는 향토성 짙은 작품을 생산하고 있으니 그 하나가 연작 동

시 「한라산」입니다. 섬·제주는 한라산이며 한라산은 어머니라는 등식을 만족시키며 토속에 터한 연작동시 한라산은 지방화 시대의 지평을 여는 작품으로 주목을 끌고 있습니다. 가장 제주적인 것이 한국적인 것이며, 가장 한국적인 것이 세계적이라는 논리를 고려할 때 그의 작품 세계는 90년대에도 선구자적 위치에서 후배 아동문학인의 모범을 보일 것으로 확신합니다.

박종현 1980년대의 아동문학을 총체적으로 어떻게 결산할 수 있습니까? 그리고 1990년대의 아동문학의 과제는 무엇입니까?

김영기 80년대의 아동문학 동시 분야를 총체적으로 결산해 본다는 것은 필자의 능력 밖의 일로 생각되어 제주아동문학에 국한하여 언급하는 것이 타당할 것 같습니다. 80년대의 제주아동문학은 한마디로 도약의 단계에 비유할 수 있습니다. 아동문학의 불모지인 제주에서 동시 부문에 김영기, 장승련, 이소영, 동화 부문에 박재형, 장영주, 김봉임이 등단함으로써 활기를 띠었고 협회의 기반이 더욱 탄탄해졌기 때문입니다. 80년대의 동시는 형식과 내용면에서 장족의 발전을 보인 연대라 할 수 있습니다. 연작시, 서사시, 동화시, 4행동시, 5행동시 등이 그것인데 이 같은 발전적 단계에 부응한 것이 김종두의 연작 동시 「놀이터」와 김영기의 「섬」을 들 수 있습니다.

이를 토대로 90년대에는 더욱 획기적인 작품과 풍성한 작품집이 출간되어야 하겠으며 이로써 아동문학의 이해를 확산시키며 독자의 욕구를 만족시키는 방향으로 활동을 가속시켜 나가야 할 것입니다. 이러한 일련의 임무를 점진적으로 무리 없이 수행해 나가는 인내와 열정이 90년대를 맞는 아동문학인 모두의 과제가 될 것으로 봅니다.

박종현 새로운 연대를 맞아 아동문학의 활성화를 위해 어떤 일들이 필요하다고 보십니까?

김영기 아동문학의 활성화를 위한 방안 역시 제주아동문학을 중심으로 피력하고자 합니다. 제주 아협 구성원 전원이 초등 교원이라는 점입니다. 이는 제주아동문학의 편협성을 극명하게 보여주는 예라 하겠습니다. 이와 같은 편협성을 극복하고 지지 기반의 확대를 위해서는 먼저 아동문학인 자신이 치열한 작가 정신으로 자기 혁신과 자질 향상을 선행해야 하겠고 다음으로 지지 기반 확대와 독자 유인 방안을 노모해 볼 때라고 생각됩니다. 이와 같은 취지에서 세미나, 아동문학의 밤, 엄마와 함께 하는 글짓기 교실, 문학 백일장, 시화전 등의 행사를 벌여 아동문학의 이해를 넓혀 독자를 늘리고, 문호를 개방하여 각계각층의 인사를 회원으로 영입하는 등 인적 자원을 확보하여 가는 것입니다.

박종현 주 독자인 어린이를 위하여 어떤 작품이 나와야 한다고 보십니까? 그리고 지금 구상 중인 작품의 소재와 주제는 무엇입니까?

김영기 아동문학의 주 독자는 어린이임에 틀림없다고 봅니다. 그러므로 한 편의 훌륭한 동시는 어린이들에게 정서를 함양함과 아울러 새로운 삶의 발견으로 기쁨을 주며, 인간성 상실의 시대를 살아가는 어른들에게도 잠재된 동심을 불러일으켜 자신과 이웃을 돌아보게 하는 마음의 청량제를 제공하여 준다고 봅니다. 그런 의미에서의 동시는 형식과 내용의 다양화를 추구하는 가운데 개성이 담긴 작품을 생산함으로써 문학적 향기가 자연스레 배어들도록 하여야 할 것입니다.

경오년 말의 해를 맞아 제주도의 향토성과 상징성을 살리는 조랑말에 관심을 두고 구상 중입니다. 거칠 것 없이 치닫는 조랑말의 이미지로써 어린이들에게 꿈과 용기와 슬기를 심어줄 수 있다면 다행이겠습니다.

박종현 지금 무슨 책을 읽고 계시며 정기 구독 중인 문예지는 무엇입니까?(아동문예 제외)

김영기 흔히 동시 쓰기 지도가 어렵다는 말을 자주 듣고 있습니다. 이러한 일선 교사들의 애로점을 수렴하여 지도 자료 개발의 필요성에서 박목월, 박화목, 유경환, 김종상, 박경용, 이준범 선생님들이 저술한 동시 쓰기 이론서를 섭렵하고 있으며, 겨울방학 중 서점에 선보인 이오덕, 이영호, 엄기원, 윤석산, 김재원 선생님들이 쓴 글짓기 지도서를 구입하여 연수 자료로 활용하고 있습니다. 정기 구독 문예지로는 아동문학 평론, 아동문학 연구, 월간문학, 시조문학 정도입니다.

박종현 선생님께서 아동문예 편집자라면 어떤 기획과 편집에 중점을 두시겠습니까? 또한 아동문예에 주고 싶은 말씀도 부탁 드립니다.

김영기 아동문예, 아동을 위한 느낌이 앞서는 표제라고 생각합니다. 그러나 아동문학인에 의한 아동문학인을 위한 아동문학인의 문예지가 되고 있다는 느낌이 강합니다. 독자를 성인과 아동으로 나누어 그 비중을 고려하여 볼 때 성인 쪽으로 편중되어 있다는 사실은 순수 아동 문예지로서 확고한 위치를 다져놓았다는 성공적이며 긍정적인 면을 부인할 수 없으나 앞서 제목이 시사하듯이 주 독자를 아동으로 볼 때 아동을 위한 지면 할애의 형평성을 재고할 필요가 있다는 것입니다. 이를테면 아동작품 특정란을 두어 게재 작품을 평하여 주고 우수작품을 뽑아 시상하는 등의 묘를 살리는 것입니다. 이는 아동 독자를 위해서도 꼭 필요한 조치라고 봅니다.

제주남초 학사시찰 기념 온양역에서(1971. 7. 26.)
왼쪽 김계수, 김영훈, 고헌철, 김기순, 양정자, 송정옥, 고응대, 고영자, 변은희, 고애순 선생

덧붙여 아동문학인을 위한 배려로서 언급하고 싶은 것은 지방문
학의 활성화를 위한 뒷받침으로 지방 작가의 지면 할애를 비롯
하여 원로, 중진 신진 작가들의 참여 형평성 등도 기획과 편집에
유념하였으면 하는 점입니다.
끝으로 아동문예는 우리 아동문학인의 문예지임을 이해하고 더
불어 발전하고 성장하는 길을 우리 모두가 모색하여 보자는 것
입니다. 아동문예의 무궁한 발전은 아동문학인 모두의 무궁한
발전을 기약하는 길이 되므로…

어린이들의 꿈을
담아내는 창작작업

제주 문화 예술인 삶과 예술 〈35〉

강경희(한라일보 기자)

한라일보 제1408호(1993. 11. 20.) 게재

누구에게나 가슴 한켠에 묻어두고 때때로 들여다보는 어린 날 추억이 있다. 그 애틋한 마음은 때론 상실에 대한 안타까움으로 때론 영원히 되돌아갈 수 없는 것에 대한 회원의 모습을 띠기도 한다. 어쩌면 그것은 동심의 본질인 순수함·천진함을 지향하는 마음이 아닐까.

동시 작가 김영기 씨(53)는 요즘 어린이들의 꿈과 희망을 생명감 있는 소리로 엮어내는 작업을 계속해 오고 있다.

"어릴 적부터 일기 쓰는 것만큼은 꼬박꼬박 잘해 왔어요. 그 습관은 중·고교 때까지 계속 이어졌는데 이것이 글쓰기에 매우 많은 도움을 준 것 같습니다."

그래서 그는 자신의 자녀들에게도 일기 쓰는 습관을 들이도록 늘 강조해 왔단다. 4·3 당시 국민학교에 입학한 그는 연이어 6·25를 경험하게 된다.

"혼란과 전쟁을 겪은 당시의 어린이들은 전쟁놀이를 하고 군가를 부르며 자랐어요. 하지만 지금의 아이들은 우주를 향한 꿈을 키우고 있지요. 아동문학을 하는 이들은 이러한 어린이 세계의 변화를 늘 주의 깊게 바라보아야 할 것입니다."

제주 사범학교 시절 소암 현중화 선생에게서 서예를 배우기도 했던 그는 예능교과에 많은 관심을 가지게 됐다. 초임 때는 서예 교육에 힘쓰다가 그후 글짓기 교육에 관심을 두고 특히 동시에 애정을 갖게 되었고 80년대에 와서 본격적으로 창작활동을 시작했다.

"다른 지역의 경우 이미 6~70년대에 아동문학계가 형성되어 있었으나 제주 지역은 80년대에 이르러서야 비로소 그 뿌리를 내리기 시작했지요."

그 후 그는 제주섬을 소재로 한 섬 시리즈, 유채꽃 등을 다룬 꽃 시리즈 등을 통해 제주도적인 면과 어린이들의 꿈을 담아내는 작업을 추구해 왔다.

> 흘러오는 물결의/ 빛깔을 보면/ 그 바닷골의 깊이를// 달려오는 바람의/ 몸 짓을 보면/ 어디로 갈 것인지를/ 다 알아낸다.// 산봉에 걸린 구름만 보고도 / 꽃이 피고 짐을/ 헤아리는 섬// 그냥/ 그 자리 지켜 앉고서도/ 봄 여름 오 는 섯을/ 남 먼저 안다.
>
> - 「섬·10」 전문

동시도 하나의 시이고 또한 문학의 장르임을 당당히 얘기하는 그는 그 래서 더욱 단단한 작품 구성력을 필요로 한다고 강조한다. 즉, 동시는 무 조건 쉬운 것이라는 인식은 잘못되었다는 것이다.

그는 '어린이 시와 동시는 엄연히 구분되는 것'이라고 전제한 뒤 "아이 이들에게 주는 글이라고 해서 안이한 자세로 창작하는 것도 경계해야 한 다."라고 밝혔다. 특히 이슬, 비, 구름 등 자연적인 소재들에만 국한된 발 상에서 벗어나야 한다며 "아이들의 생각과는 전혀 다른 곳에서 아동문학 이 생산되는 게 아닌가 하는 생각이 든다."라고 말하기도.

"4~50대의 사람들이나 이해할 수 있는 구시대적 발상으로 어떻게 현 대를 살아가는 아이들에게 꿈을 줄 수 있겠는가."라고 그는 반문한다. 어 쩌면 아동문학과 어린이들은 각각 다른 곳에 시선을 두고 평행선을 그으 며 달려온 것은 아닐까.

이제 그는 동시문단이 겉핥기 식의 자연이 아닌 자연 속의 생명을, 삶 의 소리를 써야 할 때라고 힘주어 말한다. 국민학교에 재직하고 있는 그는 독서지도에도 많은 관심을 갖고 있다.

"제가 어렸을 때만 해도 변변한 동화집 하나 구할 수 없었어요. 일본인에 의해 번역된 해외 명작이 고작이었지요. 그래서 요즘 어린이들에게는 우리 고전부터 읽으라고 강조합니다." 그는 우선 우리 민족의 정신과 얼이 담긴 전래동화와 창작동화를 먼저 접해서 주체의식을 기른 다음에 세계명작을 읽도록 당부한다. 우리의 글로 읽는 우리 이야기야말로 주체의식과 민족적 자긍심을 키울 수 있는 지름길이 아니겠는가.

특히 학교에서의 독서교육은 가정으로까지 연결될 수 있다고 믿는 그는 학부모들에게도 책 읽기가 바로 가장 좋은 공부라고 강조한다. 늘 어린이들과 함께 생활해 온 그는 아이들의 변화를 예리하게 짚어낸다.

"요즘은 핵가족화로 외동이들이 많아지는 추세라 아이들이 귀염 속에만 자라서인지 자기 중심적이고 자기의 일을 남에게 의지하려는 경향으로 보아 옛날에 비하여 조금은 심성이 나약해진 듯합니다."

이런 어린이들에게 미래에 대한 진취적인 기상과 의지력을 줄 수 있는 것 또한 아동문학의 역할이 아닐까. 그가 추구하고 있는 동시는 현재 어린이들의 고민을 담아내면서 그로써 희망을 주는 구원의 역할을 하는 작품인 듯하다. 앞으로 그는 동시조(童詩調) 작업에 주력할 계획이다.

"우리 고유의 가락에 실린 전통의 맥을 어린이들이 느낄 수 있도록 힘쓸 생각입니다. 어려운 과정이지만 뜻있는 작업이라 생각됩니다."

그의 동시조 작업은 내년쯤 지도서와 작품집을 통하여 모습을 드러낼 것이다. 부디 어린이들에게 진정으로 사랑받고 또한 희망과 구원을 줄 수 있는 동시, 그 꽃이 만발하기를 기대해 본다.

제주가 사랑하는 문화예술인

제주교육대 총동창 회보(제10호 2009. 2. 2.) 지상대담

대담자: 안희숙(동화작가)

안희숙 문학의 씨앗을 뿌려준 멘토는 누구입니까?

김영기 내 가슴에 문학의 씨앗을 뿌려준 맏형이 나의 평생 스승이자 멘토입니다.

6·25 한국전쟁 때 저의 맏형이 육군소위로 임관하여 전선으로 향했습니다. 그때 형에게 그리움의 위문편지를 썼는데, 그걸 첫 휴가 때 들고 와서는 '너무나 감동하여 울었다'며 '너는 우리 집의 문장'이라는 칭찬을 해주었습니다. 그때의 칭찬이 글쓰기에 흥미와 자신감을 갖게 된 계기라 생각합니다. 그 후 형이 미국 보병학교로 유학을 갔다 오면서『세계명시선』을 선물받았는데 그 속에 하이네, 롱펠로우, 릴케, 바이런, 아뽈리네르, 푸쉬킨 등의 명시를 만나 즐겨 읽으며 시를 좋아하게 되었습니다. 중학교 1학년 무렵입니다. 우리나라의 서정시를 먼저 읽어야 하는데 저는 거꾸로 시 입문을 했지요. 이처럼 어린이들에게 독서지도를 할 때도 우리의 고전과 창작동화를 접한 후에 세계명작으로 지도하는 게 바람직하다는 나름대로의 교훈을 얻은 것이지요. 그리고 칭찬과 자신감의 교육적 효과에 대해서 다시 한번 곱씹어 봅니다.

중학교 1학년 때의 담임이며 국어 담당이 장태언(재성)선생님이셨죠. 선생님은 학생들의 혼을 빼며 마음을 사로잡는 마력 같은 교수 기술이 있었습니다. 괜히 흥분되고 설레며 기다려지는 국

어 시간이었죠. 그만큼 선생님을 존경하며 좋아하였습니다.

한 번은 글짓기(산문) 숙제를 했는데요. 형이 보는 문장강화에서 나도향의 「그믐달」을 모방했지요. '나는 그믐달을 몹시 사랑한다.'로 시작되어 '내가 만일 여자로 태어날 수 있다 하면, 그믐달 같은 여자로 태어나고 싶다.'로 끝을 맺는데 그믐달을 보름달로 바꿔치기한 것입니다. 그랬더니 참 잘 썼다고 칭찬하면서 발표까지 시키는 거였습니다. (모방한 사실을 알면서도 칭찬으로 자신감을 돋워준 것입니다. 후에 안 사실인데 모방에서 창작이 시작된다나요. 그렇다고 표절은 금물입니다.)

안희숙 문학에는 여러 장르가 있는데 어떻게 해서 아동문학을 선택하게 되셨는지…. 동시를 쓰게 된 계기를 말씀해 주십시오.

김영기 초등교육에 몸담으면서 저의 취미와 일치하는 아동문학에 뜻을 둔다는 것은 필연적인 일이라 할 수 있을 정도로 너무나 당연한 것 같습니다. 또 학교에서 특별활동 부서를 맡을 때도 으레 문예반을 담당하였으므로 자연히 아동문학과 불가분의 관계를 맺게 된 것 같습니다.

1977년 오라교(전영재 교장) 교무주임으로 근무할 때 학교신문을 제작하게 된 것이 아동문학에 눈뜨게 된 계기입니다. 그때 다달이 발행하는 학교신문을 만들고 있었는데, 편집을 하다 보니 원고가 모자라서 채워야 할 난을 아동 동시로 메워야만 했습니다. 그때부터 어린이들 동시 쓰기에 관심을 갖게 됐고, 아울러 나 자신도 글짓기 공부를 하는 계기가 된 것입니다. 동시를 써 본다고 제주시 내 서점을 다 돌아다녔지만 단행본 동시집은 눈을 씻고 찾아도 없었지요. 마지막으로 남문서점에 가 보니 교학사에서 나온 아동문고에 동시집이 시리즈로 출판되어 기쁜 마음으로 구입, 그 동시집을 읽으면서 혼자 공부했습니다. 그만큼 그 당시는 '동시집' 자체가 생소한 분야였지요.

1979년 소규모학교인 물메교(전영재 교장) 근무 시 3학년을 대상으로 본격적인 '동시' 쓰기를 지도하면서 지도 방법을 몰라서 헤매던 중 윤석산(지금은 제대 교수로 재직)님의 '재미난 글짓기'를 접하게 되었지요. 글짓기 이론서로는 처음입니다. 이 책자가 어린이 글짓기의 길잡이 역할을 톡톡히 해 주었습니다.

가르치면서 배운다는 '교학상장'이란 말이 있듯이 저 자신도 새교실 지, 교육자료 지를 통하여 동시 천료를 받으며 문학 수업을 했지요. (1980년 9월호 새교실 '지우문예'에 「유채꽃」이 박홍근 선생의 초회 추천을 받았는데 내 작품이 최초로 활자화되는 기쁨을 지금도 잊을 수 없습니다.)

1982년 제가 우도 연평초등학교에 근무할 때입니다. 당선 소감을 세 번 정도는 써야 역량을 가늠할 수 있다는 말이 있어 신춘문예에 도전했지요. 그러던 차 서울에 동화를 쓰는 제주 출신 강정훈 목사님이 '신인상 모집' 안내가 게재된 월간 '아동문예' 두 권을 보내주어서 같이 근무하는 박재형 선생과 같이 읽으며, 아동문학에 많은 이야기를 나누었고 등단의 꿈을 품으면서 창작 활동을 했습니다. 그러던 중 1984년 3월 아동문예 신인문학상에 「등대」 외 2편이 당선되어 등단하게 됐습니다. (이로써 당선 소감을 3번째 쓰게 된 것이지요.)

안희숙 아동문학활동을 30년간 하면서 특히 보람된 일이 있다면? '이 말만은 꼭하고 싶다.'는 게 있다면?

김영기 목마른 자 우물을 판다는 말처럼 저에게는 글쓰기 지도가 지상과제였지요. 그래서 1979년도 말 당시 북제주 교육청 강지택 장학사에게 건의하여 문예교육 서클을 조직하겠다는 뜻을 밝히니 쾌히 받아들여 80년 초 문예교육 서클로 발기회를 가지고 김영기, 김동호, 신수범, 김세경 등 교사에 의하여 정관을 제정하는데 여기서 서클의 명칭을 '아동문학 연구회'로 하였지요. 당시 교과 연구회인 도구교과를 위시하여 음악, 미술, 체육 등 서클이 운영되고 있었는데 서예와 아동문학만이 교과 명칭을 쓰지 않고 회칙도 비슷하게 하여 운영되었던 것이 특징이라 할 것입니다. 당시 회원들의 분위기는 국어교과 연구회 또는 문예 서클 등을 희망하는 것 같았고 생소한 아동문학에 대하여서는 소극적인 반응을 보였어요.(초창기 가입 회원 거의 탈퇴한 것으로 미루어 보아 이를 짐작할 수 있음.) 그러나 절호의 기회를 놓치면 제주에 아동문학의 재창립이 어려우리란 절박감으로 추진에 박차를 가했음을 이제야 고백합니다. 이렇게 미숙하고 어려운 여건 속에서나마 아동문학이란 명칭을 달고 1980년 2월 26일 고고지성(呱呱之聲)을 지르며 오늘의 제주아동문학협회가 탄생되었던 것입니다.

다른 지역의 경우 이미 60~70년대에 이미 아동문학회나 협회가 창립되어 있었으나 제주 지역은 80년대에 이르러서야 비로소 그 뿌리를 내리기 시작했지요.

이처럼 제주아동문학의 산파 역할을 했다는 게 제 보람의 첫 번째라 할 수 있죠. 그리하여 첫 창간호인 '새벽'을 북제주군 교육청 지원금으로 김동호(현재 초등 교장)와 함께 출간했는데 창간호에 작품을 발표한 회원 15명 중 5명(김영기, 김봉임, 박재형, 장승련, 오수선)이 창립회원으로 끝까지 남아 현재 34명으로 조직된 제주아동문학협회를 이끌며 활발한 문학 사업을 전개하는 데 힘을 기울이고 있습니다.

1992년 선흘교에 근무하면서 본격적으로 동시조 쓰기를 시작하였습니다. 언뜻 생각하기에는 동시조 하면 생소하여 어렵게 보이지만 직접 써 보면 그렇지 않습니다. 동시조는 우리 옛 고시조처럼 3장 6구 12음보의 형식 속에서 묘미를 느낄 수 있지요. 시조의 정형률을 사고의 제약과 구속이라 비판하는데, 우리가 결혼을 하면 부부관계, 자식과의 관계 등 가족이라는 울타리의 제약 속에서 대화와 사랑으로 조화를 이루어 행복을 가꾸어 가는 것처럼 동시조도 정형이라는 규제 속에서 무한한 자유를 느낄 수 있죠.

흔히 시조에 대하여 '국민문학이다', '민족의 시다', '우리 시다' 등으로 말들은 하지만 국민 대부분이 관심 밖입니다. 특히 동시조에 대해 더 그렇습니다. 일본의 단시 하이쿠는 세계적이라 하는데 우리 시조는 그러지 못하고 있습니다. 이에 미개척 분야인 동시조 보급·확산 운동에 앞장서 어린이들에게 민족의 정체성과 민족혼을 일깨워 나가는 데 아동문학인으로서의 책무의 하나라고 보는 것입니다. 그래서 저는 초등학교용 동시조집 『소라의 집』을 펴내며 제주에 동시조 보급·확산 운동에 앞장서고 있다는 데 자부심과 보람을 갖기도 합니다. 그게 두 번째 보람이라고 할 수 있죠.

안희숙 교단에서 어린이들과 오랜 시간을 보내셨는데 가장 보람 있었던 적은 언제입니까?

김영기 제 작품의 질이 향상되어 수작을 생산하는 것도 하나의 큰 소망이지만 제가 지도하는 어린이들의 글짓기 솜씨가 날로 향상되어 점점 좋아지는 것을 보면서 참 보람을 느낍니다.

그리고 또 하나 소개할 것이 있다면 내 자녀들에게도 1학년에서부터 6학년까지 꼬박꼬박 일기를 쓰게 한 것입니다. 그 일기장은 보물처럼 잘 보관하여 두고 있는데 가끔 꺼내어 읽어보면 느낌이 새로워지기도 합니다. 일기를 쓰면서 얻어진 표현 능력 덕택으로 막내가 대학입학 시 논술고사에 좋은 결과를 보았다는 고마움을 말할 때가 기뻤고 자그만 보람이라고 생각하기도 하였습니다. 그리고 제자 중에는 1967학년도 하귀교 재직 시 제자 이옥진이 시조문단에 데뷔하여 청출어람을 느꼈던 것, 1978학년도 물메교 재직 시 제자 강정애가 문집을 발간하며 선생님 가르침 덕분이라 하였을 때 이것이 가르친 보람인가 하는 기쁨을 처음으로 맛보았지요.

안희숙 만약에 선생님이 안 되셨더라면 무엇을 하고 계실까요?

김영기 저는 교직을 천직(天職)이라 생각하여 왔기 때문에 '만약에란' 생각을 해보지 않았지만 그래도 교직을 놓쳤더라면 음유시인으로 한 생을 마치지 않았을까 합니다. 다시 태어난다 하더라도 저는 교직을 택할 것입니다.

안희숙 작품 중에서 가장 애착이 가는 작품과 이유는?

김영기 여섯 권의 시집을 냈습니다. 첫 번째는 『휘파람 나무』라는 신예작가 11인의 연작시 모음집이고요. 두 번째는 저의 처녀시집이라 할 수 있는 『날개의 꿈』이고, 세 번째 시집이 『작은 섬 하나』이고, 네 번째가 동시조집인 『소라의 집』입니다. 다섯 번째는 『새들이 주고받은 말』, 최근에 여섯 번 째로 『붕어빵』이라는 동시집을 상재하였습니다. 붕어빵 속의 연작시 「포니가 하는 말」로 제30회 '한국동시문학상'을 받는 영광을 안기도 했지요. 『붕어빵』과 『작은 섬 하나』의 특징은 연작시에 있습니다. 연작시는 하나의 소재에 대하여 시작, 발전, 결말, 즉 기승전결이 전체적으로 구조화되어 있어야 합니다. 나는 독자적인 입장에서 세 번째 시집

(1992년 문화부 우수도서 선정)의 시들이 좋고 애착이 갑니다. '작은 섬 하나'는 우도(소섬)를 뜻하고 있듯이 저는 두 번씩이나 연평초등학교에서 교직생활을 했기 때문에 작은 섬, 우도를 사랑합니다. 그래서인지 '섬' 연작시에 애착이 갑니다.(등단 작품 「등대」는 우도 어느 곳에 노래비라도 세웠으면 하는 염원을 가짐.) 그중에서도 시를 평하는 동시인들은 「섬·7」이 가장 좋다고 하지만 저 나름으로는 표제작인 「붕어빵」을 추천하고 싶습니다.

안희숙   앞으로 작품·작품집 계획은? 선생님의 작품 주제와 앞으로 쓰고 싶은 동시에 대해서 말씀해 주십시오.

김영기   초창기에는 자연을 노래했고, 어린이들 내면의 생활 장면을 그려내고 싶었습니다. 이러한 작품이 어린이들에게 우리말과 글을 사랑하게 되고, 정서함양에도 도움을 줘 바르고 착하게 자라는 데 보탬이 되었으면 했지요. 작품 하나를 쓰더라도 생명력이 있는 글이 생산된다면 저로서는 그 이상의 보람과 영광이 없겠습니다.

서두에 우리 시조를 강조한 바와 같이 요즘은 동시조 쓰기와 지도에 진력하고 있습니다. 어린이들을 동시조에 쉽게 접근시키기 위해서 고안해낸 것이 동시조를 수수께끼로 풀어 보는 것이지요. 수수께끼는 어떤 사물을 바로 말하지 않고 비유적 묘사나 상징으로 표현한 것을 알아맞히는 놀이입니다. 일부러 함정을 만들어 놓거나 알쏭달쏭한 질문을 하기 때문에 높은 사고력과 재치가 필요합니다. 여기에 재미가 있는 거지요. 그러나 우리나라의 민족 시가인 시조에는 별 흥미가 없어 합니다. 모르기 때문이지요. 시조가 수수께끼와 같이 비유적 묘사나 상징으로 표현한 점은 같다고 할 수 있습니다. 다른 점이 있다면 묘사나 상징에 따른 자신의 생각을 넣어야 한다는 점이죠. 자신의 생각(진술)이 동시조의 생명이라 할 수 있어요.

이처럼 수수께끼와 동시조를 비교할 때 수수께끼와 시조의 닮은 점을 활용하면 재미있는 놀이를 하면서 자연스럽게 동시조 쓰기를 익힐 수 있다는 생각을 하고 수수께끼 문제를 동시조로 써 보았어요. 2011년 출간 계획입니다 그에 앞서 2010년은 고희를 맞는 해로서 고희 기념 시조시집을 상재하려 합니다. 자녀들의 축하를 받으며 출판기념회를 갖고 싶습니다.(지금까지 몇 차례 동시집을 출간하였지만 못 했지요.) 이를 위하여 내 자신을 언제나 신인의 자세를 견지하면서, 2006년 나래시조 신인상에 당선되기도 하였습니다.(시를 못 쓰니까 동시를 쓴다는 편견을 불식시키려는 의도도 다분합니다.)

안희숙 동시는 어떤 방법으로 쓰며, 그 작품은 누구의 평을 받습니까?

김영기 시상이 떠오를 때마다 메모하여 두는 것이 시 쓰기의 첫걸음입니다. 그것을 직접 컴퓨터에 입력합니다.(옛날에는 원고지에 직접 썼지만) 쓰다 보면 어떤 작품은 쉽게 써지기도 하지만, 어떤 작품은 몇 년에 걸쳐서 퇴고를 마친 것도 있는데,「달을 낳은 바다」와 같은 작품은 무려 20번도 넘게 퇴고를 했고 15년이 지난 후에야 발표를 하기도 했습니다.

제 작품의 원고는 거의 출판사에 보내져 육필원고가 보관되어 있지 않습니다.(앞으로는 몇 편의 원고라도 육필 원고를 보관해 두는 것도 의미가 있을 듯…) 그러던 중 거제도에 계신 옥미조 선생의 박물관에「갈대들도 말을 한다」는 동시 육필원고가 보관되어 있습니다.

제 작품을 평해주는 사람은 독자인 어린이들이지요. 그나마 재미있게 잘 읽으면 성공작이라 할 수 있지요. 전문적인 비평은 아동문학 평론가들에 의해 이루어집니다. 그중에서는 선배 아동문학가인 김종상, 엄기원, 신현득, 문삼석 시인이 저를 많이 도와주고, 아동문예 주간인 박종현 선생과 연락을 취하면서 제주아동문학의 발전 방향에 대하여 논의하고 있습니다.

안희숙 제주아동문학의 발전 방향(미래)에 대해서 말씀해주세요.

김영기 1980년에 창립된 제주아동문학은 2000년대에 들어 회원 35명이 그 유례를 찾아볼 수 없는 중흥기를 맞고 있습니다. 회원들의 각종 문학상 수상 등이 그 예이며 꾸준한 창작집 발간에 끊임없는 창작열을 드러내고 있음도 고무적입니다. 그러나 이러한 일부 몇몇 회원들의 화려한 수상 경력과 왕성한 창작활동이 제주아동문학의 위상을 제고하고 문학적 수준을 가늠하는 척도가 될 수는 없을 것입니다. 전체 회원들의 문학적 수준과 창작활동이 평준화될 때만이 제대로 올바른 평가를 받을 수 있을 것으로 봅니다. 이를 위해서는 제주아동문학 위상 제고와 발전을 위하여 첫째로 제주아동문학 연간집의 질적 제고를 도모하는 일입니다. 제주아동문학협회에서는 해마다 연례행사로 회원 작품들을 모아 연간집을 발간하여 배포하고 있는데, 문제는 그 작품집에 수록되어 있는 동시와 동화들이 협회 회원들의 문학적 수준을 가늠하기에 합당한 '우수 작품'인가 하는 점입니다. 앞으로는 이 점에 착안하여 향후 회원들은 연간집에 수록할 작품을 선정함에 있어서 신중을 기해야 할 것입니다. 지금까지는 실시하지 않았던 동시와 동화·소설 등에 대한 전체적인 작품 해설이나 총평을 실어 독자들의 이해를 도와 나가야 할 것입니다.

둘째로 '제주아동문학 세미나' 운영을 통한 창작 활성화입니다. 현재 제주아동문학의 현주소와 위상, 그리고 동시인과 동화작가들의 창작의욕 고취와 성과에 대한 평가로서의 세미나와 포럼

실적이 미미한 실정입니다. 향후 제주아동문학의 위상 제고와 창작 성과에 대한 평가로서의 세미나와 포럼은 우리 협회 차원에서 운영되어 나갈 것으로 봅니다. 협회 회원들 중에서 동시인이 시집을 간행하면 동시 분과가, 작가가 동화집을 간행하면 동화 분과가 주도되어 포럼을 기획·운영하여 갈 것입니다. 이러한 결과물은 곧 후배 시인과 작가들에게 창작을 위한 좋은 지침서가 될 수 있을 것이며, 또한 제주아동문학의 위상 제고를 위한 좋은 토양이 될 것입니다.

셋째로 어린이 창작활동 제고를 위한 각종 행사를 실시해 나갈 것입니다. 해마다 연례행사로 치러지는 독후감 공모 행사를 어린이 위주에서 학부모의 참여로 확대시켜 나가야 할 것이며 문협과 작가회에서 실시하는 아동문학 신인상 제도도 아협이 주관이 되어서 독자적인 행사로 신인을 발굴하는 데 힘써나갈 것입니다. 동화 구연 대회, 시 낭송 대회, 동극 공연 등의 행사를 관련 단체와의 유기적 관계를 견지하면서 적극적으로 후원하고 참여해나갈 것입니다. 정보화 시대에 걸맞게 사이버 아동문학에도 새로운 접근을 시도해 갈 것이며, 남북의 동질성 회복을 위한 행사로 남북 전래동화 발표회 등의 행사에도 협회 사업의 하나로 범위를 넓혀 갈 것입니다.

넷째로, 제주아동문학 30년사 정리 작업을 계속 추진하는 것입니다. 문학 단체는 창작 활동을 하는 문인들의 단체인 관계로, 창작 활동에 전념한 나머지 그 단체의 정체성 확립을 위한 역사의 기록에는 소홀한 감이 없지 않습니다. 제주아동문학 단체의 역사도 아동문학의 정체성 확립을 위한 필수적인 기록물로 귀중한 가치와 의의를 지니고 있는 것입니다. 우리 협회 카페에는 '제주아동문학협회'라는 명칭으로 협회의 면모가 간략하게 소개되어 있는데 이것을 활성화시켜 나감과 동시에 '제주아동문학 30년사'에는 연대기별로 당시의 시대 상황과 문단 상황, 주요 행사와 실적, 회원들의 문단 등단 상황, 회원들의 개인 창작집 발간과 수상 현황, 회원들의 문학 동인 활동, 작품집 서평, 연간집과 회보 발간 상황과 주요 목차 상황 등을 자세히 항목별로 정리하여 나갈 것입니다.

다섯째로, 제주문학의 미래적 지평을 위한 회원들의 태도와 지향점을 찾는 것입니다. 35명 회원이라면 가족석 분위기를 연상할 수도 있을 것입니다. 이러한 분위기가 타 장르의 모범이 되게 회원 전체가 '나' 아니면 협회가 발전할 수 없다는 소명의식으로 계속 정진할 것입니다. 그리하여 동화 분과에서는 생활동화와 판타지 동화의 조화로운 발표의 장이 되게 하며, 신화의 섬 제주와 4·3이라는 아픈 상처의 섬 제주를 아동문학의 소재로 재조명해 나갈 것이며, 동시분과에서는 동시와 동요·동시조를 통하여 환경과 성을 주제로 하는 작품이 새로운 얼굴로 선보일 것입니다.

안희숙 독자들에게 하시고 싶은 말씀은?

김영기 누구에게나 가슴 한쪽에 묻어두고 때때로 들여다보는 어린 날 추억이 있지요. 그 애틋한 마음은 때론 상실에 대한 안타까움으로 때론 영원히 되돌아갈 수 없는 것에 대한 회원의 모습을 띠기도 합니다. 어쩌면 그것은 동심의 본질인 순수함·천진함을 지향하는 마음이 아닐까요? 그래서 아동문학을 동심의 문학이라고 합니다.

그리운 바다 성산포의 이생진 시인은 '시인이 썩지 않으려면 시심에 동심이 살아 있어야 한다. 누구나 동심을 유치하고 어리석다고 할지 모르지만 결국 그들은 그 유치하고 어리석은 일을 부러워하게 된다.'라고 했습니다. 예술은 그만큼 순진한 것입니다. 그 기저에는 동심에 의한 상상력이 자리하고 있기 때문입니다. 독자 여러분은 이러한 취지를 이해하고 문학작품을 대해야 할 것입니다. 저는 4·3 당시 초등학교에 입학한 후 연이어 6·25를 경험하였지요.

혼란과 전쟁을 겪은 당시의 어린이들은 전쟁놀이를 하고 군가를 부르며 자랐어요. 하지만 지금의 아이들은 우주를 향한 꿈을 키우고 있지요. 아동문학을 하는 이들은 이러한 어린이 세계의 변화를 늘 주의 깊게 바라보아야 할 것입니다.

제주 사범학교 시절 소암 현중화 선생에게서 서예를 배우기도 했던 저는 예능교과에 많은 관심을 가지게 됐습니다. 초임 때는 서예 교육에 힘쓰다가 그 후 글짓기 교육에 관심을 두고 특히 동시에 애정을 갖게 되었고 1980년대에 와서 본격적으로 창작활동을 시작했습니다.

첫 동시집 『날개의 꿈』과 『작은 섬 하나』에는 제주 섬을 소재로 한 섬 시리즈, 조랑말, 유채꽃 등을 다룬 연작시를 통해 제주도적인 면과 어린이들의 꿈을 담아내는 작업을 추구해 왔습니다.

그 과정에서 동시도 하나의 시이고 또한 문학의 장르임을 알게 되었습니다. 그래서 더욱 단단한 작품 구성력을 필요로 하는 것이 동시가 아닌가 합니다. 즉, 동시는 무조건 쉬운 것이라는 인식이 잘못되었다는 뜻이지요.

'어린이 시와 동시는 엄연히 구분되는 것'인데도 아이들에게 주는 글이라고 해서 안이한 자세로 창작하는 것도 경계해야 한다는 말입니다. 특히 이슬, 비, 구름 등 자연적인 소재들에만 국한

된 발상에서 벗어나야 할 때가 되었는데도 '아이들의, 생각과는
전혀 다른 곳에서 아동문학이 생산되는 게 아닌가.' 하는 생각이
들 때는 자신이 안타깝기도 합니다.

'4~50대의 사람들이나 이해할 수 있는 구시대적 발상으로 어떻
게 현대를 살아가는 아이들에게 꿈을 줄 수 있겠는가.' 하는 생각
입니다. 어쩌면 아동문학과 어린이들은 각각 다른 곳에 시선을
두고 평행선을 그으며 달려온 것은 아닐까 하는 두려움이 들기
도 합니다. 이제 동시문학이 겉핥기식의 자연이 아닌 자연 속의
생명을, 삶의 소리를 써야 할 때라고 말하고 싶습니다.

저는 초등학교에 재직하고 있었기에 독서지도에도 한 말씀 드리
고 싶습니다. 제가 어렸을 때만 해도 변변한 동화집 하나 구할 수
없었어요. 일본인에 의해 번역된 해외 명작이 고작이었지요. 그
래서 요즘 어린이들에게는 우리 고전부터 읽으라고 강조합니다.
우선 우리 민족의 정신과 얼이 담긴 전래동화와 창작동화를 먼
저 접해서 주체의식을 기른 다음에 세계명작을 읽는 것이 바른
순서이지요. 우리의 글로 읽는 우리 이야기야말로 주체의식과
민족적 자긍심을 키울 수 있는 지름길이기 때문입니다.

특히 학교에서의 독서교육은 가정으로까지 연결되기 때문에 학
부모들에게도 책 읽기가 바로 가장 좋은 공부이지요. 요즘은 핵
가족화로 외동이들이 많아지는 추세라 아이들이 귀염 속에만 자
라서인지 자기중심적이고 자기의 일을 남에게 의지하려는 경향
으로 보아 옛날에 비하여 조금은 심성이 나약해진 이런 어린이
들에게 미래에 대한 진취적인 기상과 의지력을 줄 수 있는 것 또
한 아동문학 역할의 하나라고 봅니다.

제가 1990년도 이후 동시조(童時調) 작업으로 우리 것의 정수를 천

착하는 데 심혈을 쏟는 이유는 우리 고유의 가락에 실린 전통의 맥을 어린이들이 느낄 수 있도록 하는 것은 어려운 과정이지만 뜻있는 작업이라 생각했기 때문입니다.

시에서 동시(童詩)가 나왔듯이 시조에서 동심을 추구하여 쓴 시조(時調)가 동시조(童時調)입니다. 시조는 우리 민족이 만들어 낸 고유하고 독특한 정형시입니다.

어느 나라든지 그 민족만이 갖고 있는 독특한 민족 문학이 있습니다. 일본의 '와카·하이쿠', 중국의 '절구', 우리나라의 경우는 700년 동안 발전해 온 '시조'를 들 수 있습니다.

시조는 정형시로서 일정한 형식이 있는 시입니다. 정형시로서하이쿠나 절구는 형식이 엄격하여 글자 수를 마음대로 바꿀 수 없습니다. 그러나 우리 시조는 종장 첫 마디는 석 자, 둘째 마디는 5~7자로 정해져 있을 뿐, 글자 수의 가감을 할 수 있습니다. 융통성이 많습니다. 마음대로 자신의 생각을 표현할 수 있는 폭이 그만큼 넓다는 이야기입니다. 이런 점에 미루어 정형시로서의 시조는 다른 나라의 어느 민족시보다 월등히 우수한 형식을 갖고 있다 할 수 있습니다. 그리하여 우리가 시조를 공부하는 까닭도 민족 문학으로서 시조에 녹아 있는 우리 민족의 정신을 이해하고 계승·발전시키며, 우리의 문화를 새롭게 가꿔 나가는 데 그 목적이 있습니다. 시나 소설이나 수필 등 타 장르의 창작활동, 그 기저에는 시조가 바탕이 되어야 한다고 봅니다.

안희숙 그 외 하시고 싶은 말씀(간략하게)이 있다면요.

김영기 2003년 정년퇴임하고는 모교인 광양교와 퇴임교인 남광교에서 글짓기 교실(특기적성)을 열어 어린이들과 학부모님들에게 글짓기 지도를 계속하다가 요즘에는 제주교육 문화원 금빛 봉사 단원으로 공부방까지 지도 범위를 넓혀 독서와 논술 지도를 겸하고 있습니다.

요즘 어린이들을 보면 독서보다도 게임이나 만화 등에 빠져 있습니다. 어린이 문화가 저급화되어 가고 있지요. 즉, 오락 게임, 지나친 텔레비전 시청 등 감각적이고 말초적인 오락 위주의 것으로 치우치고 있다는 말입니다. 대중매체에 끌려가거나 그대로 흡수되어 자기의 생각은 없어지고 주체성이나 판단력을 상실하여 간다는 말이지요. 따라서 어린이의 문화를 고급화시킬 필요가 있는 것입니다. 그 길은 바로 독서 분위기를 활성화시켜 책 읽기에 힘쓰는 것입니다. 앞으로 저는 어린이의 문화를 고급화시키는 데 미력이나마 보탬이 되도록 하겠습니다.

안희숙 문인의 사명에 대해 한 말씀 해주세요.

김영기 요즘은 영어 바람이 거세요. 외국어의 광풍이라 할 만합니다. 세계 여러 나라와 관계를 유지하려면 그 소통의 수단으로 영어(외국어)는 필수적입니다. 하지만 언어는 전달 도구일 뿐만 아니라 그 민족의 정신과 영혼이 내포되어 있기 때문에 영어에 몰입한다는 것은 우리 영혼을 버리는 위험이 뒤따르게 마련입니다. 주체를 잃고 다른 나라의 언어 속에 들어가 객체로 떠돌게 된다는 말입니다. 시인 고은 선생에 의하면 우리말과 글 지키기에 대하여 다음과 같이 결론짓습니다. 즉, 우리 문인은 우리말을 가장 아름답게 가꾸고 지켜서 오늘과 내일의 삶의 양식에 기여하는 일이라고…. 『논어』 위정편(爲政篇)에 '시 삼백 편은 한 마디로 말해서 그 생각에 사악함이 없다'(詩三百 一言而蔽之 曰思無邪)라는 말이 있습니다. 사무사를 글자 그대로 풀이하면 '생각함에 나쁜 마음이 없다'라는 것을 말하는데, 시작품 속에서 의미를 파악하면 시의 소재를 말하는 것이 아니라 시 정신을 의미하는 것이라고 봅니다. 즉, 생각함에 나쁜 마음이 없는 것은 시 정신을 두고 말하는 것이며 이때의 시 정신이란 바로 시를 짓는 시인의 정신을 일컫는 것이지요.

안희숙 끝으로 제주문학상 당선 소감을 말씀해 주세요.

김영기 영광스러운 제주문학상의 수상을 전해 왔을 때 남다른 기쁨이 있었습니다. 그 기쁨에는 나름대로의 몇 가지 이유가 있습니다.

첫째, 제주아동문학에 정당한 평가를 해주신 데 대한 기쁨입니다. 아동문학은 동심의 문학입니다. 이에 제주문단에서도 아동문학에 관심을 두어 타 장르와 동등하게 대하고 평가함은 물론 비인기 장르인 동시 부문에 활력을 넣어 주시니 앞으로 그 지평을 넓히는 데 큰 힘이 될 것입니다.

둘째, 저 개인적으로 볼 때 아동문학에 뜻을 둔 지 만 30년 만의 경사입니다. 1980년 이전 아동문학의 불모지인 제주에 아동문학의 텃밭을 일구고 씨를 뿌려 오늘의 제주아동문학협회로 발전시킨 주역의 한 사람임을 인정하여 주시고, 특히 미개척 분야인 동시조를 평가했다는 데서 국민문학이며 겨레의 시가라는 시조의 발전을 위해서도 참으로 다행스러운 일이라 생각합니다.

셋째, '우리의 시는 시조다'라는 기치 아래 이 지역에 동시조를 보급하고 확산시켜 나가는 데 저의 자부심과 보람이 있습니다. 여기에는 동심을 잃지 않고 실천하는 동료 아동문학인들의 도움이 있었기에 가능했다는 것을 말씀드리면서 기쁨을 함께 나누고 싶습니다. 끝으로 오늘의 이 영광을 안겨준 심사위원님께 고개 숙여 감사드리며, 앞으로 제주문학상의 전통에 누가 되지 않도록 제주문협과·아동문학(시조)의 발전에 힘쓸 것입니다.

감사합니다.

상상의 언어 속에
재미와 감동을 주는 동시조

『참새와 코알라』 북토크

일시: 2018. 12. 9. 오후 6시/ 장소: 제주문학의 집/ 진행: 조한일

조한일 선생님께서는 아동문학을, 그것도 동시조를 택한 특별한 이유라
도 있으십니까?

김영기 아동문학을 특기로 선택한 데에는 사연이 있습니다. 당시 제주
사범학교에는 한문과 시에 담당교사로 소암 현중화 선생님이 계
셨는데 서예를 배우려는 제자가 많았지요. 나도 한 축 끼여 서예
에 몰입하고 탐라문화제(당시 한라문화제)에 대표 선수로 출전하였
습니다. 결과는 최고상을 놓쳐버린 불만과 자만으로 그 후 붓을
꺾어버리고, 아동화를 했지요. 사생대회 때마다 어린이들을 인
솔하며 그림지도를 하는 게 낙이었습니다. 그뿐만 아니라 웅변,
아동극, 합창·합주, 시 낭송 지도 등은 담임의 몫이었지요. 당시
초등교사는 백공이었습니다. 그러다가 학교신문을 발간하면서
동시작품의 필요성을 느끼고 동시 공부를 한 것이 아동문학의
시작입니다. 그러면서 동창들의 면면을 보니 서예엔 누구, 합창
엔 누구, 아동화엔 누구, 다 한자리씩 차지하고 두각을 나타내고
있더라고요. 미개척 분야가 아동문학인데 동화엔 박재형 선생이
있어 동시를 공부해야겠다고 결심한 겁니다. 동시조는 아무도
하지 않으니 누구라도 제주의 동시조를 발전시켜야 한다는 어떤
사명감 같은 것이 있었던 거지요.

조한일 시집 표제를 '참새와 코알라'로 한 까닭을 듣고 싶습니다.

김영기 우리 집 마당에 암수 두 그루 종려나무가 있는데 바람이 불 때마

다 이파리를 퍼덕이는 게 "우리에게도 날개를 달아주세요." 하는 외침으로 들렸습니다. 그래서 어린이들도 "꿈의 날개를 달아보렴." 하며 그걸 선물하고 싶은 마음에서 표제를 '날개 달아주는 바람'으로 하고 싶었습니다.

그런데 동시조는 문학성보다 재미가 우선되어야 한다는 제약에 걸려 '참새와 코알라'를 놓고 표결에 붙인 결과 다수의 어린이들이 '참새와 코알라'를 선호하여 그리 정했습니다. 좋은 동시조집을 만들기 위해서는 표제도 이름이나 상호처럼 상징성이 있어야 한다는 걸 깨달았고, 그에 앞서 동시조는 어린이 독자에게 재미를 주어야 한다는 걸 『참새와 코알라』가 입증한 예라 하겠습니다.

날개 달아주는 바람

꽃씨들은/ 봄바람에/ 날개를 달고 싶대./ 낙하산 띄워주듯/ 고마운 봄바람이// 훨훨훨 높은 하늘로 민들레 씨 날려요./ 가랑잎은/ 갈바람에/ 날개를 달고 싶대./ 비행접시 띄워주듯/ 신나는 갈바람이// 후르르 참새 떼처럼 가랑잎을 날려요.// 푸드덕 푸드덕/ 날갯짓하는 나무./ 공작새 날개 닮은/ 우리 집 종려 잎새.// 언제면 하늘로 훨훨 날아가게 될까요?

참새와 코알라

참새는 잠이 없는/ 우리 아기 별명이죠./ 새벽에 '으앙' 울면 / 짜증내는 울 아빠// 내게는/ 아침을 여는/ 귀여운 아기 참새.// 잠만 자는 코알라는/ 우리 오빠 별명이죠./ 공부에 지쳤는지/ 이불 속에 꾸물꾸물/ 단잠을/ 더 자고 싶은/ 코알라 꼭 닮았어요.

조한일　49쪽 「먼지는 개구쟁이」에서 먼지를 개구쟁이로 표현할 수 있다는 게 정말 동심이 아니면 어려울 것으로 보입니다. 꼭꼭 숨어 '나 찾아봐라!'라던가 "화들짝 놀라"기도 하는 모습이 실제 개구쟁이 모습 그대로인 것처럼 보입니다. 어떻게 이런 발상을 하셨는지 설명 부탁드립니다.

김영기 "아이들이 창조적일 수 있을 만큼 자유로운 것은 놀이다."라는 말이 있듯이 어린이의 생활은 놀이, 그 자체라고 하여도 과언이 아닐 것입니다. 술래잡기, 숨바꼭질 등이 사라져 고전이 돼버렸다 하지만, 놀이터의 놀이기구나 가전제품을 사용해서라도 친구와 어울려 실컷 노는 상상의 날개를 펴야 바른 성장이 이루어지지 않을까 하는 염원을 담고 진공청소기와 먼지를 술래잡기, 숨바꼭질에 비유하여 써 본 것입니다. 일찍이 피아제는 아동의 인지발달 단계에서 '물활론'을 언급하였습니다. 부연하면, 생명이 없는 대상에 생명을 부여하여 인격체로 받아들이는 아동의 사고를 말하는 것입니다. 동시를 쓸 때 이 점을 활용하면 아동 심리 파악에도 큰 도움이 되었음을 글쓰기 수업을 통하여 확인할 수 있었습니다.

먼지는 개구쟁이

풀풀풀 날릴 때는/ 뵈지 않은 먼지가/ 함박눈이/ 나뭇잎에/ 사뿐사뿐 앉듯이// 앉아야 부옇게 뵈네./ 창틀마다 소복이.// 벽시계 위에도/ 올라앉아 있겠지?// 꼭꼭 숨어/ '나 찾아봐라!' 놀리고 있겠지?/ 청소기 '잉웡' 소리에/ 화들짝 놀란 주제에.

조한일 94쪽 「귀라는 문」에 "자물쇠 하나만 있다면 '찰칵' 닫고 싶은 문"이라는 표현이 있는데 어떻게 보면 우리 아이들에게 좋지 않은

제주아동음악연구회 동요작곡집 제1집
「바람이 한 일」(1996. 12. 1.)
「마중길」, 「목련」, 「저녁매미」 등
3편의 동시가 수록됨

말과 소리가 들린다는 안타까
움을 나타낸다고 볼 수 있는데
요. 선생님이 보시기에 애들의
귀를 즐겁게 해주려면 어떻게 하면 좋을까요?

김영기 동시조를 지도한다면 외면하던 학부모도 논술지도를 한다니 환
영했습니다. 그래서 동시조를 논술 형식에 맞게 한 편의 시를 읽
고 '제목 찾기' 수업을 하며 한 편의 시에 동원된 시어(낱말)를 찾는
활동을 하여 보았습니다. 그러다 보니 제목 찾는 학습이 수수께
끼 놀이와 비슷한 겁니다. 그런 자료를 개발하여 한데 묶어 수수
께끼 놀이로 동시조 쓰기를 하였더니 재미없던 동시조 공부에
활기를 띠기 시작했습니다.

영국의 비평가 헤즐릿이 '시는 상상의 언어'라고 말하였듯이 상
상의 소산물인 시는 참신성과 독자성을 생명으로 합니다. 과학
은 어떤 사물이나 현상 등을 지적이고 이성적인 의미로 파악하
지만, 시나 동시는 상상력으로 파악합니다. 따라서 훌륭한 시나
동시를 쓰기 위해서는 훌륭한 상상력이 필요한 겁니다. 우리가
한 편의 동시를 읽으면서 재미를 느끼고 즐거움을 얻으며 긴장
하게 하는 것 중의 하나가 바로 이 상상력 때문입니다. 상상력은

독자들에게 논리적으로 하나하나 설명하는 것이 아니라, 생략하고 건너뛰게 하는 힘을 가지고 있기 때문에 동시조 형식에 잘 부합됩니다. 이로써 능히 즐거움과 감동을 독자에게 줄 수 있을 것으로 봅니다.

귀라는 문

언제나 열려있지만/ 사람은 들어올 수 없고/ 친구의 말소리/ 새 소리만 드나든다.// 엄마의/ 칭찬 들어와/ 내 마음 밝아지는 문./ 웃음소리 노랫소리/ 뒤를 따라 살금살금// 울음소리 욕하는 소리/ 싫지만 들어온다.// 자물쇠/ 하나만 있다면/ '찰칵' 닫고 싶은 문.

조한일 앞으로 어린이들을 위해 어떤 세상이 왔으면 하고 바라시는지 특히 동시조를 쓰시는 입장에서 말씀 부탁드립니다.

김영기 어린이는 어린이답게 자라나야 한다는 것은 불변의 진리라고 생각합니다. 그러기 위해서는 21세기를 살아 갈 주인공으로서 그들 나름의 '고급문화'를 창조해 나가야 합니다. 어린이 문화란 여러분의 생활 자체를 지칭하는 말입니다. 예를 들면 어린이들의 정신적 가치를 도와주는 독서, 운동, 예능 공부 같은 것들입니다. 이런 것들을 고급문화라고 할 수 있습니다. 이에 반하여 육체적 쾌락과 물질에 대한 욕구를 만족시켜주는 짜릿한 오락이나 게임 같은 저급한 문화도 있습니다. 어린이들이 좋은 책을 읽으며 자기가 생각한 바를 글로 써보는 공부는 고급문화를 이루어 가는 데 도움이 되는 것입니다.

"마음에 시를 지니고 사는 사람은 가슴에 꽃을 꽂고 사는 사람이다."라는 말이 있듯이 어린이 고급문화 유형 중에도 특히 동시조 제주어 노래집 『돌하르방 선생님의 웃당보민』
「참새와 코알라」가 수록됨

를 사랑하고 향수하도록 지도
하여 나갈 것입니다.

그러기 위해서는 집에서는 집

짐승도 기르고 꽃도 가꾸며 가족 간의 사랑스러운 대화를 나누
는 일 등 자그만 일상이 어린이 고급문화를 이루는 바탕이 되리
라 생각합니다.

끝으로 아동문학의 주 독자는 어린이이기 때문에 한 편의 훌륭
한 동시조가 어린이의 새로운 삶의 발견으로 기쁨을 줄 것이며
정서 함양에 도움을 줄 것입니다. 아울러 인간성 상실의 시대를
살아가는 어른들에게도 잠재된 동심을 불러일으켜 자신과 이웃
을 돌아보며 힐링하는 마음의 안식처를 제공해 주리라는 기대를
갖게 합니다. 그런 의미에서 동시조는 형식과 내용의 다양화를
추구하는 가운데 개성이 담긴 작품을 생산함으로써 문학적 향기
가 자연스레 배어들도록 하여야 할 것으로 봅니다. 그리하여 나
는 기해년 복돼지 해를 맞아 제주올레 걷기를 하며 향토성과 상
징성을 살리는 "탐라가 탐나요 '관광제주 時調' 100편을 담은 동
시조집을 출간할 것입니다.

제주동시조
텃밭을 가꾸는 시인

대담: 한국아동문예작가회 이사장 박종현

《아동문예》작가 탐방 2019년 1·2월호(제44권 통권 432호)

박종현　안녕하세요? 먼저 제2회 '새싹시조문학상' 수상을 축하합니다. 등단 후 동시를 써오다가 근간에는 동시조를 쓰시면서 '시조교실'을 열고 우리 시조 지도에 열심인 걸로 알고 있는데 자세한 경과를 말씀해 주세요.

김영기　축하해주셔서 감사합니다. '새싹시조문학상'은 《어린이시조나라》(발행인 서관호)에서 2017년에 시행되어 올해로 두 번째입니다. 어린이들에게 시조를 가르치는 데 공이 큰 사람을 대상으로 하고 있습니다. 이 상이 저에게 주어진 것은 제주아동문학협회에서 해마다 실시하는 '찾아가는 아동문학교실'에서 동시조 강의를 한 것과, 2015년 제주시조시인협회 회장직을 맡으면서 '찾아가는 시조교실'을 열고, 2018년 현재 21개교를 방문하며 시조를 보급·확산시켜 왔는데 그것을 높이 평가한 게 아닌가 합니다. 지도 실적과 창작활동을 놓고 따지자면 저보다 훨씬 훌륭한 분들이 많은데 그분들에게 죄송한 마음입니다.

박종현　시조 보급을 위하여 수수께끼 놀이를 하면서 동시조를 쉽게 쓰게 할 목적으로『아하, 동시조 수수께끼!』를 펴내셨는데 지도 자료로서 활용하면 학습효과가 좋을 것으로 판단됩니다. 이 자료 하나만으로도 상을 받기에는 충분하다고 보는데요. 실지로 적용해본 결과는 어떻습니까?

김영기　좋게 봐 주시니 고맙습니다. '삶과 문학'에 자세히 언급하였습니다만 어린이 놀이 자체가 학습이고 학습이 놀이라고 한다면, '도움 수수께끼' 자료는 학습동기를 유발하는 데 최적이었습니다. 그로써 『아하, 동시조 수수께끼!』는 생소한 시조에도 부담 없이 접근시킬 수 있는 길을 열었다고 자평해봅니다.

박종현　2008년 5월 1일에는 '한국동시문학상'을 받은 걸로 기억되는데 딱 10년 만이로군요. 그 후 건강이 안 좋다는 말을 전해 들었는데 요즘은 어떻습니까?

김영기　예, 벌써 강산이 바뀐다는 10년이 지났습니다. 그때 멀리 목포에서 오신 김재용 선생님의 축하를 잊을 수 없습니다. 퇴임하고 어떤 운동을 하시냐고 묻기에 "어린이 운동합니다." 하여 웃었던 겁니다. 건강 잘 챙기시라는 덕담을 받고 돌아와 11월에 막내 결혼시키고, 또 제주문협에서 실시하는 일본 큐슈 문학기행 다녀오며 호사를 누렸는데 12월에 들어서자 호사다마를 입증하듯 덜컥 담석에 걸리고 말았습니다. 남들은 수술받으면 괜찮다 하며 그것도 병이냐 하는데, 나는 6개월 만에 재수술받고, 그 후 5년 새에 시술 2번을 받으며 오늘에 이르고 있습니다.

박종현　막내 혼사를 얘기하니 생각나는데 며느님도 《아동문예》 출신이지요?

김영기　그렇습니다. 자식 자랑은 팔불출의 하나라는데, 그래도 자식 자랑을 해야 될 것 같습니다. 우리 며늘아기(김미애)는 2009년에 '아동문예문학상'과 2011년 '새벗문학상' 동시 부문에 당선되더니 2013년에는 '황금펜아동문학상' 동화 부문에 당선되어 당당히 아동문학가로 나선 것입니다. 내가 50년 걸려도 못 해낼 일을 5년 내 해낸 것이지요. 그에 먼저 딸내미가 마산에서 유치원 원장으로 있어 동화작가가 되면 교육에도 도움이 되고, 내 뒤를 잇는다는 뜻도 있으니 그러기를 은근히 바랐건만 대학 강의에만 신경을 써 뜻을 이루지 못하던 차였습니다. 그런데 며느리가 단번에 소원을 풀어줬으니 참으로 기쁘고 행복한 일이 아닐 수 없습니다.

박종현 제주에는 동시를 쓰는 《아동문예》 출신 작가로 장승련, 이소영, 박희순, 강학로, 양길주, 김정희, 김옥자, 김정련, 김익수 시인 등등이 선생님의 영향을 받은 걸로 알고 있는데 요즘엔 후진 양성을 위하여 어떤 일을 하십니까?

김영기 저의 영향을 받았다는 건 과분한 말씀이고 각자 아동문학에 뜻을 두어 나름대로 노력한 결과를 얻은 분들입니다. 앞으로 중추적 역할로 제주아동문학협회를 이끌어 갈 분들이어서 믿음이 가든든합니다. 그러나 근간에는 아동문학에 뜻을 두어 도전하려는 인재와 재원이 귀하여 이대로 10년 후면 아동문학협회가 노인문학회가 될 것 같아 걱정이 앞섭니다. 그래서 '찾아가는 시조 교실' 해당 학교 문예담당 선생님들과 대화하면서 입회를 권하여 봤지만 80년대 역동적이며 고무적인 당시 분위기를 찾아볼 수 없습니다. 아예 관심이 없는 것처럼 보이니 딱한 일입니다.

박종현 선생님 삶과 문학의 적바림을 보면 '삼상'이란 말을 '파워스팟'(pawer spot)으로 풀이하고 있는데 바로 제주아동문학의 산실이라 할 수 있는 우도(소섬)가 아닌가 해요. 우도에 얽힌 에피소드를 들려주세요.

김영기 우도초(당시 연평초) 교사 근무 시절에 북제주교육청의 초등 국어연구회장을 했습니다. 또 아동문학 연구회 총무(지금은 사무국장)로 일하며 아동문학에 대한 열정을 불태울 때였습니다. 같은 회원이던 박재형 선생을 여기서 만났지요.

등단에 얽힌 이야기는 이미 했으므로 생략하고, 지금 회원들은 까맣게 모르는 이면사 하나를 밝힐까 합니다. 연간집 창간호『새벽』을 어렵게 출간하고 붙인 김에 동화집을 내자는 박 선생의 건의를 받아들여 추진하고, 출판사의 교정까지 다 보았는데, 출판비 갹출 단계에 회장이 소극적으로 대하니 선장 없는 배가 되어 자연히 좌초될 수밖에 없었던 일입니다. 그때 일을 생각하면 아쉬움이 큽니다.

이러한 국어 서클과 아동문학에 쏟는 열정을 높이 평가하고, 특히 도서 벽지에 근무하는 교사를 우대하여 1982년 유럽 4개국과 동남아 2개국 해외 연수에 선발됐다는 건 우도가 나에게 베풀어준 두 번째의 은혜입니다. 교장 승진이 되면서 다시 인연을 맺으니 나의 '파워스팟'은 우도에 있다 할 것입니다. 나는 제주 태생이지만 바다의 속살을 몰랐고, 해녀에 대해서도 관심이 없었습니다. 내가 태어난 동광양은 산촌도 어촌도 아닌 빈한한 농촌이었기 때문입니다.

우도에 4년을 살면서 비로소 바다낚시도 해봤고, 해녀 작업장 불턱도 무엇인지 알게 되어 바다에 대한 동시를 쓰게 되었습니다. 《아동문예》 신인문학상 당선작 「등대」를 비롯해서 두 번째 동시집『작은 섬 하나』와 첫 동시조집『소라의 집』과 두 번째 동시조집『친구야, 올레로 올래?』는 모두 우도를 배경으로 하여 생산된 시편으로 짜였습니다.

박종현 옛날 사범학교는 일선에서 필요한 예·체능 교육에 중점을 둔 걸로 알고 있는데, 선생님께서는 아동문학을 그것도 동시조를 택한 특별한 이유라도 있으십니까?

김영기 아동문학을 특기로 선택한 데에는 사연이 있습니다. 당시 제주 사범학교에는 한문과 서예 담당교사로 소암 현중화 선생님이 계셨는데 서예를 배우려는 제자가 많았지요. 나도 한 축 끼여 서예에 몰입하고 탐라문화제(당시 한라문화제)에 대표 선수로 출전하였습니다. 결과는 최고상을 놓쳐버린 불만과 자만으로 그 후 붓을 꺾어버리고, 아동화를 했지요. 사생대회 때마다 어린이들을 인솔하며 그림 지도를 하는 게 낙이었습니다. 그뿐만 아니라 웅변, 아동극, 합창·합주, 시 낭송 지도 등은 담임의 몫이었지요. 당시 초등교사는 백공이었습니다. 그러다가 학교신문을 발간하면서 동시작품의 필요성을 느끼고 동시 공부를 한 것이 아동문학의 시작입니다. 아동화의 개념화 나파는 동시 쓰기의 창의성(다르게 쓰기) 신장에 도움을 주기도 했습니다.

그러면서 동창들의 면면을 보니 서예엔 누구, 합창엔 누구, 아동화엔 누구, 다 한자리씩 차지하고 두각을 나타내고 있더라고요. 미개척 분야가 아동문학인데 동화엔 박재형 선생이니 동시를 공부해야겠다고 결심한 겁니다. 그중에서도 동시조는 아무도 하지 않으니 누구라도 제주의 동시조를 발전시켜야 한다는 어떤 사명감 같은 것이 있었던 거지요.

박종현 앞으로 선생님의 작품 주제와 앞으로 쓰고 싶은 동시에는 어떤 것이 있는지요?

혹시 특별한 행사(이벤트) 같은 계획은 없는지요?

김영기 서두에 우리 시조를 강조한 바와 같이 앞으로도 동시조 쓰기와 지도에 진력하고 싶습니다. 금년엔 연시조집『참새와 코알라』를 제주문화예술재단의 지원금으로 펴내었지만 내년에는 시조의 본령인 단시조집으로『꽃잎 밥상』을 지원금으로 펴내고, 제주교육박물관 지원으로는 '제주도 올레길 21코스를 답사하면서 시 쓰기를 하는'『탐라가 탐나요』라는 제목으로 관광지 사진도 곁들인 단시조집을 펴내려 합니다. 그리고 21단계별 동시조 쓰기 교본도 부록에 넣을 계획입니다.

2020년은 만 나이로 80세를 맞는 해로서 '팔순 기념 시조시집'을 펴내어 자녀들의 축하를 받으며 출판 기념회를 갖고 싶습니다. 지금까지 시조집으로 2010년에 고희 기념『갈무리하는 하루』와 2016년 회수 기념『내 안의 가정법』이라는 시조집을 상재하기도 했지만 출기념회를 갖지 못했습니다.

박종현 꼭 그렇게 '팔순 기념 시조시집' 출판기념회가 이뤄지기를 빌겠습니다. 끝으로 아동문학을 하는 동료나 후배들에게 하고 싶은 말씀은?

김영기 아동문학을 하는 동료에게 한마디한다면 '시 사랑·동심 사랑'을 말하고 싶고, 퇴임을 앞둔 후배들에게는 봉사활동 뒤에 오는 기쁨, '헬퍼스 하이'(helpers' high)를 내 경험에 비춰 전하고 싶습니다. 지금은 '제주금빛평생교육봉사단'이 아쉽게 해체되어 버렸지만 봉사단의 일원으로 활동할 때, 국민행복 시대의 '힐링'운동에 발맞춰 '시사랑 운동'을 전개하면서 '파블로 네루다'의 시를 소개한 적이 있습니다.

'나였던 그 아이는 어디 갔을까/ 아직 내 속에 있을까/ 아니면 사라졌을까'라는.

시인은 왜 어렸을 적 나를 찾고 있는 걸까요? 시를 즐기고 이해하면 다른 세상이 보이고 들리게 된다고 해서 시를 통하여 퇴색하며 사라져간 동심을 찾고자 함이 아닐까요. 누구에게나 가슴 한쪽에 묻어두고 때때로 들여다보는 어린 날 추억이 있습니다. 어쩌면 그것은 동심의 본질인 순수함·천진함을 지향하는 마음이 아닐까요? 그래서 아동문학을 '동심의 문학'이라고 합니다.

그리운 바다 성산포의 이생진 시인은 "시인이 썩지 않으려면 '시심'에 '동심'이 살아 있어야 한다."라고 했습니다. 어른이 되면 누구나 동심은 유치하고 어리석은 것이라고 여기다가 노후엔 그 유치하고 어리석은 동심을 찾게 되고 부러워한다는 겁니다. 그 기저에는 동심에 의한 '상상력'이 자리하고 있기 때문입니다. 우리는 이러한 취지를 이해하고 '시 사랑·동심 사랑'으로 자신의 심신 노화(썩음)를 극복해야 하겠습니다.

다음은 자원봉사에 대한 소견입니다. 요즘은 재능기부라는 말을 여러 가지로 쓰고 있어 그 종류와 방법도 다양함을 봅니다. 내가 하는 자원봉사도 '글쓰기(짓기)'를 가르치는 것이니 재능기부의 하나라고 보겠습니다.

항간에 달리기를 즐기는 사람들이 종종 경험하는 러너스 하이(runners' high) 또는 러닝 하이(running high)라는 현상이 있다 합니다. 30분 이상 달리기를 계속할 때 찾아오는 행복하고 고양된 기분을 말합니다. 이처럼 남을 도울 때도 행복감·만족감을 느끼는데, 그 기분을 '헬퍼스 하이'라 합니다. 이것이야말로 '러너스 하이'보다 훨씬 가치 있는 경지라고 세간의 자원봉사자들이 입을 모으고 있습니다.

이처럼 아동문학을 하는 동료나 후배들이 '헬퍼스 하이'로써 행복해지고, 한 줄의 시로써 생의 치유가 되는 삶을 바란다는 마음을 전하고 싶습니다.

박종현 대담에 응해주셔서 대단히 고맙습니다. 앞으로 '제주 동시조' 발전에 더욱 힘써주시고, '헬퍼스 하이'로 건강도 잘 챙기면서 보람 있는 나날을 영위하시기 바랍니다.

작가는 작품으로
말한다

제주문협 2019 여름창작교실

일시: 2019. 8. 14. 오후 2시/ 장소: 금릉 청소년수련원/ 진행: 양민숙

양민숙 만남의 인사 말씀을 해주세요.

김영기 저는 아동문학분과 김영기입니다. 1984년 등단하여 제주아동문학협회와 연륜을 같이하고 있습니다. 저의 삶과 문학의 일면을 밝히는 자리를 통하여 제아협의 연혁을 곁들여 소개하게 된 것을 큰 영광으로 생각하며 지명하여주신 제아협 회장님께 감사드립니다.

양민숙 선생님은 제주아동문학의 원로로서 아동문학의 탄생에 중추적 역할을 하셨다는 말을 들었는데 그 과정은 어떠했는지 또 그것은 작가로서 어떠한 의미를 갖는지 간략히 말씀해주세요.

김영기 1970년대 제 교사 시절은 아동문학가를 꿈꾸던 시절이었습니다. 그 열망은 1979년도 말 당시 북제주군 교육청에 건의하여 문예교육 서클로 나타나게 되었습니다. 1980년 초 문예교육 서클을 발기하고 정관에 서클의 명칭을 '아동문학 연구회'로 하였습니다. 당시 교과연구회는 도구교과를 위시하여 음악, 미술, 체육 등 서클이 운영되고 있었는데 서예와 아동문학만이 교과 명칭을 쓰지 않고 회칙도 비슷하게 하여 운영되었던 것이 특징입니다. 당시 회원들의 분위기는 국어교과 연구회 또는 문예 서클 등을 희망하는 것 같았고 생소한 '아동문학'에 대하여서는 소극적인 반응을 보였습니다. 초창기 가입 회원 거의가 탈퇴한 것으로 미루어 보아 이를 짐작할 수 있습니다. 이대로 가다가는 제주에 아

동문학회 창립이 어려우리란 절박감으로 추진에 박차를 가했습니다. 이렇게 미숙하고 어려운 여건 속에서나마 '아동문학회'란 명칭을 달고 1980년 2월 26일 고고지성을 지르며 오늘의 제주아동문학협회가 탄생하게 된 것입니다.

당시 타도의 경향을 살펴보면 60~70년대에 이미 아동문학회나 협회가 창립되어 있었는데 제주 지역은 80년대에 이르러서야 그 뿌리를 내렸으니 족히 20년은 늦깎이인 셈입니다. 그래도 어렵게 창간호인 『새벽』을 북제주군 교육청 지원금으로 출간했는데 창간호에 작품을 발표한 회원 15명 중 현재 4명(김영기, 박재형, 장승련, 오수선)이 창립회원으로 끝까지 남아 제주아동문학협회를 이끌며 활발한 문학 사업을 펴는 데 힘쓰고 있습니다. 이처럼 저는 제주아동문학의 산파 역할을 했던 것으로 자부하고 있는데 이제와 돌이켜보면 이는 제 생애에 그 어떤 것에도 비할 수 없는 소중하고 보람찬 일이었다고 생각됩니다.

양민숙 제주에서 아동문학을 한다는 건 어떤 의미일까요?

김영기 70년대를 회고하여 보면 그때만 하더라도 제주는 낙도로서 교통상의 불편함과 정보의 취약성으로 독학의 어려움이 많았다는 것은 타 장르의 사정도 마찬가지라 생각되지만 특히 아동문학 동시의 경우 예를 들어보면 시내 서점에서 동시집 한 권을 구하기 어려웠던 때를 기억하게 합니다. 그러니 사람은 서울로 말은 제주로란 말을 실감하게 했던 것입니다. 요즘 대가 반열에 오른 송재찬 동화작가가 고향인 신촌에 묵혀 있었더라면 어떻게 되었을까를 생각해보게 하는 대목입니다.

그러나 문화의 21세기를 맞이하매 그 말도 진리는 아닌 듯합니다. 제주 토박이인 박재형, 고운진 작가는 고향을 지키면서도 제

몫을 톡톡히 다 해내고 있으니 말입니다. 이는 주머니 속 송곳은 아무리 감추려 해도 뾰족이 그 실체를 드러낸다는 말과 같이 "작가는 작품으로 말을 해야 한다."라는 명제를 실증해 주는 한 사례라 하겠습니다.

우리 회원 중에 이어산, 장한라 회원은 타도에서 제주에 와 출판 사업을 하고 있지 않습니까? 70년대에는 상상도 할 수 없었던 일입니다. 그런 의미에서 본 출판사가 오래 창성하도록 응원과 축하의 박수를 드려야 하지 않을까요.

두 번째는 "가장 제주도적인 것이 가장 세계적이다."란 말을 되씹어보게 합니다.

왜냐하면 2000년대에 들어 제주도는 유네스코(UNESCO)가 인정한 자연과학 분야에서 3관왕을 달성한 세계 유일의 지역이 되었으며, 제주 칠머리당 영등굿이 세계무형문화유산으로 등재되는가 하면 '제주 밭담'이 중요농업유산으로, '해녀 문화'는 인류무형문화유산으로 되었습니다. 이는 가장 제주도적인 것이 세계적인 것으로 자타가 공인하는 우리 모두의 자랑이며 보물인 것입니다. 그래서 이것을 문학 소재의 보물이라고 강조하고 싶습니다. 저의 초창기 작품에 '조랑말', '밭담' 등 연작시가 나오고 '해녀'에 대한 단시조가 있는데 그때는 무형문화유산 또는 농업유산으로 지정되는 위대한 결과가 있으리라고 예측하지도 못했지만 그래도 그 평가의 기저를 이루는 데 일조를 하지 않았나 하는 자평을 해 보게 합니다. 특히 동화 작가 회원들이 제주 설화를 비롯한 가장 제주적인 것을 소재로 창작에 힘쓰고 있음은 매우 고무적이라 하겠습니다.

양민숙　선생님께서는 아동문학, 그중에서도 취약 분야인 동시조 지도에 힘써 모교인 광양초에서 자원봉사 활동을 하고 계신데 그에 대한 특별한 사유라도 있으십니까?

김영기 시조는 우리 민족이 만들어낸 고유한 정형시지요. 우리 것이기 때문에 아끼고 사랑해야 해요. 그리고 자랑스럽고 귀한 문화유산으로 발전시켜 나가야 한다고 봅니다. 1992년 선흘초등학교에 교감으로 근무하면서 본격적으로 동시조 지도를 시작하였습니다. 우선 시조에 대해서 한 말씀 드린다면 자유 시인들은 흔히 시조의 정형률을 사고의 제약과 구속이라 비판하는 걸 봅니다. 이에 대해 저는 우리가 살아가는 과정에 가정이라는 관계의 얽힘이 시조와 같다고 봅니다. 가정이라는 울타리의 제약이 있지만 대화와 사랑으로 조화를 이루어 행복을 가꾸어 가는 것처럼 시조도 정형이라는 규제 속에서 무한한 자유를 누릴 수 있다고 보는 겁니다.

혼히 시조에 대하여 '국민 문학이다', '민족의 시다', '우리 시다' 등으로 말들은 하지만 대부분이 관심 밖입니다. 특히 동시조에 대해서는 더 그렇습니다. 일본의 단시 하이쿠는 세계적이라 하는데 우리 시조는 그러지 못하고 있습니다. 이에 미개척 분야인 동시조를 보급·확산하는 데 앞장서 우리 고유의 가락에 실린 전통의 맥을 초등 어린이부터 느낄 수 있도록 하여, 민족의 정체성과 민족혼을 일깨우는 것입니다. 그렇게 하는 것이 아동문학인으로서 책무의 하나라고 보았기 때문입니다.

양민숙 찾아가는 아동문학교실 등 아협 사업 활동도 활발한 것으로 보는데 활동상 시행착오적인 것은 없었는지 참고로 말씀해 주시고 앞으로의 특이한 계획이 있으면 소개해 주십시오.

김영기 제주 아협의 활동으로 특이한 것은 2019년 현재 해거리 없이 연간집 38호를 발간한 것이고, 22회 찾아가는 아동문학 교실을 운영하였다는 것입니다. 그러나 저 개인적으로는 43년간의 교직 생활 중 참회해야 할 것이 있는데 그 하나가 '제주어 금기' 교육을 실시했다는 것이고, 그 두 번째는 시조를 몰랐다는 겁니다. 먼저 당시는 '제주어'를 제주사투리라 하여 열등하고 저속한 언어로 취급하여 사용을 부끄럽게 생각하였던 것입니다. 가장 제주적인 제주어 가치를 몰랐던 무지의 소치인 겁니다. 그래서 퇴임 후 잘못을 속죄하는 마음으로 제주어를 작품화에 힘쓰는 한편 탐라문화제 행사의 하나인 '제주어 시 낭송'에 대비하는 등 시 낭송 교육에도 관심을 두고 있습니다. 그리고 찾아가는 아동문학 교실을 통하여 어린이들의 동시조 창작 활동에도 문장으로는 어렵지만 간단한 단어 하나라도 제주어를 활용하는 방향으로 지도해 나가고 있습니다.

두 번째는 시조에 대해서인데 1980년대가 되어서야 동시에 눈을 떠 1984년에 등단한 것도 한참 늦은 것인데, 거기에 1990년대가 되어야 동시조라는 갈래가 있다는 걸 알았다는 겁니다. 그래서 교사 시절 시조 지도를 못 한 걸 반성하며 1992년 뒤늦게 본격적인 동시조 지도를 한 것입니다. 2003년 정년퇴임하고는 모교인 광양초등학교에서 자원 봉사활동을 하며, 제주아동문학협회와 제주시조시인협회에서 실시하는 '찾아가는 아동문학 교실'과 '시조교실'에서 우리 시조 보급·확산에 힘쓰다 보니 그 길에만 어언 27년이 흘러 오늘에 이르렀음을 고백합니다. 그 길에 특이 사항이 있다면 제주교육박물관의 협찬으로 2018년도에는 수수께끼 놀이를 하면서 동시조 짓기를 하는 『아하! 동시조 수수께끼』를, 올해는 제주 21코스 올레길을 걸으면서 동시조 짓기를 하도록

『탐라가 탐나요』를 발간한 것입니다. 특히『탐라가 탐나요』에 붙어 있는 '21단계에 따라 동시조 쓰기"는 어린이들이 단계에 따라 쉽게 쓰도록 편집된 지도서로서 선생님들이 동시조 지도에 활용하면 좋은 자료가 될 것으로 봅니다.

양민숙　아동문학을 흔히 동심의 문학이라 하는데 선생님께서는 어린이와 동심의 세계를 어떻게 보십니까?

김영기　'나였던 그 아이는 어디 갔을까/ 아직 내 속에 있을까/ 아니면 사라졌을까'라는 '파블로 네루다'의 시가 있습니다. 시인은 왜 어렸을 적 나를 찾고 있는 걸까요? 시를 즐기고 이해하면 다른 세상이 보이고 들리게 된다고 하는데 이를 통하여 잃어버린 동심을 찾고자 함이 아닐까요.

이러한 취지로 보면 세상에서 가장 아름다운 말은 '어린이'라고 보며 그 핵심은 동심이기 때문에 그 둘을 동의어로 봅니다. 세상에서 가장 귀중한 존재가 어린이이기 때문에 가장 아름다운 말도 '어린이'라 아니 할 수 없습니다. 그래서 제가 쓰는 동시의 원천은 어린이에 있습니다. 그 순수함 때문에 어린이라는 말을 가장 사랑하고 소중히 여겨야 함입니다. '파블로 네루다'의 시에서 들은 바와 같이 어린이는 이 세상의 모든 어른들이라 할 수 있습니다. 우리 모두에게는 어린이였던 때가 있었으니까 말입니다. 그래서 마음 한쪽에 천진난만한 어린이를 몰래 넣고 다니다가 간만에 꺼내보는 것이 우리 모두의 마음이 아니겠습니까? 그래서 저는 철저하게 유치해지려는 마음가짐 속에 동심이 살아나기를 기대하고 있습니다. 이에 부응하듯이 2019 제주문협 여름문학창작교실 프로그램에 '캠프파이어'가 실려 있어 획기적인 기획에 감탄했습니다. 옛날 지도자 입장에서 오늘은 피교육자가 된다는 걸 상상만 해도 가슴 설레며 내심 철저하게 유치해져 동심의 세계에 흠뻑 젖어보고자 작심하게 합니다.

양민숙 마무리 말씀으로 후배들에게 남기고 싶은 한마디를 하신다면?

김영기 요즈음 동시조에 몰두하다 보니 문득 '미쳐야 미친다'라는 말이 떠오릅니다. 아동 문학에 미쳐 아동문학가가 되었고, 이제는 동시조에 미쳐 시조에 살고 있어 행복합니다. 이제는 동시조만이 신앙처럼 내 마음의 안식처요, 내 마음의 치료제가 되고 있습니다. 올해로 12권의 동시·동시조집을 펴내게 되었으니 기쁘고, 오늘 여름문학창작교실 이 자리에서 저의 존재를 확인하는 기회가 되어 비상의 날개를 단 기분이 드니 이 날개가 닳아질 때까지 날아 제주 문협 발전에 힘을 쏟아야겠다는 다짐이 앞섭니다. 이 다짐이 앞으로 제주 문협 발전에 자그만 보탬이 되고 도움을 주신 선배 문인과 응원을 주시는 회원 여러분들께도 보답하는 길이 되었으면 좋겠습니다.

제3부

내 삶에 피어나는
동시와 동시조

제1장

내 고향과
유년 시절

6·25 동란이 발발하자 군에 입대한 맏형의 문운을 비는 어머님의 치성은 지극하셨다. 어머님 신앙의 대상인 북두칠성의 별자리는 어린 내 가슴에도 신비롭게 다가왔다. 그런데 나는 수에 없으니 일곱 별 중 내 별은 없는 듯하였다. 어릴 때 이러한 소외감은 내 의식에 깊숙이 잠재하여 「그 별」이라는 시를 쓰게 되었다.

내 고향과
유년 시절

내가 먹고 자란
우여샘

나는 1940년 음력 7월 19일(양력 8월 22일) 아버지 김해金海김씨 좌정승공파 후찬계 입도 20세손 병일炳一 과 어머니 전주全州 이씨 계성군파 입도 16세손 완순完順의 8남매 중 다섯 번째 차남으로 제주시 동광양 우여샘 가에서 태어났다. 내가 태어날 당시 동광양은 산촌과 어촌의 중간에 머문 특색이 없는 초라한 농촌이었다. 주로 밭농사였는데 보리, 조, 콩, 고구마가 주요 작물이었다. 마을 동쪽은 구릉지 '골짜기'였고 남쪽은 고갯마루 '고산동산'이 가로막아 더 발전의 여유가 없는 지형이어서 마을 자랑거리라고는 찾아볼 수가 없다. 굳이 내세울 만한 것을 들라면 맑은 샘물이 있다는 정도이다.

어느 마을이든지 설촌 유래를 고찰해 보면 샘을 중심으로 형성됨을 알 수 있는데 동광양도 예외일 수는 없는 것으로 본다. 이 샘을 '우여천'이라 했다. 우여천은 견우직녀성이 비치는 샘이란 뜻으로 견우의 '우'자와 직녀의 '여'자를 따서 붙인 이름이다. 우여샘은 동광양 주민뿐만 아니라 서광양, 신천동, 가뭄에는 간월동에서도 수도 시설 직전까지 식수로 요긴하게 쓰였다. 이러한 우여샘을 축조할 때 내 조부님이 앞장서 그 일을 추진했다는 게 자손으로서 긍지를 느끼게 한다.

우여샘 이야기하면 빠질 수 없는 것이 '물할망'이다. 전해오는 구전에 의하면 우여샘 북쪽에 사찰이 있었다고 하는데 이형상 목사 부임 후 절을 철거했던 것으로 보아 그때가 1702년경으로 유추해 볼 수 있다. 절 해체 당시 발견된 유물은 없었다. 동백 고목 밑에 유일하게 미륵불 하나가 있어 '물할망'이라 불렀다. 이것으로 보아 물할망의 본향은 미륵불이며 이를 모신 미륵당이라 할 수 있다. 그래서인지 물할망께 축원하면 아들을 낳는다는 속설이 있어 기자석이라 부르기도 한다. 1990년 이도2동 토지 구획정리 사업 때 우여샘 축장을 철거하면서 옮겨져 지금은 제주민속자연사박물관에 전시되어 있다.

2009년 제주시 『이도2동지』를 편찬할 때 내가 집필위원으로 참여하여 동광양 설촌 이야기와 우여샘 축조에 대한 사실을 기자석 설화와 함께 게재하여 사료적 가치를 갖게 한 것을 큰 영광과 보람으로 생각한다. 그런 뜻을 안고 손자와 함께 자연사박물관 전시실을 찾은 일이 있다. 그날 물할망에 대한 관심과 애착을 시조 한 편에 담아보았다.

> 자연사 박물관으로 이사 온 물할망/ 천년 고목 자궁 지켜 치성 받던 삼신상제// 대 끊길 칠거지악도 '지성이면 이룬다'는// 점지한 음덕인지 손을 한 번 펴보라는/ 쓴 초약 달이시어 혈기 주던 할머니여// 드리는 잔 받으소서, 손금마저 닮은 손(孫).
>
> ─「기자석 앞에서」부분

의병마을의
긍지

동광양을 흔히 전주 이씨 집성촌이라 하는데 요즈음은 의병마을에 더 중점을 둔다. 의병장 고승천이 태어난 곳이며 의병 활동의 본거지였기 때문이다. 여기에 이름이 거론된 의병 김재돌 이야기를 하려 한다.

의병 김재돌金在乭(1883~1956)의 본명은 김문우金文佑이다. 재돌은 아명이며 의병 운동 시 불린 이름이다. 김재돌은 김해 김씨 입도 김만희의 좌승공파 19대손이며 희문공 연빈의 3남으로 애월읍 어음리에서 태어났다. 그러니까 내게는 종조부이시다.

애월읍에서 제주시 동광양으로 이주하시어 청년 시절을 지내던 중 의병대장 고승천 휘하에 들어 항일운동을 하였다. 1905년 을사늑약으로 일본 침략이 숨김없이 드러나자 이를 저지하기 위하여 1909년 3월 3일을 기해 제주시 관덕정에서 거사를 모의했다. 그의 나이 26세 때이다.

거사결전 일을 앞두고 각 마을에 사발통문을 돌리면서 병력을 동원하였다. 김재돌은 의병장 고승천을 따라 대정군으로 출발하였다. 대정군 영락리에 이르러 이장을 설득하여 장정 20여 명을 가담시켰다. 이어 항일 운동 정신에 동감한 신평리, 안성리, 광청리 등지의 장정 3백여 명을 모집하는 데 공을 세웠다. 그러나 이를 부당히 여긴 대정군수는 부근 마을 장정을 징발하여 30명씩 주야교대로 경계하며 감시하였다.

그러던 중 2월 28일 밤, 대정 경찰 주재소에서는 부근 마을 장정을 동원하고 의병들이 집결소 광청리를 기습하여 의병들과 충돌하였다. 이에 비무장인 의병들은 당해낼 수 없어 흩어지고 민가에 머물고 있던 고승천과 김만석은 3월 1일 아침 체포되었다. 순사가 김재돌을 체포하려 하였으나 날렵하게 빠져나가 담장과 초가 지붕을 뛰어 넘으며 도주하여 '초가 담장을 뛰어 넘은 장수'라는 이름을 남겼다.

3월 2일에 대정에 도착한 일경 구보희등차는 고승천의 인품이 비범함을 보고 항복을 권하고 회유하였으나 고승천은 단호히 거부하고 항쟁의 뜻을 굽히지 아니하자 김만석과 함께 총살하였다. 이로써 3월 3일의 거사결전은 물거품이 되고 의병 진원지인 동광양을 급습하여 김석명을 체포하였다. 의병장 이중심과 의병 조인관, 노상옥 등은 한 어부의 도움으로 귀덕 포구에서 육지로 탈출하였다. 한편 격문과 통고문에 동의한 이장들의 설득으로 동참을 결의했던 장정들도 사태가 이렇게 되니 모두 뿔뿔이 흩어지고 말았다.

세월은 흘러 1977년 사라봉 모충사에 제주도민의 이름으로 의병 항쟁 기념탑을 건립하여 그 애국정신을 기념하며 기리게 되었다. 광복회 제주도 지부에서는 의병장 고승천을 기려 그의 출생지인 동광양 고산로에 '승천로'라는 표지석을 2000년 12월에 설치하였다.

이처럼 그를 기리며 독립유공자로서 예우하고 있으나 의병 김재돌은 유족 미상으로 지내오다가 뒤늦게 그의 아들이 유공자 신청을 하였으나 호적 이름 김문우와 동일인 여부가 의문시되어 번번이 반려되었다. 그래서 다시 의병자료를 수집하고 조사하며, 종조부님임을 확인하는 인우보증을 받고, 속기사협회를 방문하여 사실 증언을 녹취하는 등 지난한 노력의 결과 유공자 유족임이 확인되어 2018년 삼일절에 드디어 건국포장을 받는 영광을 안게 되었다. 그간의 사실 증명이 힘들었다는 점은 차치하고 가문의 영광을 찾은 기쁨이 컸음을 밝히면서 종조부님을 기리는 시 한 편을 써보았다.

붉은 고추 꼭지에 저항의 기미 있다

불화살 쏘아 올려

과녁을 뚫으리라

저마다

당찬 결의로

이마를 묶고 있는

누구엔들 없었으랴, 땡볕에 타던 정열

어깃장만 놓다보니 제 때를 놓쳤다고

콩새가 대신 절규한다,

아린 울대

더 붉다.

-「고추밭에서」 전문

수數에 없는
아이

조부님의 불만은 자부인 내 어머니가 1남 3녀를 둬 아들 손자 하나를 바라는 데 있었던 것 같다. 자의 반 타의 반으로 기자석에 백일치성을 드려 득남했으니 그 기쁨은 말로 표현할 수 없을 정도였다고 들었다. 복덩이 대우를 받았음은 물론이다.

그러나 호사다마라 나는 생후 백일 만에 홍역을 앓아 죽은 자식으로 버려지는 신세가 되었다. 그런데도 용케 목숨이 붙어 '태역둥이'(잔디둥이)라 부름 받으며 유년기를 보냈다. 그래서 형제와 달리 왜소하고 허약했으며 그에 따라 성격도 소극적이 되지 않았나 싶다. 죽지 않고 살아나 1년 뒤 한 살을 줄이고 출생신고를 하니 1941년 7월 19일생이 된 것이다.

그 후 부모님은 내 뒤로 2남 1녀를 뒀으니 8남매가 되었다. 식솔이 많아지자 어머님은 유독 허약한 나를 보고 '수에 없는 아이 효자 선다.'라는 말씀을 자주 하셨다. 그 말이 씨가 되었는지 굽은 나무가 선산을 지킨다는 말처럼 나는 평생 동광양을 떠나지 못하고 고향과 선영 지킴이로 살고 있는 게 아닌가!

6·25 동란이 발발하자 군에 입대한 맏형의 문운을 비는 어머님의 치성은 지극하셨다. 어머님 신앙의 대상인 북두칠성의 별자리는 어린 내 가슴에도 신비롭게 다가왔다. 그런데 나는 수에 없으니 일곱 별 중 내 별은 없는 듯하였다. 어릴 때 이러한 소외감은 내 의식에 깊숙이 잠재하여 「그별」이라는 시를 쓰게 되었다.

염천의 삼복 넘겨 입추에 이른 절기/ 정화수에 별이 뜨는 태몽이 있던 날에
// 백일을 치성 드린 공, 득남 소원 이루시고// 밝은 시력 아니면 볼 수 없는

알코르/ 북두칠성 한끝에 딸린 수數에도 못 끼는 별/ 어머니 눈썹에 걸린 그 별 내게 주셨다.// 존재감 아예 없는 애틋한 그 별처럼/ 무명실 명줄 얹고 목숨이나 부지하라// 밤마다 칠성전에 발원으로 사신 당신.// 철들어 그 별자리 점지한 뜻 알만하니/ 여덟 남매 씻기려 은하수 미리 가서/ 새 심지 돋우셨나요, 새 빛으로 오는 별.

-「그 별」 전문

조부님의 손자 사랑은 각별했다. 나는 조부님 품에서 제주설화를 들으며 자랐다. 지금 생각하니 책이 없어 독서를 못한 대신 조부님 무릎학교에서 독서를 대신 한 셈이다. 지금도 잊히지 않은 「아기장수」, 「자청비」, 「설문대할망」, 「사만 년을 산 사람」 등등 그 이야기가 잠재해 있어서인지 내 첫 동시집 표제를 아기장수 이야기를 상징하고 싶어서 『날개의 꿈』이라고 하였던 게 아닌가 한다.

조부님은 제주향교 훈장으로서 유교적 삶을 사셨다. 평소에 자주 하신 말씀 중 두 가지를 지금도 간직하고 있는데, 그 첫째가 '적덕누인積德累仁하라'였다. 어릴 때는 그 말의 뜻을 제사 때 적과 떡을 많이 하여 이웃에 나누라는 것으로 알아들었다. '적덕누인'은 우리 집안의 가훈이다.

그 두 번째가 '이 당 저 당 해도 궨당(친족)이 제일이다. 당에 들지 말라.'였다. 철이 들어야 그 말씀의 뜻도 이해하게 되었다. 종조부님이 의병에 가담하여 일경의 감시를 받았으니 얌전히 가정에 충실하라고 조부님께서는 말렸을 것이다. 그래도 종조부님은 형의 말을 듣지 않고 항일운동에 적극적이었기 때문에 가정은 피폐하였고 식솔들은 생고생을 하였다. 그 결과 당숙들은 불행하게도 초등학교도 마치지 못하였다. 그나마 막내 당숙이 사회 밑바닥을 전전하다 금방을 경영할 정도로 자수성가하여 집안을 일으켰으니 천우신조가 아닌가 한다.

제2장

사건과 동란 속의
소년 시절

6·25 동란이 일어나자 맏형은 육군소위로 임관하여 전선으로 향했다. 그때 형에게 그리움의 위문편지를 썼는데, 그걸 첫 휴가 때 되갖고 와서는 너무나 감동하여 울었다며 너는 우리 집의 '문장'이라는 칭찬을 해주었다. 그때의 칭찬이 글쓰기에 흥미와 자신감을 갖게 된 계기라 생각한다. 그 후 형이 미국 보병학교로 유학을 갔다 오면서 『세계의 명시』를 선물해 줬는데 그 속의 하이네, 롱펠로우, 릴케, 바이런, 아뽈리네르, 푸쉬킨 등의 명시를 만나 즐겨 읽으며 시를 좋아하게 되었다. 중학교 1학년 무렵이다.

사건과 동란 속의
소년 시절

내가 부르고
자란 노래

1983년 《소년》 지에서 '내가 부르고 자란 노래'를 주제로 하는 원고청탁을 처음으로 받았다. 그때 썼던 내용이 내 유년시대를 요약해 놓은 것 같아 첨삭하여 다시 싣는다.

내가 초등학교에 입학하던 해 4·3사건이 일어났다. 4·3은 약탈과 방화, 살인으로 고요한 섬을 진동시키며 쑥대밭으로 만들었다. 주민들은 무장대(그 당시는 '폭도'라 하였다.)의 습격을 막기 위하여 성을 쌓았다. 그리고 요소요소에 보초막을 짓고 밤마다 마을을 지켰다. 내가 자란 곳은 지금 시청이 있는 광양인데, 그 당시는 시내 변두리였다. 우리 집은 성과의 거리가 200여 미터밖에 되지 않았다. 그래서 더욱 무섭고 불안했다. 폭도와 양민을 구분하기 위하여 중산간 주민 소개령이 내려지자 피난민들이 우리 마을로 모여들었다.

그럴 즈음, 처음으로 군가를 들을 수 있었다. 흔히 유행하던 노래가

「적기가」였다. 지금도 가사를 뚜렷이 기억한다. 이어서 6·25 동란이 일어 났다. 내가 초등학교 3학년 때이다. 이번에는 타도 피란민들이 우리 마을 로 몰려들었다. 학교 운동장에도 천막을 치고 기거하는 걸 보았다. 우리 학급에도 피란민 학생이 상당수 있었다. 교과서는 전시용이었다. 책을 구하기 어려워 마분지에 교과서를 베껴 쓰기도 했다. 오르간은 고사하고 음악 교과서도 구하기 힘들었다. 그런 경황 속에 어찌 제대로 된 음악교 육을 받을 수 있었겠는가.

그 당시 성안 중심부에는 동, 남, 북 3개의 국민학교가 있었는데 아동 들을 모두 수용할 수 없었다. 그래시 1951년 남국민학교가 광양국민학교 로 분리하였다. 내가 4학년 때이다. 교실난으로 공회당이나 삼성혈 노송 그늘에서 야외 수업을 하던 중 설상가상으로 학교가 제주도청(지금은 제주 시청) 신축부지에 포함되어 옮긴 곳이 알태역이라는 곳이었다. 여기서 판 잣집과 천막 교실을 전전하며 공부하고 졸업했다.

그 당시 공회당으로 열 지어 가면서 행진곡으로 부르던 노래로 「6·25 의 노래」와 「서울 탈환의 노래」가 기억에 생생히 남아 있다. 방과 후에는 "전우의 시체를 넘고 넘어…"를 부르며 뒷동산에 모여 상급 형의 명령에 따라 제식훈련도 받고 각개약진도 하였다. 계급장을 받았는데 모두가 작 대기 하나였다.

6·25 한국전쟁이 발발하자 내 맏형은 육군 장교로 입대했다. 형은 휴 가 때마다 「행군의 아침」과 같은 군가를 가르쳐 주었다. 나는 늠름한 형 의 모습을 선망하며 군가에 완전히 매료되었다. 그렇게 군가는 좋았든 나 빴든 간에 어린 시절 나의 인격 형성에 많은 영향을 준 것 같다. 내가 동 요 곡에 접할 수 있었던 것은 전적으로 내 손위 누나 덕분이다. 네 살 위 인 누나는 노래를 잘 불렀다. 용케 음악에 특기를 가지신 선생님이 자주 담임을 하였다고 한다. 그래서 나는 누나가 배운 동요 곡을 고스란히 따

라할 수 있었다.

그때는 왜 그리도 보릿고개가 길고도 높았는지 윤사월 해가 길어 배가 고프면 삘기를 뽑아 먹기도 하고 달래, 냉이, 씀바귀 같은 나물을 캐어다 먹기도 했다. 「봄맞이」노래를 부르며 들에 나가면 진짜로 낮에 나온 반달이 하얗게 떠 있곤 했다. 해님이 쓰다 버린 쪽박과 같이…. 나는 누나를 따라 「반달」노래를 불렀다. 피난 온 학생들은 「고향의 봄」을 잘 불렀다. 그들처럼 나 역시 아득한 그리움에 젖어 그 노래를 하모니카로 불어보고 싶어 형을 졸랐지만 끝내 소원을 이루지 못하고 말았다.

이제 내 나이 팔순을 눈앞에 두고 있으니 여덟 번 강산이 변하는 세월이 흘렀다. 그때에 비하여 요즈음은 학습자료 면에서나 교수방법 면에서 많이 달라지고 일 진보하였다. 그러나 그릇된 정보와 그에 따른 학습이 어린이 정서를 해치지 않을까 하는 걱정은 기우에 불과한 것일까. 요즘 어린이들은 동요 곡보다 CM송이나 대중가요에 더 익숙하기 때문이다.

지금의 어린이들은 우주를 향한 꿈을 키워 나가야 한다. 아동문학을 하는 이들은 이러한 어린이 세계의 변화를 늘 주의 깊게 바라보아야 할 것이다. 이것이 음악교육의 문제점이기도 하며 어린이 정서 함양을 위한 더 새롭고 고운 동요 곡을 많이 보급하여 꿈을 키워주는 게 어른들의 책무이기도 하다.

그 옛날 내가
처음 읽은 책

1994년 《생각하는 나무》사에서 '내가 처음 읽고 자란 책'에 대한 원고 청탁을 받았다. 그때 투고했던 내용을 발췌해서 소개해 본다.

나의 어린 시절은 먹고살기가 힘든 때였다. 그래서 부끄러운 말이지만 책을 읽는 것은 어림도 없는 일이었다. 그때는 제주도 4·3사건과 민족의 큰 아픔인 6·25 동란 등으로 혼란한 시기였다. 읽을거리라야 전쟁 중 전시생활 교재가 고작이었는데, 어느 날 공보실에서 발행한 『미국의 여덟 위인』이라는 책을 읽게 되었다. 큰 노트만 한 크기의 잉크 냄새가 풀풀 나는 위인전이었다. 그 여덟 위인 중에서도 잊히지 않는 것은 에이브러햄 링컨과 조지 워싱턴에 대한 이야기다.

링컨은 책 읽기를 좋아하였으나 책이 없어서 친구에게 빌려다 읽곤 했는데, 어느 날 밤새 책을 읽다가 깜박 잠든 새에 통나무집 틈새로 빗물이 스며들어 그만 책을 적시고 말았다. 그래서 링컨은 책값 대신 일을 하여 빚을 갚았다고 하였다.

워싱턴은 어렸을 적에 도끼를 가지고 장난을 하며 놀다가 무심결에 벚나무 한 그루를 넘어뜨렸다. 그 나무는 아버지가 아끼는 나무였기 때문에 불벼락이 떨어질 것이 뻔한 일이었지만 워싱

광양초 문예 입상 문집(2016학년도)

턴은 숨김없이 자신의 잘못을 고백해서 용서를 받았다는 이야기다.

그 옛날에 읽었던 이 두 분의 이야기는 '신용 있는 사람', '정직한 사람이 되자'는 나의 생활지침이 되어 오늘까지 내가 살아오는 데 큰 영향을 주고 있다. 그런 점을 되새겨 보면 어린 시절의 경험이 얼마나 중요한 것인지를 깨닫게 한다. 어릴 때 책을 읽고 감동을 쌓아간다는 것은 건축물의 기초 공사에 쓰는 자갈돌 같이 튼튼한 삶의 기초를 가꾸어 줄 것이라는 확신도 갖게 된다.

아무튼 요즘에는 읽을거리가 넘치는 형편인데도 책 읽기보다 텔레비전이나 게임에 더 많은 시간을 쏟는 것 같아 안타깝다. 더구나 옛날이야기를 듣는 정겨운 조손간의 모습마저도 찾아보기 어렵지 않나 하는 생각을 하니 아름다운 정서가 점점 메말라 가는 것이 아닌지 하는 걱정이 앞서기도 한다.

그러다 보니 자연스레 내 조부님 생각이 나고, 그에 따라 '내 인생의 진리는 대학에서 배운 것이 아니라 어릴 때 어머니 무릎을 베고 들은 옛날이야기에서 배웠다.'라는 독일의 유명한 작가 괴테의 말이 새삼스럽게 떠오르는 것이다.

나를 아동문학의 길로
인도하신 분들

맏형은 나의 평생 스승이자 멘토

6·25 동란이 일어나자 맏형은 육군소위로 임관하여 전선으로 향했다. 그때 형에게 그리움의 위문편지를 썼는데, 그걸 첫 휴가 때 되갖고 와서는 너무나 감동하여 울었다며 너는 우리 집의 '문장'이라는 칭찬을 해주었다. 그때의 칭찬이 글쓰기에 흥미와 사신감을 갖게 된 계기라 생각한다. 그 후 형이 미국 보병학교로 유학을 갔다 오면서 『세계의 명시』를 선물해 줬는데 그 속의 하이네, 롱펠로우, 릴케, 바이런, 아뽈리네르, 푸쉬킨 등의 명시를 만나 즐겨 읽으며 시를 좋아하게 되었다. 중학교 1학년 무렵이다.

나의 멘토인 맏형의 연대장 시절(1972. 9.)

　우리나라 서정시를 먼저 읽어야 하는데 나는 거꾸로 시 공부를 한 셈이다.(김소월의 「진달래꽃」은 사범학교 때 읽었다.) 이런 체험을 통하여 어린이들에게 독서지도를 할 때도 우리의 고전과 창작동화를 먼저 읽힌 후에 세계 명작으로 지도하는 게 바람직하다는 나름대로의 지도 체계를 정립하기도 했다. 그리고 칭찬과 자신감을 주는 게 교육적으로 얼마나 중요한지에 대해서도 다시 한번 곱씹어 보게 했다.

나는 보름달을 사랑한다

　중학교 1학년 때의 담임이며 국어 담당이 장재성(장태언) 선생님이셨다. 선생님은 학생들의 혼을 빼며 마음을 사로잡는 마력의 교수 기술이 있었다. 괜히 흥분되고 설레며 기다려지는 국어 시간이었다. 그만큼 선생님을 존경하며 좋아하였다.

　한번은 글짓기 숙제를 하는데 형이 보는 『문장강화』에서 나도향의 「그믐달」을 모방했다. '나는 그믐달을 몹시 사랑한다.'로 시작되어 '내가 만일 여자로 태어날 수 있다 하면, 그믐달 같은 여자로 태어나고 싶다.'로 끝을 맺는데 그믐달을 보름달로 바꿔치기한 것이다. 그랬더니 참 잘 썼다고 칭찬하면서 발표까지 시키는 거였다. 실은 모방한 사실을 알면서도 칭찬으로 자신감을 돋워준 것이었다. 모방에서 창작이 시작된다는 시론을 한참 뒤에 공부했으니 어찌 은사님과의 그때 그 시절을 잊을 수 있으랴!

제3장

내 생애의
3대 불운

내가 교직을 택한 이유는 우리의 헌법, 교육기본법, 교육공무원법, 교원지위향상을 위한 특별법에 교원의 전문적 지위와 교원 신분의 안정적 보장과 교원 지위 우대정신이 명시되어 있고 65세 정년이 보장되어 있기 때문이다. 그런데 국가가 계약을 어겨 개혁이라는 명분으로 정년을 낮춘 데 대하여 늘 아쉬움이 남는다. 수많은 교원들을 자기의 의사와 관계없이 강제로 퇴출시킴은 교원 신분의 안정적 보장과 교원을 우대해야 한다는 법 정신에도 어긋나기 때문이다.

내 생애의
3대 불운

내 생애의
첫 번째 불운

부모님께서 나를 제주사범학교에 들어가도록 종용한 데에는 그만한 이유가 있었던 것 같다. 첫째는 앞서 이야기했듯이 '수에 없는 자식이 효자 선다.'는 믿음 때문인 것 같고, 두 번째는 가정 경제가 어려워서 학비 조달이 용이치 않았기 때문이다. 내 밑으로 동생 셋과 조카까지 있었으니 오죽하였겠는가. 그래서 인문계 고교 진학을 포기했다. 사범학교에 입학하면 국비 장학금을 받는데 가정이 불우한 친구들에게는 선망의 대상이 되던 때였다. 그래서 제주사범학교는 도내의 수재들만 들어간다는 말이 회자되기도 했을 정도였다.

1960년 졸업을 했는데 4·19혁명이 일어났다. 그 때문에 정계가 어수선하여 3월 졸업하면 바로 교사 발령이 나던 것이 지연되어 10월 31일에 1차 발령이 났다. 그 1차 발령을 받았지만 선배와는 1년 7개월, 후배와는 5개월 차이밖에 나지 않아 퇴임할 때까지 경력의 불이익을 받았다. 이것이 내 교단 경력의 첫 번째 불운이다.

발령을 기다리는 기간의 방황은 지루했으며 막연했다. 그때 발령 걱정을 잊고 활동했던 것이 4-H 클럽이다. 굳이 4-H 클럽을 밝히는 이유는 내 인생과 교직 생활에 지대한 영향을 끼쳤기 때문이다. 먼저 4-H 클럽을 간단히 소개한다.

4-H 클럽과 농촌계몽 활동

4-H 클럽은 농업구조와 농촌생활의 개선을 목적으로 하는 농촌 청소년 학습단체이다. 4H란 머리(head), 손(hand), 마음(heart), 건강(health)의 영문 머리글자를 따서 명명한 이름이다. 명석한 두뇌(知育), 성실한 마음(德育), 일하며 봉사하는 손(勞·技育), 건강한 육체(體育)를 지향한다. 4H 클럽은 미국에서 시작한 청소년의 농사연구 클럽을 모체로 탄생, 미국뿐만 아니라 유럽과 남미에 보급됐다. 순수 학습모임으로 정치적인 것과는 무관하며 과학적인 연구 중심으로 지역사회와 국가발전에 기여를 목적으로 한 실천적 청소년 사회교육운동이다.

우리나라에서는 1947년부터 농림부 관할 아래 농촌마을과 학교를 단위로 조직되기 시작해 2001년 한국4H본부로 이름을 바꿨다. 헐벗고 굶주리던 50~60년대에 새마을운동과 함께 마치 들불처럼 번져나갔다. 새마을운동과 맞물려서 동네 입구마다 네잎클로버 잎사귀에 H자 4개를 써놓고, 4-H의 모토를 "좋은 것은 더욱 좋게" 라 했다.

우리 마을 동광양에서의 시작은 1954년에 창립되어 마을 안길 정리 작업과 우여샘 청소, 그 외로 영농 기술 보급에 힘썼다. 4H 활동 중 특이 사항은 4-H 계몽극을 벌인 일이다. 1957년에는 「향」이라는 극을, 1958년에는 「상록수」, 1959년에는 「반대파」라는 제목의 연극을 광양초등학교 강당을 이용하여 공연하였다.

4-H 클럽이 네게 준 영향의 첫 번째는 당시 영농 기술을 보급할 때 제주시 농촌지도소에 근무하는 동네 처자와 인연을 맺어 결혼하게 되었고, 감귤 재배를 권유받아 그 농사를 20여 년간 하다가 과수원이 택지개발에 포함되는 바람에 과수재배를 폐기한 일이다.

두 번째는 4-H 계몽극을 벌이면서 연극에 심취하여 그때 얻은 지식과 경험으로 근무하는 학교 학예회 때마다 동극지도에 열심할 수 있었다. 그러던 중 영화 조감독을 만나면서 시나리오 작법에 심취해 시나리오를 필사하면서 공부했는데 지금도 유일하게 김기영 감독의 「하녀」 시나리오가 필사본으로 보관되어 있다.

1961년 아버지께서 호텔 경영을 한다고 온 가족이 서울에 상주할 당시(1961. 3.)
왼쪽부터 나의 외사촌 문육생, 동업하는 조사장, 선친, 외사촌 문오생

내 생애의
두 번째 불운

사범학교 졸업생은 군대도 1년 단기 복무를 했다. 나는 1962년 6월에 '단기 복무원'을 병무청에 제출하였다. 그런데 먼저 '단기 복무원'을 제출한 친구들은 7월에 영장을 받고 1년 단기 복무를 했는데 몇 개월 차이로 단기 복무제가 폐지되는 바람에 12월에 영장을 받고 3년 복무를 하게 된 것이다. 이것이 내 일생에 두 번째 불운이다.

체중 때문에 체격등급 '을'종을 받아서 그 몸으로 어떻게 군대생활을 하겠냐는 걱정들을 했다. 그러나 남자는 병역을 마쳐야 남자 구실을 한다는 아버님의 가르침을 받들어 당당히 12월 13일 입대하였다. 논산에서 본격적인 훈련을 하는데 '엠원' 총이 무거워서 가슴에 안고 구보를 했던

27사단 포병사령부 1137부대 의무대 위생병들, 기동 훈련 출정 시(1963. 10.)

게 잊히지 않는다. 그래도 다행히 위생병과를 받아 마산 소재 군의학교에서 의무병 수련을 마치고 총 지급 없는 군 생활을 보냈다. 그 후 자대 배치를 받은 곳이 제27사단 포병사령부 의무대였다. 포사 의무대는 위생병들이 선호하는 곳이다.

이곳에서 고참 병장이 되니 틈틈이 화천으로 외출하여 《현대문학》과 영화잡지를 구입하여 시와 시나리오 작법을 공부할 수 있었다. 그러면서 중학 시절 통학 길에 짝사랑했던 소녀에게 연애편지를 처음으로 써 보았다. 1950년대 말 당시 KBS 제주방송국에서 가곡 프로그램으로 「장미의 아침」(이원수 시, 나운영 곡)이 방송되었는데 내 애창곡이 되었다. 그 노랫말처럼 장미꽃이 핀 집의 소녀를 만나게 된 것이다. 알고 보니 사범학교 갑장 친구 동생이어서 가까이 지내다가 군 입대 후 연애편지로 사랑을 고백한 것이다. 그러나 절절하던 첫사랑은 이뤄지지 않았다. 우유부단한 내 성격 탓으로 결혼 확답을 주지 못한 게 원인일 수도 있다.

그래도 '장미꽃 집 소녀'는 내 가슴속에 살아 있는 사랑 시의 소재가 되고, 장밋빛 그 꿈이 시를 끌어 올리는 마중물이 된다. 인간의 가장 아름다운 감정이 '사랑'이라는데 마땅히 시인이라면 '사랑 시' 한 편은 갖고 있어야 하지 않을까 하는 바람을 하며 그때의 심정을 시로 써 보았다.

장미에/ 매달리어/ 넋 놓은/ 나비 같이// 그녀를/ 담장 너머/ 꽃 보는 척 기웃기웃// 꽃 향을/ 팔지 않아서/ 눈부처만 사고 온 날.

- 졸시 「짝사랑」 전문

내 생애의
세 번째 불운

1999년 1월 29일 우리나라 근대 교육사에서 가장 큰 사건은 IMF 후유증과 더불어 교육공무원법 제47조 제1항이 개정·시행되면서 교원의 정년이 65세에서 62세로 단축된 일일 것이다. 이 법을 통과시키기 위해 교육계의 각종 비리를 고발하며 교권을 실추시키는 한편 65세에 이르는 교원은 노화로 교육적 기능을 원활히 수행할 수 없다는 점을 부각시켰다.

또 교육을 경제 논리로 보아 나이 많은 교장과 교감 그리고 한 학교에서 1~2명의 고령 교사를 퇴출시켜야 교원들의 의식이 새로워져 교육 개혁이 완성될 것이라고 하였다. 그래서 세간에는 '교육계 8판'(학교는 무너질판, 교장은 죽을판, 교감은 살얼음판, 장학사는 닥달판, 교사는 이판사판, 교실은 난장판, 학생은 개판, 학부형은 살판)이라는 유행어가 회자되고 있을 정도로 학교는 어수선하였다.

이런 와중에 선생님들의 위상은 추락되어 사기가 저하되었으며 때문에 학생들에 대한 교육 열정은 더 이상 찾기 어려울 정도였다. 많은 선생님들이 명예퇴직을 신청하여 교단을 떠났으며 단순히 나이가 많다는 이유 하나로 일생 교육에 몸을 바쳐온 훌륭한 고령 교사들이 교단을 떠나야 했다.

그 결과 교사 수급에 부작용이 현실화되어 당장 문제가 심각한 초등학교 교원을 충원하기 위해 중등교사 자격증을 가진 사람들을 대상으로 교과전담 기간제 교사로 임용하는 한편 퇴임한 교사들을 다시 기간제 교사로 채용하기에 이르렀다.

내가 교직을 택한 이유는 우리의 헌법, 교육기본법, 교육공무원법, 교원지위향상을 위한 특별법에 교원의 전문적 지위와 교원 신분의 안정적

유·초 연계교육의 활성화 방안 세미나, 광양초 병설유치원(1999. 12. 22.)

보장과 교원 지위 우대정신이 명시되어 있고 65세 정년이 보장되어 있기 때문이다. 그런데 국가가 계약을 어겨 개혁이라는 명분으로 정년을 낮춘데 대하여 늘 아쉬움이 남는다. 수많은 교원들을 자기의 의사와 관계없이 강제로 퇴출시킴은 교원 신분의 안정적 보장과 교원을 우대해야 한다는법 정신에도 어긋나기 때문이다.

제4장

발간사·추천사

'한국의 문화상징 베스트'를 곰씹어보노라니 '가장 한국적인 것이 세계적이다.'라는 말이 떠오릅니다. 여러분은 가장 한국적인 것을 무엇이라 생각하나요? 나는 위 다섯 가지에 앞서 가장 한국적인 것을 '시조'라고 말하고 싶어요. 시조는 우리 민족정신이 녹아 있는 민족문학의 자랑스러운 유산이기 때문입니다. 그래서 새천년 문화의 시대를 살아갈 우리가 먼저 해야 할 일이 시조를 공부하고 사랑하는 일이 아닌가 해요.

발간사
추천사

영지교 강민호 군의
『다가오는 아침』
- 다가오는 아침의 선물

지난 9월 어느 날, 영지교 부청일 교감 선생님으로부터 강민호 군의 시모음을 읽고 추천서를 써 달라는 부탁을 받고 한동안 망설였다. 나는 영지교 학생들의 특성도 모를뿐더러 그들이 쓴 작품을 보는 시안도 어둡기 때문에 혹여 주옥과 같은 시(詩) 작품에 티를 얹을까 걱정이 앞섰기 때문이다. 그런 마음으로 두세 권의 책으로 묶고도 남을 만한 190여 편에 달하는 방대한 양의 시를 한 편 한 편 읽어나가기 시작했다.

시편의 내용은 우주천체, 자연현상, 기상변화, 동식물 나라, 인간관계 등 다양하고 폭넓은 글감으로 사물의 내면을 뚫어보는 서경의 노래와 사춘기 시절의 폭풍·노도와 같은 마음의 고뇌와 갈등을 표출하는 서정의 노래 등이었다. 나는 이들 시편을 읊조리면서 한동안 내 자신이 '다가오는 아침'의 청량감 같은 매력에 함몰되어 감을 느낄 수 있었다. 그러나 한 번으로 화자인 강민호 군의 개인 사정이나 내면세계를 이해하는 데는 역부족이었다. 그래서 일주일 간격으로 세 번을 꼼꼼히 읽고 나서야 무언가 보이는 듯하여 뒤늦게 이 글을 쓸 수 있게 되었다.

일전에 장애의 날 기념 입상 표어에 '사랑할 줄 모르는 맘 그게 중증 장애인'이란 게 있었다. 과연 그렇다. 몸의 장애는 불편할 뿐 장애가 아니다. 그러나 사랑을 모르는 마음의 장애야말로 진짜 장애인 것이다. 나는 강민호 군이 쓴 시를 읽으며 그것을 실감하고 입증하였다.

우리는 장애를 극복하고 인간 승리의 빛나는 삶을 살아간 많은 사람들을 기억하고 있다. 멀리 삼중고의 장애를 극복하고 박사학위까지 따낸 헬렌 켈러 여사의 예를 들지 않더라도 『오체불만족』을 써서 유명해진 오토다케 히로타다나, 양다리 불구를 무릅쓰고 의족으로써 야구를 즐기는 애덤 킹 같은 어린이는 우리에게 무한한 희망과 용기를 주고 있다. 이처럼 강민호 군도 그들과 다를 바 없다. 따스한 인간애가 스민 시 한 편이 그러하지만 손 대신 입으로 작업을 할 수 있다는 점이 바로 인간 승리를 대변해 주고 있는 것이다.

우선 시편에 녹아있는 가족 간의 따스한 사랑, 가족애를 음미해보면 더욱 분명해진다.

- 아버지의 적은 눈물이 나의 마음에는 홍수를 일으키고 (「아버지·2」)
- 슬픔에 배여 있는 눈을 보여주기 싫어서 술을 마시는 아버지 (「아버지의 모습」)라던가
- 눈 내리면 눈을 맞게 해주고 눈을 만지게 했던 작은고모 (「작은고모」)
- 더러워진 집안을 청소하고 심부름을 혼자서 하는 막내 동생은 작은고모 같다 (「막내 동생」) 등의 표현이 그러하다.

다음은 민호 군의 번민에 괴로웠던 밤을 지새우고 맞는 아침이야말로 어둠이 짙을수록 별은 더 찬란히 빛나듯 남다를 수밖에 없다는 것이다. 그것은 다가오는 아침의 선물, 희망이요 기쁨이다. 그러기에 값싼 동정이나 비굴한 의타심을 떨쳐버리고 어디서나 당당하고 떳떳한 삶을 영위해 나갈 수 있다고 본다.

- 그리운 사람의 목소리로 노래를 들려주어 잠이 가까이 오는 것도 모르게 하는 비 (「비」)
- 궁상맞은 글만 쓰고 있는 마우스 스틱을 꺾어버리고 싶다 (「나쁜 생각」)
- 한 사람에게만 주던 가슴을 잘게 나누어 어려운 사람에게 주는 독한 마음을 갖는 것 (「내가 할 일」)
- 전동 휠체어 타고 나가면 사람들이 "어떵 밀령 나와 시니?" 그때 나는 속으로 "이것도 못허민 죽으쿠다." (「전동 휠체어」)

시편에 이러한 생활신조와 의지가 잘 표현되고 있지 아니한가!

끝으로 간과할 수 없는 것은 장애인을 보는 타인의 편견에 대한 항변, 사춘기 청소년의 이성에 대한 심정의 변화, 사물에 대한 애정의 표현 등을 다룬 작품을 제대로 평가해 주어야겠다는 점이다. 나는 이러한 작품을 대하며 무엇이 비장애인과 다른가를 생각해보고 이를 통하여 장애인을 대하는 비장애인의 인식을 새롭게 하는 계기가 되었으면 하는 바람을 가져보았다.

우리는/ 몸은 불편하지만/ 마음은 아름답다// 우리는/ 모습은 초라하지만/ 생각은 보석과 같다.// 우리는 모든 것이 어렵지만/ 푸른 꿈을 갖고/ 살아간다.
- 「우리는」 전문

그리움의 불씨는/ 작아도/ 끄기가 어렵다. // 아무리 밟아도/ 아무리 물을 부어도/ 꺼지지 않는다. // 오히려/ 큰불이 되어/ 마음을 태운다.

- 「그리움의 불」 전문

시냇물 따라가는/ 돛단배가/ 꽃구경합니다. // 개나리 진달래가/ 흘러가는 돛단배를/ 구경합니다. // 돛단배가/ 나비처럼/ 꽃 숲 속으로/ 들어갑니다.

- 「돛단배」 전문

190여 편의 작품 중 위에 든 몇 편의 예문은 빙산의 일각에 불과함이 아쉬움으로 남는다. 이는 숲만 보고 나무는 보지 못함과 같기 때문에 시집을 펴들고 시 한 편 한 편에 애정과 관심을 쏟을 때 무엇인가 나름대로 보이는 것이 있을 것이라는 기대 때문이다.

시를 쓰고 읽는 목적이 정서를 순화하는 가운데 착하고 아름다운 삶을 추구하는 것이라면 강민호 군이 쓴 시집 『다가오는 아침』은 이에 대한 대답을 절절한 감동으로 대신해 줄 것이다. 아울러 '이것이 아침이 주는 희망의 선물이구나!'라는 느낌을 가질 때 이 세상은 한층 더 환해지고 따스해져 행복감에 충만할 것이라 믿으며 추천사에 갈음하고자 한다.

강민호 군의 앞날에 건강과 무궁한 영광이 함께하기를 기원하면서….

김지훈의 문집
『로댕을? 닮아 아무도 못 말리는 아이』
– 마음 한구석에 반짝이는 보석들

『로댕을? 닮아 아무도 못 말리는 아이』–김지훈 문집에 부쳐 2006. 2. 6.

병술년 새해에 첫눈처럼 반가운 손님이 왔다. 그는 다름 아닌 남광교 6학년 김지훈 군이다. 200쪽이 넘는 원고 뭉치를 들고 와서 문집을 낸다며 추천사를 부탁하는 것이었다. 우선은 퇴임 후 첫 제자의 방문이어서 고마웠고 문집을 낸다니 대견스러웠다. 글 한 줄을 제대로 쓰기도 어려운데 하물며 책 한 권을 낸다는 게 보통 일인가. 그야말로 장한 일이다.

이는 김 군의 영광이며 보람이겠지만 나아가 모교인 남광교의 명예이며 영광이라고 축하하면서 원고를 훑어보았다.

문집의 내용은 일기문과 수상 작품으로 꾸며져 있었다. 먼저 일기를 읽어보니 초등학교 1학년에서부터 6학년까지의 일기를 매 일기마다 제목을 붙여 무슨 내용을 썼는지 쉽게 알 수 있었고, 제목만 보고도 자라는 모습이 떠오르게 발췌하여 놓고 있다. 문자를 해득하여 생각이 채 여물지도 않은 1학년 여름 7월에 '겨울이 오기를 기다리'는 일기로부터 시작하여 졸업을 앞둔 12월에 '영재 시험'을 치른 일기문이 한마디로 6년의 변화이며 성장과정이었다.

나라에만 역사가 있는 것이 아니라 한 개인에게도 개인사가 있는 법이다. 이처럼 초등 시절의 일기는 한 개인의 어린 시절을 돌아볼 수 있는 추억의 기록이자 자신을 비춰보는 거울과 같다. 그런 점에서 일기는 다른 무엇보다도 소중히 간직하여야 할 '마음의 보석'이라 해도 과언이 아닐 것이다.

그래서 누구나 일기 쓰기의 중요함을 알고 일기를 쓰고 있지만 끈기가 없어 도중에 포기하거나, 썼다 하더라도 버려지는 일이 비일비재하다. 나의 가장 중요한 재산이며 보물이라 할 수 있는 일기장이 폐휴지가 되거나 쓰레기가 되어 사라져도 좋은가. 그렇다면 실로 안타까운 일이 아닐 수 없다.

두 번째 묶음은 김 군이 초등학교 재학 중 각종 대회에 참여하여 입상한 작품을 묶어 놓은 것이다. 글의 주제를 훑어보면 부모님 공경(편지글), 환경사랑, 자연 보호(물, 곶자왈 등), 학교생활에서 협동, 우주천체의 신비로움(별빛 축제), 불조심, 교통안전, 장애우에 대한 사랑, 통일에 대한 염원(통일문예), 그리고 독서 감상문 등 다양한 부문을 주제로 한 20여 편을 실었다.

문예반 지도를 하다 보면 으레 어린이들이 '어떻게 하면 글짓기를 잘할 수 있어요?' 하며 그 비결을 물어 올 때가 많다. 그 해답은 간단하다. 책을 많이 읽고 많이 써 보고 많이 생각해 보라는 것이다. 그러나 그게 어렵다. 그럴 때 김 군의 문집이 출간되었더라면 '김지훈이 엮어놓은 문집을 찬찬히 읽어보라.'고 하면 다 해결되는 것인데 하는 아쉬움이 든다.

한 권의 문집을 내기 위하여 김 군은 남들이 쓰지 않거나 써도 버리는 일기를 6년 동안이나 꼬박꼬박 써 모아두었으며, 남들이 일시적으로 즐거움에 취해 헛되이 시간을 보낼 때 김 군은 책을 많이 읽고 그 생각을 써둔 것이 오늘의 결실인 것이다. 그래서

남광초 6학년 김지훈 문집(2006. 2. 1.)

글짓기가 어려운 친구들의 길라잡이가 될 것이라는 믿음과 확신이 들기 때문이다.

끝으로 이상적인 교육은 학교·가정·사회가 삼위일체로 호응과 협조로 연계가 잘 되었을 때 이루어진다는 평범한 사실을 사족으로 덧붙이고 싶다. 그 이유는 문집을 엮는 김 군의 재능과 끈기도 장하지만 그러한 품성이 몸에 배도록 지도한 김지훈 부모님 역시 가정교육의 모범을 보여 훌륭하다는 치하를 드리고 싶고, '더 높이 날아 더 넓게 보자'는 희망을 품고 서로 사랑하며 살아가자는 김기정 담임선생님의 인성교육과 문예지도교사로서 김 군의 잠재한 소질과 특기 계발에 4년을 공들인 김순덕 선생님의 노고에 감사를 드리고 싶어서이다.

아울러 귀중한 문집 발간을 거듭 축하하며 이 문집의 곳곳에 녹아있는 '난, 할 수 있다'는 자신감과 끈기가 김 군이 사회와 나라에 봉사하는 훌륭한 사람으로 대성하는 데 디딤돌이 되기를 바라마지 않는다.

시조로 향수하는
문화예술의 세기
어린이 시조나라(2013 제8호) 게재

시조나라 어린이 여러분! 안녕하세요?

여러분을 만나 뵙게 되어 반갑습니다.

여러분이 주역으로 살아갈 21세기 미래사회는 핵무기를 갖춰 무력을 앞세우는 나라도 아니며, 돈이 많아 경제가 부유한 나라도 아니라 합니다. 초일류 선진 국가를 이루는 길은 오직 문화예술을 잘 가꾸고 빛내는 데 있다고 해요. 21세기는 사람이 사람답게 아름답게 살려는 노력을 중시하게 되어 자연히 문화예술이 번창하는 시대가 될 것이라는 말입니다. 그래서 21세기는 문화의 세기라 하고 있지요.

문화예술은 사람이 사람답게 살아가기 위하여 만들어 놓은 것입니다. 그래서 사람이 추구하는 최고의 가치를 말하라면 누구나 진·선·미라고 하지요. '진과 선'은 윤리나 도덕에서 배울 수 있는 것이라면 '미'는 문화예술을 통해서 키울 수 있습니다. 그래서 사랑하고, 감동하며, 열광할 수 있는 풍부한 감수성과 정서를 가진 사람이 되는 것입니다. 새 세기는 이러한 특성을 가진 사람이 이끌어 갈 것이라는 거죠. 그러므로 글을 모르면 문맹, 컴퓨터를 모르면 컴맹이라 하듯이 예술을 모르면 또한 맹인이 될 것이 아니겠습니까. 그래서 무력과 경제력이 곧 강대국이라던 시대는 가고 문화예술이 앞선 나라가 선진국이며 강대국이 되는 시대가 다가올 것이라는 거죠.

그래서 우리나라는 외국인들에게 한국에 대한 올바른 인상을 심어주고자 하는 뜻에서 '한글', '한복', '김치와 불고기', '불국사와 석굴암', '태권도' 등등을 '한국의 문화상징 베스트 10'으로 선정한 바 있어요. 이는 우리

제2회 설록차 우리시 문학상 남광초 5학년 양승빈 최우수상 수상(2003. 1. 25.)
남광초는 학교 단체상 수상

문화를 상징할 수 있는 의·식·주를 비롯한 다양한 분야의 것으로 생활 속에서 쉽게 찾아볼 수 있는 고유한 것들이라 할 수 있지요.

그중에서도 한글은 1997년에 유네스코가 세계기록문화유산으로 지정했고, 나아가 문맹퇴치에 공이 많은 개인이나 단체에게 주는 상을 세종대왕문해상이라 할 정도로 한글의 우수성과 위상을 세계가 인정하고 있는 것입니다. 그러나 한글로써 표현할 수 있는 '3장 6구 12음보 45자 시조'는 서구의 소네트나 일본의 하이쿠처럼 각광을 받지 못하는 현실이 안타깝습니다.

시조는 우리 민족이 만들어 낸 고유하고 독특한 정형시입니다. 시조는 원래 신라의 향가나 고려의 속요 등의 영향을 받으며 이어 오다가 고려 말에 이르러 시조라는 새로운 형태의 틀을 갖추게 된 것입니다. 시조라는 이름은 '시절 단가 음조(時節短歌音調)'의 준말로 여기에는 시보다는 노래에 더 가까운 특징을 갖고 있다고 해요.

시조는 조선 시대에 크게 발전하였지요. 그 까닭은 시조의 형식이 민족의 생활 감정과 정서를 담아내는 데 적합했기 때문입니다. 당시 양반들은 한시를 많이 지었는데, 한시와 비슷한 시조를 지으면서 노래와 춤을 즐기는 가운데 시조를 발전시켰습니다. 특히 조선 영·정조 시대부터는 실학사상의 영향으로 서민 문학이 일어났는데 시조가 서민층으로 널리 퍼지게 되었답니다. 이처럼 시조는 조선시대의 엄격한 신분 계층에도 불구하고 임금으로부터 이름 없는 백성에 이르기까지 사랑했다는 점에서 민족 문학이라고 할 수 있어요.

다른 나라의 정형시를 보면 일본의 하이쿠나 중국의 절구를 들 수 있는데 형식이 엄격하여 글자 수를 마음대로 바꿀 수 없어요. 그러나 우리 시조는 종장 첫 마디는 3자, 둘째 마디는 5~7자로 정해져 있을 뿐, 글자수를 가감할 수 있지요. 마음대로 자신의 생각을 표현할 수 있도록 융통성이 있다는 이야기지요. 이런 점에 미루어 시조는 정형시이지만 다른 나라의 어느 민족시보다 월등히 우수한 형식을 갖고 있다 할 수 있습니다.

'한국의 문화상징 베스트'를 곱씹어보노라니 '가장 한국적인 것이 세계적이다.'라는 말이 떠오릅니다. 여러분은 가장 한국적인 것을 무엇이라 생각하나요? 나는 위 다섯 가지에 앞서 가장 한국적인 것을 '시조'라고 말하고 싶어요. 시조는 우리 민족정신이 녹아 있는 민족문학의 자랑스러운 유산이기 때문입니다. 그래서 새천년 문화의 시대를 살아갈 우리가 먼저 해야 할 일이 시조를 공부하고 사랑하는 일이 아닌가 해요.

그 일의 기초를 닦으며 시조 민족 문학이 세계 문학이 되도록 힘쓰는 이가 '어린이 시조나라 사람들' 입니다. 지금은 겨자씨 같이 자그맣지만 여러분의 동참에 힘입어 거목으로 자라날 것입니다. 어린이 시조나라가 쑥쑥 자라나도록 우리 힘찬 응원의 박수를 쳐요, 고마운 마음과 함께….

생태도시 기반을
닦는 노력

- 『물빛 담은 남원』 출판에 부쳐 2016. 9. 24.

안녕하십니까? 반갑습니다.

들어서 별 소용이 없을 것 같지만 아기업개 이야기도 귓전에 흘리지 말라는 제주 속담이 생각나서 여행 이야기 하나를 하겠습니다. 일본 마쯔야마 온천 이야기입니다. 이 온천은 나쯔메 소세키의 소설 「봇짱」의 무대로서 유명해진 곳입니다.

오승철 시인의 시조 「어처구니 있다」가 남원의 '머체왓'을 유명하게 하듯 말입니다. 그런데요, 마쯔야마松山 온천이 유명해진 이면에는 머체왓에 시조가 있듯 일본의 시가인 하이쿠가 있다는 사실입니다.

온천의 아름다운 계곡마다 '하이쿠의 길'이 펼쳐져 있어 누구나 자유롭게 자기의 느낌을 열일곱 자의 하이쿠 형식의 시를 써 걸어 놓을 수 있도록 했습니다.

그 결과 소설 하나가 그 거리를 그렇게 명소로 떠오르게 했고, 그 밑바탕의 하이쿠가 그 온천을 아름답게 장식했던 것입니다. 이처럼 우리 남원에도 '시조의 거리 하나쯤은 있어야 하지 않겠는가.' 하는 저의 염원을 여러분께 호소하고 싶어서 마쯔야마 온천 이야기를 하게 된 것입니다.

이런 염원으로 우리 제주시조시인협회에서는 남원읍이 생태도시로 탄생되기를 바라며 서귀포시와 '남원읍'을 소재로 아름다운 시조시를 창출

남원읍 생태도시 기반 조성 및 『물빛 담은 남원』 출판기념회(2016. 9. 24.)
위 왼쪽 김정숙, 홍경희, 김윤숙, 강애심, 김영기, 임태진, 행사임원, 김연미
아래 왼쪽 김영숙, 한희정, 김진숙

하고 '하늘빛 물을 담은 남원'이라는 시집을 상재하게 된 것입니다.

시조 한 편을 쓰기 위하여 우리 협회에서는 물영아리를 여러 번 답사했다는 사실을 덧붙입니다. 그리하여 여기에 실린 시조시편들이 마쯔야마 온천의 '하이쿠의 길'처럼 남원읍이 생태도시로 지정되는 데 밑거름이 되고, 그리하여 세계의 관광 생태도시로 발전하기를 기원합니다.

끝으로 이처럼 뜻깊은 자리를 마련하시고 초대해주신 김민하 남원읍 장님께 감사드리며 아울러 생태도시 기반을 닦으시는 남원읍 지역관리위원회 관계관 여러분의 노고에도 위로와 치하를 드려 마지않습니다. 아무쪼록 이 행사가 성황리에 마무리되어 보람찬 행사의 하나로 기억되기를 바랍니다.

'하늘빛 물을 담은 남원' 파이팅! 감사합니다.

해녀 문화의
초석이 되도록

『할머니의 테왁』 출판기념회

2017. 11. 10. 온평 갯끄시 카페에서

안녕하십니까? 반갑습니다.

『할머니의 테왁』 출판기념회를 축하하면서 흔히 들어주기 따분한 말로 '여행 이야기'와 '군대 이야기'를 꼽는데 이 자리에서는 들어서 소용이 되는 여행 이야기 하나를 소개하겠습니다. 일본 마쯔야마 온천 이야깁니다. 이 온천은 나쓰메 소세키의 소설 「봇짱」의 무대로서 유명해진 곳입니다. 비유하자면 제주작가 현기영의 소설 「순이 삼촌」이 북촌마을 '너븐숭이'를 유명하게 했고, 4·3사건을 다시 평가하는 계기를 이루워냈듯 말입니다.

그런데요, 마쯔야마松山 온천이 유명해진 이면에는 북촌리 너븐숭이가 「순이 삼촌」이라는 소설에 살아나듯 일본의 시가인 하이쿠가 있다는 사실입니다. 온천의 아름다운 계곡마다 '하이쿠의 길'이 펼쳐져 있어 누구나 자유롭게 자기의 느낌을 열일곱 자의 하이쿠 형식의 시를 써 걸어 놓을 수 있도록 했습니다. 그 결과 소설 하나가 그 거리를 그렇게 명소로 떠오르게 했고, 그 밑바탕의 하이쿠가 그 온천을 아름답게 장식했던 것입니다.

이처럼 우리 난산에도 김정배 작가에 의해서 '테왁 할망 올레길' 하나쯤은 있어야 하지 않겠는가.' 하는 저의 염원을 여러분께 호소하고 싶어서 마쯔야마 온천 이야기를 하게 된 것입니다. 이처럼 우리 제주아동문학협회 회원들은 보물섬이라는 제주도 천혜의 글감을 활용하여 어린이 동화 나라를 이루는 염원을 갖고 작품 활동을 해오고 있습니다. 그 하나가 오늘 출판기념회를 하는 『할머니의 테왁』이 아닌가 합니다. 제주도의 '해녀 문화'가 유네스코 인류무형문화유산으로 등재되는가 하면, '제주 밭담'이 세계중요농업유산에 등재되는 쾌거를 이루웠습니다. 그 밑바탕에는 우리들이 제주를 사랑하는 해녀 동화와 밭담 동시 작품들이 한몫을 하고 있다는 자부심과 사명감을 갖고 있습니다.

흔히 작가는 입으로 말하지 않고 작품으로 말을 한다고 하는데 저는 김정배 작가의 『할머니의 테왁』을 읽으면서 그 뜻을 실감하였습니다.

'김정배는 작품으로 말한다.'는 것입니다. 쉽게 말하면 동화를 잘 쓴다는 겁니다. 이 말은 제가 하는 말이 아니고, 제주아동문학협회 1호 동화작가 박재형이 평한 말입니다. 물론 저도 독자 입장에서 잘 썼다고 감탄 감동하던 터였습니다. 동화의 생명은 재미와 감동입니다. 읽고 난 후 잔잔한 여운이 감도는 동화를 잘 쓴 동화라 할 수 있겠습니다. 이 동화를 2쇄에 붙였다는 것으로도 충분히 이를 검증한 것이 아니겠습니까.

저는 시집만 여덟 권을 펴냈지만 한 번도 출판기념회를 연 적이 없습

김정배 동화 『할머니의 테왁』 출판기념회 축사(2017. 11. 10.)

니다. 출판사에서 주선하여 기념회를 열어 줄 일은 더더욱 기대할 수 없는 일이기에 제 생애에 출판기념회는 없을 것 같습니다. 그런 의미에서 동시집 한 권 제대로 펴내지 못한 자신이 선배로서 부끄럽고 오늘의 출판기념회가 한없이 부러운 것입니다.

옛말에 사람이 태어나면 서울로 보내고 말이 태어나면 제주로 보낸다고 했는데, 오늘날에는 유명 작가들이 제주를 소재로 설화 동화를 쓰고 있고, 제주도를 시시하게 여겨 업신여기던 시인들도 올레길 동시를 쓰는 등 시대가 변하였습니다. 이제는 제주로 제주로 작가들이 모여드니 토박이 작가들이 쫓겨나지 않을까 걱정입니다. 이런 의미에서도 『할머니의 테왁』 동화로 제주를 지키는 김정배 작가에게 격려와 응원의 박수를 보내고 싶습니다. 머리 굴려 글을 쓰지 않고 현장에서 발품으로 글을 쓰는 김 작가를 존경합니다. 가족처럼, 연인처럼 사랑합니다.

끝으로 이처럼 뜻깊은 자리를 마련하여주신 출판사 사장님을 비롯한 임직원의 노고에 감사드리며 아울러 출판사의 무궁한 발전을 기원하여 마지않습니다. 아무쪼록 이 행사가 우리 협회의 발전에 기여하기는 계기가 되기를 바라며 뜻깊은 행사의 하나로 오래 기억되기를 바랍니다.

'할머니의 테왁' 파이팅! 감사합니다.

'동심을 가꾸며 동심에 사는'

– 신례초 문집에 부쳐

요즘 우리 어린이들은 어른들의 닦달에 기를 펴지 못하는 것처럼 보여요. 좋은 대학에 보내려고 쉴 새 없이 학원으로 떠미는 어른들의 욕심 때문이지요. 창의력이라는 것도 노는 가운데 생기는 건데요, 이러다가는 스스로 알아서 생각하고 판단하는 능력마저 잃어버리는 것은 아닌지 걱정스러울 때가 한두 번이 아니랍니다.

그러던 차에 신례교 어린이들의 동시 작품집을 읽게 되었어요. '문제 해결의 열쇠가 바로 여기 있구나.' 하고 매우 반갑고 기뻤답니다.

동시를 읽노라니 '흙에서 자란 내 마음 파란 하늘이 그리워'라는 정지용의 「향수」 시구가 오롯이 저절로 살아나는 거예요. 그래서 아마 시를 사랑하는 마음은 자연을 품고 사는 것과 같다고 했나 봅니다.

여러분이 감귤원에서 또는 바닷가에서 생활을 가꾸며 쓴 시편들은 도시 어린이들에게는 상상도 할 수 없는 보배로운 것이라 생각됩니다. 이것이 나 자신과 자연을 통할 수 있게 하는 힘이 되어주기 때문이죠. 모든 시편이 다 그러하지만 그중에서도 「감귤」, 「강아지」, 「바다」와 같은 글감이 그렇고 「지렁이」, 「달팽이」 등을 친구처럼 생각하는 친환경적인 생각이 도시의 친구들과는 아주 다른 점이라고 생각했어요.

그래서 우리는 들에서 또는 바다에서 놀면서 배우는 거예요.

들꽃에서 웃음과 향기와 맑음을 얻고 물새에서 노래와 자유와 기쁨을 얻을 수 있지요.

이런 것들이 여러분의 시가 되고 노래가 되어 다른 사람에게 기쁨을 주니 이것이 사랑을 베푸는 것과 다르지 않다는 거예요. 그러기에 이러한 경험은 무엇과도 바꿀 수 없는 여러분의 귀중한 자산인 거예요. 그런 점

정지용 문학관에서(2020. 9. 29.)

에서 여러분은 참 행복하구나 생각하니 슬며시 부러워지는 거예요. 그러니 한 번으로 만족하지 말고 앞으로도 꾸준히 싱그러운 자연 속에서 빛나는 감성을 잘 가꿔 해거리 없는 문집이 창출되기를 기대합니다.

신례 어린이 여러분! 빛나는 동시 문집이 나오기까지 애쓰신 '동심을 가꾸며 동심에 사는' 김정희 담당 선생님과 지도에 힘쓰신 여러 담임선생님, 아울러 아동문학에 남다른 관심과 사랑으로 후원을 아끼지 않으시는 안재근 교장 선생님께 고마운 인사를 드려야겠지요?

감사합니다.

제5장

심사평

옛 성현의 말씀에 이런 말이 있습니다. 거짓말인데 필요한 거짓말이 세 가지가 있다는 거죠. 어쩌면 문제 사태에 접한 우리 유아들의 문제 해결을 위하여 꼭 필요한 거짓말인지도 모릅니다. 그 내용인 즉 하나가 환은(患隱)입니다. 우리가 아픈 사람 문병을 갔을 때 아무리 환자의 상태가 좋지 않다 하더라도 '많이 좋아졌습니다. 조금만 힘내세요.' 하는 위로의 말로 용기와 희망을 줍니다. 그러나 곧이곧대로 '아이구, 큰일이군요. 가망 없게 보입니다.' 하며 진심으로 걱정스런 인사말을 했다고 할 때 그 말을 들은 환자는 진짜로 낙심하고 절망하여 병세는 더 악화될 것입니다. 그러므로 환은은 보약보다 더 좋은 거짓말이 될 수도 있습니다.

심사평

제주 신인 문학상 및
창작 동화 발표 심사평

기성의 틀을 깨는 신인다운 패기

제2회 제주 신인 문학상 아동문학 부문 심사평

1992. 9. 12. 심사(심사위원: 김영기, 박재형)

『제주문학』 제22호(1992. 12. 15.) 게재

아동문학 부문에는 응모자가 적었다. 응모가 저조하다는 것은 그만큼 관심이 덜하다는 뜻이기도 하다. 그래서인지 응모 작품들도 모처럼의 기대에 미치지 못하여 아쉬웠다. '아동문학' 하면 동화와 동시를 꼽을 수 있는데 어른과 아이가 공유하는 동심을 바탕으로 하는 동심의 문학임을 강조하고자 한다.

그런데 아직까지는 소설보다 못한 것이 동화요, 시보다 못한 것이 동시라는 인식은 아동문학의 본질을 이해하지 못한 데 기인한 소치라고 본다. 이러한 전제 아래 동시 작품을 보면 동시의 한계를 넘어 어른이 읽기에 적합한 '성인시' 류와 어린이 수준에 영합하는 '아동시' 류로 대별할 수 있었다. 응모작품 「할머니의 묘」가 전자의 경우이고 「작은 옹달샘」이 후자의 경우라 하겠다. 이는 신인들에서 흔히 보이는 양극화 현상인데 반드시 극복해야 할 과제라 하겠다.

동화의 경우는 동화의 생명이라는 판타지와 리얼리티의 조화에 성공했으며 탄탄한 문장력이 돋보였다. 그러나 기성의 틀을 깨려는 신인다운 패기와 소재의 참신성이 아쉬움을 주었다. 이 말은 소재 선택의 범위가 좁다는 말로도 풀이된다. 이와 같은 이유로 「바람의 나들이」를 가작의 자리에 올린다.

위에 지적한 동시의 '양극화의 극복'과 '소재의 확대' 등은 아동문학 지망생들이 모두 새겨들어야 할 지침이기도 하다.

너무 흔한 글감

제8회 제주 신인 문학상 아동문학 부문 심사평

1998. 9. 22. 심사(심사위원: 김영기, 박재형)

『제주문학』 제31집(1998. 12. 15.) 게재

응모된 12편의 동화는 나름대로 고뇌한 흔적이 보였다. 그런데 문장이 너무 어렵다거나 어린이들의 문장 수준을 벗어나지 못한 동화가 있었고, 너무 흔한 글감을 골라 감동을 주지 못했다. 또 이미 쓰인 동화와 비슷한 내용의 글이 있어 신인상 응모작이라면 신선함과 패기가 느껴지는 작품이라야 할 것 같다.

예심을 통과한 작품은 김희정의 「희야자야」와 김애경의 「천사에게 쓴 편지」, 강나루의 「나는야 소사나무」였다. 「희야자야」는 한 어린아이의 천진난만한 에피소드를 쓴 작품으로 재미는 있으나 시대성이 떨어지고, 「천사에게 쓴 편지」는 문장이나 구성은 좋으나 너무 평범한 이야기였다. 「나는야 소사나무」는 중편으로 난해한 문장이 끼어 있으나 구성과 문장이 탄탄하고, 경직된 인간성 문제를 동화 속에 녹아들게 하여 자신의 꿈을 이루는 소사나무의 내적 갈등을 자연스럽게 표출하고 있어 난해한 문장의 단점이 있음에도 불구하고 장래성이 엿보여 후자를 당선작으로 밀게 되었다.

동시 응모자는 단 2명에 불과했다. 두 사람의 동시 수준 역시 너무 쉽게 쓰고 있어 습작 수준을 벗어나지 못하고 있다는 데 심사자의 의견이 일치했다. 동시를 대하는 관점도 안일하여 너무 쉽게 도전하려는 생각을 가지고 있어, 어린이와 어른을 다 함께 만족시키려는 시각에서 동시가 쓰여져야 한다는 사실을 간과하고 있어 올해는 당선작을 내지 않기로 했다.

유아의 꿈을 심어주는 동화로

제2회 유치원 교사 창작동화 발표대회(1997. 7. 25.)

제주학생문화원 세미홀에서

옛 성현의 말씀에 이런 말이 있습니다. 거짓말인데 필요한 거짓말이 세 가지가 있다는 거죠. 어쩌면 문제 사태에 접한 우리 유아들의 문제 해결을 위하여 꼭 필요한 거짓말인지도 모릅니다. 그 내용인즉 하나가 환은(患隱)입니다. 우리가 아픈 사람 문병을 갔을 때 아무리 환자의 상태가 좋지 않다 하더라도 '많이 좋아졌습니다. 조금만 힘내세요.' 하는 위로의 말로 용기와 희망을 줍니다. 그러나 곧이곧대로 '아이구, 큰일이군요. 가망 없게 보입니다.' 하며 진심으로 걱정스런 인사말을 했다고 할 때 그 말을 들은 환자는 진짜로 낙심하고 절망하여 병세는 더 악화될 것입니다. 그러므로 환은은 보약보다 더 좋은 거짓말이 될 수도 있습니다.

그 두 번째가 규은(閨隱)입니다. 규은은 아무리 박색인 처녀라도 앞에서는 예쁘다고 칭찬하는 것을 말합니다. 남자도 잘생겼다는 칭찬에는 힘이 솟는 법인데 하물며 처녀야 더 말할 나위 없을 것입니다. 그런데도 옥상에서 떨어진 메주같이 못생겼다고 흉을 보면 당사자의 심정이 어떻겠습니까? 그러므로 규은은 대인관계를 부드럽게 하는 윤활유 역할을 한다고 볼 수 있습니다.

그 세 번째가 용은(容隱)입니다. 용은은 제 자식이 죄를 지어도 어버이로서는 차마 고발하지 못하고 숨겨주고 싶은 심정을 이르는 말입니다. 극치를 이루는 사랑의 표현인 셈이지요. 보통 어버이들은 제 자식의 죄를 까놓고 발설하며 다니지는 않을 것이라는 말입니다. 현대식 사고로는 신고하여 죄의 값을 받게 하는 것이 부모의 도리라 할지도 모릅니다.

그렇지만 어버이 본성은 무조건 감싸주고 아낌없이 다 주고픈 사랑에 있기 때문입니다.

나는 여기에 하나를 더하여 교은(敎隱)을 두고 싶습니다. 선생님들은 유아들과 생활하면서 뛰어난 어린이, 모자란 어린이 등 갖가지 어린이를 대하게 됩니다. 그 어린이 중 모자란 어린이에 대하여 칭찬을 하자는 겁니다. '참 잘하지. 잘할 수 있어. 참 똑똑하구나!' 하고 칭찬을 하면 어린이는 힘을 얻고 자신감을 갖게 될 것입니다. 자신감을 배양한다는 것은 성공과 실패를 판가름하는 열쇠를 쥐고 있는 것과 다름 아닙니다.

제가 서두에 삼은(三隱)을 인용하는 까닭은 창작동화를 씀도 꼭 이와 같다는 생각이 들기 때문입니다. 따지고 보면 동화라는 것도 거짓말 아닙니까. 가치로우며 있음직한 이야기를 상상과 공상의 세계로 끌고 가는 것이 동화입니다. 꿈과 희망을 주는 바람직한 거짓말 이야기라는 말이지요. 특히 선생님들께서는 교은(敎隱)에 대하여 유념하면서 창작 동화에 임해주시면 고맙겠습니다.

각설하고 선생님들의 창작동화 원고 내용과 동화구연 두 가지에 대하여 공통적으로 시정했으면 하는 점을 말씀드리고 다음 기회에 다소의 도움이라도 된다면 하는 바람입니다.

① 문장은 짧게 써야 쉬운 글이 되고 전달이 잘 됩니다. 예를 들어 '영희는 아침에 세수를 하고 밥을 먹고 책가방을 메고 학교에 갔습니다.'라는 문장이 있다 할 때 문장을 넷으로 나누었으면 하는 것입니다. 그리고 위 문장에는 '~고' 하는 토씨가 중첩되어 있습니다. 이는 퇴고를 소홀히 했다는 증거입니다. 조금만 성의를 가지고 퇴고를 했어도 이런 문장은 바로잡을 수 있었을 것입니다. '쓰레기통이 좋은 글을 만든다.'는 말이 있습니다. 이 말은 퇴고를 많이 해서 폐지가 많이 생겨 쓰레기통이 가득했다는 말입니다. 퇴고의 중요성을 강조하는 데서 나온 말이지요.

② 동화를 구성하는 낱말은 순 우리말 쓰기에 힘썼으면 합니다. 한자말과 외래어 쓰기를 삼가서 바르고 고운 우리말 확산 보급에 힘쓰는 것이 나라 사랑의 길입니다. 예를 들면 한자말로 •두 명은 미안해서-두 사람은 또는 두 친구는 미안해서 •모두가 자는 틈을 이용하여-모두가 자는 틈을 타 •악취로 황폐한 곳-더러운 냄새가 나는 곳 •포기하다-그만두다 등으로 표기했으면 하고, 영어를 사용한 것으로는 •엄마의 파이팅에-엄마의 응원에 •삼총사 파이팅-삼총사 만세 •지수와 라이벌 철수-지수의 맞수인 철수 등으로 고쳐 썼으면 더 부드러운 표현이 되었을 것입니다.

③ 동화가 아무리 꾸며낸 이야기라 하더라도 판타지 설정이 황당무계(荒唐無稽)해서는 안 되겠다는 것입니다. 예를 들면 •물속에 빠진 동전을 꺼내려다가 물에 빠졌는데 금붕어를 만났다는 이야기 •엄마

뱀은 삐약이를 잡아먹으려 하나 아기 뱀은 같이 놀려 한다는 내용 등이 그렇고 등장물에 대해서도 아기 뱀 대신 까투리나 종달새로 했으면 좋았겠다 하는 아쉬움이 있었습니다.

④ 사실은 사실대로 과학적인 것은 과학적인 것으로 바르게 기술해야 하겠습니다. 예를 들면 도룡뇽 알을 개구리 알이라고 한다든지, 여치를 풀무치로 가르치면 잘못된 지식이 형성되어 어린이의 판단을 흐리게 할 위험이 있기 때문입니다. 거센 바람과 함께 자욱한 밤 안개라는 문장의 오류는 심한 바람이 부는 밤 안개가 없다는 것이며, 호텔을 싯는다고 흙탕물이 시냇물을 오염시켰다는 문장을 고쳐 쓴다면 공장을 지어서 폐수가 시냇물을 오염시켰다고 해야 바른 표현이 될 것입니다.

⑤ 관점 또는 주제의 일관성과 시제의 통일이 있어야 하겠습니다. 예를 들면 현재 진행형의 문장으로 끌어오다가 끝에는 과거형 어미를 쓴다든지 하는 시점의 일관성의 결여를 지적하는 말입니다. 또 산성비를 걱정하면 산성비에 대한 이야기로 맺음하는 것이 상례인데 엉뚱하게 교통사고를 당한다는 내용으로 중심이 반전된 것입니다. 이것은 주제의 일관성 결여에서 비롯된 것입니다. 어떤 작품에는 '아기 구름이 태어났어요'라는 표현이 있는데 '아기 구름이 긴 잠에서 깨어났어요'라는 표현을 썼더라면 더 좋았겠다는 생각이 들었습니다.

⑥ 동시를 쓸 때나 동요 곡을 붙일 때도 클라이맥스를 잘 해야 작품이 빛이 납니다. 동화의 경우는 더욱 그렇습니다. 결말을 예측할 수 없게 긴장감과 호기심을 넣어가면서 독자나 청중을 의도하는 방향으로 끌어가는 것입니다. 그래야 이야기가 재미있다 하는 것입니다. 그런 관점에 충실한 작품으로는 「내 몸은 나 혼자의 것이 아니야」,

「지수가 선물한 일기장」, 「색종이 나라」, 「제일 맛있는 포도」, 「수라와 재현이의 약속」 등이었습니다.

⑦ 창작동화의 생명은 자기만의 목소리를 담은 개성적인 독창성에 있다 할 것입니다. 그래서 창작에 피를 말린다는 말이 나왔는지도 모릅니다. 동화 작품 중에는 세계 명작 동화인 「인어 공주」나 「미운 오리 새끼」를 모방한 듯한 작품이 있었습니다. 선생님들이 기성 작가가 아닌 이상 그것은 당연한 소치일 수도 있습니다만 그래도 기성 작품을 모방하는 데서 벗어나려는 노력을 해야 합니다. 그러려면 소재 찾기에 힘써 소재가 빈곤하다는 말을 듣지 말아야 하겠습니다.

끝으로 유치원 교사의 창작동화 발표대회는 원고 내용과 구연 기술을 종합하여 평가하는 것이기 때문에 내용과 발표의 비율을 3:7로 하였습니다. 원고 내용도 우수하고 발표도 우수하다면 금상첨화겠지요. 그런데 원고 내용은 모자라다고 생각되는데 발표 내용은 탁월해 원고의 약점을 극복하여 우수상으로 평가받은 선생님이 계시다는 것입니다. 코팅 자료, 실물 자료, 인형극, 파워포인트 등의 자료 활용과 천부적인 동화 구연 음성으로 장내를 일신시키며 매료 분위기를 연출한 것입니다. 이러한 점을 참고로 하여 차기 대회에는 더 알찬 작품으로 자리를 빛내 주시기 바라며 심사평에 대신합니다.

인성의 바탕이 되는 동화 한 편

제3회 유치원교사 창작동화 발표대회(1999. 7. 24.)

제주학생문화원 세미홀에서

유아들에게 동화는 어째서 필요한가를 동화 발표에 앞서 생각해 보기로 하겠습니다. 시성 괴테는 '나의 인생의 진리는 대학에서 배운 것이 아니라 어머니 무릎을 베고 들은 옛날 이야기에서 배웠다.' 하였고, 일본의 제국주의 밑바탕을 이룬 것은 '모모타로 이야기'에서 비롯됐다는 말이 있습니다. 이처럼 한 편의 동화는 어린이의 정서 함양과 성격 형성에 지대한 영향을 끼치게 됨을 지적한 단적인 예가 되겠습니다. 이러한 점을 고려할 때 한 편의 동화를 창작하는 데도 공을 들이고 정성을 쏟아야 할 당위성이 있는 것입니다.

이번 제3회 창작 동화 발표대회에는 이러한 점을 참고로 하여 다음과 같이 평가 기준을 정해 보았습니다. 먼저 심사 관점 및 배점 내용을 보면 동화 원고 내용을 30점으로 하고, 발표 심사를 70점으로 하여 합계 100점으로 평정토록 하였습니다. 동화 내용의 심사 관점은 ① 유치원 교육과정과의 부합도 ② 주제 의식의 명확도 ③ 유아 발달단계 및 생활과의 관련 정도 ④ 현장개선 기여도 ⑤ 일반화 가치 ⑥ 문학적 감동 등으로 설정하고 각 항목 5점씩 합 30점으로 하였습니다. 동화 발표 심사의 배점은 표현 방법 50점, 태도 10점, 반응 10점으로 하였습니다. 그 세부적인 평가 항목은 아래와 같습니다.

-표현 방법 심사 관점
• 보조 자료 활용 등 연출 방법이 독창적이며, 교수 학습 방법을 개선하는 데 도움을 주고 있는가? •발음이 정확하고 고저 장단 등 음성이 자연스러운가? •리듬감과 감정 표현이 적절한가?

-태도
• 제스처는 내용에 부합되며 자연스러운가? •당당한 태도로 청중을 사로잡는가?

-반응

• 청중의 듣는 태도가 진지한가? •구연자와 청취자가 일체감을 이루고 있는가? 등입니다. 그러면 먼저 원고내용 심사에 따른 지적 사항을 말씀드리고 더 좋은 창작동화에 보탬이 되기를 바라마지 않습니다.

① 동화에는 눈으로 읽는 동화와 입으로 말하기에 적합한 구연동화를 생각해 볼 수 있습니다. 읽는 동화의 관점에서 어린이 독자를 위하여 낱말 하나 문구 한 줄에도 세심한 주의와 정성을 깃들여야 하겠습니다. 예를 들면 '엄마께 이야기를 해주었어요-드렸어요.', '과일가게 진열장-좌판에 또는 진열대', '강낭콩이 뚱뚱하고 멋있었어요.-강낭콩 싹이 튼튼하고 싱그러워요.', '어푸어푸 꼴깍 은주 살려-사람 살려!', '엉덩방아를 찧다.-찧다.', '로보트-로봇.', '빈 통조림병-빈깡통.', '노를 젓었어요-저었어요.', '수북이 널려 있고-여기저기 널려 있고 또는 쓰레기가 수북이 쌓여 있고', '힘들도록 놀았다.-지치게 놀았다.', '꽉 막힌 매연-하늘에 낀 검은 연기 또는 하늘을 가린 매연.', 'IMF실직-사업의 실패로 부도' 등으로 교정했으면 하는 것들입니다.

② 아무리 유아 동화라고 하지만 의인화도 이치에 맞게 처리했으면 합니다. 소재의 선택이 어색하거나 지극히 상식적으로 처리된 작품이 눈에 거슬렸습니다. 예를 들면 「민들레의 소원」에서 먹다 던진 음료수 빈 캔에 짓눌린 엄마 아빠 민들레가 미화원 아저씨에게 도움을 받았다는 내용을 자연 봉사대 어린이에게 도움을 받는 것으로 설정했더라면 하는 생각이고, 「수박아, 힘내라」라는 동화는 따돌림받던 뚱뚱이 수박이 배고픈 참새의 먹이가 되어 보람을 찾

는 이야기인데 주인공을 못난이 하급로 하여 새 먹이가 되었다고 이야기를 전개했더라면 실생활과도 친근한 이야기가 되었을 것이고, 「외로운 울퉁이」에서는 등장인물들 즉 자갈돌, 집게, 암탉, 뱀과 도마뱀, 토끼 등 동물들의 류에 일관성이 없습니다 고쳐 쓴다면 바다동물로는 집게, 거북, 새우, 고래 등을 등장시키고, 육지 동물로는 꼬리 잘린 도마뱀을 주인공으로 했더라면 자연 공부도 되고 일거양득이었을 것입니다. 「풀잎이와 이슬이의 꿈」은 햇살 요정과 아이와의 왕자와 거지로 설정한 요정 동화인데 요즘은 현장학습이나 도농체험 학습을 많이 권장하고 있으니 생활 동화로 개작했더라면 더 좋은 점수를 받았을 것이며, 「청개구리 초록이」에서는 톡톡이 이슬과 멀리뛰기 시합을 하는 게 너무 추상적이어서 숲 속의 다람쥐와 청설모와의 뛰기 내기로 했더라면 이치에 맞는 이야기가 되어 좋았을 것입니다.

③ 동화 줄거리를 전개해 나가는데는 복선(伏線) 수법을 활용하면 이야기가 더 흥미진진하게 되고 호기심을 자극하여 이야기 속으로 청자를 함몰시킬 수 있습니다. 또 끝맺음을 눈치채지 못하게 하여 반전시킴으로써 긴장감으로 고조된 감정을 정화하여 동화의 극치를 맛보게 합니다. 예를 들면 「경훈이의 미소」에서는 교통사고로 눕게 된 경훈이가 강낭콩이 고사될까 걱정했는데 반 친구들의 보살핌으로 싱싱하게 자란 강낭콩 덩굴을 보고 깜짝 놀라는 것입니다. 「솔이의 그림 제목」에서는 그림 제목을 무엇으로 할까 하는데 아무도 생각치 못한 '빵빵 소리는 싫어요' 하고 정한 것이라든지 「나도 할 수 있어요」에서는 자폐증을 보이는 어린이가 어렵게 '선생님 안녕하세요?' 하고 인사하는데 그때 선생님은 '은지야, 오늘 선생님은 무척 기쁘구나. 은지에게 제일 듣고 싶은 말이었거든…' 하고 그 말

씀 한 마디에 은지는 '야호 선생님이 내 인사를 기다렸구나.'로 끝을 맺습니다. 이처럼 유아들의 심리적 갈등과 욕구를 잘 파악하여 생활 동화 형식 속에 녹아들게 한 점이 좋았습니다.

④ 동화는 재미있어야 하고 감동적이어야 합니다. 이게 말은 쉽지만 실제는 어려운 것입니다. 이 같은 작법을 극복한다면 기성 동화작가가 되겠지요. 그래서 동화 발표의 발전 방향을 몇 가지로 요약하여 말씀드리려 합니다.

• 문장은 짧게 하여 복합문장을 삼갑시다.
• 앞으로는 문어체 동화에서 구어체 동화를 시도해 봅시다.
• 동화의 문장을 시적 표현이 되게 다듬어 여운이 진한 앙금처럼 남게 하여 봅시다.
• 동화 쓰기 도입부에는 복선 수법을, 절정 부분에는 반전 수법 등을 활용하여 동화의 묘미를 살리는 데 유념합시다.

끝으로 동화 발표를 효과적으로 연출하기 위하여 개성적인 자료를 투입한 점, 유아들임을 유념하여 명료한 발음하기에 힘쓴 점, 발표 시 유아의 눈높이를 맞추려고 배려하는 점 등을 높이 평가하며 이러한 점은 유치원 교사로서 반드시 지녀야 할 소양이라고 보아 그간의 노력에 치하와 감사를 드리면서 심사평에 갈음하고자 합니다.

가슴에 따뜻한 사랑, 아름다운 동화의 세상

심사위원: 유인숙(색동 어머니 동화구연가회 울산 지회장), 김영기(제주아동문학협회장), 이소영(제주아동문학협회 부회장)

제1회 전도 색동 어른들이 들려주는 이야기 대회(2003. 4. 27. 한라 아트홀에서)

오늘 색동 어머니 동화구연가회 제주지회가 주최하고 제주도와 제주시에서 후원하는 제1회 전도 색동 어른들이 들려주는 이야기 대회를 마련한 이선영 색동어머니 동화구연가 제주 지회장님을 비롯한 관계된 모든 분들께 고마움을 드립니다. 그리고 김경백 정무부지사님과 김영환 부시장님이 임석하시어 이 대회를 더욱 빛내게 된 것을 무엇보다도 기쁘게 생각합니다.

출연한 분들이 어머니들이라는 점에서 베갯머리에서 동화를 들으며 꿈나라로 가는 유태 어린이들처럼 우리 어머니의 동화를 들으며 자라는 자녀들이야말로 누구보다도 행복하리라는 찬사의 말씀을 드리면서 심사평의 말씀을 드리려 합니다.

먼저 심사 규정에 맞게 구연을 했는지를 보았습니다. 첫째는 발표력으로서 화술, 발음, 자세, 원고 숙지, 극적 효과 처리, 작품 몰입도에 50점을 부여하였고, 둘째는 내용면으로 주제(교훈)가 뚜렷한가? 내용이 신선한가? 구연체의 개작이 자연스러운가? 등에 30점을, 세 번째는 청중의 반응으로서 발표 내용의 확실한 전달, 청중과의 일체감에 10점, 마지막으로 제한 시간을 5분 드려 10점으로 하고 합계 100점 만점으로 채점하였습니다.

28명의 구연동화 내용을 보면 전설·전래동화 형식이 5편, 생활동화 형식의 것이 15편, 세계명작 동화를 개작한 것이 8편 등이었습니다. 이들 원고 내용을 중심으로 심사위원 세 분이 공통적으로 지적하는 점을 요약하여 제시하니, 다음 대회에는 이를 보완하여 충실한 구연이 되는 데 보탬이 되었으면 합니다.

- **아기가 되어버린 할머니**- 치매에 걸리신 할머니와 손녀와의 갈등과 사랑이 알사탕만큼이나 달콤합니다.
- **파란 상자 분홍 편지**- 체육 시간에 교실지기 전담이 된 장애어린이가 돈을 훔쳤다는 오해를 파란 상자에 분홍 편지를 넣어 푸는 반전 기법이 좋았습니다.
- **임금님의 세 번째 약속**- 항상 단것을 많이 먹으면 썩은 이가 된다는 교훈을 드러나지 않게 잘 처리하였습니다.
- **수박 할멈과 늑대**- 동화가 판타지라고 하지만 황당무계한 이야기가 되어서는 안 됩니다. 할머니가 수박으로 둔갑하여 데굴데굴 굴렀다는 이야기는 이치에 맞지 않으므로 늑대에게 콩고물 떡을 잔뜩 먹여 위기를 모면했다는 구성으로 처리했으면 더 좋았을 것입니다.
- **마법의 말**- 고운 말 쓰기를 주제로 한 동화로 구성이 탄탄합니다.
- **희망이 뭔지 아니?**- 추상적인 낱말인 희망이라는 말을 소원을 비는 가슴에 별이 빛난다는 것으로 구체화시킨 점이 동화는 시적(詩的)이어야 한다는 조건을 만족시켜 주고 있습니다.
- **말하는 붕어빵**- 생활동화이면서도 판타지가 번득이는 작품으로서 창작동화 구연의 본보기가 될 만합니다.
- **가문비나무의 꿈**- 무심코 환경이 파괴되는 오늘날 인간이 자연을 떠나서는 살 수 없음을 깨우쳐주는 환경 동화로 경각심을 불러일으키고 있습니다.
- **왼손잡이 나팔꽃**- 요즘 왼손잡이는 습관이 아니라 선천적 요인에 기인한 것이라는 연구보고가 있습니다. 이에 착안하여 왼손잡이의 열

등감을 가시나무와의 관계에서 극복해나가는 과정을 그린 동화로 창의성을 높이 평가합니다.

- **바다거북과 보석 상자-** 전래 동화와 생활동화를 혼합하여 힘과 욕심 보다는 따뜻한 마음씨, 더불어 살아가는 것이 미덕임을 일깨워주는 내용이 돋보였습니다.

이상 9편만 간추려 개별 심사평을 적어 보았습니다만 한마디로 모두에게 구연가 자격증을 드려도 좋겠다는 생각이 들 정도로 스물여덟 분 모두가 우열의 차이 없이 훌륭히 구연을 살해주셨습니다. 입상하신 어머니에게는 축하를 드리고, 1,2점의 점수 차이로 입상이 안 된 어머니에는 격려를 드립니다.

끝으로 사족을 붙인다면 지사님의 격려 말씀처럼 가슴에 동화를 품지 않는 어린이는 꿈을 꿀 수 없습니다. 우리 어린이에게 동화를 많이 들려주어 이 시대의 동화 속 주인공으로서 우리의 이상향인 '이어도'를 현실로 이룩하는 데 앞장서 나가야 하리라는 다짐을 우리 모두의 가슴에 새기자는 다짐으로 심사평에 대신하고자 합니다.

제55회 탐라문화제 문학백일장 심사평

(2016. 10. 10. 제주문화원에서)

심사위원장: 김영기(시조시인·아동문학가)

심사위원: 강선종(수필가), 김가영(수필가), 김관후(소설가), 김학선(시인), 문상금(시인) (가나다순)

제55회 탐라문화제를 맞아 벌이는 문학상백일장은 그 횟수가 상징하듯이 오랜 전통에 빛나는 축제의 하나다. 올해로서 쉰다섯 번째 맞는 백일장에는 어떤 작품이 '반짝' 우리를 기쁘게 할 것인지 설렘 반 기대 반으로, 탐라문화제를 축하하는 마음을 잘 녹여 내어서 문학적 가치를 지니는 작품에 중점을 두어 심사에 임했다.

백일장 제목은 학생부 일반부 공히 단일 제목으로 운문은 '바람', 산문은 '돌'이었다. 제주시와 서귀포시에서 올라온 작품을 한데 모아서 심사위원 6인이 1차 예심을 통하여 수준 미달의 작품과 주제에 벗어난 작품을 걸러내었다. 예심을 통과한 2차 본심에서는 운문 파트와 산문 파트로 나눠서 꼼꼼하게 장단점을 찍어가며 선정한 후보작을 6인 합의에 의하여 학생부는 등위를 탐라상 3명, 한라상 4명, 오름상 10명으로 결정하였고, 일반부는 장르 구분 없이 각 1명씩을 상대평가로 선정하였다. 마무리 과정에서는 심사위원 각자의 촌평을 한데 모아 참가자와 차기 행사에 참고가 되도록 하는 데 최선을 기울였다.

먼저 운문부 초등을 보면 참가자 수도 많았을 뿐만 아니라 작품의 질도 중등부를 능가하여 심사위원들의 탄성을 자아내는 작품들이 있어 기쁨을 주었다. 제목이 '바람'이어서 그런지 제18호 태풍 '차바'에 대한 내용이 현실성이 있고 동심에서 우러난 표현이 진솔하여 동시다운 작품이 많았다. 한마디로 고른 수준의 작품이 앞날을 밝게 하는 듯하였다.

중고등부는 참여가 저조하여 등위를 상대평가로 매겼음을 밝힌다. 태풍을 직설적으로 표현하기보다 중등학생답게 은유기법에 힘썼으면 하는 아쉬움이 있었고, 주제에 벗어난 작품은 삼가서 예선 탈락하는 일이 없도록 해야겠다는 사족도 덧붙인다. 시를 쓰는 사람은 사물을 보는 눈이 맑고 마음가짐이 순정하다. 이것이 바로 인성교육이라고 심사위원들이 이구동성으로 강조한 말을 귀담아들었으면 한다.

일반부는 운문·산문을 한데 모아 역시 상대평가로써 등위를 결정하였다. 퇴고의 과정이 생략된 습작을 보는 듯하여 기대에 미치지 못함이 아쉬웠다. 그런 중에도 산문부 '돌'에 입상하신 분은 내공이 쌓인 흔적이 보여 차후 수필 문학에 도전하시기를 권하고 싶고, 운문부에 입상하신 분도 장시를 쓰기보다 압축과 절제미를 살리는 시조를 썼으면 하는 희망 사항이 있었다는 적바림을 밝히니 참고하시길 바란다.

다음은 산문부 초·중등을 보면 예년에는 운문보다 산문 편수가 많은 게 통상 예인데 금년은 극히 저조하다. 그러니 입상자에게 미안한 말이지만 작품의 질도 흉년이다. 주제를 좁게 잡고 내용을 깊게 쓰는 데 힘썼으면 한다. 생각을 가다듬어 그것을 체계적으로 정리하여 글로 표현하는 힘을 기른다면 그것이 논술 쓰기의 기초가 될 것인데, 중·고등학생들이 날이 갈수록 백일장 행사를 도외시하니 딱한 일이다.

끝으로 '제55회 탐라문화제 문학백일장'을 통하여 제주문학이 초등학생에서부터 성인에 이르기까지 널리 확산되어 축제의 분위기로 정착되기를 바라며, 입상한 학생들에게 축하의 박수를 보내고, 입상하지 못한 학생들에게도 더 잘해보자는 격려를 보낸다. 아울러 일반부에 참여하신 분을 비롯하여 문예지도에 힘쓰신 지도교사 선생님과 관심을 가져주신 학부모님께도 감사드리며 심사평에 갈음코자 한다.

제주시조
지상 백일장 심사평

제19회(2010) 제주시조 지상 백일장 심사평

심사위원: 김대봉, 김영기(글)

어느 나라든지 그 민족만이 갖고 있는 독특한 민족 문학이 있다. 일본의 '와카·하이쿠', 중국의 '절구', 우리나라의 경우는 700년 동안 발전해 온 '시조'를 들 수 있다.

시조는 3장 6구 12음보의 정형시이며 우리 시대의 노래다. 따라서 철저히 음보를 지켜야 하고 우리들의 관심을 끌 수 있는 참신한 제재를 다루어야 한다. 주어진 형식 안에 시상을 앉히기 위해서는 압축과 절제가 필수적이다. 관념에 빠지지 않게 이미지나 비유, 상징 등의 새로운 기법을 잘 활용할 수 있을 때 시조로서의 새로운 생명을 얻는다. 시조의 이런 구조적 특성을 아우르는 명징성과 완성도를 높인 작품을 어떻게 창출하였는가에 심사 기준을 두고 도내 초·중·고 학생 작품과 일반 등 응모작을 대상으로 심사에 임하였다.

그 결과 초등부의 경우 응모 편수도 많았고 단수 작품이 많았다는 점이 바람직스러웠다. 그에 따라 작품의 질도 고른 수준이어서 큰 수확이었다. 절대평가를 한다면 모두에게 상을 주고 싶을 정도였으나 그러지 못함이 아쉬웠다. 그런 중에서도 제재(제목)가 특이하고 재미있는 표현이 돋보인 광양초 5학년 한재혁의 「만원」을 당선작으로 선정하였다. 우수작 제주북초 6학년 이민혁의 「아빠의 손」과 남광초 4학년 양형규의 「우리집 텃밭」도 진정성과 현실성이 짙게 배인 가편이었다.

중등의 경우 삼행시 쓰듯이 뼈대만을 세우기에 급급한 작품이 많았다.

누구나 다 아는 이야기를 짜 맞추듯 써 놓아 시상이 산만하여 시조다운 맛이 덜하다는 얘기다. 시조를 시조답게 하는 것은 사상이 아니라 정서다. 이를 위해서는 사물을 따뜻하게 바라보는 긍정적인 눈길과 자기만의 목소리로 진정성을 담기에 노력해야 한다. 그런 중에도 제주중앙여중 1학년 최정민의 「오일장 할머니」를 당선작으로 뽑을 수 있어 다행이다. 이와 경합을 벌인 제주제일중 1학년 제예찬의 「이모네 은행나무」와 한림여중 1학년 안정미의 「푸른 꿈」을 우수상으로 선정하였다.

고등의 경우 응모작 상당수가 고정관념에 사로잡혀 고답적인 소재와 고루한 생각에 얽매어 있어 시조에 대한 기본적인 이해가 되지 않았다는 것이 문제점으로 드러났다. 관념이 지나치기 때문에 '그렇지'라고 느끼게 하거나 '기발하다!'라는 감탄을 줄 수 없는 것이다. 보이지 않는 관념에 색깔과 소리를 얹어 생생한 실체를 만드는 것이 형상화(육화)이다.

이것을 정형이라는 틀 안에 '늘였다', '조였다' 하며 유장한 가락을 빚어야 멋진 시조가 되는 것이다. 그래도 유모차에 아이 대신 채소를 싣고 다니는 「할머니의 유모차」 4수를 3수로 압축했으면 하는 아쉬움이 있었지만 서정성이 짙게 배어 있어서 다른 작품과 차별성이 있는 영주고 3학년 김이정의 「할머니의 유모차」를 당선작으로 선정하였다.

일반부는 작품 응모도 적었을 뿐만 아니라 작품의 질도 낮다고 평가되었다. 그래서 당선작 없이 강영임의 「고구마」를 우수작으로 선정했다. "아 흔해 살아오신 유언장을 놓고 가듯/ 할머니 줄줄이 엮은 지나간 한 생애"로 시작되는 할머니 생애를 고구마 줄기에 비유하여 쓴 작품이다. 시어의 보법이 신선하여 우리 제주 시조 발전에 큰 힘이 되리라는 기대를 갖게 한다.

끝으로 '제19회 제주시조 지상 백일장'을 통하여 시조문학이 초등학생에서부터 어른에 이르기까지 널리 확산되어 우리 것으로 정착되기를 바라며, 입상한 학생들에게 축하의 박수를 보내고, 입상하지 못한 학생들에게도 더 잘해보자는 격려를 보낸다. 아울러 일반부에 작품을 보내주신 분을 비롯하여 시조지도에 힘쓰신 지도교사 선생님과 관심을 가져주신 학부모님께도 감사드리며 심사평에 갈음코자 한다.

제20회(2011) 제주시조 지상 백일장 심사평

심사위원: 김윤숙, 김향진, 김영기(글)

제주시조 지상백일장을 시작한 지 어언 제20회를 맞았다. 아름답고 창창한 연륜이다.

연륜에 걸맞게 응모 편수가 풍성하고 작품의 질 역시 고른 수준이어서 제주 시조의 미래를 보는 것 같아 심사위원들의 마음을 흡족케 하였다.

시조는 3장 6구 12음보의 우리 시가답게 종장의 음수율을 철저히 지켜야 하고 우리들의 관심을 끌 수 있는 참신한 제재를 다루어야 한다는 점에 심사 기준을 두고 도내 초·중·고 학생 작품과 일반 등 응모작 465편을 대상으로 심사에 임하였다.

그 결과 초등부의 경우 응모 편수도 많았고 단시조 작품이 많았다는 점이 바람직스러웠다. 그에 따라 수작이 많았음은 큰 수확이었다. 절대평가를 한다면 모두에게 상을 주고 싶을 정도였으나 그러지 못함이 아쉬웠다. 그중에서도 동시조를 동시조답게 쓴 광양초 6학년 조정민 어린이의 「손바닥 불 난 날」을 당선작으로 뽑았다. 일찍 오라는 엄마와의 약속을 잊은 결과 매 맞고 '불났다! 내 두 손바닥 너무 아파 눈물난다.'는 반성적 사유를 함축 있게 표현한 곳에 동심이 엿보였다. 끝까지 당선작 경합을 벌인 제주 중앙초 3학년 이한별의 우수작 「옥수수 수염」은 글감의 독특함에 높은 평가를 받은 가편이었다.

중등부의 경우 시조에 관심이 있는 학생들의 개별 응모 몇 편이 고작으로 단체응모가 없는 점이 아쉬웠다. 그런 중에서도 스팸 메일을 '가루를 체로 치듯이 걸러주면 안 되겠니?' 하면서 인터넷의 편리함과 유해함을 쓴 탐라교 1학년 김민지 학생의 「컴퓨터 인터넷」을 당선작으로 뽑았다. 사물을 따뜻하게 바라보는 긍정적인 눈길과 자기만의 목소리로 진정성을 담기에 힘쓴 점이 돋보였다. 오설록에서 크림 녹차를 마시면서 '잘했다! 칭찬해주는 포근한 엄마 마음.'을 쓴 제주일중 2학년 제예찬 학생의 「오 설록」이 경합을 벌였으나 글감 선정에 독창성을 비추어 볼 때 종이 한 장 차이로 당선에서 밀려났음을 밝힌다.

고등부의 경우 응모작 상당수가 고정관념에 사로잡혀 고답적인 소재와 고루한 생각에 얽매어 있음이 문제점으로 드러나 청소년기의 미래를 향한 포부가 조금은 결여된 것으로 비친다. 그러기 때문에 '그렇지'라거나 '기발하다!'라는 감탄을 주는 작품을 선정하기가 어려웠다는 얘기다. 그런 가운데서도 나이든 농촌 총각이 제 짝을 얻지 못하던 중 미숙한 외국의 신부를 맞는 다문화 시대의 사회상을 비판적으로 그린 제주여고 1학년 황희영 학생의 「그 여인」을 당선작으로 뽑을 수 있어 다행이었다. 끝까지 경합을 벌인 한림고 2학년 문호균 학생의 「해밀」은 비가 온 뒤에 갠 하늘의 서정적 자아를 잘 나타냈으나 '수줍은 속내 마음', '입술만 희나리 같이' 등 생경한 종장 처리에 취약하였다.

일반부는 오랜 습작의 내공이 보이는 문경선 씨의 「아리아의 봄」을 당선작으로 선정하였다. 함께 보내온 작품도 고른 수준으로 신뢰를 주며 제주 시조의 내일을 밝혀줄 것으로 기대된다. 어린 자식을 보낸 슬픔을 감귤 낙과에 비유하여 보이지 않는 관념에 색깔과 소리를 얹어 오름 안개가 눈물에 맺히고 파도 소리가 어미의 아리아로 형상화한 점이 돋보였다. 우수작으로 뽑힌 최수현 씨의 「내 안의 짐을 풀다」는 바다에 저당잡혀 고향에 못 가는 서글픈 미완의 청춘이 먼 훗날 빈 가방 하나를 홀가분히 이곳에 놓는다는 마음을 무리 없이 종장에 잘 처리하였다. 풋풋한 감성이 내일을 기대하게 한다.

끝으로 '제20회 제주시조 지상 백일장'을 통하여 시조문학이 초등학생에서부터 어른에 이르기까지 널리 확산되어 우리 것으로 정착되기를 바라며, 입상한 학생들에게 축하의 박수를 보내고, 입상하지 못한 학생들에게도 더 잘해보자는 격려를 보낸다. 아울러 일반부에 작품을 보내주신 분을 비롯하여 시조지도에 힘쓰신 지도교사 선생님과 관심을 가져주신 학부모님께도 감사드리며 심사평에 대신한다.

제23회(2014) 제주시조 백일장 심사평

심사위원장: 김윤숙

심사위원: 김대봉 김영기(글) 오영호 장영춘 한희정

어느 나라든지 그 민족만이 갖고 있는 독특한 민족 문학이 있다. 일본의 '와카·하이쿠', 중국의 '절구', 우리나라의 경우는 700년 동안 발전해 온 '시조'를 들 수 있다. 이러한 국민 시가를 계승·발전시키기 위하여 해마다 여는 것이 제주시조 백일장이다.

올해로서 스물세 번째 맞는 지상 백일장에는 어떤 작품이 우리를 기쁘게 할 것인지 설렘 반 기대 반으로, 정형을 철저히 지킴과 동시에 현대적인 감각을 살리고 문학적 가치가 창조된 작품을 심사 기준으로 삼았다. 그래서 시조형식을 훼손한 작품, 시조인지 자유시인지 구분도 할 수 없는 작품, 섣부른 말장난에 그친 작품 등을 먼저 걸러내었다.

그 결과 일반부에서 최종심에 오른 두 분 작품은 습작의 내공을 쌓은 흔적이 역력하였다. 두 작품, 장정희의 「곳물질」과 윤상용의 「길」을 놓고 난상토의를 거듭했다. 제주의 해녀문화가 세계 문화유산으로 등재를 앞

둔 이때 '줌네'에 대한 글감은 우리의 관심사가 아닐 수 없다. 이에 시적동
기가 자신만의 사유의 결과로 빚어낸 「곳물질」이 시의 적절성에 호평을
받았으며 삶을 되돌아보는 반성적 사유와 향토색이 짙은 묘사로써 바다
의 시원처럼 끝없이 자유로워지는 느낌이 그만의 독특한 개성으로 비쳐
당선작으로 미는 데 주저함이 없었다.

'감자꽃' 등 10여 편의 작품을 응모한 윤상용의 경우는 글감의 특성에
맞게 완성도를 높였으나 의고擬古 투가 당선작에 상대적으로 밀렸음을 밝
혀둔다.

고등부는 대부분 응모자들이 '정형의 작은 그릇 안에 할 말을 잔뜩 담
아놓으면 속내가 다 드러나 독자로 하여금 사유의 틈을 주지 않는다.'는
시조 작법의 불문율에 하자를 드러낸 작품이 많았다. 그런 가운데서도 한
림고 2학년 강연지 학생의 「꽃들이 둥둥 뜬다」를 당선작으로 민다. 물안
개처럼 사라져 버린 '세월호의 참사', 꽃다운 열여덟 살의 꿈을 그린 작품
이다. 오늘도 깊숙이 바늘자국 명치끝 아려오는 시구에 이르면 눈시울이
뜨거워진다. 이처럼 '조였다, 펼쳤다' 하는 시조의 행마의 부림이 자유롭
고 행간에 숨겨진 페이소스가 또 다른 매력으로 심사자들의 호평을 받았
다. 이번 영광이 새로운 출발의 계기가 되어 우리나라 시조문학의 발전에
크게 기여하기를 바란다.

중등의 경우 동시와 시조의 중간 단계에 놓인 것 같이 보여 청소년 시
조 장르의 필요성을 느끼게 한다. 누구나 다 아는 이야기를 짜 맞추듯 써
놓아 시상이 산만하여 시조다운 시조 작품이 없었다는 얘기다. 시조를 시
조답게 하는 것은 말장난이 아니라 정서다. 이를 위해서는 사물을 따뜻하
게 바라보는 긍정적인 눈길과 자기만의 목소리로 진정성을 담기에 노력
해야 한다. 그런 중에도 당선작으로 뽑힌 신성여중 3년 문수연 학생의
「꿈」은 별을 알레고리로 하여 소녀의 꿈을 간맞은 음식처럼 부담 없이 술

술 읽히게 하여 시조의 미학을 잘 살린 수작이다. 요즘 학생들의 분주한 일상생활 가운데서나마 '별처럼 나만의 빛을 낼래' 하는 야망 찬 표현은 제주 시조단의 앞날까지 밝게 해주는 희망의 메시지로 받아들여진다.

초등의 경우 250여 편이 응모되어 양적 질적 풍요로움을 주어 선자들을 기쁘게 했다. 그중에는 동시조와 동요를 혼동하는 경향이 있음은 선자를 안타깝게 했다. 종장의 자수율 3·5를 4·4로 하여 '동요나 동시'로 만들어버린 것이다. 당선작으로 선정한 한라초 오창건 어린이의 「개미와 베짱이」도 자수율엔 자유롭지 못한 약점이 있지만 셋째 수 종장 '우리 집 동화 같은 얘기 왠지 슬픈 이야기'라는 표현에 약간의 익살스러움과 슬픔의 정서가 잔잔한 여운을 남긴 점, 아울러 부모님의 노고를 생각하는 동심이 묻어 있는 효심에 진정성이 있어 높은 점수를 주었다.

끝으로 종이 한 장 차이의 참신성과 한 뼘 차이의 진정성에서 당락이 결정되었음을 덧붙이면서 제주 시조의 앞날을 밝게 해준 다수의 작품들이 이번 지상 백일장의 큰 수확이다. 입상자들에게 축하의 박수를 보내며 앞날에 문운이 왕성하기를 기원한다.

제24회(2015) 제주시조 백일장 심사평

* 심사위원장: 김영기(글)

* 중·고등부 및 일반부 심사: 문태길 오영호 고성기 김대봉

* 초등부: 김윤숙 강애심 김영란 문경선

우리 민족의 정서와 사상·가치관이 응축된 시조의 진면목을 볼 수 있는 제24회 제주시조 지상 백일장은 올해의 과수 농사가 풍년인 것처럼 시조 농사도 대풍이길 바라는 심정으로 심사에 임했다.

일반부는 시조 시인으로 등단의 길을 제공한다는 점에서 중요한 의미

를 갖는다. 그런데도 여섯 분의 18편이라는 응모 현황은 양과 질 면에서 기대에 미치지 못하여 아쉬움이 컸다. 그런 중에도 임애덕 씨의 「한란, 꽃 피다」를 당선작으로 밀 수 있어 다행이다. 한 촉의 난을 보며 산고에 비유한 것이 첫 출산의 기쁨을 보는 듯 감동적이다. '부르르' 전율을 주는 시어와 '입 꼬리 살짝 올리며 만나서 반갑다고' 눈인사하는 종장 처리가 압권이다. 「자귀꽃 예찬」은 제주어를 맛깔나게 시어로 구사했지만 문학성이 당선작에 미치지 못했다. 박란희 씨의 「슬픈 유산」은 사설시조인데 설익은 감을 준다. 과감한 도전은 높이 평가하나 평시조로 내공을 쌓은 후 도전해도 늦지 않음을 조언 드린다.

고등부는 28편이 심사 대상이다. 저조한 응모 편수가 '그 전에 입상의 영예를 안은 많은 학생들은 다 어디로 갔을까?' 하는 회의를 느끼게 한다. 또한 시조의 형식인 3장 6구 12음보를 제대로 숙지하고 있지 않다는 것을 엿볼 수 있는 점도 그렇다. 그래도 한림고의 이예림 학생의 「낙엽 사리」는 제목이 얼굴이라 하듯 시제가 '한살이' 또는 '불사리'를 떠올리게 하여 남다르다. 이파리의 한살이가 인생 한살이가 되기도 하고, 눈물은 불 사리라는 이미지로 떠오르기도 한다. 또한 종장 처리의 반전으로 감동의 파장을 일으켜 작품의 맛을 깊게 한 점을 고려하면 시조에 애착을 갖고 노력하는 학생임을 알 수 있어 장래에 기대를 걸어 당선 자리에 앉힌다. 이를 계기로 하여 제주 시조 문학의 재목으로 대성하기를 바란다. 우수작으로 선한 사대부설교 김윤영의 「벗과 함께」는 문자 그대로 문경지교를 노래한 작품으로 무리 없이 읽히는 게 미덕이다. 앞으로 참신한 시어 찾기와 감각적인 표현 습득에 노력을 기울이면 좋은 작품을 쓸 수 있는 소질이 보인다.

중등의 경우 38편이 고른 수준을 보이며 눈에 띄는 좋은 작품이 보여서 심사자들을 기쁘게 했다. 그러나 누구나 다 아는 이야기를 짜 맞추듯

써 놓은 작품이 더러 있다는 게 흠이었다. 시조를 시조답게 하는 것은 묘사와 진술을 통해서 표현된다는 점에 유의했으면 한다. 당선작으로 뽑힌 동여중 고이진 학생의 「못난이 귤」은 귤을 소재로 하여 학교 현장의 '왕따' 문제와 우리 사회의 '다문화 가족', 나아가 '장애인식'까지를 아우르게 하여 시조의 사회적 비판기능을 잘 살린 수작이다. '다 같은 귤인데 왜 등급으로 나눌까' 하는 의문을 '이 세상 똑같은 사람을 왜 차별할까'로 사유를 전환시키는 기량이라면 앞으로 제주시조를 밝혀줄 기대주로 촉망된다. 우수작의 한림여중 김수은 학생의 「오아시스」는 시조의 본령인 단시조로써 승부를 겨룬 작품이다. 헤어진 친구와의 우정을 오아시스에서 물을 그리는 마음으로 비유했는데 비약이 장점보다는 약점으로 비쳤다는 게 선자의 평이었음을 참고 바란다.

초등부의 경우 460여 편이 응모하여 양적으로 대성황을 이뤄 선자들을 기쁘게 했고, 모두에게 상을 주고플 정도로 수준도 뛰어났다. 다만 일부 작품들이 아직도 동시조와 동요를 혼동하는 경향이 있어 안타까웠다. 종장의 자수율 3·5를 4·4로 해 동요나 동시로 만들어버린 것이다.

당선작 물메초 5년 박형국 학생의 「연필과 지우개」는 동심을 잘 살린 수작이다. 동시든 동시조이든 작품 속에는 동심이 깃들어야 좋은 작품이 된다. 가까이에서 흔히 접할 수 있는 소재를 갖고서 우정을 그려내기가 쉽지 않은데 평범을 비범으로 반전시킨 기량이 놀랍다. 우수작인 광양초 4년 김요한 학생의 「공기놀이」도 친구와의 놀이 풍경을 잘 그려낸 점이 당선작과 다르지 않아 우열을 가리기가 쉽지 않았지만 학년 차를 고려해서 선후를 정했음을 밝힌다. 한편 재릉초 3년 양지원 학생의 「소나기」도 하늘이 오줌을 누는 것으로 착상이 뛰어난 귀여운 작품이다. 그러나 종장의 음수율에 무리가 있음을 유념 바란다.

끝으로 종이 한 장 차이의 참신성과 한 뼘 차이의 진정성에서 당락이 결정되었음을 덧붙이면서 제주 시조의 앞날을 밝게 해준 다수의 작품들이 이번 지상 백일장을 풍성하게 해 주었음에 감사드린다. 낙선자들에게는 다음을 기약하자는 위로의 말을, 입상자들에게는 축하의 박수를 보내며 모두의 앞날에 문운이 왕성하기를 기원하며 심사평에 갈음한다.

제25회(2016) 제주시조 백일장 심사평

심사위원장: 김영기(글)

일반부·고등부 심사: 오영호 고성기 강상돈

중등부 심사: 김윤숙 조한일

초등 고학년부: 강애심 김진숙 문경선

초등 저학년부: 한희정 장한라

제주시조는 올해로 창립 32주년을 맞고 있으며, 제25회 '제주시조지상 백일장'을 개최한다. 25년을 4반세기라 하고 보면 더 연륜의 무게를 느낀다. 이에 따라 우리들의 의식도 많이 변하고 있음을 본다. 그 하나가 문자보다는 영상으로 정보를 받아들이는 데 익숙하게 된 것이다. 이러한 경향과 무관치 않게 산문보다는 운문에, 운문 중에도 느낌이 강한 짧은 글에 시선을 준다. 응모자 대다수의 작품이 단시조인 것을 보면 짐작이 가는 대목이다. 그런 점에서 짧은 형식의 시조는 미래 시로서 새로운 문학적 위상을 지향할 수 있다는 희망을 보여준다.

시조는 3장 6구 12음보의 정형시이며 우리 시대의 노래다. 따라서 전통적인 형식 안에 현대적인 시상을 어떻게 얹고 문학성을 창출하고 있는가에 심사 기준을 두고 도내 초·중·고 학생 작품과 일반 등의 응모작 400여 편을 심사하였다.

먼저 일반부에서는 응모 편수도 저조하였을 뿐만 아니라 작품의 질적 수준도 심사자들을 만족시킬 만한 작품이 잡히지 않아 상대적 평가 방법을 취하기로 했다. 그 결과 윤빛나 씨의 「그 길 위에서」를 당선작으로 선정하게 됨이 다행이다. 그러나 '정형의 작은 그릇 안에 할 말을 잔뜩 담아 놓아 독자들의 사유의 틈을 주지 않는다.'는 점과 의고擬古 투를 지적하며 참신성이 모자라다는 약점이 있는데도 불구하고 「겨울 바다」, 「원담」 등의 작품과 더불어 요즘 해녀문화가 유네스코 세계문화 유산으로 등재됨이 확실시되는 마당에 소재의 시의성과 퇴색해가는 효도에 대한 성찰을 환기시키고 있다는 점에 긍정적인 평가를 했고, 아울러 응모작 10편이 고른 수준으로 내공을 쌓은 흔적이 뚜렷하여 발전 가능성에 기대를 걸며 당선작으로 밀게 되었다.

고등부는 한마디로 흉작이다. 지금까지 초·중등부에서 입상의 영예를 안은 수많은 시조 영재들이 고등부에 들어가서는 다 어디로 갔을까 하는 의구심이 들 정도다. 그러기 때문에 '그렇지!'라거나 '기발하다!'라는 감탄을 주는 작품을 찾기가 어려웠다.

그런 중에서도 제주 오현고 1학년 양용준 군의 「해를 향하여」와 애월고 1학년 양나은 양의 「향수」를 최종심에 올릴 수 있었다. 고교 시절의 고뇌와 갈등을 극복하고 해를 향하여 '복수초 노란 송이처럼 내 가슴에 피어난다'고 자신의 의지를 상징화한 연시조와 할아버지 쓰시던 향수병을 열면 그 냄새로써 '겉모습은 몰라도 속마음을 알 수 있다'고 이미지의 응축과 균제미로 단시조의 묘미를 살린 「향수」 두 작품을 놓고 난상 토론을 벌인 끝에 활달한 기상을 형상화하여 시적 완성도를 높인 「해를 향하여」를 당선작으로 밀게 되었다.

당선의 영광을 새로운 출발의 계기로 삼아 우리나라 시조문학의 발전에 크게 기여하기를 바란다.

중등부는 본 행사 백일장에서 시조가 무엇인지를 보여주는 선도적 역할을 했다고 보아도 무리가 아닐 정도로 응모의 양과 질적 면에 본보기가 되어 주었다. 전 응모자를 시상하고 싶을 정도로 애착이 가는 작품들이 많았다.

그중에서도 오름중 1학년 양혁준 군의 「똑똑똑, 여기에도 사람이 있습니다」가 단연 돋보였다. 추석에도 집에 못 가고 '달 보며 눈물 날까봐/ 상자 안에 눕는' 사람은 누구인지, '똑똑똑' 노크하고 싶은 연민의 정이 저절로 우러난다. 이처럼 시조라는 이름이 '시절 단가 음조(時節短歌音調)'에서 나왔듯이 신문기사를 보고 얻은 글감으로 현 세태 노숙자를 형상화 한 솜씨가 시조의 본령이며 성신이라는 점에서 흔쾌히 당선작으로 밀 수 있었다. 글쓰기가 관찰, 통찰, 성찰이라 하듯이 우수작에 뽑힌 탐라중 1학년 손성일 군의 「삼각형」과 동여중 1학년 윤은지 양의 「거미」도 모두 여기에 준한 작품이어서 장래가 촉망된다.

초등부는 한마디로 풍작이다. 그래서 저학년부와 고학년부로 나눠서 심사에 임했다. 동시조는 단순 명쾌함에 그 묘미가 있다는데 모처럼 동시조의 특성을 살린 작품들을 초등부 입상작품에서 볼 수 있어서 흐뭇하였다.

최종심에 오른 작품은 고학년부의 광양초 5학년 강혜인 학생의 「연과 얼레」와 같은 학교 5학년 김요한의 「씨눈」이었고, 저학년부의 재릉초 3학년 양세희 학생의 「그림자」가 심사 대상이었다. 세 작품이 모두 단시조라는 공통점으로 비슷한데, '슬슬 풀면 저 멀리 날아가고 급히 감으면 곤두박질친다'는 요즘 가정교육의 실태를 단적으로 표현한 점을 높이 평가하여 「연과 얼레」를 당선작으로 선정하였다.

끝으로 부연하면 가장 한국적인 것이 가장 세계적이라는 말이 있다. 이처럼 어느 나라든지 그 민족만이 갖고 있는 독특한 민족 문학이 있는데, 일본의 '하이쿠', 중국의 '절구', 우리나라의 경우는 700년 동안 발전해 온 '시조'를 들 수 있다. 그러므로 시조가 세계적인 것이 되도록 우리는 우리 시조를 사랑하고 발전시켜나가는 데 힘과 지혜를 모아야 할 때다. 이에 제주 시조의 앞날을 밝게 해준 다수의 작품들이 이번 지상 백일장의 큰 수확이다. 이로써 입상에 탈락된 많은 학생들에게 다음을 기약하자는 격려를 드리고, 입상자들에게는 축하의 박수로써 앞날에 문운이 왕성하기를 기원하는 것으로 심사평에 갈음한다.

제24회 제주시조 지상백일장 시상식(2015. 12. 19.)
참석회원 장한라, 장영춘, 홍경희, 김진숙 사무국장, 강애심, 한희정, 이창선, 김희운 부회장, 김윤숙, 김영기 회장, 제주일보 회장, 오영호 이사, 문태길 고문, 고성기 이사

제4회 제주문학상 심사평

동심의 눈으로 본 4·3의 교훈을 높이 평가

제주문학상은 제주문협 회원을 대상으로 최근 2년 어간에 생산된 저작물에 대하여 소정의 절차를 밟은 후보작을 중심으로 작품성과 문단에 끼친 공적 등 작가의 역량을 심사하여 시상함으로써 타 회원 작품 활동에 전범(典範)을 보이고 그로써 전 회원의 창작 의욕을 고취하기 위한 목적으로 행하는 제주문협 연례 사업 중의 하나이다.

2002년 11월 1일부터 2004년 10월 31일까지 심사 대상이 되는 회원들의 저작활동 상황을 보면 시 분과에 4명, 수필분과에 3명, 아동문학 분과에 3명 등 10명이었으나 제4회 제주문학상 후보자로 신청한 회원은 아동문학 분과 박재형 회원의 『다랑쉬 오름의 슬픈 노래』 단 1편뿐이었다.

우선 후보작 『다랑쉬 오름의 슬픈 노래』가 문학성으로서 수준의 가부 및 4·3을 소재로 한 내용상으로서의 결격 사유 유무에 대하여 심사하였다. 작품은 좌우 이념 대립이 극심했던 해방 후 혼란 속에 제주 4·3으로 인하여 참혹하게 희생된 제주 도민들의 슬픈 역사를 어린 소년 경태의 눈을 통하여 그려낸 장편 동화이다. 주인공 경태가 조부모를 잃는 비극적인 과정과 아버지와 형의 죽임을 목격한다는 내용은 그 당시 낮에는 토벌대에게 밤에는 산 사람에게 이유 없이 죽어간 우리 조상들의 이야기라 할 수 있다. 저자는 이러한 과거의 아픔을 거울삼아 더 나은 미래를 열어 가는 슬기를 배우자는 의도로 산 사람이든 군경 쪽이든 모두가 시대의 희생자라는 중립적인 입장을 견지하면서 화해로써 문제를 풀고 갔다는 데 긍정적인 중지를 모을 수 있었다. 그리고 4·3이 시나 소설, 논문 등으로는 다뤄진 적이 있으나 어린이를 위한 동화로 쓰인 것은 처음 있는 일로 역사적 사건을 동화적인 상상력 안에 담았다는 사실만 놓고도 고무적인 일로 평가되었다.

다음은 후보자가 아동문학가로서의 역량과 제주문협 및 제주아협의 발전에 끼친 기여도를 살펴보았다. 1983년 제11회 아동문예 신인 문학상 동화부문 당선으로 등단한 이래 향토애를 바탕으로 한 창작에 힘써 제주도 토속 전설을 소재로 한 장편 동화『검둥이를 찾아서』외 10여 편의 제주 소재 창작 동화집을 발간하여 유수한 동화작가로 인정받고 있으며, 기독교 아동문학 신인상과 계몽 아동 문학상을 받음으로써 탁월한 기량의 중견 작가로 자리매김하여 제주아동문학의 위상과 명예를 전국에 떨친 바 있다.

끝으로 문협과 아동문학에 기여한 공적 면을 살펴보면 1983년도 제주 문인협회에 입회한 후 사무국장과 부회장을 역임하였고, 1980년 제주아 동문학협회 창립동인이며 회장 직을 역임함으로써 제주문협과 제주아동 문학의 발전에 기여한 공적이 지대하므로 전 심사위원의 일치된 추천으로 제4회 제주문학상 수상자로 확정하였다.

제6회 제주문학상 심사평

아동문학은 어린이와 동심을 지닌 어른을 대상으로 쓰이는 문학이다. 어린이와 어른, 양자를 모두 충족시켜야 한다는 데 아동문학의 어려움이 있다. 때문에 동시는 본질적으로 시가 되어야 하며 여기에 동심을 녹여 생동감 있고 재미있으며 조화로움이 있어야 한다.

위와 같은 조건을 충족시켜 주는 작품집이 송상홍의 두 번째 동시집 『땅콩』이라 할 수 있다. 표제이기도 한 동시「땅콩」전문을 보면,

땅콩 껍질 속의/ 애기 땅콩은/ 땅콩 껍질 닮았지// 땅콩 껍질속에 싸인 애기 땅콩/ 포대기 속의 아가처럼/ 따뜻하겠다// 쑤욱 잡아 당기면/ -엄마, 같이 가/ 소리치며 따라나오는/ 애기 땅콩들

처럼 사물을 보는 시선이 맑으며 따스하다. 이 말은 소재를 찾는 심안이 남다르며 개성적이라는 우회적 표현이기도 하다.

송 시인은 일찍이 첫 시집『소라의 귀』를 상재한 바 그중「어쩌지」가 초 등학교 교과서에 수록되었듯 이미 역량을 인정받은 동시인이다. 1995년 에 첫 시집을 내고 10년 만에 56편의 두 번째 동시집도 양보다는 질을 우 선하는 과작에 연유한 것으로 본다. 한편 밥상머리에서 자모가 읊조리는 시사랑 분위기가 조성된다면 더없는 즐거움과 행복이라는 송 시인의 고 백은 진정한 동시인의 자세를 느끼게 하는 대목이다.

송 시인은 현재 제주아동문학협회장으로 아동문학의 발전에 심혈을 쏟고 있음도 공적사항의 하나로 참고하였다.

제10회 제주문학상 심사평

서늘한 깊이와 무애의 시학, 남극성 별자리

심사위원(가나다순)

강용준(희곡작가), 고성기(시조 시인), 김가영(수필가), 김영기(아동문학, 심사위원장), 오을식(소설가), 한기팔(시인)

2010년 제주문학상 심사는 제주문학상 운영 규정에 의거, 우리 제주 문인협회 회원 중 등단 10년 이상이면서 최근 2년 이내에 순수 창작 작품 집을 발간한 열여섯 분을 대상으로 실시하였다. 먼저 기 수상자 또는 타 기관이나 단체에서 수여하는 문학상을 받은 자를 제하고 나니 최종 후보

는 시 분과 6명, 시조 분과 3명, 수필 분과 3명, 아동문학 분과 1명 등 열세 분이었다.

심사 기준을 작품집의 문학성과 제주 지역 문학 발전 및 본 협회에 대한 기여도에 두고 여섯 분의 심사위원들이 장시간 격론을 벌인 끝에 세 분을 최종 후보로 압축할 수 있었으나 1인 수상자를 내는 데는 합의를 도출할 수 없을 만큼 팽팽하였다. 세 분 모두 우리 문단의 대가로서 괄목할 만한 활동으로 주목을 받고 있기 때문이다. 할 수 없이 세 분 모두 수상 자격이 있음을 인정하고 투표에 붙인 결과 다수표를 획득한『남극성 별자리』의 이용상 시인을 제10회 제주문학상 수상자로 결정하게 되었다.

수상 시조집『남극성 별자리』는 5부로 나누어져 있는데 제1부는 '봄 바다' 외 11편, 제2부는 '한련화가 나를 당겨' 외 10편, 제3부는 '겨울 한라산' 외 11편, 제4부는 '종달리 수국' 외 11편, 제5부는 '남극성 별자리에' 외 11편 등 총 59편의 시조가 시인의 구원이자 신앙처럼 편편이 점철되어 있다. 이는 병마와 함께 살아가는 아픔을 담담하게 그린 '서늘한 깊이와 무애의 시학'으로 곧 시인의 자화상이다. 또한 격조 높은 단시조로써 시조의 정체성을 견지하고 있음은 우리가 바라는 국민문학이며 겨레의 시가인 '시조 발전'의 지평을 여는 길이기도 하다.

이용상 시인은 1976년《현대시학》과《시조문학》에서 시·시조로 등단해 시집『섬은 가장 외로울 때 동백을 피운다』와『감나무 그 긴 가지』를 펴냈으며 제주시조문학회장, 한국문인협회 제주도지회장을 역임했고, 제10회 한국시조문학상과 제주도문화상 등을 수상한 바 있다.

부부 시조시인으로서의 이 시인은 30여 년간 작품 활동을 하는 어간에 부부가 일심으로 시조에 무한 애정을 쏟고 시조의 확산과 보급에 이바지한 공도 수상자 선정 이유에 포함됐음을 밝힌다.

끝으로 시조집 표제인 '남극성 별자리'의 남극성은 바라보면 장수한다는 말이 전하여 오는 별인 것처럼 수상자의 건승과 문운에 그 별이 빛나기를 염원하며 심사평에 갈음한다.

제19회 제주문학상 심사평
동심을 향한 열정과 따뜻한 시선이 머문 동시집

심사위원장: 조명철

심사위원: 강용준, 고성기, 고운진, 김가영, 김영기(글)

제19회 제주문학상 심사는 운영규정에 따라 수필분과 9명, 시분과 4명, 아동문학분과 4명, 시조분과 2명, 평론분과 1명 등 20명을 심사 대상으로 하였다.

우리 심사위원들은 먼저 해당 작품집의 장단점을 개별적으로 검토한 후 난상토의를 거친 결과 어느 작품집이라도 수상작으로 손색없다는 데 일치를 보았다. 작품집들의 높은 수준은 협회의 위상을 높이는 데도 일조하리라고 보아 고무적이었으나, 그중 한 작품집을 선정하여야만 하는 어려움에 봉착하였다. 그래서 궁여지책으로 무기명 투표를 실시해 다수표를 얻은 작품집으로 결정하기로 한 결과 아동문학 분과 이소영 회원의 동시집 『파도야, 바다가 간지럽대』가 당선되었다.

동시의 1차적인 독자는 어린이이지만, 성인 독자도 아우를 수 있어야 한다. 그러기 때문에 동시 쓰기를 어렵다고 하는 것이다. 혹자는 이러한 사실을 도외시하고 성인시를 쓰지 못해서 쉬운 동시를 쓴다고 폄하하거나 오해를 한다. 이러한 오해를 풀기 위해 응모자의 약력을 훑어보니 아동문학으로 역량을 갖춘 후 성인시로 재등단한 사실에 안도하며 신뢰를 갖게 했다. 누구나 아동문학에 대한 기본 소양과 동시의 특성에 대해서는 익히 알고 있는 바이겠지만 제주문학상 심사 기준에 비춰 수상작품은 다음과 같은 동시의 요건을 충족시켜 주고 있음에 주목할 필요가 있다.

수상 작품집의 첫째 장점은 단순 명쾌성에 있다. 둘째, 소재가 참신하며 따뜻함을 느끼게 한다. 셋째, 좋은 동시 요건인 현실의 구체성과 진정성에 있음을 간파하고 있다는 점이다. 이처럼 동시를 쓰는 사람은 사물을 보는 눈이 맑고 마음가짐이 순정해야 한다. 수상자는 이러한 마음이 동심에 닿을 수 있는 밑바탕이 됨을 문단 30여 년 경력을 통하여 개성적이며 감각적인 명징한 작품으로 확인시켜 주고 있음이 또 하나의 미덕이라 하겠다.

수상자는 1998년 우리 문협에 입회한 후 첫 시집『추억이 사는 연못』을 1996년에 상재한 후『소금 꽃』외 1권의 성인 시집으로 이미 역량을 인정받은 시인이다. 첫 동시집을 내고 26년 만에 60편의 두 번째 동시집『파도야, 바다가 간지럽대』를 펴냄도 양보다는 질을 우선하는 과작에 연유한 것으로 본다. 한편 이 동시집이 꿈 많은 어린이들과 동심을 잃지 않은 어른들의 길동무가 되어 누군가의 마음의 정거장이 되었으면 하는 수상자의 바람은 진정한 동시인의 자세를 느끼게 하는 대목이다.

특히 수상자는 1980년대에 입회한 제2세대 원로 회원의 한 사람으로 협회 부회장직을 역임하였고, 아울러 제주아동문학협회의 부회장직에 있으면서도 뒤에서 조용히 협회 발전에 이바지하여 왔다는 공적사항도 심사에 반영하였음을 밝힌다. 끝으로 '동심에 살면 세상이 아름다워진다.'는 수상자의 신념처럼 우리 문협은 물론 제주아동문학의 텃밭을 가꾸는 일꾼으로서 진력하여 주시기를 바라마지 않는다.

제20회 제주문학상(2020. 11. 30.) 심사평

제주의 아름다움을 열정으로 그려낸 시집

* 심사위원장: 김영기

* 심사위원: 김종호, 강방영, 고운진, 양전형(글)

제주문학상 심사규정에 따라 심사한 제20회 제주문학상 심사 대상은 모두 32명이었다. 문협 본부에서 회원들에게 널리 알리는 등의 공지 효과인지 꽤나 많은 작품집이 그 대상이 되었다. 분과별로 보면 시분과 13명, 시조분과 4명, 수필분과 8명, 아동문학분과 4명, 소설분과 1명, 평론 1명 등으로 본 제주문학상 역대 심사 대상 중 가장 많은 경우인 것 같았다.

게다가, 대상이 되는 훌륭한 시인·작가들의 문학성 좋은 작품집이 대다수라서 심사위원 각자가 수차례의 의견을 개진하면서 심사가 진행되었는데 여간 조심스러운 게 아니었다. 맨 처음엔 심사 대상의 작품성을 각 심사위원이 돌아가며 논하였는데 수준 높은 작품들이 상당수여서 구체적으로 몇 분만 선정하기가 어려워 심사위원들 각자의 주관적인 의견만 제시하는 수준에 머물렀다. 두 번째는 심사 대상인 시인·작가들의 우리 문협에 대한 기여도를 평가하며 토론하였는데 이 또한 여러 대상자가 나와 우열을 구분할 수 없어 난감할 수밖에 없었다.

세 번째 의견 개진에서 문학성도 우수하고 우리 문협에 대한 기여도가 높다고 인정되는 상위권의 대상 회원 다섯 분 정도로 좁혀 심사를 하였고, 지역문화 발전에의 기여도도 높고 문학인으로 존경도 받으면서 제주에나 전국 어디에서든 지명도도 있고 고개를 끄덕일 수 있는 대상자로 뽑아보자 한 결과 김순이의 시선집『제주야행』을 선정하게 되었는데, 본 문학상의 가치를 높이자는 취지에서 심사위원 전원일치 찬성으로 확정지었다.

'가장 쓸쓸한 바람이 살고 있는/ 이 고원에/ 한 가지 소원을 묻어 두었다/ 산 넘어가는 구름/ 걸터앉아 쉬는 바위틈마다/ 봄눈 속에 피어난 산진달래/(중간생략)/ 이름 없는 것들이/ 열심히 피고 지는 까닭에/ 세상은 아직도 아름답나는네/ 가장 소중한 깃/ 가슴에 묻이도/ 슬머시 빠져나와 깊은 잠 흔드는 /(이하생략)

- 시 「선작지왓」 중에서

이 작품집 속엔 위의 시편처럼 절제되고 선명한 언어로 제주풍경의 이미지들이 수없이 담겨 있다. 「교래 들판」, 「제주 수선화」, 「성산의 햇살」, 「한라산」, 「아, 서귀포」, 「해녀 금덕이」, 「제주바다」 등 제주의 아름다움을 노래하는, 거의 모든 작품에 제주의 정체성과 얼이 한껏 깃들어 있으면서 제주섬 안의 갖가지 사물들이 서로 소통하고 있는 것처럼 보인다.

수상자 김순이 시인은 1985년 제주문인협회에 가입하기 전에 이미 시, 수필, 소설 등을 발표하면서 명성을 떨쳤고, 1988년 계간 《계간과 비평》에서 시 「마흔 살」 외 9편으로 등단 의례를 거쳤다. 그 후 다수의 시집을 발간하여 오는 동안 문학성에서 꾸준한 호평을 받아왔음은 자타가 공인한다. 뿐만 아니라 본 협회의 회장 직을 맡을 시에는 홍윤애 추모문학제 등 새로운 사업을 전개하여 본 회의 위상을 높여가며 지역사회 문화 발전에 기여한 바가 높다고 평가한 것이다.

심사위원장 인사말

코로나 시대에 안녕들 하십니까. 왕림하여 주시어 반갑고 고맙습니다.

오늘 제20회 '제주문학상'을 받는 김순이 시인과 신인문학상에 시 부문에서 입상하신 김승현 시인과 아동문학 동화 부문에 입상하신 윤복희 작가에게 제주문협 전 회원을 대신하여 축하드립니다. 올해는 여느 때와 달리 심사 대상자가 많은 가운데 수상하심을 진심으로 축하하여 마지않습니다.

저는 '제주문학상' 심사에 관여하였으므로 수상자 김순이 시인에 대해서만 간단히 개인적 소감을 말씀드리려 합니다. 김순이 시인으로 말할 것 같으면 제주 사람이라면 제주를 상징하고 대표하는 시인이라는 걸 모르는 사람이 없을 것입니다. 그럼에도 스무 번째에 이르도록 수상이 늦었다는 데 미안함을 금할 수 없습니다.

여러분도 기억하고 있겠습니다만 1998년 우리나라가 IMF를 맞아 경제직으로 어려움이 많아 선 국민이 암담하고 절망적인 생활에 허덕일 때 박세리 선수가 LPGA 골프대회에 우승했다는 낭보는 우리에게 기쁨과 희망을 안겨 주었습니다.

이처럼 1964년 제가 강원도 화천에서 힘든 군대 생활을 할 적에 제주 사람이라는 긍지와 기쁨을 주었던 것이 바로 김순이 시인이 학원 문학상에 특선을 받았다는 소식이었습니다. 그 당시 군대에서 제주 사람이라면 똥돼지라고 놀림을 받았고 이국인 취급을 하던 때였습니다.

지금 생각하니 박세리 선수가 전 국민에게 위안과 희망을 주었던 것처럼 1964년 문학소녀 김순이가 이와 같았습니다. 박세리 선수가 국민 누이라면 김순이는 제주의 누이였습니다.

이제 '제주문학상'에 김순이 시인이 있음으로 해서 제주문학상 위상이 한껏 높아지고 명실상부한 '제주문학상'이 된 것 같아 매우 기쁘고 제주문학상이 자랑스럽습니다.

며칠 전에 시상식 안내장을 받았습니다. 거기에는 김 시인의 대표작 「제주바다는 소리쳐 울 때 아름답다」는 시편이 실려 있습니다. 그러나 저는 아동문학을 하는 사람으로서 「난 가끔 유치해 진다」를 추천하고 싶습니다. 시인이 유치해지지 않고는 동시를 쓸 수 없기 때문입니다. 이 시편에서도 아동문학가로서 한 수 배우게 되었으니 경의를 표하면서 시 낭독을 하는 것으로 감사에 갈음하고자 합니다.

> 좋아하는 노래가 생기면/ 몇 번이고 며칠이고 되풀이해 들으면서// 영화 보러 갔다가/ 예날 보았던 대한 뉴스가 나오는 순간/ 눈물이 주르르 쏟아지면서// 청바지 운동화 차림에/ 반짝이는 귀고리를 하고서// 꽃집에 갔다가 이꽃 저 꽃 다 예뻐/ 한 송이씩 잡동사니 꽃다발을 만들면서/ 버스타고 가다가 멋진 풍경을 만나면/ 그 자리에 내리면서// 소라껍질에 작은 들꽃 꽂아놓고 / 잠들 때는 머리맡에 가져다 놓으면서// 친구가 나를 좋아한다고 말하면/ 얼마 만큼이냐고 물으면서// 그렇게 난 가끔 유치해진다.
>
> — 김순이, 「난 가끔 유치해 진다」

이제부터 저의 메시지 「질투는 나의 힘」에서 「유치함은 나의 힘」으로 변경하고자 합니다. 그래서 회고집의 표제도 「동심은 나의 힘」이 된 까닭이 여기에 있습니다. 고맙습니다.

신인상 및
신춘문예 심사평

제266회 아동문예 문학상(2015) 심사평
사물을 대하는 예리한 시안과 따스한 심성

김영기(제주아동문예작가회장·제주시조시인협회장)

동시의 1차적인 독자는 어린이이지만, 성인 독자도 아우를 수 있어야 한다. 여기에 동시도 시가 되어야 한다는 전제가 설득력을 가질 수 있다. 그러기 때문에 동시 쓰기를 어렵다고 하는 것이다. 혹자는 이러한 사실을 도외시하고 성인시를 쓰지 못해서 쉬운 동시를 쓴다고 폄하하거나 오해를 한다. 신인 작품상 응모작을 보면서 먼저 떠오른 소회가 그렇다. 그래서 응모자의 약력을 훑어보니 모두가 성인시의 등단과정과 역량을 갖춘 후 아동문학 동시 부문에 응모했다는 사실에 안도하며 고맙게 생각되었다. 응모자들이 아동문학에 대한 기본 소양과 동시의 특성에 대해서는 익히 알고 있는 바이겠지만 심사 기준에 비춰 보았을 때는 누구나 허점을 보이게 마련이다. 그래서 심사관점을 다음과 같이 정하고 심사에 임했다.

첫째, 좋은 동시의 요건은 단순 명쾌성에 있다. 함축적이어야 한다는 말이다. 긴 설명이어서는 긴장이 풀려 어린이의 시선을 끌지 못한다.

둘째, 좋은 동시는 소재가 참신함에 있다. 대상물을 새로운 관점에서 바라봐야 한다는 말이다. 그것을 신선하고 새로운 언어로 표현했을 때 어린이들이 관심을 갖는다.

셋째, 좋은 동시는 현실의 구체성과 진정성에 있다. 시인의 체험과 상상력이 조화를 이루면서 감동의 영역을 무한히 확대시켜 창출된 작품일수록 어린이의 흥미와 재미를 유발할 수 있다는 말이다.

이러한 관점에서 응모자 김익수 씨의 동시 13편과 김정련 씨의 동시 10편을 보면 시적 화자가 어린이이면서 어른이 하는 일을 보며 쓴 시와 어린이의 일을 어른인 시적 화자가 어린이를 빌려서 표현한 시로 나눠볼 수 있었다. 시적 화자를 어린이로 했을 때 자칫하면 동시가 유치한 발상에 머물거나 언어적 유희에 치우칠 우려가 있다. 반대로 어른으로 했을 때는 너무 서정시적인 난해한 표현에 빠져 어린이의 관심을 끌지 못할 경우가 있다.

　위 응모자 들은 이와 같은 약점을 잘 극복하고 있다. 예리한 시안과 따스한 심성으로 사물을 대하여 작은 것 하나도 놓치지 않고 가슴에 담아두는 아름다운 미덕을 지녀 진실성에 믿음이 간다.

　먼저 김익수 씨는 성인시에 등단하여 시집까지 출간한 바 있는 역량 있는 시인이다. 그래서인지 동시 13편을 심사 기준에 맞추어 검토한 결과 서정시 쪽으로 무게가 실리지만 그중에서 생활시에 가까운 「오는 정 가는 정」, 「바람의 일」, 「피아노 건반이에요」 등 3편을 아동문예 문학상으로 올린다. 「오는 정 가는 정」은 할아버지의 일을 손자가 보고하는 말이다. 아침 햇살과 같이 온 까치 소리를 듣고 미소 짓는 할아버지, 그 예상처럼 아들의 기쁜 편지를 받아든 할아버지가 그 소식을 전해준 고마움으로 까치밥을 남겨준다. 피폐해가는 우리 농촌의 친환경 문제에 경각심을 주며 휴머니티를 느끼게 하는 따스한 동시이다.

　「바람의 일」도 어른의 일을 어린이가 말하는 친환경 동시이다. 누가 시키지 않아도 너른 목장에 서서 태풍에 마주 선 풍력 발전소 바람개비를 보고 쓴 동시이다. 감귤원에 피해를 준 나쁜 바람을 그냥 보내 버리는 게 아니라 붙잡아 모아두었다가 어둠 밝히는 불빛을 만든다는 가시리 풍력 발전 단지를 형상화하여 이미지가 선명한 작품이다.

　「피아노 건반이에요」는 제목도 시가 되어야 한다는 본보기가 될 것 같다. 이 동시는 어린이의 일을 어른이 동심을 빌려 형상화한 작품이다. 피아노 건반을 '눌러대는 손가락처럼/ 화음을 만들어가는/ 우리 집 계단은 피아노 건반'이라는 종장 마침에 이르면 계단이 피아노 건반이 되어 딩동 딩동 소리를 낼 것 같은 환상에 젖는다. 뽑은 3편 중 어린이의 흥미를 이끌 수 있는 가장 동시다운 동시라 보아진다.

다음 김정련 씨의 응모작 10편의 공통점은 습작을 많이 했다는 흔적이 묻어나 내공이 엿보여 어느 작품을 선하여도 무방하리만치 작품 수준이 고르다는 데 믿음이 간다. 그런 중에도 「새 차 산 날」, 「공사장에서」, 「스마트폰 할래」 등 3편을 아동문예 문학상으로 올린다. 「새 차 산 날」은 어른의 일을 어린이의 시각에서 조명하여 쓴 시이다. 이 동시의 압권은 시적 화자 나는 '이가 마주치게 달달 떨리는/ 추운 겨울 날' 아빠만 신이 나서 '콧노래랍니다' 하고 토로하는 데 있다. '신발의 흙도 탈탈 떨어/ 조심조심' 차에 오르는 화자가 눈에 보이는 듯 선하다. 의태어 표현도 이 동시를 한껏 맛깔나게 한다.

「공사장에서」도 어른의 일을 어린이의 경험을 대비시켜 환경 훼손 문제를 은근슬쩍 꼬집는 동시이다. 이처럼 동시로써도 얼마든지 사회 문제를 비판할 수 있음을 보여주는 가편이다. '공룡의 발톱처럼 크고 날카로운/ 쇳덩이가 땅을 푹 찌르는 순간// 친구 손톱이/ 나를 할퀴었던 기억이 떠올라// "으윽!"/ 온몸이 움찔한다.'는 표현 끝에 땅이 아파 울 듯 내 맘이 아프다는 데 진실성이 묻어난다.

「스마트폰 할래」는 집을 보는 화자의 마음을 스마트폰에 비교해서 '나라는 존재가 이만 못하냐!'라는 소외감을 통해 문명의 이기가 주는 피해를 극명하게 보여주는 작품이다. 시편 「공사장에서」와 같이 나날이 변모하는 사회상의 한 부분을 지적하는 것처럼 동시도 사회 비평의 기능을 담당한다는 것을 보여준다. 스마트폰만큼도 대우를 못 받는다면 '으앙, 나

스마트폰 할래' 하는 시적 화자의 앙증스러움이 귀엽기도 하고 한편으론 진한 페이소스가 스미기도 한다.

　이상으로 당선작에 대한 심사평을 마치면서 축하의 박수와 아울러 앞으로 아동문학가라는 이름에 걸맞게 끊임없이 새로운 표현과 남다른 상상력을 통해 앞서가는 동시 세계를 창조하는 데 일조하기를 당부 드린다. 시를 쓰는 일은 동화를 쓰는 일과 달리 밤의 공간에서 숨어 있는 빛을 찾는 일과 같다는 말이 있다. 밤하늘의 별이 아름다운 것은 그 주위의 어둠이 있기 때문이 아니던가.

2021 한라일보 신춘문예 〈시조 심사평〉
서정·서사 조화로 시대 한 단면 구체화
심사위원 김영기, 고정국(글)

　예심을 거쳐 본선에 올라온 작품들 대부분이 서로 약속이나 한 듯 시대적 체험과 아픔에 기조를 두고 있었다. 강현수의 「아버지의 삽」, 김정애의 「달의 화법」, 장수남의 「25시 편의점」, 오은기의 「가시리」, 김규학의 「폐교」 등 이들 한 편 한 편의 작품에서 시대감각에 맞는 소재들과 시어 선택 등이 이미 시조시인의 바탕을 갖추고 있었다. 더구나 입과 코가 가려진 그들 마스크 위로 저마다 촉망되는 눈빛들이 반짝반짝 감지되기엔 충분한 내용들이어서 기뻤다.

　그 맨 끝자리에 김규학의 「폐교」가 또렷한 색채를 띠며 다가왔다. 서정과 서사가 알맞게 조화를 이루면서, 시대의 한 단면을 시조라는 장르 속에 구체화시켜 놓고 있다. "궂은 일 도맡아 하던 순이 아버지", "검버섯 창궐한 학교", "밤사이 떠나버릴 것 같은 프라타나스 나무의 까치둥지" 그리고 학교 건물 전체를 "친친 감아 주저앉히"는 담쟁이의 형상 등을 단순한 나열의 단계를 뛰어넘어 초, 중, 종장의 유기적 관계를 완벽하게 이어놓고 있다. 거기에다, 시조란 관찰해야 할 외적 대상과 드러내야 할 내적 풍경을 시대 상황에 알맞게 적용시키는 일이라 했을 때, 시인이 갖추어야 할 시력, 어휘력, 상상력은 물론 그 어떤 서사적 울림과 내용 전개가 읽는 이에게 긴장과 즐거움을 선사하고 있었다. 결국 우리 심사위원 두 사람은 체험과 시대 인식에 바탕을 둔 김규학의 작품 「폐교」 앞에 당선의 꽃다발을 놓아드리는 데 주저함이 없었다.

시인이 시를 쓰는 목적은 곧바로 삶의 목적과 같다. '목적'이란 말이 '목표'라는 말에 시배당하고 있는 이 시대에, 시조시인들은 좀 더 과감히 사회적 체온기 역할을 해야 할 당위 앞에 서 있을 수밖엔 없다. 코로나19 창궐의 어려움 속에서도 올해 응모자가 많았다는 신춘문예 담당자의 전언이다. 그들 응모자들과 함께 마스크 벗은 얼굴로 시조 광장에서 활짝 편 얼굴로 인사 나눌 수 있는 날이 빨리 왔으면 좋겠다.

제6장

첫 시집에 붙이는
도움말

동시는 아무래도 시어의 활용보다 시언(詩言)을 활용하는 기법이 어린이들에게 더 친근감을 주어 공감대의 폭을 넓힐 수 있을 것 같다. 우리는 의사를 소통하는 데 문자를 쓰는 것보다 말을 사용하는 일이 더 많으며 그런 생활에 더 익숙해져 있기 때문이다. 하여 우리의 일상 언어 생활도 시의 향기를 품고 아름다워질 수 있다면 삶의 질도 한 차원 높아질 것이라는 기대를 갖게 한다.

첫 시집에 붙이는
도움말

송상홍 시인의
『소라귀』(1995년 5월)
-소라귀에 감겨드는 애정 어린 동심의 시편

첫 시집의 출간처럼 조심스럽고 망설임에 몸살을 앓는 일도 드물 것이다. 작품집을 통하여 시인의 개성과 문학적 역량이 고스란히 선뵈기 때문이다. 송 시인이 이 점을 간과할 리 없다. 『소라귀』에 실린 시편들에서 풍기는 새로움의 지향과 굴절된 동심을 바로 세우려는 목표의식을 접함으로써 이러한 그의 심정을 헤아리기에 충분하다. 그리고 고집스러울 정도로 타성에 안주하지 않으며 아류에 타협함을 거부하는 그의 성격만큼이나 시편들이 꼼꼼하며 차분하다.

이처럼 동시의 질을 높이기에 정진하는 그는 제주아동문학의 버팀목으로 일조를 하고 있는 터이다. 이제 등단 4년 만에 작품을 한데 모아 동시집을 출간한다니 그를 아동문학의 길로 안내한 본인으로서는 기쁘기 그지없으나 권위의 우산이 되어주지 못함이 못내 송구스러울 뿐이다.

우선 작품집의 편집 방향과 순서를 살펴보면 소재별로 다섯 묶음으로 되어 있다. 다섯 묶음의 부별 해설을 저자 자신이 서문에서 밝히고 있어 중복을 피하거니와 50편의 시를 한 편 한 편 읊조리노라면 먼저 가슴에 와 닿는 것이 홀어머니 슬하의 유년 시절의 추억과 가족간의 교감이 떠오르는 것이다. 이를 바탕으로 고향 제주 자연과의 친화에서 우러나는 정서와 교육현장에서 건져올린 진솔한 동심의 소리 등에 주목하게 된다.

　필자는 이러한 세 가지 관점에서 송 시인의 작품세계를 살피고 사견을 피력하고자 한다. 흔히들 처절한 고통과 가슴앓이를 통하여 생산된 작품이라야 독자에게 감동을 주고 좋은 시로서 평가를 받는다고 한다. 이 말에 근거를 둔다면 시를 쓴다는 것은 즐거움보다는 고통이다. 그러나 작품을 탈고하였을 때 오는 성취감과 해방감을 맛보기 위하여 시인은 고통의 멍에를 자초한다고 한다. 이 말은 송 시인을 두고 하는 말인 것처럼 들린다. 우리는 그의 눈물겨운 유년 시절의 대리경험을 통하여 아름다운 충격과 억압된 감정의 해소를 맛볼 수 있기 때문이다.

> 감나무 그림자가/ 약속대로 툇마루에/ 뻗었는데// 밀물도 약속대로/ 들어왔는데// 바람도/ 수평선까지 갔다가// 깃폭에 안겨/ 돌아왔는데// 등댓불도/ 졸린 눈 비비며// 껌뻑거리는데// 껌/ 뻑/ 거/ 리/ 는/ 데…

- 「아버지」 전문

　고기잡이 나가서 돌아오지 않는 아버지를 그리는 애틋한 시이다. 어린 이들에게 목숨처럼 소중한 것은 약속이다. 그러나 아버지의 약속은 지켜지지 않는다. 바다에서 실종된 아버지이시니 어찌 약속인들 지킬 수 있으랴. '아버지'를 기다리는 유년의 슬픈 기억은 작품 「올래」와 「억새꽃」에서도 점철되어 있다.

할머니/ 슬픈 노랫가락만큼/ 구부러졌습니다.// 어머니가/ 오빠를 기다리는 날 만큼/ 기다랗습니다.

-「올래」일부

배고픈/ 빌레마다/ 서러운 어머니/ 넋으로 피어나// 보릿고개 아궁이에/ 피어오르던/ 저녁 연기

-「억새꽃」전문

홀어머니의 삶은 삭박하고 고달프다. 제수도를 삼다도(바람 많고, 여자 많고, 돌 많은 섬)라 부르는 이유 중의 하나가 제주 여성의 생활력이 강인함에서 비롯된다. 그의 어머니 일터는 바다의 물질에서, 비탈진 자갈밭 일에서, 떨이를 외치는 행상에서 닥치는 대로 이루어진다. 여기에 등장하는 어머니와 할머니가 바로 제주 여인의 상징인 것이다. 더 나아가 우리 어머니임을 깨달을 때 비애감에 가슴 저미게 한다. 작품 「매미」와 「물질」을 읊어 보면 더욱 절실해진다.

하늘 한 귀퉁이가/ 달구어질 무렵이면/ 엿가락처럼 늘어진// 엄마의 목소리가/ 장터를 빙 둘러/ 후렴으로 남는다.// 소리지르는 일이/ 사는 일이야

-「매미」일부

살아온 세월만큼/ 납덩이 허리에 감고/ 넘실 바다에 태왁// 띄운다.// 열 발 아래 물 속은/ 귀청부터 아려오는 세상/(중략) / 비창 끝에 걸려오는/ 옛 할머니 노랫소리/ 물이랑 타고 흐른다.

-「물질」일부

제주의 자연은 아름답다. 파아란 한라산과 파아란 바다, 그리고 파아란 하늘이 청정의 자연으로 건재해 있어 더욱 아름답다. 오밀조밀 잘 가꿔 놓은 인공정원처럼 돋보여 환태평양 시대의 국제적 관광지로 발전할 곳으로 기대를 모으는 곳이다. 그렇지만 그 옛날 섬 제주는 역사의 뒤안길에 가려진 한 많은 유배지였고, 4·3사건 등의 난리로 초토화된 서러운 상처를 안고 있다. 이러한 제주를 배경으로 송 시인은 절대빈곤 시절 내면의 삶을 조명하고 풍요의 오늘을 살아가는 우리들에게 경각심을 주고 있는 것이다.

'가장 제주도적인 것이 가장 세계적인 것이다.'라는 거창한 구호를 내걸지 않고서라도 우리는 우리 것을 지키고 발전시켜나가야 할 소명을 안고 있는 것이다. 사람을 사람답게 하는 것은 전통을 바르게 이어가는 데 있다고 하지 않은가.

여름 밥상을 푸짐하게/ 꾸며 주던 콩잎은// 나머지 햇살을 꼬투리 속에 가두어 놓고// 배가 불러오는 기쁜 숨을 쉬고/ (중략)
들불 일 때/ 숨죽였던 억새꽃은/ 무리지어 달리는// 조랑말 앞에서/ 하얀깃발 날리며/ 소리소리 지르고/ 도르라 도르라 느네 세상이여

- 「한라산 자락에서」 일부

이른바 기성세대에 속하는 이들이 이 시를 접한다면 콩잎에 쌈 싸먹던 옛 추억에 젖어들 것이다. 또한 한라산에 들불 일 때 떼 지어 달리는 조랑말과 깃발처럼 날리는 억새꽃 물결도 쉽게 상상할 수 있을 것이다. 이것은 가을이면 연례 행사로 치러지는 가을 운동회 날 어린이들의 달음박질을 연상하게 한다. 이런 연상 작용이야말로 시작(詩作)의 질료(質料)이며 시의 맛을 돋우는 비법이라 할 수 있다.

그러면 제주의 토속적인 정서와 자연의 풍광을 어떻게 이미지화하고 있는지 작품을 통하여 그 진수를 일별해 보자.

- 유채꽃 노랗게 거느리신 일출봉
- 햇빛 부서지는 벼랑 끝에서 소리 지르는 정방 폭포
- 햇빛을 한 줌씩 주워다 나누어주며 소리내지 않고 웃는 하르방 나무
- 할아버지 화승불로 어둔 밤을 밝혔던 억새꽃
- 내일 날아가 버릴 줄 알면서도 가슴자락 열어주는 산과 산
- 가시 속에 띈 꽃이 기쁨이 되는 엉겅퀴

송 시인은 현직 교사로 교육현장에서 어린이들의 생활 속에 살아있는 동심을 건져 올리고 있다. 체험을 통한 함축되고 단단한 이미지를 구축하며 감정을 절제함으로써 생동감 있고 친근감을 더하려는 그의 노력이 돋보인다. 아동문학평론 당선작이기도 한「소리굽쇠」에서도 교육애를 쉽게 감지할 수 있다. 자료실에 있는 소리굽쇠 하나에 이르기까지 생명력을 불어넣는 그의 날카로운 통찰력과 따스한 시안(詩眼)은 비범하다. 그리고 장애아를 소재로 한 사랑의 시편들은 장애아에게 주는 희망이며 축복이다. 직접 체험 없이, 지고지순한 사랑이 없이 어찌 한 편의 시인들 쓸 수 있으랴. '점자'와 '수화'를 통한 농아들의 대화를 이해함으로써 우리는 소외받는 모든 이들을 위하여 문학은 필요한 것이고 또 영원히 살아남아야 한다고 절규하게 되는 것이다.

목소리는 안으로/ 잠겨들어도/ 손끝에 생각 달고/ 날려보내면// 민들레 꽃 씨처럼/ 날아오지요/ 소프라노 고운/ 순이의 손짓// 음정은 없지만/ 떨리는 리듬/ 손끝에 달고/ 올려 보내면// 실비처럼 내려오지요/ 하느님의 젖은 목

소리, 목소리// 남들은 몰라도/ 우리는 알아요/ 하느님과 나 그리고 순이// 셋이 모인 자리에선/ 맘먹은 게/ 모두 말이 되니까.

-「수화」전문

시집의 표제이기도 한『소라귀』는 솜사탕처럼 달콤하다. 그것은 억지스러움이 없고 꾸밈이 없는 데서 오는 친숙함 때문일 것이다. 빙그르르 나선형으로 발전해 가는 소라귀를 통하여 아기들의 성장과정을 유추해 볼 수도 있다. 이는 바로 자신의 성장과정을 되돌아보게 하는 즐거움을 준다.

아기 귀가/ 소라 귀가 될 때는 언제?/ 그야 엄마가// 자장 노래 불러 줄 때/ 엄마 노래 뱅글뱅글/ 귓속으로 들어 갈 때// 아기 귀가/ 소라 귀 될 때는 언제?/ 그야 할머니가/ 옛날 이야기해 줄 때/ 할머니 목소리 뱅글뱅글/ 귓속으로 들어 갈 때// 아기 귀가/ 소라 귀가 될 때는 언제?// 그야 음/ 파도가 불러/ 뒤뚱거리며 바닷가로 나갈 때// 수평선 저쪽에서/ 부르는 소리 듣고/ 귀 열고 나갈 때

-「소라귀」전문

동시는 아무래도 시어의 활용보다 시언(詩言)을 활용하는 기법이 어린 이들에게 더 친근감을 주어 공감대의 폭을 넓힐 수 있을 것 같다. 우리는 의사를 소통하는 데 문자를 쓰는 것보다 말을 사용하는 일이 더 많으며 그런 생활에 더 익숙해져 있기 때문이다. 하여 우리의 일상 언어 생활도 시의 향기를 품고 아름다워질 수 있다면 삶의 질도 한 차원 높아질 것이라는 기대를 갖게 한다.

송 시인은 이 점에 착안하여 시의 품격을 높이기에 애쓴 흔적이 역력하다. 속삭임처럼 부드럽고 정겨운 시편들을 감상하노라면 '시로써 마음

에 꽃을 피우는 삶을 가꾸어 간다면 어떨까?' 하는 바람에 젖어들게 된다.

얼굴이 예쁜/ 순이 앞에서처럼/ 괜히 까불고 싶다니까

-「상 받은 날」 일부

이건, 돌이 글씨다/ 삐뚤삐뚤 걸어간 돌이// 일기 쓰기가 싫었나 보다.

-「글씨」 일부

방귀를 뿡 뀌어서/ 친구들이 웃을 땐 어쩌지?// 하하하 같이 웃고 앉아버리지

-「어쩌지」 일부

놀러 가자/ 갯메꽃이 꽃피우면/ 갯완두가 손뼉 치고// 갯별꽃도 등을 달아 논다더라

-「바닷가 마을」 일부

이러한 일련의 시편들은 어린이들의 생활 그 자체에서 우러나는 것이기 때문에 그들의 책상머리나 밥상머리, 또는 베갯머리에서 이야깃거리가 되기에 충분한 것으로 권하고 싶은 것들이다.

반면에 제주도적인 것에 무게를 싣다 보니 어쩔 수 없이 언어의 이질성과 관습의 차이에서 오는 생경한 표현이나 시어 등에 거부감이 느껴지기도 할 것이다. 이를테면 '올래', '다슴애기', '태왁', '빌레왓', '바람코지' 등의 토속어는 새롭고 신선함보다는 낯설고 어색하여 불편함과 부담감을 타지방 독자들에게 줄 것이란 기우 때문이다.

이것은 제주아동문학인 모두의 지상과제이자 발전 방향의 목표이기도

제주아동문학협회 정기총회 시 송상홍 시인의 보안경을 빌려 쓰고(2013. 1. 22.)

해서 난상토의의 주제가 되기도 한다. 제주의 언어와 정서가 일반화되기 위해서는 장인정신으로 창작활동에 몰입하는 길밖에 없다는 것도 시집 『소라귀』를 읽으면서 깨달은 또 하나의 수확이다.

끝으로 송 시인의 첫 동시집 상재를 거듭 축하하며 우리들의 기대에 부응하는 아동문학인의 한 사람이 되기를 기원하는 마음으로 부치는 글에 갈음한다.

이소영 시인의
『추억이 사는 연못』(1996년)
-밝은 햇살과 초록 잎새로 엮어낸 서정의 시편

'글은 곧 그 사람이다.' 이 말은 사람의 행위는 생각을 바탕으로 이루어지는 것이기 때문에 한 줄의 글 속에도 그 사람의 사상과 감정이 들어 있다는 뜻이다. 그러므로 우리는 시편을 통하여 저자의 성격이나 성품 등을 미루어 짐작할 수 있다. 머리글을 시인의 성품 이야기로 풀어가려는 것은 이소영 시인이 그의 시편들처럼 조용하며 자분함이 문학 이전에 인간적인 신뢰와 친화력이 남다름을 강조하고 싶기 때문이다. 그는 시류에 편승하거나 주의주장을 앞세우는 일 없이 오직 순수를 지키며 자기의 시 세계를 구축하기에 의연하다.

『추억이 사는 연못』을 통하여 추구하고자 하는 시적 관심은 무엇일까? 그를 아끼는 독자의 입장에서 나름대로 소감을 다음과 같이 세 가지로 요약해 보았다.

첫째, 밝은 햇살과 초록에 물든 초록색 색채감을 들 수 있다. 72편의 시에 흐르고 있는 강렬한 색상이 있다면 그것은 무슨 색일까? 누구든지 이 시집을 접하고 있노라면 밝은 햇살 아래 반짝이는 싱그러운 초록 잎새에 물들어 가는 자신을 발견할 수 있을 것이다.

햇살은 세상을 밝히는 빛이며 생명의 근원이다. 푸름으로 통용되는 초록색은 생명의 약동을 상징하며 젊음의 표상이다. 그래서인지 이 시인이 가장 많이 사용하는 시어가 햇살(빛)과 초록(푸름)색이다. 여기에는 어린이의 심신도 이처럼 건강해지기를 바라는 염원이 담겨 있다. 그러면 초록색으로 형상화된 작품을 음미해 보도록 하자.

초록불 타오르는/ 들판에 엎디어/ 수천의 손끝으로/ 시를 쓰지요.

- 「바람의 시」 일부

오월산 끝끝마다/ 오솔길 작은 아픔/ 초록빛 풀어 묻어 두고

- 「우리들처럼」 일부

꼭 쥔 연둣빛 손/ 해님 당긴 자리마다/ 파르르 파르르/ 초록물 올려/ 그리움 폈어요

- 「미나리 수염뿌리」 일부

줄 타는 조막손/ 힘줄이 솟아/ 초록물 힘껏 올렸어요.

- 「나팔소리」 일부

둘째, 어머니로서의 자애와 교육자로서의 양심이 엮어낸 사랑의 시편이다. 이소영 시인은 밖으로 떠들썩하게 드러내지 않고, 자기를 낮추며 안으로 조용히 감싸면서 호감을 주는 성품의 소유자이다. 그것은 기독교 신자로서 평소 독실한 신앙생활을 통하여 수양한 결과이기도 하지만 천성이 그렇다고 보아야 옳을 듯하다. 그러기에 기독교 신자로서 설교하려 들거나 교육자로서의 교훈을 주입시키려 하지도 않는다.

그의 자상하면서도 포근한 성품은 어쩌면 여성 특유의 모성애의 단면일지도 모른다. 모성애야말로 인간에 있어서 무엇에도 비견할 수 없는 지고하며 유일무이한 사랑의 근원이다. 사랑은 조건 없이 주는 것으로 티 없이 맑고 깨끗한 마음에서 비롯되는 것이기 때문에 동심과 일맥상통한다고 볼 수 있다.

우리는 사랑함으로써 아름답고 즐거운 생활을 영위할 수 있다. 오늘날

정보화 사회에서 꿈과 사랑을 잃어 가는 어린이들에게 낮춤으로써 높아지는 슬기와 아름다운 상상의 날개를 어떻게 달아주는지 작품을 통하여 알아보도록 하자.

> 오늘 밤/ 별빛 더 아름다운 건/ 똘또르 똘또르/ 우주를 향해/ 아름다운 얘기만 들려 준 게지/ 내 가슴 속/ 생각의 실타래/ 풀어 준 게지.
>
> —「귀뚜라미·1」끝부분

> 푸르고 푸를수록/ 어깨 꼭 끼는 산/ 낮게 낮게 흘러/ 큰 바다 되는 물/ 내가 낄 어깨/ 또 어디 있나/ 물 흐르는 듯/ 낮은 데로 찾아
>
> —「내가 낄 어깨」일부

> 이 아침/ 하얀 세상 만드느라/ 하나님이 보내신/ 신호였나 봐/ 하나님도/ 큰 선물 내리실 때는/ 큰 힘/ 작은 힘/ 모두 모으는 걸까.
>
> —「첫 눈·1」끝부분

예시한 작품 외에도 무한하고 신비로운 절대자 창조주가 빚은 자연에 대하여 동심의 프리즘을 굴절시켜 교감하고 있는 시편을 쉽게 만날 수 있다. 그 시구를 찾아본다는 것은 동시의 특성을 이해하는 데 도움이 될 것이다.

- 안마하듯 두두두 두드리는 소나기
- 잎새에 맑은 종으로 울리는 빗방울
- 벗은 나무 덮어 줄 이불을 그리는 하늘의 겨울 그림
- 구름에 가려 잴 수 없는 하늘의 키 재기 등

셋째, 고향의 추억을 더듬어 삶을 가꾸는 그리움의 시편이다. 표제이기도 한 「추억이 사는 연못」을 감상함으로써 그리움의 의미에 접근토록 해보자.

우리 집 마당가/ 작은 연못엔/ 금붕어들이 삽니다.// 날마다 할머니는/ 금붕어 먹이를 들고 앉아/ 일어설 줄 모릅니다// 지금은 갈 수 없는/ 고향 바닷가/ 물질하던 일을 기억해 내곤/ 슬픔의 가닥가닥 풀고 조이고/ 가슴에/ 물결 소리 일렁입니다// 금붕어 말간 빛/ 끝물 봉숭아/ 반달 손톱 같다던 할머니/ 너울너울/ 고향 뜰이 춤을 춥니다.// 우리 집 마당가/ 작은 연못엔/ 할머니 고향 추억들이 삽니다.

- 「추억이 사는 연못」 전문

연못가에 앉아 추억을 되씹는 이는 누구일까? 이는 할머니이자 바닷가 고향 사람들이며 바로 이 시인 자신이다. 날마다 붕어 먹이를 주며 고향 바다에서 물질하던 기억을 떠올리는 마음! 금붕어 말간 빛에서 고향집 뜰에 지천으로 피어나던 끝물 봉숭아 빛을 연상하는 마음!

이처럼 고향을 떠올릴 때, 우리 마음은 순수해지고 진실해진다. 고향은 자기가 태어나서 자란 곳을 지칭하기보다 따뜻한 인정의 교감에서 비롯되는 그리움이거나, 어쩌면 자애로운 어머니 품속으로 환치되는 모두의 것으로 존재하는 어떤 곳을 표방하기 때문이다.

인간은 누구나 고향으로 돌아가고 싶어 하는 회귀본능을 갖고 있다. 바로 이 시인이 떠올리는 '추억이 사는 연못'에 그러한 고향의 정서가 짙게 깔려 있다. 그는 고향을 추억함으로써 어린 시절의 시공을 자유롭게 뛰어넘으며 초현실 속의 세계를 상상하는 것이다.

이러한 꿈과 상상은 동시를 빚는 기본적 바탕이 되기 때문에 어린이들이 시를 아끼고 읽어야 하는 이유를 여기서 찾아볼 수 있다.

> 추석날 가 본/ 긴 골목 돌아돌아/ 아빠 사시던 집// …중략…// 마당 구석구
> 석/ 웃자란 풀들/ 기다림에 지쳐/ 늘어진 지붕// 이제 곧 헐릴/ 빈 집 앞에서
> / 도란도란/ 우리들 말 소리 듣고/ 호박도 강낭콩도 눈 떠 일어나/ 두런두런
> / 슬픔 참아내고 있었어요.
>
> - 「시골 빈 집」 일부

> 졸던 나무/ 기지개 켜 일어나자/ 세수를 하고/ 아이들 별이 되어/ 모여들었
> 다.// 풀벌레 노래 속에/ 아이들 웃음 되살아나고/ 풍금 소리/ 노랫소리/울담
> 을 넘는다.
>
> - 「밤에만 문을 여는 학교」 일부

시골 빈집에서나, 폐교가 된 학교에서는 그처럼 우리를 부르고 있건만 오늘날 산업화·정보화의 사회는 도시로만 사람들을 모여들게 하고 있다. 모두 다 떠나버린 시골 빈집에는 기다림에 지친 지붕마저 늘어지고, 이제 곧 헐릴 빈집 앞에서 호박도 강낭콩도 슬픔의 눈물을 참아내고 있다. 시골 학교 역시 밤에만 문을 연다. 아이들 대신 별이 찾아오고, 풀벌레가 대신 노래를 불러주는 폐교된 학교의 황량함을 극명하게 보여주고 있다. 이것이 시골의 현실이며 추억이 사는 연못의 사연인 것이다. 그렇다고 안쓰러운 서정적 사실에 안주하거나 마음의 고향을 체념해서야 되겠는가!

여기에 이소영 시인은 유채꽃 노란 강물이 흐르고 꿀벌이 잉잉 노래하는 전원을 구가함으로써 인간 본성의 아름다움과 따스함으로 고향에 튼실한 뿌리를 내릴 수 있다고 확신하는 것이다. 그리하여 이 시인은 차가운 지성과 따뜻한 감성으로 삶을 관조하고 가꾸어 가며 더 아름답고 더

즐거우며 더 평화로운 그 고향을 꿈꾸게 하여 준다.

끝으로 작품집 목차를 살펴 그 속에 담긴 주제를 살펴보는 것으로 마무리를 하려 한다.

- 제1부- 자연에서 얻어지는 빛깔과 색채를 노래한 바람의 시
- 제2부- 가정에서 일어나는 작은 감동을 묶어낸 가족의 시
- 제3부- 학교를 배경으로 어린이 내면의 세계를 그린 사랑의 시
- 제4부- 우주의 신비함과 자연의 경이로움을 노래한 하늘의 시
- 제5부- 추억이 사는 연못을 통하여 건져 올린 고향을 그리는 그리움의 시

위에 열거한 주제별 묶음에서도 알 수 있듯이 이 시인은 체험을 바탕으로 시를 쓰는 시인이라는 점을 간과할 수 없다. 경험 속에서 가장 제주도적인 것으로 접목시키며, 그런 가운데 그리운 꿈의 집으로 독자들을 초대한다. 그 유인력(또는 친화력)의 비결은 쉬우면서도 재미있고 친근감이 드는 시편에 있다. 이것이 이 시집의 특징이자 우리에게 주는 값진 선물이다.

바르고 올곧은 생각만 하며, 바람 소리에 넘어가지 않고, 눈비도 이겨내서 된 '부지깽이'처럼 어머니이자 교육자인 시인으로서 그렇게 올곧게 되기를 바라는 염원으로 첫 시집 상재를 축하하며, 무딘 글발로 곁들이는 글에 갈음하고자 한다.

김정희 시인의
동시집 『오줌폭탄』
-맑고 여린 동심으로 그려낸 따스한 사랑의 노래

우리 몸은 맛있는 음식을 먹어서 튼튼히 자랄 수 있어요. 그러나 요즘처럼 학교와 학원 공부에 무거운 짐을 지고 힘겨워 하는 어린이, 인터넷이나 게임에 매달려 심성이 메말라 가는 어린이들의 정신(마음)은 음식으로 해결할 수 없어요.

우리 몸의 양식이 밥이라면 우리 정신의 양식은 책이라 할 수 있어요. 책은 독서를 말하는 것이지요. 그 독서 중에서도 시를 읽는 것이야말로 바로 정신(마음)의 갈증을 축여주는 영양소를 먹는 것이라고 해요. 그래서 '시는 영혼의 갈증을 달래주는 물이다.'라는 말이 있나 봐요. 이처럼 좋은 시 읽기 공부를 왜 몰랐던 것일까요. 그럼 이제부터라도 김정희 선생님이 쓴 『오줌폭탄』이라는 동시집 속으로 들어가 동시의 맛을 보도록 해요.

시를 읽어서 느끼고 감동할 때 시인과 독자는 한마음이 되었다고 볼 수 있죠. 한마음이 되게 하는 동시를 평하여 좋은 동시라 한답니다.

김 시인은 좋은 동시집을 만들기 위하여 제목을 정하는 데도 '제비들의 운동회'와 '오줌폭탄'을 놓고 투표를 한 결과 어린이들이 당당히 '오줌폭탄'을 선호하여 그리 정했다 해요. 동시는 어린이 독자에게 재미를 주어야 한다는 걸 입증하고 있는 거지요.

동시집 『오줌폭탄』에는 81편의 동시를 싣고 있어요.

나는 김정희 시인이 동시를 통하여 하고자 하는 말을
1. 자연에서 본 경이로움
2. 화목한 가정생활을 위하여

3. 즐거운 학교생활을 위하여

4. 아름다운 제주도 사랑으로

작품을 갈래지어 묶고 여러분의 이해를 돕기로 했어요.

자, 그러면 『오줌폭탄』이 어떤 폭탄인지 동시집 속으로 들어가볼까요?

1. 자연에서 본 경이로움

하나, 어디서나 자연의 질서

동시집 표제이기도 한 '오줌폭탄'이라니 참 재미있네요.

김정희 동시의 좋은 점은 재미있다는 것이죠. 시인은 우리가 미처 생각지 못한 것을 발견하여 '아, 그렇구나!' 하는 감탄과 감동을 주고 있어요. 웃는 가운데 은연중에 교훈을 주고 있어요. 이런 것이 좋은 동시의 요건이 된답니다. 여러분도 어디서든 '실례 경험'이 있을 거예요. 그때 오줌폭탄을 맞은 새싹이나 꽃잎을 생각해 본 일이 있나요? 있다면 여러분도 이미 시인인 거예요. 그럼, 「오줌폭탄」 동시를 감상해 보도록 해요.

거미가 오줌을 누었대.// 근데/ 큰일 났어.// 지나가던 지네가/ 그 오줌폭탄에/ 혼쭐이 났대.// 거미는/ 그날 이후로/ 거미줄을 치고/ 밖으로 나오지 않는대.// 그럴 수가 있니.// 아무 곳에서나/ 생각 없는 일 하면/ 안 돼.

- 「오줌폭탄」 전문

둘, 제비 이야기

김 시인은 제비 사랑에 남다른 동심적 발상을 보여주고 있어요. 옛날에는 흥부네 집처럼 처마에 흙집을 짓고 새끼를 치는 제비를 흔히 볼 수 있었지만 도시화가 된 요즘은 보기가 힘들게 되었어요. 한적한 시골에서 볼 수 있는 제비는 요즘도 운동장에서 운동회를 하나 봐요. 날아다니는 제비를 볼 수 있다는 것은 그만큼 자연환경이 덜 오염되었다는 뜻이겠지요. 그래서 제비는 귀한 친구라 할 수 있죠.

> 아이들이 집으로 돌아간/ 학교 운동장에/ 제비들 운동회가 한창// 왕복 달리기도/ 우웅/ 바람 가르며 달리기/ 횡횡/ 누가 일등 할까// 이어 달리기 시작/ 뒤따라 다른 제비/ 날쌔게 날아오른다./ 누가 일등 할까?// 엄마 찾기 게임 시작/ 여기저기/ 엄마제비 부르는 소리// 어슬어슬 저물 때까지/ 학교 운동장은/ 시끌시끌
>
> - 「제비들 운동회」 전문

셋, 꽃 이야기

예쁜 꽃이 만발한 꽃밭에는 벌, 나비들이 모여들지요. 시인은 그 꽃밭을 벌들의 학교로 본 것이에요. 꽃 속에서 공부하는 벌들은 얼마나 행복할까요. 상상만 해도 재미있네요. 좋은 동시는 쉽게 읽히면서 재미를 주는 것이어야 해요.

> 벌이/ 붕붕/ 꽃 학교로 와서/ 이리 붕붕 저리 붕붕// 봄이 온 지/ 한참이나 지났는데/ 아직도/ 반을 못 찾았나 봐./ 이리 기웃 저리 기웃// 선생님 헛기침 소리에/ 붕붕붕/ 딴청부리다/ 철쭉꽃밭에/ 스리슬쩍/ 앉았다.
>
> - 「꽃 학교」 전문

봄을 알리는 봄꽃이 피어나요. 개나리, 철쭉, 진달래, 목련 등등. 여기서 목련은 숨바꼭질을 하나 봐요. 아니, 하얀 팝콘을 터뜨리지요.
이러한 상상이 동시를 읽는 즐거움과 재미를 주지요.

숨을 곳을 찾다가/ 정신없이 나무로 올라가/ "나 잡아봐라"/ 빠꼼! / 고개 내미는 팝콘// 해마다 봄이 오면/ 장난기가 피어나요. / 가지마다 봄을 터뜨려요.

-「목련」전문

2. 화목한 가정생활을 위하여

하나, 인사는 예절의 근본

어린이 여러분은 인사를 잘하나요? 모든 예절은 인사에서 비롯된다는 말이 있어요. 전화기에 대고 꾸벅꾸벅 절을 하는 엄마는 바른 생활의 본을 보여주는 것 같아요. 그리고 '고맙다' 감사의 표시도 우리가 꼭 실천해야 할 덕목이지요.

엄마는 전화에 대고/ 인사를 해요.// "왜, 전화에 인사를 해요?"// 고마운 사람에게/ 만나지 못해도/ 볼 수 없어도/ 고맙다는 말은/ 지금 해야지.// "네, 고맙습니다."// 엄마도, 참.

-「인사」전문

둘, 가족 간의 갈등도 알고 보면 사랑

독차지했던 엄마의 사랑을 동생 때문에 잃어버렸다는 상실감, 누구나 한 번쯤은 느껴본 감정이지요. 거기에 동생을 업어줄 만큼 자라기도 전에 동생 둘을 보았으니…. 요즘은 다산을 장려하는 때이니 동생 사랑이 행복으로 가득하기를 바라며 축하를 드려야겠군요.

엄마가 동생을 낳고부터/ 난 2등이 되었다./ 밥 먹을 때도 동생 먼저/ 나는 그 다음// 그러다/ 난, 3등이 되었다./ 엄마가 다시 동생을 낳았다.// 아기를 안아주고/ 그다음 동생을 업고/ 난, 걸어 다녔다.// 엄마는/ 내가 힘들어하는지 모르시나 보다./ 그러니까 내가 동생을 업어줄 만큼/ 크기도 전에 동생 둘을 낳으셨지.

- 〈난, 3등〉 전문

셋, 무공수훈자 할아버지에 대한 관심

6·25 한국전쟁으로 많은 피해를 보았다는 것을 잘 알고 있겠지요? 젊은이들이 나라를 지키기 위하여 산화하였거나 부상병이 되었어요. 그때 공을 세운 국군장병들을 무공수훈사라고 해요.

여기 동시 속의 주인공 할아버지도 무공수훈자인가 봐요. 나는 지금까지 많은 동시집을 읽어봤지만 '무공수훈자'에 대한 작품은 처음이에요. 그래서 감동적이었어요.

할아버지/ 발가락 없는 신발/ 언제나 찌그러져 있어요.// 내 눈에 안 보이는 발가락/ 하나둘 세어보며/ 너털웃음 웃는 할아버지// 나라 위해 싸우시다/ 잃은 발가락/ 가렵다고 긁는 할아버지// 할아버지 발에서/ 꼼질꼼질/ 새싹처럼 발가락이/ 돋아나려나 봐요.// 훈장보다 더 좋을/ 할아버지 발가락/ 쑥쑥/ 자랐으면 좋겠어요.

-「할아버지의 발가락」전문

3. 즐거운 학교생활을 위하여

하나, 집단 따돌림 문제

'학교폭력으로 우리 아이들이 위험하다.'는 기삿거리들이 마음을 아프게 하는 요즘이에요. 과거의 따돌림은 그저 장난의 수준에서 일어났다면 지금의 따돌림은 정도를 뛰어넘어 자살 등 우리 청소년들의 생명까지 위협하고 있어요. 이러한 내용을 접할 때마다 학교폭력에 대한 시원한 해결책이 무엇인가를 고민하지 않을 수 없지요.

장난으로 던지는 돌멩이가 연못 안의 개구리에게는 목숨이 달린 문제라는 우화처럼 무심코 하는 장난이 당하는 친구에게는 그냥 장난이 아니라는 걸 알아야 해요. 그래야 다 같이 즐거운 학교생활을 할 수 있겠지요.

지금 운동장에는 까치와 강아지가 놀고 있군요. 그걸 보면서 우리는 무엇을 해야 할지 비유적인 느낌을 주고 있는데 이것이 동시의 힘이라고 할 수 있겠죠.

> 아이들이 수업 들어가 버린/ 텅 빈 시골 학교 운동장/ 강아지가 종종/ 까치를 뒤쫓고 있네.// 귀찮아진 까치/ 톡톡 걷다가/ 정글짐 속으로 들어갔다가/ 안 되겠다 싶어/ 훌쩍 날았다가/ 훌쩍 땅에 앉았다가/ 강아지를 놀린다네.// 날개 없는 강아지/ 쑥스러워 땅만 보며/ 잘망잘망 개구멍으로 나갈 때// 한 시간 마치고 나오는/ 아이들 소리/ 운동장 가득 쏟아지네.
>
> -「까치와 강아지」 전문

둘, 다문화 가정 친구들

'단일민족' 의식이 약화되고는 있지만, 아직도 우리 사회에서 피부색이 다른 외국인에 대한 편견은 여전하다 해요. 다문화 가족 자녀들이 학교에서 피부색이 다르다고 따돌림당하고 과거 일제시대라는 역사 때문에, 엄마가 일본인이라는 이유로 놀림을 당하는 등 학교생활 적응에 어려움을 겪고 있다고 해요. 이제는 다문화 가족이 우리 사회의 일원이 되고 있다는 것이 거스를 수 없는 대세에서 다문화 가족의 건전한 사회 적응은 우리 사회의 당면한 과제이지요. 이제는 '단일민족'에서 한 단계 더 나아가

다문화사회로의 변화 추세를 인정하고 다양한 민족문화를 이해하며 함께 어울려 살아가야 할 때예요. 단일민족의 단일국가로서의 대한민국이 아니라 지구 속 하나의 인류라는 마음으로 다문화 가족을 받아들여야 한다는 것이죠.

우리 집 장독대를 지키던 맨드라미나 봉숭아도 다른 나라에서 들어와 토종 꽃이 되었다 해요. 해바라기도 그렇지요. 제주 공항으로 가는 길에 핀 해바라기를 보면서 시인은 다문화 가족을 생각했을 거예요. 꽃밭에도 여러 가지 꽃이 어울려 피어야 모자이크를 이루듯 아름다운 게 아니겠어요?

> 공항 가는 길/ 해바라기 피었습니다./ 누굴 마중 나왔는지/ 누굴 배웅 나왔는지/ 노란 꽃잎 흔들며 손짓합니다./ 이리 기웃 저리 기웃/ 목을 길게 늘이고/ 하늘을 올려 봅니다.// 만국기 동산에/ 해바라기 피었습니다./ 무슨 회의가 길어지는지/ 서로 머리 맞대고/ 펄럭펄럭 의논이 한창입니다./ 웅성웅성/ 서로 눈치 보느라 바쁩니다.// 사거리 신호등 앞에/ 고흐의 해바라기/ 오랜만에 밖으로 나온 듯 웃고 있습니다./ 언뜻 시원한 바람 불더니/ 신호등 켜졌습니다./ 여름이 질세라 달려 나옵니다.
>
> - 「해바라기」 전문

4. 아름다운 제주도 사랑

하나, 관광 제주, 올레 길

제주도는 아담한 정원과 같이 한곳에서 산과 바다 그리고 폭포와 동굴 등을 관광할 수 있는 곳이에요. 해마다 새해맞이를 하는 성산일출봉을 비롯하여 360여 개의 올망졸망한 오름과 그 아래로 이어지는 '흑룡만리'라 일컫는 돌담, 요즈음 새로 개발한 올레 길, 맑은 생수와 청정한 공기를 제공하는 곶자왈 등은 제주의 참모습이며 자랑거리지요. 올레 길 구간을 걷다 보면 제주의 한이 서린 평화의 마을도 들를 수 있답니다.

이렇게 아름답고 소중한 제주도를 혼자만 보고 느끼며 살기에는 너무 아깝다는 생각이 들어 여러분을 이 자리에 초대하려는 거예요.

강아지풀/ 간지러운 인사 받으며/ 걷는 올레// 섬 한 바퀴/ 쉬엄쉬엄 걷는 길// 들꽃과/ 눈을 마주하고 앉아/ 잠깐 이름을 기억하려/ 애쓰는 길// 흙길에 묻어 있는/ 작은 웃음이 가득한 길// 올레에는/ 이름이 생기고// 설레는 가슴마다/ 리본을 달고 있다.

-「제주 올레」 전문

"할머니,/ 평화마을에 흰 두루미가 찾아왔어요."// 사월이면/ 눈물 흘리는 제주 할머니 때문에/ 자꾸 비가 내려요./ 하늘나라 할아버지도/ 할머니가 보고 싶어 우시나 봐요.// 전에 할아버지를 위해/ 할머니가 지어 보내신/ 하얀 도포를 받아 입으시고/ 조록 연못에 오셨어요.// 연못이 흔들릴까 봐 소리도 없이/ 살짝 내려앉았는데/ 키가 크고 건강했어요./ 공중을 돌며/ 우는 듯 웃는 듯/ 까르륵 까르륵/ 돌아왔다고 말하려나 봐요.// "할머니,/ 할아버지가 틀림없어요."

-「평화마을」 전문

둘, 제주어 사랑

아름다운 자연을 품고 있는 제주도에는 경관 못지않게 재미있는 제주어가 있어요. 그런데 2010년 12월 유네스코에서는 제주어를 인도의 코로어 등과 함께 소멸 위기 언어로 지정하였다 해요. 유네스코는 '사라지는 언어' 가운데 제주어를 제4단계인 아주 심각하게 위기에 처한 언어로 분류했다는 거예요.

유네스코가 '제주어'를 소멸 위기의 언어로 등록한 것은 '제주어'의 가치를 인정하는 한편 '제주어'를 문화유산으로 인정했다는 데 의미가 있는 것이지요. 일찍이 뉴질랜드 원주민 마오리족의 언어를 비롯해 미국 인디언 나바호족의 언어 등은 소멸의 위기에 놓였었는데 학교를 중심으로 한 '언어 교육'으로 회생됐다 해요. 우리는 이러한 사례를 교훈 삼아서 제주어의 가치를 재조명하고, 보존하고 발전시켜나가는 데 앞장서야겠어요.

소개하는 다음 시편은 시인의 제주어 사랑을 엿볼 수 있는 좋은 작품으로 다 같이 감상해 보도록 해요.

우리 집 도세기/ 먹을 것 주어도/ 언제나 부족하다고 꿀꿀// 해가 긴 날/ 배고파/ 통시 담 헐고 나와/ 꿰꿰거리며 마당을/ 어슬렁어슬렁// 하필,/ 토요일/ 대문에서 딱 걸린 도세기/ 저번처럼 대빗자루 들고/ 도세기와 한판을 한다.// 도세기를 통시로 몰아놓고/ 나도 씩씩/ 돼지도 씩씩// 해질녘 돌아오신 어머니// 억울하다고 소리 지르는/ 도세기 머리 것주걱으로/ 한 대 때리고 나서/ 것도고리 휘이 저어/ 건더기 조금 더 준다.// 난/ 손 베게 하고 누워/ 고소하다 웃으며/ 솔깃 꾀잠 든다.

- 「도세기와 한판」 전문

위와 같이 김정희 시인의 동시집 『오줌폭탄』 81편의 동시를 자연에서 본 경이로움, 화목한 가정생활, 즐거운 학교생활, 아름다운 제주도 사랑 등으로 작품을 갈래지어 묶고 감상해 보았어요.

어린이 여러분은 김 시인이 동시를 통하여 하고자 하는 말이 무엇인지를 이해했으리라고 믿어요. 우리가 미처 몰랐던 제주의 아름다운 자연환경은 물론 제주어가 보물이라는 것도 깨달았겠지요? 하나의 사물도 보는 각도에 따라서 여러 가지 의미로 쓰인다는 것을 공부했으니 여러분이 동

동시전문서점 '오줌폭탄'에서 김미희 작가의 북토크 중 격려사(2017. 10. 31.)

시를 쓰는 데도 큰 도움이 되리라 생각해요.

　김 시인은 오늘도 아름다운 동시를 쓰는 일 외에 '제주어로 하는 시낭송' 지도에도 힘쓰고 있답니다. 그처럼 자그만 실천 하나가 제 고장을 사랑하는 길이 된답니다.

　이제 우리는 '오줌폭탄'이라는 재미있는 표현을 통하여 웃으면서 질서와 예절의 중요함을 은연중에 깨닫게 되었어요. 그리고 「제비들의 운동회」에서처럼 나날이 즐거운 날이 되도록 염원하는 게 김 시인의 마음이라는 것도 알게 되었어요. 이처럼 동시 한 편 한 편을 깊이 음미하고 새기노라면 동시의 참맛을 느낄 수 있답니다.

　그런 뜻에서 맑고 여린 동심으로 그려낸 따스한 사랑의 노래를 우리에게 선물하여 준 김정희 시인을 고마워해야겠지요?

김정련 시인의
동시집『뽁뽁이』

- 따뜻한 가족 사랑과 애틋한 고향 사랑으로 엮은 시집

들어가면서

　김정련 시인은 2016년 제266회 아동문예 문학상에「새 차 산 날」외 2
편으로 당선하고 등단했어요. 등단 후 2년차에 첫 시집『콩벌레』를 상재
하여 어린이들의 많은 사랑을 받았지요. 그러는 가운데 연이어 두 번째
시집『뽁뽁이』를 펴냈어요. 한 권의 시집을 내기도 벅찬 일인데 더구나
많은 경쟁자 중에서 제주문화예술재단의 창작금 지원까지 받고 펴내는
시집이니 장하다는 찬사를 아니 드릴 수 없어요. 시인 선생님은 제주아동
문학협회의 사무국장으로서 협회의 뒤치다꺼리를 하면서 활발한 작품
활동으로 제주아동문학 발전에 큰 힘이 되고 있으니 고마운 일이지요.
　그럼, 시인 선생님이 여기까지 오는 과정이 어떠했는지 시인의 말을
직접 들어보기로 해요. 시를 감상하는 데 많은 도움이 될 것입니다.

　　"나는 세 아이의 엄마에요. 건강한 먹을거리를 챙기고 그에 못지않게 건강
한 읽을거리를 챙기는 엄마지요. 남편에게는 가족의 핵심이라는 말을 듣는
존재감 강한 아내이며, 친정어머니께는 살뜰히 챙김을 주는 보호자이며 가
끔씩 좋은 친구 같은 딸입니다.
　　밖에서는 25명의 돌봄교실 친구들의 선생님이지요. 좋은 글, 따뜻한 읽을거
리를 들고 아이들과 함께하고 싶어 하는 선생님입니다. 또 67만 제주도민들
이 편지로 상대방과 교감하는 날을 꿈꾸며 편지 쓰기 행사를 권하러 다니는
편지 쓰기 전파자이며, 경로당 어르신들에게 책을 읽어드리기 위해 매주 금

요일마다 집을 나서는 봉사자예요. 이웃들과 함께하기 위해 마을신문 만들기에 적극 동참하는 마을기자이며 도민들에게 좋은 정보 전달을 위해 매의 눈으로 이곳저곳을 관찰하고 다니는 도민기자랍니다."

이쯤에 시인 선생님이 어떤 분이라는 걸 눈치챘으니, 동시집『뽁뽁이』속으로 들어가 보도록 해요. 우선 동시집을 일별해 보면 이 동시집에는 제주 어린이들의 생활을 노래한 51편의 동시가 실려 있음을 알 수 있어요. 제1부 '자연이 말을 걸어요'에는 「놀이터 팽나무」를 고장 사랑의 상징으로 하여 마을과 오름 등 올레길 자연의 변화와 풍경을 노래하고 있으며, 제2부 '친구랑 놀아요'에서는 「태권도」를 대표 시로 하여 학교·학원생활 등 주변 환경에서 일어나는 희로애락을 노래하고 있어요. 제3부 '엄마랑 걸어요'에서는 「엄마는 모르나 봐」를 테마 시로 하여 가정생활에서 체험하는 순간적인 감동을 스케치하듯 그려내었고, 제4부 '할머니께 배워요'에서는 「귀한 사람」을 가르침의 본보기로 하여 집안의 어른인 할머니의 교훈을 교과서적이며 도식적이 아닌 삶의 지혜를 사랑으로 깨닫게 하고 있어요. 그래서 나는 해설의 제목을 '따뜻한 가족 사랑과 애틋한 고향 사랑'으로 정하고 많은 어린이들이 동시에 흥미를 갖고 시를 향수하는 멋진 삶의 모습을 기대하며 이에 따른 나의 소회를 써 볼까 해요.

가족과 이웃을 사랑하는 따스한 마음으로

해설의 첫 번째 꼭지는 '가족과 이웃을 사랑하는 따스한 마음'입니다. 가족사랑은 가정에서 이루어집니다. 사랑이 이루어지는 가정은 우리 행복의 보금자리입니다. 그러한 가정으로 들어가 보면 엄마 아빠는 직장일과 모임 등으로 서로가 바빠요. 자녀도 거의가 혼자거나 둘인데 학교가 끝나면 집보다도 학원에서 보내니 가족이 모일 틈이 없어요. 가족이 함께 모여도 스마트폰을 만지거나 텔레비전을 보며 대화가 없는 편이니 이것이 문제라는 겁니다.

일찍이 성현의 말씀에 '착한 사람이 되는 가장 바른 길은 사랑을 실천하는 것'이라 했어요. 이러한 사랑은 관심에서 싹트고 실천하는 노력에서 꽃피는 것인데요. 핵가족화된 우리 가정에서 가족 간의 사랑을 체험하는 기회를 갖도록 경종을 울려주는 시편이 바로 「엄마는 모르나 봐!」입니다. 그래서 시인 선생님은 이렇게 적바림을 하고 있어요.

학부모님들과 상남을 하다 보면 아이들이 집에선 아무것도 안 한대요. '이거 해라, 저거 해라.' 잔소리로만 듣고 그래서인지 말을 듣지 않아요. 모두가 제 잘되라고 사랑해서 그러는데 그 마음을 몰라준다는 거예요. '이유가 무얼까.' 생각해보니 이해심이 부족하고 칭찬이 없는 것 같았어요. 그래서 칭찬을 많이 해주면 좋겠다는 생각이에요. '칭찬엔 고래도 춤춘다.' 했으니 여러분도 꾸지람보다는 칭찬이 좋지요?

책 읽을 사람?/ 저요!// 당근 먹을 사람?/ 저요, 저요!// 장난감 정리할 사람?// 저요, 저요, 저요!/ 학교에만 가면/ 싫어요!가 사라져요.// 책도/ 잘 읽는구나!// 선생님의/ 칭찬 속에 내가 크는데// 칭찬이 약이란 걸/ 엄마는 모르나 봐!

- 「엄마는 모르나 봐!」 전문

어때요? 여러분의 속말이지요? 그래서 「엄마는 모르나 봐!」라는 동시의 주인공(화자)은 어린이들의 이야기예요. 그렇지만 정작 이 동시를 음미해야 할 사람은 엄마인 거예요. 그러기 때문에 이 동시는 아이들만 읽는 시가 아니라 어린이부터 할머니, 할아버지들까지 폭넓게 읽어야 하는 시임을 말해주고 있어요. 그래서 좋은 동시 요건을 간결 명쾌하면서도 재미 있고 적절한 비유로 아름다운 상상의 세계가 있어야 한다고 하는 거예요. 그래야 누구에게나 감동을 주고 좋아하게 될 것이라고 말하고 있습니다.

「엄마는 모르니 뵈!」 외로 따스한 가족 사랑을 시인 선생님은 어디에서 찾고 어떤 마음으로 표현했는지 함께 찾아 즐겨보도록 해요.

미니어처 인형 선물을 받았지만 맘에 들지 않아 팽개쳐두었다가 친구가 좋아하니 그제야 예쁜 인형임을 깨닫고 언니를 고마워하는

- 「미니어처 인형」

반려견 소미가 죽어 슬픈 나를 위로하려고 사다준 삐삐, 이젠 소미가 하늘나라로 갔을 거라며 내 어깨를 꼭 안아주는 아빠

- 「소미와 삐삐」

꽁지만 비쭉이 하고 숨은 꿩처럼 두 손으로 제 눈 가리고 "여기 없다" 하며 숨었다고 생각하는 동생의 귀여운 모습을 그린

- 「숨은 꿩」

할아버지랑 시장 갔는데 선생님을 만나 할아버지가 부끄러운데 예쁜 아이라는 칭찬에 그만 울컥한 손자 승우

- 「세상에서 가장 예쁜 아이」

고향을 사랑하는 애틋한 마음으로

해설의 두 번째 꼭지는 '고향을 사랑하는 애틋한 마음'에 대해서입니

다. 사람에게는 누구나 살고 싶고 머무르고 싶은 욕망의 공간이 있어요. 그곳은 자유롭고 행복하며 추억이 서린 열린 공간으로 새 힘을 얻는 삶의 보고라 할 수 있지요. 그 하나가 마음에 위로를 받고 상상을 일깨워주는 자연환경입니다. 그래서 사람은 공간과 닮아가며 자연에 동화됩니다. 내가 자연에서 왔고 그 품에 내가 살아가는 모습은 조화를 이룰 때 아름다운 것입니다.

나는 시인 선생님의 「놀이터 팽나무」와 그 나무의 그늘, 「그늘」이라는 시편에서 팽나무를 떠올리며 옛날 소년 시절의 추억에 젖어봅니다.

500년 묵은 팽나무는 마을의 정자나무로 마을의 역사를 같이하고 있는 나무였어요. 팽나무는 옛날 우리 부모님들이 어렸을 때 살았던 고향집을 상징하는 나무입니다. 우리 부모님의 어렸을 적 추억이 묻어있다는 거지요. 내가 어렸을 적만 해도 올레에는 팽나무 아니면 멀구슬나무가 쉼터 역할을 해 주었어요.

남자애들은 여기서 구슬치기, 자치기, 딱지치기 놀이를 했고, 내 또래의 여자애들은 고무줄놀이, 오자미놀이를 했던 곳이었어요. 그러나 요즈음은 거의가 주차장으로 변하였거나 시멘트로 덮여 풀꽃 한 송이도 볼 수 없게 되었어요. 그래서 옛날의 팽나무 놀이터가 아쉽고 그리워져요. 여러분도 이 동시를 감상하면서 옛날의 올레 놀이터를 떠올리며 고향을 사랑하는 마음을 가졌으면 좋겠어요.

아이들 붙잡고 오르라고/ 가지를 옆으로 뻗었단다. // 오르다 미끄러지면 발로 버티라고// 옹이도 여기저기 박아 뒀단다. // 힘들고 지칠 때 편안히 기대라고/ 줄기도 한 아름 키웠단다.

- 「놀이터 팽나무」 전문

골목길 입구에/ 아름드리 팽나무 있었지요. // 개미, 쥐며느리, 노래기 기어다니고// 놀이하는 아이들 끊임없이 드나들던// 새소리, 바람 소리, 맑은 공기 쉬어가고// 더위 달래는 어른들 삼삼오오 모여들던// 골목길 입구에/ 아름드리 팽나무 있었지요. // 모두가 좋아하는/ 시원한 그늘 하나 있었지요.

-「그늘」전문

두 편의 동시 글감이 '팽나무'입니다. 시인의 고향 마을엔 옛날의 팽나무가 건재한가 봅니다. 제주시 신산공원에 가면 오래된 팽나무가 있어요. 옛날 어린이들의 간식거리였던 '폭'이 열립니다. 이제는 직박구리 먹이가 되지요.

그 폭으로는 폭총 놀이도 했답니다. 팽나무는 그늘이 좋고 나무에 오르기가 쉬워서 놀이터로는 안성맞춤입니다. 그래서 교육학자들은 어릴 땐 마음껏 뛰어놀아야 감수성도 발달하고 상상력도 풍부해지고 남을 배려할 줄도 알게 된다고 말합니다. 요즘 어린이들은 광장의 비둘기와 놀고 있어요. 그래도 신나게 놀고 있는 어린이들을 보면 모든 어린이들이 여기서 실컷 놀 수 있도록 하면 얼마나 좋을까 하는 생각이 듭니다. 놀이가 어린이 성장발달에 매우 좋다는 것을 알고 있기 때문이에요.

그래서 시인 선생님도 어린이들이 신나게 뛰놀면서 행복을 누리도록 바라는 마음으로 팽나무 시를 쓰지 않았을까 생각해 보는 거예요.

「놀이터 팽나무」와 그 나무의 그늘, 「그늘」이라는 시 외에 우리들의 마음을 대신해주는 시편에는 어떤 것이 있을까요? 시 속의 주인공이 되어 신나는 운동회를 하고, 새들처럼 하늘을 나는 상상의 세계로 초대하는 시인 선생님의 손짓이 보이나요? 그걸 느낀다면 여러분은 이미 시인인 거예요.

나뭇잎 나라 운동회가 열렸어요. 호기심 많은 선수들 때문에 우르르 뛰어내려 모두가 1등인 재밌는 운동회

－「나뭇잎 나라 운동회」

주먹에 기를 모아 촛불도 끄고, 발끝에 기를 모아 송판도 부수는 우리 국기인 태권도를 하는 힘찬 어린이를 그린

－「태권도」

금줄을 져놓은 잔니운동장이 해금되는 날 참고 기다린 보람을 만끽하는 어린이들, 축구공도 피구공도 덩아 통통통

－「잔디 운동장」

올레길을 서둘지 않고 천천히 걸으며 제주도의 아름다운 자연의 풍광뿐 아니라 제주 사람들이 어떻게 살아가고 있는지 생활을 들여다보며 제주의 인정과 정서를 브로콜리에서 느껴보는 새로운 발견

－「귀덕리 올레길에서」

할머니 무릎학교에서 배운 교훈으로

해설의 세 번째 꼭지는 할머니 무릎학교에서 배운 교훈을 중심으로 써 볼까 합니다.

"내 인생의 진리는 어머니의 무릎에서 들은 동화에서 완성됐다."라는 말을 들은 적이 있나요? 이 말은 독일의 대문호 괴테가 설파해서 너무나 유명하지요. 또 미당 서정주 선생님은 "나를 키운 건 팔 할이 바람이다."라는 유명한 말을 남겼어요. 이 말처럼 시인 선생님은 "나는 할머니 무릎에

서 모든 문학 수업을 했다.”라고 말할 것 같고 또 “나를 키운 것은 팔 할이 할머니였다.”라고 말할 것 같습니다. 왜 그런지 시인 선생님의 할머니와의 관계를 살펴보면 아실 거예요. 어떤 내용인지 직접 들어보기로 해요.

"이번 동시집에는 가장 귀한 사람을 초대했습니다. 바로 할머니와 증조할머니예요. 농사를 짓느라 바쁜 부모님의 자리를 채워준 분들이에요. 뜰에 과일 나무를 가득 심어 계절마다 색다른 과일을 맛보여주고, 예의를 가르쳐주고, 재미난 이야길 들려줘서 저는 할머니 댁에 가는 걸 좋아했어요. 덕분에 신나고 멋진 어린 시절을 보냈지요.

여러분들은 누구와 특별한 추억이 있으신가요? 동시를 읽는 지금 특별한 사람을 떠올리며 미소 짓는 시간이 된다면 좋겠어요. 더불어 마주치는 사람들을 소중히 여기고, 옆에 있는 것들을 귀하게 대접하며 우리 멋지게 살아봐요."

그렇습니다. '할머니께 배워요'에서는 할머니 말씀에서, 생활 분위기에서 삶의 지혜와 사랑을 깨닫게 하고 있어요.

흔히들 교장선생님의 훈화 같은 시, 과거로 돌아가는 회고조의 시를 진부한 시로 평가하여 금기시하고 있어요. 그런데 할머니 이야기라니 '어, 웬일?' 하겠지요? 그러나 교과서적이며 도식적인 것을 삶의 지혜로 깨달을 때 할머니 무릎학교는 생명력을 갖게 된다는 거지요.

귀한 먹거리가 생길 때마다/ 옆집 앞집 나누는 할머니/ 그냥 가져다주지 않고// 꼭 건네는 한마디// "이거, 아무나 주는 거 아녀./ 귀한 사람만 골라서 주는 거여."// 귀한 사람 된/ 옆집 앞집 할머니들/ 앞니 드러내고 스마일

-「귀한 사람」 전문

오늘날에는 이웃이 층간 소음 때문에 서로가 불편하게 살고 있는 세태입니다. 이웃사촌이라는 말도 있는데 왜 각박하게 서로를 등지고 살아갈까요?

할머니의 「귀한 사람」을 읽으며 제주도의 아름다운 풍속과 인정을 곱씹어보게 합니다. 옛날에는 온 마을이 이웃사촌으로 살아 제사 음식이나 귀한 음식을 먹을 때는 으레 나눠먹는 풍속이 있었어요. 지금도 일부 마을에는 그 풍속이 그대로 전해지고 있습니다. 그런데 우리 할머니는 조금 특이합니다. 음식을 나누며 건네는 덕담 한마디입니다. "이거, 아무나 주는 거 아녀. 귀한 사람만 골라서 주는 서여." 하시는. 할머니는 이웃을 모두 귀한 사람으로 대접하며 스스로를 귀한 사람이 되게 하는 거예요. 참으로 훌륭한 선생님 할머니이십니다. 우리 이웃에도 이런 할머니 한 분이 계셨으면 하는 바람을 갖게 하지요? 그럼, 우리에게 삶의 지혜를 주는 할머니 말씀을 몇 마디 더 들어보기로 해요.

> 예쁜 놈 매 한 대 더 주라며 참깨 단을 '탁 탁 탁' 때리니 바닥에 참깨가 소복,
> 속담을 생활에 활용하는 할머니
>
> —「참깨 털기」

> 썩은 귤을 도려내고 잡수시는 할머니, 모든 것을 아끼고 주냥(저축의 제주어)하며 살던 보릿고개 시절의 교훈을 들려주는 할머니
>
> —「귤 하나」

> 무게에 겨워 부러진 감귤나무 가지를 애틋이 하며 돌아가신 할아버지 대하듯 "그동안 애썼어요, 편히 쉬어요" 하시는 할머니
>
> —「따뜻한 위로」

해거리 한다고 가지와 잎만 무성히 자란 감귤나무에게도 자식을 대하듯이 "지난해 힘들었구나! 잘했다, 잘했어." 하시는 할머니

-「잘했다, 잘했어!」

시인의 예리한 시안과 따뜻한 심성으로

해설의 네 번째 꼭지는 '시인의 예리한 시안과 따뜻한 심성'에 대해서 입니다.

동시집『뽁뽁이』가 어린이들의 시선을 끄는 데는 소재가 참신함에 있다고 봐요. 대상물을 새로운 관점에서 바라보고 있다는 말이지요. 그것을 신선하고 새로운 언어로 표현했을 때 독자들은 관심을 갖게 된다는 거지요. 여기에 더하여 현실의 구체성과 진정성이 있다는 겁니다. 시인의 체험과 상상력이 조화를 이루면서 감동의 영역을 무한으로 확대시켜 창출된 작품이어서 독자의 흥미와 재미를 유발시키고 있다는 거지요.

그럼, 어떤 시편이 여기에 속하는가? 찾아서 감상해 보도록 해요.

할머니 집 마당/ 빨랫줄에 널린 빨래들은/ 바람 따라 살랑살랑// 춤추며 놀아요.// 흥이 나서 덩실덩실/ 어깨춤 추는 할머니처럼// 아파트 베란다// 빨래건조대에 널린 빨래들은// 차렷하고 멀뚱멀뚱/ 벽만 보고 있어요.// 각자 방에 처 박혀/ 대화 없는 가족처럼

-「주인을 닮은 빨래」 전문

시인은 순수한 어린이의 눈으로 사물을 바라보고, 사물의 묘미와 아름다움을 찾아 형상화하여 사랑의 꽃을 피우는 사람이라 했어요.

지금 시인 선생님은 빨랫줄과 빨래건조대에 시선이 가 있어요. 누구나

일상에서 대하는 것들이고 무심히 대하는 것이어서 그냥 사물 자체로만 존재할 뿐입니다. 그러나 시인은 여기에 생명을 불어넣고 남다르게 봅니다. 이것을 의인화한다는 걸 여러분도 다 알고 있지요?

할머니 집 빨랫줄에 널린 빨래들은 할머니 닮아서 자유롭다는 것이고, 베란다 건조대의 빨래들은 벽만 쳐다보듯 부자유스럽다는 것으로 비교했어요.

이러한 비유를 달리하면 도시 생활과 시골 생활을 비교할 수도 있겠고, 나아가 자유가 없는 통제 속의 전체주의와 자유롭게 살 수 있는 민주 체제를 비교하는 깃으로 사유를 확장시켜 나갈 수도 있음을 귀띔하는 시편이라는 데서 가치가 있다는 겁니다.

재미로 잠깐 반짝해서 그치는 감각적인 게 아니라 오래도록 여운이 남아있는 감동적인 시가 문학성이 있다 하여 높이 평가됨에 유념하면서 아래의 시들을 감상해 보도록 해요.

쓰고 난 뽁뽁이를 어른들은 쓰레기로 버리지만 어린이는 장난감으로 쓴다는 이 동시집의 표제이기도 한

-「뽁뽁이」

시끌벅적한 쉬는 시간이 수업시간에도 계속될 때 선생님의 무기는 "쉿!" 하나로 뚝! 그치게 하는 입술 위의 검지

-「대단한 검지」

물뿌리개 구멍마다 무지개 만들어 고운 빛깔 기쁨을 주는 내가 심은 금귤나무, 얻고 싶으면 먼저 베풀어보라는 나무의 말

-「금귤 나무」

태풍이 지난 후 부러진 가지를 받쳐주며 "뿌리째 뽑힌 녀석도 있잖니? 이건

아무것도 아녀!" 하시는 할머니의 긍정적 위로

- 「이건 아무것도 아녀」

나가면서

김정련 시인의 동시 51편을 보면서 시인들이 흔히 빠지기 쉬운 유형을 두 가지로 정리해 보았어요. 어린이 독자는 어렵겠지만 어른 독자를 위해서 하는 거랍니다. 그것은 시의 화자가 어린이이면서 어른이 하는 일을 보며 쓴 시와 어린이의 일을 어른인 화자가 어린이 동심을 빌려서 표현한 시로 나눠볼 수 있었어요. 어린이를 시적 화자로 했을 때 자칫하면 동시가 유치한 발상에 머물거나 언어적 유희에 빠질 우려가 있다는 것이고, 반대로 어른으로 했을 때는 너무 서정시적인 난해한 표현에 빠져 독자의 관심을 끌지 못할 것이라는 거예요.

시인 선생님은 그 같은 유치한 시와 난해한 시라는 약점을 잘 극복하고 있어요. 예리한 시안과 따뜻한 심성으로 사물을 대하여 작은 것 하나도 놓치지 않고 가슴에 담아두는 아름다운 미덕과 진실성에 응원의 박수를 보내고 싶어요.

앞으로는 '가장 제주적인 것이 가장 세계적인 것'이 되도록 하는 데 관심을 두고 빛나는 동시를 창출하시기 바라는 거예요. 이를테면 제주도가 유네스코 '자연과학분야의 3관왕'인 것을 앞세워 놓고, 제주의 향토적이고 토속적인 해녀, 밭담 문화를 비롯하여 올레길의 돌하르방, 민속 문화인 칠머리 당굿, 여기에 보물이라 일컫는 제주어와 조랑말 등등 산적한 소재를 발굴·개척해 나가는 거예요. 이는 우리 제주아동문학인들의 소임이며 책무인 셈이지요. 이러한 것들이 동시와 동화로 창출될 때 제주문화의 꽃

이 되어 독자에게 감동을 주고 사랑을 받으리라는 확신을 갖자는 거예요.

이제 시를 쓰는 일은 동화를 쓰는 일과 달리 밤하늘에 숨어 있는 빛을 찾는 일과 같다는 말을 하고 싶어요. 여기에 시인 선생님이 밤하늘의 빛을 찾는 데 각고의 노력을 쏟는 분이 아닌가 하는 생각을 했지요. 어둠이 있기 때문에 별이 빛나고 아름다운 것처럼 고통 속에 건져 올린 시 한 편도 아름답다는 거예요.

여기까지 해설을 쓰노라니 문득 시인 선생님이 전에 쓴 당선 소감이 생각나서 이 글의 마무리로 써 볼까 해요.

"따뜻한 읽을거리를 들고 어린이들과 함께하고 싶었다. 먼저 어린이들의 시선에서 눈 맞춤을 많이 했다. 때론 내 안에 자리 잡은 고리타분한 습성들이 어린이의 시선을 외면하기도 했지만 다가갈수록 내가 아름다워지는 마법에 걸려 점점 빠지게 되었다. 오늘을 계기로 맘속에 가지고 있던 빛들을 갚게 되는 시 쓰기에 열정을 가지고 매진할 생각이다. 나와 우리 아이들이 그러했듯 훗날 누군가가 나의 글을 읽고 따뜻한 마음을 키울 수 있다면 더 바랄 게 없겠다."

그래요. 부디 초심을 잊지 말고 정진하여 대성하시기를….

제7장

금빛평생교육봉사단
활동 사례

동시는 다른 문학작품과는 달리 암송할 수 있도록 하는 것이 제일 좋습니다. 동시 공부는 되풀이하여 읽어서 자기 나름대로 분위기를 느끼고, 외워서 읊조리는 동안 저절로 재미를 맛보고 감동에 젖어들면 되는 것입니다.

금빛평생교육봉사단 활동 사례

애들아, 시를 쓰며 놀자

(2012 금빛평생교육봉사단 활동 사례)

1. 왜 시와 놀아야 하는가?

시는 우리 생활을 진실되게 하며 아름답게 한다. 시를 감상함으로써 감정을 정화하는 기쁨을 맛볼 수 있으며 그 만족감이 마음에 쌓인 실망과 좌절, 불안과 분노 등의 감정을 해소시킬 수도 있다. 고운 말, 바른 말을 가려 쓰는 작시 활동을 통하여 암암리에 인성 교육의 효과를 기대할 수도 있다. 이와 같은 우리의 희망에도 불구하고, 시를 낭송하거나 동요를 부르는 일은 관심 밖이며 익숙하지도 못하다. 요즈음 노래방이 성업 중인 것처럼 대중가요를 좋아하듯이 '시 사랑' 분위기를 띄울 수는 없는 것일까?

문제는 어른들이 시를 느낌으로 가르치지 않고 뜻으로만 가르치고 배워왔기 때문에 시의 맛을 몰라 멀리하는 것으로 본다. 시를 시험 준비로 분석적인 지식으로만 공부했을 뿐 시의 향기와 감동을 가슴에 심어주지 않았기 때문이다. 이에 영혼의 음악이라는 시를 어릴 때부터 가까이하고 많이 암송하는 가운데 시의 참맛이 어떤 것인지를 느끼도록 하는 지도가 절실하다.

2. 어디서 무엇을 어떻게 지도하였나?

2010년도 길벗 봉사동아리 일원으로서, '광양초등학교', '꿈꾸는 공부방 지역아동센터', '제주시 이도2동 문화의 집' 등 세 곳에서 초등학교 저학년 32명, 고학년 52명을 대상으로 월요일부터 금요일까지 하루 2시간씩 지도하였다. 교재는 '단계별 글짓기 학습자료'의 동시·동시조 30단계를 사용했고, 이수 후에는 신간 동시집을 감상하는 것으로 하였다. 그 세부적 실천 사항을 도표화하면 아래와 같다.

구분 \ 요일	월	화	수	목	금
기관	지역아동센터	지역아동센터	광양초	광양초	이도2동
시간	15:30~17:30	15:30~17:30	12:30~14:30	12:30~14:30	15:30~17:30
대상	저학년	고학년	고학년	저학년	고학년
인원	12	10	30	22	12
장소	공부방	공부방	도서관	도서관	문학의집

3. 시 지도의 강조점을 어디에 두었나?

가. 읽을거리 제공에 힘썼다.

읽을거리를 다양하게 제공함으로써 아름다운 작품과의 만남에서 깊은 감동을 받게 하며, 지은이의 심정에 가까이 가게 하여 시 쓰기 방법과 요령을 은연중에 터득토록 하였다. 내가 남의 글을 읽음으로써 어떤 감동을 받았는가는 나의 글이 잘 되었는지 못 되었는지를 판단하는 기준이 되기도 한다. 이를 위하여 김영기 동시집 『붕어빵』 외 30여 권의 신간 시집을 활용하였다.

나. 발표 기회를 많이 갖게 했다.

아무리 좋은 글감으로 감동적인 글을 써냈다 하더라도 발표의 기회가 없어 사장된다면 시 쓰기 의욕과 사기는 저하될 것이다. 이에 반하여 자기가 쓴 글이 활자화되어 지상에 발표되거나 상을 받았을 때 쓰기 의욕은 고조되며 자신감을 얻을 수 있다. 이에 금년도는 '대교 창작동시대회', '우리고장 작가 독후감 쓰기', '나라사랑 문예', '제주시조백일장' 등에 응모하여 그 결과를 기다리고 있다.

다. 동시조 쓰기에 역점을 두었다.

어느 나라든지 그 민족만이 갖고 있는 독특한 민족 문학이 있다.

일본의 '와카·하이쿠', 중국의 '절구', 우리나라의 경우는 700년 동안 발전해 온 '시조'를 들 수 있다. 우리가 시조를 중시 여기고 공부하는 까닭도 국민 문학으로서 시조에 녹아있는 우리 민족의 정신을 이해하고 계승·발전시키며, 우리의 문화를 새롭게 가꿔 나가야 하는 사명감을 가져야 하기 때문이다.

4. 지도 결과 무엇을 얻었나?

동시와 동시조를 지도했을 때의 장점은 산문에 비하여 단시간에 다수의 어린이를 지도할 수 있는 점, 개별적으로 첨삭지도가 용이한 점, 발표

신례초 찾아가는 아동문학교실 동시조 강의(2011. 7. 25.~7. 27.)

지면에 많은 어린이를 참여시킬 수 있다는 점 등을 들 수 있다. 지도 방법
으로는 이론적인 것보다도 실기 위주로 수수께끼와 같은 놀이를 중심으
로 지도함이 효과적이었다. 끝으로 동시를 써 봄으로써 시에 친근감과 재
미를 갖게 되고 이로써 정서 함양은 물론 창의력과 상상력을 자극하여 표
현력을 신장시키는 데 도움이 되었다고 자평하며 특히 시조를 이해함으
로써 민족의 정체성 함양에 다소나마 기여했다는 점에서 봉사활동의 보
람을 느낄 수 있었다.(2010년 활동 사례)

글짓기 교실의
낙수

"요즘 애들은 버릇이 없어…."

이 말은 구석기시대로 추정되는 스페인의 알타미라 동굴 벽화에 적혀 있는 글귀다. 그 의미를 유추해 볼 때 아이들 생활지도의 어려움은 예나 제나 어떤 형태로든 있기 마련인 듯하다. 하지만 내가 담임 교사였던 시절 1980년대 20세기 아이들과 글짓기 강사로서 2012년대 21세기 아이들을 비교해 볼 때 행동 양태가 달라도 너무 다르다.

서두에 이 말을 들먹이는 것은 내가 금빛평생교육봉사단 일원으로 활동하면서 요즘 아이들 앞에서 '쉰 세대'임을 절실하게 느끼기 때문이다. 그 '쉰 세대'의 노파심을 '글짓기 교실의 낙수'라는 이름으로 몇 자 피력하고자 한다.

그 하나, 욕하면서 크는 아이들

요즘은 애고 어른이고 거리낌 없이 일상용어인 듯 욕설을 뱉어낸다. 해맑은 소녀들 입에서도 거친 욕설이 줄줄 흘러나오는 것을 보고 놀란 일이 한두 번 아니다.

민현식 국립국어원장의 말을 빌리면 청소년들의 욕설은 일상화(욕을 안 쓰면 대화가 안 됨), 저연령화(유치원 때부터 학습), 양성화(여학생도 욕이 일반화), 보편화(모범생·열등생 구분 없음), 매체화(욕설의 바다 인터넷에서 학습), 패륜화(엄마 욕하기 놀이, 각종 안티카페 성행), 오락화(욕배틀 유행), 반권위화(교사에 대한 언어폭력), 정치화(나꼼수 현상), 병리화(염세·자조·희화·우울증화) 특성을 보인다고 개탄한다.

청소년 사이에 만연한 욕 습관이 어린이들에게까지 오염될까 그것이 걱정이다. 옛날에는 밥상머리 교육에서 기본예절이 이루어졌는데 요즘은 그마저 무너져가니 답답하기만 하다.

그 둘, 학원에서 크는 아이들

학교와 집 사이는/ 후다닥 걸어가면/ 단 5분 거리/ 하지만 나는/ 다섯 시간이나 걸린다.// 수학은 영재 수학/ 국어는 독서 논술/ 영어는 웰컴 투 영어나라/ 컴퓨터는 워드 3급/ 태권도 품세 심사// 학교와 집 사이가/ 점점 더 멀어져 간다.

- 김은영, 「학교와 집 사이」

위 시처럼 요즘 어린이들은 방과 후에 학원으로 몰려가서 산다 해도 과언이 아닐 것이다. 방과 후 글짓기 교실에 나오는 어린이들은 학원에 갈 형편이 아닌 애들이 대부분이다. 나는 이것을 가장 아쉬워한다.

어린 시절은 한창 자연의 품속에서 정서적인 자극을 받고 감수성을 키워 가야 할 때이다. 또 많은 친구들이나 친지들을 만나고 사귐을 배워가야 할 때이기도 하다. 그러나 자의와는 관계가 없이 앞으로의 미래가 불안하다는 이유만으로 떠밀리다시피 그렇게 학원으로 갈 수밖에 없는 이 현실이 참 안타깝다. 해가 갈수록 더 극성인 이런 현상에 아이들의 장래가 불쌍하다는 생각밖에 안 든다.

그 셋, 엄마의 로봇으로 크는 아이들

시골 할머니 집/ 누렁이는 잘 있을까?/ 보고 싶어도/ 학원 때문에 못 간다.// 약수터 뒷산에/ 친구들이 만든 비밀 기지가 있다는데/ 난 공부 때문에 못 간다. // "숙제 해라." / "네" // "그만 자거라." / "네" // 나는 / 엄마 말을 잘 듣는 / 로봇이다.

- 박혜선, 「나는 로봇이다」

"또 원고지에까지 써야 되요?"

이 말인즉, 동시 한 편을 쓰는 데도 생각을 짜내기에 버거운데 또 원고지에 써야 되느냐는 물음이다. 짜증 일색이다. 물론 나름대로 정성을 기울여 잘한 어린이들도 많지만, 대부분이 의욕을 상실한 듯 수업 중에서조차 생각하고 노작하기를 싫어한다. 그러니 옆 친구를 건드려 웃기기도 하고, 히히거리며 장난질을 해댄다. 그걸 보면서 '담임선생님도 참 힘들겠구나.'라는 생각이 절로 든다.

"그렇게 싫으면 수업 방해하지 말고, 집에 가거라."

"엄마가 하라고 해서 왔는데 그냥 가면 혼나요."

그러면서 끝까지 붙어 앉아 선생을 짜증나게 하고 수업을 방해하는 부류의 어린이들이 한둘이 아니다. 위의 시처럼 엄마의 로봇이 된 아이들이 온종일 학교와 학원을 오가며 그들이 꿈꾸는 세상은 과연 무엇일까? 또 그들에게 세상은 어떻게 보일까? 그건 어린이들에게 물어야 할 것이 아니라 어른들이 알고 있어야 할 사실이다.

그 넷, 양성평등에 크는 아이들

자모와 함께하는 동시쓰기 교실에서다.

선생: "집에서 된장이나 김치는 누가 담그나요?"
학생: "예, 아빠가 합니다."

선생의 의도는 엄마나 할머니라는 답을 유도한 다음 '어머니 손맛' 어머니표 김치를 작품화하려는 것인데 엉뚱하게 아빠라고 답하니 난감한 것이다. 하기야 요즘은 일류 요리사로 남성들이 많이 소개되는 판이니 웃을 일은 아닌 듯싶다.

그러나 어머니께서(또는 할머니) 김장, 된장을 담그시는 모습을 통해 어머니의 사랑에 대해 표현할 것이란 기대가 거의 상식이다. 요즘 아이들이 고추장, 된장을 담그시는 어머니의 모습을 보기는 어렵겠지만 그래도 아직까진 김장을 담그시는 어머니 모습이 익숙할 것이다.

위 예처럼 엄마 아빠의 역할이 모호해지는 시점에서 생활지도의 갈등이 있다.

"요즘 애들은 버릇이 없어…."

다시 서두의 이야기로 돌아간다. 어린이들을 버릇 있게 기르려면 기본 교육에 충실하면 된다. 원고지 글씨 하나를 보고서도 그걸 느낄 수 있다.

기본이 잘 된 어린이는 글씨가 반듯하다. 이런 어린이는 대부분 우등생이며 행실이 얌전하다. 이는 무엇을 말하는가? 초등교육은 인성교육의 기본을 확실히 하는 데 있음을 말해주는 것이다. 학원 수강은 그 다음해도 늦지 않다. 그래서 글짓기 지도 목표가 정서 함양이니, 표현 기능 신장이니 또는 상상력, 창의력 신장 등에 있다 하지만 그에 앞서 인사 잘하고, 고마움을 알고, 남에게 피해 끼치지 않는 사람이 되는 기본 교육에 있음을 실감한다. '쉰 세대'이지만 어린이들에게서 동심을 찾고 동심에 살고자 오늘도 '동시 쓰기' 지도를 하는 소이연이다.

시 사랑으로
힐링하기
(2013년 금빛평생교육 봉사단 활동 사례)

2013년 제주금빛평생교육봉사단 길벗 동아리 일원으로서 활동한 사례입니다. 봉사활동 기관은 광양초등학교, 전교생을 대상으로 주4회 실시했는데 1-2학년을 초급반으로 목요일 14시부터, 3-4학년을 중급반으로 수요일 14시부터, 5-6학년을 고급반으로 화요일 15시부터, 그 외의 3-6학년을 특기반으로 토요일 10시부터 요일과 시간을 정하고 하루 2시간씩 시 사랑교육을 실시하였습니다. 그간 어린이들과 생활하면서 경험하고 느낀 '글짓기 교실의 낙수'를 2012년에 이어 못다 한 부분을 피력해 볼까 합니다.

학교에서 만난 요즘 아이들

요즘 아이들은 '공부만 잘하면 모든 것이 최고'라는 분위기에 익숙한 것 같습니다. '공부만 잘하면…' 선생님이나 대부분의 부모님들이 바라는 최종 목표가 그런 데 있지 않나 합니다. 나의 조그만 수고로 다른 사람이 편해질 수 있다는 배려 따위는 시험 점수에 비해 그렇게 소중한 것이라고 생각하지 않는 것 같습니다. 이러한 문제에 대해 깊이 생각해 본 일도 없거니와 그럴 필요도 느끼지 못하고 살아가는 것입니다.

비근한 예로 운동장에 쓰레기를 함부로 버린 일도 한참 잘못된 일이지만, '그 쓰레기 주워 버릴까?' 했을 때 '왜 제가 치워요?' 하고 반문하는 것입니다. 그것도 성적이 좋은 학생일 경우에 오는 배신감은 더 가슴을 먹먹하게 만듭니다. 요즘 아이들은 왜 예의나 인성에 관한 문제를 중요하게 생각하지 않는 것일까요?

디지털 기기에 매여 사는 아이들

요즘 아이들은 관찰하고 상상하는 데 시간이 없는 것 같습니다. 학원을 몇 군데씩 다니며 시간을 보내고, 어쩌다 남은 시간도 TV나 게임에 보내기 일쑤입니다. 디지털 기기로 인한 짧은 자극에 길들여지면 뇌가 골고루 발달하지 못한다고 합니다. 교육 목적으로 개발된 유아용 TV 프로그램과 유아용 DVD마저 오히려 아이의 상상력을 빼앗아 언어발달을 저해한다고 합니다. 그러니 아이들이 알아서 스스로 생각하고 판단하는 능력을 빼앗긴다고 우려하는 것입니다.

'무궁화를 사진으로는 봤지만 본 일은 없어요', '운동장 게양대 가에 핀 꽃이 무궁화인데….' 무궁화가 우리 나라꽃이라는 사실을 지식으로는 알고 있지만 실물을 실제로 보지 않은 아이들이 많다는 데 관찰 학습의 필요성을 지적하지 않을 수 없습니다.

'달래, 냉이, 씀바귀 나물 캐오자/ 종다리도 높이 떠 노래 부른다' 우리가 어린 시절 즐겨 부르던 「봄맞이 가자」라는 동요의 일부입니다. 노래말 속의 달래, 냉이, 씀바귀라든가 종다리를 아는 어린이가 몇이나 될까요? 하지만 올레길에만 나가도 달래, 냉이 나물들이 새싹을 밀어 올리며 눈길이 닿기를 기다리고 있는 사실이 안타까움을 더해줍니다.

왜 시 사랑을 강조해야 하는가?

공동체적 감성과 정신건강을 위하여

지금 우리 가정은 대화가 단절되면서 가족이 무너지고, 소통이 단절되면서 이웃과의 관계가 무너지고, 결국 사회가 무너져 가고 있다는 우려의 목소리가 들립니다. 이러한 공동체 의식의 부재에서 학교폭력이 일어나고 묻지 마 범죄 등 무거운 사건들이 사회 곳곳에서 빈번하게 일어나고 있는 실정입니다. 그래서인지 지금 우리 주위는 온통 '힐링' 열풍입니다. 힐링뷰티, 힐링요리 등 힐링 상품이 불티나게 팔리고 각종 힐링 프로그램이 각광을 받고 있습니다.

그리하여 힐링 프로그램의 하나로 시 사랑 운동을 제안하고자 하는 것입니다. 문화예술교육의 궁극적 목표가 기능 습득 이전에 함께함을 습득하고 나아가 타인과 공감하는 능력을 키우는 데 있기 때문입니다. 다양성의 시대에 살고 있는 제2세들이 서로 다름을 인정하고 그 속에서 조화롭게 균형점을 찾는 포용과 절제는 건강한 정신문화를 이뤄갈 것입니다. 이에 지나친 개인주의와 경쟁으로 인해 지쳐 있는 우리 사회가 시 사랑 운동을 통해 정신건강은 물론 공동체적 감성까지 회복하기를 기대하는 것입니다.

과학의 씨앗인 상상력을 키우기 위하여

인류의 역사는 질문과 상상력을 통해 발전해 왔으며, 과학은 그 질문에 대한 대답의 결과라고 할 수 있습니다. 인간에게 자연은 경외의 대상이었지만 차츰 그것은 극복해야 할 삶의 조건으로 바뀌어 온 것입니다. 21세기를 살아가는 우리에게 과학은 모든 것의 시작이며 끝이라고 할 수 있습니다.

이러한 사실을 영국의 시인 윌리엄 블레이크는 "한 알의 모래에서 우주를 보고/ 들판에 핀 한 송이 꽃에서 천국을 본다/ 그대의 손바닥에 무한을 쥐고/ 찰나의 시간 속에서 영원을 보라"고 노래합니다. 자연의 신비와 놀라움이 숨어 있는 이 시는 스티브 잡스에게 상상력과 영감을 줬다는 것으로 시의 위대성이 입증되었습니다. 이렇게 한 알의 모래와 한 송이의 꽃을 관찰하고 호기심을 갖게 되면서 과학은 시작되었고 그 비밀의 문을 열고 들어가 자연과 우주의 신비에 감탄하는 것입니다.

이처럼 호기심을 갖고 사물을 바라보고 관찰하는 것이 시를 쓰는 마음이며 과학을 하는 마음의 첫걸음인 것입니다.

제주어를 보존하기 위하여

아름다운 자연을 품고 있는 제주도에는 경관 못지않게 재미있는 제주어가 있습니다. 그런데 2010년 12월 유네스코에서는 제주어를 인도의 코로어 등과 함께 소멸 위기 언어로 지정하였다 합니다. 유네스코가 '제주어'를 소멸 위기의 언어로 등록한 것은 '제주어'의 가치를 인정하는 한편 '제주어'를 문화유산으로 인정했다는 데 의미가 있는 것입니다.

일찍이 뉴질랜드 원주민 마오리족의 언어를 비롯해 미국 인디언 나바호족의 언어 등은 소멸의 위기에 놓였었는데 학교를 중심으로 한 '언어교육'으로 회생시켰다 했듯이, 우리도 이러한 사례를 교훈 삼아서 제주어의 가치를 재조명하고, 보존하고 발전시켜나가는 데 앞장서야 할 것입니다.

이제 우리에게는 문학의 언어가 고백의 언어이면서 동시에 토론의 언어임을 상기하면서 지극히 작고 은밀한 제주 방언의 정서라 할지라도 표준화의 범주로 발전할 수 있다는 믿음을 실천할 때가 온 것입니다.

활동 상황 평가하기

시 사랑 교육 목표를 '1. 공동체적 감성과 정신건강을 위하여 2. 과학의 씨앗인 상상력을 키우기 위하여 3. 제주어를 보존하기 위하여'에 두고 실시한 결과를 어린이들 작품을 통하여 그 목적이 잘 반영되었는지 평가해 보았습니다.

공동체적 감성과 정신건강이 반영된 동시

현주가 전학 간다./ 눈물이 그렁그렁/ 인사말이 안 나오네./ 나도 따라 가고 싶어.// 같이 놀 짝꿍이 없으니/ 난 외톨이 되었어.

- 2학년 현지수,「내 짝」

엄마가 만들어준/ 맛있는 오색 김밥// 각기 다른 재료들이/ 한데 모여 맛을 내요// 이웃의/ 다문화 가족도/ 김밥처럼 살았으면,

- 3학년 허유란,「김밥처럼」

과학의 씨앗인 상상력이 반영된 동시

할머니 집/ 화단에 핀/ 선인장 예쁜 꽃.// 노란 꽃/ 예쁘지만/ 가시가 무서워요.// 톡톡 잘 쏘는/ 예쁜 이모 같아요.

- 4학년 김병희,「선인장 꽃」

반짝반짝 별처럼/ 뾰족뾰족 복어처럼// 예뻐서 좋았는데/ 입이 없는 불가사리// 조개를/ 잡아먹는다니/ 상상조차 못한 일

- 6학년 신은채,「숨은 입」

제주어 보존 및 고운 말 쓰기가 반영된 동시

시장 어귀 좌판 벌인/ 할머니 소쿠리에// 봄나물이 소복소복/ 파릇파릇 담겨있네.// "상 갑서, 싸게 주쿠다."/ 봄을 파는 할머니.

- 5학년 김민지, 「할머니의 봄나물」

나쁜 것에 붙이는/ '개'라는 말 이상하다.// 오빠들이 잘 쓰는 / '개새끼'란 말도 나쁘다.// 귀여워/ '우리 강아지!'/ 좋은 말만 썼으면.

- 4학년 윤은지, 「같은 말 다른 뜻」

나가며

교보생명 건물 글판에 다음과 같은 '파블로 네루다'의 시가 적혀 있는 걸 본 일이 있습니다.

'나였던 그 아이는 어디 갔을까/ 아직 내 속에 있을까/ 아니면 사라졌을까'라는. 시인은 왜 어렸을 적 나를 찾고 있는 걸까요? 시를 즐기고 이해하면 다른 세상이 보이고 들리게 된다고 하는데 이를 통하여 퇴색해 버린 동심을 찾고자 함이 아닐까요.

옛날 아이들은 배가 굶주린 시대를 살았는데 요즘 아이들은 영혼이 굶주린 시대를 살고 있습니다. 입시와 고시, 자격시험에 공부의 목적을 두고, 학교교육의 본질이요 핵심이라는 '사람다운 사람', 즉 인성교육에 관심이 적어 보이는 현실입니다.

시란 것이 우리에게 밥을 먹여주는 것도 아닌데, 시를 몰라도 살아가는 데 아무 지장이 없는데 웬 시 타령이냐고 반문할지 모르겠습니다. 하지만 영혼의 음악이라는 시를 통하여 팍팍한 시대의 정서를 순화하고 카

해외연수 시 고의남 선생과 함께 '퐁텐블로 궁전'을 견학하는 프랑스 어린이들과(1983. 6. 27.)

다르시스를 경험하는 가운데 삶의 즐거움을 누릴 수 있다는 것을 어린이들이 쓴 동시를 통하여 확인할 수 있었습니다.

밥은 우리 몸을 키우는 것이라 한다면 시는 우리 마음(정신)을 키우는 것이라는 말을 긍정적으로 받아들이지 않을 수 없습니다. 그래서 제주금빛 평생교육봉사단 일원으로서 국민행복 시대의 '힐링' 운동에 발맞춰 동시 사랑 운동을 전개함에 보람과 긍지를 느끼는 것입니다.

가장 아름다운 말 '어린이'
그리고 사랑해야 할 말 '제주어'

우린 왜 귀여움에 열광하는가?

"으앙, 저거 귀여워서 어떡해!" 지난 10월 18일 서울 송파구 잠실동 석촌 호수에 떠 있는 대형 오리 인형 러버덕(Rubber Duck)을 보던 사람들이 내지른 탄성입니다. 몇몇 여성은 아예 비명에 가까운 소리를 내며 발을 구르기도 했답니다. 동그란 머리에 통통한 몸, 앙증맞은 부리를 한 러버덕은 네덜란드 설치미술가 플로렌타인 호프만의 작품입니다. (조선일보, 2013. 10. 25. 기사 일부 차용)

우린 왜 귀여움에 이처럼 열광하는 걸까요? 그냥 물에 둥둥 떠 있는 인형일 뿐인데 그렇게 즐거워하다니, 몸은 어른인데 우리 몸속 어디엔가 기뻐하고 장난치고 싶어 하는 어린이가 잠재해 있기 때문이 아닐까요?

이것은 어린 것의 귀여움이 인간을 지배하는 힘이라는 걸 증명하는 사례입니다. 그래서 저는 세상에서 가장 아름다운 말은 '어린이'라는 명제로 허두를 풀어볼까 합니다.

가장 아름다운 '어린이'라는 말

소파 방정환 선생께서 1923년 아동문화 운동단체인 색동회를 만들어 어린이라는 말을 처음 썼고 어린이날을 제정했습니다.

『어린왕자』의 저자 생텍쥐페리는 '어른은 누구도 처음은 어린이였다.' 했고, 시인 워즈워드는 「무지개」라는 시에서 '어린이는 어른의 아버지'라고 어린이를 예찬했습니다.

니체는『차라투스트라는 이렇게 말했다』에서 차라투스트라를 자신을 극복하기 위해 노력하는 인간으로 나타냈습니다. 사람이 세 가지의 변용을 통하여 초인이 되는 과정을 설명하고 있는데, 처음에는 정신이 낙타가 되고 두 번째는 사자가 되고 최후에는 어린아이가 된다는 것입니다. 어린이는 순진과 망각이고 발단이며 유희로써 성스러운 긍정의 단계라 했습니다. 철학자도 과학자도 예술가도 진정한 자기완성을 위해서는 어린아이의 순진무구를 되찾는 일이 무엇보다 중요하다고 역설합니다.

도스토예프스키는『카라마조프의 형제들』에서 특히 어린이를 사랑하지 않으면 안 된다 했습니다. 어린이는 천사처럼 순진해서 우리의 마음을 기쁘게 해주고 깨끗하고 맑게 해주며 어른의 길잡이가 되어주기 때문입니다. 또 어린이 앞에서 흉한 얼굴을 하거나 더러운 말을 내뱉거나 화난 마음을 품으면 어린이가 알아차리지 못하는 것 같지만 어린이 마음에 나쁜 씨앗이 뿌려진다 했습니다.

이렇듯 세상에서 가장 귀중한 존재가 어린이이기 때문에 가장 아름다운 말도 '어린이'라 아니 할 수 없습니다. 그래서 제가 쓰는 동시의 원천은 어린이에 있습니다. 그 순수함 때문에 어린이라는 말을 가장 사랑하고 소중히 여기기 때문입니다. 위 글에서 보시는 봐와 같이 어린이는 이 세상의 모든 어른들이라 할 수 있습니다. 우리 모두에게는 어린이였던 때가 있었으니까요. 그래서 마음 한쪽에 천진난만한 어린이를 몰래 넣고 다니다가 간만에 꺼내보는 것이 우리 모두의 마음이 아니겠습니까? 그러면 저의 졸시「어린이 예찬」을 보기로 제 마음의 어린이를 꺼내 보이도록 하겠습니다.

어린이는/ 꽃을 보면/ 꽃처럼 고와진다./ 꽃 길 거닐면/ 꽃향기가 스민다./ 꽃에게/ 마음을 주는/ 어린이는 아름답다.// 어린이는/ 별을 보면/ 눈동자 반짝인다. / 별을 헤인 밤엔 / 고운 꿈을 꾼다. / 별에게 / 소원을 비는 / 어린이는 아름답다.

- 김영기, 「어린이는 아름답다」

아름답게 가꿔야 할 제주어

지난 2010년 12월 유네스코에서는 제주어를 인도의 코로어 등과 함께 소멸 위기 언어 5단계 중 4단계로 규정하였다 합니다. 그러나 유네스코가 '제주어'를 소멸 위기의 언어로 등록한 것은 '제주어'의 가치를 인정하는 한편 '제주어'를 문화유산으로 인정했다는 데 의미가 있다고 보아야 합니다.

일찍이 뉴질랜드 원주민 마오리족의 언어를 비롯해 미국 인디언 나바호족의 언어 등은 소멸의 위기에 놓였었는데 학교를 중심으로 한 '언어 교육'으로 회생시켰다 했듯이, 우리도 이러한 사례를 교훈 삼아서 제주어의 가치를 재조명하고, 보존하고 발전시켜나가는 데 앞장서야 할 것입니다.

독일 남부의 소도시 라벤스부르크에는 '슈바비셰 차이퉁'이란 특이한 신문이 있습니다. 그 특별함은 신문 전체가 남부 사투리 슈바비셰어로 제작된다는 점입다. 이뿐 아니라 북부 사투리로 된 프로그램을 내보내는 라디오 브레멘 등을 비롯해 독일에는 방언만 쓰는 방송사가 숱하다 합니다. 향토애 교육이 의무화된 바이에른주 학교에서는 명시를 사투리로 바꿔 암송시킵니다. 이렇게 보존돼 온 독일 내 방언이 줄잡아 50개 이상이니 가히 독일을 '사투리의 나라'라고 부를 만합니다.

이 못지않게 사투리를 우대하는 나라가 일본입니다. 메이지 유신 당시 통일 국가를 지향하며 사투리를 배격했던 일본은 요즘 완전 딴판이라 합니다. 오사카의 TV는 뉴스만 빼고는 거의 모든 드라마, 연예 프로가 사투리로 제작

돼 전파를 탑니다. 심지어 오사카 사투리로 부른 노래가 출반돼 대히트를 치기도 한답니다.

- 남정호(중앙일보 2014. 10. 3. 인용)

이제 국가의 언어 정책 역시 방언의 생명과 문화재로서의 가치를 인정하고 이를 제거하러 들 것이 아니라 방언을 공통어의 방향으로 개량하고 발전시켜 자원으로 보존하려는 노력이 필요합니다. 표준어만이 좋은 말이요 바른말이고 표준어가 아닌 방언은 비속한 것이며 우리의 언어생활에서 추방되어야 한다는 과거의 그릇된 관념을 버려야 합니다. 이렇게 볼 때 방언 사이에는 우열이 있을 수 없으며 표준어도 지역적으로나 사회 계층으로 볼 때 그 역시 방언이라는 점이기 때문입니다. 방언은 좋지 않은 언어라는 편견을 없애는 데 그치지 않고 표준어를 사용할 경우와 방언을 사용할 경우를 가릴 줄 알며 방언을 사용하는 것이 더 효과적일 경우에는 방언을 사용해야 함을 인식해야 합니다.

그래서 말과 문자로 표현되는 문학의 언어가 고백의 언어이면서 동시에 토론의 언어임을 상기할 때가 되었습니다. 지극히 작고 은밀한 제주 방언의 정서라 할지라도 표준화의 범주로 발전할 수 있다는 믿음을 실천할 때가 온 것입니다. 이에 부응하여 언론매체에서도 눈에 띄게 제주어의 발굴 보급과 확산에 힘쓰고 있음이 보입니다. 저는 채널을 고정하고 애청하는 프로그램이 KBS제주방송국 라디오 정규 프로그램으로 '사람 좋은 제주'입니다.

사람 좋은 제주의 우리 동네 이야기에서는 지역통신원들이 제주어로 지역 소식을 전하고, 'ᄀ람직이 들엄직이'에서는 제주의 풍속 옛이야기를 제주어로 말해주고 있습니다. '제주말 ᄀᆯ아 보게 마씨' 등과 같은 프로그램도 관심 갖고 청취한 프로그램의 하나입니다. 또 '설문대할망 ᄀᆯ를

562 동심은 나의 힘

말 있수다'란 프로그램은 MBC제주문화방송국 라디오의 '돌하르방 어디 감수광'에 대비되는 프로그램으로 아나운서의 사투리 구사가 청취자의 귀를 즐겁게 해줍니다. MBC '즐거운 오후 2시'에서도 제주어를 구사하는 방송을 하고 있어 제주어에 대한 관심을 고조시키고 제주어 확대에 기여하고 있다고 하겠습니다.

2012년 KBS제주방송총국에서는 제1회 '제주어 창작동요대회'를 화려하게 출범한 바 있습니다. 그러나 제2회 행사를 끝으로 닻을 내려 관심 있는 분들의 아쉬움을 사고 있습니다. 제주어를 동요로써 확산시켜 나갔으면 하는 바람 간절합니다.

제주어 시 낭송

제53회 탐라문화제에서도 '제주어 시낭송', '제주어 문학백일장', '제주어 동화 구연', '제주어 노래 부르기', '제주어 연극공연' 등 제주어를 소재로 한 다양한 경연대회를 열고 있습니다. 광양초등학교에서는 '제주어 동화 구연'과 '제주어 시 낭송' 대회에 4명의 어린이가 참가했습니다. 그 결과 신석정의 「어머니 그 먼 나라를 알으십니까?」를 제주어로 낭송하여 최우수상을 받았습니다. 그 외로 김소월의 「진달래 꽃」도 제주어로 낭송하여 보았습니다. 이 기회에 제주어로 고쳐 쓴 명시를 감상하여 보심이 어떨까요.

> 어머니, / 당신은 그 먼 나라를 아섬수가?/ 깊은 곶자왈을 끼고 돌민/ 고요한 호수에 흰 물생이 놀고,/ 좁은 들질에 들장미 요름 붉어,/ 멀리 노리 새끼 마음 노앙 발영ᄒᆞ는/ 아무도 살지 않는 그 먼 나라를 아섬수가?/ 그 나라에 가실 때에는 하다 잊어 불지맙서./ 나와 ᄀᆞ지 그 나라에 강 비둘기를 질우게맛슴.//

어머니,/ 당신은 그 먼 나라를 아섬수가?/ 산비탈 넌지시 탕 내려오민/ 양지밧에 흰 욤송애기 한걸ᄒ게 풀 틋고,/ 길 숫는 대죽부레기 밧듸 해는 ᄌ물어 ᄌ물어/ 먼 바당 물소리 구슬피 들려오는/ 아무도 살지 않는 그 먼 나라를 아섬수가?/ 어머니, 하다 잊어 불지맙서./ 그 때 우리는 어린 욤송애기를 ᄆᆞ앙 오게맞슴.// 어머니,/ 당신은 그 먼 나라를 아섬수가?/ 오월 하늘에 비둘기 멀리 ᄂᆞᆯ고,/ 오늘 추룩 촐촐히 비가 내리민,/ 꿩 소리도 유난히 한걸ᄒ게 들릴거우다./ 서리 가메기 높이 ᄂᆞᆯ아 산국화 더욱 곱고/ 노오란 은행잎이 ᄒᆞ들ᄒᆞ들 푸른 하늘에 ᄂᆞ리는/ ᄀᆞ슬이민 어머니! 그 나라에서/ 양지밧 과원에 꿀벌이 잉잉거릴 때,/ 나와 ᄒᆞᆷ께 그 새빨간 능금을 토옥톡 타지 않으시쿠가?

- 신석정, 「그 먼 나라를 아섬수가」

나 ᄇ래기가 권닥사니벗어정/ 가고정 ᄒᆞᆯ 때민/ 속슴허영 오고생이 보내주쿠다.// 영변에 약산/ 신달리 고장/ ᄋ름 타당 가실 질에 뿌리우쿠다.// 가시는 걸음걸음/ ᄂᆞᆯ인 그 고장을/ ᄉᆞᆲ분히 ᄋᆞ므려 ᄇᆞᆲ앙 가십서 양!// 나 ᄇ래기가 권닥사니벗어정/ 가고정 ᄒᆞᆯ 때민/ 죽어도 눈물은 아니 흘칠거라마씀!

- 김소월, 「신달리 고장」

우리 마음을 흔드는 한 줄의 시

'있잖아, 불행하다고 한숨짓지 마/ 햇살과 산들바람은 한쪽 편만 들지 않아' 우리 학생문화원 정면 글판에 걸린 시 한 구절입니다. 저자가 궁금하여 누구인지 검색하여 보았더니, 고령의 나이 98세에 쓴 처녀시집 『약해지지 마じけないで』에 실린 '시바타 도요(柴田トヨ)'의 시였습니다.

이 시집이 출간되자 일본 열도에서 터져 나온 박수소리는 전 세계 곳곳으로 번져 세계인을 감동시켰습니다. 이로써 그는 한 시대 국경과 이념을 초월한 인류의 '힐링' 전도사가 되었던 것입니다. 이 기회에 전문을 소개하도록 하겠습니다. '있잖아, 불행하다고 한숨짓지 마/ 햇살과 산들바람은 한쪽 편만 들지 않아/ 꿈은 평등하게 꿀 수 있는 거야/ 나도 괴로운 일 많았지만 살아있어 좋았어. / 너도 약해지지 마'.

봉사활동 뒤에 오는 기쁨, 헬퍼스 하이(helpers' high)!

달리기를 즐기는 사람들이 종종 경험하는 러너스 하이(runners' high) 또는 러닝 하이(running high)라는 현상이 있다 합니다. 30분 이상 달리기를 계속할 때 찾아오는 행복하고 고양된 기분을 말합니다. 이처럼 남을 도울 때 느끼는 행복감·만족감을 뜻하는 말로 '헬퍼스 하이'란 말이 있는데 이것이야말로 '러너스 하이'보다 훨씬 가치 있는 경지라고 세간의 자원봉사자들이 입을 모으고 있습니다.

미국인 의사 앨런 룩스가 3,000여 명의 남녀 자원봉사자를 연구한 결과를 정리한 용어가 '헬퍼스 하이'입니다. 남을 도우면 정신뿐 아니라 신체적으로도 긍정적인 변화가 나타난다는 얘기지요. 엔도르핀이 솟고 스트레스가 사라지며, 행복감·자존감은 높아지는 것입니다.

부디 제주금빛평생교육봉사단 여러분도 '헬퍼스 하이'로써 행복해지시고, 한 줄의 시로써 생의 치유가 되기를 바라는 마음을 담아 이 글을 맺고자 합니다.

제8장

작은 보람
큰 고마움

흔히 시조에 대하여 '국민문학이다', '민족의 시다', '우리 시다' 등으로 말들은 하지만 대부분이 관심 밖이다. 특히 동시조에 대해서는 더 그렇다. 일본의 단시 하이쿠는 세계적이라 하는데 우리 시조는 그러지 못하고 있다. 이에 나는 미개척 분야인 동시조 보급·확산 운동에 앞장서 어린이들에게 우리 고유의 가락에 실린 전통의 맥을 느낄 수 있도록 하여, 민족의 정체성과 민족혼을 일깨워 나가는 데 힘쓰리라고 다짐했다. 그렇게 하는 것이 아동문학인으로서 책무의 하나라고 보았기 때문이다.

작은 보람
큰 고마움

자그만
보람

　내 작품의 질이 향상되어 수작을 생산하는 것도 하나의 큰 소망이지만
내가 지도하는 어린이들의 글짓기 솜씨가 날로 향상되어 점점 좋아지는
것을 보면 새 힘이 난다.

　퇴임 후 2004년부터 모교인 광양초에서 17년간 자원봉사 재능기부를
하고 있는데 20여 개에 달하는 각종 문예행사에서 좋은 성적을 거둘 때
일취월장하는 모습에 기쁨이 있고 보람이 있다. 2018학년도 대외 백일장
응모 실적만 보더라도 우포 시조문학관 주최 제1회 시조백일장에 장원,
제3회 백수정완영전국학생문예공모에 장원, 제4회 한국시조문학관 전국
학생 시조공모에 장원을 배출했고, 제21회 전국시조공모전(대구시조시인협
회)에도 다수의 어린이가 입상하여 제주 어린이의 재능을 과시하였다.

　그 외로 2015년 제주시조시인협회장에 선임되면서는 시조시인들과
함께 '찾아가는 시조교실'을 운영하였다. 무보수로 한 번에 4개교를 방문

지도하였는데 회원들의 수고가 많은 것 같아 2015년부터는 제주문화예술재단의 지원으로 강의수당을 지급하도록 개선하였다. 지도한 결과물을 모아 어린이 시조 작품집으로『웃음나라』,『따뜻한 우산』등을 발간하였는데 해당 학교의 호응은 물론 제주문화예술재단의 좋은 평가를 받아 계속 사업으로 정착시켜 나가고 있다.

먼 훗날 이들 어린이 중에도 훌륭한 시인이 배출될 것인가 하는 소회에 젖다 보니 43여 년간 몸담았던 교직생활이 주마등처럼 지나간다. 과연 내 교직의 외곬 길에 내 뒤를 이을 제자가 있을 것인가, 없다면 문예 지도를 했던 것은 밀짱 헛일 아닌가 하며 자조하던 중 다행히도 1967학년도 하귀교 재직 시 제자 이옥진이 시조문단에 데뷔하여 청출어람을 느끼게 했고, 1978학년도 물메교 재직 시 제자 강정애가 문집을 발간하더니 마침내 등단하여 처녀 시집『응원합니다』출판기념회에서 '선생님 가르침 덕분'이라 하였을 때 이것이 가르친 보람인가 하는 감회에 젖게 했다.

여기에 더하여 2019년 제25회 제주문협 신인문학상 아동문학 부문에 1979학년도 물메초등학교 제자 고명순이 동화에 입상하여 제주문협회원이 되었고, 제주아협에도 입회하여 사제간이 한솥밥을 먹는 아동문학가의 길을 걷게 된 것이 세 번째 기쁨이며 보람이 아닌가 한다.

내 동시집의
본모습

지금까지 5권(공저 1권 포함)의 동시집과 6권의 동시조집을 출간했다. 첫 번째인『휘파람 나무』는 80년대 신예작가 11인의 연작시 모음집으로 1987년 11월에 출간되었다. 두 번째가 내 처녀시집이라 할 수 있는『날개의 꿈』이고, 세 번째 동시집이『작은 섬 하나』인데 1992년 문공부 우수도서로 선정되기도 하여 유일하게 2쇄를 기록한 동시집이다. 네 번째가 첫 동시조집『소라의 집』인데 부록에 동시조 쓰기 교본을 넣었다. 다섯 번째는『새들이 주고받은 말』인데 자작시 해설을 붙인 것이 특징이다. 여섯 번째가『붕어빵』이라는 동시집이고,『붕어빵』속의 연작시「포니가 하는 말」로 제30회 '한국동시문학상'을 받는 영광을 안겨 주었다.

『붕어빵』과『작은 섬 하나』의 특징은 연작시에 있다. 연작시는 하나의 소재에 대하여 시작, 발전, 결말, 즉 기승전결이 전체적으로 구조화되어 있어야 한다.

내가 독자의 입장으로 본다면 세 번째 시집의 시들이 좋고 애착이 간다. 작은 섬 하나는 우도(소섬)를 뜻하고 있듯이 나는 두 번씩이나 우도(연평)초등학교에서 교직생활을 해서 작은 섬, 우도를 사랑하기 때문이다. 그래서인지「섬」연작시에 애착이 간다. 등단 작품「등대」는 우도 적당한 어느 장소에 노래비라도 세웠으면 하는 간절한 바람을 갖고 있다. 그래서『작은 섬 하나』에 이은 일곱 번째 동시조집도 우도를 소재로 한『친구야, 올레로 올래?』이다.

내가 발표한 여러 편의 작품 중에 시를 평하는 동시인들은「섬·7」이 가장 좋다고 하지만 내 나름의 평가로는 '한국동시문학상'을 안겨준「붕어빵」을 추천하고 싶다. 그『붕어빵』속에 실려 있는「이상 없음」이 2009년

교육과정 개편 시 채택되어 2014년부터 2017년까지 4학년 1학기 국어 교과서에 선보이는 영광을 안겨주었다.

"벌레 먹어/ 숭숭 뚫렸어요./ 내다 버려요."// 텃밭에서 캐어 온/ 배추를 보며// 먹을 수 없다고 내가 말했죠.// "벌레가/ 먼저 먹어보고/ '이상 없음'을// 알려주는 것이란다."// 농약을/ 치지 않아/ 무공해 식품이라며/ 아빠와 나는 쌈을 하지요.// '아삭아삭!'

- 졸시 「이상 없음」 전문

우리 반 친구들이 쓴/ 나라 사랑 글짓기를/ 선생님이 읽으시고/ 평하는 말씀// "어쩜 하나 같이 붕어빵이니?/ 자기만의 생각이 모자라구나."// 그러면/ 나도 붕어빵이지/ 붕어빵 생각하니 부끄러웠다.// 학원 끝나 귀갓길에/ 아빠와 들른 빵집// 아저씨가 나를 보며/ 하시는 말씀// "어쩜 아빠를 그리 닮았니?/ 아빠와 아들이 붕어빵이네!"/ 온종일/ 붕어빵에 흐렸던 마음/ 그 덕담한 마디에 활짝 개었다.

- 졸시 「붕어빵」 전문

동시조에
전념하다

1992년 선흘초등학교에 교감으로 근무하면서 본격적으로 동시조지도
와 쓰기를 시작하였다.

시인들은 흔히 시조의 정형률을 사고의 제약과 구속이라 비판한다. 그
러나 나는 부부 관계, 자식과의 관계 등 가족이라는 관계가 시조와 같다
고 피력한다. 가정이라는 울타리의 제약 속에서 대화와 사랑으로 조화를
이루어 행복을 가꾸어 가는 것처럼 시조도 정형이라는 규제 속에서 무한
한 자유를 누릴 수 있다는 거다.

흔히 시조에 대하여 '국민문학이다', '민족의 시다', '우리 시다' 등으로
말들은 하지만 대부분이 관심 밖이다. 특히 동시조에 대해서는 더 그렇

시흥초 찾아가는 시조교실(2016. 6. 1.~6. 2.)

다. 일본의 단시 하이쿠는 세계적이라 하는데 우리 시조는 그러지 못하고 있다. 이에 나는 미개척 분야인 동시조 보급·확산 운동에 앞장서 어린이들에게 우리 고유의 가락에 실린 전통의 맥을 느낄 수 있도록 하여, 민족의 정체성과 민족혼을 일깨워 나가는 데 힘쓰리라고 다짐했다. 그렇게 하는 것이 아동문학인으로서 책무의 하나라고 보았기 때문이다.

그래서 2000년을 맞아 초등학교용 동시조집으로『소라의 집』출간을 시작으로, 2008년 우도를 소재로 한『친구야, 올레로 올래?』를 펴내었다. 2018년도에는 제3 동시조집『아하! 동시조 수수께끼』를 제주교육박물관에서 비매품으로 펴내어 도내 전 초등학교와 도서관, 박물관에 배포해 수수께끼놀이를 하며 스스로 동시조 짓기를 공부하도록 하였다. 여기에 더하여 '제주 올레'를 코스에 따라 걸으며 시를 쓰도록 하는『탐라가 탐나요』를 펴내었다. 이어 제주문화예술재단의 창작 지원금 수혜로 다섯 번째 동시조집『참새와 코알라』와 여섯 번째 동시조집『꽃잎 밥상』을《아동문예》사에서 펴내어 제주의 동시조 보급·확산 운동에 앞장서고 있다는 데 자부심과 보람을 갖기도 한다. 이것이 내 생애의 두 번째 보람이라고 할 수 있다.

『아하! 동시조 수수께끼』에 얽힌 소회

동시조를 지도한다면 외면하던 학부모도 논술지도를 한다면 환영한다. 그래서 동시를 논술 형식에 맞게 한 편의 시를 읽고 제목을 찾는 수업과 그것을 바탕으로 한 편의 시를 쓰는 데 동원된 시어(낱말)를 찾는 활동을 실시하였다. 그러다 보니 제목 찾는 학습은 수수께끼놀이와 비슷하였다. 그런 자료를 개발하여 지도하던 것을 한데 묶어 수수께끼 놀이로 동시조 쓰기를 하였더니 재미없던 동시조 공부에 활기를 띠기 시작했다. 어린이들을 동시조에 쉽게 접근시키기 위해서 고안해낸 것이 『아하! 동시조 수수께끼』이다. 그때가 2007년의 일이다. 이것이 자료로써 특이한 점은 동시조 100편에 따른 유사한 수수께끼 다섯 편을 도입단계에서 학습 동기유발 자료로 활용할 수 있다는 것이다. 그리하여 이것을 중학년 이상에 적용하여 그 학습효과를 검증하여 보았다.

그 결과 단행본으로 교재화해도 좋겠다는 자신감을 얻게 됐고, 몇몇 출판사에 출판을 의뢰했더니 출판사 사정이 어려워 자비출판을 하라는 거였다. 그러던 중 딱한 사정을 '제주교육박물관' 관장님이 받아들여, 우리 시조를 이해시키는 학습교재로서 적정함을 인정하고 출간에 협조하여 주셨다. 드디어 2018년 6월을 맞아 도내 전 초등학교를 비롯하여 도서관, 박물관, 유관 관공서에 배포하니 『아하! 동시조 수수께끼』는 10여 년의 긴 잠을 깨고 빛을 보게 되었다. 100편 중 한 편을 소개하면 다음과 같다.

제목:

윗동네 아랫동네 똑같이 열두 남매

울타리처럼 늘어서서 분업으로 사는데요.

한 아우 빠져나가니 울타리가 흔들흔들

1. 윗니보다 아랫니가 더 많은 것은?

2. 단것을 많이 줄수록 사람을 더 괴롭히는 것은?

3. 어린이 것인데 늙은이 노릇을 하는 것은?

4. 매일 둥근 항아리 속에 들어가 하루 세 번 목욕하는 것은?

5. 날마다 서로 머리를 부딪쳐야 굶지 않는 형제는?

정답: ① 잇몸 ② 충치 ③ 어린이 충치 ④ 칫솔 ⑤ 어금니

제주 광양초 시조교육
4반세기 지도 사례

-친구들아, 동시조童時調랑 놀자

들머리

제주시 중심에 위치한 광양초교는 탐라의 발상지라 하는 삼성혈을 이웃하고 있는 역사와 전통을 자랑하는 학교이다. 연혁을 요약하면 1951년 10월 15일 6학급으로 개교하였고, 1982학년도에는 62학급으로 도내 최대의 다인수학교로 교실난을 겪기도 하였다. 그러나 2000년대 들어 도시 공동화로 인하여 현재 15학급 소규모학교로 축소되었고, 300여 명의 학생들이 '남다름'의 기치 아래 창의와 인성을 키워나가고 있는 제주형 자율학교 '다혼디 배움학교'이다.

여기에는 45년 전통의 핸드볼과 명품 프로그램 관악은 광양초의 대표적인 자랑이며, 25년 전통의 시조가 동시조 학교라는 명성과 함께 특성화 프로그램인 창의, 감성, 건강 채움 프로젝트를 통하여 학생들 각자의 꿈과 재능을 마음껏 펴 나가고 있다.

나는 제주시 동광양 출생자로 향리 학교의 3회 졸업생이자, 모교 15대 교장을 지냈다. 재임 시에도 아동문학에 관심을 두어 어린이들을 직접 지도하여 오다가 2003년 정년퇴임 후 본격적으로 글짓기 교실을 열어 운영하여 오고 있다.

이와 같이 어린이 글짓기 지도를 하면서 나만이 얻은 글쓰기 비법과 느낀 소감을 '제주 광양초 시조교육 4반세기'라는 제목 아래 동시조를 중심으로 피력해 보고자 한다.

1. 왜 시와 놀아야 하는가?

시는 우리 생활을 진실되게 하며 아름답게 한다. 시를 감상함으로써 감정을 정화하는 기쁨을 맛볼 수 있으며 그 만족감이 마음에 쌓인 실망과 좌절, 불안과 분노 등의 감정을 해소시킬 수도 있다. 고운 말 바른 말을 가려 쓰는 시 쓰기 활동을 통하여 암암리에 인성 교육의 효과를 기대할 수도 있다. 이와 같은 우리의 희망에도 불구하고, 시를 낭송하거나 동요를 부르는 일은 관심 밖이며 익숙하지도 못하다. 요즈음 노래방이 성업 중인 것처럼 내중가요를 좋아하듯이 '시 사랑' 분위기를 띄울 수는 없는 것일까?

문제는 어른들이 시를 느낌으로 가르치지 않고 뜻으로만 가르치고 배워왔기 때문에 시의 맛을 몰라 멀리하는 것으로 본다. 시를 시험 준비로 분석적인 지식으로만 공부했을 뿐 시의 향기와 감동을 가슴에 심어주지 않았기 때문이다. 이에 영혼의 음악이라는 시를 어릴 때부터 가까이하게 하고 많이 암송하는 가운데 시의 참맛이 어떤 것인지를 느끼도록 하는 지도가 절실하다.

2. 왜 동시보다 동시조가 우선이라야 하는가?

어느 나라든지 그 민족만이 갖고 있는 독특한 민족 문학이 있다. 일본의 '와카·하이쿠', 중국의 '절구', '율시', 우리나라의 경우는 700년 동안 발전해 온 '시조'를 들 수 있다.

동시조는 시에서 동시가 나왔듯이 시조에서 동심을 추구하여 쓴 시가 동시조이다. 시조는 우리 민족이 만들어 낸 고유하고 독특한 정형시이다. 민족 문학으로서의 시조는 조선 시대에 크게 발전하였다. 그 까닭은 시조의 형식이 민족의 생활 감정과 정서를 담아내는 데 적합했다는 점이다. 이처럼 시조를 국민 문학이라고 말할 수 있는 것은 조선시대의 엄격한 신분 계층에도 불구하고 이름 없는 백성에 이르기까지 시조를 사랑했다는 점이다. 우리가 시조를 민족 문학으로 여기고 공부를 해야 하는 까닭도 국민 문학으로서 시조에 녹아 있는 우리 민족의 정신을 이해하고 계승·발전시키며, 우리의 문화를 새롭게 가꿔 나가야 할 책무가 있기 때문이다.

일본의 하이쿠는 메이지시대 이후 해외에 소개되면서 근 한 세기가 지난 지금은 가장 세계화된 일본의 정신유산으로 자리 잡고 있다. 그러나 우리 시조는 700여 년 내려오는 동안 우리 고유의 전통시로서 중국의 절구나 일본의 하이쿠를 능가하는 자랑스러운 정형시임에도 불구하고 우물 안 개구리 신세와 같다.

그러기에 우리도 우리 고유의 리듬과 아름다움의 구조를 가진 시조를 발전시켜 그 형식 안에 신세대의 감수성을 담은 훌륭한 작품을 창출하여 세계로 나가야 하는 것이다. 그러기 위해서는 시조를 경시하여 교과서 편성에서부터 그 균형성을 잃어버린 오늘날의 시조 홀대 풍조를 바로잡아 나가야 한다. '시조 하나를 제대로 살리고 가꾸지 못하면서 무슨 주체적 민족문학을 논하고, 문화의 21세기를 꽃피울 수 있으며 노벨 문학상을 꿈이나 꿀 수 있겠느냐.'고 성토해야 하지 않겠는가.

지도과정

1. 시 지도의 강조점을 어디에 두었나?

가. 읽을거리 제공에 힘썼다.

읽을거리를 다양하게 제공함으로써 아름다운 작품과의 만남에서 깊은 감동을 받게 하며, 지은이의 심정에 가까이 가게 하여 시 쓰기 방법과 요령을 은연중에 터득토록 하였다. 내가 남의 글을 읽음으로써 어떤 감동을 받았는가는 나의 글이 잘 되었는지 못 되었는지를 판단하는 기준이 되기도 한다.

이를 위하여 쪽배 동인지를 비롯하여 박경용의 『바다랑 나랑 갯마을이랑』, 박석순이 엮은 『한국동시조선집』, 허일의 『산은 빨간 알을 낳고』, 김영기의 『친구야, 올레로 올래?』, 박근칠의 『서로 웃는 닭싸움』, 송재진의 『아빠 무릎에 앉은 햇살』, 진복희의 『별표 아빠』, 서관호의 『강아지도 아는 시조』, 신현배의 『산을 잡아 오너라』, 양세양의 『나팔꽃 시간표』 등의 동시조집과 30여권의 신간 동시집을 자료로 활용하였다.

나. 발표 기회를 많이 갖게 했다

아무리 좋은 글감으로 감동적인 글을 써냈다 하더라도 발표의 기회가 없어 사장된다면 시 쓰기 의욕과 사기는 저하될 것이다. 이에 반하여 자기가 쓴 글이 활자화되어 지상에 발표되거나 상을 받았을 때 쓰기 의욕은 고조되며 자신감을 얻을 수 있다. 이에 매년마다 '대교 창작동시대회', '우리고장 작가 독후감 쓰기', '나라사랑 문예', '제주시조백일장', '전국시조 지상백일장' 등에 응모하고 시낭송 대회에도 적극 참여했다. 이러한 활동을 통해 광양초 어린이의 수준을 전국 수준에 가늠하는 기회로 삼고 좋은 결과를 얻고 있다.

다. 동시조 쓰기에 역점을 두었다

국민 문학으로서 시조에 녹아 있는 우리 민족의 정신을 이해하고 계승·발전시키며, 우리의 문화를 새롭게 가꿔 나가야 하는 책무는 백번 강조하여도 지나침이 없을 것이다.

시조는 우리 고유의 가락이고 독특한 문학 양식이니 널리 보급하여 애용하고 전승·발전시켜 나가야 한다는 점에 이견이 있을 수 없기 때문이다. 이를 위하여 우리에게는 그에 상응하는 책무가 무엇인지를 몇 가지 제안하고자 한다.

첫째, 우리 힘으로 할 수 있는 데까지 교육과정 속에 시조 단원을 부활시키는 것이다. 초등학교 국어교과서에 동시조가 실려 있지만 시詩 영역으로 묶여 있다. 교사용 지도서에도 이 작품이 시조라는 언급이 없으니 시조는 실종되고 시만 남아 있는 현실이다. 가르치는 지도교사 역시 해당 작품이 시조라는 사실을 까맣게 모르는 데 문제의 심각성이 있다.

둘째, 동시조를 시적 수준으로 끌어올리기 위한 노력으로 이미지 형상화에 치중한 결과 음악성이 뒷전으로 밀려나가 동요 장르가 소멸의 위기에 몰리고 있는 점이다. 오늘날 메말라 가는 서정과 감성 상실의 회복을 위해서도 동요 살리기 운동은 절실하다. 그 문제점을 동시조로써 되살리는 것이다. 즉, 노래하는 동시조로 나가는 길을 모색하는 것이다.

셋째, 어린이의 정서에 맞게 소재의 폭을 과감히 넓혀야 한다. 어린이가 가장 관심 있게 생각하는 문제가 무엇인지를 파악하고 작품화해야 한다. 아동문학에서 이성 문제나 성 문제를 금기시하던 시대착오적인 사고에서 탈피하는 것이라든지 어린이의 꿈은 우주공간 사이버의 무한한 대륙을 향하고 있는데 음풍농월에 머문 또는 유년기를 회고하는 퇴행적 표현은 독자의 관심을 끌지 못할 것이다.

넷째, 시조의 전통성과 현대성을 아우르는 노력이 필요하다. 시조가 시적 이미지 또는 담론에 서정의 옷을 벗어 던질 때 그것은 선전문이나 격문의 범주에 머무는 구호에 그치기 때문이다. 동시조에 있어서도 리듬을 즐기고 아름다움을 추구하는 것이 어린이가 가진 본능이기 때문에 시의 특성인 서정성을 살려야 한다. 현대 시조가 변화하는 현실을 수용하고 형식적 융통성을 허용한다는 명목으로 시조의 정통 형식을 무시한다면 시조문학의 존재 이유가 사라지게 된다.

2. 반 편성에 따른 수업 내용은 어떻게 했는가?

광양초 전교생을 대상으로 1학기, 2학기별로 수강신청서를 받고 학부모 동의 아래 실시하였다. 반편성은 초급반, 중급반, 고급반, 특기반으로 나누고 수강 아동 수는 반별 20명 내외로 제한하였다. 초급반 1, 2학년은 매주 목요일 실시, 중급반 3, 4학년은 수요일에, 고급반 5, 6학년은 특기반과 함께 토요일에 한 시간씩 나누어 지도하였다. 지도 내용을 보면 초급반에서는 20단계별 동시 쓰기, 동시 쓰기 기초를 마친 중급반에서는 우리 시조 쓰기 20단계를, 고급반과 특기반에서는 독후감 쓰기와 시 낭송 등으로 우리 시조 쓰기의 심화 학습을 실시하였다. 그중 특기반은 재능이 남다른 어린이들로서 학교를 대표하여 응모작품과 백일장에 참가할 수 있도록 특별 지도를 가하였다.

3. 동시 20단계와 동시조 21단계 프로그램은 어떻게 짜여 있나?

가. 동시 쓰기 20단계

초등학교 1~2학년에게 정형시인 시조를 지도한다는 것은 아동 성장 발달 과정에 맞지 않은 면이 있다. 정형성을 강조하다 보면 사고의 경직화 우려가 있기 때문이다. 국어의 기초를 다지는 가운데 자유시 형식인 동시 쓰기가 우선되어야 한다. 1학년도 2학기부터 동시 쓰기를 시작하는 것이 바람직하다. 단계별 지도를 하면서도 정리단계에서는 두세 줄 쓰기 습작을 병행 지도한다.

단계	학습주제	지도 목표 및 지도 내용
1단계	동시 이해	동시란 어떤 글인가?
2단계	동시의 특징	비유, 생략, 음율을 이해한다
3단계	동시의 분류	서정시, 서경시, 서사시 등을 이해한다
4단계	글감 찾기	무엇을 쓸까?
5단계	표현방법	어떻게 쓸까?
6단계	시늉말 공부	의성어, 의태어를 이해한다
7단계	직유법 공부	~처럼, ~인양, ~같이 빗대어 쓰기
8단계	은유법 공부	사물을 은근히 숨겨 표현할 수 있다
9단계	도치법 공부	강조하기 위하여 사용함을 안다
10단계	수식어 공부	꾸미는 짧은 글을 지을 수 있다
11단계	시제 공부	시간 표현의 일관성이 중요함을 안다
12단계	시어의 일관성	높임말, 낮춤말의 쓰임을 이해한다
13단계	연과 행 나누기	연과 행 나누기가 필요한 이유를 안다
14단계	동시의 틀	주어진 글감을 틀을 짜고 쓸 수 있다
15단계	그림 보며 감상 쓰기	3행 이상의 동시를 쓸 수 있다
16단계	동시감상문	동시감상문을 쓸 수 있다
17단계	생활문을 동시로	일기문을 동시로 표현할 수 있다
18단계	원고지 쓰기	원고지를 바르게 사용할 수 있다
19단계	시 암송하기	자기 작품 동시를 낭송할 수 있다
20단계	시화 꾸미기	자기 작품에 맞는 그림을 그릴 수 있다

나. 동시조 쓰기 21단계

동시조 쓰기는 3학년부터 시작함이 좋다. 아무리 고학년이라도 반드시 동시조 쓰기 21단계를 마쳐야 한다. 기초가 없이 특기반에 들어오면 수준이 맞지 않아 2부제 복식수업을 따로 해야 하는 어려움이 있기 때문이다.

4. 지도 결과 무엇을 얻었나?

가. 동시조로 쓴 수수께끼 놀이의 효과

수수께끼는 어떤 사물을 바로 말하지 않고 비유적 묘사나 상징으로 표현한 것을 알아맞히는 놀이다. 일부러 함정을 만들어 놓거나 알쏭달쏭한 질문을 하기 때문에 높은 사고력과 재치가 필요하다. 여기에 재미가 붙는다. 그러나 우리의 민족시라는 시조(동시조)는 잘 모르기 때문에 별 재미가 없다 한다. 그래서 제작한 것이 '동시조 수수께끼'집이다. 동시조가 수수께끼와 같이 비유적 묘사나 상징으로 표현한다는 점에 착안했다. 2008년부터 수정 보완하면서 활용한 결과 동시조 쓰기에 재미를 붙이며 자연스럽게 동시조 형식을 익히는 데 효과가 있었다.

그 보기를 들면 아래 쓴 『귀뚜라미』라는 동시조처럼 '제목'이 귀뚜라미이자 수수께끼의 '정답'도 귀뚜라미가 되는 것이다.

제목 (　　)

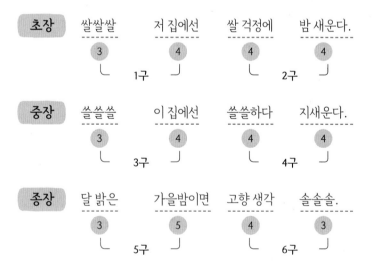

나. 입상작을 모은 「꿈꾸는 아이들」 문집 발간

2005년부터 2017년까지 지도한 결과 최근 3년 동안의 대외 입상실적만 보더라도 2015년 수상자 연인원 86명을 비롯하여 2016년 99명, 2017년도 76명이나 된다. 그중에서도 특이 사항을 제시한다면 눈높이 대교 창작동시 대회에서 금상을 3명 배출하였고, 다수 어린이가 응모에 참여함으로써 도서지원 학교로 선정되어 2011년부터 100만 원 상당의 도서를 7회째나 수혜받고 있다.

시조 장르에서도 전국 시조백일장에 3명의 장원을 배출하는 등 다수의 어린이가 입상하여 전국적으로 광양초의 명예를 드높였다. 그 외로 도내 행사로서 고장작가 독후감 공모에서도 최우수상 5명, 제주시조 백일장에서도 장원 3명, 나라사랑 문예공모에서도 대상 4명을 배출한 바 있다. 탐라문화제에도 제주어 시 낭송 행사에 2014년부터 참가하여 매년 최우수상을 독식하는 등 시 낭송으로 시를 향수하는 데도 기여하고 있다.

2013년부터는 '입상 문집'을 발간하고 있는데 6년간 작품집에 실린 입상자만도 줄잡아 500여 명이 넘는다. 많은 어린이들이 우수, 가작, 장려 등에 입상함으로써 표현력 향상은 물론 글짓기에 자신감을 갖는 등 어린이 인성 도야에 지대한 영향을 주었다. 나아가서는 명실상부한 글짓기 우수학교로 그 전통을 다져가고 있어, 학부모와의 유대를 공고히 하는 데 기여하고 있다. 이러한 봉사정신은 후배 교사들에게도 귀감이 되었으면 하는 바람을 갖게 한다.

마무리

1. '광양초 시조교육 4반세기'에 거는 기대

'광양초 시조교육 4반세기'를 엮으려고 자료를 찾아보니 1991년 '제1회 제주시조 지상 백일장' 개최에 즈음하여 광양초 시조도 태동하고 있음을 알 수 있었다. 이로써 광양초 시조는 제주시조와 역사를 같이한다 할 수 있어 '광양초 시조교육 4반세기'라는 제목을 붙이게 된 것이다.

앞으로의 계획은 학부모회와 종동창회의 출판비 지원 등의 협조 아래 대외 행사에 참여하여 입상한 작품을 한데 모아 명실공히 '광양초 시조 4반세기'를 펴내고 광양초 역사의 한 페이지를 장식하게 되기를 바라는 마음 간절하다.

2. 남기고 싶은 한마디

동시와 동시조를 지도했을 때의 장점은 산문에 비하여 단시간에 다수의 어린이를 지도할 수 있는 점, 개별적으로 첨삭지도가 용이한 점, 발표 지면에 많은 어린이를 참여시킬 수 있다는 점 등을 들 수 있다. 지도 방법으로는 이론적인 것보다도 실기 위주로 수수께끼와 같은 놀이를 중심으로 지도함이 효과적이었다. 끝으로 저학년에 단계적 동시 지도로 시에 친근감과 재미를 갖게 하였고 이로써 정서 함양은 물론 창의력과 상상력을 자극하여 표현력을 신장시키는 데 도움을 주었듯이 단계적 동시조를 공부하는 것도 이와 같은 맥락의 효과를 기대할 수 있었다. 여기에 더하여 우리 시조를 이해함으로써 민족의 정체성 함양에 다소나마 기여할 수 있었다는 점은 일거양득의 효과이며 보람이었다는 한마디를 남기고 싶다.

공적 확인서

소속: 한국문인협회 제주도지회 아동문학분과,

제주아동문학협회, 제주시조시인협회

회원: 김영기

위 분은 제주시 동광양 출생자로서 광양초 3회 졸업생이며, 모교 15대 교장을 지낸 분입니다. 재임 시에도 아동문학에 조예가 깊어 어린이들을 직접 지도하여 오다가 퇴임 후 2004학년도부터는 본격적으로 글짓기 교실을 열어 초급반 1, 2학년은 매주 목요일 실시, 중급반 3, 4학년은 수요일에, 고급반 5, 6학년은 월요일에, 토요일에는 특기반을 별도로 두어 방과 후 수업으로 2시간씩 지도하여 왔습니다. 지도 내용을 보면 초급반에서는 단계별 동시 쓰기, 중급반에서는 우리 시조 쓰기 기초와 독후감 쓰기, 고급반에서는 논술 기초와 우리 시조 쓰기 심화 학습을 실시하였습니다. 그 결과 눈높이 대교 창작동시 대회에서 금상을 3명 배출하였고, 이로써 꿈나무 육성학교로 선정되어 2011년부터 2020학년도까지 100만 원 상당의 도서를 10회째나 수혜하여 도서 확충에 이바지하여 왔습니다. 시조 장르에서도 전국 시조백일장에서도 4명의 장원을 배출하는 등 다수의 어린이가 입상하여 전국적으로 광양초의 명예를 드높이고 있습니다. 그 외로 도내 행사로서 고장작가 독후감 공모에서도 최우수상 5명, 시조 백일장에서도 도내외에서 1999학년도 장원(6. 김현아)을 시작으로 2000년(6. 홍수경), 2001년(6. 이지미), 2002년(6. 이하림), 2005년(5. 최정원), 2008년(6. 박태양), 2010년(5. 최재혁), 2011년(6. 조정민), 2015년(6. 윤은지), 2016년(5. 김요한), 2017년(5. 강혜인), 2018년(6. 한연정), 2019년(6. 김나나), 2020년(6. 윤나현) 등 14명을 배출했고, 나

30년 전통의 광양초 핸드볼 육성(2000년)

라사랑 문예에서도 대상 4명을 배출한 바 있습니다. 탐라문화제에도 제주어 시 낭송 행사에 2014년부터 참가하여 매년 최우수상을 독식하는 등 시 낭송 으로 시를 향수하는 데도 기여하고 있습니다. 2013년부터는 입상 문집을 발 간하고 있는데 6년간 작품집에 실린 입상자만도 줄잡아 500여 명이 넘는 어 린이들이 우수, 가작, 장려 등에 입상함으로써 표현력 향상은 물론 글짓기에 자신감을 갖는 등 어린이 인성 도야에 지대한 영향을 주며 나아가서는 명실 상부한 글짓기 우수학교로 그 전통을 다져가고 있어, 학부모와의 유대를 공 고히 하는 데 기여하고 있으며, 이러한 봉사정신은 후배 교사들에게도 귀감 이 되는 공적 내용이 사실과 상위 없음을 확인합니다.

2021년 4월

광양초등학교장 강옥화

잊을 수 없는
문단 선배

2018년 제주문화예술재단의 창작 지원금 수혜로 네 번째 동시조집『참새와 코알라』를《아동문예》사에서 펴내며, 마지막 교정을 볼 때 박옥주 편집장으로부터『삶과 문학』원고 청탁을 받았다. 솔직히 나는『삶과 문학』집필진에 낄 자격이 없다고 봐 정중히 사양하였다. 내세울 게 없어 부끄럽고 죄송하지만 지금까지《아동문예》사에서 베풀어준 은공을 생각하면 무조건 사양하는 것도 결례가 될 것 같아 모든 게 미흡하지만 내 자서전을 쓰는 심정으로 응하게 되었다.

《아동문예》박종현 선생님은 발행인이면서 한국아동문예작가회 이사장님이신데 내가 등단할 당시는 주간님이라 호칭했다. 박 이사장님은 제주아동문학협회《아동문예》출신 작가들의 은인이기 때문에 통상《아동문예》를 우리들의 친정이라 부른다.

차제에 나에게 문단의 선배로서 아동문학의 길로 인도하여 주시며, 배움을 주신 선생님과 같은 분들에게도 고마운 마음을 표하고 싶어 어쭙잖은 글을 쓰게 되었음을 밝힌다.

돌이켜보면 1979년 인연을 맺은 김종상 선생님을 잊을 수 없다. 물메어린이들의 글짓기 지도 공적을 인정하고 제13회 한인현 글짓기 지도상(1983)에 추천하여 주셨고, 그 후 한국 아동문학인협회와 국제 펜클럽 회원으로 입회를 안내하여 주어 중앙 문단 참여의 길을 열어주신 것이다. 김 선생님은 제주아동문학협회 회원들과 교분을 쌓고 협회 발전에 많은 도움을 주신다.

'한인현 글짓기 지도상' 시상식장에서 엄기원 선생님을 만났다. 엄 선생님께《교육자료》'교자문원' 3회 추천(1982)을 받았으니 내게는 문단 스승님이시다. 그래서인지 내 동시에 관심을 갖고 발표의 기회를 많이 주셨다. 첫 동시집 『날개의 꿈』에 수록된 「내가 만일」, 「동그라미 둘」, 「참새의 아침」 등을 KBS방송국 어린이 시간에 해설하여 전국 방송을 타게 했다. 1992년에는 문공부 우수도서로 『작은 섬 하나』를 추천하는 바람에 2쇄의 기쁨을 누릴 수 있었다. 2010년 《지경사》에서 펴낸 『한국대표동시 100선』에 「이상 없음」을 선정하여, 이것이 2009년 교육과정 개정 시 채택되어 2014~2017까지 초등국어 4학년 1학기에 수록됨으로써 내게는 물론 제주아협에도 기쁨과 영광을 안겨 주었다.

　신현득, 김종상 선생님은 불교아동문학에 관여하시며 이로써 종교적인 측면의 많은 가르침을 주셨다. 그러던 중 1995년 신 선생님께서 고맙게도 '불교아동문학상'을 추천하여 주신 것이다. 그러나 나는 가톨릭으로 개종하려는 입장이어서 사양할 수밖에 없었다. 반년 전에만 이런 일이 있어도 쾌히 수락하고 수상하였을 것이다.

　그래서 생각나는 게 있는데 '제주문화상'에 관한 일이다. 제주문협에서 추천하면 거의 확정적인 제주문화상을 추천하여 주었다. 그런데 때마침 동생이 정무부지사로 발탁되었다. 그래서 수상하게 되면 혹여 정실이 개입된 게 아닌가 하는 오해를 받게 되므로 극구 추천을 취소해 주십사 했다. 그래서 어쩔 수 없이 포기하고 취소했다. "상도 받는 사람이 따로 있구나, 이런 걸 상복이라 하는구나."라는 자탄과 아쉬움을 남기며…. 그 일을 계기로 '모든 일에 기회가 올 때는 사양 말고 잡아라.'라는 삶의 지침을 체험을 통하여 터득하게 되었다.

　2018년 현재, 한국문인협회 아동문학분과 위원장을 맡고 계신 오순택 선생님을 존경하며 흠모한다. 문단에 나와 첫 동인 연작시집 『휘파람 나무』를 낼 때 거기에 평하여 준 글은 내 동시 쓰기의 전범이 되어 주었고, 첫 시집 『날개의 꿈』을 비롯하여 작품집마다 비평의 글을 써 주시어 시 쓰기의 방향을 제시하여 주신다.

또 2018년 현재, 한국 아동문인협회 회장 김원석 선생님을 빼놓을 수 없다. 《소년》지 편집장으로 봉직할 때 물메 어린이 작품을 통하여 인연을 맺고, '내가 부르고 자란 노래' 원고 청탁을 하여 주셨다. 이 원고가 처음이어서 애착이 가며 잊을 수 없다. 내 소년 시대의 생활사이기 때문이다. 그러면서 내가 보낸 동시 원고를 모두 보관하여 뒀다며 관심을 보였다. 그러나 습작에 불과했던 설익은 작품에 부끄러웠던 기억이 남아 있다.

제주 시 낭송회 하면 박두순 선생님인데 지금 제주에는 3개의 단체가 창립되어 서로 경쟁하며 발전하고 있다. 1990년 '전국 어린이와 어머니 시낭송 서귀포 대회'를 《재능 교육》과 《소년 한국일보》 주최로 열었는데 박두순 선생님과 함께 심사를 했던 기억이 새롭다. 그에 앞서 제주시대회도 열리는 등 몇 차례 더 있는데 그 연혁을 자세히 기록할 수 없는 게 안타깝다.

행사 때마다 소년 한국일보 김수남 사장님이 참석하시어 직접 시 낭송 시범을 보이셨는데 명시를 줄줄이 암송하여 청중의 감탄을 자아내게 했다. 또 박 선생님은 2002년 한국동시문학회를 창립하며 발기인으로 추천하여 주신 고마움을 간직하고 있는데 근간에는 적조한 게 못내 아쉽다.

박경용 선생님은 아동문학에 뜻을 두면서부터 문단 선생님으로 모신 분이다. 1984년 제1회 《아동문예》 신인문학상에 당선작으로 「등대」, 「갯마을 아침」, 「첫 여름」 등 3편을 선하여 등단의 길을 열어주셨고, 그 후에도 동시조 동인지 『쪽배』의 선장 역할을 하시며 '동시조'라는 한 배로 나를 이끌며 시조에 대한 사명감을 불어넣어 주신 것이다. 지금도 동인 작품집을 낼 때마다 새로운 정보를 접할 수 있게 배려해주시는 고마움을 잊을 수 없다.

제9장

수상 소감

시조를 현대적 감각으로 이미지를 형상화하고 사유를 확장해 나가야 한다는 당찬 결의로 출발하였지만 갈수록 미로에 들어선 기분이었다. '시조'지에 게재된 작품이나 신인상 작품을 보면 내 역량이 닿지 않는 너무나 먼 곳에 있어 부럽기도 하고 한편으론 '기본기'를 지적하던 코치의 말이 되살아나 자신감이 꺾이기도 했다. 그러던 차에 '나래시조' 신인상 당선 소식은 나에게 큰 힘과 새 희망을 주었다. 이를 계기로 용기를 갖고 굳어버린 타성을 부수며 참신한 글쓰기에 힘쓰겠다는 다짐을 하여본다.

수상
소감

제30회 한국동시문학상 수상 소감
- 더불어 사는 삶을 위하여(2008. 5. 1. 서울 이문초등학교 강당에서)

'한국동시문학상'은 봄 햇살에 피어나는 목련같이 아름다운 상이라고 생각합니다.

「포니가 하는 말」이라는 연작 동시로 이 상을 주신다 하였을 때 먼저 사양하였던 것은 후배 아동문학인들에게 미안함이 앞섰고, 상을 받을 만한 글을 쓰지 못함을 부끄럽게 생각했기 때문이었습니다. 「포니가 하는 말」은 다섯 살배기 저의 손자 '희니'가 '포니'와 돌림자 형제라며 자동차 그리기를 좋아하였는데, 거리에 나서면 덩치 큰 차들이 보행에 불편을 주고 안전을 위협한다는 동심의 호소를 쓴 동시입니다. 동심에 비친 교통문화의 부조리! 이제는 동시도 사회의 부조리를 비판하고 풍자하는 기능의 일익을 해야 한다고 본 것입니다. 그리하여 한 편의 시가 더불어 사는 삶을 아름답게 했으면 하는 바람을 가졌습니다.

그러던 차 이 연작시로 상을 받게 되니 더없는 기쁨이며 영광입니다.

제30회 한국동시문학상 수상, 내자와 함께(2008. 5. 1.)

부족한 글을 뽑아주신 심사위원님께 감사드리며, 더 열심히 쓰라는 뜨
거운 채찍으로 받아들이겠습니다. 감사합니다.

제10회 나래시조 신인상 당선 소감

- 굳어버린 타성을 부수며… (2006. 6.1.)

나의 청소년 시절, 탁구가 유행처럼 한창일 때가 있었다. 친구 대부분이 즐겼지만 내겐 관심 밖이었다. 그 후 교단에 서게 되었는데 교기가 '탁구'인 학교에 근무하게 되었다. 어쩔 수 없이 어린 선수들과 탁구를 하다 보니 동년배와의 게임에는 이길 수 있는 실력을 갖게 되었다. 그런데 코치가 '기본기'가 아니 되었으니 '자세'를 교정하라는 것이었다. 이제 와서 제멋대로 굳어버린 자세를 어떻게 교정하란 말인가. 나는 어려서 배워야할 시기를 놓친 것을 후회하면서도 자존심이 상하여 '탁구'를 접었다.

시조와의 인연도 탁구와 비슷하다는 생각이 든다. 제주 시조문학회가 창립될 당시 나는 제주아동문학에 관심을 갖고 동시 쓰기에만 열심이었다. 동시를 쓰면서도 동시조를 이해하지 못했다. 그러다가 앞서가는 타시·도 아동문학인들에 자극을 받아 1990년대부터 동시조의 기본을 어린이들과 함께 공부하기 시작했다. 그 결과 시조는 '우리 시'라는 자긍심을 갖게 되었고, 이로써 동시조 쓰기 명문교가 탄생되는 기쁨과 보람이 있었다.

그렇게 동심의 세계에서 정년퇴임을 하고는 여생을 시조와 함께 제2의 삶을 꾸려야겠다는 생각이 들었다. 시조를 현대적 감각으로 이미지를 형상화하고 사유를 확장해 나가야 한다는 당찬 결의로 출발하였지만 갈수록 미로에 들어선 기분이었다. '시조'지에 게재된 작품이나 신인상 작품을 보면 내 역량이 닿지 않는 너무나 먼 곳에 있어 부럽기도 하고 한편으론 '기본기'를 지적하던 코치의 말이 되살아나 자신감이 꺾이기도 했다. 그러던 차에 '나래시조' 신인상 당선 소식은 나에게 큰 힘과 새 희망을 주었다. 이를 계기로 용기를 갖고 굳어버린 타성을 부수며 참신한 글쓰기에 힘쓰겠다는 다짐을 하여본다.

끝으로 '나래시조'의 무궁한 발전을 기원하며, 남해안 일대 가족 여행 시 '오동도' 글감을 제공하여 준 사랑하는 내 자녀들과 외곬 길 오랜 세월을 한결같이 '뜻대로 하도록' 힘을 준 내자와 이 기쁨과 영광을 함께하고 싶다.

『나래시조』 제10회 신인문학상(2006. 6. 제78호)

제9회 제주문학상 수상 소감

– 아동문학에 정당한 평가, 그 기쁨(2008. 12. 18. 파라다이스회관에서)

세주문학상은 탐라의 얼과 기상이 깃든 상이라고 생각합니다. 묵묵히 낮은 자세로 제주문학의 광맥을 줄기차게 천착하는 역대 수상들의 작가 정신을 흠모해 왔었습니다. 그런데 이렇게 영광스러운 제주문학상의 수상을 전해 왔을 때 남다른 기쁨이 있었습니다. 그 기쁨에는 나름대로 몇 가지 이유가 있습니다.

첫째, 아동문학에 정당한 평가를 하여 주신 데 대한 기쁨입니다. 아동문학은 동심의 문학입니다. '시인이 썩지 않으려면 시심에 동심이 살아 있어야 한다.'고 어느 시인이 갈파한 바 있습니다. 이 말은 문학이 아동문학을 바탕으로 해야 한다는 말과도 같습니다. 이에 제주문단에서도 아동문학에 관심을 두어 타 장르와 동등하게 대하고 평가함은 물론 비인기 장르인 동시 부문에 활력을 넣어 주시니 앞으로 그 지평을 넓히는 데 큰 힘이 될 것입니다.

둘째, 저 개인적으로 볼 때 아동문학에 뜻을 둔 지 만 30년 만의 경사입니다. 1980년 이전 아동문학의 불모지인 제주에 아동문학의 텃밭을 일구고 씨를 뿌려 오늘의 제주아동문학협회로 발전시킨 주역의 한 사람임을 인정하여 주시고, 특히 미개척 분야인 동시조를 평가를 했다는 데서 국민문학이며 겨레의 시가라는 시조의 발전을 위해서도 참으로 다행스러운 일이라 생각합니다.

셋째, '우리의 시는 시조다.'라는 기치 아래 이 지역에 동시조를 보급하고 확산시켜 나가는 데 저의 자부심과 보람이 있습니다. 여기에는 오늘이 있기까지 '열 살 때 읽어 가치가 있는 것은 쉰 살이 되어 다시 읽어도 똑같이 가치 있는 것이 아니면 안 된다.'는 C·S 루이스의 말을 잊지 않고 실천하는 동료 아동문학인들의 도움이 있었기에 가능했다는 것을 말씀드리면서 기쁨을 함께 나누고 싶습니다.

끝으로 오늘의 이 영광을 안겨준 심사위원님께 고개 숙여 감사드리며, 앞으로 제주문학상의 전통에 누가 되지 않도록 제주 문협과 아동문학(시조)의 발전에 힘쓸 것입니다. 감사합니다.

제9회 제주문학상 상패(2009. 12. 18.)

제2회 새싹시조문학상 수상 소감
- 날개를 달아주는 문학상(2018. 9. 1. 서운암에서)

《어린이 시조나라》와 인연을 맺은 지 팔 년 세월이 흘렀습니다. 그간에 어린이에게 시조를 가르치는 데 공이 큰 사람에게 '새싹시조문학상'을 준다 합니다. 그래서 공적이랄 것도 없는 서류를 제출했는데 제2회 수상자로 선정되었다는 통보를 받았습니다. 팔순을 바라보는 이 나이에도 상을 받는 기쁨에 설레는 걸 보면 아직도 내게 '동심이 살아있구나.' 하면서 아동문학에 미쳐서 헤매던 교직 40여 년 세월을 회상해 봅니다.

병아리 교사 시절에는 근무하는 학교마다 문예 담당교사로서 학교신문 발행은 물론 학교문집을 본분인 듯 제작하면서 아동문학가 되는 것이 소원이었지만 제주도라는 지역적 여건이 이를 허락하지 않았습니다. 그 당시는 동시집 한 권 구하기가 힘들었던 시절이었기 때문입니다. 80년대가 되어야 동시에 눈을 떠 1984년에 등단하고 90년대가 되어야 동시조라는 장르가 있다는 걸 알았습니다. 당시에는 동시를 쓰고 어린이들에게 동시만을 가르쳤지 동시조에는 관심이 없었습니다.

그 후 1992년, 뒤늦게 본격적인 동시조 지도를 하였습니다. 2003년에 정년퇴임하고는 모교인 광양초등학교에서 자원 봉사활동을 하며, 제주 아동문학협회와 제주 시조시인협회에서 실시하는 '찾아가는 아동문학교실'과 '시조교실'에서 우리 시조 보급·확산에 힘쓰다 보니 어언 26년이 흘러 오늘에 이르렀습니다.

이 글을 쓰노라니 문득 '미쳐야 미친다.'는 말이 떠오릅니다. 아동문학에 미쳐 아동문학가가 되었고, 이제는 동시조에 미쳐 시조에 삽니다. 이제는 동시조만이 신앙처럼 내 마음의 안식처요, 내 마음의 치료제입니다. 오늘 다섯 번째 동시조집『참새와 코알라』교정을 보는데 당선 통보를 받으니 겹경사가 된 셈입니다. 이처럼 좋은 날 '새싹시조문학상'으로 비상의 날개를 달았으니 날개가 닳아질 때까지 시조 발전에 힘을 쏟겠다는 다짐이 앞섭니다. 이 다짐이 '어린이시조나라' 발전에 자그만 보탬이 되고 선정하여주신 심사위원님께도 보답하는 길이 되었으면 좋겠습니다.

시상식장에서의 수상 소감

말복 처서 절기가 지난 지도 한참인데 폭염의 열기는 아직도 남아있습니다. 그간 안녕하셨습니까. 서관호 회장님을 비롯한 여러분을 시상식을 기회로 만나 뵙게 되니 무엇보다 반가우며 영광입니다.

새싹시조문학상을 대하는 저의 소회는 새싹이라는 명칭에 매료되었습니다. 그리고 감탄하였습니다. 새싹의 의미는 어린이이며 어린이는 동심을 상징하며, 동심으로 표현되기 때문입니다. 그래서 매력적인 새싹시조문학상에 남다른 애정을 갖고 있음을 고백합니다.

동심 이야기가 나왔으니 동심에 대한 조크를 하여 볼까 합니다. 가수는 왜 노래를 부를까요? 잃어버린 동심과 퇴색해가는 동심을 자꾸 돌아오라고 부르는 겁니다. 화가는 왜 그림을 그릴까요? 그리운 사람을 자꾸만 그리다 보면 떠나간 그리움이 돌아온다고 믿는 것입니다. 그 그리움의 바탕은 원초적인 동심입니다. 그러면 시인은 왜 쓰는가요? 인생이 쓰니까 쓴다 합니다. 그러니까 적음으로써 존재 의미를 찾는 적자생존입니다.

그리고 천편에 일률을 뽑는 사람이 시인입니다. 우리는 보통 천편일률을 부정적인 용어로 사용하지만 시인만큼은 천편일률에 적자생존하는 데 목숨을 겁니다. 천편일률하려면 썩지 말아야 합니다. 시인이 썩지 않으려면 동심을 찾아야 합니다. 그러나 시인은 동심을 우습게 보고 하찮게 생각합니다. 그러다 결국엔 우습게 보고 얕보던 동심으로 회귀하는 게 시인입니다.

그런 의미에서 동심을 가꾸는 그 일을 해내고 있는 어린이 시조나라에 첫 번째 고마움을 드립니다. 두 번째는 동시조문학의 불모지 제주에 동시조 씨앗을 뿌려주고 있으매 감사드립니다. 올 가을에 나오게 될 어린이 시조나라 18호에도 7개교 제주도 소재 초등학교 어린이들이 참여하고 있습니다. 지금까지 참여한 학교가 20여 개교 되는데 그 어린이들이 앞으로 제주 시조를 가꾸어 갈 것이라는 기대를 갖게 합니다.

끝으로 드리고 싶은 말씀은 제 개인적으로 지금까지 퇴임식을 비롯한 시상식에 가족 동참이 없었는데 오늘은 제 자녀들이 참석하여 축하를 받으니 이 이상의 기쁨과 행복이 있을 수 없습니다. 이에 다시 한번 감사드립니다.

이렇게 좋은 날 좋은 자리에서 '새싹시조문학상'으로 제 어깨에 비상의 날개를 달았으니 흔히 하는 통속적인 말로 날개가 닳아질 때까지 시조 발전에 힘을 쏟겠다는 다짐 외에 더 좋은 말이 없습니다. 이 다짐이 '어린이 시조나라' 발전에 자그만 보탬이 되고 선정하여주신 심사위원님께도 보답하는 길이 되었으면 좋겠습니다. 대단히 고맙습니다.

제16회 제주예술인상 수상 소감

– 감사합니다. 기쁘고 영광입니다.(2019. 11. 9. 로베로호텔)

안녕하세요? 연전에 석학 이어령 선생의 수상소감으로 "감사합니다. 기쁘고 영광입니다. 이 말씀밖에 드릴 게 없습니다."라는 말씀을 들은 적이 있습니다.

저도 오늘 상을 받는 입장이고 보니 "감사합니다. 기쁘고 영광입니다." 이 말씀밖에 드릴 게 없는 것 같습니다. 그러나 저는 문학협회의 여러 장르 가운데서도 아동문학을, 그중에서도 동시와 동시조를 인정해주신 제주예총 회장님께 깊은 감사를 드립니다.

저는 아동문학 40여 년을 해오는 동안 오늘날까지 15년간 저의 모교인 광양초등학교에서 어린이들과 눈높이를 맞추고 자원봉사활동을 하지만 있는 듯 없는 듯 존재감이 없는 저에게 날개를 달아주신 제주 문협 고운진 회장님과 제아협 김정애 회장님께 감사드리며 이 영광을 제주아동문학협회 회원 여러분께 드리고 싶습니다.

앞으로 제주아동문학의 텃밭을 일구는 일꾼으로서 제주 어린이들이 동시조 새싹을 키우는 데 힘쓰겠습니다. 감사합니다.

제10장

나의 이력서
목록 모음

표창 및
수상 목록

1979. 10. 9.　　《외솔회》글짓기 지도교사상

1979. 12. 29.　　교수·학습개선 유공 교사-교육부 장관 표창

1981. 10. 1.　　《새교실》지우문예 동시 3회 천료

1982. 11. 1.　　《교육자료》교자문원 동시 3회 천료

1983. 2. 1.　　제13회 한인현 글짓기 지도상

1983. 2. 21.　　특활 운영 및 특기 신장 교육 우수 교사-교육장 표창

1984. 1. 31　　《소년 조선일보》추천 글짓기 지도 우수 교사-교육감 표창

1984. 3. 1.　　제1회《아동문예》신인문학상-동시「등대」외 2편 당선으로 등단

1992. 12.　　문화부 올해의 추천도서에 동시집『작은 섬 하나』선정

1994. 1. 8.　　제3회《제주시조》백일장 장원「四·三 일기」

1994. 12. 20.　　교수·학습 및 평가방법 개선 유공 교사-교육부 장관 표창

1995. 2. 15.　　제1회 간행물 콘테스트 우수상(선흘교 학교신문)-교육감 상장

2002. 9.　　중앙시조 백일장 월 장원「절 한 채를 짓다」

2003. 1. 25.　　제2회 설록차 우리 시 문학상 입상「기다림」-(주)태평양

2003. 8. 31.　　황조 근정 훈장

2006. 1. 21.　　제5회 설록차 우리 시 문학상 입상「차 한 잔의 사색」-(주)태평양

2006. 6. 1.　　《나래시조》신인문학상-「오동도에 머물다」당선으로 시조 장르 등단

2006. 7. 25.　　제9회 공무원 문예대전 시조 부문 장려상「인감을 새기며」-행정자치부

2008. 5. 1.	제30회 한국동시문학상-연작동시 「포니가 하는 말」
2008. 7. 10.	제11회 공무원 문예대전 시조 부문 장려상 「사유의 꽃」-행정안전부
2009. 12. 18.	제9회 제주문학상 수상 작품집 『붕어빵』
2011. 9. 1.	제1회 제주어 창작동요 노랫말 우수상 「올레에 왕 오름에 강」-KBS 제주방송국장
2012. 10. 10.	제2회 제주어 창작동요 노랫말 우수상 「먹돌세기」-KBS 제주방송국장
2014~2017.	4학년 1학기 국어 국정교과서에 「이상 없음」 동시가 실림
2015. 10. 10.	제2회 제주어 창작동요 노랫말 우수상 「고븜제기 헐 사름 이디 붙으라」-KTV 사장
2017. 2. 12.	공로패-제주시조시인협회 회장 김희운
2018. 9. 1.	《어린이시조나라》 제2회 새싹시조문학상-어린이시조나라 서관호
2019. 11. 9.	제16회 제주예술인상-한국예총 제주특별자치도연합회장 부재호

제3회 제주시조백일장 당선 상패(1984. 1. 8.)

저서 및
편저 목록

1987. 11. 2.   『휘파람 나무』80년대 11인 연작동시집 공저-아동문예사

1990. 1. 25.   『날개의 꿈』제1동시집-아동문예사

1990. 12. 20.   『알 동네 웃 동네』제주 전설 동화 공저-영주문학사

1991. 7. 15.   『이어도 하르방』인물전설동화집 공저-영주문학사

1991. 10. 10.   『작은 섬 하나』제2동시집-아동문예사(문공부 올해의 우수도서 추천)

1991. 10. 10.   『삼총사』소년소설 편저-대우출판사

1991. 10. 10.   『바람의 왕자들』소년소설 편저-대우출판사

1992. 7. 20.   『탐라가 탐나요』전설동화집 공저-영주문학사

1993. 7. 20.   『느영 나영 우리 동네』'세시풍속 이야기' 공저-영주문학사

1994. 11. 10.   『세익스피어가 주는 교훈』편저-도서출판 윤진

2000. 3. 25.   『소라의 집』제1동시조집-창작나무

2000. 5. 25.   『익살과 재치』센스60학습동화 편저-월드캠퍼스

2003. 3. 2.   『새들이 주고받은 말』제3동시집-가정교육사

2003. 5. 1.   『자녀와 함께 하는 동시·동시조 쓰기 교실』-태화인쇄소

2003. 8. 16.   『효학반의 길』한덕문집-도서출판 디딤돌

2008. 3. 10.   『붕어빵』제4동시집-아동문예사

2010 7. 19.   『갈무리하는 하루』제1시조집(고희 기념)-도서출판 나우

2012. 6. 30.   『친구야, 올레로 올래?』제2동시조집-도서출판 아동문학세상

2016. 7. 19.　　『내 안의 가정법』제2시조집-정은 출판사

2018. 6. 1.　　　『아하! 동시조 수수께끼』제3동시조 지도자료집-제주교육박물관

2018. 10. 15.　『참새와 코알라』제4동시조집-아동문예사

2019. 6. 1.　　　『탐라가 탐나요』제5동시조집(동시조로 쓴 올레 길 걷기)-제주교육박물관

2019. 7. 19.　　『꽃잎 밥상』제6동시조집-아동문예사

2020. 8. 22.　　『짧은 만남 긴 이별』제3시조집(팔순 기념)-정은 출판사

2021. 6. 23.　　『나 누구게?』제7동시조집-한그루

2021. 7. 19.　　『달팽이 우주통신』제8동시조집-아침마중

제주전설동화집(공저)

세계명작 소년 소설(편저)

시(동시·동시조·시조) 작품
발표 목록

1978 「수산봉 복된 정기」, 물메초 교가(8. 23.)

　　　 「물처럼 산처럼」, 물메초 응원가(9. 4.)

1980 「유채꽃」, 『새교실』 9월호, 대한교육연합회

　　　 「산」, 『새교실』 10월호, 대한교육연합회

1981 「샘처럼」, 『샘처럼』 문집 제2호, 물메국민학교(2. 1.)

　　　 「산 아이」, 『교육자료』 6월호

　　　 「엄장이 꽃」, 『엄장이 꽃』 문집 창간호, 구엄국민학교(9. 1.)

　　　 「동박새」 「마중길」 「바람」, 『교육자료』 10월호

　　　 「조랑말」 「돌하르방」 「한라산·4」 「미삐쟁이」, 『새벽』 창간호, 제주아동문학연구회

1982 「작은 섬」, 『교육자료』 3월호

　　　 「하늬」, 『교육자료』 4월호

　　　 「돌담」, 《제주신문》 선생님이 쓴 동시(6. 8.)

　　　 「동박새」 「미삐쟁이·2」 「오동 꽃」 「입동」 「보리밭에서」 「감국을 보며」 「게매예」, 『새벽』 제2호, 제주아동문학연구회

1983 「새색시 숙모」, 어린이를 위한 시(1. 19. 작시, 게재 날짜 미상)

　　　 「등대」, 『등대』 문집 창간호, 연평국민학교(2. 1.)

　　　 「갯마을 아이」, 《제주신문》 선생님이 쓴 동시(5. 28.)

　　　 「유채꽃」 「산」 「산 아이」 「마중길」 「입동」 「등대」 「바람」 「작은 섬」 「하늬」, 『새벽』 제3

호, 제주아동문학연구회

1984 「등대」「첫 여름」「갯마을 아침」,『아동문예』3월호, 한국아동문예작가회

「오월의 어린이들을 위하여」,《제주신문》어린이 날 축시(5. 5.)

「첫눈 온 날」,『한국아동문학가협회보』제30호(5. 20.), 한국아동문학가협회

「마중 길」, 한국아동문학 우수작품 92선『하늘처럼 바다처럼』, 한국아동문학가협회

「등대」「첫 여름」「갯마을 아침」「귀뚜리 이야기」「첫 눈 온 날」,『제주문학』제13집, 제주문인협회

1985 「우도의 빛이 되어」,『등대』학교신문 창간호(3. 1.), 연평중학교

「개나리」,《제주신문》선생님이 쓴 동시(4. 20.)

「오월의 어린이에게」,《제주신문》어린이 날 축시(5. 4.)

「개나리」「갯마을 아이」,『아동문예』6월호, 한국아동문예작가회

「늦가을」, 한국아동문학 우수작품 90선『새 하늘에 새 노래를』, 한국아동문학가협회

「별」「호박벌은」「담장 없는 감귤 밭에」「아침에」,『동아리』제3호, 제주아동문학회

「목련」「느티나무 그늘에」「오동 꽃」「들국화」,『제주문학』제14집, 제주문인협회

1986 「휘파람새」,『아동문예』3월호, 한국아동문예작가회

「귀향」,『방송통신대학 학보』창간호 축시(3. 1.), 한국방송통신대학

「연」,『아동문예』11월호, 한국아동문예작가회

「돌 같은 돌, 나무 같은 나무」「나나니 타령」「가늘고 가벼운 것이」「기도하는 나무」,『제주문학』제15집, 제주문인협회

「꽃·4」「꽃·5」「정방폭포」「저녁매미」,『꿈꾸는 섬』제5호, 제주아동문학회

「첫여름 편지」, 한국아동문학 우수작품 87선『무지개를 만드는 손』, 한국아동문학가협회

1987 「설날 이야기」,《제주신문》민속의 날에 부쳐 '설날 축시'(1. 20.)

「꽃·6」「꽃·7」,『조약돌의 노래』, 아동문학시대 7호(7. 15.)

「섬·14」,『아동문예』10월호, 한국아동문예작가회

「섬·19」,『새 어민』10월호

「섬·16」「섬·17」「섬·18」「섬·19」「섬·20」,『이어도의 노래』, 제주아동문학협회 제6호

「섬·11」「섬·12」「섬·13」「섬·15」,『제주문학』제16호, 제주문인협회

「돌 같은 돌 나무 같은 나무」「연」, 한국아동문학 우수작품 116선『꿈을 따는 아이

들』, 한국아동문학가협회

「꽃 아이」, 『동시조문학』

「집 보는 아이」, 『새암』

1988 「바람」, 『보건세계』 2월호

「섬·25」, 『새벗』 6월호

「섬·7」, 『새교실』 7월호

「꽃·9」 「꽃·10」, 『바다가 보낸 차표』, 아동문학시대 8호(7. 5.)

「꽃들의 웃음」 「참새의 아침」 「동그라미 둘」 「봄맞이」 「어쩌나」 「내가 만일」 「유채꽃
질 때」, 『하르방 이야기』, 제주아동문학협회 제7호

「섬·21」 「섬·22」 「섬·23」 「섬·24」 「섬·25」, 『제주문학』 제17집, 제주문인협회

「꽃·4」 「섬·26」, 한국아동문학가협회 연간집

「섬·30」 「들꽃」, 『제주교육』 63호

「늘 푸른 나무」, 『늘 푸른 나무』 영평문집 3호

1989 「빛 저울이기」, 『관광제주』 2월호, 월간 관광제주

「봄길」, 《소년 조선일보》(4. 29.)

「돌담」 「말매미울음」, 『황무지에 핀 꽃』, 아동문학시대 9집(7. 5.)

「7월의 매미」, 『관광제주』 8월호, 월간 관광제주

「소라의 집」 「가을은」, 『관광제주』 10월호, 월간 관광제주

「파랗게 더 파랗게」 「발자국」 「하눌타리」 「마중길」 「들길」 「봄들에서」 「불꽃」 「가을
편지」, 『낮은 목소리』, 제주아동문학협회 제8호

「젖어요」 「맑은 날」 「들꽃」 「한라산」, 『제주문학』 제18집, 제주문인협회

「빛 저울이기」, 한국아동문학가 우수작품선 『꿈이 담긴 샘』, 한국아동문학가협회

「저녁한때」, 『제주교육』 65호

1990 「교실은 밤에」, 월간 『새벗』 6월호, 성서교재간행사

「담장 없는 감귤원」, 『관광제주』 6월호, 월간 관광제주

「들꽃」, 《제주신문》 '어린이 동산' 선생님 작품(6. 20.)

「들꽃·2」 「들꽃·3」, 『고향 솔밭 길』, 아동문학시대 제10집(6. 30.)

「봄들에서」, 『소년』 7월호

「조랑말」 연작시 12편, 『아동문예』 8월호, 한국아동문예작가회

「맑은 날」, 『여성동아』 10월호

「달려라 조랑말」「하늘 나는 오리」「실버들」「별별별 꽃꽃꽃」「물땅땅이」「소나기」
「누가 먹나요?」「보리피리」「엄마의 바다」, 『도깨비나라의 무지개』, 제주아동문학협
회 제9호

「조랑말·2」「조랑말·3」「조랑말·6」「조랑말·8」「조랑말·10」, 『제주문학』 제19집,
제주문인협회

「귀향길」, 『제주교육』 70호

1991 「들꽃·4」, 『관광제주』 1월호, 월간 관광제주

「내가 만일」「갯마을 아이」「들길」, 《제주신문》 '춘하추동'(1. 22.)

「굴뚝새」「새들이 주고받은 말·1」, 『달의 발자국』, 아동문학시대 제11집(6. 30.)

「더 하얗게 더 파랗게」, 『관광제주』 8월호, 월간 관광제주

「봄빛은」「별」「우도 나루에서」「꽃잎 날개 달기」「봄바람」「풍선」「새댁」「할아버지
와 지게」, 『어머니의 가락지』, 제주아동문학협회 제10호

「조랑말·10」「조랑말·11」, 한국아동문학 우수작품선집 『별나라 무지개마을』, 한국
아동문학가협회

「조랑말·13」「돌담」, 『제주문학』 제20집, 제주문인협회

1992 「누가 먹나요」, 《소년한국일보》 '일요일 아침 동시와 함께'(1. 19.)

「교육입국의 깃발을 휘날리시던 분」, 『큰 길』 좌봉두 교장 정년퇴임 송축시(2. 21.)

「돌담의 겨울」, 『월간 문화제주』 4월호, 문화제주

「꽃밭에 서면」, 《소년동아일보》 '동시감상교실'(5. 19.)

「가늘고 가벼운 것이」, 《소년동아일보》 '동시감상교실'(6. 29.)

「들꽃」, 『관광제주』 7월호, 월간 관광제주

「들꽃·2」「들에 펴도 고운 꽃」, 『소년문학』 7월호

「조랑말」, 『새벗』 9월호, 성서교재간행사

「어쩌나」, 소년소녀 가장 돕기 동시화전 『해와 달이 사는 동산』, 어린이문화진흥원
(10. 31.)

「등대」「휘파람새」, 『하늘에서 노는 아이』, 아동문학시대 제12집(11. 10.)

「한라산의 노래」「신나는 날」「동박새」「익는 가을」「한 번쯤 그렇게」「마음」, 『낙하
산이 된 풍선』, 제주아동문학협회 제11호

「한 우산을 받으면」「꽃 방울」,『제주문학』제21집, 제주문인협회

「안개 이야기」,『제주문학』제22집, 제주문인협회

「새들이 주고받은 말·3」,『1992 한국문학작품선』, 한국문화예술진흥원

「봄길」, '92한국아동문학인협회 우수동시집『바퀴달린 과일』, 한국아동문학인협회

1993 「우리도 동백처럼 살아간다네」,『동백동산』문집 창간호, 선흘국민학교(1월)

「달을 낳은 바다」「매미」「별처럼 꽃처럼」「섬 하나가」「꽃길」「고향 길」「산길」「국화」「가을 엉겅퀴」,『섬 하나가』, 제주아동문학협회 제12호

「섬 하나가」,『제주문학』제23집 상반기, 제주문인협회

「오늘」「돌하르방」,『제주문학』제24집 하반기, 제주문인협회

「붕어빵」, 제주문인협회보 제15호, 제주문인협회

「우도나루에서」「한 우산을 받으면」,『1993 한국문학작품선-동시·동화』, 한국문화예술진흥원

「봄길」, 한국아동문학가회 대표작『대머리도토리의 꿈』, 한국아동문학가회 제24호

「꽃 길」,『제주도지』, 제주도

1994 「4·3 일기」,《제주신문》(1. 6.)

「일출봉」「가을 하늘」「아기 꽃」「코스모스」「유채꽃 바람」「억새꽃 추억」「바다의 별」,『꿈꾸는 조약돌』, 제주아동문학협회 제13호

「산길」, '94한국아동문학인협회 우수동시『꽃향기 수첩』, 한국아동문학인협회

「찔레꽃」「코스모스」,『제주문학』제25집 상반기, 제주문인협회

「돌담의 계절」,『제주문학』제26집 하반기, 제주문인협회

「섬·7」「소라의 집」,『한국아동문학』전 50권 수록 작품, 계몽사

「들꽃을 보며」, 대교

「늦가을」,『아동문학연구』

1995 「단물로 목 축여 주시던 님」,『다 못한 사랑의 길』김정렬 교장 정년퇴임 송축시(2. 10.)

「다섯 번째 만남에 그침 없이 흐르는 강」,『옥천문집』전영재 교장 정년퇴임 송축시(2. 20.)

「속 빛 고운 열매로 익어」,『가락인 한 길』백종언 교장 정년퇴임 송축시(2. 21.)

「무궁화·1」「무궁화·2」「무궁화·3」「말 한 마디로」「찔레꽃」「가오리연」,『아동문예』10월호 '아동문예 특선동시', 한국아동문예작가회

「젖어요」「말매미 울음」「휘파람새」「개나리」,『들꽃 풀 안경』, 제주아동문학협회 제14호

「김종두의 작품 세계」, 『제주문학』 상반기 제27집, 제주문인협회

「가을날」「바닷가 음악교실」, 『제주문학』 하반기 제28집, 제주문인협회

「교실은 밤에」, '어린이 월드 북 동시모음' 『풋대추』, 새벗사

「소라의 집」「들길」「섬·7」, 어린이 한국문학 46『숲속은 피아노 건반』, 계몽사

「불멸의 횃불」, 제주교육박물관 기획전 개관 축시, 제주교육박물관

1996 「운당의 구름도 감빛처럼 곱습니다」, 『敎不倦의 한 길』 김영환 교장 정년퇴임 송축시(2. 10.)

「가로등」「부채바람」, 『아동문예』 5월호, 한국아동문예작가회

「섬 하나가」, 『월간문학』 9월호(통권 331호)

「한번쯤 그렇게」「문주란」, 『아동문학연구』 가을호, 한국아동청소년문학협회

「그리움·1」「그리움·2」「실버들」「봄비와 봄바람」「바닷가음악 교실」「가로등」「부채바람」, 『파도에 실은 노래』, 제주아동문학협회 제15호

「돌담의 계절」「가로등」, 고학년을 위한 한국대표 동시『고학년 동시집』, 도서출판 정원

「무궁화·1」, 『어린이를 위한 시집』, 삼덕 미디어

「우도나루에서」「문주란」, 『제주문학』 제29집, 제주문인협회

1997 「문주란」, 어린이날 특집『한국시』 5월호

「안개 이야기」, 『펜문학』 여름호(통권 43호, 6. 25.)

「샘으로 다시 솟으소서」, 『동천은 샘으로 흘러』 김규현 교장 정년퇴임 송축시(8. 22.)

「제 탓이어요」「해녀 엄마」「바람을 보았니?」「물새 발자국」「우도의 소」「바람을 보았어」「어린왕자에게」「꿩 친구들에게」, 『아동문예』 11월호 특선동시, 한국아동문예작가회

「그리움·1」, 『소년』 12월호

「새들이 주고 받은 말·2」「매미」「우도」「영실에서」「문주란」, 『새들이 주고받은 말』, 제주아동문학협회 제16호

「한 우산을 받으면」, 『코망쇠 만화 동시』(만화가 오원석 지음, 아동문학가 박두순 해설), 대교출판

「새들이 주고받은 말-종달새」, 한국 대표 동시 70편 모음『3·4학년 동시집』(엄기원 엮음), 지경사

「등대」,『순리치유연구』육필동시, 순리원·순리치유연구소

1998 「힘들고 외로울 때 기대고 싶은」,『의암문집』고영두 교장 정년퇴임 송축시(8. 29.)

「등대」「섬·19」「꽃·11」「한 우산을 받으면」「안개 이야기」「기도하는 나무」「이슬」,
『푸른 마음의 노래』등단작 모음, 제주아동문학협회 제17호

「안개이야기」「우리 동네 주유소」「피터 팬에게」,『5·6학년 동시』(엄기원 엮음), 한
국어린이 교육원

「어린왕자에게」「피터 팬에게」,『제주문학』제31집, 제주문인협회

「어쩌나」,『낭송시집』(김종상 엮음), 학원미디어

「날개의 꿈」「한 우산을 받으면」「작은 섬 하나」육필원고, 안양과학대학

「한 우산을 받으면」,『5·6학년이 읽고 싶은 낭송 동시집』(박두순 엮음), 파랑새 어
린이, 한국어린이시사랑회 추천

「등대」외 27편, 아동문학『제주문학 전집』, 제주문인협회

1999 「새들이 주고받은 말」, 제주교육리뷰 제68호, 제주도교육청(4. 16.)

「언제나 당당하고 여유로운 분」,『교육의 반추』김윤배 정년퇴임 송축시(7. 15.)

「갈대들도 말을 한다」,『소년문학』8월호, 소년문학사

「질경이」,『펜클럽』제주 특집, 펜클럽 한국본부 여름호

「기도하는 나무」,《소년한국일보》선생님 차지(12. 4.)

「갈대들도 말을 한다」「찔레꽃」「별자리가 된 마을」「우리도 모자이크처럼」「동생과
다툰 날」「꽃을 피우는 작은 천사」, 제주아동문학협회 제18호

「비를 맞는 성모님」「조팝꽃」,『제주문학』제32집, 제주문인협회

「갈대들도 말을 한다」친필 원고,『한글책사랑』, 한글사랑문학회

2000 「어린이 공화국 만세」,《소년한라일보》창간호, 한라일보(3. 17.)

「겨자씨가 싹터 거목 되듯이」,『광양성당 30년사』축시, 광양성당, 12월

「소라의 집」「우리 동네 주유소」「유채꽃풍경」,『나무야 나의 친구 나무야』, 제주아
동문학협회 제19호

「앵두가 열렸네」「돌하르방의 웃음」「어리목에서」,『제주문학』제33집, 제주문인협회

2001 「수레의 두 바퀴를 굴려」,『문산 교육사랑』문태길 교장 정년퇴임 송축시(8. 31.)

「고원의 큰 빛」,『고원 논문집』오상철 교수 정년퇴임 송축시(8. 31.)

「엽서 한 장」「산딸기」「산과 바다는」,『웃음 가게』, 제주아동문학협회 제20호

2002 「동백꽃 피고 지고」「내 맘을 빼앗은 바다」「일기 쓰는 밤」「봄의 소리 잔치」, 『꽃이
된 글자』, 제주아동문학협회 제21호
「아가꽃」「가을 하늘」, 『한국동시조』제13집(박석순 주간), 한국동시조
「갈대들도 말을 한다」, 『소년』2월호
「세한도를 찾아서」「차 꽃에 대한 명상」, 『제주문학』제36집 상반기, 제주문인협회
「40년 틈새에 싹틔운 제주아동문학」, 『제주문학』제37집 하반기, 제주문인협회
「한 우산을 받으면」, 『깨금발로 콩콩콩』내 책상 위에 시 한 편, 위즈덤북
「들꽃을 보며」, 『문학공간』5월호 통권 150호, 문학공간
「우리 동네 주유소」, 『문학춘추』11월호, 문학춘추사
「이슬의 속삭임」「들꽃을 보며」, 계간 『불교문예』
「탐라에 대한 단상」, 『한국향토 시 선집』제주지역편, 한국지역문학 전남광주백년
발전협의회
2003 「티코는 슬퍼요·1」, 『문학공간』7월호, 월간 문학공간
「매미도 화가 나서」「뒹구는 종이 컵」「새들이 주고받은 말·3」「살아난 느티나무가」
「티코는 슬퍼요·1」, 『아동문예』9월호 통권 320호, 한국아동문예작가회
「한번쯤 그렇게」, 『월간문학』9월호, 한국문인협회
「울지 마셔요, 나의 하느님」, 『아동문학평론』가을호 통권 108호, 한국아동문학연
구센터
「삼 형제의 노래」「살아난 느티나무가」「새들이 주고받은 말·3」「유채꽃 질 때」「티
코는 슬퍼요」, 『청개구리 한 마리 꿀꺽』, 제주아동문학협회 제22호
「오월의 나무」「이슬의 속삭임」「마장로36롱」, 『제주문학』제39집 하반기, 제주문인
협회
「졸자가 정치를 한다」, 『제주시조』13호, 제주시조문학회
「새들이 주고받은 말·3」, 『시와 현대미술의 조화전』, 제주문화예술재단
「돌하르방의 한 세월」, 『제주교대총동창회보』제5호, 제주교육대학총동창회
2004 「시원하다」「동그란 나이테」, 『소년문학』2월호
「새들이 주고받은 말·6」, 『문학공간』2월호, 월간 문학공간
「춤추고 노래하며」「내가 하니 좋아요」「어린이는 아름답다」「안개꽃」「새들이 주고
받은 말-굴뚝새」, 『행복을 파는 아침』, 제주아동문학협회 제23호

「새들이 주고받은 말·7」「새들이 주고받은 말·8」,『제주문학』제40집 상반기, 제주문인협회

「새들이 주고받은 말·9」「새들이 주고받은 말·11」,『제주문학』제41집 하반기, 제주문인협회

2005 「고운 이름 하나 지어주세요」「안개꽃」「아가는 꿈속에서」「아가의 봄날 친구」「까치 방송국」,『아동문예』5월호 특선동시, 한국아동문예작가회

「찔레꽃」,『농민문학』여름호 '테마기획-찔레꽃', 농민문학사

「무궁화 1」,『아동문예』10월호, 한국아동문예작가회

「할까 말까」,『제주문학』제43집 하반기, 제주문인협회

「아가의 하늘」「아가와 눈 나비」「아가와 목련」「시샘하는 겨울」「이산가족」,『달빛 낚는 할아버지』, 제주아동문학협회 제24호

「뒹구는 종이 컵」,『강릉문학』강릉문학협회 지역 교류전, 강릉문인협회

2006 「오동도에 멈춰서다」,『나래시조』여름호 제78호, 나래시조시인협회

「품질보증」,『문학공간』여름호, 문학공간사

「동그란 세상」「엄마 눈에 뜨는 달」,『제주문학』제44집 상반기, 제주문인협회

「발자국만 남긴 곳에」,『나래시조』가을호 제79호, 나래시조시인협회

「절 한 채를 짓다」,『나래시조』겨울호 제80호, 나래시조시인협회

「산촌의 겨울 풍경」「어울러 즐거운 세상」,『제주문학』제45집 하반기, 제주문인협회

「동전 한 닢」「초승달」「낮은 목소리」「할머니의 여름」「절하는 억새꽃」「단풍숲으로 가요」『웃음 리모콘』, 제주아동문학협회 제25호

「인감을 새기며」,『공무원 문예대전』, 공무원연금공단

「기자석 앞에서」,『제주예총 19집』, 한국예총제주도연합회

「포니가 하는 말·5」,『강릉문학』지역교류 문학, 강릉문인협회

2007 「외할아버지 제삿날」「임자 찾아간 돈」「오뚝이처럼」「숨 쉬는 소리」「기러기 가족」,『아동문예』1-2월호(통권 32권 360호), 한국아동문예작가회

「여섯시 공원에서」,『공무원 연금』3월호, 공무원 연금공단

「그 별」,『나래시조』봄호, 나래시조시인협회

「엄마는 안개꽃」,『한국동시조』23호 봄, 한국동시조사

「팝콘」「별명」,『제주문학』제46집 상반기, 제주문인협회

「4·3 일기(3월 31일)」,『나래시조』82/2007 여름호, 나래시조시인협회

「붕어빵」「아빠의 건강 지킴이」,『문학춘추』59/2007 여름호, 문학춘추

「해녀 할머니」「존댓말과 반말 차이」,『제주문학』제47집 하반기, 제주문인협회

「어머니 방사탑」,『나래시조』83/2007 가을호, 나래시조시인협회

「전자 칩을 하고」「딱따구리 가족」,『아동문예』365호 11-12월호, 한국아동문예작가회

「고로쇠나무의 꿈」,『나래시조』84/2007 겨울호, 나래시조시인협회

「꼬꼬꼬 부르면」「붕어빵」「아빠의 건강 지킴이」「전자 칩을 하고」「우선멈춤」「행복
의 안전 띠」,『도깨비 똥』, 제주아동문학협회 제26호

「기자석 앞에서」,『제주 예총 제19집』, 한국예총제주특별자치도연합회

「불사조의 날개로 영원하리라」,『무공수훈 20년사』, 무공수훈자회제주지부

2008 「포니가 하는 말」 연작동시 10편,『아동문예』3-4월호, 한국아동문예작가회

「간장 종지」「쌀밥」「세탁기」「계란판」「나무젓가락」「연탄」,『아동문세상』봄호, 한
국아동청소년문학협회

「나비」,『나래시조』85/2008 봄호, 나래시조시인협회

「오뚝이처럼」「포니가 하는 말·2」「절하는 억새꽃」,『아동문예』5-6월호(368호) 이
달의 동시문학 서평-심윤섭

「조랑말의 전설」「뇌물과 선물·1」,『제주문학』상반기 제48집, 제주문인협회

「멍멍이와 애완견 차이」,『월간문학』474/2008 8월호, 한국문인협회

「이어도 사나」,『나래시조』85/2008 여름호, 나래시조시인협회

「지게」,『나래시조』86/2008 가을호, 나래시조시인협회

「환해장성」,『나래시조』87/2008 겨울호, 나래시조시인협회

「돌하르방 모자」「생각이 달라요」,『제주문학』하반기 제49집, 제주문인협회

「쇠똥구리」「귀뚜라미」「꿀벌」「나비」「하루살이」「바퀴벌레」,『누구의 거울 되었
니?』, 제주아동문학협회 제27호

「팝콘」,『학교 갈 때 외우는 예쁜 동시』, 한국 동시 문학회

「딱따구리 가족」「동그란 세상」,『순리원 연구』(옥미조) 육필원고

「사유의 꽃」, 제11회『공무원 문예대전』, 공무원연금공단

「신호등」,『현대동시조』제9집

「뒹구는 종이 컵」,『강릉문학』, 강릉문인협회

「불사조의 날개로 영원하리라」,『무훈 20년사』 축시, 무공수훈자회 제주지부

2009 「가는 길」「그래도 봄은 온다」,『나래시조』89/2009 봄호, 나래시조시인협회

「무궁화」,『한국동시조 선집』(한국동시조 종간호, 박석순 엮음), 한국동시조사(4. 17.)

「합장하는 나비러니」, 제주예총 제주예술제 시화 작품(5. 1.-5. 2.)

「갈무리하는 하루」,『공무원 연금』제299호 5월호, 공무원연금공단

「기러기 아빠」「할머니는 이 때문에」,『열린아동문학』 여름(통권 41호)

「날개의 꿈」,『나래시조』90/2009 여름호, 나래시조시인협회

「송악과 아이비 차이」「뇌물과 선물 차이・2」,『제주문학』 상반기 제50집, 제주문인협회

「작은 섬」,『현대동시조』제10집, 김창현 한국현대동시조(9. 26.)

「신화의 느낌표」,『나래시조』91/2009 가을호, 나래시조시인협회

「임자 찾아간 돈」「외할아버지 제삿날」,『문학춘추』68/2009 가을호

「꿈꾸며 살자」, 지역아동센터 신문《꿈꾸는 공부 방》창간 축시(10. 28.)

「방귀야, 고마워」, 한국 동시 문학회 동시의 날 기념 시화전(11. 1.)

「철길」, 서울 메트로 스크린 도어 동시 게재(11. 20. 한국아동문학인협회 추천)

「붕어빵」, 제주문인협회보 제15호 12월, 제주문인협회

「올레로 올래?」「이상 없음」,『제주문학』 하반기 제51집, 제주문인협회

「그래, 그래서」,『나래시조』92/2009 겨울호, 나래시조시인협회

「올레로 올래?」「폭포」「파도」「감귤」「게」「칼」,『노래비가 내리는 마을』, 제주아동
문학협회 제28호

「팝콘」, 여섯 번째 작품집『학교 갈 때 외우는 예쁜 동시』, 한국동시문학회

「방귀야, 고마워」, 여덟 번째 작품집『동시야 놀자』, 한국동시문학회

「방귀야 고마워!」, 교과서 속 동시 작가 최신작『동시야 놀자! 그림아 놀자!』, 한국
동시문학회

「고운 꽃자리」, 2009년 창간 10주년 기념『현대동시조』, 한국현대동시조

「아쿠아테라피」「무상의 빛살 무늬」「사유의 꽃」「미인에 대한 논의」「아버지의 시
간」「푸른 별만 띄워놓고」「한라산 고사리」,『제주시조』제17호

「별, 그대 13」「이슬의 속삭임」「물은 흐르면서」,『문학세대』 2호 통권10호, 자유문
학세대예술인협회

2010 「아빠의 건강 지킴이」,『월간문학』2월호, 한국문인협회

「뚝뚝 잎이 져요」「한 울타리 안에」, 『아동문예』 3-4월호

「꽃이 된 폐타이어」, 제2회 문학동인 축제 시화전, 제주문협(5. 2. 산지천)

「오이도 등대」, 『나래시조』 봄호 93호, 나래시조시인협회

「리어카와 소방차」「가위와 크레파스」「채송화와 해바라기」「박쥐와 비둘기」「올레와 올레길」「장검과 명주필」, 『아동문학 세상』 봄호, 한국아동청소년문학협회

「장검과 명주필」「우여천에서」, 『제주문학』 상반기 제52집, 제주문인협회

「우도의 소리와 빛」「소라게야, 넌 좋겠다」, 『문학춘추』 2010년 가을호

「바보 잠자리」「안녕, 반디야」, 『제주문학』 하반기 제53집, 제주문인협회

「꽃이 된 폐타이어」「바람의 손」「리어카와 소방차」「가위와 크레파스」「쑥빵」「열쇠」, 『하늘에 오른 민들레』, 제주아동문학협회 제29호

「홍매문」「맑고 깨끗하다」「11월의 누드」「고추밭에서」「다시 설악에 와서」, 『제주시조』 18호

「삼무의 섬」, 『현대 동시조』, 한밭아동문학 제11집

「옥수수 아파트」, 『고양 문학』, 고양문인협회 제33호

「이상없음」, 『한국대표동시 100선』(엄기원 엮음), 지경사

2011 「귀라는 문」「살과 뼈」, 『자유문학세대』 1-2월호, 자유문학세대예술인협회

「씨앗을 뿌리는 새」「뻐꾸기」, 『아동문예』 3-4월호

「그 자리」, 『나래시조』 봄호 97호

「팝콘」, 제3회 문학동인 축제 시화전(5. 2. 산지천)

「키위 새댁의 꿈」, 『공무원 연금』 5월호, 공무원연금공단

「꿀 맛」「내 안의 타임캡슐」, 『문학공간』 6월호, 문학공간사

「봄 길」「봄이 왔네요」, 『제주문학』 상반기 제54집, 제주문인협회

「피아노」「껌 딱지」「윷놀이 한판」, 『자유문학세대』 7-8월호, 자유문학세대예술인협회

「탑을 파는 할머니」「할매 팽나무」, 『문학춘추』 여름호

「밤바다」「꽃씨와 염소 똥」, 『열린 아동문학』 가을호 통권 50호

「꼬꼬꼬 부르면」「딱따구리 가족」「절하는 억새꽃」, 『자유문학세대』 10-11월호, 자유문학세대예술인협회

「바람」「똥깅이 이야기」, 『제주문학』 하반기 제55집, 제주문인협회

「등대」「유채꽃」「팝콘」「한 우산을 받으면」「붕어빵」, 『한라 짱 몽생이』 등단작과 대표작, 제주아동문학협회 제30호

「환상통을 앓다」「갓 없는 묘비」「별천지」「만추의 아소산」「동화 속의 작은 집」「구마모토 성」,『제주시조』제19호

「한라산 고사리」, 2011년 시화, 제주문인협회

2012 「동화나라에 영면하소서」, 김봉임 선생 조시『아동문예』3-4월호, 한국아동문예작가회

「꽃이 된 폐타이어」, 제4회 문학 동인 축제시화, 제주문인협회(5. 2. 산지천)

「난 그리 안 보여요」「우성강」,『제주문학』제56집 상반기, 제주문인협회

「구들장 논을 지나며」「느린 우체통」,『제주문학』제57집 하반기, 제주문인협회

「목욕하러 가는 날」,『아동문학 세상』가을 제79호 '동시집에서 동시 1편 맛보기', 한국아동청소년문학협의회

「동그란 세상」「어린이는 아름답다」,『자유문학세대』2-3호, 자유문학세대예술인협회

「양귀비 향기」,『제주예술』겨울호, 제주예총

「꽃씨와 염소 똥」,『한국작가』겨울 제34호

「날개를 다는 바람」「광복절 태극기」「돌하르방 감귤원」「캄보디아 아이들」「내 안의 타임캡슐」,『세 친구의 무한도전』, 제주아동문학협회 제31호

「앙코르와트 압살라」「바이욘의 미소」「스퐁나무 그늘에」「톤레삽의 해넘이」「킬링필드에서」,『제주시조』제20호, 제주시조시인협회

「친구야, 올레로 올래?」,『아기 잠자리 포로로』, 한밭아동문학 현대 동시조 제13집

「와우~」「주차장」「제주 흑 돼지」,『자유문학세대』11-12호, 자유문학세대예술인협회

「애국의 메아리」,『애국의 메아리』나라사랑 문예 서예 수상 작품집 축시, 무공수훈자회

2013 「겉과 속」「국수거리 풍경」「나와 같다」「꽃 피우는 둥근 밥상」,『아동문예』3-4월호, 한국아동문예작가회

「사자탈을 쓴 덕대」「태풍이 지난 후」「미안하다, 독도야」,『자유문학세대』3-4월호, 자유문학세대예술인협회

「곡비」,『나래시조』봄호 105호, 나래시조시인협회

「가는 길」「다랑쉬에 피는 꽃」, 2013년 4·3 주제 시화, 제주문인협회

「올레와 올레길」,『수수꽃다리』제13호 초대 동시 8편, 한국 아동문학연구회 회보(4. 5.)

「꽃이 된 폐타이어」「문주란」, 문학 동인 축제 시화, 제주문인협회(5. 11. 산지천)

「올레 길 좋은 길」「꿀 맛」「뒷짐」,『자유문학세대』6-7월호, 자유문학세대예술인협회

「왕벚나무 꽃등」「비 온 뒤」,『제주문학』상반기 제58집, 제주문인협회

「민들레」,『월간문학』7월호, 한국문인협회

「코스모스 피우듯이」「비 온 뒤」,『문학춘추』여름호

「숨 쉬는 소리」,『문학세계』7월호

「올레 걷기」「해수욕장」「잠자리 병원」,『자유문학세대』9-10월호, 자유문학세대예술인협회

「생각이 달라요」「올레 걷기」,『제주문학』하반기 제59집, 제주문인협회

「우도의 봄」「삼무의 섬 우도」「우도의 소」,『해 뜨는 섬 우도』, 우도면주민자치위원회·제주문인협회(12월)

「무궁화」「태풍이 지난 후」「현충일 태극기」「아마 그럴 거야」「국수거리 풍경」「독도야, 미안하다」,『팽나무가 하는 말』, 제주아동문학협회 제32호

「눈물 이미지」「장가계에서」「임시정부 구지에서」「졸정원에서」「천하제일교에서」,『제주시조』제21호

「먹돌세기」「올레 왕 오름 강」,『제주어 동시』, 제주문인협회

2014 「열매의 꿈」「가랑잎 데굴데굴」,『문예비젼』1~2월호

「코스모스 피우듯이」「피자와 빈대떡」,『현대문예』1~2월호 통권 71호

「가랑잎 데굴데굴」「바다와 옹달샘」「하르방 목말타기」,『자유문학세대』1-2월호 제31집, 자유문학세대예술인협회

「이상없음」,『해가 사는 집』, 한국동시문학회, 효리원(2. 20.)

「올레에 왕 오름에 강」「먹돌세기」,『제주어문학선집』수록작품, 제주시 이도2동 주공아파트 버스 승차대 게시(3. 27.)

「먼나무」,『나래시조』봄 109호, 나래시조시인협회

「강치야 돌아오라」「붕어빵」「묘비명」,『계간문학 에스프리』봄호

「4·3일기」, 4·3 제66주기 시선집『돌의 눈물』, 제주문인협회

「작아도 꽃은 꽃이다」,『공무원 연금』4월호, 공무원연금공단

「그래도 좋아?」「웃자란 나무」,『아동문예』5-6월호

「뚝뚝뚝」「싹독싹독 또깍또깍」「막사발」,『자유문학세대』5-6월호 제33집, 자유문학세대예술인협회

「詩集」,『나래시조』여름 110호, 나래시조시인협회

「이상 없음」「생각해 보았니?」,『제주문학』상반기 제60집, 제주문인협회

「봄꽃들의 출사표」,『나래시조』가을 111호, 나래시조시인협회

「계기수업」「세월호의 눈물」,『제주문학』하반기 제61집, 제주문인협회

「삼별초, 죽어서 말한다」, 시조를 읽는 아침의 창-11 오영호 감상평, 제주신보사(11. 7.)

「별똥별」「매미들의 기싸움」「두 개의 반달」,『자유문학세대』11-12월호 제33집, 자유문학세대예술인협회

「반디와 비행기」,『주간 한국교육신문』, 한국교육신문사(12. 14.)

「닭둘기」,『나래시조』겨울 112호, 나래시조시인협회

「무궁화·4」「무궁화·5」「삼일절 태극기」「독도야, 잘 잤느냐?」「요요」「참새 아파트」,『동백낭 할망』, 제주아동문학협회 제33호

「로렐라이 요정」「부서지는 파도처럼」「두모악, 그리움 잣다」「간세다리 쉬는 의자」,『제주시조』제22호, 제주시조시인협회

「도두봉 구리」「물구나무 서 보는 세상」「종소리」,『도두를 읊다』, 제주시조시인협회

「한라산 고사리」,『2014년 젊게 사는 사람들』, 젊게 사는 사람들

「반디와 비행기」,『국보문학』

「물은 흐르면서」,『상주문학』물과 강 주제, 상주문인협회 27집

「무궁화 수틀」,『무공수훈신문』제42호, 한국무공수훈자회

「숨은그림찾기」,『어린이 시조나라』제9호 특선 동시조

「입김」, 2014년 동시의 숲 10『해가 사는 집』, 한국 동시 문학회

「이상없음」, 2014년~2017년 초등 4학년 1학기 국어교과서에 실림

「피터 팬에게」,『시 보다 아름다운 제주』, 제주문인협회

2015　「노루귀 꽃소식」「뿔과 풀」,『흔올문학』1월호, 흔올문학회

「숨바꼭질」「동영상」「배달」,『자유문학세대』2-3월호 제34집, 자유문학세대예술인협회

「별똥별」「무궁화의 날」,『아동문예』3-4월호, 한국아동문예작가회

「동심」「별똥별」,『제주문학』봄 62집, 제주문인협회

「민들레 편지」,『나래시조』봄 113호, 나래시조시인협회

「음주 노래」,『나래시조』여름 114호, 나래시조시인협회

「눈물 이미지」, 시조를 읽는 아침의 창-50, 한희정 감상평, 제주신보사(8. 21.)

「반디와 비행기」「라면을 맛있게 먹는 법」,『제주문학』가을 64집, 제주문인협회

「눈물 이미지」,『나래시조』가을 115호, 나래시조시인협회

「말도 안 돼」,『문학공간』 11월호

「달빛 항아리」,『나래시조』 겨울 116호, 나래시조시인협회

「즐거운 셈 공부」「두 개의 달」,『제주문학』 겨울 65집, 제주문인협회

「도원을 그리다」,『시조미학』 겨울, 한국시조시인협회

「무궁화의 날」「내가 사랑하는 말」「태극기와 무궁화」「무궁화 모자이크」「강치야,
돌아오라」,『배꼽시계』, 제주아동문학협회 제34호

「강아지와 흰 지팡이」「남은 상처」,『열린아동문학』 67집, 동시와 동화나무의 숲

「세상에!」「왕고집」「빙떡 말 듯」「빙세기」「물허벅」,『제주시조』 23호, 제주시조시인협회

「성산포 산조」,『시조시학』, 고요아침

「오죽」,『현대시조 대표작』(단시조), 한국문인협회 시조분과

「백구와 장검」, 2015년 시화, 제주문인협회

「물은 흐르면서」,『상주문학』 제27집 초대시, 상주문인협회

「단비 쓴비」,『할아버지와 달팽이』, 한국 동시 문학회

「새들이 주고받은 말」, 국어교과서에 수록된『3·4학년이 꼭 읽어야 할 동시』, 도서
출판 가꿈

「새들이 주고받은 말」, 회원 동시 181『까치발로 오는 눈』, 한국문인협회 아동문학분과

「단비와 쓴 비」, 한국동시문학회 동시집『할아버지와 달팽이』, 한국동시문학회

2016   「왁자지껄」「라면을 맛있게 먹는 법」,『아동문예』 3-4월호 통권 415호

「독도 지킴이」「하나로」,『제주문학』 봄 제66집, 제주문인협회

「한 잔의 바다」,『나래시조』 봄 117호, 나래시조시인협회

「어머니 흰 고무신」, 시조를 읽는 아침의 창-89, 한희정 감상평, 제주신보사(6. 24.)

「무궁화에게」,『한국동시조』 창간호, 고요아침(7. 1.)

「둘이 하나」「잡초라는 풀」,『제주문학』 여름 제67집, 제주문인협회

「시시한 것이」,『나래시조』 여름 118호, 나래시조시인협회

「우리 함께」,『문학공간』 8월호 통권 321호

「막사발」「빈 가지에 빈 둥지」,『제주문학』 가을 제68집, 제주문인협회

「보랏빛 소묘」,『시조미학』 가을호, 한국시조시인협회

「말매미」,『나래시조』 가을 119호, 나래시조시인협회

「칭찬」,『공무원 연금』 11월호, 공무원연금공단

「빛 안녕!」「똥긩이」,『제주문학』겨울 제69집, 제주문인협회

「그래, 행복이야」「아득한 유산」,『한국동서문학』겨울 통권 20호

「대파와 쪽파」「봄 달래」, 아동문학 초대석『시인정신』겨울호 제74호

「나이테」「엄마처럼」「독도 지킴이」「우리도 함께」「무궁화가 하는 말」,『은하수를 따라간 쇠똥구리』, 제주아동문학협회 제35호

「팝콘」,『그림과 함께하는 명상』감동과 희망을 주는 좋은 글 공모전 모음 1집, 大賞 양재원님이 출품(김영기의『붕어빵』중에서), 제주학생문화원

「개나리 봄」, 한국 동시 문학회우수동시선집『두메분취』, 한국 동시 문학회

「딱따구리 가족」,『어린이 암송 시조』제2집, 어린이 시조나라 별책

「시시한 것이」「새들이 주고받은 말」「마지막 수업」, 중계 선생 추모 특집 추모 시『제주시조』제24호, 제주시조시인협회

「나그네 새」「유리 구두」「통 놓다」「해난디 아장」「산수유 눈이 붉다」「명함」,『제주시조』제25호, 제주시조시인협회

「이상 없음」, 우리나라 대표명작동시집『참 좋다! 4학년 동시』, 예림당

「동그란 소리가」,『제주예총』제29집, 한국예총제주특별자치도연합회

「물영아리 안에는 고랭이가 산다」「물영아리」「그날의 메시지」,『하늘 빛 물 빛 담은 남원』, 남원읍지역관리위원회

2017   「마라도 어렝이」,『대정현문학』창간호, 대정현문학(2017. 1.)

「가로수가 하는 말」「강치야, 돌아오라」,『아동문예』3-4월호, 한국아동문예작가회

「뿔과 풀」「돌 길 물 길」,『제주문학』봄호 제70집, 제주문인협회

「세상에!·4」,『나래시조』봄호 120호, 나래시조시인협회

「절하는 억새꽃」,『문학세계』4월호 제273호, 천우미디어그룹

「꽃샘바람」「마트 벽에 앉은 나비」,『혼올문학』4월호

「뿌리를 찾아서」, 시조를 읽는 아침의 창-130, 강상돈 감상평, 제주신보사(4. 21.)

「아기와 강아지」「뒹구는 종이 컵」,『현대문예』5·6월 제92호, 현대문예

「빈 가지에 빈 둥지」외 2편,『소년문학』8·9월호 통권 299호, 소년문학사

「홍매문」「간세다리 앉은 의자」, 제40회 정기 시낭송회, 낭송 손희정(8. 31.)

「쉰밥」「보릿고개」,『제주문학』여름호 제71집, 제주문인협회

「꼭 기억」,『나래시조』여름호 121호, 나래시조시인협회

「사할린 하얀 동백」, 『시조시학』여름, 시조시학

「두 개의 반달」「참」, 『한국동시조』여름호 제5호, 고요아침

「연등」「사랑해요」, 『제주문학』가을 제72집, 제주문인협회

「뜨거운 비문」, 『나래시조』가을호 122호, 나래시조시인협회

「스마트폰 보는 여자」, 『시조미학』가을호, 한국시조시인협회

「숫자노래」「빈 새둥지에 누가 와서 노나?」, 『제주문학』겨울호 제73집, 제주문인협회

「위풍당당」, 『나래시조』겨울호 123호, 나래시조시인협회

「글씨와 꽃씨」, 『한국문학인』겨울호 41권, 한국문인협회

「귀뚜라미」「난 그리 안보여요·1」「난 그리 안보여요·2」「난 그리 안보여요·3」「난 그리 안보여요·4」, 신작 소시집 『한국동시조』겨울호 제7호, 고요아침

「소나무가 되어」, 『문학세계』12월호 제281호, 천우미디어그룹

「내가 있잖아」「둘이 하나」「착한 세상」「엄마를 보면」「무궁화에게」, 『집으로 가는 해』, 제주아동문학협회 제36호

「강아지와 흰 지팡이」, 한국 동시 대표작 선집 『바람과 햇빛과도 손잡고』, 한국문인협회

「입과 잎」, 한국동시문학최우수동시 선집 『고백할까 말까』, 한국동시문학회

「천상 화촌 가시거든」, 화촌선생 특집 추모시

「숨, 숨비」「있수다」「비와사 폭포」「검은 굴 자리」「나이테를 쌓는 돌담」, 『제주시조』제26호, 제주시조시인협회

「이어도 사나」, 『현대시조』대표작(연시조), 한국문인협회 시조분과위원회

「입과 잎」, 2017 우수동시선집 『고백할까 말까』, 한국동시문학회

「강아지와 흰 지팡이」, 한국동시대표작선집 『바람과 햇빛과도 손잡고』, 한국문인협회 아동문학분과

2018 「봄까치꽃」「참새 교실」, 『아동문예』1-2월호 통권 426호, 한국아동문예작가회

「해맞이」, 연재 기행 동시조 제주도(1) 『소년문학』2월호 통권 304호, 소년문학사

「제주 밭담」, 연재 기행 동시조 제주도(2) 『소년문학』3월호 통권 305호, 소년문학사

「해녀」, 연재 기행 동시조 제주도(3) 『소년문학』4월호 통권 306호, 소년문학사

「장미와 우산」, 시조를 읽는 아침의 창-181 한희정, 제주신보사(4. 27.)

「쉬운 그림」, 연재 기행 동시조 제주도(4) 『소년문학』5월호 통권 307호, 소년문학사

「장수물」, 연재 기행 동시조 제주도(5) 『소년문학』8월호 통권 309호, 소년문학사

「리원이 일기」「영락리 마늘농장」,『제주문학』여름 제75집, 제주문인협회

「오죽」, 시조를 읽는 아침의 창-194 오영호, 제주신보사(8. 10.)

「오름간호사」, 연재 기행 동시조 제주도(6)『소년문학』9월호 통권 310호, 소년문학사

「올레1번지」, 연재 기행 동시조 제주도(7)『소년문학』10월호 통권 311호, 소년문학사

「어린왕자에게」, 연재 기행 동시조 제주도(8)『소년문학』11월호 통권 312호, 소년문학사

「도깨비도로」「눈촉새와 눈 큰 볼락?」,『제주문학』가을 제76집, 제주문인협회

「새해맞이」, 연재 기행 동시조 제주도(9)『소년문학』12월호 통권 313호, 소년문학사

「쇠'자가 붙은 말」, '전병호의 시를 읽읍시다', 소년한국일보(12. 3.)

「스쳐가는 눈송이가」「눈 온 날」,『제주문학』겨울 제77집, 제주문인협회

「과일을 먹는 꽃밭」「큰 나무 그늘」「방울이」「그물 밥상」「이상 없음」,『루루의 유리 구슬』, 제주아동문학협회 제37호

「입과 잎」, 2018년 우수동시선『고백할까 말까』, 한국 동시 문학회

「잡초라는 풀」,『순리치료연구』제41호, 순리원·순리치유학연구소

「겨울 구기자」「철새 군무」「음~」「산지 등대」「그 날의 트라우마」,『제주시조』27호, 제주시조시인협회

「이어도 사나」, 연시조『현대시조대표작』, 한국문인협회 시조문학분과

2019 「눈썹과 수염」,『주간 한국문학신문』384호, 주간 한국문학신문(1. 9.)

「밤에 피는 해바라기」, 연재기행 동시조-제주도(10)『소년문학』1월 통권 314호, 소년문학사

「팝콘이 지천」, 연재기행 동시조-제주도(11)『소년문학』2월 통권 315호, 소년문학사

「섭지코지」, 연재기행 동시조-제주도(12)『소년문학』3월 통권 316호, 소년문학사

「달개비 꽃」, 시조를 읽는 아침의 창-225 김영란 감상평, 제주신보사(3. 15.)

「참 쉬운 결혼식」, 연재기행 동시조-제주도(13)『소년문학』4월 통권 317호, 소년문학사

「나비와 쇠똥구리」,『문학세계』4월 통권 297호, 문학세계사

「사라진 학교에는」, 연재기행 동시조-제주도(14)『소년문학』5월 통권 318호, 소년문학사

「복슬이 엄마」,『시조미학』봄 21호, 한국시조시인협회

「노란 조끼 사나이」,『나래시조』봄 통권 127호, 나래시조시인협회

「오솔길」「거미집」,『제주문학』봄 78집, 제주문인협회

「중문해수욕장」, 연재기행 동시조-제주도(15)『소년문학』6월 통권,319호, 소년문학사

「무서운 훈장님」, 연재기행 동시조-제주도(16)『소년문학』7월 통권 320호, 소년문학사

「소리개가 빙빙」「수학 공부하는 비」,『아동문예』7-8월호, 한국아동문예작가회

「물영아리」, 연재기행 동시조-제주도(17)『소년문학』8월 통권 321호, 소년문학사

「강아지와 흰 지팡이」, '전병호의 시를 읽읍시다', 소년한국일보(8. 26.)

「착한 세상」「달팽이 우주통신」,『한국동시조』여름 통권 13호, 고요아침

「바람 불어 좋은 날」육필원고,『제주문학』여름 79집, 제주문인협회

「초대장」, 2019 각종 문학단체 수상작가『화중련』상반기 27호, 화중련

「자전거와 잠자리」,『월간문학』9월 통권 607호, 한국문인협회

「남원 큰엉」, 연재기행 동시조-제주도(18)『소년문학』9월 통권 322호, 소년문학사

「고운 꽃자리」, 연재기행 동시조-제주도(19)『소년문학』10월 통권 323호, 소년문학사

「지귀도」, 연재기행 동시조-제주도(20)『소년문학』11월 통권 324호, 소년문학사

「아름다운 거짓말」「난 그리 안보여요」,『제주문학』가을 80집, 제주문인협회

「햇살이 익으면」「나 때려봐라!」,『제주문학』겨울 81집, 제주문인협회

「참 쉬운 그림」, 연재기행 동시조-제주도(21)『소년문학』12월 통권 325호, 소년문학사

「그리운 반딧불이」「까막눈 얌체」「나 죽겠네!」「참새별꽃」「매미들의 열대야」,『나뭇잎 나라 운동회』, 제주아동문학협회 제38호

「후르르」, 우수동시선집『인증 샷 시대』, 한국동시문학회

「잠자리 병원」, 시인이 쓴 동시조『어린이 시조나라』제20호, 어린이시조나라 사람들

「거울-불영사에서」「설국의 료칸에서」「정열의 꽃」「큰 모자를 쓴 여인」「응시 또는 마주보기」,『제주시조』통권 28호, 제주시조시인협회

「어디 있다 왔니?」,『제6회 지역문학교류작품집』, 부산 광역시문인협회

「우리 집 뻐꾸기」「나 잡아봐라」,『현대문예』통권 109호, 현대문예사

「착한세상」,『제주교육 삼락』50주년 특집, 제주교육삼락회

2020 「정방폭포」, 연재기행 동시조-제주도(22)『소년문학』1월 통권 326호, 소년문학사

「천지연」, 연재기행 동시조-제주도(23)『소년문학』2월 통권 327호, 소년문학사

「칠십리 시 공원」, 연재기행 동시조-제주도(24)『소년문학』3월 통권 328호, 소년문학사

「돈내코」, 연재기행 동시조-제주도(25),『소년문학』4월 통권 329호, 소년문학사

「도원을 그리다」, 연재기행 동시조-제주도(26)『소년문학』5월 통권 330호, 소년문학사

「고마움을 아는 꽃」「토끼풀꽃」,『제주문학』봄 제82집, 제주문인협회

「흑염소할망」,『시조미학』봄호 제25호, 한국시조시인협회

「공해로 죽은 고향」,『월간 소년문학』5월 통권 330호

「까막눈 아가씨」「걸어서 얻은 기쁨」,『한글 문학』봄·여름호 통권 19호, 한글문인협회

「외돌개」, 연재기행 동시조-제주도(27)『소년문학』6월 통권 331호, 소년문학사

「중문해수욕장」, 연재기행 동시조-제주도(28)『소년문학』7월 통권 332호, 소년문학사

「코로나19에게」, 시조를 읽는 아침의 창-293 김영기 시작노트, 제주신보사(7. 24.)

「주상절리에서」, 연재기행 동시조-제주도(29)『소년문학』8월 통권 333호, 소년문학사

「아름다운 협재 바다」, '시의 정원 27', 영주일보(8. 27.)

「고사리 인사법」「같은 말 다른 뜻-오르다」,『제주문학』여름 제83집, 제주문인협회

「딱 걸렸어」「모두 똑같이」,『열린아동문학』여름 85호, 동시동화 나무의 숲

「나 누구 게?」「빨간 꼬리를 보면」,『아동문예』9·10월호, 아동문예작가회

「정난주 마리아」, 연재기행 동시조-제주도(30)『소년문학』9월 통권 334호, 소년문학사

「산방산」, 연재기행 동시조-제주도(31)『소년문학』10월 통권 335호, 소년문학사

「유달산에서」「월출산 달맞이」,『남도관광순례명시집』, (사)대한민국문학메카본부(10. 19.)

「방귀야, 고마워!」「뜨거운 맛」, '아낌없이 주는 시인들의 재능기부 좋은 동시'『별밥』, 김관식 엮음(11. 1.)

「형제섬」, 연재기행 동시조-제주도(32)『소년문학』11월 통권 336호, 소년문학사

「시 들다」「같은 말 다른 뜻-지다」,『제주문학』가을 제84집, 제주문인협회

「구멍」,『시조미학』가을호 제27호, 제15회 시조의 날 기념 특대 호, 한국시조시인협회

「가벼운 겨울」「깍두기」,『제주문학』겨울 제85집, 제주문인협회

「산방산 유람선」, 연재기행 동시조-제주도(33)『소년문학』12월 통권 337호, 소년문학사

「소원 들어 주는 해님」「그냥 내버려 줘」「말티즈 때문에」「손녀 리원에게」,『콩글리쉬 할머니』, 제주아동문학협회 제39호

「폭포」,『어린이 시조나라』제21호 특선 동시조, 어린이시조나라 사람들

「초대장」,『어린이 시조나라』제22호 시인이 쓴 동시조, 어린이시조나라 사람들

「밤바다」「폐그물에」,『어린이 암송 시조』제5호, 어린이시조나라 사람들

「달팽이 우주통신」, 한국 동시 대표작 선집『산을 먹은 소』, 한국문인협회

「불똥 튀다」「피에타」「그리운 미라보 다리」「런던타워 까마귀」,『제주시조』통권 29호, 제주시조시인협회

아름다운
제주 동요

1987 『창작곡집』제2회 제주교육대학 음악교육학과
「작은 섬」김영옥 곡 「조약돌」김빛나 곡 「봄 바람」한미숙 곡 「꽃 아이」강인숙 곡

1988 『창작동요곡집』제3회 제주교육대학 음악교육학과
「꽃들의 웃음」현정희 곡 「내가 만일」신미정 곡

1989 『창작곡집』제4회 제주교육대학 음악교육학과
「저녁매미」고영해 곡 「불꽃」고영희 곡 「마중 길」김희정 곡 「정방폭포」고영해 곡

1990 『제주어린이 노래잔치』제주청소년 오케스트라
「내가 만일」안성복 곡 「호박 벌은」안성복 곡 「조약돌」현천량 곡 「들길」장홍용 곡
「마중길」현천량 곡 「등대」장홍용 곡 「작은 섬」강문칠 곡

1991 『창작곡집』제6회 제주교육대학 음악교육학과
「돌아오지 않는 꽃」고세실리아 곡 「모두 똑같이」오미아 곡 「아이들 마음에만 피
는 꽃」이윤경 곡

1992 『제주어린이 노래잔치』제주청소년 오케스트라
「봄바람」한미숙 곡 「저녁매미」김인숙 곡 「작은섬」김영옥 곡 「마중길」김희정 곡
『창작곡집』제7회 제주교육대학 음악교육학과
「할아버지와 지게」현경윤 곡 「휘파람새」좌승희 곡 「보리피리」고정수 곡 「목련」
장영숙 곡 「내가 만일」김수자 곡 「강아지풀」좌승희 곡

1993 『창작곡집』제8회 제주교육대학 음악교육학과

「아침에」-김효정 곡 「소라의 집」-김민선 곡 「작은 섬」-강석훈 곡

『창작동요 발표회』 제1회 제주아동 음악연구회

「아이들 마음에만 피는 꽃」-이윤경 곡 「마중길」-한미숙 곡 「돌아오지 않는 꽃」-고세실리아 곡

1994 『창작동요 발표회』 제2회 제주아동음악연구회

「목련」-장영숙 곡

『창작곡집』 제9회 제주교육대학 음악교육학과

「별처럼 꽃처럼」- 김은정 곡 「더 하얗게 더 파랗게」-송순영 곡

1996 『바람이 한 일』 제1집 제주아동음악연구회

「바람이 한일」-한미숙 곡 「저녁매미」-고영해 곡 「목련」-장영숙 곡

1997 『창작동요 발표회』 제5회 제주아동음악연구회

「목련」-장영숙 곡

1998 『창작동요 발표회』 6회 제주아동음악연구회

「아이들 마음에만 피는 꽃」-이윤경 곡 「봄 길」-김희정 곡 「마중 길」-한미숙 곡 「돌아오지 않는 꽃」-고세실리아 곡

『창작곡집』 제12회 제주교육대학 음악교육학과

「아침에」-김경혜 곡 「강아지 풀」-김명진 곡 「내가 만일」-현은희 곡 「바닷가 음악교실」-양효선 곡 「작은 섬」-양효선 곡

1999 『창작곡집』 제13회 제주교육대학 음악교육학과

「작은 섬」-김인숙 곡 「들길」-김승호 곡 「저녁매미」-김인숙 곡

2000 『내 작은 섬』 제3집 제주아동음악연구회

「굴뚝새」-오현미 곡 「내가 만일」-현은희 곡

2001 『창작곡집』 제14회 제주교육대학 음악교육학과

「누가 먹나요」-김형준 곡 「모두 똑같이」-강유미 곡 「조약돌」-강효정 곡 「물땅땅이」-김형준 곡 「더 하얗게 더 파랗게」-유혜경 곡 「동그라미 둘」-유혜경 곡

『꽃 이야기』 제4집 제주아동음악연구회

「봄길」-김희정 곡 「새들이 주고받은 말」-김희정 곡 「아이들 마음에만 피는 꽃」-이윤경 곡 「저녁매미」-이인숙 곡

2002 『크레파스에 없는 색』 제5집 제주아동음악연구회

「누가 먹나요」-김형준 곡 「더 하얗게 더 파랗게」-유혜정 곡 「모두 똑같이」-강유미 곡

「작은 섬」-강인숙 곡

2003   『새싹들이다』 창작동요 CD 제주아동음악연구회

「기도하는 나무」-김기정 곡 「더 하얗게 더 파랗게」-유혜경 곡 「조약돌」-강효정 곡

「휘파람새」-차지연 곡

2011   『제주어 창작동요』 제1회 노랫말 우수상 KBS제주방송총국장

「올레에 왕 오름에 강」

2012   『제주어 창작동요』 제2회 노랫말 우수상 KBS제주방송총국장

「먹돌세기」

2014   창작가곡 CD 공무원연금공단

「작아도 꽃은 꽃이다」-이종록 곡

2015   『제주어 창작동요』 제2회 노랫말 우수상(KTV 주최)

「고븜제기 헐 사름 이디 붙으라」-진성호 곡

2017   제1회 응답하라! 가곡 『제주를 노닐다』

「용연의 밤」-김일호 곡, 바리톤 전성민, 제주도문예회관 대강당, 제주특별자치도

음악학회

2019   『돌하르방 선생님의 '웃당보민' 제주어 노래집』, 한그루

「참새와 코알라」-박순동 곡

2021   이종록 창작곡-가곡 CD 「아름다운 협재 바다」

창작동요-「아름다운 협재 바다」 「바람도 자라서」 「선인장 노란 꽃」

창작가곡-「복슬이 엄마」 「멸치가 하는 말」

집필·편집위원

1983. 12. 1.　　　『국어교육』북제주 초등국어교육 연구회지 창간호 발간

1986. 12. 1.　　　『삼달리 향토지』발간

1990. 12. 1.　　　『꿈 한자리』어린이 글모음 집 창간호, 제주시 초등교육 국어연구회

1990. 12. 10.　　　『흔적』창간호, 제주시 초등교육 국어연구회

1991. 2. 15.　　　『꿈 한자리』2호, 제주시 초등교육 국어연구회

1992. 11. 1.　　　『생활예절』장학자료 92-1 집필위원, 제주도북제주교육청

1992. 8. 20.~1996. 3. 8.　　제주시 탐라도서관 운영위원회 위원

1994. 2. 20.　　　『독서교육』집필위원, 제주도북제주교육청

1994. 12. 1.　　　『자녀와 함께하는 글짓기 교실』집필위원, 제주도교육청

1995. 9. 26.　　　『어린이 문학 길잡이』교재발간 위원, 제주도 교육감

1996. 12. 25.　　　『제주문학전집·1』간행위원, 한국문인협회 제주도 지부

1997. 10. 1.　　　『제주교육사』(제주도교육청부속기관편) 집필위원, 제주도 교육감

1997. 12. 15.　　　제주세계섬문화축제 범도민지원협의회 위원, 제주세계섬문화축제 조직위원장

1998. 3. 5.　　　제주도북제주교육청 인사위원회 위원, 제주도북제주교육청교육장

1998. 12. 1.　　　단계별 글짓기『스스로 하는 글짓기 공부』집필위원, 제주도교육청

2001. 10. 15.　　　『광양교육 50년사』편찬, 광양초등학교 총동창회

2002. 5. 15.　　　『남광교육 15년사』편찬, 남광초등학교 학부모회

2004. 3. 1.	2004학년도 '수업장학' 요원, 제주시 교육청
2004. 12. 20.	2005년 제주문화예술 진흥기금 실무 심의위원, 제주도문화예술재단
2005. 12. 17.	2006년 제주문화예술 진흥기금 실무 심의위원, 제주도문화예술재단
2008. 12. 31.	『무공수훈 20년사』 편집 교정위원, 대한민국무공수훈자회 제주특별자치도 지부
2009. 12. 22.	제주시 『이도2동지』 '동광양'편 집필위원, 제주시 이도2동 주민 자치센터
2012. 11. 27.	나라사랑 문예 서예 수상 작품집 『애국의 메아리』 편집위원장, 대한민국무공수훈자회 제주특별자치도
2016. 7. 1.	『웃음 나라』 찾아가는 시조교실 어린이시조작품집, 제주시조시인협회, 파우스트
2016. 9. 24.	『하늘빛 물을 담은, 남원』 남원읍 남사르습지도시 인증사업 시조집, 제주시조시인협회, 파우스트
2017. 9. 1.	『따뜻한 우산』 찾아가는 시조교실 어린이시조작품집, 제주시조시인협회, 파우스트
2021. 12. 1.	『제주아동문학 40년사』 편집위원장, 제주아동문학협회

수상문(隨想文) 및 사례보고

1992. 8. 16.	「21인이 부르는 합창」, 제주아동문학협회 연간집 머리말
1992. 8. 23.	「예절이란 무엇인가?」,『생활 예절』머리말
1992. 9. 11.	「추석을 추석이게 하는 것」,《제주신문》칼럼
1993. 6. 1.	「도덕성 함양을 위한 교사의 역할」,『교육제주』제80호
1993. 6. 27.	「전승해야 할 제주설화 정신」, 탐라교육원
1994. 10. 7.	「미국의 여덟 위인」,『생각하는 나무』10월호
1995. 8. 16.	「정서함양을 위한 동시감상」,『교육제주』
1996. 1. 18.	「생각하라, 철저히 생각하라」,『서우봉』함덕초 문집 머리글
1996. 12. 8.	「교목·교화 유감」, 제주 교육회《교육회보》제21호
1997. 6. 25.	「그리움이 강물 되어 흐르는 곳」, 함덕초등학교 60년사(98. 3.)
1997. 7. 14.~15.	「학교 급식의 내실화 방안」, 전국급식학교 담당자연수, 남원학생문화원
1997. 9. 14.	「10월에 띄우는 편지」,『아동문예』10월호
1997. 10. 27.~29.	「섬 마을에 심은 열린 교육의 꿈」, 교장 직무연수, 한국교원대학
1998. 1. 7.	「세상을 바꾼 사과의 교훈」,『등대』연평문집 4호
1998. 6. 18.	「빛을 향한 길목에서」, 내 영혼에 불을 지핀 책『요한 바오로 2세 시집』
1999. 4. 3.	「가·사·배·놀 합시다」, 설문대 도서관 동시 특강
1999. 10. 26.	「교통안전을 위한 메시지」, 광양초 유치원 운영시범 원장 인사말
2000. 1. 3.	「따슨 햇살이 주는 의미」,『따슨 햇살』광양초 교지 발간사
2000. 2. 8.	「제 할 일을 제 때에 스스로 찾아 잘하자」,《광양통신》머리글
2001. 1. 10.	「내가 스카우트에 애정을 보내는 이유」,《제주스카우팅》제92호
2001. 10. 15.	「새 역사의 기틀을 다질 때」,『광양교육 50년사』발간사
2002. 5. 5.	「흐름의 미학」, 남광초 자모연수회
2002. 10. 24.	「제주문협 40년 틈새에 싹 틔운 아동문학」,『제주문학』
2003. 1. 8.	「관광 명소이게 하는 것」, 교단 隨想
2003. 1. 13.	「인생은 70부터」, 교단 隨想
2003. 5. 3.	「어머니들이 보는 세상을 위하여」, 남광 어머니 봉사단 격려사
2003. 8. 5.	「어린이의 고급문화」,『책과 인생』
2005. 9. 1.	「그 봄날의 낙화처럼」, 심향선생 弔詩
2006. 1. 18.	「그래, 넌 할 수 있어」, 김지훈의 문집 추천사

2008. 11. 10.	「그리운 옛 노래」, 『제주시 교육』 제7호
2009.	「친구들아, 동시조랑 놀자」, 제주금빛 평생교육봉사단 활동 사례집 제7호
2010.	「얘들아, 시 쓰며 시 낭송하며 놀자」, 제주금빛 봉사단 활동 사례집 제8호
2011.	「자연에서 삶을 가꾸는 신례리 아이들」, 신례초등학교 동시집 축사
2012.	「글짓기 교실의 낙수」, 제주금빛 교육 봉사단 활동 사례집 제10호
2013.	「시 사랑으로 힐링하기」, 제주금빛 교육 봉사단 활동 사례집 제11호
	「시조로 향수하는 문화예술의 세기」, 『어린이 시조나라』 제8호, 어린이 시조나라 사람들
2014.	「가장 아름다운 말 '어린이'」, 제주금빛 교육 봉사단 활동 사례집 제12호
2015.	「나비효과를 기대하며」, 『제주시조』 제23호
2016.	「사물을 대하는 예리한 시안과 따스한 심성」, 『아동문예』 3·4월호
	「잘되는 집안」, 『제주시조』 제24호
	「바람希」, 『제주시조』 제25호
2018. 3. 31.	「제주 광양초 시조교육 4반세기」, 어린이 시조나라 사람들 『어린이 시조나라』 제17호 '시조 꽃이 피었어요'
2019.	「동시조는 나의 힘, 내 삶의 안식처」, 삶과 문학 『아동문예』 1·2월호
2020. 12. 19.	「인생은 짧고 예술은 길다」, 『먹 내음 붓길 따라』 한곬 자서전

서평 및
발문 목록

	『시조』 18호
2011.	오영호 시인의 작품 세계-「연담별서에서 피어난 절절하고 검박한 향토사랑의 시편」, 『제주시조』 19호
2012.	김정희 『오줌폭탄』 발문-「맑고 여린 동심으로 그려낸 따스한 사랑의 노래」
2015.	고성기 시 속의 시인의 삶-「섬·바다에 시심을 심은 늘물 선생의 시조 세계」, 『제주시조』 23호
2016.	강상돈 시 속의 시인의 삶-「반달시인, 제주시조의 살림꾼 강상돈의 시조세계」, 『제주시조』 25호
2017.	「놀이방에서 찔레꽃까지」 고 김출근의 동시세계, 『함덕문학』 2호
2019.	김정련 『뾱뾱이』 발문-「따뜻한 가족 사랑과 애틋한 고향 사랑으로 엮은 시집」
2020.	「그 자리가 꽃자리이려니 아픈 무릎 세우고 걸어가시라」 고 송상홍의 동시세계, 『아동문학평론』 2020 가을 통권 176호
	장영춘 시인의 시 세계 「노란, 그저 노란 '별의 길'을 성찰하며 시조미학을 천착하는 시인」, 『제주시조』 29호
2021.	「고사리손 동시인들께 드리는 몇 마디」, 『물동산 바람개비』 고사리손 동시동인지

각종 문예행사
심사위원

1987. 5. 29.	'87 전도 어린이 큰 잔치 문예부문 심사위원, 한국방송공사 제주방송총국
1988. 12.	제13회 서귀포시 교육청 예능 경연대회 심사위원
1990. 5. 31.	제2회 바다글짓기 심사위원장
1991. 11. 23.	전국 어린이와 어머니 시낭송 대회 심사 제주예선, 재능문화·소년한국일보·제주아동문학협회
1992. 7. 11.	전국 어린이와 어머니 시낭송 대회 심사 제주예선, 재능문화·소년한국일보·제주아동문학협회
1992. 9. 12.	제2회 제주신인문학상 심사위원, 제주문인협회
1992. 10. 14.	교통안전 전도 어린이 글짓기 심사, 도로교통안전협회
1993. 5.	제47회 여름독서교실 운영 독후감 심사, 제주시립탐라도서관
1993. 6. 4.	전국 어린이와 어머니 시낭송 대회 심사 제주예선(서귀포 YMCA)
1993. 10. 20.	어린이교통안전질서 백일장 심사. 도로교통안전협회
1993. 11. 13.	서귀포 예능경연대회 문예부 심사
1994. 5. 20.	전국 어린이와 어머니 시낭송 대회 심사 제주예선, 재능문화·소년한국일보·제주아동문학협회
1994. 11. 10.	제11회 '전화와 우리' 학생글짓기 심사, 한국통신 제주본부
1995. 4. 22.	제5회 어린이와 어머니 시낭송대회 제주예선 심사위원, 재능문화·소년한국일보 주최, 제주아동문학협회 후원(푸른학생의집)

1995. 5. 27.	국어교과연구회 글짓기백일장 심사, 북제주 국어교과연구회
1995. 8. 1.	여름독서교실 독후감 심사, 한수풀도서관
1995. 9. 12.	제2회 제주문학상 심사, 제주문인협회
1995. 9. 25.	고장작가 도서 독후감 심사, 제주아동문학협회
1995. 10. 13.	제28회 제주학생문예 심사위원, 제주신문사
1995. 10. 31.	제12회 '전화와 우리' 학생글짓기 심사, 한국통신 제주본부
1996. 1. 10.	겨울독서교실 독후감 심사, 한수풀도서관
1996. 6. 4.	제주시 교육청 관내 어린이 백일장 심사, 제주교육연합회
1996. 6. 15.	제6회 어린이와 어머니 시낭송대회 제주예선 심사위원, 재능문화·소년한국일보(제주신문사)
1996. 7. 30.	여름 독서교실 독후감 심사, 한수풀도서관
1996. 8. 10.	여름독서교실 독후감 심사, 한수풀도서관
1996. 8. 10.	제29회 세종아동문학상 추천위원, 소년한국일보
1996. 10. 12.	제29회 제주학생문예 심사위원, 제주신문사
1996. 10. 13.	교통안전 전도 어린이 글짓기 심사, 도로교통안전협회
1997. 5. 17.	제6회 어린이와 어머니 시낭송대회 제주예선 심사위원, 재능문화·소년한국일보(제주신문사)
1997. 7. 7.	농촌 어린이 글짓기 대회 심사위원, 농협중앙회 제주도 지부
1997. 7. 25.	제2회 유치원교사 창작동화 발표회 심사
1997. 8. 8.	세종아동문학상 추천위원, 소년한국일보
1997. 10. 17.	제30회 제주학생문예 심사위원, 제주일보
1998. 10. 13.	교통안전 전도 어린이 글짓기 심사, 도로교통안전협회
1998. 10. 28.	제31회 제주학생문예 심사위원, 제주일보
1998. 12. 15.	제8회 제주문학 신인문학상 아동문학부문, 제주문인협회
1999. 5. 8.	제주도 관내 학생 대공홍보 문예작품 심사, 제주경찰서
1999. 7. 24.	제3회 유치원교사 창작동화 발표회 심사
1999. 7.	제4회 논술 한마당 심사위원장, 한국통신 제주본부·제민일보사 공동 주최
1999. 10. 28.	제32회 제주학생문예 심사위원, 제주일보
2000. 10.	제33회 제주학생문예 심사위원, 제주일보

2000. 11. 14.	제1회 제주학생 토론왕 선발대회 심사, 제주도교육청
2001. 9. 30.	제40회 한라문화제 문학백일장 초등부 심사
2001. 10. 19.	제34회 제주학생문예 심사위원, 제주일보
2002. 10. 10.	제41회 탐라문화제 고장작가 독후감 시상
2003. 4. 27.	제1회 전도 색동어른이 들려주는 이야기대회 심사위원장
2003. 10. 10.	제42회 탐라문화제 고장작가 독후감 시상
2004. 10.	제주학생 문예 심사, 제주신문사
2004. 10.	제4회 제주문학상 심사위원, 제주문인협회
2004. 11. 10.	'전화와 우리' 학생 글짓기 심사, 한국통신
2004. 12. 20.	제주문예기금지원사업 실무 심의위원, 제주문화예술재단
2005. 10. 10.	제5회 '가족사랑 편지쓰기 대회' 심사위원, 새마을문고 중앙회 제주도지부
2005. 11. 24.	제1회 나라사랑 문예 서예 작품공모대회 심사위원, 대한민국 무공수훈자 제주도 지부
2005. 12. 17.	제주문예기금지원사업 실무 심의위원, 제주문화예술재단
2006. 9. 12.	웅변학원 학생글짓기 심사, 제주 웅변학원 연합회
2006. 9. 16.	제주고장작가 도서 독후감 심사, 제주아동문학협회
2006. 10. 13.	제6회 제주시 학생 토론대회 심사위원, 제주시 교육청
2006. 10.	제6회 제주문학상 심사위원, 제주문인협회
2006. 12. 4.	제2회 나라사랑 문예 서예 작품공모 대회 심사위원, 대한민국무공수훈자회 제주특별자치도 지부
2007. 6. 2.	제7회 제주시 학생 토론대회 심사위원, 제주특별자치도 제주시 교육청
2007. 10. 24.	제3회 나라사랑 문예 서예 작품공모 대회 심사위원, 대한민국무공수훈자회 제주특별자치도 지부
2007. 10.	제2회 전도학생 시 낭송대회 심사위원, 제주 시사랑회
2007.	제7회 제주문학상 심사위원, 제주문인협회
2008. 10. 20.	제4회 나라사랑 문예 서예 작품공모 대회 심사위원, 대한민국무공수훈자회 제주특별자치도 지부
2009. 9. 11.	제48회 탐라문화제 고장작가 독후감 공모 심사, 제주아동문학협회
2009. 9. 17.	제5회 나라사랑 문예 서예 작품공모 대회 심사위원, 대한민국무공수훈자

회 제주특별자치도 지부

2010. 10. 6.	제6회 나라사랑 문예 서예 작품공모 대회 심사위원, 대한민국무공수훈자회 제주특별자치도 지부
2010. 11. 4.	제10회 제주문학상 심사위원, 제주문인협회
2010. 12. 11.	제주도 문화상 교육부문 심사위원, 제주도지사
2011. 3. 24.	제주4·3사건 제63주년 기념 전국 청소년 문예공모 작품 산문부 심사위원, 4·3평화재단
2011. 9. 27.	제7회 나라사랑 문예 서예 작품공모 대회 심사위원, 대한민국무공수훈자회 제주특별자치도 지부
2011. 10.	제40회 한라문화제 문학백일장 초등 동시부 심사
2011.	제11회 제주문학상 심사위원, 제주문인협회
2012. 8. 29.	제1회 SAK색동어머니회 동화구연대회(서귀포시 평생학습센터)
2012. 9. 15.	제51회 탐라문화 대전 제주어 시낭송 대회 및 문학 백일장 심사, 한국문인협회
2012. 9. 18.	제8회 나라사랑 문예 서예 작품공모 대회 심사위원, 대한민국무공수훈자회 제주특별자치도 지부
2012.	제12회 제주문학상 심사위원, 제주문인협회
2013. 10. 7.	제9회 나라사랑 문예 서예 작품공모 대회 심사위원, 대한민국무공수훈자회 제주특별자치도 지부
2013. 10. 18.	제52회 탐라문화제 고장작가 독후감 공모 심사, 제주아동문학협회
2013.	제13회 제주문학상 심사위원, 제주문인협회
2014. 10. 4.	제53회 탐라문화제 제주어 시낭송 심사위원, 제주문인협회
2014. 10. 22.	제10회 나라사랑 문예 서예 작품공모 대회 심사위원, 대한민국무공수훈자회 제주특별자치도 지부
2015. 10. 10.	제54회 탐라문화제 문학백일장 심사위원장, 제주문인협회
2015. 10. 30.	제11회 나라사랑 문예 작품공모 대회 심사위원, 대한민국무공수훈자회 제주특별자치도 지부
2015. 11. 8.	제24회 제주시조지상백일장 심사위원장, 제주시조시인협회
2016. 1. 12.	제266회 아동문예문학상 심사위원, 한국아동문예작가회

2016. 9. 21.	제12회 나라사랑 문예 작품공모 대회 심사위원, 대한민국무공수훈자회 제주특별자치도 지부
2016. 9. 24.	제55회 탐라문화제 고장작가 독후감 공모 심사, 제주아동문학협회
2016. 10. 9.	제55회 탐라문화제 문학백일장 심사위원장
2016. 11. 5.	제25회 제주시조지상백일장 심사위원장, 제주시조시인협회
2016.	제16회 제주문학상 심사위원, 제주문인협회
2017. 11. 5.	제26회 제주시조지상백일장 심사위원, 제주시조시인협회
2018. 10. 28.	제27회 제주시조지상백일장 심사위원, 제주시조시인협회
2019. 5. 5.	제57회 어린이날 기념 제7회 동시쓰기 백일장, 감귤박물관
2019. 9. 21.	제58회 탐라문화제 고장작가 도서 독후감 심사
2019. 10. 14.	제28회 제주시조지상백일장 심사위원, 제주시조시인협회
2019. 10. 29.	제3회 항파두리 나라사랑 백일장 심사위원
2019. 12. 4.	제19회 제주문학상 심사위원, 제주문인협회
2020. 9. 20.	제59회 탐라문화제 고장작가 독후감 심사, 제주아동문학협회
2020. 9. 28.	제59회 탐라문화제 문학백일장 심사위원장, 제주문인협회
2020. 11. 10.	제20회 제주문학상 심사위원장, 제주문인협회
2020. 12. 20.	2021 한라신춘문예 시조부문 본선 심사위원, 한라일보사
2021. 4. 21.	'저출산 극복' 표어 심사위원, 제주일보사
2021. 9. 25.	제60회 탐라문화제 고장 작가 독후감 심사
2021. 9. 26.	제60회 탐라문화제 제주어 시낭송 심사

찾아가는 문학 강좌
강사 목록

(1) 광양초 글짓기 교실 자원봉사

2003. 11. 17.~ 12. 19. 광양초 글짓기 교실(월화수) 14회 출강

2004. 광양초 글짓기 교실 25회(매주 월수금 3시간 저·중·고학년) 강의

2005. 광양초 글짓기 교실 25회(매주 월수금 3시간 저·중·고학년) 강의

2006. 광양초 글짓기 교실 25회(매주 월수금 3시간 저·중·고학년) 강의

2007. 광양초 글짓기 교실 25회(매주 월수금 3시간 저·중·고학년) 강의

2008. 광양초 글짓기 교실 25회(매주 월수금 3시간 저·중·고학년) 강의

2009. 광양초 글짓기 교실 25회(매주 월수금 3시간 저·중·고학년) 강의

2010. 광양초 글짓기 교실 25회(매주 월수금 3시간 저·중·고학년) 강의

2011. 광양초 글짓기 교실 25회(매주 월수금 3시간 저·중·고학년) 강의

2012. 광양초 글짓기 교실 25회(매주 월수금 3시간 저·중·고학년) 강의

2013. 광양초 글짓기 교실 25회(매주 월수금 3시간 저·중·고학년) 강의

2014. 광양초 글짓기 교실 25회(매주 월수금 3시간 저·중·고학년) 강의

2015. 광양초 글짓기 교실 30회(매주 월수토 3시간 저·중·고학년) 강의

2016. 광양초 글짓기 교실 20회(매주 토 3시간 저·중·고학년) 강의

2018. 광양초 글짓기 교실 20회(매주 토 3시간 저·중·고학년) 강의

2019. 광양초 글짓기 교실 20회(매주 토 3시간 저·중·고학년) 강의

2020. 광양초 글짓기 교실 13회(매주 토 3시간 저·중·고학년) 강의

(2) 찾아가는 아동문학 교실(제주아동문학협회)

1988. 7. 28.~7. 29.	제1회 어린이 여름 글짓기 교실, 서귀중앙국민학교
1989. 7. 29.~8. 1.	제2회 어린이 여름 글짓기 교실, 청소년 해변 문학교실
1990. 8. 9.~8. 10.	제3회 어린이 여름 글짓기 교실, 삼성국민학교
1991. 8. 2.~8. 3.	제4회 어린이 여름 글짓기 교실, 동남국민학교
1992. 8. 3.~8. 4.	제5회 어린이 여름 글짓기 교실, 광양초등학교
2003. 7. 28.~7. 31.	제6회 찾아가는 아동문학 강좌, 남광교 어머니회
2004. 7. 28.~7. 31.	제7회 찾아가는 아동문학 강좌, 새서귀교 어머니회
2005. 7. 27.~7. 9.	제8회 찾아가는 아동문학 강좌, 대흘초등학교
2006. 8. 3.~8. 5.	제9회 찾아가는 아동문학 교실, 일도초등학교
2007. 8. 6.~8. 8.	제10회 찾아가는 아동문학 교실, 의귀초등학교
2008. 7. 21.~7. 23.	제11회 찾아가는 아동문학 교실, 함덕초등학교
2009. 8. 8.	제주 설화와 꿈돌이의 만남: 제주아동문학협회와 제주문화예술재단 제12회 찾아가는 아동문학 교실, 영평초등학교
2010. 7. 26.	제13회 찾아가는 아동문학 강좌 '친구야, 동시조랑 놀자' 1시간, 화북초등학교
2011. 7. 27.	제14회 찾아가는 아동문학 강좌 '친구야, 동시조랑 놀자' 1시간, 신례초등학교
2012. 7. 30.	제15회 찾아가는 아동문학 강좌 '친구야, 동시조랑 놀자' 2시간, 종달초등학교
2013. 7. 30.	제16회 찾아가는 아동문학 강좌 '친구야, 동시조랑 놀자' 2시간, 백록초등학교
2014. 7. 28.	제17회 찾아가는 아동문학 강좌 '친구야, 동시조랑 놀자' 2시간, 곽금초등학교
2015. 7. 24.	제18회 찾아가는 아동문학 강좌 '친구야, 동시조랑 놀자' 2시간, 신산초등학교

2016. 7. 31.	제19회 찾아가는 아동문학 강좌 '친구야, 동시조랑 놀자' 2시간, 보목초등학교
2017. 4. 1./8. 28.	제주아동문학협회 제20회 찾아가는 아동문학 강좌, 함덕어린이집
2018. 7. 31.	제21회 찾아가는 아동문학 강좌 '친구야, 동시조랑 놀자' 2시간, 제주북초등학교
2019. 7. 26.	제22회 찾아가는 아동문학 강좌 '친구야, 동시조랑 놀자' 2시간, 대흘초등학교

(3) 찾아가는 시조 교실(제주시조시인협회)

2015. 4. 23.	제1회 찾아가는 시조 교실-이도초
2015. 5. 28.	제2회 찾아가는 시조 교실-제주남초
2015. 6. 30.	제3회 찾아가는 시조 교실-제주중앙초
2015. 7. 27.	제4회 찾아가는 시조 교실-곽금초
2015. 9. 18.	제5회 찾아가는 시조 교실-광양초
2015. 10. 20.	제6회 찾아가는 시조 교실-해안초
2016. 1. 4.~1. 5.	제7회 찾아가는 시조 교실-물메초
2016. 5. 10./5. 12.	제8회 찾아가는 시조 교실-더럭분교장
2016. 5. 11./5. 18.	제9회 찾아가는 시조 교실-봉개초
2016. 5. 16./5. 23.	제10회 찾아가는 시조 교실-귀덕초
2016. 6. 1./6. 2.	제11회 찾아가는 시조 교실-시흥초
2016. 6. 29./7. 18.	제12회 찾아가는 시조 교실-신촌초
2016. 12. 27./12. 28.	제13회 찾아가는 시조 교실-물메초
2017. 4. 27.	제14회 찾아가는 시조 교실-납읍초
2017. 5. 30.	제15회 찾아가는 시조 교실-화북초
2017. 5. 10.~5. 17.	제16회 찾아가는 시조 교실-성산초
2017. 7. 25.	제17회 찾아가는 시조 교실-어도초
2017. 7. 27.	제18회 찾아가는 시조 교실-함덕초
2017. 7. 28.	제19회 찾아가는 시조 교실-세화초

2018. 5. 1./5. 2.	제20회 찾아가는 시조 교실-성산초
2018. 7. 10./7. 23.	제21회 찾아가는 시조 교실-대흘초
2018. 8. 1.	제22회 찾아가는 시조 교실-동화초
2018. 8. 1./8. 2.	제23회 찾아가는 시조 교실-조천초
2019. 5. 1./5. 2.	제24회 찾아가는 시조 교실-성산초

(4) 국어, 문예교육 강의

1988. 7. 21.	초등1급정교사 자격연수 국어과 강의, 탐라교육원
1990. 7. 20.	초등1급정교사 자격연수 국어과 강의, 탐라교육원
1990. 7. 25.	여름독서교실, 제주시립탐라도서관 3시간
1991. 7. 27.	여름독서교실, 제주시립탐라도서관 3시간
1992. 1 .8.	독서 어떻게 할까?, 탐라도서관 3시간
1992. 1. 9.	독서 어떻게 할까?, 탐라도서관 3시간
1992. 1. 11.	독서 어떻게 할까?, 탐라도서관 3시간
1992. 7. 27.~28.	여름독서교실, 제주시립탐라도서관 12시간
1992. 7. 28.	독서 어떻게 할까?, 한수풀도서관 2시간
1992. 7. 28.	독서 어떻게 할까?, 우당도서관 3시간
1992. 8. 10.~8.14.	'매미교실'(독서지도·동시 감상), 인화초 10시간
1993. 1. 14.	독서 어떻게 할까?, 탐라도서관 3시간
1993. 7. 28.	독서 어떻게 할까?, 탐라도서관 3시간
1999. 1. 30.	'동시랑 놀자', 설문대도서관 2시간
1999. 4. 3.	'동시랑 놀자', 설문대도서관 2시간
2003. 5. 22.~6. 3.	아동문학강의, 제주교육대학교 평생교육원 12시간
2003. 7. 28~7. 31.	찾아가는 아동문학 강좌, 남광교 어머니회
2003. 9. 27.~11. 6.	제3회 찾아가는 문학강좌-아동문학 강의, 애월읍사무소 8시간
2004.	남광초 특기적성 교육 25회(매주 토) 동시조 강의
2004. 7. 28.~7. 31.	찾아가는 아동문학 강좌, 새서귀교 어머니회
2004. 8. 21.~8. 22.	여름문학 창작교실 우도 세미나-토론자: 김영기, 주제: 민족문학

의 새싹 동시조

2007. 7. 26.~10. 20.	제5회 장애인 문학강좌-아동문학 강의, 장애인 복지회관 6시간
2007.~2010.	지역아동센터 '꿈꾸는 공부방' 주 2회 글짓기 지도
2008. 5. 9.~7. 18.	찾아가는 문학강좌-아동문학 강의, 외도 부영아파트 10시간
2009.	4월 이후 주 1회(수) 제주시 이도2동 문화의 집 '동시 쓰기' 지도
2009. 8. 4.~8. 28.	즐겁고 신나는 박물관 학교-아동문학 「시(詩)랑 놀자」 강의, 제주 교육박물관 10시간
2012. 7. 20.~12. 20.	주 1회(목) 아동문학강의, 광양교 어머니회 회원
2013. 3. 20.~12. 20.	주 1회(수) 아동문학강의, 광양교 어머니회 회원
2016. 9. 28.	문화의 날 특강 '동시조의 이해와 창작의 실제', 제주도서관 2시간
2017. 3.	일도2동 문예창작 프로그램 시조부 강의 8시간(3/10, 17, 24, 31)
2017. 4.~11.	세화초등학교 생생동시조 교실 프로그램, 매주 월 20회(60시간)
2017. 5. 10.~17.	제14회 찾아가는 시조 교실, 성산초 6시간
2018. 12. 9.	5인 5색 북토크-동시조집 『참새와 코알라』, 제주문학의 집 2시간
2019. 10. 6.	북토크-동시조집 『꽃잎 밥상』, 오줌폭탄 동시전문서점 2시간
2020. 8. 27.	북토크-시조집 『짧은 만남 긴 이별』, 제주문학의 집 2시간
2020. 10. 2.	북토크-시조집 『짧은 만남 긴 이별』, 가족 출판 기념회
2021. 7. 11.	북토크-동시조집 『달팽이 우주통신』, 제주시조시인협회
2021. 10. 25.	제주시조아카데미 '동시조의 이해와 실제', 제주시조시인협회

서평(인터뷰 및 보도자료) 목록

1987 「개념을 뚜렷이 제시한 열한 사람의 자연을 소재로 한 동시」, 연작시 『휘파람 나무』
발문-오순택(아동문학가)

1990 「더불어 사는 지혜의 모색」 인터뷰, 『아동문예』 2월호-박종현(아동문예작가회 이사장)

「내면에서 건져 올린 언어들」, 『아동문예』 4월호-오순택(아동문학가)

「신선한 소재와 기법」 「조랑말·10」, 『아동문예』 9월호-이준관(아동문학가)

「잃어버린 꿈을 찾아주는 시인」, 『날개의 꿈』, 한라일보 오경훈 기자

「밝고도 환한 제주사랑」, 『작은 섬 하나』, 제주신문 윤석산(제주대 교수·시인)

1991 「날개의 꿈을 그리는 시인」, 제주신문(1. 22.) 장재성(논설위원)

「무게 진 갈색의 따뜻함과 절제된 그의 언어」, 『제주문학』-김종두(제주문인협회 회장)

「제주어린이의 날개를 달아주려 애쓰는 분」, 『제주문학』-박재형(동화작가)

1992 「동심으로 빚는 향토애의 서정」, 『제주문학』-장승련(아동문학가)

1993 한라어린이불교 기자단 인터뷰(10. 23.)-『날개의 꿈』『작은 섬 하나』

「제주 문화예술인의 삶과 예술(35)」, 한라일보(11. 20.) 강경희 기자

1995 「동시의 영토 확장을 위한 새바람」, 『아동문예』 11월호-김재용(아동문학가)

「가슴으로 쓰는 동시-'찔레꽃'」, 『아동문예』 11월호-허호석(아동문학가)

「꿈틀거린 동시조-'무궁화'」, 『아동문예』 12월호-김창현(아동문학가)

1997 「아동문학의 소재와 주제문제-'안개이야기'」, 『월간문학』 8월호-서재균(아동문학가)

「흥미진진한 숨은그림찾기-'우도의 소'」, 『아동문예』 12월호-김재용(아동문학가)

「동시에 나타난 가정과 부정-'제 탓이어요'」, 『아동문학평론』 겨울호(제85호)-이정석(아동문학가)

1999 작가탐방 인터뷰(1. 30.)-한복수(동화를 읽는 어른 모임 회장)

2000 「일기도 동시조로 쓰면 새 맛」『소라의 집』, 소년동아일보(4. 4.) 고미석 기자

「파도가 속삭이는 달콤한 꿈」『소라의 집』, 한라일보(5. 10.) 진선희 기자

「해맑은 농어촌 어린이들의 생활 노래」『소라의 집』, 제민일보(5. 12.) 김순자 기자

「농어촌 어린이 생활 동시조에 담아」『소라의 집』, 제주일보(5. 13.) 김홍철 기자

「제주일보를 빛낸 인물」제주 문예 미술의 흔들림 없는 추춧돌(이영인, 고원정, 오추자, 김영기, 문봉선, 강시권), 제주일보(10. 1.)

2003 「순수한 동심의 나라로 떠나요」『새들이 주고받은 말』, 한라일보(4. 3.) 진선희 기자

「동시 이해와 감상의 길라잡이」『새들이 주고받은 말』, 제주교육리뷰 68호(4. 16.)-장영주(동화작가)

2008 「어린이 눈으로 다시 돌아가 바라본 세상」『붕어빵』, 제민일보(3. 25.) 이영수 기자

「시인의 기도는 무엇일까?」, 『붕어빵』-문삼석(한국아동문학인협회 고문)

2009 「제주가 사랑하는 문화예술인」, 제주교육대학총동창회보 제10호(2. 2.) 인터뷰-안희숙(아동문학가)

「제주아동문학의 선구자 김영기 선생」, 제주문인협회회보 제15호(12. 1.) 인터뷰-김순이(제주문인협회 회장)

2010 「차향처럼 번지는 검박한 삶의 향기」『갈무리하는 하루』, 한라일보(10. 11.) 문미숙 기자

「차 한 잔의 그리움, 그 향기의 시학」, 『갈무리하는 하루』-양영길(문학평론가·시인)

2016 「결곡한 인품이 시조를 품다」, 『내 안의 가정법』-김길웅(문학평론가·시인)

2017 「'정'으로 다듬어진 고요와 청정의 빛깔, 마음속의 보헤미안을 찾아서」『갈무리하는 하루』-한희정(시조시인)

2018 「재미와 감동으로 위로와 위안을 주는 동시조」『참새와 코알라』, 제주일보(11. 2.) 김은정 기자

2019 「제주 동시조 텃밭을 가꾸는 시인」 인터뷰-박종현(한국아동문예작가회 이사장)

「상상의 언어 속에 재미와 감동을 주는 동시조」 5인 5색 토크-『참새와 코알라』 사회: 조한일(제주시조시인협회 회원)

2020 「작고 보잘 것 없는 것들을 노래하다」『짧은 만남 긴 이별』, 한라일보(8. 24.) 진선 희 기자

「팔순 노시인의 변」『짧은 만남 긴 이별』, 제주일보(9. 14.)-현병찬(서예가·시인)

2021. 제주 원로작가 영상 인터뷰(진행 양민숙), 제주문인협회

『삶과 문학』설문 옥미조(순리원 원장), 순리치유학연구소

한라문화제 시화전, 김병화 화백 그림(1990. 10.)

기타 활동 사항

(1) 문학단체 가입 내용

1979. 12. 10.	제주아동문학연구회 발기인
1984. 3. 1.	아동문예 작가회
1984. 3. 1.	한국아동문학인협회 회원
1984. 3. 1.	한국아동문학연구회 회원
1984. 3. 1.~2004 12. 31.	새싹 문학회 회원
1984. 9. 1.	한국문인협회 제주 지회 회원
1984. 9. 1.	한국문인협회(아동문학) 회원
1994. 9. 1.~ 2004. 12. 31.	국제 펜클럽 한국본부 회원
2002. 5. 1.	한국동시문학회 회원
2006. 6. 1.	나래시조시인협회 회원
2009. 12. 20.	제주시조시인협회 회원
2015. 3. 3.	한국 시조시인협회 회원

(2) 문학단체 임원 내용

가. 제주아동문학협회

1979. 12. 10.	제주아동문학협회 창립발기
1991. 2. 2.~1993. 2. 22.	제주아동문학협회 제6대 회장
2003. 2. 8.~2005. 1. 29.	제주아동문학협회 제11대 회장
2015~현재	제주아동문학협회 고문

나. 제주문인협회

1990~1992	아동문학분과 위원장(김병택 회장)
1993~1994	감사(정인수 회장)
1994~1995	아동문학분과 위원장(이용상 회장)
2019~현재	자문위원(고운진 회장)

다. 제주시조시인협회

2010. 1.~2015. 1.	제주시조문학회 부회장
2015. 1. 18.~2017. 1. 12.	제주시조시인협회 회장
2018~현재	제주시조시인협회 고문

라. 기타

1984. 4.~	한국아동문학연구소 제주지부장
	아동문예작가회 부회장
1999. 1.~2001.	한국아동문예작가회 부회장
2002.	한국동시문학회 발기 회원
2002. 5. 1~2004. 2.	한국동시문학회 이사
2013. 1. 21.~2016. 12. 31.	한국아동문학연구회 상임위원
2013. 5. 1.~현재	어린이 시조나라 자문위원
2015. 1.~현재	제주아동문예작가회 회장

동심은
나의 힘

연보

연보

1940. 8. 22.(음력 7. 19.)	아버지 金海 김씨 좌정승공파 후찬계 입도 20세손 炳一과 어머니 全州 이씨 계성군파 입도 16세손 完順의 8남매 중 다섯 번째 차남으로 제주시 동광양 1137번지에서 태어남. 생후 백일 만에 홍역을 앓아 죽은 자식으로 버렸는데 용케 목숨이 붙어 태역둥이라 함. 그래서 1년 뒤 한 살을 줄이고 출생신고를 함(1941. 7. 19.).
1948.	제주남국민학교에 입학. 1948년 4·3사건으로 성안 두목골 고모님 댁에 얹혀 삶.
1950.	제주남국민학교 3학년, 당시 피란민 학생들과 공부함. 처음 읽은 책이 『미국의 여덟 위인』. 6·25동란이 일어나자 11세 위인 맏형이 육군 소위로 임관해 전선으로 출정. 그때 처음으로 편지를 썼는데 전선에서 편지를 읽고 감동하였다며, '우리 집 문장'이라고 칭찬을 함(내 삶과 문학의 멘토는 맏형). 미국 유학을 갔다와서 『세계 명시선』을 선물해 줌.
1951.	4학년 때 제주남교에서 광양교가 분리 개교함에 따라 동네 학교에 다님. 교실이 없어 방앗간이나 남의 집 마루를 빌려 공부함.
1954.	제주제일중학교 입학. 장태언(장재성) 국어 선생님의 영향을 많이 받았음.
1957.	제주사범학교 입학. 중 3학년에서 사범 2학년까지 4H 활동을

하며 계몽 연극에 심취, 각본을 쓰기도 했음. 사범학교 다닐 때 소암 현중화 선생의 한글 궁체지도를 받음. 이에 힘입어 교생 실습 때 서예 공개수업을 했고 현직에서도 서예 연구수업을 했음. 사범학교 졸업 후 발령을 기다리는 동안 시나리오나 써 볼까 하며 영화 잡지를 구독함. 그때 김기영 감독의 「하녀」 시나리오를 필사하고 보관하였음. 그 영향으로 함덕초, 제주동초, 하귀초, 물메초, 일도초, 선흘초, 영평초, 삼달초, 우도초 등 학예회 시 각본을 쓰며 손수 무대 장치를 하고 배경을 그리며 연극공연을 함.

1960. 3. 22.	제주사범 졸업학교 졸업. 4·19 혁명 여파로 발령이 지연되어 10. 31. 함덕국민학교 1차 발령을 받고 3학년 1반을 담임함.
1962. 12. 13.	입대. 단기복무제가 폐지되어 3년 군 복무제가 시행됨.
1963. 3. 16.	육군군의학교(마산) 제176기 수료.
1965. 6. 29.	육군 제27사단 포병사령부 259대대 의무대 병장 제대를 함.
1965. 9. 1.	하귀국민학교로 복직됨(제자 이옥진 시조시인 배출).
1967. 7. 5.	소화성 십이지장 궤양으로 절제 수술을 받음.
1968. 12. 28.	순흥 안씨 壬生과 남양 홍씨 枸恩의 2남 4녀 중 세 번째 딸, 제주시 농촌지도소 국가직 공무원인 女子와 결혼을 함.
1969.	맏아들 재형 태어남.
1970. 12. 16.(음)	장모님 별세, 향년 59세.
1971.	외동딸 윤정 태어남.
1971. 7. 25.~7. 29.	여름 제주남국민학교 교원 학사시찰, 대한항공 이용.
1973. 4. 1.~ 1975. 2. 28.	한국방송통신대학 초등교육과 졸업.
1974. 6. 25.(음)	아버지 별세, 향년 68세.
1975.	둘째 아들 재철 태어남.
1977. 4. 1.	오라교 《교육통신》을 발행함(총 10호).
1978. 4. 1.	물메교 월간 《교육통신》을 발행하기 시작함(총 24호).
1978. 8. 23.	물메교 교가 승인을 받음.
1978. 9. 4.	물메교 응원가를 작사 작곡함.
1979. 10. 9.	〈외솔회〉 글짓기 지도교사상을 받음.

1979. 12. 1.	물메교 첫 학예발표회를 개최함(제자 강정애 시인, 고명순 동화 작가 배출).
1979. 12. 10.	제주아동문학협회 전신인 제주아동문학연구회 창립 발기.
1980. 2. 26.	제주아동문학연구회 창립함.
1980. 11. 6.~11. 10.	서울 염창교회 초청 서울관광, 물메 6학년 어린이.
1981. 3. 1.	예·체능 전담 시범 문교부 지정학교인 구엄교로 옮김(동시인 장 승련 선생을 만남).
1981. 10. 1.	『새교실』지우문예 동시 3회 천료: 초회-박홍근(아동문학가), 천 료-유경환(시인).
1981. 10. 8.	예·체능 전담 시범 문교부 지정학교 공개발표-구엄교 연구주임. 교지『엄장의 꽃』을 창간하고 학교신문《엄장의 꽃》을 다달이 발행함.
1981.	교감 자격 전형고시 합격.
1982. 3. 1.	연평교(우도초)에서 동화작가 박재형 선생을 만남(동시인 김미 희 배출). 교지『등대』를 창간하고《연평어린이》학교신문을 격 월로 발행함.
1982. 11. 1.	『교육자료』교자문원 동시 3회 천료: 초회-윤석중, 천료-엄기원(시인).
1983. 2. 1.	제13회 한인현 글짓기 지도상을 받음.
1983. 6. 24.~7. 10.	연평교(우도초) 근무시 모범교사로 선발되어 유럽 4개국, 동남아 2 개국 학사 시찰(프랑스, 영국, 이탈리아, 스위스, 태국, 홍콩).
1984. 1. 20.	소년 조선일보 추천 글짓기 지도교사 교육감 표창.
1984. 3. 1.	제1회『아동문예』신인문학상 동시「등대」외 2편 당선으로 등 단함(심사 박경용). 한국아동문학인협회 입회함.
1984. 9. 1.	교감 승진, 삼달국교 부임(동화작가 안희숙을 만남). 교지『들국 화』속간. 첫 학예발표회를 개최함.
1985. 2. 28.	한국방송통신대학교 초등교육과 5년 졸업.
1985. 11. 18.~11. 20.	급식예정학교 담당자 선진지 학사시찰(부산 광남교, 울진 평해 교, 원주 봉래교, 수원 고색교 시찰).
1987. 3. 1.	제주시 영평교로 옮기고 교지『들국화』발간, 첫 학예발표회를

개최함.

1987. 11. 2.	첫 연작시 「섬」, 80년대 11인 연작동시집 『휘파람 나무』 공저, 아동문예사.
1988. 3. 28.~3. 29.	영평교 체험학습.
1988. 7. 16.~7. 18.	제주시 관내 교감단 학사시찰(부산, 경남 일원).
1989.	일도교 교지 『산마루』 창간, 학예발표회를 강당무대에서 개최.
1989. 11. 1.~11. 4.	교감단 학사시찰(강원도 일원).
1990. 1. 25.	첫 동시집 『날개의 꿈』 출간, 아동문예사.
1990. 2. 15.	『꿈 한자리』 창간호, 제주시 초등교육 국어연구회.
1991. 2. 2.~1993. 2. 22.	제주아동문학협회 제6대 회장.
1991. 6. 24.~6. 27.	제주도 교사 초청 산업시찰(한진그룹).
1991.	신제주교 교지 『연꽃』을 『잇골의 꽃』으로 5호 발간.
1992. 8. 20.~1996. 3. 8.	제주시 탐라도서관 운영위원회 위원에 위촉됨.
1992. 10. 21.~10. 25.	북제주 교원 교원국토순례(포항제철, 강화도 인삼전시장 등).
1992. 10. 30.	『이럴 때 아빠가 좋아요』 글 모음에 신제주초(고은정5, 정은영5, 이현주, 이혜숙6 문혜용6) 어린이작품 게재, 한국아동문예작가회 엮음.
1992. 12. 1.	문화부 올해의 추천도서에 동시집 『작은 섬 하나』 선정됨.
1992. 12. 4.~ 12. 7.	급식학교 담당자 선진지 학사시찰(활천교, 삼달교 방문).
1992.	선흘교 교지 『동백동산』 창간, 학예발표회 개최.
1994. 1. 8.	제3회 제주시조백일장 장원 「四・三 일기」.
1994. 10. 17.~10. 21.	교감단 학사시찰(경북 영천 명주교, 서울 우신교 연구보고회 참관).
1995. 8. 17.~8. 21.	청소년단체국토순례 함덕교 인솔(강화도 전등사 등).
1995.	함덕교 교지 『서우봉』 창간, 학교교육소식지 《서우봉》을 발행함.
1995.	불교에서 가톨릭으로 개종함.
1996. 9. 1	교장 승진, 연평초등학교. 교지 『등대』를 속간하고 학교신문 《연평교육소식》을 격월로 발행함.
1996. 12. 25.	『제주문학 전집』 간행위원으로 위촉되어 제1권을 펴냄.
1997. 5. 22.~ 5. 25.	서울 동작 민간 어린이집 낙도어린이(연평국교) 초청 서울관광.

1997. 10. 1.	『제주교육사』(제주도교육청부속기관편) 집필위원.
1998. 3. 5.	제주도북제주교육청 인사위원회 위원에 위촉됨.
1998. 11. 10.~11. 14.	북제주 관내 교원 학사시찰(망월동 5·18묘역 등 삼남지역).
1998. 12. 18.~12. 29.	제주도 교장단 해외시찰연수(호주, 뉴질랜드).
1998.	교지『한흘』창간, 자녀와 함께 보는 대흘교육통신《한흘》을 발행함(총 32호).
1999. 8. 31.	모교인 광양초등학교로 옮김. 학교신문《광양통신》을 속간, 14호부터 발행함. 교지『광양』을『따슨 햇살』로 바꾸고 발간함.
1999.	교원 정년이 65세에서 63세로 단축됨.
2000. 3. 25.	첫 동시조집『소라의 집』출간, 창작나무.
2001. 5. 11.	제1회 대교창작동시대회, 광양초 단체상 수상. 시상식장에서 심사위원장 유경환 시인, 신현득, 김삼진 아동문학가를 만남.
2001. 5. 15.	광양초 3회 졸업생이 은사 세 분을 모시고 사은회를 함(보건식당).
2001. 10. 15.	『광양교육 50년사』출판기념회 개최.
2001. 11. 23.~11. 25.	제주교총 교원 학사시찰(문경 석탄박물관, 탄금대).
2002. 3. 1.	남광초등학교로 전근, 동화작가 김정애를 만남.
2002. 5. 16.~ 5. 19.	제주시 교장단 학사시찰(충청, 경기지역).
2002. 7. 31.~8. 3.	교육회 학사시찰(경북, 강원 일원, 동굴엑스포 관람).
2002. 8. 18.~8. 21.	남광초 어린이 해외 답사 인솔(중국 상해, 소주, 항주), 제주자연사랑봉사대.
2002. 11. 14.	「섬 집 아기」노래비 건립 설명회(한인현장학회 부연설명).
2002. 11. 15.(음)	어머니 별세, 향년 96세.
2002.	한국동시문학회 발기회원.
2003. 1. 25.	제2회 우리시 문학상, 남광초 단체상 받음.
2003. 2. 8.~2005. 1. 29.	제주아동문학협회 제12대 회장.
2003. 5. 9.	제3회 대교창작동시대회, 남광초 단체상 받음.
2003. 5. 15.	『광양교육 15년사』출판기념회 개최.
2003. 6. 10.~6. 14.	제주시 관내 교장단 학사시찰(남농기념관).
2003. 7. 8.~7. 11.	퇴직 예정 공무원 미래 생활 개선 교육(수안보).

2003. 7. 23.~7. 25.	남광초 교원학사시찰 인솔(흥도, 흑산도 등).
2003. 7. 28.~8. 5.	우도 검멀레 동굴리조트 문학기행.
2003. 8. 22.~8. 25.	남광초 청소년단체 연합 국토순례 인솔(우암어린이회관 탐방, 목아박물관).
2003. 8. 31.	남광초에서 정년퇴임(42년 10월).
2003. 8. 31.	황조 근정훈장.
2003.	2학기부터 글짓기 자원봉사활동(1주 3회).
2004. 3. 1.	2004학년도 '수업장학' 요원에 위촉됨.
2004. 12. 20.	2005년 제주문화예술 진흥기금 실무 심의 위원.
2005. 12. 17.	2006년 제주문화예술 진흥기금 실무 심의 위원.
2006. 2. 14.	제주동초 29회 졸업생 동창회 초대를 받음.
2006. 6. 1.	제10회 나래시조 신인문학상 당선-「오동도에 멈춰 서다」.
2007. 7. 23.	매주 월요일마다 지역아동센터 '꿈꾸는 공부방' 글짓기 자원봉사를 시작함.
2008. 5. 1.	제30회 한국동시문학상을 받음.
2008. 7. 28.~8. 7.	가족 유럽여행-모나코, 이탈리아, 오스트리아, 독일, 룩셈부르크, 프랑스 등
2008. 8. 16.~8. 17.	추자도 문학기행-참굴비 축제(제주문학 제48집 출판기념).
2008. 10. 5.	북 페스티벌(이중섭거리), 제주문협.
2008. 10. 31.	우도 탐방, 금빛평생교육봉사단.
2008. 11. 19.~11. 23.	일본 구마모토 문학기행, 제주문협.
2008. 12. 5.	담석증으로 한마음병원에서 수술함.
2009. 5. 8.	화순 유적지, 예례동 선사유적지 답사(국립제주박물관).
2009. 5. 25.	금릉석물원, 방림원, 유리의성 등 지역문화 탐방(금빛평생교육봉사단).
2009. 6. 3.	담석증 재발, 한마음병원에서 재수술함.
2009. 12. 18.	제9회 제주문학상 수상.
2009. 12. 22.	제주시 『이도2동지』 '동광양'편을 집필함, 제주시 이도2동 주민자치센터.

2010. 5. 15.	제주사범 은사를 모시고 시은회를 베풂(칼호텔).
2010. 7. 8.	내자, 대장암 시술.
2010. 10. 13.~10. 15.	제주사범학교 제7회 졸업생, 50년 만의 기념여행(설악산).
2010. 12. 11.	제주도 문화상 교육부문을 심사함.
2010. 12. 24.	담석증 3번째 시술받음.
2011. 10. 13.	제주서커스월드, 서귀포 자연휴양림 답사(금빛평생교육봉사단).
2011. 12. 25.~12. 31.	캄보디아 앙코르와트 문학 기행.
2012. 5. 26.~5. 27.	청산도, 영랑생가, 다산기념관, 여수세계박람회 문학기행(제주문협).
2012. 11. 1.	큰사슴오름 트레킹, 섭지코지 아쿠아리움 관람(금빛평생교육봉사단).
2013. 2. 4.~2. 13.	국립현대미술관(백남준 다다익선), 일산 롯데시네마(레미제라블) 관람, 의왕시 백운호수 답사.
2013. 6. 4.	대정읍 국제학교, 유리의성, 방림원 탐방(금빛평생교육봉사단).
2014. 6. 3.	상효원, 선녀와 나무꾼 탐방(금빛평생교육봉사단).
2014. 9. 23.	맏형 별세, 향년 87세.
2015. 1. 18.~2017. 1. 12.	제주시조시인협회 회장 선임.
2015. 10. 26.~10. 27.	속리산 법주사, 국립청주박물관, 융건릉, 수원화성 답사(제주국립박물관 아카데미).
2016. 3. 12.	담석증 재발, 4번째 시술받음.
2016. 7. 1.	찾아가는 시조교실 어린이 시조작품집 『웃음 나라』 발간, 제주시조시인협회·파우스트.
2016. 8. 19.	희수 기념 제2 시조집 『내 안의 가정법』 출간.
2016. 10. 25.~10. 26.	음식 다미방 시연 및 조리체험-안동하회마을(제주국립박물관 아카데미).
2017. 9. 1.	찾아가는 시조교실 어린이 시조작품집 『따듯한 우산』 발간, 제주시조시인협회·파우스트.
2017. 12. 12.~12. 16.	일본 동경 문학기행(에치고유자와관광, 가와바다야스나리의 설국의 발자취를 찾아서), 제주문협.
2018. 7. 19.	제4 동시조집 발간, 수수께끼 놀이로 쓰는 동시조 공부 『아하!

	동시조 수수께끼』.
2018. 12. 9.	「상상의 언어 속에 재미와 감동을 주는 동시조」 5인 5색 토크-『참새와 코알라』, 대담 진행: 조한일(시조시인).
2019. 1. 27.~2021. 1. 26.	제주문인협회 원로 자문위원 위촉.
2019. 6. 1.	제5 동시조집 발간, 동시조로 쓴 올레 길 걷기『탐리가 탐나요』, 제주교육박물관.
2019. 7. 29.~8. 4.	베트남 다낭 문학기행.
2019. 11. 9.	제16회 제주특별자치도예술인상, 한국예총제주특별자치도연합회.
2019. 12. 23.~12. 27.	괌 문학기행.
2020. 5. 19.	내자의 유방암 시술.
2020. 8. 22.	팔순기념 세 번째 시조집『짧은 만남 긴 이별』출간.
2020. 8. 27.	시조집『짧은 만남 긴 이별』북토크(제주문학의 집)-대담 진행: 김진숙(시조시인).
2020. 10. 2.	시조집『짧은 만남 긴 이별』출판기념회(설악 한화리조트).
2020. 11. 10.	제20회 제주문학상 심사위원장.
2020. 12. 20.	2021 한라신춘문예 시조 부문 본선 심사함.

김영기 金英機

1940년 제주시 광양에서 태어나 제주사범학교·한국방송통신대학교 초등교육과를 졸업했습니다. 《새교실》지우문예(1980년)와《교육자료》교자문원(1982년) 동시 부문에 3회 추천 완료, 제1회《아동문예》신인문학상 동시 부문 당선(1984년)으로 등단했으며, 동시집『붕어빵』외 4권, 동시조집『꽃잎 밥상』외 7권을 펴냈습니다. 제3회 제주시조백일장 장원(1993년), 제10회《나래시조》신인상에 당선(2006년)하고 시조집『갈무리하는 하루』외 2권을 펴냈습니다. 2014년부터 4학년 1학기『국어』에 동시「이상 없음」이 실렸으며, 제30회 한국동시문학상(2008년), 제2회 새싹시조문학상(2018년), 제16회 제주예술인상(2019년) 등을 받았습니다. 제주시 남광초등학교 교장으로 정년퇴임(2003년)하고 이어서 모교인 광양초등학교에서 글짓기 자원봉사활동을 계속하고 있습니다.

제주아동문학협회장, 제주시조시인협회장을 지냈으며, 지금은 한국문인협회·한국아동문학인협회·제주아동문학협회·한국시조시인협회·제주시조시인협회·한국동시문학회 회원으로 활동하고 있습니다.

김영기의 아동문학 40년 회고집

동심은 나의 힘

2021년 11월 30일 초판 1쇄 발행

지은이 김영기
펴낸이 김영훈
편집인 김지희
디자인 나무늘보, 부건영, 이지은
마케팅 강지인
펴낸곳 한그루
　　　　출판등록 제651000025100 2008000003호
　　　　제주특별자치도 제주시 복지로1길 21
　　　　전화 064 723 7580 전송 064 753 7580
　　　　전자우편 onetreebook@daum.net 누리방 onetreebook.com

ISBN 978-11-90482-81-3 (03810)

값 25,000원